LA CHICA OLVIDADA

LA CHICA OLVIDADA

KARIN SLAUGHTER

Traducción de Victoria Hornillo

HarperCollins *Español*

LA CHICA OLVIDADA. Copyright © 2023 de Karin Slaughter. Todos los derechos reservados. Impreso en los Estados Unidos de América. Ninguna sección de este libro podrá ser utilizada ni reproducida bajo ningún concepto sin autorización previa y por escrito, salvo citas breves para artículos y reseñas en revistas. Para más información, póngase en contacto con HarperCollins Publishers, 195 Broadway, New York, NY 10007.

Los libros de HarperCollins Español pueden ser adquiridos con fines educativos, empresariales o promocionales. Para más información, envíe un correo electrónico a SPsales@harpercollins.com.

Título original: *Girl, Forgotten*

Publicado en inglés por William Morrow en los Estados Unidos de América en 2022

Publicado en castellano por HarperCollins Ibérica en 2023

PRIMERA EDICIÓN DE HARPERCOLLINS ESPAÑOL

Traducción: Victoria Horrillo Ledesma

Este libro ha sido debidamente catalogado en la Biblioteca del Congreso de los Estados Unidos.

ISBN 978-0-06-294302-6

23 24 25 26 27 LBC 5 4 3 2 1

Para la señora D. Ginger

LA CHICA OLVIDADA

17 DE ABRIL DE 1982

Emily Vaughn frunció el ceño ante el espejo. El vestido era igual de bonito que en la tienda. El problema era su cuerpo. Se dio la vuelta y volvió a girarse, tratando de encontrar un ángulo que no la hiciera parecer una ballena moribunda varada en la playa.

La abuela dijo desde el rincón:

—Rose, deberías dejar las galletas.

Emily tardó un momento en situarse. Rose era la hermana de la abuela que había muerto de tuberculosis durante la Gran Depresión. A ella le habían puesto Rose de segundo nombre en recuerdo de aquella niña.

Se llevó la mano a la tripa y contestó:

—Abuela, no creo que sean las galletas.

—¿Estás segura? —Una sonrisa astuta se dibujó en los labios de la abuela—. Esperaba que me dieras alguna.

Emily frunció de nuevo el ceño y luego forzó una sonrisa y se arrodilló con dificultad frente a la mecedora de su abuela. La anciana estaba tejiendo un jersey de talla de niño pequeño. Sus dedos entraban y salían, como colibríes, del diminuto cuello fruncido. Tenía la manga del vestido de estilo victoriano un poco subida. Emily tocó con cuidado el moratón de color púrpura intenso que ceñía su muñeca huesuda.

—Qué torpeza, qué torpeza. —El tono de la abuela tenía el dejo cantarín de un sinfín de excusas—. Freddy, tienes que quitarte ese vestido antes de que llegue papá.

Ahora pensaba que Emily era su tío Fred. La demencia era un recuento constante de los muchos esqueletos que llenaban el armario familiar.

—¿Quieres que te traiga unas galletas? —le preguntó Emily.

—Eso estaría fenomenal. —La abuela siguió tejiendo, pero sus ojos, que nunca se enfocaban del todo en nada, se clavaron de pronto en Emily. Sus labios se curvaron en una sonrisa. Ladeó la cabeza como si estuviera contemplando el revestimiento nacarado de una concha marina—. Mira qué piel tan bonita y suave. Eres preciosa.

—Es cosa de familia. —Emily se maravilló de la lucidez casi tangible que había transformado la mirada de su abuela.

Estaba allí de nuevo, como si una escoba hubiera barrido las telarañas de su cerebro embarullado.

Emily le acarició la mejilla arrugada.

—Hola, abuela.

—Hola, mi niña bonita. —Dejó de tejer solo para tomar la cara de su nieta entre las manos—. ¿Cuándo es tu cumpleaños?

Emily sabía que debía darle toda la información posible.

—Cumplo dieciocho dentro de dos semanas, abuela.

—Dos semanas. —Su sonrisa se agrandó—. Ser joven es maravilloso. Con tantas cosas por delante… Cuando toda la vida es un libro que aún está por escribir.

Emily se endureció por dentro, creando una fortaleza invisible para defenderse de una ola de emoción. No iba a estropear aquel momento poniéndose a llorar.

—Cuéntame una historia de tu libro, abuela.

La anciana pareció contenta. Le encantaba contar historias.

—¿Te he hablado alguna vez de cuando estaba embarazada de tu padre?

—No —contestó Emily, aunque había oído aquella historia decenas de veces—. ¿Cómo fue?

—Un horror. —Se rio para quitar hierro a sus palabras—. Vomitaba mañana y noche. Casi no podía levantarme de la cama para cocinar. La casa estaba hecha un desastre. Fuera hacía un calor insoportable, de verdad que sí. Yo estaba deseando cortarme el pelo. Lo tenía muy largo, hasta la cintura, y, cuando me lo lavaba, hacía tanto calor que, antes de que se me secara, ya lo tenía hecho un asco.

Emily se preguntó si la abuela no estaba confundiendo su vida con «Berenice se corta el pelo». Fitzgerald y Hemingway se mezclaban a menudo en sus recuerdos.

—¿Cómo de corto te lo dejaste?

—Uy, no; no hice tal cosa —contestó la abuela—. Tu abuelo no me dejó.

Emily notó que sus labios se entreabrían por la sorpresa. Aquello sonaba más a vida real que a cuento.

—¡El lío que se armó! Hasta tuvo que intervenir mi padre. Mi madre y él vinieron a interceder por mí, pero tu abuelo no les dejó entrar en casa.

Emily agarró las manos temblorosas de su abuela.

—Recuerdo que discutieron en el porche. Estuvieron a punto de llegar a las manos, pero mi madre les rogó que pararan. Ella quería que me fuera a casa con ellos para cuidar de mí hasta que naciera el bebé, pero tu abuelo se negó. —Pareció sorprendida, como si se le acabara de ocurrir algo—. Imagínate lo distinta que habría sido mi vida si aquel día me hubieran llevado con ellos.

Emily no podía imaginárselo. Solo alcanzaba a pensar en lo que a ella le sucedía, en su propia existencia. Se hallaba tan atrapada como su abuela.

—Corderito, no estés triste. —El dedo nudoso de la abuela atrapó sus lágrimas antes de que cayeran—. Tú te marcharás. Irás a la universidad. Conocerás a un chico que te quiera. Tendrás hijos que te adorarán. Y vivirás en una casa preciosa.

Emily sintió una opresión en el pecho. Había dejado de soñar con esa vida.

—Tesoro, créeme —dijo la abuela—. Estoy atrapada en el velo entre la vida y la muerte y eso me permite ver tanto el pasado como el futuro. Y en tu porvenir no veo más que felicidad.

Emily sintió que su fortaleza se resquebrajaba, vencida por el peso de la pena inminente. Daba igual lo que pasase —bueno, malo o indiferente—: su abuela no estaría allí para verlo.

—Te quiero muchísimo.

No hubo respuesta. Las telarañas habían fracturado la mirada de la abuela, devolviéndole su pátina de confusión. En ese momento sostenía las manos de una extraña. Avergonzada, cogió las agujas de tejer y siguió con el jersey.

Emily se secó las últimas lágrimas mientras se levantaba. No había nada peor que ver llorar a un desconocido. El espejo la llamaba, pero estaba demasiado acongojada para seguir mirando su reflejo un solo segundo más. Por otro lado, nada iba a cambiar.

La abuela no levantó la vista cuando ella recogió sus cosas y salió de la habitación.

Se acercó a lo alto de la escalera y escuchó. La puerta cerrada del despacho amortiguaba la voz chillona de su madre. Emily aguzó el oído por si escuchaba la voz grave y retumbante de su padre, pero seguramente seguía en su reunión en la facultad. Aun así, se quitó los zapatos y bajó con cuidado. Estaba tan familiarizada con los crujidos de la vieja casa como con los gritos de guerra de sus padres.

Casi había llegado a la puerta cuando se acordó de las galletas. El majestuoso reloj de pared antiguo marcaba las cinco. La abuela no se acordaría de que le había pedido galletas, pero tampoco le darían de comer hasta bien pasadas las seis.

Dejó los zapatos junto a la puerta y colocó su bolsito al lado de los tacones. Pasó de puntillas por delante del despacho de su madre y entró en la cocina.

—¿Adónde diablos crees que vas vestida así?

El tufo a puro y a cerveza rancia de su padre llenaba la cocina. Había tirado la chaqueta negra de traje sobre una silla y tenía las mangas de la camisa blanca subidas. Sobre la encimera había una lata de cerveza Natty Boh sin abrir junto a otras dos vacías y aplastadas.

Emily se fijó en que una gota de condensación se deslizaba por el lateral de la lata.

Su padre chasqueó los dedos como si metiera prisa a uno de sus estudiantes de posgrado.

—Contesta.

—Solo iba a…

—Ya sé lo que vas a hacer —la cortó él—. ¿No le has hecho ya bastante daño a esta familia? ¿Vas a hundirnos por completo la vida dos días antes de la semana más importante de toda la carrera de tu madre?

A Emily le ardía la cara de vergüenza.

—No es lo que…

—Me importa una mierda lo que tú creas que es o no es. —Le quitó la anilla a la lata y la tiró al fregadero—. Ya puedes dar media vuelta y quitarte ese vestido espantoso. Vas a quedarte en tu habitación hasta que yo diga lo contrario.

—Sí, señor. —Abrió el armario para sacar las galletas.

Sus dedos casi no habían rozado el envoltorio naranja y blanco de las Berger cuando su padre la agarró con fuerza por la muñeca. Su cerebro no se concentró en el dolor, sino en el recuerdo del moratón en forma de esposas que rodeaba la frágil muñeca de su abuela.

«Tú te marcharás. Irás a la universidad. Conocerás a un chico que te quiera…».

—Papá, yo…

Él apretó más fuerte y el dolor le cortó la respiración. Ella estaba de rodillas, con los ojos fuertemente cerrados, cuando el hedor del aliento de su padre se filtró en sus fosas nasales.

—¿Qué te he dicho?

—Que… —Se le quebró la voz cuando los huesos de su muñeca empezaron a temblar—. Lo siento, yo…

—¿Qué te he dicho?

—Que me vaya a mi habitación.

Él aflojó la mano. El alivio hizo que otro gemido escapase de las entrañas de Emily. Se levantó. Cerró la puerta del armario. Salió de la cocina. Volvió a recorrer el pasillo. Apoyó el pie en el primer escalón, que era donde más crujía, y luego volvió a ponerlo en el suelo.

Dio media vuelta.

Sus zapatos seguían junto a la puerta, al lado del bolso. Estaban teñidos de un tono de turquesa perfecto, a juego con su vestido de satén. Pero el vestido le quedaba demasiado apretado, no había podido subirse los pantis por encima de las rodillas y tenía los pies tan hinchados que le dolían, así que dejó los tacones y cogió su bolso antes de salir por la puerta.

Una suave brisa primaveral le acarició los hombros desnudos cuando cruzó el césped. La hierba le hacía cosquillas en los pies. Notaba a lo lejos el olor salobre del océano. El Atlántico era demasiado frío para los turistas que en verano acudían en manada al paseo marítimo. De momento, Longbill Beach pertenecía a los vecinos del pueblo, que jamás hacían cola a las puertas de Thrasher's para comprar un cubo de patatas fritas ni miraban embobados las máquinas que estiraban hilos de caramelo multicolor en el escaparate de la confitería.

El verano…

Solo faltaban unos meses.

Clay, Nardo, Ricky y Blake se estaban preparando para la graduación, a punto de comenzar su vida adulta, a punto de abandonar aquel pueblecito playero sofocante y patético. ¿Volverían a pensar en ella? ¿Pensaban en ella ahora? Puede que con lástima. Y seguramente con alivio por haber extirpado al fin la podredumbre de su pequeño círculo endogámico.

Sentirse al margen ya no le dolía tanto como al principio. Por fin había asumido que ella ya no formaba parte de su vida. Al contrario de lo que había dicho la abuela, no iba a irse a ningún sitio. No iba a ir a la universidad. No iba a conocer a un chico que la quisiera. Acabaría soplando el silbato de socorrista para regañar a los mocosos de la playa o detrás del mostrador de la heladería Salty Pete, repartiendo interminables muestras gratuitas.

Las plantas de sus pies golpearon el cálido asfalto cuando dobló la esquina. Quiso mirar atrás, hacia la casa, pero se abstuvo de hacer ese gesto dramático. Evocó, en cambio, la imagen de su madre paseándose por su despacho con el teléfono pegado a la oreja mientras maquinaba estrategias. Su padre estaría apurando la lata de cerveza y posiblemente sopesando la distancia entre las cervezas que aún quedaban en la nevera y el *whisky* de la biblioteca. Su abuela estaría terminando el jerseicito y se preguntaría para qué bebé lo había empezado.

Se apartó del centro de la calzada al acercarse un coche. Observó cómo pasaba el Chevy Chevette de dos colores y vio el brillo rojo de las luces de frenado cuando se detuvo. Por las ventanillas abiertas salía música a todo volumen. Los Bay City Rollers.

S-A-T-U-R-D-A-Y night!

Dean Wexler giró la cabeza, pasando de mirar por el espejo retrovisor al lateral. Las luces parpadearon cuando movió el pie del freno al acelerador y viceversa. Intentaba decidir si seguía o no.

Emily retrocedió cuando el coche dio marcha atrás. Notó el olor del porro que humeaba en el cenicero. Dedujo que a Dean le tocaba vigilar el baile esa noche, pero su traje negro era más indicado para un entierro que para un baile de graduación.

—Em, ¿qué haces? —Alzó la voz para hacerse oír por encima de la canción.

Ella abrió los brazos, indicando su apretado vestido de baile de color turquesa.

—¿A ti qué te parece?

La examinó de arriba abajo y luego volvió a mirarla más despacio, igual que hizo el primer día que Emily entró en su clase. Además de enseñar ciencias sociales, era el entrenador de atletismo y aquel día vestía pantalones cortos de poliéster de color burdeos y un polo blanco de manga corta, como los demás entrenadores.

Pero eso era lo único en lo que se parecía a ellos.

Dean Wexler solo tenía seis años más que sus alumnos, pero había visto mucho mundo y era más sabio de lo que lo serían ellos nunca.

Antes de ir a la universidad, se había tomado un año sabático para recorrer Europa con la mochila a cuestas. Había cavado pozos para los campesinos en América Latina. Bebía infusiones y cultivaba su propia marihuana. Tenía un bigote grueso y tupido, como el de Tom Selleck en *Magnum P.I.* Se suponía que debía enseñarles valores cívicos y nociones de política, pero en una clase les mostraba un artículo sobre cómo envenenaba el DDT las aguas subterráneas, y en la siguiente les contaba que Reagan había negociado en secreto con los iraníes durante la crisis de los rehenes para influir en el resultado de las elecciones.

En resumidas cuentas, todos pensaban que Dean Wexler era el profesor más guay que habían conocido.

—Em. —Repitió el nombre con un suspiro. Puso el coche en punto muerto y tiró del freno de mano. Apagó el motor, cortando la canción en *ni-i-i-ight*.

Salió del coche y se irguió ante ella, pero por una vez no la miró con dureza.

—No puedes ir al baile. ¿Qué pensaría la gente? ¿Qué van a decir tus padres?

—Me da igual —contestó ella subiendo la voz al final, porque en realidad sí le importaba, y mucho.

—Tienes que prever las consecuencias de tus actos. —Hizo amago de tocarle los brazos, pero luego pareció pensárselo mejor—. A tu madre la están examinando en las instancias más altas ahora mismo.

—¿En serio? —preguntó Emily, como si su madre no se hubiera pasado tantas horas al teléfono que su oreja se había amoldado a la forma del receptor—. ¿Por qué? ¿Se ha metido en algún lío?

El suspiro que lanzó Dean indicaba claramente que estaba haciendo un esfuerzo por ser paciente.

—Creo que no te has parado a pensar que tus actos podrían echar a perder todo aquello por lo que se ha esforzado tanto.

Emily observó a una gaviota que planeaba sobre un cúmulo de nubes. «Tus actos». «Tus actos». «Tus actos». Había oído a Dean ponerse condescendiente otras veces, pero nunca con ella.

—¿Y si alguien te hace una foto? —preguntó él—. ¿O si hay un periodista en el instituto? Piensa en las repercusiones que tendrá para ella.

Emily sonrió al darse cuenta de algo. Dean estaba bromeando. Claro que sí, estaba bromeando.

—Emily. —No, no estaba bromeando—. No puedes…

Se convirtió en un mimo y usó las manos para crear un aura alrededor del cuerpo de Emily. Los hombros desnudos, los pechos hinchados, las caderas demasiado anchas, las costuras tensas de la cintura, allí donde el satén turquesa no lograba ocultar la redonda hinchazón de su vientre.

Por eso estaba tejiendo la abuela el jersey. Por eso su padre no la dejaba salir de casa desde hacía cuatro meses. Por eso el director la había echado del colegio. Por eso la habían separado de Clay, Nardo, Ricky y Blake.

Porque estaba embarazada.

Por fin, Dean recuperó el habla.

—¿Qué diría tu madre?

Emily dudó, tratando de vadear el torrente de vergüenza que se le venía encima, la misma vergüenza que soportaba desde que se había corrido la voz de que ya no era una niña buena con una vida prometedora por delante, sino una niña mala que iba a pagar un precio muy alto por sus pecados.

—¿Desde cuándo te importa tanto mi madre? —preguntó—. Creía que era un engranaje dentro de un sistema corrupto.

Su tono sonó más agudo de lo que pretendía, pero su enfado era sincero. Dean hablaba exactamente igual que sus padres. Que el director. Que los otros profesores. Que su pastor. Que sus antiguos amigos. Todos tenían razón y ella siempre lo hacía todo mal, mal, mal.

Emily dijo lo que sabía que más le dolería:

—Yo creía en ti.

Dean soltó un resoplido.

—Eres demasiado joven para tener un sistema de creencias fiable.

Emily se mordió el labio, luchando por contener su rabia. ¿Cómo era posible que no se hubiera dado cuenta hasta entonces de que Dean era gilipollas?

—Emily. —Sacudió otra vez la cabeza con pesar, tratando todavía de humillarla para que obedeciera. Ella no le importaba, en realidad. No quería tener que lidiar con ella. Y lo que desde luego no quería era que montara una escena en el baile—. Estás inmensa. Solo harás el ridículo. Vete a casa.

Emily no pensaba irse a casa.

—Dijiste que deberíamos quemar el mundo. Eso dijiste. Quemarlo todo. Empezar de cero. Construir algo…

—Tú no estás construyendo nada. Está claro que quieres montar un escándalo para llamar la atención de tu madre. —Dean cruzó los brazos. Miró el reloj—. Madura de una vez, Emily. No es momento de ser egoísta. Tienes que pensar en…

—¿En qué tengo que pensar, Dean? ¿En qué quieres que piense?

—Por Dios, baja la voz.

—¡No me digas lo que tengo que hacer! —Sintió que el corazón le latía dentro de la garganta. Tenía los puños apretados—. Tú mismo lo dijiste. Ya no soy una niña. Tengo casi dieciocho años. Y estoy harta de que la gente…, de que los hombres me digan lo que tengo que hacer.

—¿Así que ahora soy el patriarcado?

—¿Lo eres, Dean? ¿Eres parte del patriarcado? Verás lo rápido que hacen piña cuando le cuente a mi padre lo que has hecho.

Emily sintió una súbita quemazón en el brazo, una quemazón que le llegaba hasta la punta de los dedos. Sus pies se levantaron del suelo, Dean la hizo darse la vuelta violentamente y la empujó contra el lateral del coche. Sintió la chapa caliente contra los omóplatos desnudos. Oía el tictac del motor que se enfriaba. Dean la sujetaba con fuerza por la muñeca. Con la otra mano le tapaba la boca. Había acercado tanto su cara a la de ella que Emily veía brotar el sudor entre los finos pelos de su bigote.

Forcejeó. Le estaba haciendo daño. Le estaba haciendo daño de verdad.

—¿Qué mentiras vas a contarle a tu padre, a ver? —siseó él—. Dímelo.

Algo se había roto dentro de su muñeca. Sintió castañetear los huesos como si fueran dientes.

—¿Qué vas a contar, Emily? ¿Nada? ¿Eso es lo que vas a contar?

Ella movió la cabeza arriba y abajo. No sabía si era la mano sudorosa de Dean la que le movía la cara, o si algo dentro de ella, una especie de instinto de supervivencia, la hacía asentir.

Él retiró lentamente los dedos.

—¿Qué vas a contar?

—Na-nada. No le voy a contar nada.

—Claro que no. Porque no hay nada que contar.

Dean se limpió la mano en la camisa al tiempo que daba un paso atrás. Volvió a mirarla de arriba abajo, no para evaluar su cuerpo, sino calculando qué repercusiones podría tener para él su muñeca hinchada. Sabía que ella no se lo diría a sus padres, o no harían más que culparla por estar fuera de casa cuando le habían ordenado que permaneciera escondida.

—Vete a casa, no vaya a ser que te pase algo malo de verdad.

Emily se apartó para dejarlo entrar en el coche. El motor petardeó una vez, luego dos, y luego se puso en marcha. La radio chisporroteó, el casete volvió a la vida.

S-A-T-U-R...

Emily se agarró la muñeca mientras los neumáticos desgastados patinaban, tratando de arrancar. Dean la dejó inmersa en una neblina de goma quemada. Apestaba, pero Emily se mantuvo en su sitio, con los pies descalzos pegados al asfalto caliente. La muñeca izquierda le palpitaba al ritmo del pulso. Se llevó la mano derecha a la barriga. Se imaginó que las rápidas pulsaciones que había visto en la ecografía seguían el ritmo de su propio latido.

Había pegado todas las fotos de las ecografías en el espejo de su cuarto de baño porque tenía la sensación de que era lo que tenía que hacer. Mostraban la lenta evolución de la diminuta mancha en forma de judía: primero los ojos y la nariz, y luego los dedos de las manos y de los pies.

Se suponía que debía sentir algo, ¿no?

¿Una oleada de emoción? ¿Un vínculo instantáneo? ¿Sensación de asombro y maravilla?

En lugar de eso, había sentido miedo. Se había asustado. Había sentido el peso de la responsabilidad y, finalmente, esa responsabilidad le había hecho sentir algo concreto: un propósito.

Ella sabía lo que era ser un mal padre o una mala madre. Todos los días —a menudo varias veces al día— le prometía a su bebé que cumpliría con sus obligaciones más importantes como madre.

Ahora, lo dijo en voz alta para recordárselo a sí misma.

—Te protegeré. Nadie te hará daño nunca. Siempre estarás a salvo.

Tardó otra media hora en llegar al pueblo. Notaba los pies abrasados, luego desollados y, por último, entumecidos al recorrer el piso de cedro blanco del paseo marítimo. El Atlántico quedaba a su derecha. Las olas arañaban la arena al tirar de ellas la marea. A su izquierda, los escaparates a oscuras reflejaban el sol, que iba poniéndose sobre la bahía de Delaware. Se lo imaginó pasando por encima de Annapolis, luego por Washington D. C. y después por el Shenandoah en su periplo hacia el oeste, mientras ella caminaba con esfuerzo por el piso de tablas del paseo marítimo, el mismo que probablemente seguiría recorriendo el resto de su vida.

El año anterior por esas fechas, estaba recorriendo el campus de la Universidad George Washington, en Foggy Bottom. Antes de que todo se viniera abajo de forma estrepitosa. Antes de que la vida que conocía cambiara irremediablemente. Antes de perder el derecho a tener esperanza, por no hablar de sueños.

El plan era el siguiente: teniendo en cuenta sus lazos familiares, su aceptación en la Universidad George Washington sería una mera formalidad. Pasaría sus años de la universidad bien arropada entre la Casa Blanca y el Centro Kennedy y haría prácticas con algún senador. Iba a seguir los pasos de su padre y a estudiar Ciencias Políticas. Seguiría también los de su madre y estudiaría Derecho en Harvard, luego trabajaría cinco años en un bufete de abogados de renombre, conseguiría un puesto de jueza estatal y, por último, posiblemente, un puesto de jueza federal.

«¿Qué diría tu madre?».

—¡Tu vida se acabó! —Fue lo que gritó su madre cuando su embarazo se hizo evidente—. ¡Ya nadie te respetará!

Lo curioso era que, a juzgar por lo que había ocurrido los últimos meses, su madre tenía razón.

Dejó el paseo marítimo, atajó por el callejón largo y oscuro que había entre la tienda de caramelos y el puesto de perritos calientes y cruzó Beach Drive. Por fin llegó a Royal Cove Way. Pasaron varios coches y algunos redujeron la marcha para echar un vistazo a aquel ajado balón de playa con su llamativo vestido de color turquesa. Emily se frotó los brazos para combatir el frío que impregnaba el aire. No debería haber elegido un color tan chillón. Ni un vestido sin tirantes. Tendría que haberlo arreglado para adaptarlo a su cuerpo cada vez más ancho.

Pero, como hasta ese momento no se le había ocurrido ninguna de esas excelentes ideas, sus pechos hinchados rebosaban por encima del corpiño y sus caderas se balanceaban como el péndulo del reloj de un prostíbulo.

—¡Eh, chochito! —gritó un chico por la ventanilla abierta de un Mustang.

Sus amigos iban apiñados detrás. Uno asomaba una pierna por la ventanilla.

Emily notó un olor a cerveza, a maría y a sudor. Se acarició el vientre redondeado al cruzar el patio del instituto. Pensó en el bebé que crecía en su interior. Al principio, no parecía real. Y luego se le asemejaba a un ancla. Solo últimamente había empezado a sentir que era un ser humano.

Su ser humano.

—¿Emmie?

13

Se giró y se llevó una sorpresa al ver a Blake oculto a la sombra de un árbol. Tenía un cigarrillo en una mano. Por extraño que pareciese, se había arreglado para el baile de graduación. Ellos llevaban mofándose de los bailes y las fiestas de graduación desde que iban a la escuela primaria; decían que eran «los Fastos de la Plebe», que se aferraba a las que seguramente serían las mejores noches de su penosa existencia. Solo el esmoquin negro de Blake lo diferenciaba del blanco brillante y de los colores pastel que llevaban los chicos a los que había visto pasar en coche.

Se aclaró la garganta.

—¿Qué haces aquí?

Él sonrió.

—Hemos pensado que sería divertido burlarse de la plebe en persona.

Ella miró a su alrededor buscando a Clay, Nardo y Ricky, porque siempre iban en grupo.

—Están dentro —dijo Blake—. Menos Ricky, que se está retrasando.

Emily no supo qué decir. Le pareció incorrecto contestar «gracias», teniendo en cuenta que la última vez que Blake había hablado con ella la había llamado «puta imbécil».

Comenzó a alejarse con un desviado «Hasta luego».

—¿Em?

No se detuvo ni se dio la vuelta porque, si bien él tenía razón en que podía ser una puta, Emily no era idiota.

El latido de la música salía por las puertas abiertas del gimnasio. Sintió la vibración del bajo en las muelas mientras cruzaba el patio. Al parecer, el comité organizador del baile se había decantado por el tema «Romance junto al mar», algo tan triste como previsible. Peces de papel irisados se movían entre sartas de serpentinas azules. Ninguno era un marlín, el pez que daba nombre al pueblo, pero ¿quién era ella para señalar su error? Ya ni siquiera estudiaba allí.

—Joder —dijo Nardo—, qué huevos tienes para presentarte así.

Estaba de pie al lado de la entrada, el lugar exacto donde ella esperaría encontrarse a Nardo acechando. El mismo esmoquin negro que Blake, pero con una chapa de «YO DISPARÉ A J. R.» en la solapa para dejar claro que estaba de coña. Le ofreció un trago de una botella medio llena de licor Everclear y refresco de cereza.

Ella negó con la cabeza.

—Lo dejé por Cuaresma.

Nardo soltó una carcajada y se guardó la botella en el bolsillo de la chaqueta. Emily se fijó en que el peso de aquel matarratas ya había roto las costuras. Llevaba un cigarrillo liado detrás de la oreja. Emily se acordó de lo que dijo su padre de Nardo la primera vez que lo vio.

«Ese chico acabará en la cárcel o en Wall Street, aunque no por ese orden».

—Bueno… —Cogió el cigarrillo y buscó el mechero—. ¿Qué trae a una chica mala como tú a un lugar como este?

Emily puso cara de fastidio.

—¿Dónde está Clay?

—¿Por qué? ¿Quieres decirle algo? —Nardo movió las cejas al tiempo que miraba con intención su barriga.

Emily esperó a que encendiera el cigarrillo. Luego se pasó la mano buena por la barriga, como hacen las brujas con la bola de cristal.

—¿Y si tuviera algo que decirte a ti, Nardo?

—Joder. —Miró con nerviosismo detrás de ella. Habían atraído a una multitud—. Eso no tiene gracia, Emily.

Ella volvió a poner cara de fastidio.

—¿Dónde está Clay?

—Y yo qué coño sé. —Se apartó de ella y fingió interesarse por una limusina blanca que entraba en ese momento en el aparcamiento.

Emily entró en el gimnasio. Sabía que Clay estaría cerca del escenario, probablemente rodeado por un grupo de chicas delgadas y guapas. Sus pies percibieron el descenso de temperatura al caminar por el suelo de madera pulida. El interior del edificio también estaba decorado con motivos marítimos. Los globos rebotaban contra las vigas del alto techo, listos para caer al final de la noche. Había grandes mesas redondas adornadas con centros de temática marina pegados con conchas y flores de melocotón de color rosa intenso.

—Mira —dijo alguien—. ¿Qué hace esa aquí?

—Ostras.

—Qué descaro.

Emily mantuvo la mirada fija al frente. La banda se estaba instalando en el escenario y alguien había puesto un disco para llenar el vacío. Le sonaron las tripas cuando pasó por delante de las mesas de comida. Por delante del jarabe asqueroso que pretendía ser ponche. De sándwiches rellenos de fiambres y queso. De los caramelos sobrantes que los turistas no habían comprado ese verano. De cubos metálicos llenos de patatas fritas reblandecidas. De bocaditos de hojaldre rellenos de salchichas. De pastelitos de cangrejo. De bizcochos y galletas Berger.

Emily detuvo su avance hacia el escenario. El estruendo de la multitud se había apagado. Ahora solo oía el eco de Rick Springfield advirtiéndoles de que no hablaran con extraños.

La gente la miraba con curiosidad. Y no era gente cualquiera. Los vigilantes del baile. Los padres. Su profesora de plástica, que le había dicho que tenía dotes notables. Su profesora de inglés, que había escrito «¡Estoy impresionada!» en su trabajo sobre Virginia Woolf. Su profesor de historia, que le había prometido a Emily que ella sería la fiscal principal en el simulacro de juicio de ese curso.

Hasta que…

Mantuvo los hombros erguidos cuando echó a andar de nuevo hacia el escenario, con la barriga proyectándose hacia delante como la proa de un transatlántico. Aquel era el pueblo donde Emily había crecido, donde había ido al colegio y al instituto, a la iglesia, a campamentos de verano, a excursiones, a paseos por el monte y a fiestas de pijamas. Aquellos chicos habían sido sus compañeros de clase, sus vecinos, sus compañeras en las Girl Scouts, en el laboratorio, en la biblioteca, los amigos con los que salía cuando Nardo se llevaba a Clay a Italia con su familia, y Ricky y Blake trabajaban ayudando a su abuelo en la cafetería.

Y ahora…

Los que antes eran sus amigos se apartaban de ella como si tuvieran miedo de que lo suyo pudiera ser contagioso. Qué hipócritas. Ella había hecho lo que todos hacían o querían hacer, pero había tenido la mala suerte de que la pillaran.

—Madre mía —susurró alguien.

—Es indignante —dijo un padre.

Sus críticas ya no le escocían. Dean Wexler, con su horrendo Chevy bicolor, la había despojado de la última capa de vergüenza que sentiría nunca por su embarazo. Si estaba mal, era únicamente porque aquellos criticones de mierda se decían que estaba mal.

Hizo oídos sordos a sus murmullos y repitió para sus adentros la lista de promesas que le hacía a su bebé.

Te protegeré. Nadie te hará daño nunca. Siempre estarás a salvo.

Clay estaba apoyado contra el escenario. Estaba esperándola con los brazos cruzados. Llevaba el mismo esmoquin negro que Blake y Nardo. O, más bien, ellos llevaban el esmoquin que había elegido Clay. Siempre había sido así. Hiciera lo que hiciera Clay, los demás le seguían.

No dijo nada cuando Emily se detuvo frente a él; se limitó a levantar una ceja, expectante. Emily notó que, a pesar de que se burlaba de las animadoras, estaba rodeado de ellas. Los otros seguramente se decían a sí mismos que iban a asistir al baile de graduación en plan irónico. Solo Clay sabía que asistían para que él pudiera echar un polvo.

Rhonda Stein, la jefa de animadoras, rompió el silencio.

—¿Qué hace ella aquí?

Había mirado a Emily, pero la pregunta se la hizo a Clay. Otra animadora contestó:

—Puede que sea como en *Carrie*.

—¿Alguien ha traído sangre de cerdo?

—¿Quién va a coronarla?

Se oyeron risas nerviosas, pero todas observaban a Clay, esperando a que marcase el tono. Él respiró hondo y soltó el aire lentamente. Luego se encogió de hombros como si tal cosa.

—Este es un país libre.

Emily notó que el aire seco le raspaba la garganta. Cuando antes pensaba en cómo sería esa noche, al fantasear con la impresión que se llevarían, al regodearse pensando en la historia que le contaría a su hijo o hija acerca de su madre, esa seductora bohemia y radical que se había atrevido a bailar embarazada en su baile de graduación, esperaba sentir todo tipo de emociones menos la que sentía en ese instante: agotamiento. Física y mentalmente, se sentía incapaz de hacer otra cosa que no fuera dar media vuelta y volver por donde había venido.

Y así lo hizo.

El pasillo que se había despejado entre la multitud seguía abierto, pero el ambiente se había decantado sin lugar a dudas por las horcas y la letra escarlata, la «A» de adúltera. Los chicos rechinaban los dientes con rabia. Las chicas le volvían literalmente la espalda. Vio que profesores y padres meneaban la cabeza, indignados. *¿Qué hacía allí? ¿Por qué les estaba estropeando la noche? Puta. Jezabel. Se lo había buscado ella solita. ¿Quién se creía que era? Iba a hundirle la vida a algún pobre chico.*

No se dio cuenta de lo sofocante que era el aire del gimnasio hasta que estuvo fuera, a salvo. Nardo ya no estaba al acecho junto a la puerta. Blake se había escondido en alguna otra sombra. Ricky estaba donde solía estar en momentos como aquel, o sea, en cualquier sitio, menos donde se la necesitaba.

—¿Emily?

Se dio la vuelta, sorprendida de encontrar allí a Clay. La había seguido fuera del gimnasio. Clayton Morrow nunca seguía a nadie.

—¿Qué haces aquí? —preguntó.

—Me voy. Vuelve dentro con tus amigas —dijo Emily.

—¿Con esas memas? —Esbozó una sonrisa burlona.

Miró por encima del hombro de Emily, siguiendo con los ojos algo que se movía demasiado deprisa para ser un ser humano. Le encantaba observar a los pájaros. Era su manía secreta. Leía a Henry James, adoraba a Edith Wharton, sacaba sobresalientes en cálculo avanzado y no sabía lo que era un tiro libre o cómo hacer girar un balón de fútbol americano, pero a nadie le importaba porque era guapísimo.

—¿Qué quieres, Clay? —preguntó Emily.

—Tú eres la que ha venido a buscarme.

Le pareció extraño que Clay diera por sentado que estaba allí por él. No esperaba encontrarse con ninguno de ellos en el baile. Su intención era avergonzar al resto del instituto por haberla condenado al ostracismo. Lo cierto era que esperaba que el señor Lampert, el director, llamara a Stilton, el jefe de policía, para que la arrestara. Entonces tendrían que sacarla bajo fianza, su padre se pondría furioso y su madre…

—Mierda —murmuró.

Quizá aquella maniobra sí que tuviera que ver con su madre, después de todo.

—¿Emily? Venga ya. ¿Por qué has venido? ¿Qué quieres de mí?

Clay no quería una respuesta. Quería la absolución.

Pero Emily no era su pastor.

—Vuelve a entrar y diviértete, Clay. Enróllate con alguna animadora. Vete a la universidad. Consigue un trabajo estupendo. Cruza todas esas puertas que siempre se te abren. Disfruta del resto de tu vida.

—Espera. —Apoyó la mano en su hombro, como un timón que la hizo volverse hacia él—. Estás siendo injusta.

Ella miró sus ojos azul claro. Aquel instante no significaba nada para él, no era más que un encuentro desagradable cuyo recuerdo se desvanecería como un jirón de humo. Dentro de veinte años, Emily solo sería un poso persistente de malestar que sentiría cuando abriera el buzón y encontrase una invitación a la reunión de antiguos alumnos del instituto.

—Mi vida es injusta —contestó—. Tú estás bien, Clay. Tú siempre estás bien. Siempre estarás bien.

Él soltó un fuerte suspiro.

—No te conviertas en una de esas mujeres aburridas y amargadas, Emily. Detestaría que acabaras así, en serio.

—Procura que el jefe Stilton no se entere de lo que has estado haciendo medio a escondidas, Clayton. —Se puso de puntillas para poder ver el miedo en sus ojos—. Detestaría que acabaras así, en serio.

Él alargó la mano y la agarró por el cuello. Cerró el puño de la otra y echó el brazo hacia atrás. La furia le enturbió los ojos.

—Vas a conseguir que te maten, puta de mierda.

Emily cerró los ojos, esperando el golpe, pero solo oyó una risa nerviosa.

Abrió los ojos de golpe.

Clay la soltó. No podía agredirla delante de testigos; no era tan estúpido.

«Ese acabará en la Casa Blanca», había dicho el padre de Emily al conocer a Clay. «Si no acaba colgado de una soga».

Se le había caído el bolso cuando él la había agarrado. Clay lo recogió y sacudió el polvo que había manchado el satén. Se lo entregó como si estuviera haciendo un gesto caballeroso.

Ella se lo arrebató de la mano.

Esta vez, Clay no fue tras ella cuando se alejó. Emily pasó junto a varios grupos de asistentes al baile vestidos con crinolina y distintos tonos de colores pastel. La mayoría de ellos solo se detuvieron para mirarla boquiabiertos, pero Melody Brickel, su antigua amiga de la banda de música, le dedicó una sonrisa cariñosa, y eso la enterneció.

Esperó a que cambiase el semáforo para cruzar la calle. Esta vez no oyó gritos soeces, aunque otro coche lleno de chicos pasó con amenazadora lentitud.

—Yo te protegeré —le susurró al pequeño pasajero que crecía dentro de ella—. Nadie te hará daño nunca. Siempre estarás a salvo.

El semáforo cambió por fin. El sol poniente proyectaba una sombra alargada al final del paso de peatones. Emily siempre se había sentido cómoda cuando iba sola por el pueblo; ahora, en cambio, tenía la piel de gallina. Le inquietaba tener que volver a atravesar el callejón que había entre la tienda de caramelos y el puesto de perritos calientes. Le dolían los pies por la ardua caminata y también el cuello, de cuando la había agarrado Clay. Aún le latía la muñeca, como si la tuviera rota o tuviera un esguince. No debería haber ido. Tendría que haberse quedado en casa y haberle hecho compañía a la abuela hasta que sonara el timbre para la cena.

—¿Emmie? —Era Blake otra vez, que salió de la entrada, que estaba a oscuras, del puesto de perritos, como un vampiro—. ¿Estás bien?

Sintió que algo dentro de ella se resquebrajaba. Ya nadie le preguntaba si estaba bien.

—Tengo que volver a casa.

—Em... —No iba a dejarla marchar tan fácilmente—. Yo solo... ¿De verdad estás bien? Porque es raro que estés aquí. Es raro que estemos todos aquí, pero lo más raro es... Bueno, lo de tus zapatos. Por lo visto han desaparecido.

Los dos miraron sus pies descalzos.

Emily soltó una carcajada que resonó dentro de su cuerpo como la Campana de la Libertad. Se rio tan fuerte que le dolió el estómago. Se rio hasta que comenzó a doblarse por la cintura.

—¿Emmie? —Blake le puso la mano en el hombro. Pensaba que se había vuelto loca—. ¿Quieres que llame a tus padres o...?

—No. —Se incorporó y se enjugó los ojos—. Perdona. Acabo de darme cuenta de que estoy literalmente embarazada y descalza.

Blake sonrió de mala gana.

—¿Ha sido a propósito?

—No. ¿O sí?

Sinceramente, no lo sabía. Quizá su subconsciente estuviera haciendo cosas raras. Tal vez el bebé estaba controlando sus hormonas. Cualquiera de las dos explicaciones le parecía creíble, porque la tercera opción —que estuviera loca de remate— era mucho más inquietante.

—Lo siento. —Las disculpas de Blake siempre sonaban huecas, porque cometía los mismos errores una y otra vez—. Lo que dije antes. No antes, sino mucho antes. No debería haber dicho... Quiero decir que estuvo mal decir...

Ella sabía perfectamente a qué se refería.

—¿Que debería tirarlo al váter?

Blake pareció ahora casi tan sorprendido como Emily cuando él le hizo aquella sugerencia, muchos meses atrás.

—Sí..., eso —dijo—. No debería haberlo dicho.

—No, no deberías. —Emily sintió un nudo en la garganta, porque la verdad era que nunca había estado en su mano tomar la decisión, sino que sus padres la habían tomado por ella—. Tengo que…

—Vamos a algún sitio a…

—¡Mierda! —Emily retiró de un tirón la muñeca magullada que él le había agarrado.

Pisó mal en una parte hundida de la acera. Al empezar a caer, trató de agarrarse en vano a la chaqueta del esmoquin de Blake, pero su coxis crujió al chocar contra el asfalto. El dolor fue insoportable. Rodó hacia un lado. Algo húmedo goteó entre sus piernas.

El bebé.

—¡Emily! —Blake cayó de rodillas junto a ella—. ¿Estás bien?

—¡Vete! —le suplicó a pesar de que necesitaba que la ayudara a levantarse. Había aplastado el bolso al caer. El satén estaba rasgado—. Blake, por favor, vete. ¡Estás empeorando las cosas! ¿Por qué siempre empeoras las cosas?

Un destello de dolor brilló en sus ojos, pero Emily no podía preocuparse por él en ese instante. Se le agolpaban en la cabeza todas las formas en que una caída tan fuerte como aquella podía haber dañado a su bebé.

Él dijo:

—No ha sido aposta…

—¡Claro que no ha sido aposta! —gritó. Blake era el que seguía esparciendo rumores. El que empujaba a Ricky a ser tan cruel—. Nunca haces nada aposta, ¿verdad? Nunca es culpa tuya, nunca metes la pata, nunca eres el culpable. Pues ¿sabes qué? Que esto es culpa tuya. Conseguiste lo que querías. Todo esto es por tu puta culpa.

—Emily…

Se puso de pie a duras penas, agarrándose a la esquina de la tienda de caramelos. Oyó a Blake decir algo, pero un grito agudo inundó sus oídos.

¿Era el bebé pidiendo ayuda?

—¿Emmie?

Ella lo apartó de un empujón y avanzó tambaleándose por el callejón. Un líquido caliente se escurría por la cara interna de sus muslos. Apoyó la palma de la mano en los ásperos ladrillos, intentando no caer de rodillas. Un sollozo se le atascó en la garganta. Abrió la boca para respirar. El aire salobre le quemó los pulmones. El relumbrar del sol en el paseo marítimo la cegó. Retrocedió hacia la oscuridad y se apoyó contra la pared al comienzo del callejón

Miró calle abajo. Blake se había escabullido. Nadie la veía.

Se subió el vestido y con el brazo herido sujetó los pliegues de satén. Con la mano buena, se palpó entre las piernas. Esperaba sacar los dedos manchados de rojo, pero no vio sangre. Se inclinó para olerse la mano.

—Oh —susurró.

Se había orinado.

Volvió a reírse, pero esta vez entre lágrimas. El alivio hizo que le flaqueasen las rodillas. Los ladrillos se le engancharon al vestido cuando se sentó en el suelo. Le dolía el coxis, pero le daba igual. Estaba eufórica y maravillada por haberse meado encima. Los rincones oscuros a los que se le había ido el pensamiento al dar por sentado que era sangre lo que sentía manar entre sus piernas eran mucho más esclarecedores que cualquier ecografía que pudiera pegar en el espejo del baño.

En ese momento, había deseado con todas sus fuerzas que no le pasara nada malo a su bebé. Y no por obligación. Un hijo no era únicamente una responsabilidad. Era una oportunidad de querer a alguien como nunca la habían querido a ella.

Y, por primera vez durante aquel proceso vergonzoso, humillante y cargado de impotencia, Emily Vaughn tuvo la certeza de que amaba a aquel bebé.

—Parece una niña —le había dicho el médico en la última revisión.

En aquel momento, ella había catalogado la noticia como un paso más en el proceso. Ahora, en cambio, esa certeza rompió el dique que desde hacía tanto tiempo retenía sus emociones.

Su niña.

Su pequeña y preciosa niña.

Se llevó la mano a la boca. Se sentía tan desfallecida por el alivio que se habría caído si no hubiera estado sentada en el frío suelo. Inclinó la cabeza hacia las rodillas. Grandes lágrimas rodaron por sus mejillas. Abrió la boca, enmudecida. Notaba el pecho tan rebosante de amor que no pudo articular sonido alguno. Apoyó la palma de la mano en su tripa e imaginó que una manita se apretaba contra la suya. Le dio un vuelco el corazón al pensar que algún día podría besar la punta de esos preciosos deditos. La abuela decía que cada bebé tenía un olor especial que solo la madre conocía. Emily quería conocer ese olor. Quería despertarse por la noche y escuchar la rápida respiración de la preciosa niña que había llevado dentro.

Quería hacer planes.

Faltaban dos semanas para que cumpliera dieciocho años. Dos meses después, sería madre. Buscaría trabajo. Se iría de casa de sus padres. La abuela lo entendería, y lo que no entendiera lo olvidaría. Dean Wexler tenía razón en una cosa: debía madurar. Ya no podía pensar solo en sí misma. Tenía que marcharse de Longbill Beach. Tenía que empezar a planear su futuro, en lugar de dejar que otros hicieran planes por ella. Y, lo que era más importante, le daría a su niña todo lo que ella nunca había tenido.

Cariño. Comprensión. Seguridad.

Cerró los ojos. Se imaginó a su pequeña flotando contenta dentro de su cuerpo. Respiró hondo y empezó a recitar su mantra, impulsada esta vez por el amor, no por el deber.

—Te protegeré…

Abrió los ojos al oír un fuerte chasquido.

Vio unos zapatos de cuero negro, unos calcetines negros, el bajo de unos pantalones negros. Levantó la vista. El sol vacilaba y un murciélago iba de acá para allá por el aire.

Se le encogió el corazón hasta hacérsele una pelota. De pronto, ineludiblemente, el miedo se apoderó de ella.

No temía por ella, sino por su bebé.

Se acurrucó rodeándose el vientre con los brazos y tensó las piernas mientras caía hacia un lado. Ansiaba con toda su alma un momento más, un aliento más, para que las últimas palabras que le había dicho a su pequeña no fueran mentira.

Alguien había planeado desde el principio hacerles daño. Nunca habían estado a salvo.

EN LA ACTUALIDAD
1

Andrea Oliver le ordenó a su estómago que dejara de revolverse mientras corría por el camino de tierra. El sol le daba en los hombros. La tierra mojada tiraba de sus zapatillas. El sudor había convertido su camiseta en papel film. Los tendones de sus corvas eran cuerdas de banjo hechas de acero que vibraban con cada golpe de talón. Oía a su espalda los gruñidos de los rezagados, que se esforzaban por seguir el ritmo. Por delante estaban los destacados, los de clase A, que serían capaces de vadear un río lleno de pirañas si eso les diera un uno por ciento de posibilidades de llegar primero.

Ella se contentaba con estar en medio del pelotón, sin ser ni una perezosa ni una kamikaze, lo que ya en sí mismo era un logro. Dos años atrás, habría ido a la cola o —lo que era más probable— estaría aún en la cama, durmiendo, mientras el despertador sonaba por quinta o sexta vez. Su ropa estaría esparcida por el diminuto apartamento de encima del garaje de su madre y todas las cartas sin abrir que habría encima de la mesa de la cocina llevarían el mismo sello: «PLAZO VENCIDO». Cuando por fin saliera de la cama, vería tres mensajes de su padre pidiéndole que llamara, otros seis de su madre preguntándole si la había secuestrado un asesino en serie, y una llamada perdida del trabajo para decirle que era su último aviso (una vez más y la despedirían).

—Mierda —masculló Paisley.

Andrea miró hacia atrás mientras Paisley Spenser se despegaba del pelotón. Uno de los rezagados había tropezado. Thom Humphrey estaba bocarriba en el suelo, mirando a los árboles. Un gemido colectivo resonó en el bosque. La regla era que, si uno de ellos no terminaba, todos tenían que volver a hacerlo de nuevo.

—¡Levántate! ¡Levántate! —gritó Paisley, regresando para animarlo o darle patadas hasta que se pusiera de pie—. ¡Tú puedes! ¡Vamos, Thom!

—¡Vamos, Thom! —gritaron los demás.

Andrea gruñó, pero no se atrevió a abrir la boca. Su estómago se inclinaba como las sillas de la cubierta del Titanic. Llevaba meses haciendo *sprints,* flexiones, saltos de tijera y *burpees*, subiendo por cuerdas y corriendo aproximadamente un millón de kilómetros diarios, y aun así seguía siendo un peso ligero. La garganta se le llenó de bilis. Las muelas parecían a punto de desprendérsele. Apretó los puños al doblar la última curva del camino. La recta final. Cinco minutos más y jamás tendría que volver a recorrer aquel agotador circuito infernal.

Paisley pasó volando por su lado, corriendo a toda pastilla hacia la línea de meta. Thom había vuelto al pelotón. La fila se hizo más compacta. Estaban todos dispuestos a echar el resto.

Andrea ya no tenía fuerzas de las que tirar. Sabía que seguramente vomitaría si se esforzaba más. Abrió los labios para aspirar algo de aire y acabó tragándose una nube de mosquitos. Tosió, maldiciéndose por no haberlo sabido. Llevaba veinte semanas matándose en el Centro Federal de Instrucción Policial de Estados Unidos del condado de Glynn, Georgia. Entre los mosquitos, las pulgas de arena, los tábanos, las cucarachas del tamaño de roedores, los roedores del tamaño de perros, y el hecho de que el Centro de Entrenamiento de Glynco estaba más o menos en medio de un pantano, tendría que haber sabido que era peligroso abrir la boca para respirar.

El retumbar lejano de un trueno llegó a sus oídos. Se concentró en sus pasos cuando el camino empezó a descender. Los truenos dieron paso a un inconfundible *staccato* de aplausos y gritos de ánimo. Los que iban en cabeza habían roto la cinta amarilla, coreados por los vítores de los familiares que habían ido a celebrar que se graduaban de aquella tortura dantesca ideada para matarlos o hacerlos más fuertes.

—Joder —murmuró, llena de asombro sincero.

No se había muerto. No había abandonado. Meses de formación en el aula, entre cinco y ocho horas diarias de combate cuerpo a cuerpo, de técnicas de vigilancia, de ejecución de órdenes judiciales, de entrenamiento con armas de fuego y un esfuerzo físico tan intenso que había ganado kilo y medio de musculatura, y ahora, por fin, aunque pareciera increíble, estaba a veinte metros de convertirse en *marshal*, en agente del USMS, el Servicio de *Marshals* de los Estados Unidos.

Thom pasó a toda velocidad por su izquierda, algo muy propio de él, qué cabrón. Andrea sacó fuerzas de flaqueza y apretó el paso solo por despecho. Notaba el cerebro embotado por la explosión de adrenalina. Sus piernas comenzaron a moverse con rapidez. Adelantó a Thom y alcanzó a Paisley. Se sonrieron la una a la otra: tres chicos habían abandonado durante la primera semana de curso, a otros tres les habían invitado a marcharse, otro había desaparecido después de hacer una broma racista y otro más después de ponerse sobón. Paisley Spenser y ella eran dos de las cuatro mujeres que había en la clase de cuarenta y ocho alumnos. Solo unos pocos pasos más y todo habría terminado. Ya solo quedaría recorrer el camino hacia el escenario para la graduación.

Paisley cruzó la línea de meta un poco por delante de ella. Ambas lo celebraron levantando los brazos. Los numerosísimos familiares de Paisley gritaron como grullas al tiempo que la envolvían en un cálido abrazo. Andrea veía a su alrededor muestras de alegría similares. Todos los rostros sonreían, menos dos.

Los de sus padres.

Laura Oliver y Gordon Mitchell tenían los brazos cruzados. Seguían a Andrea con la mirada mientras los desconocidos la felicitaban y le daban palmaditas en la espalda. Paisley le dio un puñetazo juguetón en el brazo. Andrea se lo devolvió mientras veía a Gordon sacar su teléfono.

Sonrió, pero su padre no pretendía fotografiar aquel logro trascendental. Le dio la espalda para atender una llamada.

—¡Enhorabuena! —gritó alguien.

—¡Qué orgullosa estoy de ti!

—¡Muy bien hecho!

La boca de Laura formaba una línea fina y blanca mientras observaba a Andrea moverse entre la gente. Tenía los ojos llorosos, pero no eran lágrimas de orgullo como las que había derramado tras la primera actuación musical de Andrea en el colegio o cuando ganó el primer premio en la exposición de plástica.

Su madre estaba destrozada.

Uno de los inspectores veteranos le ofreció a Andrea un vaso de Gatorade. Ella lo rechazó meneando la cabeza con los dientes apretados y trotó hacia la fila de aseos portátiles de color azul intenso. En lugar de elegir uno, dobló la esquina, abrió la boca y echó hasta la primera papilla.

—Joder —balbuceó Andrea, enfadada por saber cómo derribar a un agresor sirviéndose solo de los puños y los pies y, en cambio, no poder controlar su propio estómago.

Se limpió la boca con el dorso de la mano. Se le nubló la vista. Debería haber aceptado el Gatorade. Si algo había aprendido en Glynco era a hidratarse. Y también a no dejar nunca, jamás, que alguien la viera vomitar, porque allí era donde te ponían un apodo para el resto de tu carrera y no quería que la conocieran como «la Potas».

—¿Andy?

Al volverse, no le sorprendió ver a su madre ofreciéndole una botella de agua. Si algo se le daba bien a Laura era correr a ayudar sin que nadie se lo pidiera.

—Andrea —la corrigió.

Laura levantó los ojos al cielo, porque Andrea llevaba veinte años diciéndole que la llamara Andy.

—Andrea. ¿Estás bien?

—Sí, mamá, estoy bien. —El agua de la botella estaba helada. Andrea se la puso contra la nuca—. Al menos podrías fingir que te alegras por mí.

—Podría, sí —reconoció Laura—. ¿Cuál es el procedimiento en caso de vómito? ¿Los criminales esperan a que termines de vomitar y luego te violan y te asesinan?

—No, primero te violan y te asesinan y luego vomitas. No digas tonterías. —Andrea abrió el tapón de la botella—. ¿Recuerdas lo que me dijiste hace dos años?

Laura no contestó.

—¿En mi cumpleaños?

Su madre seguía sin decir nada, aunque ninguna de las dos olvidaría nunca el trigésimo primer cumpleaños de Andrea.

—Mamá, me dijiste que me pusiera las pilas, que me fuera de tu garaje y que empezara a vivir mi vida. —Andrea extendió los brazos—. Pues aquí está.

Laura se derrumbó por fin.

—Yo no te dije que te unieras al puto enemigo.

Andrea se mordió la lengua. Se le había formado una protuberancia dentro de la boca de tanto apretar los dientes. No había vomitado delante de nadie, ni una sola vez. Era la segunda alumna más baja de la clase: le sacaba dos centímetros y medio a Paisley, que medía uno sesenta y cinco. Ambas pesaban quince kilos menos que el chico más flaco de la clase, pero las dos habían terminado el curso entre el diez por ciento de los alumnos más aventajados y acababan de superar a más de la mitad de su clase.

—Cariño, ¿toda esta gilipollez de hacerte policía es una especie de venganza? —preguntó Laura—. ¿Quieres castigarme por haberte mantenido al margen?

«Haberla mantenido al margen» era un eufemismo absurdo teniendo en cuenta que Laura le había ocultado durante treinta y un años que su padre biológico era un psicópata líder de una secta que fantaseaba con cometer una masacre. Su madre había llegado al extremo de inventarse a un padre biológico imaginario que había muerto en un trágico accidente de coche. Probablemente Andrea habría seguido creyéndose sus mentiras de no ser porque, hacía dos años, Laura se había visto acorralada y había tenido que confesarle la verdad.

—¿Y bien? —preguntó su madre.

Andrea había aprendido una lección muy dura esos dos últimos años, y era que no decir nada podía ser tan dañino como decirlo todo.

Laura soltó un profundo suspiro. No estaba acostumbrada a que la manipularan, aunque sí a manipular. Apoyó las manos en las caderas, miró a la gente, luego al cielo y finalmente volvió a fijar la mirada en Andrea.

—Mi amor, tienes una mente maravillosa.

Andrea se llenó la boca de agua fría.

Laura añadió:

—La fuerza de voluntad y el empuje que has demostrado para llegar hasta aquí prueban que podrías dedicarte casi a cualquier trabajo que quisieras. Y eso me encanta. Me encantan tu garra y tu determinación. Quiero que hagas lo que te apasiona. Pero no puede ser esto.

Andrea se enjuagó la boca antes de escupir el agua.

—En la academia de payasos dijeron que no tenía los pies lo bastante grandes.

—Andy… —Laura dio un pisotón, enojada—. Podrías haber vuelto a la escuela de arte o ser profesora, o incluso haberte quedado en el centro de llamadas de emergencia.

Andrea bebió un largo trago de agua. Cuando tenía treinta años, aceptaba sin dudar todo lo que decía su madre. Ahora, solo veía desaciertos.

—O sea, ¿más deudas, estar rodeada de niños malcriados o escuchar a ancianos quejarse de que no les recogen la basura, y todo por nueve dólares la hora?

Laura no se dejó desanimar.

—¿Y el arte?

—Eso no da dinero.

—Te encanta dibujar.

—Y al banco le encanta que pague mis préstamos educativos.

—Tu padre y yo podríamos ayudarte a…

—¿Qué padre?

El silencio adquirió entre ellas la textura del hielo seco. Andrea terminó de beberse el agua mientras su madre se rehacía. Se sentía mal por haber asestado ese último golpe. Gordon había sido un padre estupendo. Seguía siéndolo. Hasta hacía poco, era el único padre que Andrea había conocido.

—Bueno… —Laura giró su reloj de muñeca—. Deberías ir a arreglarte. La graduación es dentro de una hora.

—Te sabes el horario, estoy impresionada.

—Andy… —Laura se interrumpió—. Andrea. Creo que estás huyendo de ti misma. Como si creyeras que estar en otra ciudad y hacer este trabajo absurdo y peligroso va a convertirte en otra persona.

Andrea deseó con todas sus fuerzas que se acabara el sermón. Su madre, más que cualquier otra persona, tendría que entender la necesidad de hacer saltar tu vida por los aires y de construir algo con más sentido a partir de sus cenizas. Laura no se había metido en una secta violenta a los veintiún años porque su vida estuviera en perfecto equilibrio, ni había denunciado a la policía al padre biológico de Andrea porque de pronto hubiera tenido una revelación. Eso por no hablar de lo ocurrido dos años atrás, cuando se puso como una fiera ante la sola idea de que la vida de Andrea estuviera en peligro.

—Mamá —dijo Andrea—, deberías alegrarte de que esté dentro.

Laura pareció sinceramente desconcertada.

—¿Dentro de qué?

—Del sistema —contestó Andrea, a falta de una descripción más precisa—. Si alguna vez sale de la cárcel, si vuelve a intentar jodernos la vida, tendré detrás a todo el Servicio de Marshals de los Estados Unidos.

Laura empezó a menear la cabeza antes de que su hija acabase de hablar.

—No va a salir de la cárcel. Y, aunque salga, podemos defendernos solas.

«Tú sí puedes», pensó Andrea. Ese era el problema. Cuando las cosas se habían puesto feas, Laura había sacado las garras como una tigresa mientras ella se acurrucaba en un rincón, como una niña que juega al escondite. No quería sentirse otra vez así de indefensa cuando su padre volviera a arremeter contra ellas.

Laura volvió a intentarlo:

—Tesoro, me gusta la persona en que te has convertido. Me encanta mi niñita, tan sensible, creativa y buena.

Andrea se mordió el labio. Oyó más vítores cuando los últimos rezagados cruzaron la línea de meta. Alumnos con los que había entrenado. Y a los que había superado en casi diez minutos.

—Andrea, déjame darte el mismo consejo espontáneo que me dio a mí mi madre. —Laura nunca hablaba de su familia, y mucho menos de su pasado. Aquello captó de inmediato la atención de Andrea—. Yo era más joven, pero me parecía mucho a ti. Me enfrentaba a cada reto que me surgía en la vida como si fuera un precipicio al que tenía que arrojarme.

Andrea no quería reconocer que esa actitud le sonaba.

—Me creía tan valiente, tan atrevida... —prosiguió Laura—. Tardé años en darme cuenta de que cuando caes, pierdes por completo el control. Te entregas a la gravedad.

Andrea se encogió de hombros.

—Nunca me han dado miedo las alturas.

—Yo le dije casi exactamente lo mismo a mi madre. —Aquel recuerdo íntimo hizo sonreír a Laura—. Ella sabía que no corría hacia algo, sino que estaba huyendo de todo. En especial, de mí misma. ¿Y sabes qué me dijo?

—Creo que me lo vas a contar.

Laura seguía sonriendo cuando posó suavemente las manos en sus mejillas.

—Me dijo: «Dondequiera que vayas, ahí estás».

Andrea veía la preocupación en los ojos de su madre. Laura tenía miedo. Intentaba protegerla. O quizá estuviera tratando de manipularla, como había hecho siempre.

—Vaya, mamá. —Andrea dio un paso atrás—. Parece que habría sido una abuela fantástica. Ojalá hubiera tenido oportunidad de conocerla.

La expresión de dolor de Laura le mostró que la había herido en lo más hondo. Esto era algo nuevo para ellas, este horrible toma y daca que convertía la lengua de Andrea en una cuchilla afilada.

Andrea le apretó ligeramente la mano. Ya no se reconciliaban con palabras. Se ponían una tirita y dejaban supurar la herida hasta la próxima vez.

—Debería ir a buscar a papá.

—Sí. —Laura tragó saliva, intentando contener las lágrimas.

Andrea se reprendió a sí misma mientras regresaba hacia el gentío. Y acto seguido se reprendió a sí misma por haberse reprendido, porque ¿por qué coño lo hacía?

Tiró la botella vacía a la papelera de reciclaje y siguió recibiendo palmaditas en la espalda y felicitaciones de perfectos desconocidos a los que les parecía admirable. Recorrió con la mirada un mar de caras mayoritariamente blancas hasta que vio a su padre, de pie, solo, al fondo. Gordon era más alto que la mayoría de los padres, fibroso de cuerpo y con una barba y un bigote desaliñados que le daban un aire a Idris Elba, si Idris Elba fuera un abogado empollón, especializado en herencias y fideicomisos, que presidía el club local de astronomía y cuando hablaba de *jazz* hablaba por los codos.

Andrea estaba empapada de sudor y Gordon llevaba puesto uno de sus trajes de Ermenegildo Zegna, pero aun así la abrazó con fuerza y la besó en la coronilla.

—Papá, que estoy hecha un asco.

—Para eso están las tintorerías. —Le dio otro beso en la cabeza antes de soltarla—. Estoy muy orgulloso de lo que has conseguido aquí, cariño.

Andrea advirtió la precisión de sus palabras. No estaba orgulloso de que se hubiera convertido en agente federal. Estaba orgulloso de que hubiera completado la tarea, igual que se enorgullecía de ella cuando, estando en la escuela infantil, trazaba el contorno de su mano para dibujar un pavo.

—Papá, yo… —balbuceó.

Él negó con la cabeza. Estaba sonriendo, pero Andrea conocía las sonrisas de su padre.

—Vamos a hablar de lo incómoda que está tu madre. Seguro que ahí encontramos algo que nos haga reír a los dos.

Andrea se giró y vio que Laura avanzaba nerviosa entre una fila de hombres armados. Los inspectores veteranos vestían polo azul marino con el escudo oficial del Servicio de *Marshals* de los Estados Unidos cosido en el bolsillo. En la hebilla del cinturón de sus pantalones de color canela brillaba la Estrella de Plata, la insignia de los *marshals*, y llevaban la Glock a la altura de la cadera.

Uno de los instructores más simpáticos se puso a hablar con Laura. Gordon se rio al verla tan agitada, pero Andrea se había puesto tan borde con su madre que no sentía ningún placer al verla retorcerse de nerviosismo.

—No lo sé —dijo.

Gordon la miró extrañado.

—Si te estás preguntando por qué hago esto —añadió ella—, la respuesta es que no lo sé. —Se sintió liberada al reconocerlo. Nunca se había permitido decirlo en voz alta. Quizá el consejo inoportuno que le había dado Laura le había soltado la lengua—. Mentalmente, en mi cabeza, me aferro a explicaciones como que ser *marshal* va a darle un propósito a mi vida o que tengo que intentar compensar el mal que trataron de hacer mis padres biológicos, pero la pura verdad es que lo único que hago es poner un pie delante del otro y decirme a mí misma que correr hacia delante es mejor que ir hacia atrás.

Como de costumbre, Gordon sopesó sus palabras antes de hablar.

—Al principio pensé que estabas intentando hacerle la puñeta a tu madre, y desde luego lo has conseguido, pero cuatro meses y pico de entrenamiento físico y estudio intensivo no suelen ser síntoma de rebeldía.

Tenía razón.

—Esnifar fentanilo y quedarme preñada de un motero no me apetecía mucho.

La cara que puso Gordon dejó claro que la broma no le hizo gracia.

—Es natural que quieras saber más sobre tu origen.

—Supongo que sí —dijo Andrea, aunque esa era solo una explicación posible entre muchas otras.

El Servicio de *Marshals* de los Estados Unidos, del que ahora formaba parte, controlaba el Programa de Protección de Testigos, lo que coloquialmente se conocía como «Protección de Testigos». El acuerdo al que había llegado Laura para testificar contra el padre biológico de Andrea les había permitido entrar a ambas en el programa, aunque ella aún no había nacido cuando su madre firmó en la línea de puntos. A cambio de declarar contra el padre de Andrea, Laura había podido inventar la historia de su trágica viudez en una localidad costera de Georgia. En lugar de verse tachada de criminal, había creado la leyenda de que era una logopeda de pueblo cuyas opiniones contrarias al Gobierno la convertían en la terapeuta ideal para los exmilitares desilusionados con los que trabajaba en el hospital de veteranos.

Por desgracia, Andrea había descubierto durante su segunda semana en la academia que los registros del Programa de Protección de Testigos estaban custodiados por estrictas normas de confidencialidad. Nadie, absolutamente nadie, podía acceder a ellos sin una justificación sólida y defendible ante la ley. Aquello no eran los illuminati. No se obtenía acceso a todos los secretos del mundo con solo unirse al club.

—En fin… —Gordon sabía cuándo había que cambiar de tema—. El escudo de los *marshals* es impresionante. Muy a lo Wyatt Earp.

—Se llama Estrella de Plata. Y Wyatt Earp no se convirtió en *marshal* hasta que alguien intentó matar a su hermano. —Andrea no pudo contenerse. Los instructores les habían taladrado cada rincón del cerebro a la hora de tratar de inculcarles la historia del Servicio—. Virgil Earp era el ayudante que estaba al mando cuando el tiroteo en el O. K. Corral.

—Tengo que felicitar a tus profesores por haber conseguido que abrieras un libro de texto. —La sonrisa de Gordon seguía siendo tensa, pero aun así dijo—: El salario inicial da para vivir dignamente. Y hay un aumento de sueldo garantizado pasado el primer año. Después hay aumentos sucesivos. Permisos pagados. Baja por enfermedad. Asistencia sanitaria. Jubilación obligatoria a los cincuenta y siete años. Podrías aprovechar tu experiencia para montar una consultoría hasta que estés lista para jubilarte del todo.

Él lo estaba intentando, así que ella también lo intentó.

—Solo perseguimos a los malos de verdad.

Gordon levantó las cejas.

—Sabemos a quién nos enfrentamos —explicó ella—. No somos como la policía local, que para a un conductor por exceso de velocidad y no sabe si se va a encontrar con un miembro de un cártel o con un tipo que llega tarde al entrenamiento de sóftbol de su hijo.

Gordon esperó.

—Tenemos sus nombres, sus antecedentes penales. Un juez nos da una orden y nos manda a detenerlos. —Andrea se encogió de hombros—. O trasladamos a presos al juzgado. O llevamos a cabo embargos de bienes de delincuentes de guante blanco. O nos aseguramos de que los pederastas hacen lo que se supone que hace un pederasta. En realidad, no investigamos, a no ser que se nos asigne una labor muy específica. La mayoría de las veces tratamos con personas que ya han sido procesadas. Sabemos quiénes son.

Gordon asintió con la cabeza, no para mostrarse de acuerdo con lo que ella decía, sino para darse por enterado.

—¿Conoces el cuadro *El problema con el que todos convivimos*? —preguntó Andrea.

—Norman Rockwell, 1964. Óleo sobre lienzo. —Gordon sabía de arte—. Está inspirado en una niña de seis años llamada Ruby Bridges que empezó a ir a una escuela primaria para niños blancos en Nueva Orleans.

—¿Sabías que los hombres que la escoltaban eran *marshals*?

—Ah, ¿sí? —preguntó Gordon.

Andrea desgranó para él todos los datos que había aprendido para aquel preciso instante.

—Los *marshals* se encargan de la seguridad de los magistrados del Tribunal Supremo y de los servicios diplomáticos. Y también de proteger a los atletas olímpicos. Y a los científicos en la Antártida. Son el cuerpo de seguridad federal más antiguo del país. George Washington en persona fue quien nombró a los trece primeros agentes.

Fue justo en ese momento cuando Laura se unió a ellos.

—También daban caza a esclavos fugitivos para devolvérselos a sus dueños. Y dirigían los campos de internamiento en los que se encarceló a ciudadanos japoneses-americanos durante la Segunda Guerra Mundial. Y…

—Laura —le advirtió Gordon.

Andrea miró al suelo. Oía a otros padres conversar con sus hijos, y ninguna de esas conversaciones parecía tan desagradable como la suya.

—Cariño… —Gordon esperó a que levantara la vista—. Yo te apoyo. Siempre te he apoyado. No tienes que convencerme de nada.

—Por el amor de Dios —masculló Laura.

Gordon le puso una mano en el hombro a Andrea.

—Solo prométeme que siempre recordarás quién eres.

—Eso —dijo Laura—. No olvides exactamente quién eres.

Estaba claro que hablaban de dos cosas distintas, pero Andrea no iba a abrir ese debate.

—Señor Mitchell, señora Oliver. —Otro *marshal* surgió de la nada. Llevaba un traje elegante, con el arma oculta bajo la chaqueta. Mike le guiñó un ojo a Andrea como si hubieran pasado dos segundos desde la última vez que se habían visto, y no un año y ocho meses—. Soy el inspector Michael Vargas, del Servicio de *Marshals* de los Estados Unidos. Deben de estar muy orgullosos de su hija.

—¿Vargas? —Laura se había sobresaltado de forma ostensible al ver a Mike. Era su supervisor y su enlace dentro del Programa de Protección de Testigos, y confiaba en él tanto como en cualquiera que trabajara para el Estado—. ¿Es otro alias o por fin está diciendo la verdad?

Andrea miró a su madre.

—¿La verdad sobre qué?

—Agente Vargas, encantado de conocerlo. —Gordon le estrechó la mano a Mike fingiendo que no se conocían, porque así era como funcionaba el Programa.

Ni siquiera los instructores de Andrea sabían que ella formaba parte del mismo desde pequeña. Dudaba que ni el propio director lo supiera.

—Señora Oliver. —Mike sabía que Laura no iba a darle la mano—. Enhorabuena. Veo que está radiante de orgullo.

—Necesito una copa.

Laura fue en busca de un bar, en una academia federal de policía, a las diez y media de la mañana. Siempre se encrespaba ante la autoridad, pero el hecho de que Andrea se hubiera unido a quienes habían vigilado cada uno de sus movimientos durante más de treinta años la había convertido en un puercoespín armado con una bazuca.

Mike esperó a que se alejara.

—Que no se entere de que los *marshals* ayudaban a hacer cumplir la ley seca.

Gordon volvió a apretarle el hombro a Andrea antes de marcharse.

Mientras lo veía alejarse, Mike le dijo a Andrea:

—Al menos tu madre ha venido, ¿no? Algo es algo.

Ella, que intentaba mantener la compostura, no respondió. Se sentía sudada y sucia por la carrera, pero el calor que invadía su cuerpo en ese instante se debía por completo a Mike. Habían salido durante cuatro meses muy intensos, hasta que ella lo dejó plantado. Había sido una decisión tan dolorosa como necesaria. Mike era agua pasada, y ella, como acababa de señalar su querida madre, nunca se había encontrado con un precipicio al que no se lanzara de cabeza. No necesitaba que un hombre con complejo de salvador interviniera para frenar su caída. Tenía que aprender a salvarse ella sola.

Tal vez por eso había ingresado en los *marshals*.

Era una explicación tan válida como otra cualquiera.

—¿Qué te parece mi nuevo *look*? —Mike se rascó la barba, poblada y morena—. ¿Te gusta?

Joder, le encantaba, pero se encogió de hombros.

—Vamos a dar un paseo. —Él le dio una palmada en el hombro para que se pusiera en marcha, pero antes miró a Laura y Gordon, que estaban enfrascados en una acalorada discusión—. ¿Se están viendo otra vez?

Sí, pero Andrea no iba a darle ninguna información al supervisor de su madre.

Mike lo intentó de nuevo.

—Me alegro de que Gordon apoye tu decisión de unirte a los buenos.

Gordon era un hombre negro licenciado en Derecho en una universidad de la Ivy League que rompía a sudar cada vez que veía a un policía por el espejo retrovisor.

—Mi padre siempre me ha apoyado.

—Tu madre también. —Mike sonrió al ver su expresión escéptica. El que defendiera a Laura cuando casi le había costado el puesto de trabajo unos años atrás era prueba de su resiliencia, o tal vez un síntoma de amnesia traumática—. Deberías ser más tolerante con ella. Este trabajo puede ser peligroso. Laura lo sabe mejor que nadie. Tiene miedo de que te pase algo.

Andrea, que no quería seguir hablando de su vida privada, cambió de tema.

—Seguro que tu madre dio una gran fiesta cuando te graduaste.

—Sí. Y me la encontré llorando a lágrima viva en la despensa porque le aterraba que me pasara algo.

Andrea sintió una punzada de mala conciencia. Había estado tan centrada en acabar su formación que no se había parado a pensar que quizá los motivos por los que Laura detestaba que hubiera escogido ese camino no eran los más evidentes. Laura Oliver podía ser muchas cosas, pero tonta no era.

—Dime una cosa. —Mike la condujo hacia el edificio de administración—. ¿Vamos a seguir fingiendo que no te arrepientes amargamente de haberme dejado tirado hace año y medio?

Más bien, Andrea trataba de fingir que no estaba tan colada por él que no sabía si llamarlo a voces o echarse a llorar.

Si no recordaba mal, ambos habían hecho un poco de las dos cosas.

—Oye. —Él volvió a darle otro golpe en el hombro, juguetonamente—. Creo que esa pregunta merece una respuesta.

—Pensaba que lo nuestro no era nada serio.

—¿Nada serio? —Mike se adelantó para abrir la puerta de cristal—. Si no hubiera sido nada serio, no habríamos ido a West Jesus, Alabama, para que conocieras a mi madre.

Su madre era todo lo contrario a Laura: una especie de ama de casa ideal de los años cincuenta que se parecía a Rita Moreno y con un toque de Lorelai Gilmore.

Aun así, Andrea dijo:

—«Nada serio» puede significar muchas cosas.

—No recuerdo haber recibido ese mensaje. ¿Me lo mandaste por mensaje de texto? ¿En una nota de voz?

—Por medio de una paloma mensajera —bromeó ella—. ¿No te llegó el tuit?

Dentro del desangelado edificio de oficinas las luces estaban apagadas, pero el aire acondicionado lo convertía en el lugar más hermoso en el que había estado Andrea. Sintió un cosquilleo en la piel cuando empezó a secársele el sudor.

Mike se quedó extrañamente callado mientras cruzaba el vestíbulo y abría la puerta de la escalera. Andrea dejó que pasara primero, por convicción feminista y para poder disfrutar del panorama que ofrecía su trasero. Los músculos de las piernas se le marcaban en los pantalones hechos a medida. Subió los escalones de dos en dos, agarrándose con una mano a la barandilla para impulsarse. Andrea se había acostado con otros chicos antes, pero Mike era el primer hombre con el que había estado. Era tan inteligente, tan seguro de sí mismo, que apenas quedaba espacio para que ella también lo fuera cuando estaba con él.

Cuando llegaron al descansillo, él abrió la puerta.

—Los tuits son para pardillos.

Mike pasó primero, y Andrea se dio por aludida: la pardilla era ella. Miró el oscuro pasillo y se preguntó qué narices hacían allí. Mike tenía ese don: conseguía que el cerebro de Andrea se olvidara de la sensatez. Ya debería haber salido de la ducha. Iba a llegar tarde a su propia graduación.

—¿A dónde me llevas? —preguntó.

—A ti te gustan las sorpresas.

No le gustaban en absoluto; al contrario, pero aun así lo siguió hasta una sala de reuniones vacía.

Las luces estaban apagadas. Mike abrió las persianas para que entrara el sol.

—Siéntate —dijo.

Técnicamente, era su superior, pero Andrea nunca seguiría sus órdenes.

Dio una vuelta por la sala, que se utilizaba para hacer ejercicios de vigilancia y detención de fugitivos. Ahora que las clases habían terminado, las blancas pizarras estaban limpísimas. Los retratos enmarcados de las paredes mostraban a varios *marshals* de antaño, como, por ejemplo, Robert Forsyth, el primer *marshal* que murió en acto de servicio, en la década de 1790; el ayudante Bass Reeves, el primer *marshal* negro, a principios del siglo xx; o Phoebe Couzins, que no solo fue la primera mujer en ingresar en el cuerpo, sino también una de las primeras en licenciarse en Derecho en los Estados Unidos.

El cuadro más grande era un póster enmarcado de la película de 1993 *El fugitivo*, protagonizada por Harrison Ford en el papel de preso fugado, y Tommy Lee Jones en el de *marshal.* A Andrea le parecía que era mejor que el póster gigantesco de *Con air: Convictos en el aire,* con Nicolas Cage, que decoraba la sala de descanso de su residencia. Los *marshals* no solían protagonizar películas de Hollywood.

Mike se detuvo delante de un gran mapamundi. Las diversas delegaciones del USMS en el extranjero estaban marcadas con chinchetas azules. El cuerpo era una comunidad muy estrecha formada por unos tres mil agentes que prestaban servicio en todo el mundo. Todos se conocían entre sí, directamente o a través de otros. Andrea era consciente de que su exilio voluntario de Mike la había conducido a un trabajo en el que por fuerza tendría que volver a encontrarse con él.

—¿Qué has solicitado?

Andrea no había solicitado ningún puesto en concreto. Le asignarían un destino después de su graduación.

—Algún sitio en el oeste.

—Lejos de casa. —Mike sabía muy bien que de eso se trataba justamente—. ¿Ya has decidido qué quieres hacer?

Ella se encogió de hombros.

—Depende, ¿no?

El USMS procuraba que sus agentes se dedicasen a lo que de verdad les gustaba —lo que honraba al cuerpo—; de ahí que durante el primer año de trabajo los hicieran rotar por distintos puestos. Podías hacer un poco de cada cosa dos semanas seguidas: detención de fugitivos, seguridad judicial, confiscación de bienes, traslado de prisioneros, vigilancia de delincuentes sexuales, búsqueda de niños desaparecidos y, por supuesto, protección de testigos.

Andrea tenía la esperanza de que se encendiera una bombilla gigante cuando por fin encontrara su vocación. Y, si no se encendía, siempre tendría el magnífico plan de jubilación y los permisos remunerados.

—Las delegaciones del oeste son muy pequeñas y hay poco personal local de apoyo. Seguramente te pasarás la mayor parte del tiempo haciendo portes.

Se refería al traslado de presos. Andrea se encogió de hombros.

—Por algo hay que empezar.

—Eso es verdad. —Mike se acercó a la ventana y contempló el campo de prácticas—. Vamos a estar aquí unos minutos más. ¿Por qué no te sientas?

Andrea debería haber insistido en que le explicara qué pasaba, pero solo pudo mirar sus anchos hombros. Lo más atrayente de Mike Vargas no era su cuerpo musculoso, ni su voz grave, ni siquiera aquella barba que tan bien le quedaba. Era su forma de hablar con ella, que le hacía sentir que era la única persona con la que de verdad había compartido algo. Como, por ejemplo, que le gustaba el realismo mágico, pero no soportaba los libros de dragones. Que tenía cosquillas en los pies y que odiaba pasar frío. Que, aunque a veces estaba resentido con ellas, quería muchísimo a sus tres hermanas mayores, que eran unas mandonas. Que cuando era niño, su madre —una santa— tenía dos trabajos para poder dar de comer a sus hijos, pero que él de buena gana se habría saltado una comida con tal de pasar más tiempo con ella. Que le había mentido acerca de su padre la primera vez que hablaron de sus respectivas familias.

Que tenía diez años cuando una noche su padre se levantó de madrugada porque creía que había entrado un intruso en su casa, y sin querer le pegó un tiro en la cabeza a su hijo adolescente.

Que a veces todavía oía el ruido estremecedor del cuerpo de su hermano cuando cayó al suelo de madera.

Que otras veces le parecía escuchar también otro golpe, el del cuerpo de su padre al caer cuando se suicidó con la misma arma una semana después.

—Casi se me olvida. —Mike sonreía cuando se dio la vuelta—. Iba a darte un consejo.

A Andrea le encantó su tono burlón.

—Lo que más me gusta es que me den consejos que no he pedido.

Su sonrisa se convirtió en una mueca.

—Allá donde aterrices, hazte un favor y dile a todo el mundo que estamos saliendo.

Ella soltó una carcajada.

—¿Eso es hacerme un favor?

—Bueno, en primer lugar, mírame. —Estiró los brazos—. Estoy buenísimo.

En eso no se equivocaba.

—¿Y en segundo lugar?

—Tus nuevos compañeros querrán saber por qué no te acuestas con ellos. —Se apoyó de espaldas en la ventana—. Y empezarán a hacerse preguntas. ¿Es de Asuntos Internos? ¿Me estará espiando? ¿Puedo fiarme de ella? ¿Es lesbiana? ¿Por qué no sale del armario? ¿Qué esconde? ¿Será su novia más guapa que yo?

—¿Esas son las únicas posibilidades? ¿O soy espía o soy lesbiana? ¿No puede ser que sencillamente no me interesen?

—Nena, son *marshals*. Claro que te interesan.

Andrea meneó la cabeza. En Glynco, solo había una cosa que apestaba más que el sudor y la loción antimosquitos: la testosterona.

—Creo que tu ego se tragó mi paloma mensajera.

Los ojos de Mike centellearon a la luz del sol.

—Eso explica por qué no consigo quitarme tu sabor de la boca.

Ambos se sobresaltaron cuando un hombre con traje negro y un auricular elástico y que tenía la rígida postura de un agente federal asomó la calva por la puerta. Miró a su alrededor, hizo un gesto de asentimiento y se retiró.

—Siento llegar tarde. —Un hombre maduro, de aspecto imponente, entró por la puerta, absorbió prácticamente todo el oxígeno de la sala y le tendió su elegante mano a Andrea—. Es un placer conocerte por fin, Andrea. Estoy muy orgulloso de lo que has hecho aquí, en el centro de entrenamiento. Es todo un logro.

Tuvo que morderse el labio para no quedarse boquiabierta. El recién llegado no se había presentado, pero ella, naturalmente, conocía su cara. Había sido un aspirante con muchas posibilidades en las últimas primarias presidenciales, hasta que tuvo que retirarse debido a un escándalo. Por suerte, había logrado salir indemne y ahora era senador del estado de California.

También era, según había sabido Andrea hacía poco tiempo, el hermano mayor de Laura, lo que técnicamente lo convertía en su tío.

—¿No has...? —Se le quebró la voz—. ¿No has visto a mi madre?

Las cejas rellenas de bótox de Jasper Queller se arquearon.

—¿Está aquí?

—Ha venido con mi padre. Con Gordon. Han..., eh...

Andrea tuvo que sentarse. Solo se acordó de que Mike estaba en la habitación cuando se presentó a Jasper. Le dieron ganas de pegarle una patada en los huevos por haberla llevado allí. Y también de abofetearse a sí misma por haber caído en la trampa, porque Jasper no había aparecido por casualidad.

Aquello estaba planeado.

Oyó una pregunta rebotar dentro de su cráneo como una pelota de pimpón, una pregunta que le habían formulado hacía dos años, cuando su vida dio un vuelco.

«Santo Dios, niña, ¿llevas toda la vida con un anzuelo en la boca?».

Entonces había respondido que sí. Dos años después, sin embargo, no había excusa para que siguiera picando el anzuelo.

—¿Qué haces aquí? —le preguntó a Jasper.

Mike dedujo que aquel era buen momento para escabullirse.

Jasper puso un delgado maletín de cuero sobre la mesa. El chasquido de las cerraduras doradas al abrirse sonó a dinero. Andrea ignoraba quién le había hecho el traje, pero sin duda alguien había empuñado una aguja para confeccionarlo. Seguramente tenía ante sí la encarnación física, en forma de traje, de todos sus préstamos educativos juntos.

Él indicó una silla.

—¿Puedo?

Andrea no necesitó consultar el organigrama que había en la pared. El USMS pertenecía al Departamento de Justicia, que se hallaba bajo la supervisión del Comité Judicial del Senado, formado por veintidós senadores; entre ellos, el hombre que acababa de preguntarle si podía sentarse frente a ella.

—Como quieras. —Intentó hacer un ademán displicente, pero acabó golpeando el borde de la mesa.

Pese al gélido aire acondicionado, una gota de sudor rodó por su espalda. Tenía las emociones a flor de piel. Laura se pondría fuera de sí si descubría que su hija y su hermano estaban juntos en la misma habitación. Por muy enfadada que estuviera con su madre, no tenía elección. Jamás se pondría del lado de Jasper.

—Andrea, me gustaría empezar diciendo que lamento que no nos hayamos conocido antes. —Incluso sentado, y a pesar de que hacía años que había abandonado el Ejército, tenía un porte marcial—. Tenía la esperanza de que te pusieras en contacto conmigo.

Andrea se fijó en las finas arrugas que rodeaban sus ojos. Era seis años mayor que Laura, pero tenían la misma nariz aristocrática y los mismos pómulos altos.

—¿Por qué iba a ponerme en contacto contigo?

Él asintió con la cabeza.

—Buena pregunta. Supongo que tu madre se oponía.

La verdad era un arma eficaz.

—Nunca salió el tema.

Jasper la miró desde detrás del maletín abierto. Sacó una carpeta y la puso sobre la mesa. Cerró el maletín y lo dejó en el suelo.

Andrea se contuvo de preguntarle por la carpeta, porque estaba claro que eso era lo que él quería.

—Voy a llegar tarde a mi graduación.

—No empezarán sin ti; te lo aseguro.

Andrea apretó los dientes. El reducido mundo del USMS acababa de reducirse aún más. Pronto estaría rodeada por un montón de investigadores titulados que se preguntarían por qué un senador había retrasado la ceremonia de graduación para poder hablar con Andrea Oliver.

—La verdad es que es muy emocionante verte en persona. —Jasper observaba su rostro sin disimulo—. Me recuerdas mucho a tu madre.

—¿Por qué no me ha sonado como un cumplido?

Él sonrió.

—Supongo que es mejor eso que el que te comparen con tu padre.

En eso, ella supuso que tenía razón.

—De hecho, él es la razón por la que estoy aquí. —Jasper dio unos golpecitos sobre la carpeta—. Como sabes, las imputaciones adicionales que se presentaron contra tu padre hace dos años no se concretaron finalmente porque el jurado no se puso de acuerdo. El Departamento de Justicia no va a volver a procesarlo. Mientras tanto, su sentencia se agota. La conspiración para cometer actos de terrorismo interno era una imputación novedosa antes del 11S. La conspiración para cometer asesinato no tiene tanto alcance, y, aunque el testimonio de tu madre fue útil, no bastó, ni mucho menos, ¿verdad? Casi estaríamos en mejor situación si tu padre hubiera consumado sus crímenes.

A Andrea no le gustó aquella pulla dirigida contra Laura, pero hizo un ademán de indiferencia. Nick Harp había sido condenado a cuarenta y ocho años de prisión y aún le quedaban quince por cumplir.

—¿Y qué?

—Tu padre puede volver a salir en libertad condicional dentro de seis meses.

Hubo algo en su tono que hizo que a Andrea se le formara un nudo en el estómago. Si podía dormir por las noches era tan solo porque sabía que Nick estaba entre rejas.

—Ya ha solicitado la condicional otras veces, y siempre lo han desestimado. ¿Por qué crees que esta vez será distinto?

—Podría decirse que en los últimos tiempos ha cambiado la actitud general hacia el terrorismo interno, sobre todo por parte de las juntas de libertad condicional, tradicionalmente más conservadoras. —Jasper sacudió la cabeza como si un senador tuviera muy poco control sobre lo que sucedía en el mundo—. Otros años he podido evitar que le concedieran la libertad condicional, pero es posible que esta vez se la concedan.

—¿En serio? —Andrea no se molestó en disimular su escepticismo—. Tú supervisas la Agencia Federal de Prisiones.

—Exacto. Y sería inapropiado que me vieran apoyando el dedo en la balanza.

A Andrea se le había secado la garganta. Temblaba de miedo ante la posibilidad de que Nick saliera de prisión, y de rabia porque Jasper hubiera tramado aquella emboscada.

—Disculpa, senador, pero ambos sabemos que no sería la primera vez que hicieras algo inapropiado.

Él volvió a sonreír.

—Sí, me recuerdas muchísimo a tu madre.

—Vete a la mierda con tus comparaciones. —Andrea se inclinó sobre la mesa—. ¿Sabes lo que nos hizo la última vez? Es un monstruo. Murió gente. Y él aún estaba en prisión. ¿Sabes lo que hará cuando salga? Irá directamente a por mi madre. Y a por mí.

—Excelente. —Jasper se encogió de hombros, imitando su gesto de un rato antes—. Parece que a todos nos interesa que siga encarcelado.

Andrea cambió de actitud, porque portarse como una arpía no parecía estar dando resultado.

—¿Qué quieres de mí?

—Al contrario, he venido para ofrecerte algo. —Apartó la mano de la carpeta. Andrea vio que tenía pegada una etiqueta, pero no alcanzó a leer lo que ponía—. Quiero ayudarte, Andrea. Y ayudar a la familia.

Ella comprendió que se refería a Laura, aunque aún no había pronunciado el nombre de su madre.

—Has pedido que te destinen a la Costa Oeste —añadió Jasper.

Ella sacudió la cabeza con vehemencia. No le apetecía nada trabajar en el estado al que representaba su tío.

—No me interesa…

Él levantó una mano.

—Escúchame, por favor. Estaba pensando si no preferirías trabajar en un sitio que esté más cerca, como la oficina de Baltimore.

Andrea sintió una oleada repentina de ansiedad y se quedó callada.

—Hay una jueza federal del distrito que está recibiendo amenazas de muerte con visos de ser ciertas. Le enviaron una rata muerta a su casa de Baltimore. —Jasper hizo una pausa—. Puede que hayas visto la noticia en los informativos nocturnos.

Andrea no la había visto, porque nadie de su edad se tragaba los informativos nocturnos.

—A la jueza la designó Reagan —continuó él—. Es de las últimas que quedan, de hecho. Hubo bastante presión para que se retirara durante la legislatura anterior, pero perdió su oportunidad.

A Andrea nunca le había interesado la política, pero sabía que el USMS se encargaba de la seguridad de los jueces federales.

—Su nombramiento tuvo un trasfondo trágico. La semana anterior a su toma de posesión, desapareció su hija. Poco después, apareció un cuerpo dentro de un contenedor de basura a las afueras de la ciudad. A la víctima, una mujer, le habían destrozado la cara a golpes. Tenía dos vértebras del cuello rotas. Tuvieron que identificarla mediante los registros dentales. Era la hija de la jueza.

Andrea sintió que empezaban a hormiguearle las plantas de los pies, como si estuviera en el borde de un edificio muy alto.

—Por increíble que parezca, la chica sobrevivió a la agresión. —Jasper hizo una pausa, como si fuera un hecho digno de reverencia—. Aunque «sobrevivir» es un término muy relativo. Médicamente, se hallaba en estado vegetativo, pero también estaba embarazada. Hasta donde yo sé, nunca averiguaron quién era el padre. La mantuvieron con vida casi dos meses, hasta que pudieron extraer al bebé con garantías de que saldría adelante.

Andrea se mordió el labio con fuerza para que no se notara que se estremecía.

—En aquel momento, la situación de la chica tuvo gran repercusión mediática. Es posible que sus trágicas circunstancias facilitaran el nombramiento de su madre. Reagan fue quien de verdad impulsó las políticas antiabortistas. Hasta entonces, dentro de su bando el aborto no le importaba a nadie, en realidad. Bush tuvo que dar la espalda a la principal organización nacional de planificación familiar para conseguir el puesto de vicepresidente. —Jasper pareció notar su deseo de que fuera al grano—. La jueza y su marido criaron a la niña. Aunque he dicho «niña», ya tiene cuarenta años, y una hija. Una adolescente, de hecho. Tengo entendido que es algo problemática.

Andrea hizo la misma pregunta que había hecho un rato antes:

—¿Qué haces aquí?

—Creo que lo que de verdad quieres saber es qué tiene esto que ver con tu padre. —Volvió a apoyar la mano sobre la carpeta misteriosa—. Los tribunales federales están cerrados por las vacaciones de verano. Como suelen hacer, la jueza y su marido han vuelto a su finca familiar, donde van a pasar los próximos dos meses. Dos equipos del USMS protegen la finca, en dos turnos, uno de noche y otro de día, mientras un inspector del servicio de Seguridad Judicial designado especialmente para el caso por el cuartel general de Baltimore investiga las amenazas de muerte. Las labores de vigilancia no son difíciles, en realidad. Es un poco como hacer de niñera. Y Longbill Beach es un pueblo precioso. Imagino que sabrás dónde está.

Andrea tuvo que aclararse la garganta antes de responder.

—En Delaware.

—Exacto. De hecho, Longbill Beach es el pueblo donde se crio tu padre.

Andrea ató cabos.

—Y crees que, hace cuarenta años, Nick Harp mató a la hija de la jueza.

Jasper asintió.

—El asesinato no prescribe. Si lo condenaran, seguiría en prisión el resto de sus días.

Andrea oyó resonar esas palabras dentro de su cabeza: «en prisión el resto de sus días».

—Se rumoreaba que era el padre del bebé. La chica se encaró con él en público la noche que desapareció. Discutieron delante de varios testigos. Él la amenazó tanto física como verbalmente. Y abandonó el pueblo poco después de que ella fuera identificada, después de la agresión.

Andrea tragó saliva. Quería retener los detalles, pero solo alcanzaba a pensar que Nick Harp había engendrado otra hija.

Y luego la había abandonado.

—Echa un vistazo a esto. —Jasper soltó por fin la carpeta y la deslizó hacia ella.

Andrea no la tocó. La carpeta quedó entre los dos, cerrada. Ya podía leer la etiqueta:

EMILY ROSE VAUGHN
FECHA DE NACIMIENTO: 1-5-1964
FECHA DE FALLECIMIENTO: 9-6-1982

Se le nubló la vista al ver el nombre de la joven. Le daba vueltas la cabeza. Intentó concentrarse —un asesinato que no prescribía; Nick entre rejas el resto de su vida—, pero se repetía una y otra vez la misma pregunta: ¿era aquello una trampa? No podía fiarse de Jasper. Había aprendido por las malas que no podía fiarse de nadie.

—¿Y bien? —dijo Jasper—. ¿No sientes curiosidad?

La curiosidad no era la emoción que predominaba en ella en ese momento.

Estaba asustada. Acongojada. Enfadada.

Una hermana de cuarenta años que se había criado en un pueblo costero, igual que ella. Otra niña que nunca resolvería el rompecabezas de su madre. Un padre sádico que había destruido la vida de ambas y que luego había pasado a su siguiente víctima.

Le temblaba la mano cuando cogió el expediente. La tapa le pareció gruesa al tacto. La primera página mostraba una fotografía de una chica rubia y guapa que sonreía de oreja a oreja a la cámara. Su prieta permanente y su sombra de ojos azul la situaban, sin duda alguna, a principios de los años ochenta. Andrea pasó a la página siguiente. Y luego a la siguiente. Reconoció el atestado policial por la plantilla del documento. Fecha, hora, ubicación, plano callejero, croquis de la escena del crimen, posible arma homicida, testigos, lesiones físicas que sufrió una muchacha inocente de diecisiete años.

Los dedos se le humedecieron de sudor mientras seguía pasando las páginas. Localizó las notas del agente encargado de la investigación. En 1982 los ordenadores eran aún una rareza. Y, al parecer, también lo eran las máquinas de escribir. Las notas manuscritas eran casi ilegibles, y habían sido fotocopiadas tantas veces que las letras estaban emborronadas.

Andrea sabía que no encontraría el nombre de Nicholas Harp en el expediente. Era el seudónimo que usaba su padre cuando conoció a su madre. Había abandonado su verdadera identidad en la primavera de 1982, cuando se marchó de Longbill Beach para siempre. La gente de allí lo conocería por su verdadero nombre. Andrea lo encontró en la última página, rodeado por un círculo y subrayado dos veces.

Clayton Morrow.

2

—Oregón es precioso, mamá.

Andrea hizo caso omiso de la mirada de extrañeza que le dirigió el conductor del Uber mientras cruzaban la bahía de Chesapeake y volvió la cara para dejarle claro que era una llamada privada.

—Creo que me va a gustar esto.

—Bueno, algo es algo —respondió Laura. Se oyó correr el agua del fregadero. Estaba haciéndole la cena a Gordon en Belle Isle—. Hace muchísimo tiempo que estuve allí. Me acuerdo de los árboles.

—El abeto de Douglas es el árbol del estado. La flor es la mahonia o uva de Oregón. Pero no es como una uva de verdad. El fruto se parece más bien a un arándano. —Andrea deslizó el pulgar por la pantalla de su teléfono del trabajo, hojeando la página de Wikipedia dedicada a Oregón—. ¿Sabías que es el noveno estado más grande del país?

—No, no lo sabía.

—Y… —Buscó algo que contarle con lo que no pareciera que estaba leyendo una estadística—. Hay una selva en la zona noroeste. La llaman el valle de los Gigantes. Es genial, ¿verdad?

—¿Hace frío? Te dije que te llevaras un abrigo.

—Se está bien. —Abrió *weather.com*—. Dieciocho grados.

—Todavía es temprano —dijo Laura, aunque la diferencia horaria con Oregón era solo de tres horas—. Cuando se ponga el sol bajará la temperatura. Deberías comprar una chaqueta. Será más barato que si te envío la tuya por mensajero. En el noroeste del Pacífico el tiempo es muy caprichoso. Nunca sabe una a qué atenerse.

—Voy a estar perfectamente, mamá. —Andrea miró por la ventanilla mientras escuchaba a su madre describir el tipo concreto de chaqueta que debía comprarse para el tiempo que hacía a casi cinco mil kilómetros de distancia.

—Que la cremallera cierre bien es muy importante —dijo Laura—. Y que tenga elástico en los puños, porque, si no, se te cuela el viento por las mangas.

Andrea cerró los ojos para evitar el sol de la tarde. Su brújula interna giraba a toda velocidad. Jasper no se había limitado a apoyar indebidamente el pulgar en la balanza. La había volcado por completo. Se suponía que iba a tener dos semanas de descanso antes de empezar en su primer destino, pero, gracias a su tío, apenas veinticuatro horas después de graduarse ya estaba trabajando en dos casos distintos. Uno consistía en hacer de niñera de una jueza que había recibido amenazas de muerte y una rata muerta por correo, y el otro, en procurar que su padre siguiera en prisión encontrando pruebas de que era culpable del asesinato de una joven olvidada hacía mucho tiempo.

No estaba segura de por qué había aceptado la oferta de Jasper, como no estaba segura del porqué de ninguna de las decisiones que había tomado durante los dos años anteriores. Su primer impulso había sido marcharse. Luego, sin embargo, se había permitido hacer lo único a lo que se había resistido durante esos dos años: pensar en el instante en que su vida saltó por los aires.

En vez de estar a la altura de las circunstancias, se había puesto a dar vueltas como un mono mecánico que hace sonar unos platillos rotos. No había nada de esa época de lo que estuviera orgullosa. No había planeado nada. No había tenido en cuenta las repercusiones de sus actos. Había recorrido sin rumbo fijo miles de kilómetros en coche tratando de resolver el misterio de sus padres y descubrir la verdad sobre sus actividades delictivas. Por culpa de su impulsividad, había estado a punto de perder la vida y de que la perdiera también Laura. Eso por no hablar de lo que le había hecho a Mike. Él había intentado salvarla varias veces, y ella, a cambio, le había dado una patada en los huevos, tanto en sentido literal como figurado.

Así que tal vez por eso había dicho que sí.

Era una explicación tan válida como otra cualquiera.

Cómo iba a resolver un asesinato de hacía cuarenta años seguía siendo una incógnita. Sus primeras veinticuatro horas como *marshal* habían tenido un comienzo poco prometedor. La tarde anterior había hecho un trayecto de cinco horas en un coche de alquiler para llegar al aeropuerto de Atlanta a tiempo de coger el vuelo de las 09:50 a Baltimore, pero las inclemencias habían retrasado el despegue dos horas y media, y después otra borrasca había desviado el avión a Washington D. C., de modo que no había aterrizado hasta las dos de la madrugada. Desde Dulles, había hecho el trayecto de veinte minutos en taxi hasta un motel barato de Arlington, Virginia, donde había dormido cuatro horas, y luego había dormido otra hora y media más en el tren, camino del cuartel del USMS en Baltimore, Maryland.

Allí nadie la esperaba. Los oficiales superiores estaban en una conferencia en Washington D. C. Una agente llamada Leeta Frazier, que normalmente trabajaba en incautación de bienes civiles, la había hecho entrar en una sala de reuniones para que firmara un montón de papeleo, le había dado un folleto sobre cómo no incurrir en acoso sexual, le había entregado su Glock 17 de 9 mm reglamentaria y su Estrella de Plata, y le había dicho que tendría que volver más tarde para conocer a su jefe y al resto del equipo.

Por si eso fuera poco, Leeta no había podido conseguirle un coche; de ahí que Andrea hubiera acabado en el Uber más caro del mundo, yendo hacia Longbill Beach. Aquel día parecía ya el más aburrido de la historia, en versión ampliada. Ahora, por fin, casi a las dos de la tarde, estaba atravesando la costa de Maryland camino de Delaware, donde, si todo iba bien, conocería a su nuevo compañero.

—Mándame una foto cuando llegues —le dijo Laura.

Andrea tuvo que rebobinar la conversación para entender que su madre se refería a la presunta chaqueta que iba a comprarse para un tipo de clima que no iba a hacer.

—Intentaré acordarme.

—Y prometiste que ibas a llamarme dos veces al día.

—Qué va.

—A mandarme un mensaje, quiero decir.

—Nada de eso.

—Andrea —dijo Laura, pero entonces Gordon se puso a hablar, y tapó el teléfono.

Andrea bloqueó la pantalla de su móvil del trabajo y se preguntó si ya habría conseguido incumplir las normas del cuerpo al buscar en Google datos sobre Oregón. Todavía no se creía que le hubieran dado un arma y una placa. Ahora era una *marshal* hecha y derecha, una agente del Servicio de *Marshals* de los Estados Unidos. Podía detener a gente. Podía nombrar ayudante a su conductor de Uber, si quería. Tal vez pudiera conseguir que mantuviera los ojillos fijos en la carretera, porque, en cuanto él se había percatado de que Andrea era agente de policía, había empezado a mirarla como si fuera una mierda que le hubieran dejado en el asiento trasero.

Se acordó de una frase que uno de sus instructores había escrito en la pizarra: «Si quieres que la gente te quiera, no ingreses en las fuerzas de seguridad».

—Muy bien. —Laura volvió a ponerse—. No es obligatorio, pero te agradecería muchísimo que me mandaras un mensaje de vez en cuando, cariño mío, para saber que sigues viva.

—Vale —cedió Andrea, aunque no sabía si lo cumpliría—. Te dejo, mamá. Creo que estoy viendo un turpial gorjeador.

—Ay, mándame una fo…

Andrea colgó. Observó a un andarríos que se dejaba arrastrar por la brisa, haciendo esa cosa tan rara que hacían: correr como sin tocar el suelo.

Cerró los ojos un momento y dejó escapar un largo suspiro con la esperanza de aliviarse del agotamiento que sentía. Notaba que su cuerpo anhelaba dormir, pero, si algo le habían demostrado sus anteriores intentos de descansar, era que su mente no dejaría de rebotar de un lado a otro entre tratar de averiguar los verdaderos motivos de su tío, preguntarse si su padre descubriría lo que ella se proponía y trataría de hacerlo saltar todo por los aires, y repasar su conversación con Mike para ver qué le apetecía más, si decirle que ella había cometido un terrible error o mandarlo a la mierda.

No podía seguir jugando a aquello otras dos horas más. Al menos, no en la parte de atrás de un Uber que olía a cera para coches y a ambientador de pino. Para no caer en esa espiral, buscó en su mochila y sacó el expediente del caso de Emily Vaughn.

Se fijó en la etiqueta desgastada y escrita a máquina. ¿Cómo habría conseguido Jasper una copia del sumario policial? Daba por sentado que, como senador de los Estados Unidos, tenía acceso a todo tipo de información. Era, además, asquerosamente rico, así que lo que no pudiera conseguir mediante influencia política, sin duda, lo conseguiría con un maletín bien repleto de dinero.

Los tejemanejes de Jasper importaban muy poco, de todas formas. La investigación que Andrea iba a emprender bajo cuerda tenía un único propósito, y no era congraciarse con su tío rico. Deseaba con todas sus fuerzas que su padre siguiera en prisión, no solo por el bien de Laura, sino también porque un sujeto capaz de convertir a un puñado de personas vulnerables en una secta con designios homicidas no debía estar en libertad. Si para conseguirlo tenía que resolver un asesinato de hacía cuarenta años, no le quedaría más remedio que hacerlo. Y, si no podía demostrar que había sido su padre, o si demostraba que había sido otra persona… En fin, se tiraría por ese precipicio cuando llegara a él.

Respiró hondo y exhaló despacio antes de abrir la carpeta.

La foto de Emily Rose Vaughn la impactó al instante. Era, evidentemente, su foto del último curso del instituto. La joven, que aún no había cumplido dieciocho años, estaba muy guapa, incluso con aquella permanente y los ojos pintarrajeados. Dio la vuelta a la fotografía para mirar la fecha. A Emily se le debía de estar empezando a notar el embarazo cuando se pusiera en la cola con los demás alumnos de último año para posar ante la cámara. Quizá para intentar ocultarlo hubiera usado una faja o unas medias con efecto moldeador, o alguna otra forma de tortura femenina al estilo de los años ochenta.

Andrea volvió a estudiar su cara. Intentó recordar lo que se sentía cuando una se encuentra tan cerca de la graduación. Estaría emocionada porque la universidad estaba a la vuelta de la esquina. Tendría ganas de irse de casa. Y se sentiría preparada para ser adulta, o al menos algo parecido (una adulta a la que sus padres seguían manteniendo).

Emily Vaughn había servido de incubadora humana en las últimas siete semanas de su vida. Por lo que se deducía del sumario policial, Jasper estaba en lo cierto al decir que nunca se había identificado al progenitor. En 1982 faltaban aún trece años para que el juicio de O. J. Simpson hiciera que tanto la ciudadanía como los tribunales de justicia aceptaran las pruebas de ADN como algo normal. Por aquel entonces, solo se contaba con la palabra de Emily, que por lo visto se había llevado su secreto a la tumba.

La cuestión era si se había considerado sospechoso a Clayton Morrow porque los indicios apuntaban a que podía ser el responsable, o si los crímenes de Nick Harp habían hecho que pareciera culpable *a posteriori*.

Andrea había hecho la búsqueda habitual en Google y había encontrado muy poca información disponible sobre el asesinato de Emily Vaughn. Ningún periodista o experto en crímenes ni ningún productor televisivo había ahondado en el caso, seguramente porque no había ningún hilo nuevo del que tirar. No había nuevos testigos ni nuevos sospechosos. Las escasas pruebas materiales que se habían recogido en las distintas escenas del crimen o bien se habían extraviado con el tiempo, o bien habían desaparecido arrastradas por las inundaciones que produjo el huracán Isabel en 2003.

La wiki de la jueza Esther Vaughn enlazaba con veintiún artículos periodísticos de hacía cuarenta años acerca de las circunstancias que rodearon la muerte de Emily. Dieciséis eran del *Longbill Beacon*, un periódico alternativo que había cerrado hacía ocho años y que solo dio como resultado un error 404 cuando Andrea intentó abrirlo. A los artículos de diarios nacionales solo se podía acceder mediante suscripción, y Andrea no pensaba pagarla, porque no quería dejar rastro de su tarjeta de crédito y porque además no estaba segura de que fueran a aceptarle la tarjeta. A la base de datos del USMS tampoco podía recurrir, porque consultar antecedentes delictivos sin una justificación legítima constituía una violación del reglamento y de la normativa federal.

Lo que significaba que su búsqueda en internet había llegado a un callejón sin salida, si se exceptuaba la Wikipedia. La muerte de Emily Vaughn apenas había dejado huella digital. Los diversos artículos de opinión que Esther Vaughn había escrito a lo largo de los años no aportaban ningún dato nuevo; solo hacían referencia a su «tragedia personal», que ella retorcía de manera interesada para reivindicar el tipo de cuestiones relativas a la justicia penal que cabía esperar que justificara una jueza nombrada por Reagan. En cuanto a su marido, Andrea había encontrado una nota de prensa publicada hacía un año por la Universidad de Loyola, de Maryland —un centro privado de enseñanza de humanidades que pertenecía a los jesuitas—, en la que se anunciaba que el doctor Franklin Vaughn se jubilaba como profesor emérito de la Escuela Sellinger de Administración de Empresas a fin de poder pasar más tiempo con su familia.

No se facilitaban detalles acerca de dicha familia.

Tampoco las numerosas peroratas del doctor Vaughn sobre economía y justicia social parecían aportar soluciones que no implicasen que cada cual se mantuviera a flote como pudiera, sin importar si tenía a su alcance un salvavidas o no lo tenía.

Lo más sorprendente era que internet parecía desconocer el nombre de la hija de Emily.

Andrea no estaba segura de hasta qué punto debía dar importancia a esa omisión. El hecho de que careciera de huella digital podía tener varias explicaciones. Era una *millennial* ya madura, siete años mayor que ella, por lo que tal vez las redes sociales no fueran su hábitat natural. Era fácil que tu nombre no figurase en internet si te mantenías desconectado y si Facebook te daba tanta grima como Instagram, TikTok o Twitter. También era posible que la hija de Emily se hubiera cambiado el nombre legalmente o que hubiera adoptado el apellido de su cónyuge, o que no mantuviera contacto con sus abuelos o, lo que era más probable, que hubiera optado por la discreción porque su madre había sido brutalmente asesinada, con bastante probabilidad, a manos del megalómano de su padre, y su abuela era una jueza federal y, si la gente era mala cuarenta años atrás, ahora que tenía internet era absolutamente monstruosa.

De modo que lo único que podía hacer Andrea era especular. ¿La hija de Emily seguiría en Longbill Beach o se habría marchado? ¿Se habría divorciado? Jasper le había dicho que tenía una hija, una adolescente que al parecer era «problemática», pero ¿tendría la hija de Emily una relación estrecha con sus abuelos? ¿Le habrían dicho la verdad sobre la muerte de Emily? ¿A qué se dedicaba? ¿Qué aspecto tenía? ¿Tendría los ojos de color azul hielo de Nick Harp, sus pómulos afilados y su barbilla ligeramente hendida, o las facciones más redondeadas y suaves de su madre?

Andrea se llevó la mano a la cara. No tenía los rasgos refinados de Jasper y Laura, aunque probablemente él tenía razón al decir que le recordaba a Laura por su «presencia». Sus ojos eran de color marrón claro, no azul hielo. Tenía la cara fina, pero no triangular, y un hoyuelo casi imperceptible en la barbilla que —suponía— debió de heredar de su padre. Su nariz era un misterio genético: tenía la punta levantada, como la de Piglet cuando olía un tulipán.

Volvió a sujetar la foto de Emily a la primera página con un clip y se puso a hojear los informes, a pesar de que los había leído ya una y otra vez en la puerta de embarque del aeropuerto, en el avión, en los taxis, en el motel y en el tren. Las huellas borrosas que había dejado en el papel evidenciaban que se había atiborrado de galletas saladas con sabor a queso y mantequilla de cacahuete para desayunar.

Debía tener más cuidado con esas cosas.

Todos los alumnos del centro de entrenamiento de Glynco pasaban por la escuela de investigación criminal, donde hacían un curso intensivo —y alucinante— de diez semanas. Andrea había compartido aula con todo un abecedario de futuros agentes federales, a los que se instruía en las artes más sofisticadas de la criminalística: DEA, ATF, IRS, CBP, HHS... Después, los aspirantes a *marshals* recibían diez semanas más de formación especializada, además del entrenamiento físico, agotador y repetitivo como el calvario de Sísifo, que caracterizaba al servicio.

Los instructores inventaban casos ficticios extremadamente detallados: la fuga de un recluso, el secuestro de un menor, una serie de amenazas cada vez más agresivas a un juez del Tribunal Supremo... El equipo de Andrea había revisado grabaciones de cámaras de seguridad de negocios y cajeros automáticos ficticios y había preguntado de puerta en puerta, también en simulacros. Se conectaban a internet y buscaban planos de edificios y mapas, y buceaban en informes crediticios y registros públicos para localizar a familiares, amigos y conocidos con distintos grados de parentesco. Inspeccionaban cuentas de redes sociales, consultaban lectores de matrículas, pasaban fotografías por el programa de reconocimiento facial, enviaban requerimientos a compañías de telefonía móvil, leían correos electrónicos y mensajes de texto...

En 1982, los policías solo contaban con su boca y sus oídos. Hacían preguntas. Obtenían respuestas. Las juntaban y trataban de llegar a una conclusión.

Andrea no diría que el jefe de policía de Longbill había hecho un trabajo estelar, sobre todo porque no se había imputado a ningún sospechoso por el asesinato, pero desde luego había sido minucioso. Había dibujos, con las medidas incluidas, del contenedor de basura situado detrás del restaurante Skeeter's Grill en el que se había encontrado a Emily. Las equis señaladas en un burdo monigote documentaban las

lesiones que había sufrido la víctima. Habían acordonado e inspecciona-
do el callejón donde se había encontrado sangre compatible con la de
Emily en busca de rastros materiales. La posible arma homicida —un
listón de madera procedente de un palé de transporte roto que había en
el callejón— se encontró tirada en la calle principal. En el palé se descu-
brieron unos cuantos hilos negros, pero, tras analizarlos, el FBI los des-
cartó por ser demasiado corrientes para considerarlos una prueba concluyente. Sirviéndose únicamente de las declaraciones de los múltiples
testigos, Andrea pudo crear una línea temporal que seguía los últimos
pasos de Emily Vaughn antes de que se viera truncada su vida.

Lo más conmovedor, lo que más impresionó a Andrea, fue una palabra que sin duda se habría borrado de la pantalla de un ordenador: un
fantasma que había escapado a la tecnología.

La había encontrado en la transcripción manuscrita de la llamada
a emergencias que hizo un trabajador de la cocina del restaurante de
comida rápida cuando levantó la tapa del contenedor y halló a Emily
Vaughn, desnuda y en avanzado estado de gestación, tendida sobre las
bolsas de basura rotas. La letra de la operadora era temblorosa, seguramente porque la policía de Longbill Beach se ocupaba sobre todo
de quejas acerca de turistas revoltosos y gaviotas agresivas. Era probable que la primera línea resumiera lo primero que había dicho la persona que llamó.

«Cuerpo de una mujer encontrado en la basura detrás del Skeeter's
Grill».

En ese momento no sabían que Emily seguía viva. Eso lo descubrie-
ron los sanitarios. Lo que conmovió a Andrea, lo que hizo que se le saltaran las lágrimas, fue que, en algún momento, seguramente cuando se
dieran cuenta de a quién pertenecía el cuerpo, alguien había tachado la
palabra «mujer» y la había cambiado por «joven» («cuerpo de una joven»).

Una joven llena de potencial. Una chica con esperanzas y sueños.
Una adolescente a la que encontraron tumbada de lado, protegiendo
con los brazos al bebé que llevaba en el vientre.

Para Andrea, Emily nunca sería solo una joven. Era la primera joven de entre las muchas víctimas de la violencia de su padre.

Sintió que el coche empezaba a aminorar la marcha. El viaje de dos horas se le había hecho más corto de lo que esperaba. Cerró el expediente de Emily y lo guardó en la mochila. Avanzaban por la avenida principal de lo que debía de ser Longbill Beach. Vio decenas de turistas amodorrados por el sol merodeando en torno a los puestos de comida rápida y paseando por el amplio paseo marítimo de madera blanca que bordeaba el Atlántico y que daba la impresión de extenderse mil kilómetros hacia el sur, hasta el paseo marítimo de Belle Isle.

Le fastidió, de pronto, acordarse de su madre…

«Dondequiera que vayas, ahí estás».

—Déjeme en… —Hizo una mueca porque el conductor eligió ese preciso momento para subir el volumen de la radio—. ¡En la biblioteca! Déjeme delante de la biblioteca.

El conductor movió la cabeza al ritmo de la música, que seguía sonando a todo volumen cuando viró bruscamente a la derecha para alejarse del mar. Estaba claro que había elegido la canción pensando en ella: *Fuck tha Police,* de N.W. A.

Andrea se permitió torcer el gesto cuando el coche dio otro bandazo, lo que hizo que se golpeara el hombro contra la puerta. La biblioteca central de Longbill Beach estaba detrás del instituto. El edificio parecía algo más moderno, pero no mucho. En lugar del ladrillo rojo del instituto, tenía la fachada encalada al estilo playero y pintada de color salmón, con ventanas palladianas que probablemente lo convertían en un horno en verano.

El conductor no se molestó en bajar la música cuando se detuvieron delante de la entrada. Un hombre delgado y de edad madura, vestido con camisa hawaiana descolorida, pantalones vaqueros y botas camperas, estaba de pie junto al buzón de devolución de libros. Se puso a dar palmas al ritmo de la música, que llegó al estribillo cuando Andrea abría la puerta del coche.

—¡Que se joda la policía, que se joda, que se joda…! —gritó el hombre dando dos pasos hacia el coche—. ¡Que se joda la policía!

Antes de su paso por Glynco, Andrea solo catalogaba a la gente por su edad: los que eran mayores y los que eran menores que ella. Ahora calculó que aquel tipo tendría unos cincuenta y cinco años, que mediría alrededor de metro ochenta y pesaría setenta y tantos kilos. Tenía tatuajes de estilo militar en los musculosos brazos. Su cabeza calva relucía a la luz del atardecer, y la perilla entrecana y puntiaguda le llegaba hasta un centímetro por debajo del mentón.

—Que se joda la policía. —Se giró y se le subió la camisa—. Que se joda, que se joda.

Andrea se quedó helada al ver una Glock de 9 mm enganchada a su cinturón. Una Estrella de Plata brillaba junto a ella. Concluyó que tenía ante sí a su nuevo compañero. Y dedujo, además, que trabajaba en la detención de fugitivos, puesto que había muy pocas normas que regularan la vestimenta de los agentes encargados de atrapar a lo peor de lo peor.

Le tendió la mano.

—Soy…

—Andrea Oliver, recién salida de Glynco —dijo él haciendo gala de un impresionante acento texano al estrecharle la mano—. Soy el agente Bible. Me alegro de que por fin hayas llegado. ¿Y tu maleta?

Andrea no supo qué hacer, salvo enseñarle su bolsa de lona, en la que llevaba ropa suficiente para una semana. Si pasaba más tiempo allí, tendría que explicarle a su madre por qué necesitaba que le mandara sus cosas a Baltimore en lugar de a Portland.

—Estupendo. —Bible hizo una seña al conductor levantando los pulgares—. Me encanta lo que transmites con tu música, chaval. Tú sí que eres un aliado.

Si el conductor respondió algo, Bible no se quedó a escucharlo. Le hizo un gesto con la cabeza a Andrea para que lo siguiera por la acera.

—He pensado que podíamos dar una vuelta de reconocimiento, conocernos un poco mejor, idear un plan… Llevo aquí unas dos horas, así que no te llevo mucha ventaja. Me llamo Leonard, por cierto, pero todo el mundo me llama Catfish.

—¿Catfish Bible?* —Por primera vez en dos años, Andrea lamentó que su madre no estuviera allí. Prácticamente había ido a parar a una novela de Flannery O'Connor.

—¿Tú tienes apodo? —Vio que Andrea negaba con la cabeza—. Todo el mundo tiene apodo. Seguro que no me lo quieres decir. ¡Cuidado!

Un chico en bicicleta estuvo a punto de arrollarla.

—Echa un vistazo. —Bible giró la cabeza para que la luz le diera en las finas cicatrices que le surcaban las mejillas—. Me peleé con un siluro.

Andrea se preguntó si el pez tenía navaja automática.

—Bueno… —Bible caminaba tan rápido como hablaba—. Me han dicho que tu vuelo se ha retrasado. Habrá sido un infierno meterse en un avión justo después de la vomitona.

Se refería a la Milla de los Marshals, la última carrera antes de la ceremonia de graduación. Y también pretendía darle a entender que conocía las inusuales circunstancias que habían hecho que le asignaran un destino tan rápido.

—Estoy bien. Lista para empezar —le aseguró ella.

—Genial. Yo también estoy bien. Superbién. Siempre listo. Vamos a formar un equipo fantástico, Oliver. Lo puedo notar en mis entrañas.

Andrea agarró con fuerza su bolsa de viaje y se colgó la mochila del otro hombro mientras intentaba seguir las largas zancadas de su compañero para no quedarse atrás. Al acercarse a la avenida, costaba cada vez más avanzar. Las dos aceras de Beach Drive estaban repletas de turistas de diferentes tamaños y edades que consultaban planos, se paraban a escribir mensajes o se quedaban mirando al sol pasmados.

Se sentía increíblemente fuera de lugar con su atuendo, un polo negro con el logotipo amarillo del USMS en la espalda, en tamaño gigante, y en el bolsillo del pecho. Solo tenían una talla pequeña de

---

* *Catfish:* «siluro». *Bible:* «Biblia». *(N. de la T.)*

hombre, y a pesar de ello las mangas le colgaban por debajo de los codos, y el cuello era tan ancho que le rozaba la barbilla. Había sacado el bajo de los pantalones, aun así, le quedaban un centímetro cortos, y un centímetro anchos de cintura, porque los pantalones de mujer tenían bolsillos minúsculos y además no llevaban trabillas para el cinturón, de modo que se había visto obligada a comprar unos pantalones de niño en la sección de ropa infantil y un cinturón grueso de tela para poder engancharse a la cintura la pistola, las esposas, el espray antiagresiones y la Estrella de Plata. Por primera vez en su vida, tenía caderas. Pero no con un aspecto estético.

Bible pareció notar su incomodidad.

—¿Llevas unos vaqueros en esa bolsa?

—Sí. —Tenía un par, concretamente.

—Yo prefiero llevar vaqueros. —Pulsó el botón del paso de peatones. Su cabeza asomaba por encima de la multitud como la de un suricato—. Son cómodos, tienen estilo y es fácil moverse con ellos.

Andrea miró los letreros de las calles mientras él exponía las ventajas de los vaqueros anchos frente a los ajustados. Reconoció el cruce por la declaración de uno de los testigos:

Aproximadamente a las seis de la tarde del 17 de abril de 1982, yo, Melody Louise Brickel, vi a Emily Vaughn cruzar la calle en la esquina de Beach Drive con Royal Cove Way. Parecía venir del gimnasio. Llevaba un vestido de raso y tul sin tirantes, de color azul turquesa, y un bolsito de mano a juego, pero iba sin medias ni zapatos. Parecía preocupada. No la saludé, porque mi madre me había dicho que no me acercara a ella ni a nadie de su grupo. No volví a verla viva. No sé quién es el padre de su bebé. Juro, so pena de incurrir en perjurio, que el contenido de mi declaración es verdadero.

Bible preguntó:

—¿A quién has conocido en la oficina central?

Andrea tuvo que hacer un esfuerzo por concentrarse.

—Estaban todos en una conferencia. Había una mujer que trabajaba en incautación de bienes que…

—Leeta Frazier. Buena chica. Es casi tan veterana como yo. Pero, mira, lo importante es que Mike me ha dicho que cuide de ti.

A ella se le encogió el corazón.

—Mike no…

—Espera, déjame acabar —dijo él—. Cussy, mi mujer, siempre me está diciendo que las jóvenes no sabéis apreciar la caballerosidad, pero quiero que sepas que yo nunca me he creído los rumores. Y no lo digo solamente porque estés comprometida.

Andrea sintió que estaba a punto de abrir la boca de asombro.

—Me alegro de que hayamos aclarado ese punto.

Cambió el semáforo y Bible empezó a cruzar la calle entre una manada de adolescentes quemados por el sol. Miró hacia atrás y le preguntó:

—¿Ya tienes casa en Baltimore?

—No, yo… —Apretó el paso para alcanzarlo—. No somos… Mike y yo…

—No es asunto mío. No volveremos a hablar de ese tema. —Hizo como si se sellara los labios—. Oye, ¿qué sabes de la jueza?

—Yo… —Andrea sintió que caía por un agujero negro.

—Mira, me acuerdo muy bien de cómo es ser un agente novato recién salido del cascarón. Te acaban de dar la insignia y no tienes ni idea de por dónde tirar, pero yo estoy aquí para enseñarte. Mi último compañero está en una playa bebiendo *mai tais* y contando manatíes. Tú y yo ahora somos un equipo, como una familia, pero solo en el trabajo, porque imagino que tú tendrás tu propia familia, ¿no?

Andrea subió a la acera. Tomó aire. Al conocer a Mike, él también la había acribillado con una ráfaga de perogrulladas como aquellas. Intentaba aturdirla, empujarla a decir algo que no quería decir, y lo había conseguido tantas veces que se había sentido como una idiota.

Había pasado los dos años siguientes esforzándose por no volver a comportarse así.

Tomó aire otra vez y dijo:

—Jueza Esther Rose Vaughn. Ochenta y un años. Designada por Reagan. Tomó posesión de su puesto en 1982. Es uno de los dos jueces conservadores que quedan en el tribunal. Tiene una nieta y una bis...

Bible se paró tan bruscamente que casi chocó con él.

—¿Cómo sabes lo de la nieta y la bisnieta?

Su pregunta la sorprendió. Tal vez el hecho de que la hija cuarentona de Emily Vaughn no tuviera presencia visible en internet se debiera a motivos más deliberados de lo que ella creía.

En lugar de buscar una excusa, preguntó:

—¿Por qué no iba a saberlo?

—Exacto. —Bible echó a andar de nuevo.

Andrea lo siguió por la larga acera, sin saber qué más podía hacer. El gentío se redujo cuando los últimos turistas se detuvieron a ver cómo se hilaba el caramelo detrás del cristal empañado de un escaparate. El extremo turístico de la calle acababa en una tienda de alquiler de bicicletas que estaba cerrada y una caseta para inscribirse en clases de *paddleboard* y paravelismo. Como todo lo demás, las embarcaciones le resultaban muy familiares. Había pasado muchos veranos en la playa viendo cómo los turistas intentaban que no se volcaran sus tablas de surf en el oleaje o que no se estrellaran sus paracaídas contra un edificio alto.

—Bueno, pues la jueza ha recibido amenazas de muerte. —El parloteo de Bible volvió a empezar tan de repente como había cesado—. No es que sea muy preocupante. Pasa continuamente, sobre todo desde que desestimó esa absurda demanda electoral hace dos años.

Andrea asintió en silencio. Las amenazas de muerte eran ya tan habituales que podías recibirlas hasta en Starbucks.

—Las últimas amenazas se consideran más creíbles porque ha recibido varias cartas en las que se mencionan detalles concretos de su vida privada. Le llegaron por correo postal. La jueza no usa el correo electrónico.

Andrea volvió a asentir, a pesar de que empezaba a dolerle la cabeza por la avalancha de nuevos datos. Durante todo el viaje se había centrado en Emily Vaughn y en su posible asesino. No había pensado en la verdadera labor que iba a desempeñar porque le habían descrito ese trabajo como «hacer de niñera», pero ahora se daba cuenta de que, en realidad, era una responsabilidad muy seria.

Intentó hablar como una *marshal*.

—¿Desde dónde se enviaron las cartas?

—Desde ese buzón azul por el que hemos pasado viniendo de la biblioteca. No hay cámaras allí. Tampoco hay huellas dactilares útiles —explicó Bible—. Las echaron al correo en vacaciones, una el viernes, luego otra el sábado, después el domingo y el lunes. Todas iban dirigidas al despacho de la jueza del Juzgado Federal de Baltimore, el mismo edificio en el que has estado hoy. Allí los jueces federales y los *marshals* formamos una especie de familia. Conozco a la jueza y a su gente desde hace años. Nos cuidamos mutuamente.

Andrea probó a hacer otra pregunta:

—¿La rata también la mandaron al juzgado?

—No. La caja con la rata no la mandaron por correo. La dejaron en el buzón de la jueza, en su casa de la ciudad, en el barrio de Guilford, que está a tomar por culo, en el norte de Baltimore, a tiro de piedra de la Johns Hopkins y de la Universidad de Loyola.

—Donde el marido de la jueza, el doctor Franklin Vaughn, enseñaba Economía hasta que se jubiló el año pasado.

Bible chasqueó la lengua, Andrea supuso que como premio porque hubiera hecho los deberes.

—¿Fue la misma persona quien envió las amenazas de muerte y quien le dejó la rata? —preguntó.

—Puede que sí o puede que sean dos tíos.

—¿Tíos?

—Según mi experiencia, si una mujer va a matarte, lo hace a las claras.

Ella también sabía por propia experiencia que así era, en efecto.

—¿Crees que la rata muerta es un símbolo? Parece algo del tipo de *El padrino* («Nos has delatado como una rata»).

—Aprecio tu gusto cinematográfico, pero no. La mafia de Baltimore está muerta y enterrada y la jueza ya no trabaja en casos de ese tipo —contestó Bible—. Seguramente te estarás preguntando por qué no estamos en Baltimore. Por suerte para nosotros, ahora son las vacaciones de verano. Si no, ella iría a trabajar todos los días al juzgado. No va a irse a casa por una rata muerta, para nada. Es una mujer de costumbres. Pasa los meses de verano en su casa de Longbill desde que juró el cargo. Llegaron en su coche esta mañana, al amanecer, que es exactamente lo que hacen desde hace doscientos años. Si algo debes tener presente es que la jueza hace siempre lo que quiere.

Andrea entendió a la perfección lo que quería decir, sobre todo por la búsqueda que había hecho en Google. Todas las fotografías de Esther Vaughn mostraban que la jueza era una mujer de aspecto severo que miraba fijamente a la cámara, siempre con un fular de bonitos colores que realzaba su austero traje negro. La forma en la que se hablaba de ella en los artículos periodísticos era como un paseo por los tiempos anteriores al #MeToo. Varios artículos de los años noventa la describían como «una mujer difícil». A principios de los años dos mil se la calificaba, con más suavidad, de «complicada». Y más recientemente se le atribuían todos los adjetivos fuertes que empezaban por i: «imponente», «imperiosa», «inteligente» y, sobre todo, «indomable».

—Y eso es más o menos todo lo que necesitas saber de la jueza —añadió Bible—. En realidad, no importa quién envió qué, ni por qué motivo, si fue una sola persona o varias. El inspector judicial de la oficina de Baltimore está siguiendo esa pista. Nosotros no somos los investigadores. Nuestro único cometido es mantener a la jueza a salvo.

Andrea sintió un nudo en la garganta. Todo empezaba a parecerle cuestión de vida o muerte, especialmente porque llevaba al cinto una pistola cargada. ¿De verdad iba a atentar un loco contra la jueza? ¿Tendría ella el temple necesario para interponerse entre una mujer de ochenta y un años y un asesino en potencia?

—A ti y a mí nos ha tocado la china porque hemos llegado los últimos. Estamos en el turno de noche. Tendremos que mantener los ojos bien abiertos por si aparece el de la rata o el de las amenazas de muerte. ¿Entendido?

Andrea solo pudo centrarse en una parte de lo que había dicho: el turno de noche. Llevaba anhelando una cama en una habitación tranquila desde que se retrasó su vuelo.

—Primera parada. —Bible señaló un edificio bajo, de ladrillo amarillo, a unos metros de distancia de donde estaban—. Vamos a conocer al jefe de policía. Regla número doce de los *marshals*. En cuanto se pueda, hay que informar a los locales de que estamos aquí. Así se sienten valorados. He querido esperarte para hacer las presentaciones. ¿Tienes alguna pregunta de lo que te he dicho hasta ahora?

Ella negó con la cabeza mientras subían las escaleras.

—No.

—Estupendo. Vamos allá.

Andrea sujetó la puerta con el extremo de su bolsa de lona antes de que se cerrara detrás de Bible. Se recolocó la mochila al hombro y entró. El vestíbulo tenía el tamaño de una celda. Enseguida notó el olor a desinfectante, que competía con el perfume penetrante de las pastillas desodorantes para urinarios. Los aseos estaban justo enfrente de la recepción, a menos de tres metros de distancia.

—Buenas tardes, agente. —Bible saludó rápidamente con la mano al sargento que atendía el mostrador. El hombre parecía muy cansado—. Soy el agente Bible. Esta es mi compañera, la agente Oliver. Venimos a ver al gran jefe.

Andrea oyó salir un gemido de la boca del policía cuando descolgó el teléfono. Fijó su atención en la pared de los aseos, que estaba adornada con fotografías de miembros de la policía local de Longbill Beach que se remontaban a 1935. Fue leyendo las fechas, pasando de un lado a otro de las puertas de los aseos hasta que encontró la que buscaba.

En la foto de 1980 aparecía un jefe de policía con una mandíbula como la de un muñeco Lego, con tres hombres a cada lado. El pie de foto decía «BOB STILTON Y LA BRIGADA».

El corazón le dio un extraño vuelco.

El jefe Bob Stilton había dirigido la investigación del caso de Emily Vaughn.

Andrea sintió que tragaba saliva otra vez. Stilton era exactamente como se lo había imaginado: tenía unos ojillos pequeños, pinta de mezquino y la nariz bulbosa y roja de un alcohólico. En todas las fotos aparecía con los puños tan apretados que sus manos parecían descoloridas. A juzgar por sus informes, no era muy aficionado a la gramática ni a la puntuación. Ni tampoco a explicar sus deducciones. Las declaraciones, los documentos de apoyo y los diagramas del caso estaban todos en orden, pero Stilton había excluido del sumario cualquier nota de campo que pudiera revelar lo que él pensaba del progreso del caso. El único indicio de que Clayton Morrow era sospechoso aparecía en dos líneas que había garabateado al final de la última página del expediente (casualmente, el informe de la autopsia).

LA MATÓ MORROW. NO HAY PRUEBAS.

Andrea pasó a la siguiente foto de la pared, que databa de cinco años después. El mismo lapso de tiempo la separaba de la siguiente. Siguió recorriendo la fila. El cuerpo de policía local aumentaba de seis a doce agentes. El jefe Bob Stilton se iba encorvando con la edad, hasta que en la foto de 2010 un doble suyo, pero más joven y menos rechoncho, ocupaba el centro de la escena:

EL JEFE JACK STILTON Y LA BRIGADA.

Andrea conocía también ese nombre. Jack Stilton era el hijo del jefe Bob Stilton. En 1982, había presentado una declaración como testigo, escrita en apretada letra mayúscula, en la que relataba la última vez que había visto a Emily Vaughn con vida.

Aproximadamente a las 17:45 del 17 de abril de 1982, yo, Jack Martin Stilton, vi a Emily Vaughn hablando con Bernard «Nardo» Fontaine.

73

Estaban a la salida del gimnasio. Era la noche del baile de graduación. Emily llevaba un vestido verde o azul y un bolsito. Nardo llevaba un esmoquin negro. Parecían los dos muy enfadados y eso me preocupó, así que me acerqué. Yo estaba al pie de las escaleras cuando oí que Emily le preguntaba dónde estaba Clayton Morrow. Nardo dijo: «Y yo qué c*** sé». Emily entró en el gimnasio. Nardo me dijo «Esa zorra debería cerrar la puta boca antes de que alguien se la cierre». Le dije que se callara, pero creo que no me oyó. Luego me fui a la parte de atrás del gimnasio a fumar un cigarrillo. No volví a ver a ninguno de los dos. Me quedé solamente media hora, luego volví a casa y estuve viendo la tele con mi madre. Vimos una serie en la que salía Dana Carvey, y luego Elton John actuaba en *Saturday Night Live*. No vi a Clayton Morrow en el baile de graduación. Tampoco vi a Eric «Blake» Blakely ni a su hermana melliza, Erica «Ricky» Blakely, aunque supongo que estarían todos allí porque así es como funcionan. No sé quién es el padre del bebé de Emily. Ella no se merece lo que le ha pasado. Una vez llevé un traje negro, para el entierro de mi tío Joe, pero era alquilado (lo había alquilado mi madre), así que estrictamente hablando no era mío. Juro, so pena de incurrir en perjurio, que el contenido de mi declaración es verdadero.

Andrea oyó que una puerta se abría de golpe a su espalda.

—Jefe Stilton, gracias por recibirnos a estas horas. —Bible le daba un firme apretón de manos al Jack Stilton de carne y hueso cuando Andrea se giró—. Le prometo que no le robaremos mucho tiempo.

Andrea trató de mantener la compostura mientras Bible hacía las presentaciones. Una cicatriz le cruzaba la ceja izquierda a Stilton, una línea blanca que trazaba un rayo entre los finos pelos, probablemente fruto de una pelea de hacía tiempo. Saltaba a la vista que se había roto el dedo meñique en algún momento y que no se le había curado bien. A pesar de ello, no parecía de los que andaban siempre buscando pelea. Los kilos de más le daban cara de niño, aunque Andrea sabía que tenía la misma edad que Clayton Morrow, el hombre que, tres años después de dejar Longbill Beach, se presentaría a Laura con el nombre de Nicholas Harp.

Se sintió casi dividida al darle la mano a Jack Stilton.

¿Había sido amigo de su padre? ¿Sabía más del asunto de lo que había contado en su declaración cuarenta años atrás? No parecía el tipo de chico que se quedaba en casa viendo películas con su madre.

—¿Los dos son *marshals*? —Stilton parecía dudarlo, seguramente porque Bible tenía el aspecto de un *skater* semirretirado y ella parecía haber encontrado los pantalones en un contenedor de ropa para niños de un hipermercado. Lo cual era cierto.

—En efecto —contestó Bible—, somos agentes del Servicio de *Marshals* de los Estados Unidos, jefe Stilton. Oiga, apuesto a que de pequeño debieron de tomarle el pelo muchas veces con lo del queso, ¿verdad?

A Stilton se le dilataron las fosas nasales.

—No.

—Ya se me ocurrirá alguno. —Bible le dio una fuerte palmada en la espalda—. Empiecen sin mí. Yo tengo que ir a estrecharle la mano al mejor amigo de mi mujer. Oliver, ¿estás bien?

Andrea solo alcanzó a asentir con la cabeza mientras Bible entraba en el aseo.

Stilton cruzó una mirada de fastidio con el sargento y le dijo a Andrea con desgana:

—Bueno, vamos, supongo.

Andrea tenía la sensación de que Bible la había lanzado a lo hondo de la piscina para ver si sabía nadar.

—¿Hace mucho que es el jefe de policía? —le preguntó a Stilton.

—Sí.

Esperó a que dijera algo más, pero él se limitó a darle la espalda para cruzar la puerta.

Ya puedo olvidarme de nadar, pensó ella.

La pistolera de cuero de Stilton chirrió cuando la hizo entrar en la oficina común de la brigada. Era una sala utilitaria, un rectángulo grande y diáfano con dos despachos al fondo. En el cartel de uno de ellos ponía «ENTREVISTAS»; en el otro, «JEFE STILTON». Una mesa de reuniones y una pequeña cocina ocupaban un lado de la sala común. Al otro lado había cuatro escritorios separados por mamparas divisorias. Las luces del techo estaban encendidas, pero no había nadie más en el edificio. Andrea supuso que el resto del personal estaría de patrulla o en casa, con su familia.

—El café está recién hecho. —Stilton señaló hacia la cocina—. Sírvete, cariño.

—Eh... —La pilló desprevenida. El único hombre que la llamaba «cariño» era Gordon—. No, gracias.

Stilton se dejó caer en una gran silla de cuero que había en un extremo de la mesa de reuniones.

—Muy bien, guapa. ¿Vas a contarme lo que pasa o tenemos que esperar a tu jefe?

Andrea había dejado pasar la primera, pero ahora lo miró con dureza.

—No te pongas en plan *woke* conmigo —le dijo Stilton—. ¿A las señoritingas del sur no os tratan como si fuerais de porcelana?

Su falso acento sureño sonó como si Scarlett O'Hara le estuviera retorciendo las pelotas con las cuerdas del corsé. Con razón la gente odiaba tanto a la policía.

—Venga ya, cariño —añadió Stilton—. ¿Dónde está tu sentido del humor?

Andrea dejó la bolsa y la mochila en el suelo y se sentó a la mesa. Hizo lo mismo que había hecho con el conductor de Uber. Sacó el móvil y pasó de él. Veía borrosa la pantalla, pero se forzó a no levantar la vista. Sintió que al principio Stilton la miraba fijamente, pero luego captó el mensaje. Se levantó con un fuerte gruñido y se dirigió a la cocina. Andrea oyó el chirrido de una taza cuando la sacó de la estantería y el ruido de la cafetera cuando la levantó de la placa.

Por fin pudo concentrarse en la notificación que había aparecido en la pantalla de su móvil. Como era de esperar, tenía dos mensajes, uno de su padre y otro de su madre. Laura le mandaba un enlace a la colección permanente de arte nativo americano del Museo de Arte de Portland. Gordon le pedía que lo llamara el fin de semana, pero solo si tenía tiempo. Andrea abrió sus contactos y buscó el número de Mike. No había olvidado lo que le había dicho Bible delante de la biblioteca.

QUÉ COJONES LE HAS DICHO A ESTA GENTE???????, escribió.

Los tres puntitos flotaron y flotaron.

Por fin, Mike respondió: ¡DE NADA!

—Perdón. —Bible dejó que la puerta se cerrara de golpe tras él. Miró a Andrea, que seguía con el móvil, y le preguntó a Stilton—: ¿El café está recién hecho?

El jefe de policía volvió a señalar la cocina con un ademán mientras se dejaba caer en su silla.

—Muy amable, gracias. —Bible arrastró los pies al cruzar la sala para servirse una taza—. No queremos retenerle mucho tiempo, jefe Queso. ¿Por qué no nos da su informe y se lo devolvemos luego?

Stilton pareció desconcertado.

—¿Mi informe?

Bible también puso cara de sorpresa.

—Pensaba que llevaba aquí un tiempo. ¿Quizá su predecesor dejara algo a lo que podamos echar un vistazo?

La lengua de Stilton asomó entre sus labios.

—¿Echar un vistazo a qué?

—A su expediente sobre la jueza.

Stilton sacudió la cabeza.

—¿Qué expediente?

—Ah, ya veo. Culpa mía. —Bible se volvió y le explicó a Andrea—: La mayoría de las veces, la policía local abre un expediente sobre cualquier incidencia que ocurra en las inmediaciones de la casa de un juez federal: extraños que merodeen por allí, coches aparcados demasiado tiempo en la calle… (Ese tipo de cosas). Es lo que suele hacerse cuando tienes a un cargo público importante en tu jurisdicción.

Andrea volvió a guardarse el teléfono en el bolsillo, avergonzada por haberlo sacado. Bible le estaba mostrando cómo deberían haberse hecho las cosas. En lugar de ignorar al imbécil del jefe de policía, tendría que haberle recordado que ella era una agente federal y él un capullo.

Bible le preguntó al jefe:

—¿Y suicidios? ¿Ha habido alguno últimamente? No hace falta que se hayan consumado.

—Pues… —Stilton pareció desconcertado otra vez—. Ha habido un par de chicas en la granja *hippie*. Una se cortó las venas. Fue hace un año y medio, más o menos. Luego, en las vacaciones de Navidad, a otra la sacaron del mar, fría como un témpano de hielo. Las dos se recuperaron. Solo querían llamar la atención.

—«La granja *hippie*» —repitió Bible—. ¿Qué es eso?

—Está a unos seis kilómetros de la carretera de la costa, a menos de dos kilómetros en línea recta. Justo en el límite del condado.

—¿Ese sitio con los edificios pintados de colores?

—Ese, sí —respondió Stilton—. Llevan años fabricando no sé qué porquería hidroorgánica. Hay muchos estudiantes extranjeros que pasan allí temporadas haciendo prácticas. Tienen una residencia, un comedor, un almacén… Parece una excusa para conseguir mano de obra gratis, en mi opinión. Son sobre todo mujeres muy jóvenes que están lejos de casa. La receta perfecta para el desastre.

—De ahí los dos intentos de suicidio.

—Eso es.

Andrea vio que Stilton se encogía de hombros y le dieron ganas de hacer lo mismo. No entendía por qué Bible se interesaba por los suicidios.

—Muy bien. —Bible dejó su taza sobre la mesa—. Gracias por su tiempo, señor. Permítame darle mi tarjeta. Le agradecería mucho que me avisara si hay otro intento de suicidio.

Stilton miró la tarjeta que Bible puso bruscamente sobre la mesa.

—Claro.

—Tenemos un equipo vigilando la casa de la jueza veinticuatro horas al día, por si no se ha dado cuenta. Dos agentes de día, y dos de noche. A mí me gusta sentarme en el porche con una escopeta. Disuasión de intrusos, podríamos llamarlo. Fuera de las horas de trabajo, nos alojamos en el motel que hay al final de la calle. Denos un toque si necesita algo, y nosotros haremos lo mismo.

Stilton levantó la vista de la tarjeta.

—¿Eso es todo?

—Eso es todo. —Bible le dio una palmada en la espalda—. Gracias por su ayuda, jefe Queso.

Andrea lo siguió en silencio por el vestíbulo, hasta la calle. Sopesó sus opciones mientras bajaban las escaleras en fila india. Bible la había lanzado a la piscina y ella se había hundido como una piedra atada a un yunque. Solo llevaba unas horas en el puesto y ya la estaba pifiando.

Bible se detuvo en la acera.

—¿Y bien?

No había forma de eludir la verdad. Los instructores les habían inculcado a machamartillo que lo primero que tenían que hacer era imponer su autoridad. Si no podía ganarse el respeto de un policía de pueblo, menos aún el de un delincuente.

—La he cagado —le dijo a Bible—. He dejado que me afectara su actitud en vez de esforzarme por conseguir que se ponga de nuestro lado. Puede que algún día lo necesitemos.

—¿Qué ha hecho que te ha molestado?

—Me ha llamado «cariño» y se ha burlado de mi acento.

Bible se rio.

—Bueno, no está mal, Oliver. Pasar de él es una forma de hacerlo. He visto que a veces funciona. Y también he visto a algunas chicas que devuelven la pelota, esto es, que a su vez responden «cariño» y coquetean un poquito.

Andrea no tenía mucha experiencia, pero sabía que si coqueteaba con un hombre en un contexto laboral no iba a hacerse respetar.

—¿Cuál es la alternativa?

—Regla número dieciséis de los *marshals*: considérate un termómetro. Fíjate en su actitud y ajusta tu temperatura conforme a ello. Como el jefe se ha puesto un poco calentito, tú deberías haber hecho lo mismo. No hacía falta congelarlo. Prueba a hacerlo la próxima vez. Con la práctica es más fácil.

Andrea asintió. Había oído muchas veces aquella cantinela. El trabajo policial requería, en gran medida, modular muy bien tus propias reacciones. Ella era más de extremos.

—De acuerdo.

—No te agobies por eso ahora. Olvídate del bueno de Queso. Seguramente esta sea la última vez que lo veas.

Andrea dedujo que la lección había terminado. Bible echó a andar por la acera.

—Tengo el coche en la biblioteca. —Pareció notar que ella estaba agotada—. Vamos a comer algo antes de ir a casa de la jueza.

Al oír hablar de comida, le sonaron las tripas. Lo siguió arrastrando los pies. Miró el cemento. Cada pocos metros había una caja negra del tamaño de una caja de zapatos. Reconoció las trampas; también las había en su pueblo. Los turistas atraían a los roedores. Se preguntó si quien había enviado la rata muerta a la jueza la habría encontrado en el centro del pueblo. Y luego apartó la pregunta de su mente porque estaba tan cansada que solo tenía fuerzas para poner un pie delante del otro.

—La cafetería está un poco más arriba. —Bible apretó el paso—. He llamado para reservar dos sitios para comer en la barra. Espero que no te importe.

—Me parece genial.

Andrea confiaba en recobrar fuerzas al comer. Volvieron a sonarle las tripas cuando le llegó el aroma de las patatas fritas. Delante de ellos, las luces de neón de la cafetería RJ's Eats proyectaban un brillo rosa en la acera («BATIDOS-HAMBURGUESAS-ABIERTO HASTA MEDIANOCHE»).

—Vaya, mira tú por dónde. —Bible sonrió al abrirle la puerta a una mujer cargada con varias bolsas de comida para llevar.

—¿Cat? —Ella pareció sorprendida de verlo—. ¿Qué haces aquí?

—El entrenador me ha sacado del banquillo. —Hizo las presentaciones—. Judith, esta es Andrea Oliver, mi nueva compañera en la prevención del crimen.

—Hola. —Judith la miró fijamente, esperando una respuesta.

—Eh… —A Andrea le costó articular palabra—. Hola.

—No es muy habladora. Deja que te ayude con esto.

Bible cogió las bolsas de plástico y acompañó a Judith hasta el coche, que estaba a un par de metros. Un hombre esperaba al volante. Andrea vio que llevaba una Estrella de Plata sujeta al cinto.

—Vamos a comer algo —le dijo Bible a Judith—. Dile a la jueza que estaremos allí sobre las cinco y media para que yo pueda enseñarle a mi nueva compañera lo que hay que hacer.

—Mejor a las seis. Así ya habremos terminado de cenar. La abuela nos está haciendo madrugar.

Judith abrió la puerta del coche y dejó la alforja acolchada que le servía de bolso en el asiento del copiloto. Bible le devolvió las bolsas de comida. A la luz de las farolas, parecía algo mayor que Andrea; rondaba los cuarenta años. Llevaba una blusa de colores y una especie de pareo a modo de falda. Tenía un aire terrenal y bohemio, pero el coche al que se subió era un elegante Mercedes plateado.

—Hasta dentro de un rato. —Bible se despidió con un ademán.

La puerta se cerró con un ruido sordo. El motor ronroneó al encenderse.

Judith miró por la ventanilla cerrada y dirigió a Andrea una mirada inquisitiva. Ella no supo qué hacer. Abrió la cremallera de la mochila y se puso a hurgar dentro como si buscase algo de vital importancia. Por fin el coche se alejó, pero el rostro de la mujer se le quedó grabado a fuego en la memoria.

Ojos de color azul hielo. Pómulos afilados. La barbilla ligeramente hendida.

Judith era igual que su padre.

17 DE OCTUBRE DE 1981
Seis meses antes
del baile de graduación

Soplaba un viento cortante del océano. Emily se estremeció y cerró los ojos para protegérselos del picor del salitre. Se sentía llorosa, cansada y dolorida, pero también, por extraño que pareciera, despierta. Nunca antes había tenido insomnio, aunque su abuela decía que era cosa de familia. Quizá estar a punto de cumplir dieciocho años —ser casi adulta, casi una mujer— conllevara eso: la incapacidad de desconectar el cerebro a la hora de descansar.

La universidad. Las prácticas. Una ciudad nueva, un nuevo centro, amigos nuevos.

Emily puso mentalmente un signo de interrogación detrás de lo de «amigos nuevos».

Se había criado en Longbill Beach, rodeada siempre de la misma gente, en los mismos lugares, con las mismas cosas. No estaba segura de recordar cómo hacer amigos, ni tampoco de que le apeteciera. Aunque se relacionaba con otros compañeros del instituto, desde el primer curso su vida emocional giraba fundamentalmente en torno a cuatro personas: Clay, Nardo, Blake y Ricky. Se llamaban a sí mismos «la camarilla» desde que el señor Dawson, el director del colegio de primaria, le advirtió a Ricky de que eso era lo que formaban, una camarilla.

Desde que Emily tenía uso de razón, pasaban juntos todos los fines de semana, así como muchas noches. Compartían muchas asignaturas. Todos estaban matriculados en las clases avanzadas. Y todos, menos Blake, formaban parte del club de atletismo del señor Wexler. Leían libros increíbles y hablaban de política, de lo que sucedía en el mundo y de cine francés. Se espoleaban continuamente unos a otros para superarse en pureza intelectual.

Y, el año siguiente por esas fechas, se habrían dispersado por distintos lugares y ella estaría sola.

Torció a la izquierda en Beach Drive. Las tiendas desiertas que bordeaban el centro del pueblo cortaban el paso al vendaval que soplaba del mar. Las molestas multitudes de turistas habían desaparecido, lo que era un alivio, pero también era triste, en cierto modo. Para Emily, el último curso de bachillerato había puesto muchas cosas en perspectiva. Le resultaba mucho más fácil volver la vista atrás que mirar hacia delante, hacia lo desconocido. La nostalgia la asaltaba a cada paso: en el banco del parque donde Clay se había sincerado con ella sobre el accidente de coche en el que murió su madre. En el árbol en el que se había apoyado mientras Ricky le ponía una tirita en el raspón que se hizo al tropezar tontamente en los dos escalones de la biblioteca. En el callejón entre la tienda de caramelos y el puesto de perritos calientes donde, dos años antes, Blake, aturdido por haber ganado el concurso de debate del condado, había intentado besarla.

Emily oyó unas carcajadas estruendosas y el corazón le ronroneó como un gatito cuando vio a los chicos al final de la calle. Clay caminaba junto a Nardo. Iban hablando y disfrutando del sol de la tarde, que les daba en la cara, azotada por el viento. Nardo hacía atletismo y estaba muy delgado, pero siempre había tenido las mejillas regordetas, casi de querubín. Clay era más alto, más serio y formal. Su fuerte mandíbula cortó el aire cuando se volvió para mirar hacia atrás. Como siempre, Blake los seguía con las manos metidas en los bolsillos de los pantalones de pana. Tenía los ojos fijos en la acera y se llevó un susto cuando Nardo se paró bruscamente.

Emily le oyó gritar «¡Joder!» a cincuenta metros de distancia. La chica sonrió cuando Blake empujó a Nardo, y Clay tropezó y empezaron a empujarse unos a otros, rebotando por la acera como bolas en una máquina de *pinball*. Se sintió transida de amor al verlos, al ver su juventud, su desenfado, su amistad imperecedera. Sin previo aviso, se le saltaron las lágrimas. Quería aferrarse a ese momento para siempre.

—¿Emily?

Se giró, sorprendida, pero no extrañada, al ver a Jack Stilton sentado en los escalones de la puerta de la comisaría. Tenía un bolígrafo en la mano, y en el regazo un cuaderno en el que aún no había nada escrito.

—Queso. —Emily le dedicó una sonrisa mientras se secaba las lágrimas—. ¿Qué haces aquí fuera?

—Se supone que estoy haciendo un trabajo de clase. —Dio unos golpecitos con el bolígrafo en el cuaderno, visiblemente nervioso—. Mi padre y yo estamos viviendo en la comisaría.

A Emily se le encogió el corazón. Su madre podía ser fría y dominante, pero al menos no era una alcohólica desquiciada que de vez en cuando cambiaba la cerradura de la puerta.

—Lo siento. Menuda mierda.

—Sí. —Siguió dando golpecitos con el bolígrafo mientras miraba de reojo cómo se alejaban los chicos, calle abajo. Cuando estaban juntos podían ponerse muy desagradables con él—. No se lo digas a nadie, ¿vale?

—Claro que no. —Emily pensó en sentarse a su lado en los escalones, pero Clay ya la había visto y seguramente se burlaría de lo que él llamaba su «colección de juguetes rotos»—. Lo siento mucho, Queso. Ya sabes que siempre puedes dormir en nuestra caseta del jardín. Mis padres nunca se pasan por allí. No hace falta que te lo ofrezca. Puedo llevarte una almohada y una manta cuando quieras.

—Sí. —Él asintió con la cabeza—. A lo mejor lo hago.

—¡Em! —gritó Clay desde el fondo de la calle. Había abierto la puerta de la cafetería, pero no la esperó porque sabía que iría enseguida.

—Tengo que…

—Claro. —Queso bajó la cabeza y se puso a garabatear unos renglones en el cuaderno.

Emily se sintió mal, pero no lo suficiente como para hacer algo al respecto. Metió las manos en los bolsillos del abrigo y corrió hacia la cafetería.

Abrió la puerta de un empujón, lo que hizo sonar la campanilla. El aire caliente la envolvió. Solo había tres clientes, sentados muy separados entre sí en los taburetes giratorios que flanqueaban la larga barra. La camarilla ya había ocupado su mesa semicircular de costumbre, al fondo del local. Al pasar por delante de Emily con una bandeja llena de refrescos y batidos, Ricky le guiñó un ojo. Big Al, que estaba en su sitio de siempre en la cocina, la miró con enfado. Aunque estuvieran en temporada baja, no le gustaba que la camarilla ocupara espacio en el restaurante, pero había decidido que valía la pena hacer ese sacrificio con tal de vigilar a sus dos nietos, los mellizos. Y, además, Nardo siempre pagaba la cuenta.

—No me estáis escuchando. —Clay cogió un batido de la bandeja de Ricky, pero solo se dirigió a los chicos—: ¿Lo de ser tan catetos lo hacéis a propósito?

Nardo acababa de meterse un puñado de patatas fritas en la boca, pero contestó de todos modos:

—Prefiero ser hipotenusa.

Ricky se rio, pero los demás se quejaron.

—Es justo a eso a lo que me refiero. —Clay sacó una pajita del dispensador—. El mundo se está viniendo abajo, la gente se muere de hambre, yo estoy llamando a la revolución, y vosotros sois tan imbéciles que solo pensáis en coches deportivos y videojuegos.

—Eso no es justo —contestó Nardo—. También pienso bastante en el sexo.

—Siempre se desea lo que no se puede tener —añadió Blake.

Ricky soltó una risita y le dio una palmada en el hombro. Blake suspiró dramáticamente y se levantó para dejar que Ricky se sentara entre Nardo y él.

Emily se acomodó sin decir nada junto a Clay, pero, como de costumbre, él no se movió para dejarle sitio, así que tuvo que sentarse justo en el borde del asiento.

—Hablando de coches —dijo Blake—, ¿habéis visto que el señor Constandt se ha comprado un DeLorean?

—En realidad es un DMC-12. Se llama así —puntualizó Nardo.

—Por el amor de Dios. —Clay echó la cabeza hacia atrás y miró al techo—. ¿Por qué pierdo el tiempo con vosotros, hatajo de patanes? Sois un rollo.

Emily y Ricky se miraron con cara de fastidio, como era lógico. Estaban hartas de oír hablar de la revolución, sobre todo teniendo en cuenta que lo peor que les había pasado a los miembros del grupo era que, unos años antes, Big Al había obligado a Blake y Ricky a trabajar por las noches y los fines de semana para intentar mantener a flote el restaurante después de que un incendio arrasara la cocina.

Clay gruñó al bajar la cabeza. Frunció los labios alrededor de la pajita y su nuez subió y bajó al tragar. La luz del atardecer, que se reflejaba en el cristal de la ventana, daba un brillo angelical a su bello rostro. Emily sintió un estremecimiento de deseo al contemplar sus facciones. No podía negarse que era guapo, con su espeso pelo castaño y su boca sensual y carnosa, a lo Mick Jagger. Mientras bebía, sus fríos ojos azules recorrieron el arco del asiento del reservado. Miró primero a Blake, luego a Ricky y después a Nardo. A ella, sentada a su izquierda, evitó mirarla.

—Muy bien. —Nardo era siempre el primero en romper el silencio—. Acaba lo que estabas diciendo.

Clay no se dio prisa en responder. Sorbió los restos de su batido y luego apartó el vaso, poniéndolo justo delante de Emily. A ella se le dilataron las aletas de la nariz. La leche apestaba, olía casi agria. Empezó a temblarle la pierna. Se sentía un poco mareada.

—Lo que estaba diciendo —continuó Clay— es que los Weather Underground hacían cosas. Se entrenaban como soldados. Hacían maniobras y practicaban el arte de la guerra de guerrillas. Pasaron de ser un puñado de estudiantes universitarios a convertirse en un auténtico ejército dispuesto a cambiar el mundo.

—Saltaron por los aires, junto con un edificio muy caro. —Saltaba a la vista que Nardo estaba encantado de dar esa noticia—. No parece una estrategia ganadora.

—Atentaron contra el Capitolio y contra el Departamento de Estado. —Clay fue contando con los dedos—. Atracaron un furgón blindado. Lanzaban cócteles molotov a la poli y fueron a por un juez del Tribunal Supremo del estado.

Emily tensó los labios. Su madre era jueza del estado.

—¡Venga ya! —añadió Clay—. Pusieron una bomba en el puto Pentágono, tío.

—¿Y qué consiguieron? —Nardo parecía más envalentonado que de costumbre cuando se apartó de los ojos un mechón de pelo rubio y lacio. Era el único de los chicos que se había perforado la oreja. El diamante que llevaba era enorme—. Ninguna de esas acciones sirvió de nada. Volaron unos cuantos edificios vacíos, mataron a algunas personas…

—Gente inocente —terció Emily—. Que tenía familias y…

—Sí, vale. —Nardo hizo un ademán desdeñoso—. Mataron a gente inocente, y no cambió nada.

A Emily no le gustaba que la desdeñaran.

—¿No acabaron todos en la cárcel o convirtiéndose en prófugos?

Clay la miró por primera vez desde que había entrado en la cafetería. Normalmente, a ella le encantaba que le prestara atención, pero ahora tenía ganas de llorar. A Clay lo habían aceptado en una universidad del oeste. Ella iba a ir a una facultad a una hora de su casa. Dentro de poco vivirían separados por miles de kilómetros y le iba a echar muchísimo de menos, mientras que era bastante probable que él se acabara olvidando de ella por completo.

Clay volvió a mirar a Nardo.

—Lee el manifiesto *Prairie Fire*. El objetivo de los Weather Underground era derrocar el imperialismo estadounidense, erradicar el racismo y crear una sociedad sin clases.

—Espera, espera —replicó Nardo—. A mí me encanta la actual estructura de clases.

—Menuda sorpresa —murmuró Blake—. Un tío cuyo abuelo era banquero y financiaba a la Standard Oil quiere mantener el *statu quo*.

—Que te den. —Nardo le lanzó una patata frita que cayó cerca de Emily—. Lo que no entiendo, Clayton, es que no te parezca que ese cuento tiene moraleja. La Weather Underground, el Ejército Simbiótico de Liberación… Coño, hasta Jim Jones y Charles Manson. ¿Qué fue de ellos y de sus seguidores?

Emily giró la cabeza y fingió mirar la cafetería desierta. El batido de Clay ya le había puesto mal cuerpo. La patata frita embadurnada de kétchup acabó de revolverle el estómago. Se sentía extrañamente inestable, como si se hubiera mareado en un barco, pero en tierra firme.

—Lo que no entiendes, Bernard —repuso Clay—, es que el señor Wexler tiene razón. Tenemos en la Casa Blanca a un carcamal que era actor de películas de serie B, a un seguidor de Goldwater que se dedica a hacerles pajas y a subvencionar a sus amigos de la empresa privada mientras machaca a las mujeres que supuestamente viven como reinas de los subsidios sociales y apoya al complejo militar-industrial.

—Cuántas cosas en una sola frase —comentó Ricky, saliendo en defensa de Nardo de manera instintiva.

—Se llama entender el mundo, cariño.

Ricky volvió a mirar a Emily. La revolución casi nunca abogaba por los derechos de las mujeres.

—Vale, pero… —terció Blake con su pedantería habitual— supongo que podría alegarse que seguimos hablando de ellos, ¿no? O que todavía conocemos a los Weather Underground y a Charles Manson y a Jim Jones tantos años después, lo que significa que de alguna manera siguen siendo relevantes.

—Unos se apoyan en los otros. —Clay levantó cuatro dedos—. Este es el saludo que solía hacer Bernardine Dohrn para solidarizarse con las chicas de Manson por haberle clavado un tenedor a Sharon Tate.

—Por Dios. —Ricky parecía asqueada de verdad—. Venga ya, chicos. Eso no tiene gracia.

Los chicos refunfuñaron, unos para disculparse y otros con fastidio.

Aun así, Emily vio que Blake le apretaba la mano a su hermana por debajo de la mesa. Eran mellizos, pero no se parecían en casi nada. Ricky era bajita, redondeada y chata, y Blake medía casi medio metro más que ella y era puro músculo y ángulos rectos, sin nada de grasa. Hasta el pelo lo tenían distinto. Ricky tenía un halo de rizos elásticos. Blake tenía el pelo liso, hasta los hombros, y varios tonos más claro.

—Bueno. —Nardo volvió a echarse el pelo hacia atrás, levantando su nariz respingona y un poco porcina—. Vamos a hablar del próximo fin de semana, ¿os parece, chicos? Mis padres por fin van a pasar un par de noches en la ciudad, y ya sabéis lo que eso significa.

—¡La fiesta mensual! —Ricky levantó su vaso contenta.

Emily fijó la mirada en la mesa. Notó que empezaban a temblarle las manos.

—Estrictamente hablando —dijo Blake—, el próximo fin de semana hará más de un mes desde la última fiesta.

—Sí, bueno, pues «estrictamente hablando» será la fiesta mensual con una semana de retraso —replicó Nardo—. El caso es que va a haber fiesta, amigos.

—¡Hurra! —Ricky volvió a levantar el vaso.

Emily intentó que sus pulmones se llenaran de aire.

—Excelente noticia, chaval. —Clay alargó la mano y sacó un cigarrillo del paquete de Nardo—. ¿Quién va a venir esta vez?

—Sí, ¿a quién invitamos? —preguntó Blake en tono sarcástico.

Ricky resopló. Nunca invitaban a nadie. Siempre estaban solo ellos cinco, que era lo que querían.

—Si me permitís una sugerencia… —Clay se dejó el cigarrillo encendido colgando de los labios—. ¿No os apetecería tener otra sesión con nuestro querido amigo el señor Timothy Leary?

Se rieron todos, pero a Emily el temblor de las manos se le extendió por el cuerpo. Empezó a sudarle la nuca. Miró a Ricky de forma fugaz.

Hacía años que celebraban sus fiestas mensuales. Eran, más que fiestas convencionales, sesiones de improvisación aderezadas con alcohol y marihuana en las que resolvían crisis mundiales y se hacían reír unos a otros.

Hasta el mes anterior, cuando habían probado el LSD por primera vez. Aún había partes de aquella noche que ninguno de ellos recordaba.

—Vamos, Emmie-Em. —Clay se había dado cuenta de que ella dudaba—. No nos estropees la fiesta antes de que empiece.

—Pero si te lo pasaste en grande —dijo Nardo—. En serio, en graaaaande.

Emily sintió asco al ver que movía las cejas de arriba abajo de manera seductora.

—Tiene razón. —Como era de esperar, Ricky corrió a ponerse del lado de Nardo—. No nos lo estropees, Em.

—Venga ya, Emmie —añadió Blake—. Ya sabes cómo va esto. Los tres mosqueteros.

Así había pervertido Clay el «todos para uno y uno para todos»: o se emborrachaban o drogaban todos juntos, o no lo hacía ninguno. No parecían acordarse de que Emily solía ser la única a la que había que convencer.

—No dejes que un mal viaje nos eche a perder la diversión a los demás. —Clay le empujó el hombro con una pizca de agresividad. Ella, sentada en el borde del asiento, perdió el equilibrio. Así que, cómo no, él volvió a empujarla.

—¡Clay! —Tuvo que agarrarse a él para no caerse.

—Te tengo. —La enlazó por la cintura y acercó la cara a ella.

Emily se miró la mano, que había apoyado contra el pecho de él. Sintió la dureza de sus músculos, el latido firme de su corazón, y aquel deseo primordial volvió a agitarse en lo más profundo de su ser.

—Joder, fóllatela de una vez —dijo Nardo en un tono al mismo tiempo desdeñoso y ávido.

Clay contestó con un bufido mientras ayudaba tranquilamente a Emily a incorporarse. Echó la ceniza del cigarrillo en el refresco que Nardo tenía a medio beber.

—Ricky, bonita, voy a tomar otro batido —dijo Nardo.

Ricky hizo una mueca de fastidio.

—Creía que el señor Wexler había dicho que deberíamos adelgazar unos kilos.

—Me parece que se refería a ti en concreto, amor. —Nardo disfrutaba avergonzándola—. Vamos, gordita, tráeme un batido.

—¿Por qué no te vas a tomar por culo?

Él le echó el humo a la cara.

—Ya te gustaría que te diera a ti.

Emily volvió a apartar la cara. El tufo del tabaco le había revuelto otra vez el estómago. Se llevó las manos a la cara. Sentía que le ardían las mejillas. Todavía le faltaba un poco la respiración por haber estado tan cerca de Clay, y se odió a sí misma y a su estúpido cuerpo por reaccionar así. Se levantó tan bruscamente que empezó a darle vueltas la cabeza.

—Tengo que ir al baño.

—Yo también. —Ricky empujó a Blake con el hombro para poder salir del banco. Les dijo a los chicos—: Intentad no saltar por los aires mientras estamos fuera.

Este último mensaje iba dirigido a Nardo, que volvió a mover las cejas.

—Qué pesados —murmuró Emily cuando se alejaron—. ¿Por qué no le dices a Nardo de una vez lo que sientes por él?

—Ya sabes por qué —contestó Ricky.

Todo el mundo sabía por qué. Bernard Fontaine era un capullo. Siempre lo había sido y siempre lo sería. El drama de Ricky era que ella lo sabía, que lo había visto con sus propios ojos casi todos los días de su vida y que aun así seguía aferrándose a la ínfima esperanza de que pudiera cambiar.

—Abu —le dijo a su abuelo, que estaba detrás de la parrilla—, Nardo quiere otro batido.

Big Al la miró con recelo, pero se acercó a la máquina de batidos.

Lo curioso era que Big Al pensaba que el que era una mala influencia era Nardo, cuando, en realidad, era Clay quien les conducía constantemente al abismo. Todas las estupideces que habían hecho —desde robar alcohol y consumir drogas hasta hurtar dinero y objetos de valor del interior de coches con matrícula de otros estados— habían sido idea de Clay.

Y nunca era él quien pagaba el pato.

—Vamos atrás a tomar un poco el aire —propuso Ricky.

Emily la siguió por el largo pasillo. Remolinos de aire frío tiraban de ella. Sintió el olor a salitre que entraba por la puerta abierta. El viento le alborotó el pelo. El paseo marítimo se extendía como una alfombra junto a la orilla del mar.

Ricky sacó un paquete de tabaco del bolsillo de su chaqueta, pero Emily negó con la cabeza. Seguía teniendo ganas de vomitar, lo que no era nada nuevo. Últimamente, cualquier olor le daba náuseas, ya fuera el de las flores frescas de la mesa de la cocina o el de los puros apestosos de su padre. Debía de estar incubando algún virus intestinal.

Ricky sacó una caja de cerillas y encendió una. Acercó la llama a la punta del cigarrillo. Se le hundieron las mejillas al aspirar y expelió el humo con una tos ronca. Emily pensó en lo que había dicho Blake la primera vez que su hermana había fumado: «Parece que fumes porque crees que es guay, y no porque te guste fumar».

Emily avanzó hasta el borde del paseo marítimo, de cara al viento. Apoyó los brazos en la barandilla. Allá abajo, el mar se arremolinaba alrededor de los pilotes. Sintió una suave salpicadura de agua en la piel. Aún tenía las mejillas acaloradas por el abrazo que le había dado Clay.

Ricky siempre le leía el pensamiento.

—Me has preguntado por Nardo, pero ¿qué pasa contigo y con Clay?

Emily apretó los labios. Hacía cuatro años, Clay había decidido que el sexo solo complicaría el funcionamiento del grupo. A partir de ese decreto Emily dedujo que no le interesaba, porque Clay siempre se las arreglaba para conseguir lo que quería.

—El año que viene por estas fechas estará en Nuevo México —contestó.

—Eso no está tan lejos, ¿no?

—Son casi tres mil kilómetros. —Emily había hecho los cálculos usando una fórmula que había encontrado en el *Almanaque Agrícola* de su padre.

Ricky tosió al echar una bocanada de humo.

—¿Cuánto se tarda en coche?

Emily se encogió de hombros, aunque sabía la respuesta.

—Dos o tres días, dependiendo de cuánto pares.

—Bueno, Blake y yo vamos a estar aquí al lado, en Newark, en la Universidad de Delaware. —Había tristeza en la sonrisa de Ricky. Lo único positivo que había salido de la trágica muerte de sus padres era la indemnización que les habían pagado y que iba a permitir que fueran a la universidad—. ¿A cuántas horas en coche estaremos de ti?

Emily se sintió mal por no haber calculado la distancia entre Foggy Bottom y la Universidad de Delaware. Aun así, hizo un cálculo aproximado.

—A un par de horas como mucho.

—Y Nardo irá a la Universidad de Pensilvania, si su padre soborna a quien debe. Eso está a un par de horas de la Universidad de Delaware. —Evidentemente, Ricky había hecho esa ecuación—. Así que no vamos a estar tan lejos, ¿no? Puedes coger el tren y venir a vernos cuando quieras.

Emily asintió, pero no se atrevió a hablar. Tenía muchas ganas de llorar. Se sentía dividida entre el deseo casi desesperado de que su vida cambiara y el deseo, igual de intenso, de permanecer a salvo dentro de la camarilla para siempre.

Si Ricky sentía lo mismo, no lo dijo. Siguió fumando en silencio. Apoyó el pie en el travesaño de la barandilla mientras miraba el mar con el ceño fruncido. Emily sabía que odiaba el agua. Los padres de Ricky y Blake habían muerto en un accidente náutico cuando ellos tenían cuatro años. Big Al les daba todo lo que necesitaban, pero era un padre esquivo. Lo mismo podía decirse de los padres de Nardo, que siempre estaban de viaje de negocios en Nueva York o de vacaciones en Mallorca o en una gala de recaudación de fondos en San Francisco o en un torneo de golf en Tahoe o en cualquier sitio, menos con Nardo. En cuanto a los padres de Emily, no podía decirse gran cosa de ellos, aparte de que esperaban que ella triunfase.

Era curioso que Clay era el único que tenía unos padres estables y cariñosos. Los Morrow lo habían adoptado tras la muerte de su madre. Tenía cuatro hermanas y un hermano que debían de estar en algún sitio, pero nunca los mencionaba, y mucho menos se molestaba en mantener contacto con ellos. Seguramente porque los Morrow lo trataban como un regalo que les había concedido Jesucristo en persona. Y a él no le gustaba compartir.

—Em, ¿qué te pasa últimamente? —preguntó Ricky.

—Nada. —Emily se encogió de hombros y sacudió la cabeza al mismo tiempo—. Estoy bien.

Ricky lanzó la ceniza al océano. Se le daba muy bien adivinar lo que estaba pensando Emily.

—Es raro, ¿verdad? Estamos todos a punto de empezar nuestra vida, pero aún estamos aquí, ¿no?

La barandilla tembló cuando dio un pisotón, como diciendo «aquí, en este sitio», junto a la cafetería de su abuelo. Emily se alegró de que su mejor amiga tuviera la misma sensación de ruptura. Había perdido la cuenta de las veces que se habían escabullido por la puerta de atrás de la cafetería mientras los chicos discutían sobre qué ángel de Victoria's Secret estaba más buena o citaban frases de los Monty Python o intentaban adivinar cuál de las chicas de primero había llegado hasta el final.

Emily sabía que Ricky y ella perderían ese sentimiento de camaradería cuando se fueran todos a la universidad.

—Puaj. —Ricky miró con desagrado el cigarrillo a medio fumar—. Odio el tabaco.

Emily la vio arrojar la colilla al océano. Intentó no pensar en el efecto que tendría en los peces.

—Estás rara desde la fiesta del mes pasado —insistió Ricky.

Emily apartó la mirada. Le volvieron las ganas de llorar. Las náuseas. Los temblores. Oyó el tintineo que hace una máquina de escribir cuando llega al final de la línea. El chasquido del carro al deslizarse hacia atrás. Y luego, uno a uno, se imaginó el movimiento de los tipos al imprimir sobre el papel las palabras con todas las letras en mayúscula...

«LA FIESTA».

No la recordaba. No era como olvidar dónde había dejado las llaves o que se le pasara hacer un trabajo de clase. Su cerebro le daba contexto acerca de esas menudencias. Podía imaginarse dejando las llaves en la mesa en lugar de meterlas en el bolso, perdiendo el hilo durante una clase u olvidándose de anotar una tarea. Pero, cuando trataba de recordar la noche de la fiesta, su cerebro solo la llevaba hasta un punto determinado. Se veía subiendo los escalones de hormigón hasta la imponente entrada de la casa de Nardo. Veía las baldosas de color ocre del vestíbulo; el salón, situado a un nivel más bajo, con su araña dorada y su enorme televisión; los grandes ventanales con vistas a la piscina; el equipo de música, que ocupaba una pared entera; los altavoces, casi tan altos como ella...

Pero no eran detalles de esa noche en concreto, de la noche de la fiesta, sino de las innumerables noches anteriores en las que les decía a sus padres que se quedaba a dormir en casa de Ricky o que iba a estudiar con una amiga con la que hacía años que no hablaba, pero en realidad se iban todos a casa de Nardo a emborracharse y a jugar a juegos de mesa o a ver películas o a fumar maría y a hablar de cómo arreglar el mundo de mierda que estaban a punto de heredar.

La noche concreta de la fiesta no fue más que un agujero negro.

Recordaba cuando Nardo abrió la puerta. Recordaba cuando Clay le puso un cuadradito de papel en la lengua. Recordaba estar sentada en uno de los sofás de antelina.

Y luego se despertó en el dormitorio de su abuela, tumbada en el suelo.

—En fin... —Ricky lanzó un suspiro al dar la espalda a las olas. Apoyó los codos en la barandilla y sacó pecho como si fuera el emblema del capó de un coche—. No sé nada sobre el ácido, pero Clay tiene razón. No puedes dejar que un mal viaje lo estropee todo. Los alucinógenos pueden ser muy terapéuticos. Cary Grant los usaba para superar sus traumas infantiles.

A Emily empezó a temblarle la barbilla. Sintió una desconexión repentina, como si su cuerpo estuviera allí, en el paseo marítimo, con Ricky, pero su cerebro flotase en otro lugar. En un lugar más seguro.

—Em. —Ricky se dio cuenta de que le pasaba algo—. Ya sabes que conmigo puedes hablar.

—Lo sé.

Pero ¿de verdad podía? Ricky tenía con Blake esa extraña relación de los mellizos, lo que significaba que contarle algo a uno equivalía automáticamente a contárselo también al otro. Luego estaba Nardo, que era capaz de sonsacarle cualquier cosa a Ricky. Y después Clay, a quien todos informaban de todo.

—Los chicos se estarán preguntando si nos habrá pasado algo —dijo Emily.

—Deberíamos volver. —Ricky se apartó de la barandilla y volvió a entrar en la cafetería—. ¿Conseguiste los ejercicios de trigonometría?

—Estaba... —Emily sintió que se le encogía el estómago. La brisa salada, los olores de la cocina o el tufo a tabaco, o las tres cosas, la asaltaron al instante, y de repente se sintió muy mareada.

—¿Em? —Ricky la miró mientras iba por el pasillo—. ¿La hoja de ejercicios?

—Iba a...

El vómito le subió por la garganta. Se tapó la boca con las manos y avanzó a trompicones hacia el baño. La puerta se abrió de golpe y al cerrarse le golpeó el hombro. Se abalanzó hacia el retrete, pero el lavabo estaba más cerca. Un líquido caliente se escurrió entre sus dedos. Apartó las manos y un torrente de vómito cayó en el lavabo.

—Ostras —murmuró Ricky. Sacó un puñado de toallitas de papel del dispensador y abrió el grifo de agua fría del otro lavabo—. Dios, qué mal huele.

Emily seguía teniendo arcadas secas y cerró los ojos con fuerza para no ver las galletas sin digerir y el refresco que había tomado con la abuela antes de salir de casa. Otra arcada sacudió su cuerpo. Se había vaciado por completo, pero no podía parar.

—No pasa nada.

Ricky le puso las toallitas frías en la nuca y le frotó la espalda mientras murmuraba palabras tranquilizadoras. No era la primera vez que realizaba la ingrata tarea de intentar aliviar los efectos de una vomitona. De todo el grupo, era la que tenía el estómago más fuerte, y también el instinto maternal más fuerte.

—¡Joder! —gimió Emily, empleando una palabra que nunca usaba. Pero tampoco se había sentido nunca tan enferma—. No sé qué me pasa.

—A lo mejor has pillado algo. —Ricky tiró las toallas mojadas a la papelera y sacó su neceser de maquillaje—. ¿Desde cuándo estás así?

—Desde hace poco —contestó Emily, pero entonces se dio cuenta de que hacía ya un tiempo que le pasaba. Al menos tres días, puede que incluso una semana.

—¿Te acuerdas de Paula, de la clase de plástica? —Ricky utilizó el mechero para calentar la punta de su lápiz de ojos—. No paraba de vomitar en clase y ya sabes lo que le pasó.

Emily se miró al espejo y vio cómo se le iba el color de la cara.

—Claro que para eso tendrías que haberte estrenado. —Ricky se retocó la raya del ojo—. ¿Has perdido la virginidad y no me lo has contado? Ay, mierda... —Al mirarla de cerca, adivinó lo peor en su expresión horrorizada. Tragó saliva—. Em, ¿no estarás...?

—No. —Emily se inclinó hacia el otro lavabo y se echó agua fría en la cara. Le temblaban las manos. Le temblaba todo el cuerpo—. No seas tonta. Sabes que yo no haría eso. Bueno, sí, lo haría, pero te lo diría si pasara.

—Pero si lo hiciste... —Ricky volvió a interrumpirse—. Joder, Em, ¿estás segura?

—¿Si estoy segura de que sigo siendo virgen? —Se acercó al lavabo donde había vomitado y abrió el grifo para enjuagarlo—. Creo que, si hubiera follado, me acordaría, Rick. Es algo muy importante, ¿no?

Ricky no dijo nada.

Emily miró a su mejor amiga en el espejo. En aquel diminuto espacio embaldosado, el silencio retumbó como el eco de un cañón.

La fiesta.

—Me vino la regla el viernes pasado —dijo Emily.

—Ay, joder, ¿por qué no lo has dicho antes? —Ricky soltó una carcajada de alivio.

—Porque te lo dije cuando me vino. Fue justo en medio de la clase de educación física. Te conté que tuve que volver al vestuario para cambiarme de pantalón corto.

—Ah, sí, sí. —Ricky siguió asintiendo hasta convencerse de que era cierto—. Perdona. Seguramente por eso te encuentras mal. Los dolores de la regla son un asco.

Emily asintió.

—Seguramente.

—Entonces no pasa nada. —Ricky hizo una mueca—. Debería ir a llevarle a Nardo su dichoso batido.

—¿Rick? No les digas a los chicos que he vomitado, ¿vale? Me da vergüenza, y ya sabes que Nardo se pondrá a hacer chistes o dirá algo asqueroso.

—Sí, claro. —Se pasó los dedos por los labios como si se cerrara la boca y fingió tirar la llave, aunque Emily ya podía imaginarse la reacción en cadena: de Blake a Nardo, y de Nardo a Clay.

—Voy a acabar de limpiar esto. —Emily señaló el lavabo sucio, pero Ricky ya estaba saliendo por la puerta.

Oyó el clic de la cerradura. Se giró despacio para mirarse al espejo.

Su periodo siempre había sido irregular, seguía una pauta que era incapaz de predecir. La regla solía retrasársele o se le adelantaba, o quizá simplemente se le daba fatal llevar el control de su ciclo porque, como aún no había tenido relaciones sexuales y además Ricky siempre llevaba Tampax, ¿para qué iba a molestarse en estar atenta a algo que solo era una molestia y que no le servía de aviso de nada?

Pestañeó al cerrar los ojos. Se vio subiendo las escaleras de cemento de la puerta de Nardo. Sacando la lengua para que Clay le pusiera un micropunto de ácido en la boca. Se vio despertándose en el suelo junto a la cama de su abuela. Y sintiéndose mareada, pegajosa y aterrorizada porque, por alguna razón desconocida, tenía puesto el vestido del revés y no llevaba ropa interior.

Abrió los ojos. Vio en el espejo que le corrían lágrimas por la cara. Tenía aún el estómago revuelto, pero se moría de hambre. Estaba cansada pero también rebosante de energía. Su cara había recuperado el color. Su piel prácticamente resplandecía.

Y era una mentirosa.

No había tenido la regla la semana anterior.

Hacía un mes que no la tenía.

Desde la fiesta.

3

Andrea se puso frente al lavabo del baño del RJ's Eats y se echó agua fría en la cara. Al mirarse en el espejo, pensó que no se le notaba lo asustada que estaba. Por fin había conocido a la hija de Emily. A su posible hermana. El que hubiera ocurrido por pura casualidad y no gracias a sus habilidades detectivescas era algo que prefería tomarse como un regalo y no como un presagio de fracaso.

Judith.

Se sacó el móvil del bolsillo. Buscó en Google el nombre de Judith Vaughn, pero solo aparecieron un par de esquelas de mujeres muy mayores y una cuenta de LinkedIn que no pensaba abrir. En Instagram, Twitter y TikTok no encontró nada. Miró en Facebook y encontró más señoras mayores y fotos que supuso eran de sus nietos, ya adultos. El nombre era de otro siglo, así que no le extrañó. Incluso al reducir la búsqueda a Maryland y Delaware, siguió sin encontrar a ninguna Judith Vaughn que encajase con la que acababa de ver en la calle.

Sujetó el teléfono contra su pecho. Su investigación paralela sobre Nick Harp no iba a venirse abajo por unas cuantas búsquedas sin resultados en internet. Judith no parecía de las que se casaran, pero tenía una hija, así que quizá hubiera adoptado el apellido de un hombre. O de una mujer, porque esas cosas también pasaban.

Cerró los ojos, respiró hondo y trató de concentrarse en lo que significaba aquel nuevo dato, si es que significaba algo. Había dado por sentado que Bernard Fontaine, Eric Blakely y Erica Jo Blakely no tendrían redes sociales por motivos generacionales, pero eso no era del todo lógico. Su madre solo era unos años más joven que los antiguos amigos de Emily y tenía cuenta de Facebook. Laura pasaba la mayor parte del tiempo en Nextdoor, sí, pero eso era porque las personas que vivían todo el año en sitios de playa eran unas entrometidas, o estaban chaladas, o eran asesinos en serie en potencia.

La puerta del baño se abrió.

Una mujer con una aureola de rizos entrecanos la miró enarcando las cejas. Llevaba un delantal rojo y una camiseta blanca, y muchas pulseras en las muñecas, al estilo de Madonna (pulseras negras y plateadas que se amontonaban en cada brazo, ocupando un ancho de varios centímetros). Dejó de mascar chicle para preguntarle:

—¿Estás bien, corazón?

—Eh…

Andrea había vuelto a quedarse sin habla de repente. La mujer tenía cincuenta y tantos años, medía algo menos de metro setenta, pesaba unos sesenta kilos y se le veían las raíces blancas bajo el tinte oscuro del pelo. Andrea reconoció el delantal a rayas de los camareros, pero fue al ver aquellas dos letras —«RJ»— en la chapa del nombre cuando una campanita empezó a tintinear dentro de su cabeza.

—¿Cariño? —Tenía un aire afectuoso y maternal, como si siempre llevara encima una bolsa llena de galletas y provisiones de emergencia, por si alguien las necesitaba.

—Eh —repitió Andrea—. Sí, lo siento. Estoy bien, gracias.

—De nada. —La mujer siguió mascando chicle y entró en uno de los dos aseos.

Andrea resistió el impulso de espiarla por la rendija de la puerta. Se había criado en un pueblo pequeño y sabía que la gente tendía a quedarse a vivir allí donde había crecido.

Esperó a que se oyera el sonido del pis y volvió a meterse en Google para consultar la página web del restaurante. Pasó por alto un gran letrero de «TRABAJA CON NOSOTROS» e hizo clic en la pestaña que detallaba la historia de la cafetería, que se remontaba a la década de

1930, cuando el bisabuelo Big Al Blakely empezó a vender refrescos. Luego compró el local y se lo dejó a su hijo, llamado también Big Al. Más tarde hubo un incendio que estuvo a punto de acabar con el negocio y, veinte años después, este pasó a llamarse RJ's cuando la mujer que en ese momento ocupaba uno de los retretes del aseo de señoras dejó su trabajo como editora del *Longbill Beacon* y se hizo cargo del establecimiento. Andrea encontró su foto con el nombre debajo.

RJ «Ricky» Fontaine.

Yo, Erica Jo Blakely, no estuve en el baile de graduación anoche. Estuve sola en casa hasta las seis, más o menos, cuando mi hermano volvió del baile porque se aburría. Vimos *Sillas de montar calientes*, *Aterriza como puedas* y parte de *Alien* en vídeo y luego nos fuimos a la cama. No sé nada del bebé de Emily Vaughn. Sí, yo era su mejor amiga desde que íbamos a la guardería, pero la última vez que hablé con ella fue hace cinco meses, y fue para decirle que no quería que volviéramos a hablar. No nos peleamos ni discutimos. Mi abuelo me dijo que no me juntase con ella porque tomaba drogas, lo cual yo sabía que era cierto. No sé qué le pasó, pero no tuvo nada que ver con nosotros. Se convirtió en una persona muy enfadada y amargada. Todo el mundo lo siente mucho por ella y por su familia, porque seguramente se va a morir, pero eso no cambia la verdad ni los hechos. Juro, so pena de incurrir en perjurio, que el contenido de mi declaración es verdadero.

Andrea volvió a mirarse al espejo y se preguntó cómo era posible que no hubiera encajado una pieza tan fácil del rompecabezas. Naturalmente, Ricky Blakely se había casado con Nardo Fontaine. Por eso, al buscarla como Ricky Blakely, no había obtenido ningún resultado. Ricky había adoptado el apellido de su marido. Debieron de empezar a salir en el instituto. Era lo típico en los pueblos pequeños.

Su reflejo le sonrió. Debería darse de bofetadas por no haberlo averiguado antes, pero de repente se sentía eufórica. ¡Había descubierto algo! Había localizado a una persona estrechamente vinculada a Emily.

A pesar del tono agrio de su declaración, Ricky había sido la mejor amiga de Emily casi hasta el final de su vida. La Ricky adulta ya habría superado su pequeña rencilla. Y lo sabría todo.

Su euforia se esfumó tan rápido como había surgido.

¿Cómo conseguiría que Ricky hablara? No podía llamar a la puerta del retrete y pedirle que le contara todo lo que supiera del brutal asesinato de su mejor amiga, que había ocurrido hacía cuarenta años («Y, oye, ¿puedes decirme si tu otro amigo de la infancia es el asesino?»).

Si Ricky hubiera querido acusar a Clayton Morrow, lo habría hecho décadas atrás, cuando los crímenes de Nick Harp acapararon la atención de los medios de comunicación nacionales. Todas las noticias que había leído Andrea lo identificaban como Clayton Morrow, de Longbill Beach. La biografía de Ricky afirmaba que había trabajado como periodista, pero Andrea nunca se había topado con un relato de primera mano de nadie que se hubiera criado con su padre. Que ella supiera, nadie de Longbill Beach había hablado con la prensa. Los hermanos perdidos de Clay/Nick nunca habían sido localizados ni se habían presentado por su cuenta. Sus padres adoptivos se habían negado a hablar con los periodistas. Ambos habían muerto hacía más de treinta años —ella, de cáncer de mama, y él, de un infarto—, y se habían llevado a la tumba cualquier dato que tuvieran sobre su hijo.

Lo que dejaba a Andrea exactamente donde había empezado.

Sintió que comenzaba a mentalizarse para el fracaso, una sensación que le resultaba muy familiar. Si algo había aprendido en la academia era a compartimentar las tareas en partes más manejables. Todavía estaba en la fase de recogida de información. Ya pensaría en el segundo paso cuando llegara el momento. Por ahora, haría bien en dejar de pensar en su padre como en Nick Harp. Clayton Morrow era el sospechoso del asesinato de Emily Vaughn. Si encontraba la manera de imputar a Clay, lo de Nick estaría resuelto.

El sonido característico del papel higiénico al desenrollarse la puso en guardia. Sabía que, por raro que fuera que se hubiera quedado esperando mientras Ricky hacía sus necesidades, sería aún más raro que siguiera allí cuando saliera del retrete. Procuró marcharse antes de que tirara de la cadena.

Al salir del baño dobló a la izquierda en vez de a la derecha, hacia el comedor. La cocina estaba vacía a pesar de que era una hora de mucho trasiego. Andrea siguió avanzando por el largo pasillo. La puerta trasera estaba abierta. Vio el paseo marítimo más allá. El rugido del mar llegó a sus oídos. Apareció un hombre con traje de cocinero. La miró con curiosidad. Tenía más o menos su edad y era negro, así que no era Eric Blakely. ¿Sería quizá un sobrino o un hijo?

Volvió a sacar el móvil. Buscó RJ Blakely y encontró una cuenta de Twitter: @RJEBDPM.

RJ Eats Batidos de Puta Madre.

Bingo. Echó un vistazo rápido a los mensajes. Eran de turistas que publicaban buenas reseñas y de los gilipollas de turno que había siempre en Twitter. Había también numerosas fotografías de batidos colocados sobre la barra de la cafetería. Muchos de ellos contenían alcohol. Andrea nunca se acostumbraría a ver licor en la carta de una cafetería. Se había criado en el sur, donde se podía conseguir metanfetamina o un revólver casi en cualquier esquina, pero la venta de alcohol estaba estrictamente regulada.

Detrás de ella, la puerta del baño empezó a abrirse. Volvió a recorrer rápidamente el pasillo y oyó que Ricky hablaba en voz baja por el móvil, enfadada, como si estuviera a punto de pedir hablar con el encargado.

—Por supuesto que no —siseó—. Eso es inaceptable.

En el restaurante se oía un murmullo mientras los clientes —forasteros entrados en años, en su mayoría— se atiborraban de frituras. Andrea notó una punzada en el estómago al ver a Catfish Bible sentado al final de la barra. Era demasiado pronto para cenar, pero no había comido nada desde las galletas de queso y mantequilla de cacahuete de esa mañana. Cuando vio la hamburguesa y las patatas fritas que la esperaban delante del taburete vacío, al lado de Bible, tuvo que limpiarse la saliva de la comisura de los labios.

—He empezado sin ti —dijo Bible, y dio mordisquitos alrededor de su hamburguesa, como un niño—. Este sitio está bien. Ya había estado aquí antes. He pensado que querrías el especial de la casa.

Andrea no se molestó en contestar. Se sentó y dio el bocado más grande que pudo a la hamburguesa. Bebió un poco de refresco de cola para ayudarla a pasar y frunció el ceño, sorprendida por el sabor.

—¿Verdad? —dijo Bible—. Solo tienen Pepsi.

Andrea meneó la cabeza: eso era un error.

—Bueno, ¿cómo es que te metiste a policía? —preguntó él.

Andrea sintió que su garganta se dilataba como el vientre de una pitón al tragar la bola de carne y pan. En Glynco cada cadete tenía su historia: un tío que había muerto en acto de servicio, una familia llena de policías desde principios del siglo pasado, o un deseo ardiente de proteger y servir.

Ella solo pudo responder:

—Antes trabajaba en la comisaría de mi pueblo.

El gesto de asentimiento de Bible tenía cierto aire de sospecha, y Andrea se preguntó hasta qué punto habían hecho averiguaciones sobre su trayectoria. ¿Distinguía, por ejemplo, su expediente entre trabajar como policía patrullando las calles y trabajar de noche como operadora en el servicio de emergencias e irse a la cama como un vampiro cuando salía el sol?

—Yo estuve en los Marines —dijo Bible—. Me rompí un dedo del pie al principio de la guerra del Golfo y me mandaron a casa para que me recuperase. Mi mujer, Cussy, me dejó claro que me daría un puñetazo en las partes blandas si no salía de casa. Así que acabé metiéndome en los *marshals*.

Andrea vio que se encogía de hombros. Naturalmente, él también se estaba dejando muchas cosas en el tintero.

Bible mojó unas patatas fritas en kétchup.

—¿Fuiste a la universidad?

—Sí, en Savannah. —Dio otro bocado a la hamburguesa, pero se llevó un chasco al ver que él esperaba que añadiera algo más—. Lo dejé seis meses antes de graduarme.

Bible masticó al mismo tiempo que ella.

—Yo trabajé en el Distrito Sur, fue mi primer destino. Tienen una oficina muy bonita en Bull Street. No estarás hablando de la Escuela de Arte y Diseño de Savannah, ¿verdad?

Andrea terminó de comerse la hamburguesa. Había aprendido muy pronto en Glynco que no había forma de contarle a un *marshal* que había abandonado la carrera de Diseño de Producción de la Escuela de Arte y Diseño de Savannah tras suspender la asignatura de Iluminación y Narrativa sin que se quedaran boquiabiertos como si estuvieran viendo salir mariposas del ano de un unicornio.

Así que le contó a Bible la versión que tenía ensayada.

—Conseguí trabajo en Nueva York y estuve viviendo allí hasta que a mi madre le diagnosticaron cáncer de mama. Volví a casa para cuidar de ella y me puse a trabajar en la policía local. Vi el anuncio del USMS en el tablón de la comisaría. Me pasé un año y medio dándole a «recargar» en la página web, hasta que aceptaron mi solicitud.

Bible no se dejó despistar tan fácilmente.

—¿Qué tipo de arte hacías?

—Arte mediocre. —Andrea necesitaba cambiar de tema y, aparte de la historia de su vida, solo había una cosa por la que Bible había mostrado verdadero interés—. ¿Por qué le preguntaste al jefe Stilton si había habido suicidios en esta zona?

Bible meneó la cabeza mientras terminaba de beberse su Pepsi.

—Si son homicidas, son suicidas.

En Glynco adoraban las rimas casi tanto como las siglas, pero Andrea nunca había oído aquella.

—¿Qué quieres decir?

—Adam Lanza, Israel Keyes, Stephen Paddock, Eric Harris y Dylan Klebold, Elliot Rodger, Andrew Cunanan...

Gracias a un consumo constante de reposiciones de *Dateline*, Andrea reconoció los nombres de todos aquellos asesinos en serie, pero, aparte del hecho de que fueran unos monstruos, nunca había reparado en que tuvieran aquella característica en común.

—Todos se suicidaron antes de que los detuvieran.

—Eran lo que se llama intrapunitivos, que es una forma elegante de decir que volvían su ira, su culpa, su hostilidad y su frustración contra sí mismos. Está documentado que ya anteriormente tuvieron ideaciones homicidas y suicidas. No matan por capricho. Primero tienen que currárselo. Escriben sobre ello, sueñan con ello, hablan de ello, acaban en el hospital por ello... —Bible se limpió la boca y tiró la servilleta al plato—. Hace cinco años, había unas mil amenazas a jueces al año. El año pasado, superamos las cuatro mil.

Andrea no preguntó por qué. Todo el mundo estaba cabreado últimamente; sobre todo, con el Gobierno.

—¿Alguna se llevó a término?

—Solo ha habido cuatro asesinatos de jueces federales desde 1979. Y uno de ellos no encaja exactamente en ese parámetro, porque el juez asesinado se encontraba por casualidad en el Safeway en el que se produjo un atentado contra una congresista.

Andrea complementaba su dieta de consumo de *Dateline* con *podcasts* sobre crímenes reales.

—Gabby Giffords.

—Así me gusta, que prestes atención —comentó Bible—. Todos los jueces asesinados eran hombres. Todos los asesinos eran hombres, cosa que sabemos porque los atrapamos. Todos los jueces, menos uno, habían sido designados por los republicanos. —Bible hizo una pausa para asegurarse de que Andrea le seguía—. Solo se conocen dos casos en los que murieron o resultaron heridos familiares de un juez. En ambos casos, se trataba de juezas y el objetivo principal del ataque eran ellas. Ambas eran de designación demócrata. Los agresores eran hombres blancos de mediana edad. Ambos sufrían depresión severa (habían perdido su trabajo, a su familia y sus ahorros). Y ambos terminaron suicidándose.

—Homicidas y suicidas. —Andrea comprendió por fin adónde quería ir a parar. Otra cosa que había aprendido en la academia era que a las fuerzas del orden les encantaban las estadísticas—. Muy bien. Por regla general, el comportamiento pasado predice el comportamiento futuro. Por eso el FBI estudia a los asesinos en serie. Para buscar patrones de conducta. Esos patrones suelen darse en otros asesinos en serie.

—Exacto.

—Por eso le has pedido al jefe Queso que te avise si hay algún intento de suicidio en la zona. Un suicida de mediana edad y raza blanca encajaría como perfil de alguien que podría intentar asesinar a una jueza. —Esperó a que Bible asintiera—. Pero eso no es afinar mucho. Porque, a diario, ¿cuántos individuos que responden a esa descripción y que no quieren matar a una jueza intentan suicidarse?

—En los Estados Unidos se suicidan unas ciento treinta personas al día. Alrededor del setenta por ciento son hombres blancos de mediana edad. La mayoría utiliza armas de fuego. —Bible levantó un dedo—. Anticipándome a tu siguiente pregunta, no, nuestro hombre no se ha suicidado. Creo que probablemente lo intentó y falló. Eso también es un patrón de conducta de esos tíos. Si no fueran unos inútiles, no estarían tan cabreados. Y sabemos que el tío al que buscamos no se fue corriendo al hospital después de su intento fallido. De haberlo hecho, habría un atestado policial, y, de los ochenta y cuatro atestados de intento de suicidio que ha habido en los cinco estados de la zona en los últimos cinco días, ninguno tiene relación con la jueza.

Andrea sintió que su cerebro empezaba a despertar. No se trataba solo de un mero detalle. Bible estaba firmemente convencido de la validez de su teoría.

—¿Por qué iba a haber un atestado policial? Intentar suicidarse no es ilegal.

—Estrictamente hablando, sí lo es en Maryland y Virginia. Es una norma que se remonta al derecho consuetudinario inglés del siglo XIII. —Él se encogió de hombros—. En el estado de Delaware es perfectamente legal, pero, en general, la gente intenta suicidarse con drogas que se obtienen por medios ilícitos o con armas de fuego que no tienen la licencia en regla. Por no hablar de que suele haber un ex, un vecino o un compañero de trabajo que avisa de que pasa algo raro.

Lo que decía tenía sentido, pero, aun así, Andrea le devolvió sus palabras:

—Nosotros no somos los investigadores. Nuestro único cometido consiste en mantener a la jueza a salvo.

—Pues claro, pero creía que solo estábamos pasando el rato, compañera. No se puede investigar mucho mientras te comes una hamburguesa grasienta, a no ser que lo que estés investigando sea la acidez de estómago. Gracias.

Ricky se había acercado con una jarra para rellenarles los vasos. Sus muelas mascaban el chicle como una máquina en movimiento. Empezó con el vaso de Andrea y le guiñó un ojo.

—¿Todo bien, cielo?

—Sí, señora. —Andrea fijó la mirada en el vaso mientras intentaba serenarse. Todavía estaba eufórica por haber encontrado a Ricky. Rezó por que Bible no se diera cuenta.

Pero se dio cuenta.

—Parece que has hecho una amiga.

Andrea no respondió a su pregunta implícita.

—Detalles concretos.

—¿Qué? —Bible bebió un trago de Pepsi.

Ella esperó a que volviera a dejar el vaso sobre la barra.

—Dijiste que había detalles concretos de la vida privada de la jueza en las cartas que le enviaron a su despacho. Por eso se consideraron verosímiles las amenazas de muerte. De lo que se deduce que quien está amenazando a la jueza la conoce, al menos lo suficiente como para estar al tanto de esos detalles.

—Toma ya —dijo Bible—. Mike tenía razón, Oliver. Eres más lista que el hambre. Ojalá tuviera yo tu memoria. ¿Eso lo aprendiste en la escuela de arte? ¿Aprendiste allí a tener ojo para los detalles?

Ella presintió que iba a interrogarla de nuevo.

—Parece que conoces muy bien a Judith.

Él volvió a coger el vaso, se terminó la Pepsi y lo dejó de nuevo sobre la barra. Luego giró lentamente el taburete hasta quedar enfrente de ella.

—¿Podemos hablar en serio?

—Claro.

—Para que nos llevemos bien, Oliver, necesito saber una cosa de ti; solo una.

Andrea se olió lo que venía y se preparó para devolver la pelota.

—Soy un libro abierto, Bible. Pregúntame lo que quieras.

—¿Eres más de dulce o de salado?

—De salado.

Bible, que había estado conteniendo la respiración, soltó un suspiro.

—Qué alivio.

Ella vio que volvía a girarse y que levantaba la mano para llamar a una camarera.

Andrea miraba por la ventanilla del coche los cúmulos interminables de gigantescas casas vacacionales al oeste de Beach Road. No le hacía falta consultar el catastro local para saber que las enormes mansiones habían devorado las casitas de campo que los veraneantes habían usado durante generaciones. Belle Isle había sufrido esa misma explosión urbanística. La casita de Laura de la playa parecía minúscula al lado de las «gargansiones», como las llamaba ella. Se quejaba constantemente de las cartas que le dejaban en el buzón ofreciéndole montones de dinero para que vendiera.

—Buitres —murmuraba mientras las rompía—. ¿Adónde iría yo?

Andrea miró a Bible, que estaba inusualmente callado desde que habían salido de la cafetería. Las luces del salpicadero daban a las cicatrices de su cara un brillo inquietante. Tamborileaba con los dedos sobre el volante mientras en la radio sonaba un murmullo de rock suave. Andrea imaginaba a menudo que la generación de su madre pasaría sus últimos años de vida en residencias de ancianos arrastrando los pies al ritmo de una versión de Duran Duran tocada por una banda y gritándole de vez en cuando al personal «¿De qué estás hablando, Willis?».

A pesar de que el gusto musical de Bible le resultara familiar, Andrea no sabía si podía confiar del todo en su nuevo compañero. Estaba claro que conocía a la familia Vaughn mejor de lo que daba a entender. Lo bastante bien, al menos, como para que Judith lo saludara como a un viejo amigo. Era evidente que intentaba averiguar quién había amenazado a la jueza, aunque hubiera dejado claro que su trabajo no fuera investigar. Y no le había contado a Andrea el porqué ni el cómo, pero esto le parecía justo, dado que ella tampoco pensaba hablarle de su investigación paralela.

Abrió la boca pensando que debía intentar hacerlo hablar otra vez, pero entonces se acordó de lo que le había dicho sobre ser un termómetro. Si él estaba un poco frío, ella debía estarlo también.

Volvió a fijar los ojos en las megamansiones. Aún estaba en la fase de recogida de información del caso archivado de Emily Vaughn. Nadie sabía con certeza si Clayton Morrow era culpable de su asesinato. Ella esperaba que lo fuera, porque ello no solo garantizaría que su padre siguiera en la cárcel, sino que posiblemente le daría algo de paz a la familia Vaughn. Pero también era consciente de que era una chapuza empezar una investigación por el tejado, partiendo de una solución.

No hacía falta formarse durante meses en Glynco para saber que la búsqueda del móvil, los medios y la oportunidad era el punto de partida de cualquier investigación de asesinato. Ahora aplicó esa fórmula al brutal ataque que había causado la muerte de Emily.

Los medios estaban claros: un tablón blandido como un bate de béisbol. Stilton padre había descubierto que el arma procedía de un palé roto que había en el callejón donde Emily sufrió la agresión. Al parecer, lo habían arrojado por la ventanilla de un coche; una persona que estaba paseando a su perro encontró el tablón astillado y manchado de sangre justo al lado de la carretera, entre el centro del pueblo y Skeeter's Grill.

La oportunidad tampoco era difícil de esclarecer: casi todos los alumnos de último curso del instituto de Longbill Beach se encontraban en el centro del pueblo aquella noche para asistir al baile de graduación. También estaban los profesores encargados de vigilar el baile y algunos padres que no podían quedarse al margen. Teniendo en cuenta la edad media de los asistentes, Andrea supuso que todos dispondrían de algún tipo de vehículo privado. Emily no se había trasladado sola hasta el contenedor de las afueras del pueblo.

Quedaba el móvil, y no había móvil más poderoso que el deseo de guardar un secreto. La razón más probable del asesinato de Emily era que el padre de su hija quería permanecer en el anonimato. Según todos los indicios, Emily había cumplido dicho deseo. La pregunta se les había formulado una y otra vez a los testigos al tomarles declaración, y ninguno de ellos parecía saber la respuesta.

En 1982 no había papás solteros. Si dejabas embarazada a una chica, o te casabas con ella o te alistabas en el Ejército. Si Clay no era el padre, los candidatos más probables eran Nardo y Eric Blakely. Las declaraciones de varios asistentes al baile dejaban entrever las envidias que despertaba el grupo. A menudo se los describía como arrogantes y excluyentes y, en un caso concreto, como endogámicos. Ricky se había casado con Nardo. Era lógico pensar que alguno de los chicos estuviera interesado en Emily. Menos lógico era, en cambio, que Emily lo protegiera.

A no ser que tuviera miedo de confesar quién era porque sabía que la mataría.

Para alguien que no acabara de pasar cuatro meses formándose como policía federal, la solución más fácil sería el ADN. Por desgracia, un test genético casero que comparara el ADN de Judith con el de Andrea no arrojaría resultados concluyentes. Era difícil establecer el parentesco de dos hermanos de padre sin el ADN de la madre de ambos y, evidentemente, el ADN de Emily no se conservaba en los archivos. Las páginas web como *ancestry.com* eran útiles para localizar ADN familiar, pero había que estar registrado en el sistema para encontrar coincidencias, y esas coincidencias solo mostraban una relación genética probable.

Luego estaba el CODIS, el Sistema Combinado de Índice de ADN, la base de datos de delincuentes convictos de cuyo mantenimiento se encargaba el FBI. Hasta donde ella sabía, Nardo y Eric Blakely nunca habían sido imputados y mucho menos condenados por un delito. Dado que era un delincuente violento, la ficha de ADN de Clayton Morrow ya figuraba en el sistema. Pero, aunque Andrea consiguiera un frotis bucal de Judith, no tenía forma legal de subir el perfil de Judith para compararlo con el de su padre. Se necesitaban consentimientos y órdenes judiciales, y nadie, ni siquiera Jasper, podría conseguirlos sin que Clayton Morrow se enterase.

Y, si Clay se enteraba, haría algo para impedirlo.

El sonido de un teléfono la sacó de sus cavilaciones.

Bible echó un vistazo a la enorme pantalla táctil del salpicadero, en la que se leía «Jefatura», y pulsó el botón de responder.

—Aquí Bible y Oliver, jefa. Está conectado el altavoz.

—Entendido. —Sorprendentemente, aquella voz ronca era de una mujer—. Agente Oliver, bienvenida al servicio. Lamento no haber podido saludarla en persona, pero, como sabe, la han destinado a mi servicio por procedimiento de urgencia.

Andrea cayó en la cuenta de que ni siquiera sabía a qué servicio se refería su jefa.

—Sí, señora. Lo comprendo.

—Seguro que ya habrá leído mi correo electrónico. Avíseme si tiene alguna duda.

—Sí… —Andrea notó que se le cerraba la garganta. No había vuelto a mirar el teléfono del trabajo desde que le había hablado a su madre de los árboles de Oregón—. Sí, señora. Gracias. Así lo haré.

Bible la miró mientras ella intentaba desbloquear el móvil del trabajo. Estaba acostumbrada al reconocimiento facial de su iPhone y le estaba costando introducir el código numérico del Android. Cuando por fin consiguió abrirlo, vio que tenía sesenta y dos correos sin leer en la bandeja de entrada. Tras echar un vistazo a los asuntos, dedujo que debían de haberla adscrito a la División de Seguridad Judicial, o JSD, lo que no debería haberle sorprendido demasiado teniendo en cuenta que iba literalmente de camino a servir de escolta de una jueza.

—Gracias por llamar, jefa —dijo Bible—. Tenemos turno de noche a partir de las seis. Vamos a llegar un poco antes para que yo pueda enseñarle a Oliver el terreno.

—Estupendo. Oliver, felicidades por su compromiso. Mike siempre me ha parecido buena gente. Nunca me creí los rumores.

Andrea rechinó los dientes mientras revisaba sus correos electrónicos. Joder, iba a matar a Mike.

—Tengo que dejarles —dijo la jefa—. Oliver, mi puerta siempre está abierta.

Andrea había localizado por fin el mensaje de bienvenida de la jefa, lo cual era una suerte porque ahora sabía cómo debía dirigirse a la subcomisaria Cecelia Compton.

—Gracias, subcomisaria.

Bible sonrió, satisfecho.

—Luego la llamo, jefa. Estoy esperando una llamada de mi mujer, que iba a llamarme antes de empezar mi turno.

—Entendido. —La charla terminó con un brusco chasquido.

Bible pulsó el botón de desconexión.

—Regla número treinta y dos de los *marshals*: lee siempre tus correos electrónicos antes de pasar de ellos.

—Una regla muy útil —murmuró Andrea mientras se saltaba los múltiples mensajes de compañeros que le daban la bienvenida al servicio. Incluso Mike le había escrito, con su cachondeo habitual. El mensaje que le había mandado parecía escrito por el jefe de Recursos Humanos.

Sonó otro teléfono.

—Es Cussy, mi mujer. —Bible se llevó su teléfono personal a la oreja, ladeó un poco la cabeza buscando intimidad y dijo—: ¿Qué tal el día, preciosa?

Andrea hizo caso omiso de su tono extrañamente cariñoso y siguió mirando sus correos electrónicos. Al parecer, todos los *marshals* de la zona le habían escrito. ¿Se suponía que debía responder a todos esos anodinos mensajes de bienvenida? ¿Compararían sus respuestas entre sí, o podía limitarse a hacer un corta y pega?

Bible soltó una risita sugerente.

—Cariño, sabes que siempre te doy la razón.

Andrea giró la cabeza hacia la ventanilla para darle un poco más de privacidad. Bible había frenado ante una señal de *stop*. Ya tenían que estar cerca de la finca de los Vaughn. Miró los nombres de las calles y los reconoció por la declaración de otro testigo.

Aproximadamente a las 16:50 del 17 de abril de 1982, yo, Melody Louise Brickel, estaba hablando con mi madre en mi cuarto sobre el vestido que me iba a poner para el baile de graduación. En realidad, discutimos, pero luego hicimos las paces. El caso es que me acerqué a la ventana, que da al cruce de la calle Richter con Ginger Trail, y vi el coche marrón y beis del señor Wexler parado en medio de la línea amarilla. El señor Wexler iba vestido con un traje negro, pero no llevaba puesta la chaqueta. Tenía la puerta del coche abierta, pero estaba parado en mitad de la calle. Emily Vaughn también estaba allí. Llevaba el vestido de satén verde azulado con el que la vi más tarde en el centro del pueblo. No sabría decir si llevaba zapatos o no, pero sí sé que su bolso combinaba con el vestido. Me pareció que estaba discutiendo con el señor Wexler. Él parecía muy enfadado. Debo decir que yo tenía la ventana abierta porque en mi cuarto, como está en la buhardilla, hace calor. El caso es que vi que el señor Wexler agarraba a Emily y la empujaba contra su coche. Ella gritó; lo oí por la ventana abierta. Luego él también gritó. No recuerdo las palabras exactas, pero le dijo algo así como «¿Qué estás diciendo? ¡No hay nada que contar!». Entonces llamé a mi madre para que se acercara a la ventana, pero, cuando llegó, el señor Wexler ya había arrancado a toda velocidad. Fue entonces cuando mi madre me recordó que tenía prohibido hablar con Emily Vaughn y con cualquiera de los amigos con los que ella solía salir. No porque Emily estuviera embarazada, sino porque creía que no debía mezclarme con ellos porque había malos rollos y no quería que se metieran conmigo porque mi madre sabía que ello me molestaba.

Volví a ver a Emily más tarde, esa noche, fuera del gimnasio, como conté en mi declaración anterior, pero después de eso ya no volví a verla con vida. No les dije esto antes porque pensaba que no tenía importancia. La verdad es que no sé quién es el padre del bebé de Emily. La conozco desde hace mucho, desde que íbamos a la escuela infantil, pero no teníamos una relación muy estrecha. La verdad es que no creo que Emily tuviera una relación muy estrecha con nadie que yo conozca, excepto quizá con su abuela, que no está bien. Incluso con su grupo de amigos, antes de quedarse embarazada, era como si ella los conociera, pero ellos a ella no. Por lo menos, no de verdad. Juro, so pena de incurrir en perjurio, que el contenido de esta declaración enmendada es verdadero.

Bible pasó despacio junto a la señal de *stop*. Andrea vio cómo quedaban atrás los letreros de las calles. Se preguntó si el señor Wexler sería una oveja negra dentro de su profesión por la paternidad del hijo de Emily Vaughn. No sería la primera vez que un profesor abusaba sexualmente de una alumna. Eso explicaría por qué Wexler no figuraba en la sección «¿Dónde están ahora?» de la página web del instituto de Longbill, que al parecer ofrecía una lista completa de los profesores que habían pasado por el centro desde su apertura en 1932.

Google tampoco fue de gran ayuda. Wexler era un apellido alemán que significaba «cambista» y, por lo visto, un montón de Wexlers habían recalado en la bahía de Chesapeake en el siglo XVIII. A juzgar por la guía telefónica de la zona, allá donde miraras había un *rhinelander*.

—Es aquí. —Bible encendió el intermitente, aunque no se habían cruzado con ningún otro coche desde que habían salido del pueblo.

Andrea se inclinó para ver el camino de entrada arbolado, que medía, al menos, lo que medio campo de fútbol. Las puertas de hierro estaban abiertas de par en par, a pesar de las amenazas de muerte. Se preguntó si estarían rotas, o si la jueza pretendía fastidiar a sus escoltas.

—¿Sabes cuál es la diferencia entre un tacaño del norte y uno del sur? —preguntó Bible.

Andrea negó con la cabeza.

—Un tacaño del sur dice: «Voy a comerme estas galletas rancias y a servirte a ti estas recién hechas, calentitas y con mucha mantequilla». En cambio, el tacaño yanqui dice: «Tengo diez millones de dólares en el banco, pero voy a bajar el termostato en plena tormenta de nieve y, si no tienes el carácter y la fortaleza suficiente para generar tu propio calor corporal, aquí tienes el abrigo apolillado de mi tatarabuelo de la guerra de 1812».

Ella se rio.

—Deberías incluir eso en tus reglas de los *marshals*.

—Aquí va otra. —Bible viró hacia el aparcamiento y metió el coche en un hueco libre que había entre otros dos—. Regla número diecinueve de los *marshals*: nunca dejes que noten que te intimidan.

El cerebro de Andrea evocó una foto de la imponente jueza Vaughn con uno de sus lujosos fulares.

—Esa también es buena.

El sol de la tarde hacía que todo brillara con un resplandor ardiente cuando salieron del coche. Andrea vio un Ford Explorer negro idéntico al que Bible había aparcado con el morro mirando hacia la entrada.

—Krump y Harri tienen el turno de día —explicó él—. De seis a seis.

—Genial —masculló ella, porque mantenerse despierta otras doce horas seguidas iba a resultarle superfácil.

—Me encanta tu buena disposición, compañera. —Bible le hizo un saludo militar—. ¿Por qué no das una vuelta por la finca para hacerte una composición de lugar, y luego nos vemos dentro? Entra por la puerta del garaje y tuerce a la izquierda.

—De acuerdo.

Andrea esperó a que desapareciera en el garaje. Se alegraba de poder respirar un poco de aire fresco antes de conocer a la jueza. En parte se sentía mal por saber tanto de la que debió de ser la peor época de la vida de Esther Vaughn. No estaba segura de cómo iba a ocultar el hecho de que sabía más de lo que debería. A pesar de la hipocresía de sus padres, le costaba mentir.

Echó a andar a lo largo de la casa, con la esperanza de que Bible comprendiera que «dar una vuelta por la finca» le llevaría sus buenos quince minutos. El garaje tenía capacidad para seis coches. Andrea apenas alcanzaba a ver la carretera más allá de las puertas abiertas. Adivinó por el fragor lejano del mar que el patio de atrás tendría probablemente un aire a *Terrasse à Sainte-Adresse*. La casa no desmerecía con respecto a su entorno. Por fuera, no era del todo como una arquitectura de Escher, sino imponente al estilo Tudor, de la época en que los Tudor tenían por costumbre decapitar a sus esposas. Se ensanchaba en el centro como una casona de dos plantas a la que alguien hubiese añadido dos enormes alas a cada lado. Comprendió al instante lo que había dicho Bible acerca de los tacaños del norte. A no ser que fueran adictos a la metanfetamina o al juego, los Vaughan debían de ser muy ricos, y, pese a ello, saltaba a la vista que tenían la casa descuidada. La podredumbre había empezado a instalarse.

Dobló la esquina y, al cambiar el viento, advirtió el olor del mar. Un camino de piedra serpenteante conducía a un jardín inglés. Su estilo se caracterizaba por la abundancia exuberante de flora y fauna. Los parterres estaban repletos de flores de colores. Grupos de arbustos y matas, dispersos aquí y allá, sombreaban el sinuoso camino de grava. Un muro de piedra irregular bordeaba una fuentecita. No había malas hierbas a la vista. Era evidente que alguien cuidaba con mimo de aquel jardín. Andrea notó el olor del mantillo recién esparcido.

También olía a tabaco.

Se mantuvo a la sombra de la enorme casa mientras recorría la parte trasera de la finca. El jardín daba paso a franjas de hierba silvestre y arbustos sin podar. El dosel de los árboles era allí tan tupido que tapaba el sol. Tropezó con un adoquín tirado de lado en el suelo. Vio que formaba parte de otro camino sinuoso, así que lo recogió y siguió andando entre plantas crecidas hasta llegar a un claro. A su izquierda había una piscina. A su derecha, justo debajo de un balcón del último piso de la casa, una luz cálida salía de lo que parecía ser una caseta de jardinería reformada.

—¡Joder!

Andrea se volvió y vio a una adolescente con camiseta de tirantes y pantalones cortos que se debatía entre la rabia y el miedo porque la hubieran pillado fumando. Dada su edad, no fue de extrañar que se impusiera la rabia. Tiró la colilla al patio y se encaminó hacia la casa, hecha una furia. Dejó tras de sí una estela apestosa de odio y nicotina humeante.

—¡No te olvides de dar de comer a Syd! —gritó Judith por la puerta abierta de la caseta. Llevaba el mismo atuendo vaporoso de antes, pero se había recogido la melena en un moño flojo.

Andrea luchó por sacudirse la timidez que se había apoderado de ella frente a la cafetería.

—¿Syd? —preguntó.

—Es nuestro periquito, un viejo gruñón, y esa era Guinevere, mi bella y tempestuosa hija. Por si te lo estás preguntando, odia su nombre casi tanto como me odia a mí. Intento no tomármelo como algo personal. Todos odiamos a nuestra madre a esa edad, ¿no?

Andrea había pospuesto la fase de odiar a su madre hasta la madura edad de treinta y un años.

—Perdona lo de antes. Ha sido un día muy largo.

—No te preocupes. —Judith le quitó importancia con un gesto—. Quiero que sepas lo mucho que os agradezco lo que estáis haciendo por mi familia. La abuela no dice nada, pero estas últimas cartas la han angustiado mucho.

Andrea se tomó aquella confesión como una invitación a indagar en el asunto.

—¿Sabes lo que decían las cartas?

—No, no quiso enseñármelas, pero deduje que eran muy personales. No es fácil hacerla llorar.

Después de lo que había leído sobre ella, a Andrea le costó imaginarse a la jueza Esther Vaughn llorando, pero ese era el problema de los textos demasiado elogiosos: que podían hacerte olvidar que lo que estabas leyendo trataba sobre un ser humano de carne y hueso.

—¿Vivís aquí?

—En la casa grande. Cogí a Syd y volvimos el año pasado.

Andrea sabía que Franklin Vaughn se había jubilado hacía un año. Quizá fuera cierto que había renunciado a su puesto para pasar más tiempo con su familia.

—Y, por lo que se ve, a Guinevere no le hizo ninguna gracia la mudanza.

Judith se rio por lo bajo.

—Llama a esto Casa Slytherin, lo que es muy injusto. Eso es más de nuestra generación, ¿no?

Andrea sintió un nudo en la garganta. Quizá fueran hermanas. Si su vida hubiera sido distinta, las habrían juntado después de que sus padres se volvieran a casar y se odiarían.

—Pasa. —Judith le indicó con un gesto que entrara en la caseta—. Este es mi taller. Duermo aquí a veces, aunque no cuando hace tanto calor. Voy a enseñártelo.

Andrea sintió que se le despegaban los labios al entrar en un espacio que le resultaba muy familiar. Había estanterías de madera en las paredes. Ollas, coladores y embudos de acero inoxidable. Tazas medidoras. Guantes de nitrilo. Mascarillas. Pinzas. Cucharas de madera. Tiras reactivas de pH. Botellas de plástico blando con boquilla estrecha y cuentagotas. Un bidón de veinte litros de ácido sulfúrico. Varias bolsas grandes de plástico transparente llenas de polvo blanco.

—No te preocupes —dijo Judith—, eso no es coca; es…

—Mordiente —repuso Andrea—. ¿Qué tiñes?

—Sedas, sobre todo. Pero estoy impresionada. La mayoría de los policías, al ver esta caseta, piensan que es un laboratorio para fabricar drogas.

—Los fulares de la jueza. —Andrea se dio cuenta de que había pasado por alto un tendedero de cuyas varas colgaban fulares de varios colores. Uno era de un azul tan profundo que su color parecía refractado por un prisma—. Este índigo te ha quedado perfecto. ¿Has usado la técnica de los gullah geechee?

—Ahora sí estoy impresionada —contestó Judith—. ¿Cómo es que una *marshal* conoce una antigua técnica de teñido traída por los esclavos de África?

—Me crie cerca del Lowcountry. —De pronto le preocupó estar revelando demasiado—. ¿Has estudiado en alguna escuela o eres autodidacta?

—Un poco de las dos cosas. —Se encogió de hombros—. Dejé los estudios en la RISD.

La Escuela de Diseño de Rhode Island era una de las escuelas de arte más prestigiosas del país.

—Me encanta invitar a mis antiguos profesores cuando hago una exposición de *collages* —explicó Judith—. Los pañuelos empecé a hacerlos para mi abuela hace unos años. Le extirparon un tumor de las cuerdas vocales. Gracias a Dios detectaron el cáncer a tiempo, pero está muy acomplejada por la cicatriz.

Andrea se quedó anonadada, pero no por el cáncer. Se dio la vuelta y fingió mirar los fulares mientras se esforzaba por reprimir las ganas repentinas de llorar. Siempre le había encantado el arte, pero nunca se le había ocurrido pensar que esa pasión, en lugar de haberla heredado de Laura, pudiera proceder de Clayton Morrow.

¿Qué más le había transmitido?

—Los *collages* están en el estudio —añadió Judith—. Quizá te interese alguno.

Andrea sorbió por la nariz al darse la vuelta. Tuvo que secarse los ojos.

—Lo siento, llevo tanto tiempo trabajando con ácidos que ya casi no se me irritan los ojos. —Judith le indicó que la siguiera a la habitación contigua—. En el estudio corre más el aire.

Cruzaron una puerta y entraron en una sala espaciosa y acogedora. Había ventanas y paneles de cristal fijos por todas partes, incluso en el techo. Varios caballetes presentaban obras en distintas fases de realización. Judith no era una aficionada ni una artesana. Era una artista cuya obra recordaba a Kurt Schwitters y Man Ray. El suelo estaba salpicado de pintura y había botes de pegamento, tijeras, tablas de cortar, bobinas de hilo, cuchillas, barnices y fijadores en espray esparcidos por las mesas, junto a revistas, fotografías y piezas encontradas que se transmutarían y adquirirían un sentido nuevo.

Era el estudio más perfecto en el que Andrea había estado nunca.

—El sol puede ser brutal en pleno verano, pero merece la pena. —Judith se había detenido delante de un caballete que sostenía la que parecía ser su última obra—. Este es el que creo que te puede interesar.

Andrea no dejó que sus ojos se fijaran en los detalles. Primero sintió la obra, que le produjo la sensación de estar de pie en la cubierta de una barquita que avanzaba contra el oleaje cuando se acercaba una tormenta. Judith había utilizado la solarización para crear una atmósfera de incertidumbre. Trozos de cartas y fotografías rotas se mezclaban caleidoscópicamente, lo que formaba un *collage* de lúgubres reminiscencias.

—Esta es una de mis obras más densas —dijo Judith, casi disculpándose—. Mi obra suele calificarse de masculina o rotunda, pero...

—No entienden la ira de una mujer —concluyó Andrea. Ella había advertido una reticencia parecida en algunos de sus profesores varones—. Hannah Höch tuvo que oír las mismas gilipolleces cuando expuso con el grupo dadá, y, sin embargo, aún no habían pasado veinte años de su muerte cuando el MoMA le dedicó una exposición monográfica.

Judith sacudió la cabeza.

—En serio, eres la *marshal* más fascinante que he conocido.

Andrea no le dijo que solo hacía un día y medio que era *marshal*. Observó detenidamente la pieza. Leyó las palabras recortadas de cartas (algunas, escritas a mano en papel de cuaderno; otras se notaba que estaban mecanografiadas, y otras, generadas por ordenador).

«Te mataría puta de mierda muérete judía zorra golfa puta judía del demonio asesina arpía cabrona chupapollas pedófila chupóptera tocapelotas ramera apoyada por Soros...».

—¿Son amenazas de muerte que ha recibido tu abuela? —preguntó.

—No de las últimas. Estas son de hace años. En realidad, no son para tanto, comparadas con otras. —Judith se rio sin reírse realmente—. Mis ideas políticas no coinciden con las de mis abuelos, desde luego, pero, si en algo estamos de acuerdo, es en que los chiflados de las teorías actuales de la conspiración dan bastante miedo. Mi familia no es judía, por cierto. Pero imagino que para esos chalados es una de las peores cosas que pueden llamarnos.

Andrea estudió las fotografías distribuidas alrededor de aquella desagradable aglomeración de improperios. Judith había usado hilo y lápices de colores para dar unidad a la obra. Franklin Vaughn con una estrella de David dibujada en la cara. Ella, de más joven, con uniforme escolar y los pechos recortados. Esther con su toga y los ojos tachados con sendas equis. Una rata muerta con las patas en el aire y espuma saliéndole por la boca.

Judith señaló la rata.

—La encontré a la pobre flotando en la piscina. La abuela puso un comedero para pájaros el mes pasado y vinieron a comer a manos llenas.

Andrea se estremeció. No quería pensar que las ratas tuvieran manos.

—Pagué a un tipo de Nueva Zelanda para que le pusiera espuma alrededor de la boca con Photoshop —explicó Judith—. Es increíble lo que se puede encontrar en internet.

—Sí.

Andrea sabía, sin embargo, que había muchas cosas —y personas— que eran invisibles para internet. Refrenó sus celos artísticos y procuró recordar por qué estaba allí. Estaba claro que Judith tenía la costumbre, típica de un pueblo pequeño, de hablar con demasiada libertad con los forasteros. O quizá simplemente estaba ansiosa por encontrar a alguien que entendiera lo que hacía en el estudio. En cualquier caso, parecía dispuesta a dejarse interrogar.

—¿Usas el apellido Vaughn para tus obras? —preguntó Andrea.

—No, por Dios. No podría soportar el escrutinio al que me someterían. Uso el segundo nombre de mi madre, Rose. Judith Rose.

Andrea asintió, fingiendo que no le había dado un vuelco el corazón al oír mencionar a Emily.

—Eres buenísima. Debe de estar muy orgullosa de ti.

Judith pareció desconcertada.

—¿Cat no te lo ha dicho?

—¿Decirme qué?

Sin añadir ni una palabra, Judith le indicó que la siguiera hacia el fondo de la habitación. Se detuvo delante de las estanterías que ocupaban toda la pared y que contenían grandes paneles de lienzo. Rebuscó entre varias piezas y por fin se paró y volvió la cabeza para mirar a Andrea.

—No seas muy dura. Este fue el primer *collage* que hice. Tenía la edad de Guinevere. Estaba llena de angustia vital y con las hormonas disparadas.

Sin saber qué podía esperar, Andrea vio que Judith daba la vuelta a un lienzo que mostraba un *collage* muy primitivo. Los sentimientos que evocaba seguían siendo turbios e inquietantes, pero no tan reconcentrados. Resultaba evidente que Judith estaba tratando aún de encontrar su forma de expresión, igual que estaba claro para Andrea que el tema que había elegido era su madre muerta. Los márgenes del cuadro estaban llenos de fotografías de Emily cosidas con grueso hilo negro como el que se veía después de una autopsia.

Andrea buscó algo que decir.

—Es...

—¿Tosco? —Judith soltó una carcajada burlona—. Claro, por algo no se lo enseño a cualquiera. No lo ha visto ni mi agente.

Andrea intentó hacer una pregunta que haría un extraño.

—¿Es tu madre?

Judith asintió, pero la foto del último curso de bachillerato de Emily Vaughn que ocupaba una esquina de la pieza le resultaba tan familiar a Andrea que podría haberla descrito con los ojos cerrados. El pelo rizado y cardado. La sombra de ojos azul claro. Los labios perfilados en forma de pajarita. El rímel apelmazado, como telarañas.

—Todo el mundo dice que Guinevere ha salido a ella —comentó Judith.

—Es verdad que se le parece.

Andrea se inclinó para ver el cuadro más de cerca. Como en su pieza más reciente, Judith había fragmentado las imágenes usando tiras de texto. Trozos de un cuaderno escolar a rayas salpicaban el lienzo sin ningún orden concreto. Todas las notas estaban escritas con la caligrafía redondeada y curvilínea de una joven con las emociones a flor de piel.

Qué mala es la gente... NO te mereces lo que van diciendo por ahí... Sigue esforzándote... ¡¡¡DESCUBRIRÁS LA VERDAD!!!

—¿El texto lo escribiste tú? —preguntó Andrea.

—No, son de una carta que encontré entre las cosas de mi madre. Creo que se la escribió a sí misma. Las afirmaciones estaban muy de moda en los ochenta. Ojalá no la hubiera roto. No consigo recordar qué más decía.

Haciendo un esfuerzo, Andrea se volvió hacia ella. No quería parecer demasiado ansiosa, alterada, nerviosa o asustada, ni dejar traslucir la emoción —fuera cual fuese— que en esos momentos hacía que le cosquillearan las plantas de los pies. ¡Cuántas fotos de Emily! En algunas aparecía con amigos. En otras, la cámara la había captado en momentos de arrasadora soledad.

¿Qué podía enseñarle una obra que hizo Judith cuando tenía dieciséis años acerca del asesinato de Emily a los diecisiete?

—¿Tan malo es?

Judith parecía preocupada. Andrea sabía lo que era valorar la opinión de alguien y que ese alguien mirara hacia otro lado.

—No, es primitivo, pero es evidente que apuntabas hacia algo importante. —Se llevó la mano al corazón—. Lo siento aquí.

Judith también se llevó la mano al pecho. Estaba claro que ella sentía lo mismo.

Se quedaron así —dos mujeres con las manos en el corazón, dos mujeres que podrían ser hermanas— hasta que Andrea se volvió hacia el *collage*.

—¿Te acuerdas de cuándo lo hiciste? —preguntó.

—Casi no. Ese fue el año que descubrí la cocaína. —Judith se rio un poco, como si no acabara de confesarle un delito a una agente de policía—. Lo que recuerdo es la tristeza. Es tan duro ser adolescente, y además haber sufrido esa pérdida…

—Lo plasmaste a la perfección.

Andrea respiró hondo y procuró sofocar sus emociones mientras se fijaba en los pequeños detalles de la vida de Emily. La franja de fotografías mostraba la personalidad de la joven: tanto si estaba corriendo por la playa como leyendo un libro o tocando la flauta vestida con el uniforme de la banda, su ternura casi traspasaba el objetivo de la cámara. No parecía frágil, sino vulnerable y muy muy joven.

En la esquina superior izquierda había una foto de grupo. Emily estaba flanqueada por tres chicos y una chica. A Ricky era fácil reconocerla por su halo de rizos y porque era la única chica, aparte de Emily. Al ver a Clay, se acordó de algo que le había dicho Laura: que había sido un chico impresionantemente guapo. Sus ojos azules y penetrantes le produjeron un escalofrío, incluso a cuarenta años de distancia. Supuso que el chico que estaba junto a él era el hermano mellizo de Ricky, Eric Blakely, aunque tenían el pelo de diferente textura y color. El que quedaba tenía que ser Nardo: un chico rubio, de expresión sarcástica y un poco regordete, con el cigarrillo liado colgando de los labios como un Billy Idol de Delaware.

—Esos eran sus amigos. —Judith aún parecía deseosa de que le dijera lo que opinaba—. Mejor dicho, la gente que ella creía que eran sus amigos. Por aquel entonces, las adolescentes embarazadas no tenían sus propios *reality shows*.

Andrea se encontró de nuevo hipnotizada por la mirada de Clay. Se forzó a mirar una Polaroid descolorida.

—¿Quién es esta?

—Es mi madre con mi bisabuela, la madre de mi abuelo. Murió poco después de que yo naciera. —Judith señaló a una mujer vestida con un atuendo severo, de aspecto victoriano, que sostenía a un bebé mofletudo y feliz en el regazo—. La abuela estaba muy volcada en su carrera en aquellos tiempos. A mi madre prácticamente la crio la bisabuela. Por esta última me pusieron el nombre de Judith. Soy la suma de sus partes.

Había más fotos que documentaban la vida sin madre de Judith. El primer día de colegio sin nadie a su lado. La primera función escolar.

La primera exposición. El primer día de universidad. Todas enlazadas con el texto de la carta y objetos encontrados: un trozo de un boletín de notas, un diploma, un anuncio de sujetadores deportivos. Aunque debía de haber alguien detrás de la cámara, Judith siempre aparecía sola.

Curiosamente, las fotografías hicieron que Andrea se diera cuenta de lo tenaz que había sido siempre la presencia de Laura en su propia vida. Gordon era quien hacía las fotografías. Laura era la que la ayudaba a glasear magdalenas para la venta de pasteles del colegio; quien le enseñaba a prender con alfileres el patrón de los retales para el vestido que llevó en su fiesta de cumpleaños inspirada en *Orgullo y prejuicio*; quien estaba a su lado en todas las exposiciones de plástica, las graduaciones y los conciertos, y quien esperaba en la cola de la librería con un sombrero de mago cuando salía una nueva entrega de Harry Potter.

Aquella revelación hizo que se sintiera extrañamente mezquina, como si le hubiera marcado un tanto a una rival.

—Obviamente, esta soy yo. —Judith señaló una serie de ecografías que había pegado en el centro, en forma de abanico, para representar el principio de su vida—. Mi madre las tenía pegadas en el espejo del baño. Supongo que quería verlas cada mañana y cada noche.

—Seguro que sí —contestó Andrea, pero se sintió atraída por la carátula de una cinta de casete virgen que ocupaba la esquina inferior derecha.

Trocitos de fotografías en color formaban una constelación alrededor de los títulos de las canciones y los nombres de los artistas escritos a mano.

Alguien le había grabado una cinta a Emily.

—Mucha música de los ochenta era una mierda, pero tengo que reconocer que estas son bastante buenas.

La tinta se había corrido. Andrea solo pudo leer algunas palabras emborronadas.

Hurts So Good-J. Cougar; *Cat People*-Bowie; *I Know What Boys Like*-Waitresses; *You Should Hear/Talks*-M. Manchester; *Island/Lost*

Souls-Blondie; *Nice Girls*-Eye to Eye; *Pretty Woman*-Van Halen; *Love's/ Hard on Me*-Juice Newton; *Only/Lonely*-Motels…

Andrea intentó comprender la constelación de recortes que rodeaba las palabras y entonces se dio cuenta de que no se trataba de fragmentos de varias fotografías, sino de una sola. Dos ojos gélidos en las esquinas, en diagonal. Dos orejas. Una nariz. Unos pómulos altos. Una boca carnosa. Una barbilla ligeramente hendida.

Se le hizo un nudo en la garganta, pero se obligó a preguntar:

—¿Quién grabó la cinta?

—Mi padre —contestó Judith—. El hombre que mató a mi madre.

19 DE OCTUBRE DE 1981

Emily estaba sentada en la camilla de la consulta del doctor Schroeder. Con la bata de papel puesta, tiritaba tanto que le castañeteaban los dientes. La señora Brickel le había hecho quitarse toda la ropa, incluidas las bragas, y eso nunca le había ocurrido. Su trasero desnudo absorbía el frío del vinilo acolchado a través de la fina lámina de papel blanco. Tenía los pies helados. Sentía náuseas, pero no sabía si eran las mismas náuseas que la noche anterior la habían obligado a marcharse corriendo de la sesión de lectura de la Biblia o las que la habían llevado a tener que levantarse de la mesa del desayuno esa mañana sin que le dieran permiso para hacerlo. Las primeras tenían que deberse al estrés. Las segundas, al olor dulzón y empalagoso del sirope de arce, que siempre le había dado arcadas.

¿Verdad?

Porque era imposible que estuviera embarazada. No era idiota. Si hubiera tenido relaciones sexuales, se habría dado cuenta, porque el sexo era una cosa muy importante. Después de hacerlo, te sentías distinta. Sabías que las cosas habían cambiado de manera irrevocable. Porque así era. El sexo te convertía en una persona totalmente nueva. A partir de ese momento, eras una mujer de verdad. Ella seguía siendo una adolescente. Se sentía igual que el año anterior por esas fechas.

Además, las chicas tenían desarreglos todo el tiempo. Ricky nunca sabía cuándo le iba a venir la regla. Gerry Zimmerman había pasado meses sin tener la menstruación porque hacía una dieta de huevos muy extraña. Y todo el mundo sabía que Barbie Klein jugaba tanto al tenis y hacía tanto atletismo que sus ovarios habían dejado de funcionar.

Mientras esperaba a que se abriera la puerta de la consulta de su pediatra, Emily se dijo lo que llevaba diciéndose dos días: que tenía un virus intestinal. Tenía la gripe. Solo estaba enferma, no embarazada, porque conocía a Clay, a Blake y a Nardo de toda la vida y era imposible que le hubieran hecho nada malo.

¿Verdad?

Notó un sabor a sangre en la boca. Se había mordido sin querer el interior del labio.

Se llevó la mano a la tripa. Palpó el contorno de su vientre. ¿Estaba como siempre? La noche anterior, tumbada en la cama, se había frotado la tripa y la había notado tan plana como siempre. ¿Tenía antes un ligero abultamiento cuando se incorporaba? Enderezó los hombros. Se apretó la tripa. La carne presionó la palma de su mano.

Cuando se abrió la puerta, se sobresaltó como si la hubieran pillado haciendo algo malo.

—Señorita Vaughn. —El doctor Schroeder olía a tabaco y a Old Spice. Normalmente era brusco, pero ahora parecía enfadado—. Mi enfermera dice que no quiere contarle por qué ha venido.

Emily miró a la señora Brickel, que también era la madre de Melody. ¿Le diría a Melody que la tonta de Emily Vaughn tenía un virus intestinal y pensaba que estaba embarazada, a pesar de no haber tenido nunca relaciones sexuales? ¿Se lo contaría Melody a todo el instituto?

—¿Señorita Vaughn? —El doctor Schroeder se miró el reloj—. Está retrasando a los pacientes que se han molestado en pedir cita esta mañana.

Emily tenía la boca seca. Se lamió los labios.

—Pues yo…

El doctor Schroeder juntó las cejas.

—¿Usted, qué?

—Creo… —Emily no se atrevió a decirlo; era demasiado absurdo—. He estado vomitando. No mucho. Bueno… Vomité ayer. Y también el sábado por la noche. Pero creo…

La señora Brickel le chistó suavemente al mismo tiempo que le frotaba la espalda.

—Más despacio.

Emily respiró de forma entrecortada.

—Nunca he estado con… Quiero decir que no he estado con nadie como… como si estuviera casada. Así que no sé por qué…

—¿No sabe por qué, qué? —La aspereza del doctor Schroeder se había convertido en pura hostilidad—. Deje de poner excusas, jovencita. ¿Cuándo tuvo el último periodo?

Emily se sintió de pronto muy acalorada. Había leído la expresión «arder de vergüenza», pero era la primera vez que experimentaba esa sensación. Los dedos de las manos y de los pies, el corazón dentro del pecho, los pulmones, los intestinos, hasta el pelo de la cabeza… Sentía que le ardía todo el cuerpo.

—Yo no he… —Se le cortó la respiración. No se atrevía a mirar al médico—. Nunca he estado con un chico. Nunca. Yo no haría eso.

Él empezó a abrir cajones y armarios y a cerrarlos de golpe.

—Túmbese en la camilla.

Emily lo vio arrojar objetos sobre la mesa. Guantes quirúrgicos. Un tubo de algo. Una correa para la cabeza con un espejito. Un instrumento metálico parecido a un largo pico de pato que repiqueteó contra el contrachapado.

Sintió que la mano de la señora Brickel le empujaba el hombro. Emily tampoco pudo mirarla a ella al apoyar la cabeza en el cojín. Abajo, se alzaron dos barras de aspecto extraño. Se curvaban en los extremos como cucharones. Le dio un vuelco el corazón al verlas. Aquello no estaba sucediendo. Estaba atrapada en una película de terror.

—Acérquese al borde de la camilla.

El doctor Schroeder se puso los guantes. Emily vio que los pelos del dorso de sus grandes manos parecían de pronto cerdas bajo el vinilo. La agarró del tobillo.

Emily dejó escapar un grito.

—No sea cría —le espetó el doctor Schroeder. La agarró del otro tobillo y tiró de ella hacia el borde de la camilla—. Deje de resistirse.

La señora Brickel volvió a apoyar la mano en su hombro, esta vez para sujetarla. Sabía desde el principio lo que iba a pasar. Emily no le había dicho por qué había ido a la consulta, pero la señora Brickel se había dado cuenta de que había algo distinto y le había dicho que se quitara toda la ropa. Sabía que ya no era una niña.

¿Quién más lo habría notado?

—Deje de llorar —le ordenó el doctor Schroeder apretándole los tobillos—. Van a oírla mis otros pacientes.

Emily apartó la cara y miró fijamente la pared mientras sentía que le colocaban los talones en los estribos, a ambos lados de la mesa. Tenía las rodillas abiertas de par en par. Sabía que, si levantaba la vista, encontraría al doctor Schroeder cerniéndose sobre ella. Emily se vino abajo al imaginar la cara retorcida y furiosa del doctor mirándola con desprecio. Un sollozo escapó de su boca.

—Relájese. —El doctor Schroeder se sentó en el taburete con ruedas—. Está empeorando las cosas.

Emily se mordió el labio con tanta fuerza que volvió a notar un sabor a sangre. No supo lo que iba a hacer el médico hasta que ya era demasiado tarde.

Le introdujo el frío instrumento metálico. El dolor la hizo gritar de nuevo. Notó como si le rasparan las entrañas. Las mandíbulas metálicas se abrieron con un fuerte chasquido. Instintivamente, Emily empujó con los talones para liberarse, pero solo consiguió encajar más aún los pies en los estribos. Acercaron una lámpara. El calor era insoportable, pero no tan humillante como el hecho de que el doctor Schroeder estuviera metiendo la cara ahí.

Emily ahogó otro sollozo. Se le saltaron las lágrimas. Los gruesos dedos del médico la palparon por dentro. Se agarró a la camilla con las manos. Apretó los dientes. Un fuerte calambre le cortó la respiración. El aire quedó atrapado en sus pulmones. Estaba paralizada, era incapaz de exhalar. Se le nubló la vista. Iba a desmayarse. El vómito se le vino a la boca.

Y entonces todo terminó.

El doctor Schroeder extrajo el instrumento y se levantó. Apartó la lámpara. Se quitó los guantes. Se dirigió a la señora Brickel en vez de a Emily.

—No está intacta.

La señora Brickel hizo un ruido. Apretó con más fuerza el hombro de Emily.

—Siéntese —ordenó el médico—. Deprisa. Ya me ha hecho perder bastante tiempo.

Emily se esforzó por apartar los pies de los estribos. El metal tintineó. El doctor Schroeder la agarró por los tobillos y le levantó los talones. En lugar de soltarlos, se los juntó con fuerza.

—¿Ve esto? —le dijo—. Si hubiera mantenido las piernas cerradas, no se habría metido en este lío.

Emily se incorporó con esfuerzo. La bata de papel se había rasgado. Intentó taparse.

—A buenas horas se pone pudorosa. —El doctor Schroeder cogió una historia clínica y se puso a escribir—. ¿Cuándo tuvo la última regla?

—Hace… —Emily cogió el pañuelo que le ofreció la señora Brickel—. Hace mes y medio. Pero ya le he dicho que yo no… Que no he…

—Está claro que ha tenido relaciones. Por lo que he visto, múltiples veces.

Emily estaba tan atónita que no pudo responder.

¿Múltiples veces?

—Ya puede dejar de fingir. Se ha entregado a un chico y está sufriendo las consecuencias —añadió el médico con aspereza—. ¿Qué creía que iba a pasar, niña boba?

Emily apretó la bata de papel entre las manos.

—Yo nunca he… No he hecho nada con…

El doctor Schroeder levantó la vista de sus notas. Por fin le estaba prestando atención.

—Continúe.

—Nunca… —No le salían las palabras—. Estaba en una fiesta y…

Oyó que su voz se apagaba en la pequeña consulta. ¿Qué podía decir? Había estado de fiesta con sus amigos, con su camarilla. Si decía que había pasado algo malo, que alguien la había drogado o que se había desmayado y allí solo había tres chicos, entonces uno de ellos tenía que ser el responsable.

—Ya. —El doctor Schroeder creyó entenderlo perfectamente—. ¿Bebió demasiado o alguien le puso una pastilla en la bebida sin que se diera cuenta?

Emily se acordó de cuando Clay le puso el micropunto de ácido en la lengua. No fue sin que ella se diera cuenta. Lo había tomado de forma voluntaria porque confiaba en él. Confiaba en todos ellos.

—O sea que afirma que no tiene la culpa de esta situación porque un chico se aprovechó de usted —concluyó el doctor Schroeder.

—Yo… —Emily no pudo decir nada. Los chicos no le harían eso. Eran buena gente—. No recuerdo lo que pasó.

—Pero admite que tuvo relaciones sexuales.

No era una pregunta, y estaba claro que lo había visto con sus propios ojos. No estaba «intacta».

—¿Y bien? —bramó él.

Emily solo pudo asentir.

La confesión pareció enfurecerlo aún más.

—Una cosa voy a decirle, jovencita. Más le vale inventarse otra historia que contarle a su padre. Puedo afirmar por mi examen que lleva mucho tiempo siendo sexualmente activa. Ha suspendido la prueba de los dos dedos. Solo esperaría ver esa laxitud en una mujer casada.

Emily se llevó la mano al pecho. ¿Había ocurrido más de una vez? ¿Había entrado alguien en su habitación por la noche mientras dormía?

Intentó explicarse:

—Yo no…

—Desde luego que sí. —El médico dejó caer el portafolios sobre la mesa—. Piense muy bien lo que va a hacer ahora. ¿Tiene carácter suficiente para aceptar la responsabilidad de sus actos, o va a destruir el futuro de algún pobre joven porque no pudo mantener las piernas cerradas?

Emily lloraba tan fuerte que no pudo contestar.

—Eso me parecía. —Schroeder volvió a mirar su reloj—. Enfermera Brickel, hágale un análisis de sangre para confirmar lo que ya sabemos. Esta joven está embarazada de seis semanas. Señorita Vaughn, le doy exactamente una hora para que le cuente a su padre el lío en el que se ha metido. Si no, lo llamaré yo mismo para decírselo.

Emily sintió que su boca se movía, pero no pudo articular palabra.

¿Su padre?

La mataría.

—Ya me ha oído. —El médico le lanzó una última mirada, sacudiendo la cabeza con desagrado—. Una hora.

La señora Brickel cerró suavemente la puerta cuando salió el doctor. Tenía los labios fruncidos. Solía hacerles galletas a Emily y Melody cuando eran pequeñas y la madre de Emily se quedaba trabajando hasta tarde en el despacho.

Ahora dijo:

—Emily…

Emily soltó un sollozo entrecortado. No podía soportar más recriminaciones. Se sentía como si ya le hubieran clavado un cuchillo en el pecho. ¿Cómo iba a enfrentarse a su padre? ¿Qué le haría? El año anterior la había azotado tan fuerte cuando sacó un aprobado en geografía que el cinturón le había dejado una cicatriz en la parte posterior de los muslos.

—Emily, mírame. —La señora Brickel le apretó la mano—. El médico no puede saber por el examen cuántas veces has tenido relaciones sexuales. Solo puede saber que tienes el himen roto. Nada más.

Emily se quedó helada.

—Pero ha dicho…

—Ha mentido. Intenta avergonzarte. Pero, pasara lo que pasara, no eres mala persona. Te has acostado con alguien. Eso es todo. Puede que ahora te parezca el fin del mundo, pero no lo es. Lo superarás. Las mujeres siempre lo superamos.

Emily ahogó otro sollozo. No quería ser mujer. Y, sobre todo, no quería enfrentarse a su padre. Eso sí sería el fin del mundo. No le dejaría ir a la universidad. Quizá ni siquiera le dejara terminar el instituto. Se quedaría encerrada en casa, con la única compañía de la abuela, y luego la abuela se moriría y ella se quedaría sola.

¿Qué iba a hacer?

—Cariño, mírame. —La señora Brickel agarró de los brazos a Emily—. No voy a mentirte. Las dos sabemos que va a ser duro, pero sé que tienes fuerzas de sobra para superarlo. Eres una chica maravillosa.

—Yo no… —Su mente iba a mil por hora. Se sentía atrapada. Se le escapaba la vida y no podía hacer nada para evitarlo—. ¿Qué cree que hará mi padre?

La señora Brickel volvió a fruncir los labios.

—Habrá que ver qué es más sagrado para él, si su santurronería política o su carné del club de campo.

Emily sacudió la cabeza. No sabía qué quería decir aquello.

—Lo siento, no debería haber dicho eso. —La señora Brickel le apretó con más fuerza los brazos—. ¿Cabe la posibilidad de que hables con el padre?

¿El padre?

—Emily, ya sé que no es la situación ideal, pero, si sientes algo por ese chico, no eres demasiado joven para casarte.

¿Casarse?

—Pero, si no quieres, hay otras alternativas.

—¿Qué alternativas? —estalló Emily. El pánico se había apoderado de ella—. ¿Qué voy a hacer? ¿Cómo voy a superar esto? No sé quién es el padre, ¡no sé quién es! Se lo he dicho al médico, se lo he dicho a usted, les he dicho que no sé lo que ha pasado. Se lo prometo, de verdad; no sé qué pasó porque tomé algo y… Sí, lo tomé porque quise, pero no sabía lo que iba a pasar y no puedo… no puedo decírselo a mi padre. Me matará, señora Brickel. Sé que parece que estoy histérica, pero él… él…

Emily se asustó al oír resonar sus gritos en la habitación. El corazón le palpitaba como un tambor. Sudaba a chorros. Volvía a tener náuseas. Notaba la piel rara, como si se le estuviera desprendiendo de los huesos. Ya nada le pertenecía. La mirada horrorizada del doctor Schroeder lo decía todo. Emily había dejado de ser Emily. Era una transgresora. Era otra. Se llevó la mano a la tripa, a esa cosa que alguien había puesto dentro de ella.

Pero ¿quién?

—Emily. —La voz de la señora Brickel sonaba calmada, tranquilizadora—. Tienes que hablar con tu madre. Enseguida.

—Está… —Emily se detuvo. Su madre estaba trabajando. No se la podía molestar a menos que fuera importante—. No, no puedo.

—Díselo primero a tu madre —le aconsejó la señora Brickel—. Sé que no me crees, pero Esther lo entenderá. Eres su hija. Ella te protegerá.

Emily bajó la mirada. Le temblaban las manos. El sudor había traspasado la bata de papel. Las lágrimas le habían pegado el papel al cuello. Aún no le habían hecho el análisis de sangre. Quizá fuera todo un terrible error.

—El doctor Schroeder ha dicho seis semanas, pero creo… que fue hace un mes. Eso son cuatro semanas, no seis.

—El reloj empieza a contar desde la fecha de tu última regla —explicó la señora Brickel—. No a partir de la fecha del coito.

¿Coito?

Emily hundió los hombros, abrumada por el peso de esa palabra. No había ningún error. Esta horrible pesadilla no había hecho más que empezar. Había tenido relaciones sexuales con alguien y estaba embarazada.

—Emily, vístete. Vete a casa. Llama a tu madre. —La señora Brickel le frotó la espalda, instándola a ponerse en marcha—. Vas a superar esto, preciosa. Va a ser muy duro, pero lo superarás.

Emily vio que la señora Brickel tenía lágrimas en los ojos. Sabía que le estaba mintiendo, pero no tuvo más remedio que contestar:

—Vale.

—Muy bien. Voy a extraerte sangre, ¿de acuerdo?

Emily se quedó mirando el armario del lavabo mientras la señora Brickel recogía el material. Era rápida y eficiente, o puede que ella estuviera entumecida, porque apenas notó cómo entraba la aguja, ni la tirita que le pegó en el pliegue del codo.

—Perfecto, ya está. —La señora Brickel abrió otro cajón, pero no le ofreció una piruleta, como a los niños cuando se portaban bien en el médico. Puso una compresa maxi sobre la mesa—. Ponte esto por si manchas.

Emily esperó a que se cerrara la puerta. Se quedó mirando la compresa. El latido del corazón le resonaba dentro del cráneo, pero seguía teniendo el cuerpo entumecido. Las manos que le subieron los pantalones y le abrocharon la blusa no eran las suyas. Cuando se calzó los mocasines, no tuvo la sensación de controlar sus movimientos. Sus músculos trabajaban por sí solos: abrían la puerta, caminaban por el pasillo, atravesaban el vestíbulo y salían a la calle. Los ojos que lagrimeaban al sol de la mañana no eran los suyos. La garganta que se esforzaba por tragar bilis era la de otra persona. El dolor palpitante que notaba entre las piernas pertenecía a una extraña.

Se subió a la acera. Su mente daba vueltas sin sentido. Se imaginó una feria. Los engranajes de su cerebro se convirtieron en un tiovivo. Vio caballos que subían y bajaban —no veía la heladería, ni el puesto de alquiler de sillas de playa, ni la máquina de caramelo, que esperaba apagada en el escaparate a que volvieran los turistas en verano—. Las lágrimas se le escapaban por entre los párpados semicerrados. El tiovivo empezó a girar cada vez más deprisa. El mundo daba vueltas. Se le nubló la vista. Por fin, afortunadamente, su cerebro se apagó.

Parpadeó.

Miró a su alrededor, sorprendida al ver su nuevo entorno.

Estaba sentada en el reservado del fondo de la cafetería. No había nadie más allí, y sin embargo estaba sentada al borde del asiento, como se sentaba siempre que estaba con la camarilla.

¿Cómo había llegado hasta allí? ¿Por qué le dolía la entrepierna? ¿Por qué estaba empapada en sudor?

Se quitó la chaqueta. Fijó los ojos en el batido que tenía delante, en la mesa. El vaso estaba vacío. Incluso la cuchara estaba limpia, como si la hubiera chupado. No recordaba haber pedido el batido, y mucho menos habérselo bebido. ¿Cuánto tiempo llevaba allí?

El reloj de pared marcaba las 04:16 de la tarde.

La consulta del doctor Schroeder abría a las ocho de la mañana. Ella ya estaba esperando fuera cuando abrieron la puerta.

Ocho horas perdidas.

Había faltado a clase. Su profesora de dibujo iba a comentarle qué le había parecido el retrato que había hecho de su abuela. Luego tenía un examen de química y ensayo con la banda. Y después había quedado con Ricky en los vestuarios, antes de educación física, para hablar de... ¿de qué?

No se acordaba.

Pero daba igual. Nada de eso importaba.

Miró alrededor de la mesa. Miraba sin ver nada. Ricky, luego Blake, después Nardo y por último Clay. Sus amigos. Su camarilla. Uno de ellos le había hecho algo. No estaba intacta. Ya no era virgen. A partir de ese momento, todo el mundo la miraría como la había mirado el doctor Schroeder.

—¿Emily? —Big Al estaba de pie junto a ella. Parecía impaciente, como si llevara un rato intentando que le hiciera caso—. Tienes que irte a casa, niña.

Ella no consiguió que le saliera la voz.

—Ya.

La agarró del brazo, pero sin brusquedad. Tiró de ella hasta que se puso en pie. Cogió su chaqueta y la ayudó a ponérsela. Le colgó la correa de la mochila al hombro. Le dio su bolso.

—Vete a casa —repitió.

Emily se dio la vuelta. Cruzó la cafetería. Abrió la puerta de cristal.

El tiempo había cambiado. Cerró los ojos contra el viento. Empezó a picarle la piel al secársele el sudor. Siempre le había gustado escaparse por ahí. Cuando sus padres discutían. Cuando el colegio se le hacía cuesta arriba. Cuando sus amigos se peleaban por algo que en su momento les parecía muy importante, pero que resolvían con unas risas u olvidaban. Siempre salía a la intemperie para evadirse. Incluso si llovía o había tormenta. Encontraba alivio en el abrazo de la sombra de los árboles; consuelo en la firmeza de la tierra bajo sus pies; absolución en el viento.

Ahora, sentía...

No sentía nada.

Sus pies seguían moviéndose. Sus manos se hundieron en los bolsillos. No se dio cuenta de que estaba volviendo a casa hasta que levantó los ojos y se encontró con las puertas del camino de entrada. Estaban oxidadas y se quedaban abiertas. Su madre quería repararlas, pero su padre había dicho que era demasiado caro, y así se había zanjado el tema.

Subió por el camino sinuoso, agachando la cabeza contra el viento. No empezó a inquietarse hasta que vio la casa. Sus piernas se resistían a seguir moviéndose, pero se obligó a avanzar. Era hora de que afrontara las consecuencias de sus actos. El doctor Schroeder habría cumplido su palabra. Habría llamado a su padre hacía horas. Su madre ya lo sabría. La estarían esperando en la biblioteca. Se imaginó a su padre con el cinturón ya quitado, dándose palmadas con él en la mano mientras le decía lo que iba a hacerle.

La temperatura descendió un poco cuando entró en el garaje. Agarró el pomo de la puerta y de repente cobró conciencia del frío del metal contra la palma. Desplegó los dedos y notó cómo se desentumecía su cuerpo. Primero los dedos, luego los brazos, los hombros, el pecho, las caderas, las piernas y, por último, los pies. Curiosamente, lo último que despertó fue su vientre. De pronto tenía un hambre voraz.

Apoyó la mano en la curva suave y allí estaba: la suave hinchazón del embarazo. La señal inequívoca de que algo crecía dentro de ella. No era por haber engordado por lo que se había redondeado su vientre. Había sido un chico.

Pero ¿qué chico?

La puerta se abrió de golpe.

Vio el rostro crispado de su madre. Esther Vaughn casi nunca dejaba ver sus emociones; ahora, sin embargo, Emily vio que tenía el rímel corrido y la raya del ojo tan emborronada que parecía esa predicadora evangelista que se llamaba Tammy Faye Bakker. Emily se habría reído del parecido si no fuera porque entonces se dio cuenta de que su padre estaba detrás de la puerta. Su presencia llenaba el estrecho pasillo. Si su ira hubiera desprendido calor, se habrían abrasado vivos en ese instante.

Como por arte de magia, la preocupación desapareció. Emily sintió que la calma la embargaba. Se había resignado a lo que estaba a punto de ocurrir, incluso ansiaba que ocurriera de una vez por todas. Había aprendido de su madre que a veces lo mejor era acurrucarse en el suelo, protegerse la cara con los brazos y encajar los golpes.

Y lo cierto era que se lo merecía.

—¡Emily! —Esther la arrastró hacia la cocina. Cerró la puerta del vestíbulo por si la asistenta seguía por allí. Su tono era cortante, pero tranquilo—. ¿Se puede saber dónde has estado?

Emily miró el reloj de la cocina de gas. Eran casi las cinco. Seguía sin recordar qué había pasado desde que salió de la consulta del doctor Schroeder.

—Contéstame. —Esther sacudió su brazo como si fuera el badajo de una campana—. ¿Por qué no me has llamado?

Emily negó con la cabeza porque no sabía por qué. La señora Brickel le había dicho que llamara a su madre. ¿Por qué no le había hecho caso? ¿Se estaba volviendo loca? ¿Dónde había estado esas últimas ocho horas?

—Siéntate —le dijo Esther—. Por favor, Emily, cuéntanos qué ha pasado. ¿Quién te ha hecho esto?

Emily sintió que el alma intentaba salírsele del cuerpo otra vez. Se agarró a la silla para mantenerse en tierra.

—No lo sé.

Franklin las había seguido en silencio hasta la cocina. Se cruzó de brazos y se apoyó en la encimera. No había dicho nada aún ni había hecho nada. ¿Qué estaba ocurriendo? ¿Por qué no gritaba, ni la pegaba, ni vociferaba?

—Cariño. —Esther se arrodilló en el suelo delante de ella y le agarró las manos—. Por favor, dime qué ha pasado. Necesito saberlo. ¿Cómo sucedió?

—Yo estaba… —Cerró los ojos. Vio a Clay poniéndole el micropunto de ácido en la lengua. No podía decirles eso. Culparían a Clay.

—Emily, por favor —le suplicó Esther.

Abrió los ojos.

—Bebí un poco de alcohol. No sabía que… Perdí el conocimiento. Creo que perdí el conocimiento. Y, cuando me desperté, no noté que hubiera pasado nada. No tenía ni idea.

Esther frunció los labios y se puso en cuclillas. Emily notó que el cerebro de su madre funcionaba a toda prisa, dejando a un lado las emociones para buscar una solución. Por eso no había gritos, ni azotes, ni palizas. Sus padres habían tenido ocho horas para gritarse el uno al otro y estaban afrontando la situación como afrontaban cualquier cosa que amenazara el prestigio de la jueza Esther Vaughn. Igual que habían hecho cuando al tío Fred lo pillaron en aquel bar de hombres, o cuando la abuela se presentó en el supermercado en camisón y el padre de Queso, el jefe Stilton, la trajo de vuelta a casa. Emily se sabía los pasos como si estuvieran grabados en el escudo familiar: identificar el problema. Pagar a quien hiciera falta. Encontrar una solución que evitase que su apellido apareciera en los titulares. Y, después, seguir adelante como si nada hubiera pasado.

—Emily —dijo Esther—, dime la verdad. No se trata de recriminarte nada, sino de encontrar una solución.

—Las recriminaciones vendrán luego —contraatacó Franklin.

Esther se revolvió contra él, siseándole como un gato.

—Emily, habla.

—Yo… era la primera vez que bebía. —Cuanto más mentía, más se creía lo que decía—. Solo tomé un sorbito, mamá, te lo prometo. Tú sabes que nunca haría una cosa así. Yo no soy… no soy mala. Te lo prometo.

Sus padres intercambiaron una mirada que no pudo descifrar.

Franklin carraspeó.

—Ha tenido que ser Blakely, Fontaine o Morrow. No te ves con nadie más.

—No —contestó, porque su padre no los conocía como ella—. Ellos no me harían eso.

—¡Maldita sea! —Dio un puñetazo en la encimera—. No eres la Virgen María. Dilo de una vez. Un chico te metió la polla y te has quedado preñada.

—¡Franklin! —le advirtió Esther—. ¡Basta!

Emily vio con asombro que su padre se refrenaba. Era la primera vez que veía algo así. Esther nunca imponía su autoridad en casa. Sin embargo, de algún modo, parecía que ahora era ella la que se hallaba al mando.

—Mamá. —Tragó saliva con esfuerzo—. Lo siento mucho.

—Ya lo sé —dijo Esther—. Cariño, escúchame. Me da igual cómo haya pasado. Que quisieras o no es irrelevante. Solo dinos quién ha sido para que podamos solucionarlo.

Emily no sabía cómo podía «solucionarse». Pensó en lo que le había dicho la señora Brickel sobre sus alternativas. Y luego pensó en Nardo echándole el humo a la cara, en Blake haciendo algún comentario sarcástico sobre lo apretados que le quedaban los vaqueros, en Clay ignorándola por completo mientras ella llevaba casi quince años sentándose de medio lado en el asiento.

Sintió que la sacudía una certeza nítida y repentina. No los quería, no como hasta entonces creía que los quería. No los quería a ninguno. Ni siquiera a Clay.

—Emily. —Su madre seguía repitiendo su nombre como un mantra—. Emily, por favor…

Se obligó a tragarse los cristales que sentía en la garganta.

—No quiero casarme.

—¡Y yo no quiero ser abuelo, no te jode! —estalló Franklin. Tenía los puños apretados, pero volvió a bajar las manos—. Dios mío, Esther, ya lo hemos hablado. Llévala a algún sitio y que se deshaga de eso.

—Sí, lo hemos hablado. —Esther se puso de pie y lo miró de frente, dejando a Emily fuera de la discusión—. Alguien se enterará, Franklin. Siempre se enteran.

Él hizo un ademán desdeñoso y saltó al siguiente paso de su manual de estrategias.

—Paga a alguien. Con dinero en efectivo.

—¿A quién voy a pagar? ¿A uno de mis ayudantes? ¿A la asistenta? —De pie ante él, con los pies enfundados en medias, pero sin zapatos, Esther le apuntó a la cara con un dedo—. Tú eres el matemático. Calcula cuánto tiempo pasaría antes de que apareciera alguien con dinero suficiente para aflojarles la lengua. ¿Y cuánto tiempo pasaría hasta que todo lo que hemos creado estallara por culpa de un error absurdo?

—El error no es mío.

—¡Es tu reputación! —replicó ella—. Tú eres el que va a conferencias y habla en iglesias y…

—¡Por ti! —gritó él—. ¡Por tu dichosa carrera!

—¿Crees que al *Washington Post* le importaría una mierda un profesor de economía de segunda fila si no fuera porque su mujer, sin ayuda de nadie, ha traído el nuevo federalismo al estado de Delaware?

Emily nunca había visto a su padre tan contrito. Franklin clavó la barbilla en el pecho.

Luego preguntó:

—¿Y darlo en adopción?

—No digas tonterías. Ya sabes lo mal que funcionan los servicios sociales. Para eso, casi mejor que al pobrecito lo echáramos al mar. Y el número de gente que se enteraría crecería de manera exponencial. —Esther no había terminado aún—. Eso por no hablar de que Reagan me borrará para siempre de la lista si se huele siquiera un escándalo de este tipo.

—Ni que su hija fuera una santa —bufó Franklin—. ¿Quieres que echemos cuentas, Esther? Pues podrían pasar años antes de que alguien hablara. Para entonces tú ya tendrías tu puesto. Un cargo vitalicio. Podrías mandarlos a la mierda.

Emily volvió a sentir cristales en la garganta. Era como si ni siquiera estuviera allí.

—¿Te das cuenta de lo retorcida que puede ser la oposición? Mira lo que le están haciendo a Anne Gorsuch. No lleva ni un año en la Agencia de Protección Ambiental y ya le han puesto una diana en la espalda. —Esther se llevó las manos a la cara—. Franklin, yo no soy un Kennedy. No barrerán este escándalo bajo la alfombra, estando implicada una conservadora.

Emily vio que su padre clavaba la vista en el suelo. Finalmente, asintió con la cabeza.

—De acuerdo, le pediremos a mi madre que la lleve a una clínica que haya en algún sitio seguro, como California o…

—¿Estás loco? —Esther levantó las manos—. ¡Tu madre casi ni se acuerda de cómo se llama!

—¡Mi madre está lo bastante lúcida como para ocuparse de los suyos, no como otras!

Esther le dio una bofetada. Sonó como una rama al desprenderse de un árbol.

Emily sintió que se le abría la boca por la sorpresa. Una mancha roja se extendió por la mejilla de su padre. Emily se preparó para que reaccionara con violencia, pero Franklin se limitó a sacudir la cabeza y salió de la cocina.

Esther se abrazó la cintura y empezó a pasearse de un lado a otro. Su mente seguía desbocada. Buscaba soluciones frenéticamente.

Emily lo intentó:

—Mamá…

—Ni una palabra. —Esther levantó una mano para detenerla—. No voy a permitir que esto ocurra. Ni a ti, ni, desde luego, a mí.

Emily intentó tragarse de nuevo los fragmentos de cristal, pero no lo consiguió.

—No vas a tirar tu vida por la borda por esto. —Su madre se volvió hacia ella—. ¿Por qué no me preguntaste si podías tomar anticonceptivos?

145

La audacia de la pregunta dejó muda a Emily. ¿Por qué iba a tomar anticonceptivos? ¿Es que estaba permitido? Nadie se lo había dicho nunca.

—Maldita sea. —Esther siguió paseándose por la cocina—. ¿Estás segura de que no quieres casarte con él?

¿Con él?

—Al final tendrás que casarte, Emily. No tiene por qué ser la relación que tenemos tu padre y yo. Podéis madurar. Podéis aprender a quereros.

—Mamá, no sé quién es. Ni siquiera recuerdo qué pasó.

Esther volvió a fruncir los labios. Escudriñó el rostro de Emily tratando de adivinar si estaba mintiendo.

—Os he dicho la verdad —dijo Emily—. Bebí algo. Y no recuerdo lo que pasó después. No sé quién fue.

—Seguro que tendrás alguna idea.

Emily negó con la cabeza.

—No creo que… Ellos no me harían eso. Los chicos, digo. Somos amigos desde primero y…

—Tu padre tiene razón en eso, por lo menos. Son chicos, Emily. Lo que te ha pasado es justamente lo que les hacen los chicos a las chicas que se desmayan porque han bebido.

—Mamá…

—A estas alturas, las circunstancias son irrelevantes. O nos dices quién es el chico, el que sea, me da igual (tú dinos quién es y arreglaremos todo esto), o vivirás con esa vergüenza para el resto de tu vida.

Emily no podía creer lo que estaba oyendo. Su madre estaba siempre hablando de la verdad y la justicia, y ahora le decía a su propia hija que le arruinara la vida a alguien…, a quien fuera.

—¿Y bien? —preguntó Esther.

—Yo… —Emily tuvo que pararse a respirar—. No puedo, mamá. La pura verdad es que no me acuerdo. Y estaría mal. No puedo asegurar algo que no sé si es cierto. No puedo hacerles eso a…

—Bernard Fontaine es aún más mentiroso que el estafador de su padre. Eric Blakely va a pasarse el resto de su mísera existencia sirviendo patatas fritas.

Emily se mordió la lengua para no salir de inmediato en su defensa.

—Siempre te ha gustado Clay. ¿Tan malo sería? —Era evidente que Esther se esforzó por moderar su tono—. Es muy guapo. Va a ir a la universidad en el oeste. Podría ser mucho peor.

Emily trató de imaginarse viviendo con Clay. Siempre apartada, sentada incómodamente al borde del asiento mientras él pontificaba sobre la revolución.

Empezó a mover la cabeza antes de que le saliera la respuesta.

—No. No puedo mentir.

—Entonces, lo has decidido tú, Emily Rose. Tenlo presente. Tú eres quien ha tomado la decisión. —Esther asintió con la cabeza una sola vez, zanjando esa cuestión para abordar la siguiente—. Tendremos que resolver esto en familia, como hacemos siempre. No deberías haber acudido a Schroeder. Por eso tenemos las manos atadas. Es un bocazas y se lo contará a todo el mundo si vuelves de vacaciones con el problemilla resuelto. Y no hablemos ya de esa enfermera suya. Seguro que Natalie Brickel se rio como una bruja al enterarse.

Emily desvió la mirada. La señora Brickel había sido muy amable.

—Lo siento.

—Sé que lo sientes, Emily. —A Esther se le quebró la voz. Se dio la vuelta para que Emily no la viera llorar—. Todos lo sentimos, pero eso no importa nada.

Emily notó que empezaba a temblarle la barbilla. No soportaba que su madre llorara. Lo único que podía hacer era repetir las mismas dos palabras hasta el día de su muerte.

—Lo siento.

Su madre no dijo nada. Se había tapado la cara con las manos. Llevaba fatal que la vieran en momentos de debilidad.

Emily pensó en todas las cosas que podía hacer en ese momento: acercarse a consolar a su madre, abrazarla, frotarle la espalda como le había hecho la señora Brickel a ella. Pero el apoyo emocional no entraba dentro de sus mutuos deberes maternofiliales, establecidos desde hacía tanto tiempo. Emily siempre destacaba en todo lo que hacía. Esther la observaba con aprobación. Ninguna de las dos sabía qué hacer con el fracaso.

Lo único que le quedaba era mirar fijamente sus manos entrelazadas sobre la mesa mientras Esther se recomponía. El doctor Schroeder, su padre... Tenían razón en una cosa: todo era culpa suya. Vio iluminarse en el panel de su vida cada error que había cometido. Deseó poder dar marcha atrás en el tiempo sabiendo lo que sabía ahora. No iría a ninguna fiesta absurda. No sacaría la lengua como un perro y se tragaría lo que le metieran en la boca a ciegas.

A pesar de sus muchos defectos, Franklin Vaughn había calado a la camarilla en todos los sentidos.

Nardo tenía más doblez que el reflejo de un palo metido en el agua. A Blake se le llenaba la boca diciendo que iba a ir a la universidad con el dinero de la indemnización por la muerte de sus padres, pero todos sabían que acabaría dejando los estudios. Y Clay... ¿Cómo había podido convencerse Emily de que Clayton Morrow merecía su atención? Era arrogante, cruel y muy muy egoísta.

Esther suspiró. Sacó un pañuelo de papel de la caja que había en la encimera y se sonó. Tenía los ojos enrojecidos y embadurnados de maquillaje. La pena le había calado hasta el tuétano.

De nuevo, Emily solo alcanzó a decir:

—Lo siento mucho.

—No entiendo cómo has podido dejar que te pasara esto. —La voz de su madre sonó ronca. Las lágrimas seguían corriéndole por la cara—. Tenía tantas ilusiones puestas en ti... ¿Lo sabías? No quería que tuvieras que luchar como tuve que hacerlo yo. Intentaba hacerte la vida más fácil. Darte la oportunidad de ser algo sin tener que sacrificarlo todo.

Emily empezó a llorar de nuevo. La decepción de su madre la destrozaba.

—Lo sé, mamá. Lo siento.

—Ya nadie te va a respetar. ¿Te das cuenta? —Esther juntó las manos como si fuera a ponerse a rezar—. Te has cargado de un plumazo tu inteligencia, tu esfuerzo, tu empuje y tu determinación. Todo lo bueno que has hecho hasta ahora se ha ido al traste por cinco minutos de... ¿de qué? No puedes haberlo disfrutado. Esos chicos apenas han salido de la pubertad. Son unos críos.

Emily asintió, porque su madre tenía razón. Eran una panda de críos idiotas.

—Yo quería... —A Esther volvió a quebrársele la voz—. Quería que te enamoraras de alguien que te valorara. Que te respetara. ¿No entiendes lo que has hecho? Eso ya no es posible. Se ha esfumado.

Emily tenía la boca tan seca que apenas podía tragar.

—Yo no... No lo sabía.

—Pues ahora ya lo sabes. —Esther sacudió la cabeza, no para que pasaran a otro tema, sino para indicar que habían llegado a una conclusión definitiva—. A partir de ahora, cada vez que alguien te mire, solo verá a una puta asquerosa.

Salió de la cocina, pero no cerró de golpe la puerta que daba al pasillo. No se oyeron sus zapatazos sobre la tarima. No gritó ni golpeó las paredes. Se limitó a dejar que sus palabras resonaran en la cabeza de Emily.

«Una puta asquerosa».

Era lo que había pensado el doctor Schroeder al introducirle aquel cruel instrumento de metal entre las piernas. Lo que pensaba la señora Brickel para sus adentros. Su padre prácticamente lo había dicho en voz alta. Sería lo que les oiría decir en el instituto a sus profesores y a sus antiguos amigos. Clay, Nardo, Blake y Ricky también lo dirían. Tendría que cargar con esa cruz el resto de su vida.

—¿Tesoro?

Emily se levantó bruscamente, sobresaltada al ver a su abuela sentada en las cajas de vino apiladas en la despensa. Había estado allí desde el principio. Debía de haberlo oído todo.

—Ay, abuela. —Emily no creía que pudiera sentirse aún más avergonzada—. ¿Cuánto tiempo llevas ahí?

—No tengo reloj —contestó la abuela, aunque lo llevaba prendido en la solapa del vestido—. ¿Quieres unas galletas?

—Yo las traigo. —Se acercó al armario y abrió la puerta. No se atrevió a mirarla, pero preguntó—: Abuela, ¿has oído de qué estaban hablando?

La abuela se sentó a la mesa.

—Sí. He oído lo que han dicho.

Emily se forzó a darse la vuelta. Miró a su abuela a los ojos, no para ver si la juzgaba, sino para ver si estaba lúcida. ¿Era la que la había criado, su defensora, su confidente? ¿O la que no reconocía a los extraños que la rodeaban?

—Emily, ¿estás bien?

—Abuela —sollozó ella, cayendo de rodillas junto a la anciana.

—Pobre corderito. —La abuela le acarició el pelo—. Qué mala suerte.

Emily hizo un esfuerzo por hablar, ahora que aún tenían tiempo.

—Abuela, ¿te acuerdas de cuando me desperté en tu habitación, en el suelo, a principios del mes pasado?

—Claro que sí —contestó, aunque era imposible saber si lo recordaba. Su memoria empeoraba de día en día. A menudo confundía a Emily con su difunta hermana—. Llevabas un vestido verde muy bonito.

A Emily le dio un vuelco el corazón. Se vio a sí misma con el sedoso vestido verde que le había prestado Ricky, acercándose a Clay con la lengua fuera para que le diera el micropunto de ácido.

—Eso es, abuela. Llevaba un vestido verde. ¿Te acuerdas de aquella noche?

La abuela sonrió.

—El bicolor estaba fuera. Qué burbujita tan graciosa. Bip-bip.

Emily se desanimó. La lucidez de la abuela iba y venía en un abrir y cerrar de ojos. Al menos, no recordaría la conversación que acababa de tener con sus padres. Lo que quería decir que, cuanto más le creciera la barriga, más sorprendida se quedaría cada vez que reconociera a su nieta embarazada.

—Cariño...

—Ahora te traigo las galletas. —Emily se levantó para ir a buscar la caja. Se secó los ojos con el dorso de la mano—. ¿Quieres leche?

—Uy, sí, por favor. Me encanta la leche fría.

Emily abrió la nevera. Obligó a su mente a remontarse a la mañana siguiente a la fiesta. Recordaba claramente haberse despertado en el suelo de la habitación de su abuela. Tenía el vestido del revés y los muslos magullados, y había creído que el dolor que notaba en el vientre eran calambres premenstruales.

¿Por qué no se acordaba?

—Bicolor, bicolor, bip-bip-bip —canturreaba la abuela—. ¿Cómo se llama eso, el cochecito burbuja?

—¿Un coche? —repitió Emily, dejando el vaso de leche en la mesa—. ¿Qué tipo de coche?

—Pues ya sabes cuál digo. —La abuela mordisqueó una galleta—. Ese que está inclinado por detrás. Como si fuera a salir un payaso de dentro.

Emily se sentó en una silla, frente a ella.

Se le vino a la memoria un recuerdo como un fogonazo: el interior oscuro de un coche. Las luces del salpicadero brillaban. La canción de la radio sonaba demasiado baja para entender la letra. Sus manos manoseaban con nerviosismo un desgarrón del dobladillo del vestido que le había dejado Ricky.

—Tienen la parte de atrás inclinada —continuó la abuela—. En los coches con maletero, puedes mirar por la luna trasera.

Emily sintió que se le aceleraba la respiración igual que le había ocurrido en la consulta del doctor Schroeder. Volvió a oír la canción que sonaba en la radio del coche, pero seguía sin entender la letra.

—¿Un coche compacto?

—¿Así es como se llama? —La abuela sacudió la cabeza—. Es raro ver a un hombre adulto en un coche así.

—¿Qué hombre?

—Uy, qué sé yo. Te dejó delante de casa esa noche. Lo vi desde la ventana.

Emily sintió que le rechinaban los dientes. De nuevo, su mente evocó una imagen que parecía tan real como la de Clay poniéndole el ácido en la lengua. Una imagen de horas después de la fiesta. Era de noche y estaba tan oscuro que apenas se veía la mano delante de la cara. De repente, la puerta de un coche se cerraba. Se encendía un motor y unos faros iluminaban la fachada de la casa. Ella tropezaba. Se le pegaba la piel de la cara interna de los muslos la una contra la otra. Los notaba escocidos. Miraba hacia abajo y veía el dobladillo roto del vestido verde de Ricky. Luego levantaba la vista y veía a la abuela de pie en la ventana de su habitación.

Sus ojos se encontraban. Se comunicaban algo en silencio. Emily se sentía distinta. Sucia.

El motor aceleraba. El coche daba rápidamente marcha atrás. Emily no tenía que girarse para saber cómo era. Había estado dentro momentos antes, meses antes, incluso, al menos, un año antes. La había acercado a casa cuando llovía. La había llevado al entrenamiento de atletismo. Dentro olía a sudor y a marihuana. Por fuera tenía forma de burbuja. La pintura del chasis recordaba a los zapatos *oxford* de dos colores: marrón claro por arriba y marrón oscuro por abajo. En el pueblo solo había una persona que condujera un Chevy Chevette como ese: el hombre que la había llevado a casa la noche de la fiesta.

Dean Wexler.

4

Andrea experimentó una sensación de rechazo inexplicable —y seguramente infundada— cuando salió del taller de Judith. A aquella mujer, que casi con toda probabilidad era su hermana, no le interesaba en absoluto su presunto padre. Judith solo conocía la versión que la revista *People* había publicado sobre los últimos crímenes de Clayton Morrow. No había indagado más ni había intentado ponerse en contacto con él. No quería saber más. De hecho, daba la impresión de querer saber menos.

—¿Por qué iba a dedicarle un solo segundo de mis pensamientos? —le había preguntado a Andrea—. ¿Por qué iba a dedicárselo nadie?

Era una buena pregunta, una pregunta a la que Andrea no podía responder sin desvelarlo todo.

Se aferró a su iPhone mientras daba la vuelta a la parte trasera de la casa. No se atrevía a mirar la pantalla. Se las había arreglado para hacer a escondidas algunas fotos del *collage* de Emily mientras Judith recogía el taller. Las ecografías, la foto de grupo, las instantáneas de Emily en su adolescencia, la carátula de la cinta. Después, durante el breve rato que habían pasado juntas, se había limitado a asentir con la cabeza mientras Judith le hablaba de Guinevere —que era, en efecto, problemática— y de la jueza, que había pasado a convertirse de figura de granito en figura de arcilla cuando Judith le reveló a Andrea el interés de Esther Vaughn por la jardinería y su apoyo incondicional al deseo de su nieta de dedicarse al arte en lugar de al derecho o la economía, o a cualquier otra cosa que diera dinero.

—La abuela tiene un carácter muy firme —le había dicho Judith—. Me contó que desde el principio estaba decidida a no cometer conmigo los mismos errores que cometió con mi madre. Es una manera horrible de tener una segunda oportunidad, pero ella consiguió darle sentido.

Andrea no se había quedado a oír cuáles habían sido esos errores, aunque había tenido la sensación de que Judith estaba ansiosa por contárselo. Era lo que tenía vivir en un pueblo pequeño. El aislamiento, la imposibilidad de conocer a gente nueva, te transformaba en otra persona. O hablabas demasiado o enmudecías.

A pesar de sus motivos ocultos, Andrea se había sorprendido al desear que Judith entrase dentro del grupo de los que enmudecían. Era demasiado extraño y deshonesto saber tanto de la vida de otra persona y fingir no saber nada. Podía haberle aclarado a Judith, por ejemplo, que estaba muy equivocada acerca de una cosa que, aunque podía parecer trivial, no lo era: la letra de la carátula de la cinta de Emily no era la de Clayton Morrow.

Que ella supiera, no era de nadie del grupo de Emily. Todas las declaraciones de la instrucción original del caso estaban escritas de puño y letra de los propios testigos, de modo que la cursiva casi ilegible de Jack Stilton había quedado congelada en el tiempo, al igual que la costumbre que tenía Ricky Blakely de rematar puerilmente las íes con circulitos, o la de Clay Morrow de salpicar su letra de imprenta con mayúsculas puestas al azar. Clayton apretaba tanto con el boli que la fotocopiadora había captado la sombra de los surcos que dejaba en el papel.

Aproximadamente a las 17:45 del 17 de abril de 1982, yo, Clayton James Morrow, estaba en el gimnasio, de pie junto al ESCENARIO, cuando Emily Vaughn se acercó a MÍ y a mi novia, Rhonda Stein. Nos miró fijamente, sin decir nada, mientras se balanceaba de un lado a otro con la boca abierta. Todo el mundo se dio cuenta de que estaba borracha o drogada. Mucha gente notó que no LLEVABA zapatos y que parecía muy perturbada. Evidentemente, estaba desorientada. No dijo nada y se marchó. La gente se burlaba de ella, lo que hizo que me sintiera fatal. Antes éramos amigos, hasta que se le fue la olla. Por eso me sentí obligado a ASEGURARME de que estaba bien, por responsabilidad. A la salida del gimnasio, le dije que se marchase a casa. Quien diga que la agarré está tergiversando los hechos. Si esos supuestos testigos hubieran estado cerca, habrían visto que se le pusieron los ojos en blanco. La agarré para que no se cayera. Nada más. Reconozco que le grité que tuviera cuidado, y puede que le dijera que a ese paso la iban a matar, pero solo fue porque me preocupaba que le pasara algo malo. Como ya he dicho, se drogaba mucho y además iba por ahí cabreando a la gente, sobre todo porque acusaba de haberla violado a cualquier chaval que la MIRASE. Por eso dejé de ser su amigo, porque estaba trastornada. No sé quién es el padre de su bebé y la verdad es que tampoco me importa. Lo único que sé es que no soy yo, porque ella nunca me ha interesado. Era más bien como una hermana pequeña, en todo caso. Si se despierta del coma, eso es exactamente lo que DIRÁ. La verdad es que salgo con Rhonda muy en serio. Es la capitana del equipo de animadoras y tenemos muchos intereses en común. No le deseo ningún mal a nadie y espero que se recupere, pero, sinceramente, esto no tiene nada que ver conmigo y me alegro de irme pronto a la universidad. He conseguido acumular créditos suficientes para graduarme y me marcharé pronto. Mis padres pueden enviarme el diploma por correo o pueden colgarlo en la pared. Me da igual. Llevaba un ESMOQUIN negro esa noche, como mucha gente, así que no sé qué importancia tiene eso, pero me dijeron que incluyera esa información. Juro, so pena de incurrir en perjurio, que el CONTENIDO de mi declaración es verdadero.

Lo que más le había llamado la atención de la declaración de Clay era el hecho de que, salvo en la primera frase, que obviamente seguía el mismo patrón predeterminado de todas las declaraciones de los testigos, Clay no había vuelto a utilizar el nombre de Emily.

Llegó a la entrada de la mansión de los Vaughn. Los dos Ford Explorer idénticos seguían aparcados el uno junto al otro. Supuso que Harri y Krump estarían informando a Bible de las novedades antes del cambio de turno. En lugar de entrar en la casa, apoyó la espalda en la pared.

Desbloqueó su iPhone. Sus dedos se movieron rápidamente por la pantalla mientras hacía una serie de búsquedas.

«Hurts So Good», de John Cougar, era del álbum *American Fool*.

«Nice Girls» formaba parte del disco de debut de Eye to Eye, titulado como el propio grupo.

«Love's Been a Little Bit Hard on Me», de Juice Newton, era de *Quiet Lies*.

Buscó el resto de la lista, desde Blondie a Melissa Manchester pasando por Van Halen. Según Wikipedia, todas las canciones pertenecían a discos publicados en abril de 1982, lo que significaba que la persona que había grabado la cinta había estado en contacto con Emily semanas o días antes de la agresión.

Apretó los labios mientras iba pasando las fotografías que había hecho del primer *collage* adolescente de Judith. Encontró la de la carátula de la cinta y la amplió.

En 1982, alguien había usado una pluma estilográfica para escribir los nombres de los artistas y los títulos de las canciones. La tinta estaba corrida. La letra era casi de caligrafía: una mezcla de escritura humanística y romana con cursiva del método Palmer. Andrea dedujo que la persona que había grabado la cinta o bien se había dejado llevar por un impulso artístico, o bien se había tomado la molestia de disimular su propia letra.

En vista de la brutal agresión que había sufrido Emily, parecía que estaba claro cuál de las dos cosas era.

El teléfono le vibró en la mano. De forma automática, puso cara de fastidio, antes de leer el nombre de su madre en el mensaje, porque, cómo no, Laura le había enviado un mensaje. Al abrirlo, encontró una foto de una chaqueta Arc'teryx que —eso tenía que admitirlo— encajaba perfectamente con su estilo, aunque no con su situación climática. Luego apareció otro mensaje con un enlace a una tienda de Portland, Oregón.

TIENEN TU TALLA, escribía Laura. HE HABLADO CON GIL, LA ENCARGADA. ESTÁ ALLÍ HASTA LAS 10.

—Por Dios santo —murmuró Andrea.

Respondió: las aspas del helicóptero levantan tanto viento que no puedo leer.

Se abrió una puerta dentro del garaje. Andrea asomó la cabeza por el lateral y vio que Bible se accrcaba a ella.

—Lo siento. —Levantó el iPhone—. Mi madre se va a llevar el premio a la madre más plasta del año.

—No pasa nada —contestó él, pero Andrea se dio cuenta de que sí pasaba—. Harri y Krump querían saludarte antes de irse a dormir.

Los dos agentes aparecieron detrás de Bible. Ambos medían bastante más de metro ochenta y, juntos, eran casi tan anchos como una de las puertas del garaje. Andrea dedujo por su cara de cansancio que estaban deseando largarse.

—Mitt Harri, Bryan Krump —dijo Bible—, esta es Andrea Oliver, nuestra nueva compañera.

—Encantado de conocerte. —Harri le dio un cálido apretón de manos. Andrea lo reconoció: era el que conducía el Mercedes de Judith. Era más alto que su compañero y tuvo que agachar la cabeza para pasar por la puerta del garaje—. Bienvenida al cuerpo.

—Lo mismo digo. —Krump se decantó por un choque de puños—. No dejes que el Gallo Claudio se pase toda la noche dándote la brasa.

Andrea no pudo evitar reírse. El mote le venía que ni pintado.

—Lo intentaré.

—Mike es buen tío —comentó Krump, y a Andrea se le cortó la risa—. Nunca me he creído los rumores.

—Yo tampoco —añadió Harri.

—Genial —acertó a contestar Andrea entre dientes.

—Bueno, gracias, amigos. Que durmáis bien. —Bible le dio una palmada en el hombro a Andrea para indicarle que se diera prisa—. La jueza está a punto de subir a acostarse. Entra para que te la presente.

Harri y Krump se despidieron con un saludo militar antes de salir. Andrea se metió el iPhone en el bolsillo mientras seguía a Bible por el garaje. Había otro Mercedes aparcado en la plaza del fondo, un Clase S cuadrado de los años ochenta, con la pintura dorada descolorida y los asientos de cuero agrietados.

—Tacaño del norte —susurró Bible.

Andrea sonrió, porque su compañero estaba siendo más amable de lo que ella se merecía, teniendo en cuenta que le había dicho que diera una vuelta a la finca y que ella había terminado asistiendo a una clase introductoria de treinta minutos acerca de las técnicas de teñido y *collage* de Judith Rose.

—Me he encontrado con Judith —dijo Andrea—. Y con Guinevere.

—Imagino que Guinevere estaría fumando a escondidas, pero a favor del viento para cabrear a su madre —repuso Bible—. ¿Te gusta lo que hace Judith?

—Pues… sí. —Andrea se dio cuenta de que su respuesta había sonado diplomática, cuando en realidad estaba descolocada. Y luego comprendió que contestar diplomáticamente no tenía nada de malo, en aquel caso—. El arte es subjetivo.

—Sí, tienes razón. —Bible le dio una palmada en la espalda en señal de camaradería—. La jueza está en la cocina con el señor Vaughn. Yo voy a dar una vuelta de reconocimiento. Nos vemos en la biblioteca. Un sitio con muchos libros.

Andrea tuvo la sensación de que la lanzaba de nuevo a la piscina por lo más hondo. Pero esta vez no se hundiría, como le había pasado con el jefe Stilton. Miró a su alrededor tratando de orientarse en el largo y oscuro pasillo. Un aseo con periódicos encima de la cisterna. Un zapatero de la Edad Media. Una pared forrada de madera, con cuadros torcidos que representaban toscas escenas rurales en blanco y negro, al estilo de Winslow Homer. Los gorjeos de Syd el periquito resonaban en la escalera de atrás. En algún lugar había un televisor encendido. Más que a Slytherin, la casa recordaba a una señorita Havisham pasada por Hufflepuff.

Oyó un repiqueteo de platos y cubiertos y supuso que el ruido tenía por objeto conducirla hacia la cocina.

«Termómetro», se recordó a sí misma mientras avanzaba por el pasillo. La jueza se mostraría fría, así que ella debía hacer lo mismo. No le resultaría difícil. A fin de cuentas, era hija de su madre.

Tomó aire antes de entrar en la cocina. Techo bajo con gruesas vigas de roble. Encimeras de piedra artificial. Armarios de melamina blanca. Linóleo descolorido que imitaba el ladrillo. Una lámpara de brazos dorada sobre la mesa rústica. Habían tirado la casa por la ventana al reformar la cocina en los años noventa. La única novedad era el espléndido *collage* de Judith que colgaba junto a la nevera.

—Hola, querida.

Esther Vaughn estaba sentada a la mesa tomando una infusión. Su marido estaba a su lado, en una silla de ruedas. Tenía la cara completamente laxa y un ojo blanquecino. El otro miraba con fijeza hacia arriba, a la derecha.

—Este es el doctor Vaughn. Tendrá que disculparle por no hablar. Sufrió un ictus hemorrágico el año pasado, pero está en pleno uso de sus facultades mentales.

Andrea dedujo que el ictus era el verdadero motivo de su jubilación. Y también de que su nieta hubiera vuelto a casa más o menos en esa época.

—Encantada de conocerlo, doctor Vaughn —dijo.

El anciano, como era de esperar, no respondió. Gracias a que Laura era logopeda, Andrea estaba muy familiarizada con los distintos tipos de ictus y sus consecuencias. El hemorrágico era el peor. Causado por la rotura de una arteria cerebral, podía provocar hidrocefalia, que a su vez causaba una presión intracraneal que podía destruir el tejido circundante o, dicho con menos rodeos, daño cerebral.

Esther malinterpretó su silencio.

—¿Le incomodan las sillas de ruedas?

Andrea recurrió a su cortesía sureña.

—No, señora. Me alegra que gracias a ellas las personas a las que queremos puedan seguir con nosotros. Quería darles las gracias a los dos por recibirme en su casa. Sé que es un momento complicado para su familia. Haré lo posible por no estorbarles.

Esther la estudió un momento antes de preguntar:

—¿Quiere beber algo?

Andrea notó que su termómetro luchaba por aclimatarse. La imperiosa, indomable e imperturbable jueza Vaughn no era ni mucho menos tan imponente como decían. No llevaba el pelo recogido en un moño apretado, sino suelto sobre los hombros, casi como una niña. La luz de la cocina suavizaba los profundos surcos de las arrugas de su rostro de ochenta y un años. En persona era menuda: medía algo menos de un metro sesenta sin zapatos, como en aquel momento, en que llevaba calcetines, junto con una bata de felpa de color rosa claro.

Hizo amago de levantarse.

—Tengo té o leche o…

—No quiero nada, gracias, señora. —Andrea le indicó que no se moviera de la silla. Parecía extremadamente frágil. Sus muñecas eran tan delicadas como la porcelana de su taza—. Debería ponerme a trabajar. Por favor, avísenos a mí o al agente Bible si necesitan cualquier cosa.

—Siéntese un momento, por favor. —Esther señaló la silla que había frente a su marido—. Nos gustaría saber un poco de usted, ya que, como ha dicho, va a pasar mucho tiempo en nuestra casa.

Andrea se sentó con reticencia. Como no recordaba qué debía hacer con las manos, las apoyó en los muslos. Luego se dio cuenta de que podía parecer raro y las juntó sobre la mesa.

Esther le dedicó una sonrisa de abuela.

—¿Cuántos años tiene?

—Treinta y tres.

—Justo por debajo del límite para entrar en los *marshals*.

Andrea asintió. El límite eran treinta y siete.

—Sí, señora.

—No hace falta que me llame señora, Andrea. No estamos en mi juzgado, y esto queda muy al norte de Savannah.

Andrea se sintió obligada a sonreír. Evidentemente, Bible le había dado su currículum a la jueza. Era lógico: Andrea se encontraba en el espacio privado de la familia. Confiaban en ella para que los protegiera. Cualquiera en su lugar querría saber más de ella.

—Mi nieta me ha dicho que le ha sorprendido que a usted le interese el arte —comentó Esther.

Andrea asintió con un gesto, pero sintió que su cuerpo se ponía en alerta. ¿Había una advertencia en el tono de la jueza? Si Franklin Vaughn la captó, no dio muestras de ello. Su ojo bueno seguía con la mirada perdida.

—Judith es extraordinaria —añadió Esther—. Su madre tenía inclinaciones artísticas. Sabrá usted lo que le pasó a su madre, claro.

De nuevo, Andrea se conformó con asentir.

—Las tragedias pueden romper una familia —dijo la jueza—. Yo tengo la suerte de que a la mía la unió más. Y Guinevere es la guinda del pastel, pero no le diga que he dicho eso. Se avergüenza cuando la elogio. Imagino que usted era igual a su edad. Seguro que le dio mucho trabajo a su madre.

Andrea resistió el impulso de tragar toda la saliva que se le había acumulado en la boca. La jueza estaba intentando sonsacarla. No podía saber nada de ella, al menos nada importante. Esther Vaughn no leía el pensamiento, ni tenía acceso a su archivo de la base de datos del Programa de Protección de Testigos. Ni siquiera el presidente de los Estados Unidos podía averiguar su verdadera identidad sin una razón justificada. La única forma de que Esther Vaughn supiera que pasaba algo raro era que ella metiera la pata.

Procuró con todas sus fuerzas no hacerlo.

—Me alegro por usted, señora. De que su familia esté tan unida.

Esther cogió su taza. Bebió en silencio, sin despachar a Andrea, pero sin dirigirse a ella.

Andrea se concentró en respirar con calma. Reconoció el juego al que estaba jugando la jueza. Lo habían practicado en Glynco durante los simulacros de interrogatorio. A nadie le gustaban los silencios largos, pero los culpables eran más susceptibles a ellos.

—¿Doctor Vaughn? —Una mujer con uniforme de enfermera rompió el empate—. Voy a llevarlo arriba para su baño. ¿Necesita algo, jueza?

—No, Marta, gracias. —Esther se inclinó y besó a su marido en un lado de la cabeza—. Buenas noches, cariño.

Si Franklin Vaughn estaba, en efecto, en pleno uso de sus facultades mentales, no tenía forma de demostrarlo. Su mirada permaneció fija mientras la enfermera lo arropaba con la manta, quitaba el freno de la silla de ruedas y lo sacaba de la cocina.

Andrea se había levantado para no estorbar. Cuando fue a sentarse de nuevo, se dio cuenta de que estaba mejor de pie.

Esther había enderezado la espalda y cuadrado los hombros. De pronto parecía el doble de grande que la anciana que momentos antes le había ofrecido un té. La imperiosa, imponente e indomable jueza Esther Vaughn había entrado en la sala.

—Siéntese, Andrea. —Frunció los labios y esperó a que cumpliese su orden—. Disculpe que la interrogue. Su repentina aparición en mi vida me interesa.

Andrea trató de bajar su temperatura para equipararla a la del cubito de hielo que tenía delante. Enseguida se dio cuenta de que su termómetro no tenía una medida tan baja. Llamó en su auxilio a su vieja amiga, doña Distracción.

—Lamento mucho la muerte de su hija, señora. Comprendo cuánto debe de pesarle no saber con certeza quién fue el responsable.

Esther la miró tan fijamente que Andrea sintió que le estaba diseccionando el cerebro. La culpabilidad empapó las láminas de materia gris seccionadas casi quirúrgicamente. Las ganas de confesar la llenaron de nerviosismo. Intentó mantener la compostura, pero el silencio se hizo insoportable.

—¿Señora? —preguntó removiéndose en la silla—. ¿Quería algo más?

—Sí —contestó Esther, inmovilizándola de inmediato—. He trabajado codo con codo con los *marshals* toda mi carrera como jueza federal y nunca he visto que ninguno se incorporara al servicio al día siguiente de graduarse. Y menos aún, y disculpe que lo diga, tratándose de una mujer.

Andrea sintió que se le encogía el estómago. Había conocido a gente como Esther Vaughn. Te presionaban hasta que te dabas por vencido o contraatacabas. La Andrea de antes se habría rendido de inmediato. A la nueva le cabreaba que aquella señora pensara que sería tan fácil.

—No hace falta que se disculpe —le dijo a la jueza—. No es la primera vez que me llaman mujer.

Esther levantó la barbilla. Por fin se estaba dando cuenta de que no iba a ser fácil.

—Imagino que estar comprometida con otro *marshal* tiene sus ventajas.

Andrea iba a darle un martillazo en los huevos a Mike si volvía a verlo.

Por el momento, se encogió de hombros.

—No me gusta que la gente maniobre para entrar en mi órbita —añadió Esther—. Hace que me cuestione sus motivaciones.

Andrea observó las profundas arrugas de su cara. La jueza era solamente una persona que sabía cómo apretar las tuercas. Era tan indomable como el Gran Oz detrás de su cortina.

—¿Va a contarme las suyas? —insistió.

Andrea echó mano de su entrenamiento de cadete.

—Quiero ser la mejor *marshal* que pueda ser, señora.

—¿Y ha escogido el glamuroso mundo de la seguridad judicial para colgar el sombrero?

—Estoy probando, señora. El USMS te permite…

—Conozco el procedimiento de rotación —la interrumpió Esther—. Soy casi tan vieja como el propio cuerpo de los *marshals*.

Andrea trató de romper el hielo.

—No sabía que la había designado George Washington.

Esther no sonrió.

—Me designó Reagan. Supongo que no tiene usted ni idea de quién fue Ronald Reagan ni de lo que supuso para este país.

Andrea no pudo evitar que se le escaparan las palabras de Laura.

—Sé que fue justo que Reagan muriera de neumonía, ya que muchos de los sin techo y de los enfermos de sida a los que desatendió murieron de esa enfermedad.

Los ojos de Esther se clavaron en ella como dos cañones.

Andrea recordó de pronto cuánto le convenía mantener la boca cerrada y no decir idioteces. La jueza tenía verdadero poder. Podía exigir que la retiraran de su escolta. Podía hundir su carrera antes incluso de que despegara. Se devanó los sesos buscando una forma de salir del atolladero, pero solo oía una palabra rebotar como una bala dentro de su cráneo.

Joder, joder, joder, joder, joder, joder, joder.

—Vaya. —Esther tenía los labios tan fruncidos que todas las arrugas de alrededor de su boca parecían dedicadas a ese solo propósito—. Eso ha tenido gracia.

Andrea no vio en ella ningún signo de que le hubiera hecho gracia.

—La dejo para que se ponga a trabajar. —Esther se levantó de la mesa y Andrea hizo lo mismo—. Imagino que Cat estará en la biblioteca. Está al final del pasillo, a la izquierda. No suba al piso de arriba a no ser que sea cuestión de vida o muerte. Entiendo que tienen que hacer su trabajo, pero el doctor Vaughn y yo necesitamos un mínimo de intimidad. ¿Entendido?

—Sí.

Su columna volvió a convertirse en acero.

—¿Sí?

Esta vez, Andrea captó la advertencia alta y clara.

—Sí, señora.

Andrea había dormido tan mal en la cama de mierda del motel Beach Please que cuando se despertó se sentía como si tuviera resaca. Pasar doce horas recorriendo la oscura finca de los Vaughn era como intentar encontrar a Wally en el primer círculo del infierno de Dante. Ahora, lo único que se sentía capaz de hacer era mirar el techo y rezar por que se le pasara el dolor de cabeza. Había tenido una pesadilla aterradora en la que estaba sentada en la mesa de la cocina de la jueza y una araña enorme desplegaba sus patas largas y peludas. Era incapaz de moverse mientras la araña tiraba de ella hacia su boca húmeda y monstruosa, llena de colmillos. Al intentar zafarse, se despertó sobresaltada. Y entonces resbaló por el borde del colchón y se cayó de la cama.

El segundo día de su carrera como *marshal* había empezado por todo lo alto.

Su iPhone tintineó al recibir un mensaje. Andrea no le hizo caso. Supuso que su madre habría encontrado otra chaqueta en Oregón. Subió el volumen de la música que estaba escuchando. Se había descargado todas las canciones de la cinta grabada de Emily. Conocía a algunos de los artistas, pero le avergonzaba que su favorita fuera la de una mujer que se hacía llamar Juice Newton.

Aunque cerró los ojos, no pudo volver a dormirse. Los *collages* de Judith flotaban en su mente. El más reciente (el de las amenazas de muerte contra la jueza) y el que había hecho en su adolescencia, cuando intentaba asimilar lo que sentía acerca de su madre. La cinta. Las frases sueltas: «¡Sigue esforzándote! ¡¡¡Descubrirás la verdad!!!». La foto de grupo de Emily con los tres chicos que más tarde se convertirían en los principales sospechosos de su asesinato.

Según afirmaban las notas del jefe Bob Stilton, lo más probable era que la agresión se hubiera producido entre las seis y las seis y media de la tarde. Stilton no explicaba cómo había llegado a esa conclusión, pero Andrea no tenía más remedio que darla por válida. El arma con la que golpearon a Emily era un listón arrancado de un palé que había en el callejón, por lo que cabía suponer que probablemente se tratara de un ataque oportunista o improvisado, más que planeado. Lo que era coherente, teniendo en cuenta que era evidente que el atacante estaba furioso.

Stilton daba por sentado que el cuerpo de Emily debió de ser trasladado justo después de la agresión, pero Andrea no estaba tan segura. Según el croquis del jefe de policía, el callejón medía doce metros y medio de largo por uno de ancho. Los edificios que lo flanqueaban tenían una altura aproximada de cinco metros, con voladizos de treinta centímetros de ancho. Incluso a plena luz del día, seguramente habría un montón de sombras en las que se podía ocultar un cuerpo, además de que las tres grandes bolsas negras de basura de la cafetería podían ser un camuflaje perfecto.

Andrea había consultado los registros meteorológicos de aquel sábado por la tarde. El cielo estaba despejado y no había probabilidad de lluvia. El sol se había puesto sobre las 19:42. Si ella hubiera querido deshacerse de un cuerpo, indudablemente habría esperado a que oscureciera.

Lo que daba a todos los sospechosos de su lista tiempo de sobra para dejarse ver en el baile antes de regresar para deshacerse del cuerpo. Ninguno tenía una coartada irrefutable, pero incluso Eric Blakely, que admitía ser la última persona a la que se había visto hablando con Emily aquella noche, tenía testigos que corroboraban su versión. Dos compañeros de clase afirmaron haberlo visto en el gimnasio a la hora aproximada de la agresión.

La historia clínica de Emily indicaba que la joven pesaba sesenta y ocho kilos en su séptimo mes de embarazo. Que un chico de dieciocho años levantara tanto peso entraba dentro de lo posible, pero sin duda no le habría resultado fácil. Los automóviles no podían circular por el paseo marítimo. Probablemente el muelle de madera no soportaría el peso de un coche. El sospechoso habría aparcado en Beach Road. Luego tendría que haber ido hasta el final del callejón, haber recogido a Emily, haber vuelto al coche y haberla metido en el maletero.

Desde allí, había unos quince minutos en coche hasta el Skeeter's, Grill. Según la declaración del chico que había encontrado a Emily en el contenedor, la mayor parte del personal salía de trabajar a eso de las diez, a pesar de que el restaurante cerraba a medianoche. Él había llamado para dar parte de su hallazgo a las 11:58 de la noche. Emily estaba desnuda. Seguramente le habrían quitado la ropa tras atacarla porque su vestido de graduación de satén verde azulado era fácil de identificar, o quizá porque al asesino le preocupaba dejar pruebas. En cualquier caso, la cara de Emily estaba irreconocible. No llevaba documentación, ni bolso, ni cartera. Un sanitario la dio por muerta, pero otro vio que movía la mano y le practicó la reanimación cardiopulmonar.

Y siete semanas después, extrajeron a Judith Rose de su cuerpo.

Andrea se tumbó de lado. El disco duro de su cerebro empezaba a saturarse. No tenía espacio suficiente para almacenar todo aquello. Tocó su teléfono para ver la hora. No había visto el mensaje que le había mandado Mike a las 08:32 de la mañana. Sintió un estremecimiento en el corazón y luego otro en otra parte.

Le había enviado una fotografía de una pequeña manada de animales bebiendo en un lago, seguida por tres signos de interrogación.

—¿Qué co...? —Miró a los animales con los ojos entornados, intentando averiguar qué eran. Y luego tomó la decisión de que era demasiado temprano para acertijos.

Se tumbó bocarriba. Cerró los ojos y dejó que la voz de Juice Newton inundara su cabeza durante un minuto delicioso. Después abrió el navegador y escribió «animal parecido al buey almizclero y el antílope».

Wikipedia respondió «*Connochaetes*, también llamado ñu».

—¿Ñus? —murmuró. Y luego añadió—: *News*.

«Noticias».

La confirmación de lectura había llegado, así que Mike sabía que había visto el mensaje. Estaba intentando decidir si respondía o lanzaba el teléfono a la otra punta de la habitación cuando los tres puntitos ondularon, lo que indicaba que Mike tenía algo más que decir. Vio aparecer la burbuja de texto.

¿TE HAS VUELTO A OLVIDAR DE MI NÚMERO?

Andrea pulsó la ventanita para escribir un nuevo mensaje, pero no tecleó nada. Le gustaba imaginarse a Mike viendo cómo ondulaban los puntitos. Dejó que Juice terminara de lamentarse de lo duro que era el amor y luego escribió: sigue siendo el de emergencias, ¿no?

Los puntos volvieron a oscilar. Una y otra, y otra.

Todo para recibir un pulgar en alto.

Andrea cerró la aplicación. Se llevó el teléfono al pecho y volvió a fijar la mirada en el techo. No quería distraerse pensando en Mike. Centró sus pensamientos en la cocina de la familia Vaughn. Evocó la lámpara dorada y los muebles de melamina, pensó en la jueza-araña desplegándose sobre la mesa.

La noche anterior estaba convencida de que Esther Vaughn no sabía nada de los tejemanejes de Jasper ni de su parentesco con Clayton Morrow. Ahora tenía sus dudas. Un juez federal podía conseguir toda clase de información, y Esther Vaughn no exageraba mucho cuando dijo que era casi tan vieja como el USMS. Teniendo en cuenta que la edad media de los congresistas era de nueve mil años, debía de tener un sinfín de amigos en las altas esferas. Era ilegal indagar en las bases de datos privadas de los *marshals*, por supuesto, pero si algo había quedado claro en los últimos años era que los políticos no se atenían a sus propias reglas.

Sintió que sus músculos se movían de manera impulsiva para agarrar el teléfono, pero se contuvo para no buscar «¿quién puede averiguar si estás en el Programa de Protección de Testigos?».

—¡Oliver! —gritó Bible aporreando la puerta—. ¡Oliver! ¿Ya estás levantada?

Gruñó al levantarse de la cama. Aunque sabía que era Bible, miró por entre las cortinas de la ventana. El sol le hirió las córneas. Se había deslumbrado tanto que no veía la hora en el móvil. Abrió la puerta y se hizo visera con la mano para no quedarse ciega del todo.

—¿Todavía estás en pijama? —preguntó Bible.

Andrea no iba a disculparse por sus pantalones cortos y su camiseta a juego.

—¿Qué hora es?

Él miró su reloj, aunque ya tenía que saber qué hora era.

—Bastante tarde. He pensado que te apetecería venir a correr.

—¿A correr? —Andrea sintió que meneaba la cabeza. Era como si Bible no hablara su idioma—. ¿Qué hora es?

—Pueeeees…, las once y pico. Prácticamente mediodía. —Empezó a rebotar de puntillas—. Venga, vamos a correr. Te sentará bien mandar unas endorfinas al cerebro. No he querido decírtelo antes, pero, si echas el freno después del entrenamiento de la academia, no volverás a estar en plena forma.

—Yo… —Andrea se dio la vuelta y miró con nostalgia su cama. Si eran más de las once, tenía siete horas antes de volver al trabajo. Volvió a mirar a Bible—. ¿Qué?

—Fantástico. —Él se dio una palmada en el abdomen y tamborileó con ambas manos—. Ya sabes lo que dicen, Oliver. Cuando un *marshal* está flacucho, es porque ama a su esposa.

—¿Qu…? —No podía preguntar «qué» otra vez. Los dos habían dormido unas cuatro horas. ¿Cómo era posible que él tuviera tanta energía?—. Bible, yo…

—El recepcionista del motel me ha dicho que hay un camino bonito al otro lado de la carretera. Cruza el bosque. Pasa justo al lado de la granja *hippie* de la que nos habló ayer el jefe Queso. —Señaló a lo lejos, pero Andrea no podía ver más allá de su dedo—. Ya desayunaremos después. Me chiflan las tortitas. Bacon, huevos… Galletas no tienen, pero ¿te he hablado de las tortitas? Gracias por venir conmigo, compañera. Te espero al otro lado de la carretera.

Andrea aún estaba intentando formar una frase cuando él agarró el pomo y cerró la puerta. Su voz sonó amortiguada cuando le dio a gritos los buenos días a alguien en el aparcamiento con excesiva jovialidad.

Andrea se apoyó de espaldas en la puerta. La luz inclemente del sol había empeorado su jaqueca. Se moría de ganas de volver a la cama. Por eso se forzó a no hacerlo. Otro precipicio por el que se dejaba caer.

Le dio pereza quitarse la camiseta del pijama, pero por puro recato sacó un sujetador deportivo de la bolsa de viaje. Sus pantalones cortos de correr estaban metidos en uno de los bolsillos laterales, hechos una bola. Estaba buscando un par de calcetines cuando por fin se dio cuenta de la importancia de lo que había dicho Bible.

Quería echar un vistazo a la granja *hippie*.

No podía ser mera curiosidad. Era evidente que estaba investigando las amenazas de muerte, aunque hubiera dicho bien clarito que ese no era su cometido. Quizá la investigación paralela de Andrea sobre el asesinato de Emily Vaughn coincidiera con la de él. Se calzó las deportivas y se recogió el pelo. Sus gafas de sol estaban dobladas por haberlas metido sin cuidado en el bolso. Enderezó la patilla con los dientes antes de ponérselas.

Fuera, el sol era tan implacable como antes, pero además ahora tenía que lidiar con el calor. Miró a izquierda y derecha. La casa de la jueza estaba aproximadamente a kilómetro y medio de allí. El centro del pueblo, a cinco o diez minutos a pie en dirección contraria. La cafetería estaría abierta. Tendrían tortitas. Café caliente. Sillas en las que sentarse. Mesas en las que apoyar la cabeza para dormir.

—¡Compañera! —Como había prometido, Bible estaba al otro lado de la carretera. Daba saltitos apoyado en la punta de los pies como el *marshal* Tigger. Dio una palmada y gritó—: ¡Vamos, Oliver!

Andrea arrastró los pies por el asfalto al tratar de ponerse en marcha. Bible desapareció alegremente por un sendero de tierra. Ella lo siguió sin ganas. Cuando su cuerpo recordó por fin la mecánica de la carrera, él ya le llevaba unos metros de ventaja. Sus articulaciones se resistían al ejercicio. Aun así, mantuvo las manos abiertas y los codos pegados a los costados.

Delante de ella, Bible tomó un recodo que se adentraba en el bosque. Andrea supuso que debían de estar en un antiguo camino forestal. Intentó orientarse. El camino se alejaba del motel, casi en perpendicular al mar. El sol le daba de lleno en la cabeza. Mientras tanto, cada tendón de su cuerpo le gritaba la misma pregunta:

¿Por qué narices no estás en la cama?

Trató de sofocar aquel ruido mental mientras se impulsaba hacia delante. Para sus adentros, empezó a pronunciar un nombre distinto a cada paso.

Clayton Morrow. Jack Stilton. Bernard Fontaine. Eric Blakely. Dean Wexler.

Uno estaba en prisión. Otro era policía. Otro parecía imbécil. Otro tenía una hermana que trabajaba en una cafetería. Otro había dejado su trabajo de profesor y no figuraba en el apartado «¿Dónde están ahora?» de la página web del instituto.

Clayton Morrow. Bernard Fontaine. Eric Blakely. Dean Wexler. Jack Stilton.

Sintió que sus músculos se acordaban por fin de cómo se hacía ejercicio. Al cabo de un rato, afortunadamente, la jaqueca comenzó a remitir. Las endorfinas habían empezado a fluir. Pudo levantar la cabeza sin estremecerse.

Bible iba tres metros por delante de ella. Los ojos de Andrea empezaron a enfocarse, a captar los detalles. Su compañero llevaba una camiseta azul oscuro del USMS y pantalones cortos negros. Sus zapatillas tenían los talones desgastados. La musculatura de sus piernas estaba nítidamente definida por el entrenamiento en el gimnasio.

Podía pasarse una hora preguntándose por qué le había pedido Bible que lo acompañara en lo que estaba claro que era una misión de reconocimiento, cuando lo que debería haber hecho era quedarse en el motel y llamar a Mike, que podía contarle todo tipo de «ñus» sobre Leonard «Catfish» Bible.

—¿Estás bien? —Bible miró hacia atrás. Ni siquiera estaba sudando.

—Sí, estoy bien —contestó ella con un resoplido.

Por costumbre, se palpó con la lengua la cresta que le había salido en la cara interna de la mejilla de apretar los dientes. Tenía sorprendentemente bien el estómago. Bible refrenaba el paso, no apretaba por ella. Andrea se dio cuenta de que estaba esperando a que ella lo alcanzara, así que, cuando el sendero se ensanchó, aceleró el ritmo.

Corrieron al unísono; pisaban al mismo tiempo, aunque la zancada de él era unos treinta centímetros más larga que la suya. Andrea intentaba encontrar la manera de sacar el tema cuando él se le adelantó.

—Tengo que confesarte una cosa —dijo.

Andrea le oía respirar; oía su respiración.

—Puede que en esa granja esté pasando algo que nos interese ver.

Andrea lo miró. Con el ejercicio, las cicatrices de su cara se habían vuelto de un rosa brillante.

—La dueña del restaurante me ha dicho que han encontrado un cadáver en el campo. —Bible la miró—. Parece un suicidio.

Andrea estuvo a punto de tropezar. Qué puta coincidencia.

—¿Por qué te has enterado en la cafetería? ¿No te ha llamado el jefe?

—Es de locos, ¿no? —Saltó sobre una raíz que sobresalía del suelo—. El bueno de Queso no ha dicho ni pío, a pesar de que le pedí de forma expresa que me avisara si había algún suicidio. Ese campo está justo en medio de su jurisdicción. ¿A ti te ha llamado?

Andrea negó con la cabeza, aunque no había mirado su teléfono del trabajo. El Android estaba en la habitación del motel. Por costumbre, se había metido el iPhone en el bolsillo al salir.

—La víctima es una mujer —continuó Bible—. Más bien joven. No encaja en nuestro perfil, pero me fastidia que Queso no nos haya avisado. Eso hace que me pregunte qué más ocultará ese viejo zorro.

Andrea se dijo que Queso podía estar ocultando muchas cosas.

—¿Qué sabes de la granja?

—¿Aparte de que es *hippie*?

Andrea le lanzó una mirada. No podían seguir jugando al despiste mucho más tiempo.

—Abrió a mediados de los ochenta —dijo—. Cultivo orgánico, antes de que se pusiera de moda. Cultivan habas. Las hornean, las sazonan y las envasan como aperitivos. Las Habichuelas Mágicas de Dean, se llaman. ¿Te suena la marca?

—No —contestó Andrea, aunque sí le sonaba un tal Dean.

Aproximadamente a las 16:50 del 17 de abril de 1982, yo, Dean Constantine Wexler, iba en mi coche por la calle Richter camino del baile de graduación. Tuve que desviarme para esquivarla. Estaba completamente fuera de sí. Ignoro si había consumido drogas. No la conozco lo suficiente como para darme cuenta de ello. Solo fue alumna mía un año. Aun así, sentí cierta responsabilidad como adulto y porque soy profesor. Aparqué el coche y salí a ver cómo estaba. Es mi deber como profesor informar de los chavales que no están bien. Emily llevaba un vestido de fiesta y me dijo que pensaba ir al baile. Lo señalo únicamente porque la expulsaron del centro hace meses por molestar en clase. No llevaba zapatos. No me fijé en si llevaba bolso. Tenía el pelo revuelto. Le dije que se fuera a casa inmediatamente. Se puso a discutir y reconozco que me enfadé. No quería acercarme a esa chica. Quiero dejar constancia de que lleva meses acusando a perfectos desconocidos de haberla dejado embarazada. Si Melody Brickel dice que empujé a Emily contra el coche, les pido que tengan muy en cuenta de dónde viene esa información.

Hubo gritos, lo reconozco. La mayoría, de Emily. Empezó a acusarme de todo tipo de delitos, a lo que yo contesté «Cuidado con lo que dices» o «No tienes nada que contar», o algo así. No lo recuerdo exactamente, porque en aquel momento lo único que quería era alejarme de ella. Tendrán que pedirle a Melody Brickel su docta opinión, basada en algo que afirma haber presenciado a sesenta metros de distancia. Las dos son muy problemáticas e incontrolables. Ya sé que todo el mundo dice que Emily proviene de buena familia, pero en mi opinión esto es un claro ejemplo de lo de la naturaleza y la crianza. Esos niños que viven en burbujas ultraconservadoras siempre se resquebrajan cuando les golpea la realidad. Soy consciente de que Emily está en coma, pero eso no tiene nada que ver conmigo. No tengo ni idea de quién es el padre de su bastardo. Puedo afirmar rotundamente que es imposible que sea yo. Quiero olvidarme de todos ellos. Si pudiera permitirme dejar mi trabajo, estaría ayudando a gente que de verdad lo necesita en vez de desperdiciar mi talento en este pueblucho dejado de la mano de Dios. Se me ha pedido que especifique qué ropa llevaba yo esa noche, y era un traje negro y corbata, pero todo el mundo iba de negro. Juro, so pena de incurrir en perjurio, que el contenido de esta declaración enmendada es verdadero.

—¿Cómo te fue con la jueza anoche? —preguntó Bible.

—Ya veremos si me deja volver a su casa. —Andrea se preguntó por qué no hablaba Bible del cadáver que había aparecido en el campo—.

Hice un chiste un poco mordaz sobre que me alegraba de que Reagan haya muerto, y ella se fue a su habitación.

Él se rio.

—No te preocupes, Oliver. Con la vejez se ha ablandado.

Andrea no quería ni pensar cómo sería la jueza antes de ablandarse. Pero Esther Vaughn no era el motivo por el que iba corriendo por el bosque con la camiseta del pijama.

—Cuando dices que ha sido la dueña de la cafetería quien te ha contado lo del suicidio, ¿te refieres a Ricky Fontaine, la mujer de pelo rizado que nos atendió anoche?

—Sí. —Le lanzó la misma mirada cómplice que le había dedicado un rato antes—. Un conductor del almacén de la granja se puso a hablar en la cafetería. Dijo que una chica no se ha presentado a trabajar esta mañana y que los peones la han encontrado en el campo sobre las nueve y media. Puede que tomara pastillas. Informaron al jefe de policía, pero el jefe de policía no ha tenido a bien avisar a sus amigos los *marshals*.

Andrea masculló algo inarticulado porque temía delatarse si decía algo concreto.

—Por aquí.

Bible la condujo por otra bifurcación del sendero. Era evidente que ya había estado antes por allí. El hecho de que le hubiera pedido que lo acompañara para echar un segundo vistazo tenía que significar algo. Desde luego, no la llevaba como refuerzo. Ninguno de los dos iba armado, y la documentación y la Estrella de Plata de Andrea estaban en la caja fuerte del motel, junto con su Glock.

El sendero zigzagueaba y luego giraba sobre sí mismo y se abría de repente a un gran campo ondulado. El sol convertía las hileras de plantas verdes y cenceñas en una alfombra mullida. Andrea nunca había visto matas de habas. Por las vainas largas y cerosas, podría haberlas confundido con guisantes o judías verdes. Más allá de la siguiente elevación se distinguía un invernadero cuyos vidrios relumbraban al sol. Por los edificios multicolores que se veían a lo lejos y por las serpentinas que colgaban del porche de la casa principal, Andrea dedujo que habían llegado a la granja.

La carpa de un blanco brillante que la policía había levantado en medio del campo afeaba el entorno de manera considerable. La cinta amarilla que acordonaba el lugar del hallazgo delimitaba diez hileras de plantas separadas entre sí por un metro de distancia. Había una vieja camioneta agrícola azul con neumáticos enormes para tumbar las matas atravesada en una de las hileras.

Al acercarse, Andrea sintió un escalofrío. Dos años atrás había aprendido que la muerte poseía una quietud que te llegaba al alma. El corazón comenzó a latirle más despacio. Su respiración se hizo más profunda. El sudor de su piel pareció desvanecerse.

Habían tapado el cadáver con una sábana y bajo el algodón blanco se adivinaba la curva de la cadera. La mujer había muerto tumbada de lado. Por el olor dulzón, Andrea calculó que no debía de llevar allí más que unas horas, lo que coincidía con lo que había dicho el conductor del almacén. Habían hallado el cuerpo sobre las nueve y media de la mañana.

Bible levantó la cinta policial y la sostuvo en alto para que pasara Andrea. Saludó con una inclinación de cabeza a los dos peones. O al menos Andrea supuso que eran peones de la granja, por sus monos y porque estaban apoyados en la desvencijada camioneta Ford. Parecían tensos, a diferencia de los tres policías uniformados que deambulaban alrededor de la tienda. Dos estaban leyendo en su teléfono y otro tenía las manos metidas en los bolsillos. No parecían preocupados en absoluto. Andrea reconoció la silueta del jefe Jack Stilton. Estaba apoyado en su coche patrulla, con la radio cerca de la boca. Saltaba a la vista que había visto a Andrea y a Bible a la entrada del sendero. Su desagrado había atravesado el espacio que los separaba como Washington cuando cruzó el río Delaware.

—¡Jefe Queso! —Bible agitó las manos—. ¿Qué tal, socio?

Andrea se fijó en que Stilton no se daba prisa en apartarse del coche. Los demás se animaron bastante. Sacaron las manos de los bolsillos.

Guardaron el teléfono. Los peones de la granja se miraron extrañados. Eran blancos los dos, uno de unos cincuenta años, y el otro, de unos sesenta y cinco. El mayor llevaba el pelo largo y revuelto y una camiseta desteñida que lo encuadraba claramente en la categoría de *hippie*.

El más joven tenía un cigarrillo colgando de los labios y una sonrisa burlona que a Andrea le recordó una foto que había visto la noche anterior.

El Billy Idol de Delaware.

Bernard Fontaine tuvo la audacia de guiñarle un ojo. Ella ni se inmutó. Había una joven muerta en el suelo, entre ellos, y otra joven a la que habían arrojado a un contenedor cuarenta años atrás. Nardo las conocía a las dos.

—Jefe, debe de habérsele olvidado nuestra conversación de ayer tarde. —Bible agarró a Stilton por el hombro—. Creí haberle pedido que me avisara si había algún suicidio.

Los ojos de Stilton se deslizaron sucesivamente de Bible al cadáver cubierto.

—Bueno, agente, aún es pronto. Todavía no sabemos si se trata de un suicidio.

Andrea admiró su descaro. Habían montado la carpa para mantener alejados a los curiosos, pero nadie llevaba ropa protectora. Nadie hacía fotos ni había marcadores en el suelo que señalaran posibles pruebas materiales.

—¿Han llamado al juez de primera instancia? —le preguntó a Stilton.

—¿Qué cree que estaba haciendo, guapa?

—¿Qué tal si me lo dice, guapo?

Andrea oyó risitas, lo que la exasperó aún más. Nadie parecía tomarse en serio aquello. Ella había trabajado en un centro de llamadas de emergencia. Sabía cuál era el procedimiento cuando se encontraba un cadáver. Los agentes que acudían al aviso no levantaban una tienda, pedían refuerzos y acordonaban la zona sin antes avisar al juez de primera instancia. Como mínimo, ya debería haber un par de camiones de bomberos en la carretera, y sin duda una ambulancia.

Y nadie, nunca, debía dar por sentado que la persona fallecida se había suicidado solo porque pareciera un suicidio.

—Solo le está chinchando un poco, jefe. —Bible apoyó la mano en un poste de la tienda—. Supongo que esta es la granja *hippie* de la que hablaba. Sin ánimo de ofender.

Esto último iba dirigido al viejo *hippie*, que dijo:

—No me ofende.

Bible miró el cadáver. La brisa agitaba la sábana. Estiró el brazo y le preguntó a Stilton:

—¿Le importa que eche un vistazo?

—Sí, me importa. —Stilton se cruzó de brazos—. No quiero ponerme borde, pero los *marshals* no tienen jurisdicción sobre este tipo de casos.

—¿A qué tipo de casos se refiere? —preguntó Bible.

Los ojos de Stilton no podían quedarse quietos. Pasaron del *hippie* a Nardo, luego a sus ayudantes y, por último, a Bible. Estaba claro que no quería allí a los *marshals*, lo que era raro. Los policías solían ser como los galgos: se excitaban cuando había otros policías cerca.

Andrea trató de entender por qué todo le resultaba tan extraño. Aquella era su primera escena de un crimen real, pero solo Bible y ella parecían advertir la gravedad de la situación. El jefe de policía quería que se largaran. Sus agentes no parecían tener ni idea. Se notaba que Nardo estaba aburrido. Y el viejo *hippie* estaba concentrado liando un cigarrillo. Tenía la edad aproximada de otra persona de la lista de sospechosos de Andrea: Dean Wexler. El hecho de que estuviera allí con Bernard Fontaine quería decir algo que ella aún no alcanzaba a entender.

—¿Es usted Dean Wexler? —le preguntó al viejo *hippie*.

Él sacó la lengua para humedecer el papel de fumar.

—El mismo.

Andrea no podía cantar victoria. Tampoco conseguía transformarse en un termómetro, porque Wexler apenas tenía temperatura. Ni él ni Nardo parecían preocupados por la situación, lo que también significaba algo que Andrea aún no lograba entender.

—¿Qué cultivan aquí? —le preguntó a Wexler.

Él se llevó el cigarrillo a los labios.

—*Vicia faba.*

Andrea se rio, pero únicamente porque Dean Wexler parecía uno de esos hombres a los que no le gustaba que las jóvenes se rieran de ellos.

—Bonita forma de decir que cultivan habas.

Él tensó la mandíbula. Sus ojos de párpados caídos brillaron, amenazantes.

—Agente —terció Stilton dirigiéndose a Bible—, agradezco su ayuda, pero ya pueden irse. Nosotros nos encargamos de esto.

—¿Y qué es esto? —preguntó Bible.

Stilton resopló como si estuviera esforzándose por mantener la paciencia.

—La fallecida es una chica, una joven que probablemente sufrió una sobredosis. Hacía tiempo que tenía problemas. No era la primera vez que lo intentaba.

—Ah, entonces, ¿es la que sacaron del mar las pasadas Navidades o la que se cortó las venas hace año y medio? —preguntó Bible.

Andrea sintió que la hostilidad se tensaba como una cuerda.

En Glynco se enseñaba a los cadetes a escuchar a su propio cuerpo. El impulso de luchar o huir era mucho más sensible que las demás sensaciones. Mantuvo la mirada fija en Nardo y el *hippie*. Había algo en ellos que le parecía peligroso. Por primera vez en su vida, le gustaría estar armada.

—Agente —dijo Stilton—, corríjame si me equivoco, pero esta situación no parece tener nada que ver con la misión por la que su compañera y usted han venido a mi jurisdicción.

Bible bajó la mirada hacia el jefe de policía.

—Lo curioso de ser un *marshal* es que somos una de las dos únicas divisiones de los cuerpos de seguridad del Estado encargadas de hacer cumplir la legislación federal en su conjunto. No nos limitamos a Aduanas y Fronteras. O a Alcohol, Tabaco y Armas de Fuego. O a Hacienda. Nos incumben todas las leyes, grandes y pequeñas, recién salidas de la imprenta o que se remonten al 4 de marzo de 1789, fecha de entrada en vigor de la Constitución de los Estados Unidos.

Stilton pareció incomodarse, pero se encogió de hombros.

—¿Y?

—El USC 482-930.1 sostiene que es una infracción de la ley federal el que una persona se quite la vida por su propia mano. Es un artículo algo antiguo, pero sigue vigente. Se remonta al derecho consuetudinario inglés. —Bible le guiñó un ojo a Andrea, porque ambos sabían que iba de farol—. ¿A ti qué te parece, compañera?

—Me suena a jurisdicción —contestó ella.

Stilton cambió de actitud.

—Lo primero que he dicho es que aún no estamos seguros de que se trate de un suicidio.

Bible no le hizo notar que su respuesta era un tanto esquiva. Se limitó a sacarse un par de guantes de nitrilo del bolsillo de los pantalones de correr y volvió a guiñarle un ojo a Andrea, reconociendo por fin que había venido preparado.

—Esto es la escena de un delito, agente. Tiene que esperar al juez de primera instancia. No podemos alterar la…

—¿Quién ha tapado el cadáver con una sábana? —le interrumpió Andrea.

Wexler carraspeó.

—El tipo que la encontró.

Ricky había dicho que el cadáver lo había encontrado un trabajador de la granja. Andrea solo veía a dos civiles en el campo.

—Entonces la escena del delito ya ha sido alterada.

Bible había adoptado una actitud absolutamente profesional. Sin decir nada, se arrodilló y retiró la sábana con suavidad.

Alguien ahogó un gemido. Andrea se alegró de no ser ella.

Aun así, el estómago se le cerró como un puño.

Había visto cadáveres en el depósito de Glynco, pero entonces había tenido tiempo de sobra para mentalizarse. Todos los fallecidos habían donado sus cuerpos a la ciencia, por lo que había tenido la sensación de que existía cierto entendimiento entre los muertos y los vivos. Todo había sido solemne y predecible. Estabas allí para aprender, y ellos estaban allí para darte esa oportunidad.

Ahora sintió que la impresión de ver de pronto un cadáver se apoderaba de ella.

Al igual que le había sucedido con los *collages* de Judith, al principio solo pudo asimilar la emoción, casi abrumadora. Después, se esforzó en fijarse en los detalles. Un frasco de pastillas vacío, en el suelo. Espuma rosa seca alrededor de la boca. Pelo rubio y sucio. Piel mortalmente pálida. Yemas de los dedos azuladas, con la palma de la mano vuelta hacia arriba y manchada de rojo. La mujer llevaba horas tendida en el campo. La gravedad había aposentado su sangre en las partes del cuerpo que se encontraban en contacto con la tierra. Tenía la sábana arrugada alrededor de los pies, pero era imposible pensar que estaba dormida. Saltaba a la vista que estaba muerta.

—Dios —murmuró alguien.

Andrea respiró por la boca al notar el olor. Se recordó a sí misma que era agente de policía. Sabía lo que tenía que hacer.

Analizar, comprender, informar.

La mujer estaba desnuda y tumbada de lado.

Pero no, eso era incorrecto.

La víctima no era una mujer adulta, sino una adolescente de dieciséis o diecisiete años. Su cadera izquierda sobresalía formando un ángulo agudo. Tenía el pubis rasurado por completo. Las aureolas oscuras de sus pechos estaban casi ennegrecidas por las primeras fases de la descomposición. Tenía un vestido amarillo doblado haciendo de almohada debajo de la cabeza, un brazo extendido y el otro apoyado sobre la estrecha cintura.

Lo más impactante era su extrema delgadez. Andrea había asistido a una clase de anatomía para dibujo figurativo en su primer curso en la escuela de arte. Se acordó de los diagramas tridimensionales del cuerpo humano. A la chica se le notaban los huesos debajo de la piel. Sus articulaciones parecían pomos de puerta. Bajo sus mejillas hundidas se adivinaba el contorno de los dientes. Tenía el pelo sucio, un moratón debajo del ojo derecho y los labios de color azul claro. Telarañas de vasos sanguíneos rotos salpicaban su piel cerosa y fina como el papel. Unas cicatrices rosadas se entrecruzaban en sus muñecas.

No era la primera vez que intentaba matarse.

—Oliver —dijo Bible con firmeza—, saca unas fotos.

Andrea se arrodilló al lado de la chica y se sacó el iPhone del bolsillo. Deslizó el pulgar para abrir la cámara. Con la punta de los dedos, apartó la sábana de los pies de la chica.

Descubrir que estaba descalza no fue lo más extraño.

Tenía una banda metálica alrededor del tobillo izquierdo, tan apretada que la piel se había levantado por el roce. En el centro había tres piedras preciosas: una aguamarina flanqueada por dos zafiros azules. La tobillera podría haberse confundido con una joya de no ser porque se había soldado al tobillo y había dejado a su alrededor una marca de un rojo intenso.

Andrea vio una inscripción grabada en la banda de plata. Bible también la vio.

—¿Quién es Alice Poulsen? —preguntó.

20 DE OCTUBRE DE 1981

Emily picoteaba el desayuno con el tenedor. Frente a ella, la abuela hacía lo mismo. No entendía por qué había tanta tensión en el ambiente, pero sabía instintivamente que debía guardar silencio. Esther y Franklin ocupaban extremos opuestos de la mesa, vestidos ambos para ir a trabajar como si aquel fuera un día completamente normal de su vida cotidiana. Él leía el periódico. Ella subrayaba el borrador de un veredicto, con los labios fruncidos por la concentración. Los dos llevaban puestas las gafas de leer. Pasado un rato se las quitarían, guardarían los papeles en sus respectivos maletines y se irían a trabajar cada uno en su coche.

Emily había visto a sus padres capear innumerables turbulencias de la misma manera. O sea, fingiendo que no pasaba nada malo. Quizá Emily tuviera esa habilidad hasta cierto punto, porque también intentaba aparentar que lo de la noche anterior no había sucedido. Que no había visitado el consultorio del doctor Schroeder la mañana anterior. Y que la fiesta nunca había tenido lugar.

Sobre todo, intentaba fingir que el recuerdo del señor Wexler llevándola a casa aquella noche era fruto de su imaginación o un vestigio de un mal viaje de ácido.

En ese preciso instante, como a propósito, sintió una repentina oleada de náuseas. Los huevos de su plato se habían solidificado en un amasijo amarillo. La grasa coagulada del beicon formaba una cresta alrededor de la tostada. No sabía cuánto tiempo llevaba mirando el plato, pero cuando levantó la vista sus padres se habían ido y solo quedaba allí la abuela.

—¿Tienes algún plan para hoy? —preguntó la abuela—. Yo había pensado trabajar un poco en el jardín.

Emily sintió que estaba a punto de echarse a llorar.

—Yo tengo clase, abuela.

La anciana pareció confusa. Emily recogió los cubiertos y el plato y se marchó.

Se secó las lágrimas con la punta de los dedos. Maquillarse esa mañana había sido como pasarse papel de lija por la cara. Había estado toda la noche llorando y tenía los párpados irritados. No había pegado ojo. La persona que le había devuelto la mirada desde el espejo parecía una extraña.

No estaba «intacta».

¿Por qué solo sentía vergüenza? Se suponía que el sexo debía ser un momento especial, romántico, en el que se uniría a su alma gemela, en el que se entregaría a un hombre digno de su amor.

En lugar de eso, había sucedido en el asiento trasero del coche mugriento, cutre y ridículo de su profesor.

Quizá.

Emily desconfiaba de los recuerdos fragmentarios que seguían viniéndosele a la cabeza como fogonazos, un espectáculo de terror casi estroboscópico compuesto por cosas que podían ser ciertas o no. Había estado tan convencida —incluso mientras se decía a sí misma que no lo estaba— de que había sido uno de los chicos que ahora no se permitía creer que Dean Wexler, con su bigote tupido y sudoroso y sus manos torpes y zafias, le hubiera quitado algo que ella no estaba dispuesta a dar.

Porque eso era violación, ¿no?

O quizá no. Quizá sus padres tuvieran razón. Si bebías demasiado, si tomabas drogas, asumías el riesgo inherente de que un chico hiciera lo que hacían los chicos.

Pero el señor Wexler era un hombre adulto.

Eso cambiaba las cosas, ¿no? Si le decía a su padre que no había sido uno de los chicos, que quien se había aprovechado de ella era un adulto, su padre vería la situación con otros ojos. O tal vez se limitaría a mirarla, porque, desde la noche anterior, la había borrado por completo de su campo de visión. No la había mirado ni una sola vez, ni cuando cruzó la habitación, ni cuando se sentó a la mesa, ni cuando cogió la cafetera, ni cuando se puso a leer el periódico; era como si no se percatara de que ella estaba ahí sentada a escasa distancia de él.

Emily se miró las manos. Las lágrimas le nublaban la vista. Se preguntó si estaría desapareciendo del todo. ¿Nadie volvería a verla igual que antes?

—Emily, no llegues tarde al instituto. —Esther estaba de pie en la puerta, con la mano apoyada en la jamba para estirarse con la otra la puntera de las medias.

Emily no miró a su madre. Fijó los ojos en la ventana. Sintió que se le estremecía el corazón al oír el tono normal que había empleado Esther. Su madre no volvería a enfadarse por aquel motivo. No habría más discusiones ni más reproches. Era una jueza en el pleno sentido de la palabra. Cuando dictaba una sentencia, no volvía a cuestionarse el asunto.

Cuando Emily miró hacia la puerta, su madre ya no estaba.

Exhaló despacio. Puso el cuchillo y el tenedor en el plato y los llevó a la cocina. Tiró los restos a la basura. Dejó el plato y los cubiertos en la pila para que los fregase la asistenta. Encontró su mochila y su bolso junto a la puerta del garaje. No recordaba haberlos dejado allí la noche anterior, pero tampoco recordaba cosas mucho más importantes.

Lo único que recordaba era el interior oscuro del coche del señor Wexler, las luces del salpicadero encendidas, una canción que sonaba muy bajo en la radio, sus propias manos toqueteando un roto del dobladillo del vestido verde de Ricky, y la mano del señor Wexler en la rodilla de ella.

Parpadeó. ¿Eso último había sucedido de verdad o se estaba convenciendo a sí misma de algo que no era cierto?

Lo único que sabía con certeza era que no podía quedarse todo el tiempo en el pasillo pensando en aquello. Ya se había saltado un día entero de clase (una reunión programada con su profesora de plástica, un examen de química, el ensayo de la banda y una cita con Ricky cinco minutos antes de la clase de educación física para hablar de algo que dos días antes le había parecido muy importante).

Abrió la puerta. El Mercedes de su padre ya no estaba. Cruzó el garaje. El chófer de su madre esperaba delante de la casa, con el coche al ralentí.

—¿Em?

Se volvió y se llevó una sorpresa al ver a Queso apoyado en un árbol, fumando un cigarrillo.

—Ay, no, Queso, lo siento mucho. —Se le encogió el corazón. Le había dicho que podía dormir en la caseta—. Olvidé llevar la almohada y la manta.

—No pasa nada. —Apagó el cigarrillo frotándolo contra la suela del zapato y se guardó la colilla—. Ya sabes que no necesito gran cosa. Estoy bien.

No parecía estar bien, lo que la hizo sentirse peor.

—Perdona.

—Se nota que tú también has pasado mala noche.

Emily no podía pensar en su propio aspecto en ese momento. La caseta estaba al otro lado de la casa, pero por fuera del garaje puede que Queso hubiera oído lo que había pasado en la cocina.

—¿A qué hora llegaste? —le preguntó Emily.

—No lo sé. —Se encogió de hombros—. Fui a casa, pero mi madre estaba como loca. Mi padre se fue a la comisaría y yo me...

Emily vio que empezaba a temblarle el labio. Queso no se había enterado de nada. Tenía sus propios problemas.

—Bueno —acabó diciendo el chico—, te acompaño al instituto.

Emily dejó que le llevara la mochila. Tuvieron que esperar a que el coche de la madre de Emily diera la vuelta. Esther miró por la ventanilla trasera y luego volvió a mirar. Por una fracción de segundo, su cara de póquer se desvaneció. Emily casi la oyó pensar: «¿Fue el chico de Stilton?».

Cuando el coche llegó a la entrada, Esther había recuperado la compostura.

Queso no se enteró de nada. Sacó otro cigarrillo. Bajaron en silencio por el camino sinuoso. Emily intentó recordar la primera vez que había visto a Queso. Como la mayoría de sus amigos del colegio, formaba parte de su vida desde que tenía memoria. Probablemente habían ido juntos a clase en preescolar o en la guardería. Su primer recuerdo de él era el de un niño tímido sentado en un rincón, mirando cómo se divertían los demás. Nunca había encajado; por eso Emily siempre se había esforzado por hablar con él. Incluso cuando estaba con la camarilla, ella también se sentía a menudo como si lo observara todo desde fuera.

Sobre todo, ahora.

—Vale —dijo Queso—, ¿me vas a contar qué pasa?

Emily sonrió.

—Estoy bien. De verdad.

Queso siguió fumando en silencio. Evidentemente, no la creyó.

A Emily se le ocurrió algo que decir:

—¿Estuviste en la caseta el mes pasado por estas fechas?

Él pareció preocupado.

—Si tus padres se han enfadado porque…

—No, no —le aseguró ella—. Eso no les importa. Solo te lo preguntaba porque llegué a casa muy tarde esa noche, la noche del 26. Y se enfadaron mucho conmigo porque no llegué a mi hora. Quería saber si habías oído algo o si recordabas algo.

—Pues… Lo siento, Emily. Si estaba atrás, no me enteré de nada. ¿Te han echado una bronca muy gorda? ¿Por eso pareces tan disgustada?

Ella negó con la cabeza. Queso no era nada hermético. Si hubiera estado allí aquella noche, ya habría dicho algo. Le estaba haciendo las preguntas equivocadas.

Volvió a intentarlo:

—¿Sabes mucho de investigaciones? Por tu padre, quiero decir.

—Supongo que sí. —Él se encogió de hombros—. Aunque puede que sepa más por ver capítulos de *Colombo*.

Emily sonrió porque él sonreía. Su padre veía aquella serie cuando la emitían. Ella nunca la había visto, pero sabía, por supuesto, que trataba de un detective muy listo.

—Pongamos que Colombo tiene un caso en el que alguien ha hecho algo malo.

Queso sonrió, divertido.

—Emily, así son todos los casos de Colombo. De eso se trata.

—Es verdad. —Emily se concedió un momento para pensar—. Pongamos que hay un caso en el que una mujer estuvo en un cóctel donde… donde le robaron su collar de diamantes.

—Vale.

—Solo que ella no recuerda nada de la fiesta porque se emborrachó. —Emily esperó a que él asintiera—. Pero tiene algunos recuerdos. De repente recuerda haber hablado con diferentes personas o haber estado en ciertos lugares. Pero no sabe si los recuerdos son reales o no.

—Suena a que la drogaron —dijo Queso—. El alcohol no tiene ese efecto, a no ser que te emborraches hasta perder el conocimiento. Por lo menos, eso es lo que he visto con mi madre.

Emily se imaginó que él tenía que saberlo por experiencia.

—¿Cómo podría recuperar la mujer el collar?

Él volvió a sonreír.

—Llamando a Colombo.

Emily imitó de nuevo su sonrisa.

—Pero ¿cómo resolvería Colombo el caso?

Queso no tardó en dar con una respuesta.

—Hablaría con la gente de la fiesta y compararía sus versiones. Por ejemplo, ¿coincide lo que dice este tipo con lo que dice este otro? Porque, si las historias no coinciden, eso significa que alguien miente y, si miente, es que oculta algo.

Por primera vez desde hacía días, Emily sintió que se le aligeraba la opresión que notaba en el pecho. Aquello era perfectamente lógico.

¿Por qué no se le había ocurrido hablar con nadie? Podía hacer que confesaran.

Solo había un problema.

—Pero ¿cómo lo hace Colombo? —preguntó—. Si una persona es culpable, no va a hablar, y menos aún con la policía.

—Eso es lo que dice mi padre. —Queso se encogió de hombros—. Pero en la tele los culpables siempre hablan. A veces se inventan mentiras para echarle la culpa a otro. O quieren saber si les van a pillar y hacen un montón de preguntas sobre la investigación. Y Colombo es un hacha engañándolos. No va por ahí acusando a la gente. Dice: «Señor, veo que estuvo usted en la fiesta. Perdone que se lo pregunte, pero ¿podría decirme si vio algo sospechoso o si alguien se comportó de forma extraña?». Nunca les señala con el dedo y les dice: «Ha sido usted». Los deja hablar, hasta que ellos mismos se meten en un lío.

Emily tuvo que reconocer que Queso imitaba muy bien la voz de Colombo.

—¿Qué más?

—Bueno, lo anota todo, que es lo que se supone que tiene que hacer un policía. Mi padre dice que es porque cuando interrogas a alguien consigues mucha información, pero solo una parte es importante, así que lo anotas todo y luego lo repasas y eliges lo que te sirve.

Emily asintió, porque eso también tenía lógica. A veces se agobiaba en clase con tantos datos, pero luego volvía a mirar sus apuntes y les encontraba sentido.

—Lo mejor es el final de los episodios —comentó Queso—. Justo antes de los anuncios, Colombo está hablando con un sospechoso y hace como que ha terminado de hacer preguntas, pero luego se da la vuelta y dice: «Señor, disculpe, solo una cosa más…».

—¿Una cosa más?

—Sí, te reservas la pregunta más importante para el final, cuando ya han bajado la guardia. —Queso le quitó la brasa al cigarrillo y se guardó la colilla en el bolsillo—. Dices: «Estupendo, gracias por responder a mis preguntas» y haces como si te fueses a marchar. Y entonces coges tu cuaderno o lo que sea y el sospechoso se relaja porque cree que ya está, que se ha acabado. Y entonces te das la vuelta y dices...

—Solo una cosa más.

—¡Bingo! Y así es como recuperas tu collar de diamantes.

—¿Qué?

—La señora, esa a la que le robaron el collar.

—Ah, claro. —Emily sintió que le temblaba el corazón en el pecho. De pronto, ahora que parecía haber un camino que seguir, estaba ansiosa—. Algún día serás un buen policía, Queso.

—Uf, no, por favor. —Sacó otro cigarrillo—. Si dentro de diez años sigo viviendo en este pueblucho de mierda, recuérdame que me pegue un tiro.

—No digas eso; es horrible.

Él le devolvió la mochila. Casi habían llegado al instituto. Sin decir nada más, Queso se alejó rápidamente. Hacía unos años, Nardo se había burlado de él porque decía que estaba colado por Emily, y desde entonces hacía todo lo posible por desmentirlo.

Emily balanceó el bolso que llevaba colgado al costado. Pensó en el consejo que le había dado Queso. Debía tomarse aquello como una investigación. Quizá lo que averiguara no cambiase nada, pero al menos le daría algo de paz. Dijeran lo que dijeran sus padres, alguien la había agredido. Se había aprovechado de ella en un momento de absoluta vulnerabilidad. No era tan ilusa como para creer que esa persona fuese a pagar por ello, pero necesitaba saber quién había sido, si quería conservar la cordura.

—¿Qué pasa? —Ricky le dio un golpe en el hombro—. ¿Has cortado el Queso?

Emily puso cara de fastidio, pero contestó dándole a Ricky otro golpe en el hombro.

—No sé por qué te molestas en hablar con pringados como ese.

Emily intentó no picar el anzuelo. La camarilla podía ser muy cruel con los de fuera. ¿Cómo la tratarían a ella cuando se enteraran?

—¿Dónde estuviste ayer? —preguntó Ricky—. Te llamé a casa dos veces, y tu madre me dijo que estabas dormida las dos veces.

—Estaba mal del estómago —contestó—. Te lo dije el sábado.

—¡Ah, claro! —Ricky volvió a darle otro golpe—. Creía que íbamos a hablar ayer.

—¿De qué?

—Pues… Ay, mierda. Ahí está Nardo. —Ricky echó a correr por el patio sin mirar atrás.

Emily no la siguió. Observó a la camarilla, que acababa de reunirse junto a la entrada delantera del gimnasio. Nardo estaba fumando, a pesar de que ya le habían pillado tres veces. Blake estaba apoyado de espaldas contra la pared y tenía un libro en las manos. Solo Clay estaba vuelto hacia ella. La siguió con la mirada mientras ella subía los escalones del instituto. Por primera vez en su vida, Emily no reaccionó al verlo. No levantó la mano para saludarlo. No sintió el rayo abductor de su mirada atrayéndola hacia sí.

Se volvió al abrir la puerta. Notó en la espalda el calor de su mirada cuando la puerta se cerró tras ella. Entornó los ojos a causa del brillo de las luces del vestíbulo. La gente pasaba a toda prisa. Sintió que su cuerpo se tensaba, como le ocurría siempre al entrar en el instituto, solo que esta vez su ansiedad no se debía a la voluntad implacable de Esther, que la empujaba tácitamente a triunfar. Estaba ansiosa porque había empezado a trazar un plan de acción.

Hablaría con el señor Wexler. Se le acercaría como si tal cosa, como si no pasara nada. Le haría algunas preguntas. Luego, fingiría que iba a marcharse y le soltaría eso de «solo una cosa más».

Sintió que su determinación empezaba a flaquear. ¿De verdad podía preguntarle al señor Wexler si se había aprovechado de ella? Él se indignaría, claro está. Pero ¿se indignaría porque era inocente o porque era culpable?

—¡Emily! —Melody Brickel apareció literalmente galopando por el pasillo. Le encantaban los caballos. Ese era uno de los motivos por los que no era muy popular—. ¡Ayer te saltaste el ensayo de la banda!

Emily tuvo que resistirse al impulso de hacerse un ovillo. La señora Brickel lo sabía todo. ¿No se lo había contado a su hija?

—¿Em? —Melody la cogió de la mano y tiró de ella hacia el aula vacía del señor Wexler—. ¿Qué te pasa? Tienes muy mala cara. ¿Has llorado? Pero me encanta tu pelo.

—Pues…

Emily se quedó en blanco. Estaba en el aula del señor Wexler. Él llegaría pronto. No estaba preparada. No podía enfrentarse a él. Tenía intención de escribir una lista de preguntas, pero ahora solo podía pensar en salir de allí antes de que llegara.

—Emily, ¿pasa algo? —insistió Melody.

—Yo… —Tragó saliva—. ¿No te lo ha dicho tu madre?

—¿Decirme qué? ¿Estuviste ayer en la consulta del doctor Schroeder? Mi madre tiene prohibido contar nada de lo que pase allí. Hay una ley o algo así, ¿no? No lo sé. Pero, ya que me lo has dicho tú, ¿qué pasa? ¿Estás bien?

—Sí, yo… —Emily buscó una mentira que contarle—. Es por el periodo. Me vino hace un par de días y me duele un montón.

—Ay, no, pobre mía. —Melody le agarró la mano—. Eres demasiado mayor para seguir yendo a la consulta de ese viejo chivo; es un idiota, y malo, además. Deberías ir a un ginecólogo de verdad. Mi madre empezó a darme la píldora hace dos años y ya casi no noto la regla.

Emily no sabía qué era más sorprendente: que Melody hubiera ido al ginecólogo o que tomara la píldora.

—No pongas esa cara de horror, tonta. La píldora no es solo para el sexo. ¡Aunque yo nunca pierdo la esperanza! —Metió la mano en su mochila y sacó un casete—. Toma, te he traído esto, pero me tienes que prometer que me lo vas a devolver.

Emily no sabía qué otra cosa podía hacer más que coger el casete. En la carátula aparecían cinco chicas sentadas, envueltas en toallas y con la cara cubierta de crema. The Go-Go's. *Beauty and the Beat.*

—Te lo conté la semana pasada. —Melody parecía entusiasmada. Era una obsesa de la música—. Fíjate en cómo se ralentizan las voces en medio de *Our Lips Are Sealed*, ¿vale? No es exactamente un cambio de compás, pero me recuerda un poco a lo que hacen los Beatles en *We Can Work It Out*, cuando pasan de un cuatro por cuatro a un tres por cuatro. O a *Under My Thumb*, cuando los Stones…

Emily dejó de oírla. El señor Wexler había entrado en el aula. Lo vio de reojo, cuando él dejó un montón de papeles encima de la mesa. Mantuvo la mirada fija en Melody, que se había puesto a hacer como que tocaba la batería y daba golpecitos con el pie marcando un compás que solo ella oía.

—Escúchala, ¿vale? —dijo Melody—. Es una pasada. Y además la música la han compuesto ellas. Es alucinante, ¿verdad?

Emily asintió en silencio, aunque no tenía ni idea de lo que le estaba diciendo. Solo supo que con eso bastó para que Melody saliera dando brincos del aula.

—¿Por qué está tan emocionada esta vez? —preguntó el señor Wexler.

Emily tuvo que tragar saliva antes de hablar.

—Por las Go-Go's.

Él soltó una risa áspera.

—¿Está comparando a un grupo de chicas regordetas con los Stones? Por favor… Solo quieren hacerse notar para conocer chicos.

La semana anterior, Emily le habría creído a pies juntillas, quizá incluso se habría reído. Ahora, en cambio, preguntó:

—¿Los chicos no montan grupos para conocer chicas?

—Puede que esos melenudos a los que escuchas tú, sí —contestó el señor Wexler—. Los Stones son músicos de verdad. Tienen verdadero talento.

Emily juntó las manos. Había empezado a sudar otra vez. No tenía ningún plan. No podía hacerlo. Ella no era Colombo.

—¿Querías algo, Em? —El señor Wexler se metió en la boca un puñado de cóctel de frutos secos de la bolsa que tenía encima de la mesa—. Anoche cogí un buen pedo. Esta mañana casi no podía correr, era como si el suelo fuera de arenas movedizas. Tengo que prepararme para la clase.

—Yo… —Emily se acordó de lo que había dicho Queso.

Tenía que anotarlo todo. Pero no podía usar sus cuadernos de clase. Buscó dentro del bolso algo para escribir y apretó el pulsador para sacar la punta del bolígrafo. Miró al señor Wexler, pero no supo qué decir.

—¿Emily? Vamos, ¿qué pasa?

—Pues… —Ella se acobardó—. Ayer falté a clase. Necesito saber si tengo que hacer algún trabajo de recuperación.

Él se rio.

—Creo que no. Tienes un sobresaliente. No te preocupes.

—Pero…

—Emily, no me acuerdo de lo que hicimos ayer en clase, ¿vale? No anoté que faltabas. Por lo que a mí respecta, estuviste en clase. Date por contenta con eso.

Ella lo observó cuando se volvió y se puso a borrar la pizarra. Estaba en forma porque corría a diario, pero esa era su única disciplina. Tenía los pantalones arrugados y la camisa manchada de sudor en la zona de las axilas. No se había cepillado el pelo. Cuando se dio la vuelta, tenía los ojos enrojecidos porque no había usado el frasco de colirio que tenía sobre la mesa.

Las luces suaves del salpicadero. La canción en la radio. El roto del vestido verde de Ricky.

—¿Em? —Él apoyó las manos en la mesa—. ¿Se puede saber qué te pasa hoy? No te ofendas, pero tienes pinta de estar como yo, hecha una mierda.

—Yo… —Intentó recordar lo que había dicho Queso. Tomárselo con calma. No acusar directamente. Se sentó en un pupitre de la primera fila y trató de aparentar despreocupación—. ¿Se acuerda de cuando me recogió en casa de Nardo el mes pasado?

Él actuó al instante como si fuera a todas luces culpable. Entornó los ojos. Se acercó a la puerta y la cerró. Se volvió hacia ella.

—Creía haberte dicho que no íbamos a hablar de eso.

Emily apretó el bolígrafo contra el papel. Su mano empezó a moverse.

—¿Qué estás escribiendo? —le soltó el señor Wexler—. Santo Dios, ¿por qué estás…?

Ella se asustó cuando le arrancó el bolígrafo de la mano.

—¿Se puede saber qué está pasando? —le preguntó él.

—Usted… —Emily sintió que perdía el control. Aquello no debía suceder así. No podía encararse con él, acusarlo—. Mi abuela lo vio esa noche. Reconoció su coche.

Él se dejó caer en el pupitre contiguo. Parecía anonadado.

—Joder.

—Me…, me preguntó por eso anoche. Me preguntó qué hacía a esas horas en su coche, porque sabe que es profesor.

El señor Wexler apoyó la cabeza en las manos.

—¿Se lo ha dicho a tus padres? —preguntó con voz tensa.

Emily notó que tenía miedo, lo que significaba que la balanza de poder se había inclinado ligeramente hacia ella. Tenía que conseguir que siguiera sintiéndose vulnerable, así que respondió:

—Todavía no. Le pedí que no se lo dijera, pero…

El señor Wexler se recostó en el asiento.

—Tenemos que ponernos de acuerdo sobre qué decir, para cuando se lo cuente. Porque tú sabes que acabará por contárselo.

Emily solo pudo asentir con un gesto.

Y así, sin más, la balanza de poder volvió a decantarse hacia él.

—Muy bien. —El señor Wexler se volvió hacia ella y se apoyó en los codos—. ¿Qué vio tu abuela exactamente?

—Que yo… —Emily sabía que necesitaba trazar una estrategia, pero se quedó bloqueada—. Que me bajé de su coche, que era muy tarde y que se me veía disgustada.

Él asintió con la cabeza. Emily oyó un roce áspero cuando se rascó la mejilla sin afeitar.

—Vale, bueno, eso no es gran cosa.

Ella mantuvo la boca cerrada. Queso le había dicho que los culpables tenían tendencia a hablar. Tenía que esperar a que el señor Wexler hablase.

—Vale —repitió él, y cogió su bolígrafo y se lo devolvió—. Esto es lo que vamos a decirles.

Emily apoyó la punta del bolígrafo en una hoja en blanco.

—Nardo me llamó para pedirme ayuda. Tú estabas muy desquiciada. Estabais todos colocados. Fui a buscarte y te llevé a casa. Todo eso que pasó entre Clay y yo… —Hizo un gesto con la mano—. Olvídalo. Es nuestra palabra contra la suya y nadie va a creerle.

¿Clay?

—Te llevé a casa, nada más. Fin de la historia —concluyó el señor Wexler—. ¿De acuerdo?

—Pero… —Emily buscó la forma de sonsacarle más información—. No solo tenemos que preocuparnos por Clay, ¿no? Nardo y Blake también estaban. Y Ricky. Ricky estaba allí.

—Ricky estaba desmayada en el jardín delantero cuando llegué —respondió él—. Nardo y Blake no sé dónde estaban. ¿Pudieron vernos desde dentro de la casa? Hay ventanas que dan a la piscina, ¿no?

—Eh…, sí. Puede ser.

Emily se sintió como si se le llenase la boca de algodón. Ricky desmayada en el jardín delantero. Nardo y Blake dentro de la casa, en algún sitio. Clay y ella fuera, junto a la piscina. No estarían bañándose. La piscina estaba tapada con una lona y, de todos modos, el agua estaría muy fría. ¿Por qué estaban solos fuera? Eso tenía que significar algo.

—Muy bien, quedamos en eso. —El señor Wexler dio unos golpecitos en el cuaderno de Emily—. Anótalo, si eso te ayuda. Me llamaste porque estabas discutiendo con Clay. Fui a recogerte. Te llevé a casa. Punto y final.

Emily empezó a tomar nota, pero preguntó:

—¿Por qué discutí con Clay?

—Y yo qué cojones sé. Piensa en algo por lo que os hayáis peleado alguna vez y di que era eso. Estáis siempre tocándoos las narices unos a otros. —El señor Wexler se levantó—. Deberías irte a clase. No hables con ellos de esto, ¿vale? Ya sabes que se pondrán de parte de Clay, y no quiero que te quedes sin amigos por una tontería.

El algodón de su boca se convirtió en cemento. Antes le preocupaba perder a la camarilla, pero ahora sabía que esa posibilidad iba a hacerse realidad. Iban a abandonarla. Los amigos a los que se había aferrado, a los que conocía desde primero de primaria, la gente con la que llevaba diez años pasando el tiempo libre fuera del colegio la abandonaría cuando las cosas se pusieran feas.

Sobre todo, si Clay estaba implicado.

—Si tus padres te preguntan —dijo el señor Wexler—, cíñete a la historia y no pasará nada. Yo les diré lo mismo.

Emily miró su cuaderno. Había escrito una sola palabra: «Clay».

—Emily. —Él miró su reloj—. Vamos, vete a clase. No puedo firmaros más justificantes de retraso. El señor Lampert ya me ha dicho que algunos profesores se están quejando de que tengo favoritos. Seguro que ha sido Darla North. Esa gorda imbécil no puede tener la puta boca cerrada.

Emily cogió el cuaderno y el bolígrafo. Se puso de pie. Se acercó a la puerta.

Y luego se dio la vuelta.

—¿Señor Wexler? —dijo—. Solo una cosa más.

Él volvió a mirar su reloj.

—¿Qué pasa?

—Mi abuela… —Tenía que dejar de buscar estrategias, abrir la boca y hablar—. La noche que me llevó usted a casa, dice que yo tenía el vestido roto. Y que lo llevaba del revés.

El señor Wexler apretó la mandíbula con tanta fuerza que pareció como si le sobresaliera un trozo de cristal de la cara.

—Se fijó en eso cuando salí de su coche —añadió ella.

Él volvió a frotarse la mejilla áspera. Emily oyó el roce de la barba contra sus dedos.

Entonces dejó caer la maza.

—¿Qué le digo a mi padre cuando me pregunte por eso?

Al principio, él se quedó paralizado. Luego se movió tan deprisa que Emily no pudo reaccionar hasta que la estampó contra la pared, le tapó la boca con una mano sudorosa y la agarró por el cuello con la otra.

Sintiendo que se asfixiaba, Emily le arañó el dorso de la mano. Sus pies rozaban el suelo. La había levantado lo justo para que lo único que pudiera hacer ella fuera intentar tomar aire.

—Escúchame bien, putita. —El aliento le apestaba a café y *whisky*—. No le vas a decir nada a tu padre, nada. ¿Entendido?

Ella no podía responder, porque los dedos de Wexler se le clavaban en la garganta.

—Te recogí en casa de Nardo. Te estabas peleando con Clay por una gilipollez. Te llevé a casa. Eso es todo. —La apretó más fuerte—. ¿Entendido?

Emily no podía hablar. No podía moverse. Empezó a pestañear a toda prisa.

Él la soltó al instante. Emily cayó al suelo. Se llevó la mano al cuello magullado. Notó el latido de las arterias. Se le escaparon las lágrimas.

El señor Wexler se agachó delante de ella. La señaló con el dedo, a la cara.

—Dime lo que vas a decir.

—Que… —Emily tosió. La sangre le goteaba dentro de la garganta—. Que no fue usted.

—No fui yo —repitió él—. Nardo me llamó para que fuera a recogerte. Fui a su casa. Te estabas peleando con Clay. Te llevé en coche a casa. No te toqué, ni te rompí el vestido, ni…

Emily vio que entornaba los ojos y que dejaba de mirarla a la cara para pasar a mirarla despacio al vientre. Casi oyó sonar una campana dentro de la cabeza de Wexler.

—¡Joder! —exclamó él—. Estás embarazada.

Emily oyó resonar aquella palabra en el aula de bloques de hormigón. Nadie la había pronunciado en voz alta hasta entonces, ni siquiera el doctor Schroeder. Su padre había dicho «preñada». Y su madre la evitaba y hablaba con rodeos, como cuando alguien tenía cáncer.

—¡Joder! —El señor Wexler dio un puñetazo en la pared y luego gritó de dolor y se agarró la mano. Se había hecho sangre en los nudillos—. Joder.

—Señor Wex…

—Cállate la puta boca —siseó él—. ¡Dios! ¡Puta idiota! ¿Sabes lo que significa esto?

Emily intentó ponerse de pie, pero las piernas no la sostenían.

—Lo… lo siento.

—Ya lo creo que vas a sentirlo.

—Señor Wexler, yo… —Trató de calmarlo—. Dean, lo siento. No debería haber dicho nada. Es que… tengo miedo, ¿vale? Estoy muy asustada porque sé que pasó algo malo y no me acuerdo.

Él la miró fijamente, pero Emily no consiguió entender su expresión.

—Lo siento —repitió. Tenía la sensación de que iba a pasarse el resto de su vida diciendo esas dos palabras—. Mi abuela me vio bajarme de tu coche, así que pensé… pensé que a lo mejor tú…

Su voz se apagó.

El señor Wexler seguía sin reaccionar. Emily pensó que iban a quedarse así para siempre, pero entonces él salió de su trance y se puso en pie. Cruzó el aula con las piernas rígidas. Cuando se volvió, Emily vio que la sangre de los nudillos le había manchado la camisa.

—Tuve paperas de pequeño. —Él se examinó los dedos para ver si tenía algo roto—. Me produjo orquitis.

Emily lo miró extrañada. No entendía lo que decía.

—Búscalo en el diccionario, imbécil. —Él se sentó en su mesa—. Significa que no soy el puto padre.

5

Bible apartó la mirada de la banda de plata que la chica muerta llevaba sujeta al tobillo. Había sido fijada permanentemente.

—Es lo que dice la inscripción. ¿Quién es Alice Poulsen? —volvió a preguntarles.

Nardo miró a Wexler, que respondió:

—Es una voluntaria. No la conozco.

Bible se incorporó. Se notaba que estaba bastante enfadado.

—¿Voluntaria para qué, exactamente? ¿Para que la privaran de la alimentación básica y la anillaran como a un puto animal de laboratorio?

Nardo y Wexler se lo quedaron mirando como si esperaran que reformulara la pregunta.

—Muy bien. —Bible apretó los dientes—. ¿Cuántos voluntarios tiene trabajando aquí?

De nuevo, Nardo dejó que fuera Wexler quien respondiera.

—Diez, puede que quince o veinte en temporada alta.

—Diez, quince o veinte. Claro, con tanta gente no me extraña que se pierda. —Bible se volvió hacia Stilton—. Jefe, creo que dijo que la señorita Poulsen intentó suicidarse hace año y medio. Se cortó las venas, ¿verdad?

Stilton asintió.

—Así es.

—O sea, que llevaba todo ese tiempo viviendo aquí, en la granja. Puede que más. —Bible se giró para, a continuación, dirigirse a Wexler—: ¿Qué edad tenía?

—Edad suficiente —contestó Wexler—. Aquí solo aceptamos a mayores de edad. Tienen que enseñarnos el pasaporte o el carné de identidad.

—¿Y aun así no conoce a esta adulta en concreto, que llevaba año y medio viviendo y trabajando en su finca?

Wexler se quitó una hebra de tabaco de la lengua, pero no dijo nada.

Andrea sentía la tensión que atravesaba el triángulo formado por Bible, Stilton y Dean Wexler. Ninguno de los presentes miraba el cadáver que yacía en el suelo, pero era evidente que a dos de ellos les había afectado ver el cuerpo esquelético de la joven.

Bible había reaccionado con ira. Andrea, con profundo horror. Se sentía abrumada por la desolación que tenía ante sí. Aquella mujer tendría padres, o compañeros de clase, o amigos, o tal vez incluso hermanos. Y ahora estaba muerta.

Lo único que podía hacer era seguir las instrucciones de Bible. Fotografió el cuerpo arrasado de Alice Poulsen. Las mejillas hundidas. Los miembros espantosamente delgados. Los cardenales de huellas de dedos que circundaban las muñecas. Las «ballenas» de la caja torácica, que sobresalían como las costillas de un animal en descomposición. Decir que la joven estaba desnutrida era decir solo una verdad a medias. Tenía en los codos y los huesos de las caderas heridas abiertas que parecían escaras. Mechones de su cabello habían caído al suelo como las barbas de un tallo de maíz. Tenía las uñas deformadas por los ácidos gástricos, evidentemente de provocarse el vómito.

¿Se había sometido de forma voluntaria a aquella tortura?

Andrea enfocó el frasco de pastillas. Le habían quitado la etiqueta. El tapón estaba abierto. Le temblaban las manos cuando hizo las últimas fotos a la tobillera, que bien podía haber sido un grillete. Se secó las manos en los pantalones cortos al incorporarse. Todo aquello era horrendo. A aquella chica la habían matado de hambre hasta convertirla en un esqueleto y la habían anillado como a una res. Aunque Alice Poulsen se hubiera suicidado, alguien la había empujado a ese final.

Miró a Nardo. Andrea sabía instintivamente que era el más sádico de los dos.

—¿Quién le soldó eso al tobillo? Porque ella misma no fue.

—Espera un momento, chica —dijo Wexler—. Nosotros no sabemos nada de eso.

Andrea se reprimió para no soltar los exabruptos que se le vinieron a la boca. Wexler no se había sorprendido al ver la tobillera, y estaba claro que sabía quién era la chica. Alice llevaba más de un año viviendo en su finca. Nada de aquello había sucedido sin el conocimiento y la aprobación de Wexler.

Andrea se puso tan furiosa que empezó a temblar. La chica apenas había salido del instituto. Había ido allí a trabajar como voluntaria y se marcharía dentro de una bolsa negra.

Señaló el cadáver.

—Está en los huesos. ¿Cómo han podido dejar que llegara a ese punto? Tienen que haberla visto. Debía de parecer un cadáver andante.

Wexler se encogió de hombros.

—No es asunto mío.

Andrea repitió la pregunta que ya había formulado Bible:

—¿Quién es Alice Poulsen?

—No lo sé. —Wexler volvió a encogerse de hombros—. Nos llegaron un par de chicas de Dinamarca el año pasado. Puede que sea una de ellas.

Naturalmente, sabía de dónde era.

—¿Quién es la otra? Ha dicho un par, o sea dos, ¿no?

Wexler se encogió de hombros una vez más.

—Ya les he dicho que casi no las conozco.

—Muy bien. —Bible volvió a la carga—. Entonces, ¿quién las conoce? ¿Quién dejó que se pusiera así y no dijo nada?

Hubo un silencio. Luego, otro encogimiento de hombros exasperante.

Andrea se dio cuenta de que el corazón le latía tan fuerte que lo sentía en la boca. Separó los labios. Respiró hondo. Intentó dominar las emociones que zumbaban dentro de su cuerpo y la atravesaban.

En la academia había aprendido que el estrés y la ira podían alterar la percepción. Se obligó a refrenar su furia y a concentrarse en lo que estaba ocurriendo delante de ella. Los tres policías de uniforme estaban atentos a la conversación, pero no se habían puesto en guardia. Su jefe no les había dado ninguna indicación. Stilton parecía tener contraídos todos los músculos del cuerpo. Nardo, por su parte, se había alejado unos pasos de Wexler. Andrea no sabía si intentaba poner distancia entre ellos o acercarse disimuladamente a la camioneta.

Ella no disimuló. Se acercó a la camioneta en un par de rápidas zancadas para dejarle claro que lo sacaría a rastras si intentaba montar en la cabina.

—¿Llevas pistola, flaco? —Bible hablaba con Nardo, pero miraba a Andrea.

Ella sintió que un goterón de sudor le corría por la nuca. No se había percatado de que el holgado mono que llevaba Nardo estaba arreglado de modo que dejara sitio para una pistolera a la altura de los riñones. Solo ahora advirtió la silueta de lo que probablemente era una pistola corta, de nueve milímetros de calibre. Estaba tan enfadada que había olvidado buscar armas, lo primero que había que buscar. Los Estados Unidos tenían unos trescientos treinta millones de habitantes y casi cuatrocientos millones de armas de fuego. La mayoría de las veces, solo se podía distinguir a los buenos de los malos cuando los malos empezaban a disparar.

—Tengo permiso de armas —contestó Nardo—. Pero eso no es asunto tuyo.

—Claro, claro. —Bible dio una palmada. Había conseguido refrenar su ira mejor que Andrea—. Caballeros, creo que debemos ir a la casa a mantener una conversación.

—Yo no —dijo Nardo—. Yo no hablo con la pasma sin que haya un abogado presente.

Andrea podría haber predicho su respuesta, que coincidía casi exactamente con la declaración que había redactado cuarenta años antes.

Estamos a 18 de abril de 1982 y yo, Bernard Aston Fontaine, no hablo con la pasma si no está mi abogado.

—No me extraña, amigo. Mi mujer, Cussy, siempre dice que odia hablar con la policía. Jefe, ¿qué le parece si subimos todos a su coche patrulla y nos vamos con la música a otra parte?

—Yo no —dijo Wexler—. Si quieren hablar, pueden seguirme hasta la casa. Yo voy en mi camioneta.

—Voy con usted —respondió Andrea.

Sin esperar a que Wexler le diera su aprobación, rodeó la camioneta y abrió la puerta. Tuvo que impulsarse hacia arriba para llegar hasta la cabina. Al instante tuvo la impresión de que el porro que había en el cenicero no era el primero que se fumaba en la vieja Ford. Todo estaba impregnado de marihuana. Procuró no distraerse. No iba a cometer el mismo error dos veces. Se inclinó para asegurarse de que no había un rifle asomando por debajo del asiento. Buscó armas en los huecos de las puertas. Abrió la guantera.

Wexler se sentó al volante y cerró de un portazo.

—¿Tiene una orden para registrar mi vehículo?

—Tengo una causa justificada —contestó ella—. Su compañero porta un arma oculta. He revisado su vehículo en busca de armas para garantizar mi seguridad.

Él gruñó despectivamente mientras ponía en marcha el motor. Andrea tiró del cinturón de seguridad, pero estaba atascado. Wexler ni siquiera hizo amago de ponérselo. Empujó la palanca de cambios con el pulpejo de la mano. El estruendo del viejo motor hizo vibrar el asiento corrido. Las ruedas avanzaron despacio por entre las hileras bien cuidadas. Tendrían que llegar hasta el final del campo y dar la vuelta para no aplastar las matas.

Andrea miró a su alrededor y vio que no había trabajadores cosechando o cuidando las matas, o lo que fuera que tuvieran que hacer con las judías. Desconocía cómo funcionaba una explotación agrícola, pero sabía que el control de personas siempre era problemático cuando se analizaba la posible escena de un crimen. Lo lógico habría sido que los quince o veinte voluntarios rondasen por allí, teniendo en cuenta que una de sus compañeras yacía muerta a escasa distancia de donde, al parecer, vivían todos.

A no ser que alguien les hubiera dicho que no se dejaran ver.

—¿Quién está a cargo de los voluntarios? —preguntó Andrea—. ¿Nardo?

Wexler se mordisqueó el interior de la boca en silencio. La aguja del velocímetro marcaba menos de diez kilómetros por hora. Andrea supuso que conducía como un señor mayor porque eso era, a fin de cuentas. A ese ritmo, tardarían unos minutos en llegar a la granja. Eso le daba algo de tiempo para hacerle hablar. El truco del termómetro seguía sin servir. Era evidente que a Dean Wexler no le inquietaba lo más mínimo que hubiera fallecido una joven en sus tierras. Estaba acostumbrado a dirigir su granja como le venía en gana, no a responder preguntas, y menos aún si quien las formulaba era una mujer.

Andrea empezó con algo fácil.

—¿Cuánto hace que vive aquí, señor Wexler?

—Bastante.

Wexler mantuvo la vista fija al frente mientras la camioneta avanzaba. Andrea estaba intentando dar con otra pregunta suave que lanzarle cuando él la sorprendió con un comentario de su cosecha.

—Supongo que esa zorra de la jueza te habló de mí anoche.

Ella no dijo nada.

—Llegaste ayer por la tarde. Comiste en la cafetería. Has pasado la noche en casa de la jueza y has dormido en el motel. —Los labios de Dean se torcieron en algo parecido a una mueca de placer. Creía que iba a hacerla retorcerse de inquietud—. Este es un pueblo pequeño, guapa. Todo el mundo está al tanto de la vida de los demás.

Andrea lo miró con fijeza.

—No me diga.

—Voy a decirte otra cosa más —dijo él—. Estáis aquí para vigilar a la jueza, lo que significa que alguien se ha hartado por fin de su santurronería de mierda.

—Usted parece bastante harto de ella.

—Si estáis intentando averiguar quién la ha amenazado, yo soy el seiscientos de vuestra lista. —Le lanzó a Andrea una mirada sagaz—. Y Nardo está aún más abajo. Nunca le ha importado una mierda esa familia. Y menos aún… como coño se llamase la chica. Joder, ni siquiera me acuerdo de cómo se llamaba.

—Emily —dijo Andrea—. Emily Vaughn.

Wexler soltó un gruñido. Habían llegado al final del campo. Viró lentamente pasados los árboles y luego alineó los neumáticos con las hileras de matas.

Pero, en vez de seguir adelante, frenó en seco.

Andrea dejó escapar un grito ahogado. Solo su rapidez de reflejos impidió que se golpeara la cara contra el salpicadero metálico. Wexler se rio con un dejo siniestro. Asustar a Andrea no había sido su único objetivo. Pretendía que se hiciera daño. Pero no había forma de acusarlo sin reconocer que había conseguido alterarla. Andrea solo pudo quedarse sentada en silencio mientras la camioneta reanudaba lentamente su marcha hacia la casa.

Wexler seguía sonriendo cuando se sacó del bolsillo el paquete de tabaco de liar. Sujetó el volante con las rodillas mientras liaba otro cigarrillo. Se estaban acercando a la carpa policial. Alguien había vuelto a tapar el cadáver con la sábana. Wexler ni siquiera giró la cabeza cuando pasaron al lado. Tampoco se inmutó cuando un fuerte golpe anunció que Nardo se había subido de un salto a la trasera de la camioneta.

Nardo le guiñó un ojo a Andrea al abrir la ventanilla corredera que los separaba. Luego simuló una pistola con la mano y, apuntándola, hizo como que apretaba el gatillo.

Andrea miró hacia la casa. Faltaban aún un par de minutos para que llegasen a su destino. Dado que las ventanas estaban abiertas, Nardo seguramente alcanzaba a oír todo lo que decían. Andrea no creía que fuera casualidad que Wexler hubiera intentado asustarla momentos después de que ella pronunciara el nombre de Emily Vaughn. No podía permitir que la distrajera.

—Nunca se ha descubierto de manera concluyente quién es el padre de la hija de Emily —comentó.

—Se llama Judith, y no fui yo, cariño —respondió el hombre que, según decía, no recordaba nada. Luego encendió el cigarrillo con una caja de cerillas y volvió a agarrar el volante con las manos—. Ni la propia Emily sabía quién la había dejado preñada. ¿Eso no te lo ha dicho la jueza? La chavala no tenía ni puta idea.

Andrea se esforzó por mantener una expresión neutra. Sabía que era un secreto, pero no un secreto que desconociera la propia Emily.

—La muy puta se puso ciega en una fiesta y se despertó embarazada. Por lo que sé, todos los tíos que andaban por allí se lo montaron con ella. —Sonrió al ver la expresión horrorizada de Andrea—. A Emily le iba la marcha. De sobra sabía ella lo que iba a pasar. Qué coño, seguramente quería que pasara. Sus padres la convirtieron en un puto ángel cuando se murió. Pero nadie quería hablar de que Emily Vaughn se tiraba a todo lo que se movía.

Andrea se sintió como si le hubiera dado un puñetazo en la cara. Lo que estaba describiendo era una violación. El que Emily estuviera drogada era irrelevante si no había sido capaz de dar su consentimiento.

Wexler parecía satisfecho mientras fumaba su cigarrillo. Estaba claro que eso era lo que hacía que se levantara de la cama por las mañanas: la posibilidad de putear a alguna mujer.

Andrea intentó desesperadamente llevar a la práctica lo que le habían enseñado. Acababa de enterarse de algo chocante, pero no podía escandalizarse cuando hablaba con un sospechoso. Tenía que guardarse sus emociones cuando hacía su trabajo, y afrontar más adelante los efectos secundarios.

—Imagino que sería sencillo obtener ADN de la hija de Emily —le dijo a Dean—. No estamos en 1982. Es fácil hacer una prueba de paternidad.

—Yo disparo sin bala, muñeca. —Wexler volvió a exhibir aquella sonrisa desagradable—. Me absolvieron hace cuarenta años. Preguntádselo a Queso. Su papi fue el que investigó el asunto. Si es que a eso se le puede llamar investigar. Todos sabíamos quién había sido. Y el muy burro no consiguió encerrarlo antes de que se largara del pueblo.

—Clayton Morrow —dijo Andrea.

—Exacto. —Wexler echó el humo por la nariz—. O sea, que yo, no.

Cambió a segunda cuando salieron del campo. La aguja del velocímetro pasó de quince. Se hallaban en una explanada, a unos cincuenta metros de la casa. La hierba y la maleza competían por la luz del sol. Había cobertizos, gallinas y cabras.

Andrea hizo caso omiso de todo aquello. No podía permitir que Dean Wexler creyera que había dicho la última palabra. Lanzó una conjetura basada en sus búsquedas en internet.

—Puede que no sea el padre, pero aun así perdió su trabajo por ello.

Wexler no se alteró lo más mínimo.

—Que me echaran de esa mierda de instituto fue lo mejor que me ha pasado en la vida.

Por primera vez, Andrea sintió que estaba diciendo la pura verdad.

—Así es como yo me imagino el cielo. —Wexler extendió las manos, abarcando con un gesto la finca—. Puedo salir al campo y trabajar la tierra si me apetece, o puedo columpiarme en mi hamaca y fumarme un porro. Tengo comida y techo y todo el dinero que necesito. Hace cuarenta años, salir de ese instituto me hizo libre.

—Y aun así encontró la manera de volver a rodearse de jovencitas vulnerables.

Wexler pisó el freno bruscamente.

La cabeza de Andrea osciló hacia delante. De nuevo, sus reflejos fueron lo que la salvó. Nardo no tuvo esa suerte. Su hombro chocó contra la ventanilla trasera con tanta fuerza que Andrea sintió en los dientes la vibración del golpe.

—¡Joder, Dean! —Nardo dio un puñetazo en el cristal, aunque se estaba riendo—. ¿Qué coño haces, tío?

A Andrea le latía de nuevo el corazón en la boca. Esta vez, no podía dejarlo pasar.

—Señor Wexler, si vuelve a intentar algo así, le reduciré.

Él soltó una carcajada.

—Echo mojones más grandes que tú, niñita.

—Pues debería ir a que le hagan una colonoscopia. —Andrea echó mano del tirador de la puerta—. Quizá el médico pueda sacarle la cabeza del culo.

Todo sucedió muy deprisa, pero, por una fracción de segundo, por un instante fugaz, el cerebro de Andrea consiguió ralentizar la secuencia de los hechos.

Nardo se rio en la trasera de la camioneta.

Andrea sintió un dolor repentino y agudo que le electrizaba el brazo.

Miró hacia abajo.

Dean le aferraba la muñeca con tanta fuerza que su nervio cubital parecía arder.

Para poder graduarse, los cadetes del USMS tenían que practicar entre dos y ocho horas diarias de entrenamiento táctico, *jiu jitsu* brasileño y combate cuerpo a cuerpo. No se trataba de un curso teórico con libros de texto y exámenes sorpresa. Eran ejercicios prácticos de combate en un foso de arena infestado de pulgas, a diario —a menudo, dos veces al día—, bajo la lluvia torrencial o el calor abrasador y tropical de Brunswick, en el sur de Georgia.

A veces, los instructores te mojaban con una manguera de incendios para hacerlo más interesante.

Por razones obvias —o quizá para que se cagaran de miedo—, siempre había una ambulancia cerca. No era raro tener que abandonar el curso por alguna lesión. No podías elegir a tu compañero de combate. No era así como funcionaba en la vida real y, por tanto, tampoco en los entrenamientos. Las mujeres no luchaban solo con mujeres, y los hombres con hombres. Todos luchaban contra todos, lo que significaba que Andrea a veces tenía que ganarle la partida a Paisley Spenser y a veces tenía que enfrentarse a un cadete de un metro noventa cuyo cuerpo parecía tallado en un bloque de granito.

Había descubierto enseguida que el principal inconveniente de ser un gigantesco bloque de granito era que se necesitaba una enorme cantidad de fuerza física para dar un puñetazo o una patada. Un tipo de ese tamaño podía romperle la columna vertebral a alguien de un golpe, claro, pero asestar el golpe requería muchísimo más tiempo cuando había que activar tal cantidad de músculo.

Ella no tenía ese problema. Era rápida e implacable, y no le importaba jugar sucio.

Por eso sucedió todo tan deprisa dentro de la vieja camioneta Ford de Dean Wexler.

Le agarró la muñeca con la mano derecha, apoyando el pulgar en la base de la palma y los dedos en el dorso de la mano de Wexler. Acto seguido, le retorció el brazo hacia atrás, le bajó bruscamente el codo y lo estampó de bruces contra el volante, ejecutando a la perfección una llave de muñeca.

Ni siquiera la propia Andrea se dio cuenta de lo que estaba ocurriendo hasta que se puso de rodillas y descargó todo el peso del cuerpo sobre la espalda de Wexler.

—Joder —dijo Nardo—. Qué paliza acaba de darte la niñita, tío.

Wexler gruñía, pero esta vez de dolor.

—Voy a soltarle —le dijo Andrea—. No vuelva a ponerme a prueba.

Lentamente, soltó a Wexler y se apartó, con las manos listas para inmovilizarlo de nuevo si hacía alguna estupidez. Pero Dean Wexler no iba a hacer ninguna estupidez. Abrió la puerta de un empujón murmurando:

—Hija de puta.

Andrea salió de la camioneta, pero mantuvo las distancias, dejándole algo de espacio a Wexler. Este se movía como conducía: lentamente, con las articulaciones rígidas por la artritis. Andrea se encontró con que empezó a cuestionarse su propia reacción. ¿Había sido demasiado enérgica? ¿Habría otra forma de reducir la tensión? ¿La había convertido su primer altercado en el mundo real en uno de esos agentes de policía odiosos que abusaban de su autoridad?

—Muy bien hecho, tía. —Nardo estaba apoyado en la parte trasera del camión. Sacó un cigarrillo de su paquete de Camel y le ofreció uno a Andrea.

Ella lo rechazó con un gesto. Todavía apretaba los puños con fuerza y tenía el corazón acelerado. Se recordó a sí misma que la habían entrenado para aquello. La primera vez, lo había dejado pasar. Después, le había dado un aviso. Wexler la había provocado al agarrarla por la muñeca. Ella había reaccionado. Y, lo que era más importante, había soltado de inmediato a Wexler cuando él se había dado por vencido.

—Seguro que podrías ganar mucha pasta dedicándote a la lucha profesional —se rio Nardo, y tosió al echar el humo—. ¿No te gustaría luchar en una piscina llena de gelatina?

Andrea disipó el humo agitando la mano. Nardo apestaba a cerveza rancia y rencor.

—Conocí a su mujer en la cafetería. ¿Qué opina ella de que ande por aquí con todas esas jovencitas?

—Mi exmujer, gracias a Dios. —Dio una larga calada al cigarrillo—. Y eso tendrías que preguntárselo a ella.

—¿Qué ha sido de su hermano? —se aventuró a preguntar Andrea.

—Murió, el pobrecito.

Andrea sintió que se le cortaba la respiración. Según su propia declaración como testigo, Eric Blakely había sido la última persona de la pandilla de Emily que había hablado con ella antes de la agresión.

Aproximadamente a las seis de la tarde del 17 de abril de 1982, yo, Eric Alan Blakely, presencié cómo Emily Vaughn se dirigía hacia Beach Drive desde las inmediaciones del gimnasio. No me fijé en cómo iba vestida porque no me interesaba. Tampoco me fijé en si estaba colocada o borracha, aunque las dos cosas me parecen probables teniendo en cuenta su historial. Intentó hablar conmigo, pero no le presté atención. Entonces empezó a gritar improperios, lo que hizo que intentara calmarla. Me insultó y se fue hacia el callejón. Yo me fui hacia el gimnasio, como ya les han dicho mis otros compañeros de clase. Sinceramente, el altercado me dejó mal sabor de boca, así que decidí irme a casa, y estuve viendo películas de vídeo con mi hermana, Erica Blakely. No sé quién es el padre del bebé de Emily. Yo llevaba un esmoquin negro esa noche, como todos. Juro, so pena de incurrir en perjurio, que el contenido de mi declaración es verdadero.

Nardo dio otra calada al cigarrillo.

—Estar muerto es un poco como ser tonto, ¿no? Fácil para uno, pero difícil para la gente que te rodea.

Lo único que pudo hacer Andrea fue quedárselo mirando. Él esperaba de veras que se riera.

—En fin… —Le hizo una mueca a través del humo—. Sabes, estarías muy buena si perdieras unos kilitos. Te alojas en el motel, ¿no?

Andrea recitó la única oración que Laura le había enseñado.

—Dios mío, concédeme el aplomo de un hombre blanco mediocre.

—Muy bien. —Nardo pareció impresionado—. Vosotras, las sureñas, sí que sabéis reventar pelotas.

—¿Igual que le reventaron la cara a Emily Vaughn con un madero, quieres decir?

Nardo exhibió su sonrisa desdeñosa de costumbre.

—Bollera.

Andrea supuso que su generación creía que eso era un insulto. Lo vio alejarse hacia el granero, hecho una furia. Esperó a que entrara para respirar hondo y exhalar lentamente.

Se miró la mano izquierda. Le palpitaba la muñeca que Wexler le había agarrado. Le saldría un moratón, probablemente muy parecido al que había visto en la muñeca de Alice Poulsen.

Respiró hondo otra vez. Debía concentrarse en el delito que tenía delante. Bible y ella no estaban en la granja por lo que hubiera sucedido con Dean Wexler, Nardo Fontaine y Emily Vaughn en el pasado. Otra joven había perdido la vida hacía solo unas horas. Yacía en el campo de cultivo bajo una sábana blanca mientras a su alrededor unos cuantos policías miraban sus teléfonos móviles o se metían las manos en los bolsillos.

La propia Andrea había documentado con su teléfono los estragos que la vida cotidiana de Alice Poulsen había dejado en su cuerpo. A miles de kilómetros de distancia, los padres de la chica probablemente debían de pensar que su hija estaba viviendo una aventura en los Estados Unidos. Pronto alguien llamaría a su puerta para sacarlos de su error. Querrían saber qué le había pasado a su niña. Si obtenían alguna respuesta, quizá fuera únicamente gracias a Bible y a ella.

Analizar, comprender, informar.

Observó su entorno. Al igual que el granero y los tres edificios anexos, la casa de labor, de una sola planta, estaba pintada con los colores del arcoíris. En el porche colgaban serpentinas y alguien había colocado velas en las ventanas. Había un corral lleno de gallinas orondas. Tres cabras pastaban bajo un hermoso sauce. Había carretillas y aperos de labranza junto al granero multicolor, dentro del cual había un tractor que seguramente costara más que un Lamborghini. A lo lejos, varios silos iban a parar a lo que supuso que era el almacén por el letrero que había fuera («LAS HABICHUELAS MÁGICAS DE DEAN»). El logotipo era de color azul zafiro y aguamarina, igual que las piedras de la tobillera de Alice Poulsen.

—Puto gilipollas —masculló.

Dean Wexler sabía perfectamente quién era aquella chica.

Al oír crujir la grava, apartó la mirada del letrero. El coche patrulla del jefe Stilton se acercaba despacio por el camino. No se habían dado prisa, seguramente para que Andrea pudiera trabajarse a Dean Wexler. Bible había vuelto a lanzarla a la piscina. El jurado aún tenía que decidir si había conseguido nadar un par de largos o apenas mantenerse a flote.

El coche giró con brusquedad en una curva. Andrea vio a lo lejos dos barracones metálicos de poca altura. La pintura festiva acababa en el camino de grava. Los barracones de chapa estaban oscurecidos por manchas de óxido. Tenían el tejado cubierto de hojas. En la puerta del más grande se leía «DORMITORIO». En el más pequeño ponía «COMEDOR». Las ventanas de ambos estaban abiertas para combatir el calor que se avecinaba.

Andrea, que se había criado en el sur, tuvo que recordarse que allí, en Delaware, no era cruel ni raro prescindir del aire acondicionado. Sí lo era, en cambio, que hubiera cinco retretes portátiles azules colocados en fila a unos diez metros del comedor.

La granja parecía lo bastante próspera como para tener sistema de alcantarillado. Sobre todo, teniendo en cuenta que la mano de obra parecía provenir de voluntarios, lo que seguramente —supuso Andrea— era un eufemismo para referirse al trabajo no remunerado. Había leído lo suyo acerca de las prácticas en empresas y podía imaginarse el anuncio que promocionase aquella «experiencia vivencial» en el sector de la agricultura ecológica: alojamiento y wifi gratis. Las fotos que lo acompañarían no debían de mostrar el tosco dormitorio. Realzarían, en cambio, los edificios multicolores.

Como dato de interés, la casa sí tenía aire acondicionado.

El coche del jefe Stilton aparcó detrás de la camioneta Ford azul. Si Stilton y Bible habían mantenido una conversación profunda durante el trayecto, ninguno de los dos parecía alegrarse de ello. Stilton cerró la puerta del coche casi con tanta violencia como la había cerrado Wexler.

Andrea se apartó cuando él pasó por su lado, camino de la casa.

—No sé qué le pasa al jefe Queso —comentó Bible—. ¿Cómo está el viejo?

—Cabreado —contestó ella—. Me ha agarrado de la muñeca y le he puesto la cara contra el volante.

—Muy bien hecho. —Bible parecía hablar muy en serio—. Regla número uno de los *marshals*: nunca dejes que nadie te ponga la mano encima.

Andrea se alegró de que la apoyara. Aun así, dijo:

—Complicará las cosas cuando intentemos que nos cuente algo sobre Alice Poulsen.

—Por lo que a mí respecta, eso no tiene ninguna importancia. —Bible volvió a mirar hacia la casa—. No sé tú, compañera, pero yo me arrepiento de haber venido así vestido.

—Lo mismo digo.

Al menos él llevaba una camiseta con el emblema del cuerpo encima de los pantalones cortos de correr. Su camiseta de pijama de color lavanda, en cambio, tenía unas cuantas zetas como de tebeo flotando alrededor del cuello.

La puerta mosquitera se abrió.

—¡No tengo todo el puto día! —gritó Wexler.

—Esto se pone cada vez más interesante —comentó Bible.

Andrea había echado a andar tras él por el camino cuando vio que dos mujeres salían del granero. Iban en dirección al barracón, con paso lento y comedido. Llevaban ambas un vestido largo de color amarillo, sin mangas, idéntico al que le había servido a Alice Poulsen para descansar la cabeza. No era el único parecido. También iban descalzas. El cabello oscuro y enredado les llegaba casi hasta la cintura. Estaban tan delgadas que sus brazos y piernas parecían cordeles que colgaban del vestido. Cualquiera de las dos podría haber pasado por gemela de Alice Poulsen.

Ambas llevaban una banda plateada ceñida al tobillo izquierdo.

—¿Oliver? —Bible sostenía la puerta abierta.

Andrea vio a Dean Wexler y al jefe Stilton de pie, dentro de la casa. No se miraban, pero la hostilidad que había entre ellos era como una tercera persona. Estaba claro que tenían una larga historia detrás. La gente hablaba siempre de lo encantadores que eran los pueblos pequeños, pero lo cierto era que casi en cada esquina acechaba una rencilla familiar.

Andrea agarró la puerta antes de que se cerrara de golpe. Esperaba encontrar una casa deprimente y sucia, y se llevó una sorpresa al ver lo luminosa y moderna que era. La cocina y el salón diáfanos estaban pintados en suaves variaciones de blanco y gris. El sofá de cuero y el sillón a juego eran negros. Los electrodomésticos de la cocina no solo eran de acero inoxidable, sino Sub-Zero & Wolf, y probablemente costaban lo que ella ganaba en un año. Todo el color se había reservado para el suelo. Cada una de sus anchas tablas representaba una de las doce tonalidades del círculo cromático. Conejos, zorros y pájaros se arremolinaban en dibujos que se repetían aquí y allá.

En aquel maldito pueblo todo el mundo era artista.

—Señor Wexler —dijo Bible—, gracias por hablar con nosotros.

Wexler se cruzó de brazos.

—¿Esa zorra le ha dicho lo que me ha hecho?

—Mi compañera me ha dicho que ha intentado usted agredir a una agente federal —repuso Bible—. Así que ¿prefiere que lo detenga, o que nos sentemos a charlar como habíamos planeado?

Se hizo un momento de silencio mientras Wexler sopesaba sus opciones. Le salvó de responder el que apareciera una mujer por el pasillo. Evidentemente, no les había oído entrar. Estaba recogiéndose el pelo. Se quedó inmóvil al verlos, sorprendida por que hubiera extraños en la habitación.

Andrea se sobresaltó al verla.

Era mayor que las otras. Aparentaba unos veintitantos años y llevaba el mismo vestido amarillo. Tenía el mismo pelo largo y oscuro. Los mismos pies descalzos. La misma delgadez sobrecogedora. Se le adivinaba el contorno del cráneo bajo la piel y sus ojos eran dos orbes redondos que se apretaban contra los párpados amoratados. La banda que le ceñía el tobillo estaba tan apretada que tenía la piel en carne viva.

—¿Dean? —preguntó con voz trémula por el miedo.

—No pasa nada, Star. —Wexler rebajó en parte la aspereza de su tono—. Sigue trabajando. Esto no tiene nada que ver contigo.

Star no pidió explicaciones. No miró a nadie ni habló con nadie. Se limitó a entrar lentamente en la cocina. Con movimientos robóticos, alargó la mano para abrir la puerta de un armario. Andrea se dio cuenta de que hacía una breve pausa después de cada gesto. Sacaba la harina y se paraba. La dejaba en la encimera y se paraba. Sacaba el azúcar granulado y se paraba. Lo dejaba y se paraba. Sacaba a continuación la levadura y se paraba.

—¿Dean? —Stilton se desabrochó el bolsillo de la camisa y sacó su libreta y su bolígrafo—. ¿Empezamos o qué?

—Siéntense —dijo Wexler—. Acabemos con esto de una vez.

Solo quedaban el sofá y el sillón. Bible y Stilton eran dos tipos grandes y resultaba evidente que Wexler iba a ocupar el sillón. Andrea les ahorró cualquier tentativa de caballerosidad. Se dirigió a la cocina y se sentó en el taburete de cuero que había bajo la isla. Oía a Star trajinando detrás de ella, pero no se volvió ni se dio por enterada de su presencia. Dedujo por cómo la miraba Wexler que eso era exactamente lo que este quería.

—Muy bien. —Bible le hizo una seña a Stilton con la cabeza mientras se sentaba cada uno en un extremo del sofá. Estaba claro que ya habían acordado quién iba a llevar la voz cantante—. ¿Jefe?

—Dean, háblame de esa pobre chica del campo —dijo Stilton.

Andrea oyó a su espalda el ruido de un vaso al caer pesadamente sobre la encimera.

—Ya te he dicho todo lo que sé —contestó Wexler—. Y ni siquiera es lo que sé, porque ya te he dicho que no recuerdo ni cómo se llamaba.

—Alice Poulsen —dijo Bible.

Star dejó de moverse. Andrea sentía cómo aumentaba la tensión detrás de ella, pero siguió sin darse la vuelta.

—Ese parece ser el nombre de la víctima —agregó Bible—. Alice Poulsen.

—¿Víctima? —Wexler soltó su gruñido de desdén característico—. Se ha suicidado. Eso no tiene nada que ver conmigo.

—¿Y el estado en que se encontraba? —Bible era consciente de que Star se hallaba en el mismo estado—. ¿Qué me dice de eso?

—¿Qué estado? Era una joven preciosa, hasta donde yo he podido ver. —Wexler enseñó los dientes—. Son todas adultas. Pueden hacer lo que quieran. Yo ni siquiera soy su patrón. No tengo ni idea de lo que hacen los voluntarios en su tiempo libre.

Bible cambió de enfoque.

—¿Cómo funciona el sistema de voluntariado? Supongo que tienen una página web o algo así.

Wexler pareció sopesar si respondía o no. Finalmente, asintió.

—Nos llegan solicitudes a través de la página web. La mayoría, del extranjero. En los Estados Unidos, los jóvenes de la generación X-Y-Z, o como se llamen, son demasiado vagos para este tipo de trabajo.

—Le entiendo muy bien —dijo Bible—. Habrá sido duro levantar desde cero un sitio como este.

—Heredé algún dinero de un pariente lejano y lo invertí en comprar la finca. —Wexler se frotó la boca con los dedos. De vez en cuando miraba con nerviosismo a Star—. De hecho, fui yo quien fundó el movimiento orgánico-hidropónico aquí, en Delaware. Desde el principio hemos usado la actividad microbiana para generar nutrientes. Eso no lo hacía nadie, ni siquiera en la Costa Oeste.

—«Hidropónico». —Bible pareció dejar que la palabra reposara en su boca. Trataba de que Wexler bajase la guardia—. Pensaba que para eso hacía falta agua y…

—Sí, al principio. Gracias al calentamiento global, podemos cultivar en los campos. Qué coño, dentro de diez años probablemente podremos cultivar naranjas. —Agarró los brazos del sillón y dejó de mirar a Star—. Cuando yo empecé, todo el pueblo pensaba que estaba loco. Decían que no conseguiría que prosperasen las judías y que no encontraría los trabajadores necesarios para sacar adelante el negocio. Tardé veinte años en conseguir verdaderos beneficios. Y fíjate ahora.

Andrea advirtió que había dejado de rezongar. Dean Wexler parecía mucho más elocuente cuando hablaba de lo listo que era.

—Alice puede que viniera de Dinamarca, ¿no? —preguntó Bible.

—Probablemente, pero ya les he dicho que no lo sé. Europa siempre ha ido muy por delante de nosotros en cuestiones medioambientales. Sobre todo, los países escandinavos. —Wexler se inclinó hacia delante y apoyó los codos en las rodillas—. Yo empecé en los años ochenta. Que era casi como la Edad de Piedra. Carter tenía sus defectos, pero comprendió que el medio ambiente estaba en peligro. Pidió sacrificios a los estadounidenses y, como de costumbre, ellos eligieron el televisor en color y el microondas.

—Veo que no tienen televisión aquí —comentó Bible.

—Pasto para cebar a las masas.

—En eso tiene razón. —Bible se dio una palmada en la rodilla. Qué bien se le daba aquello—. Bien, las judías... ¿Son habas? Yo creía que tenían algún tipo de toxina.

—Sí. La fitohemaglutinina es una lectina natural. —Wexler hizo una pausa, pero solo para tomar aire—. Las habas presentan bajas concentraciones de la toxina. Lo que se hace es hervirlas durante diez minutos. Pero ahí es donde el proceso se pone interesante.

Andrea esperó a que Dean Wexler iniciara su explicación. Sacó su iPhone. Quería una foto de Star. La chica debía de tener padres en alguna parte. Querrían saber que seguía viva.

—En estado salvaje —continuó Wexler—, tienen el tamaño aproximado de una uña, son demasiado pequeñas para el mercado de consumo.

Andrea se preguntó cómo podría localizar a los padres de Star. Y si serviría de algo. Aquella mujer estaba en una habitación con tres agentes de policía. Si quería ayuda, solo tenía que abrir la boca.

A no ser que tuviera demasiado miedo.

—El favismo es un error metabólico congénito —añadió Wexler—. Las habas pueden romper los glóbulos rojos, lo que puede ser muy peligroso, sobre todo, en los recién nacidos.

Andrea adivinó que Wexler había sido el típico profesor que a sus alumnos les parecía genial y, en cambio, causaba estupor a los adultos. Andrea volvió la cabeza. Star la miró fijamente. Sus ojos parecían canicas de cristal brillantes en medio del rostro demacrado. Tenía los labios entreabiertos. Su aliento dulzón olía a jarabe para la tos y a podredumbre.

Miraba el teléfono de Andrea.

—Star, tráeme un vaso de agua —ordenó Wexler.

De nuevo, Star se movió mecánicamente, como si siguiera una rutina básica.. Se acercó al armario y se detuvo. Sacó un vaso y se detuvo. Luego se acercó al fregadero.

Andrea le dio la espalda a Star, que era lo que parecía esperar Wexler.

—Vamos al grano —le dijo a Bible—. Tengo que trabajar.

—Claro —contestó Bible—. Hábleme, entonces, del proceso de solicitud que siguen los voluntarios.

—No es muy complicado. Los candidatos presentan una redacción. Deben tener interés en la agricultura ecológica y, preferiblemente, estudios en ese ámbito. Ya se habrá dado cuenta de que tenemos una reputación internacional impecable. Nos llega la flor y nata.

—Será difícil elegir solo a una docena o así cada año.

Wexler vio a dónde quería ir a parar.

—Bernard, el director de la granja, revisa las solicitudes. Él es quien elige a los voluntarios.

—¿Son todas mujeres?

—¿Cómo dice?

—Los solicitantes —dijo Bible—. ¿Son siempre mujeres o es que Bernard descarta a los hombres?

—Eso tendrá que preguntárselo a él. —Wexler volvió a adoptar aquella expresión de suficiencia. Estaba claro que se atribuía todo el mérito y ninguna culpa—. Nardo lleva treinta y cinco años encargándose del proceso de selección. Yo lo ayudé a fijar los criterios de selección al principio, pero no sabría decirle cuándo fue la última vez que leí una solicitud, y mucho menos que hice una entrevista.

—¿Nardo entrevista a las candidatas? —preguntó Bible—. ¿Qué hace? ¿Va a Europa y...?

—No, no. Se hace todo a través del ordenador. Por FaceTime o Zoom. Desconozco los pormenores. No sé dónde se ponen los anuncios, ni qué preguntas se hacen. Ni por qué algunas personas se quedan un año más y otras deciden volver a casa. —Wexler miró a Star, que estaba a su lado con un vaso de agua. Señaló la mesita auxiliar y esperó a que lo dejara sobre un posavasos—. Cuando Nardo elige a los afortunados, les envía los detalles, y ellos reservan el billete de avión. Yo ya casi ni los veo.

Star regresó a la cocina. Se tocó la mejilla demacrada con la mano manchada de harina. Tenía la piel tan blanca que la harina apenas dejó rastro. Andrea oyó el roce suave de sus pies descalzos en el suelo. Se movía como un fantasma. De nuevo, lanzó una mirada al teléfono.

—¿Los voluntarios tienen que pagarse el viaje de su bolsillo? —preguntó Bible.

—Por supuesto. Nosotros no los contratamos. Les brindamos la oportunidad de aprender una técnica de alto nivel que tiene aplicaciones prácticas para sus estudios cuando regresan a la universidad.

Andrea se recostó en la encimera. Desbloqueó su teléfono y lo puso sobre la encimera con la pantalla hacia arriba. Después, lo empujó hacia atrás con el codo para que Star pudiera cogerlo.

—¿Solo se dedican al cultivo? —preguntó Bible—. ¿O también trabajan en esa fábrica de la carretera?

—Ahí es donde se procesan las judías —le dijo Wexler—. Está casi todo automatizado, pero todavía hay cosas que tienen que hacerse a mano, como empaquetar y encintar las cajas, registrarlas para su envío y cargarlas en los camiones.

—«Técnicas de alto nivel con aplicaciones prácticas» —dijo Bible, citándolo.

—Exacto. —Wexler no captó el sarcasmo—. Les proporcionamos una formación valiosa antes de dejarlos libres para que vuelvan al mundo. Cualquiera puede sentarse detrás de una mesa y leer un libro de texto. Ese era el problema que yo veía a diario cuando me dedicaba a la enseñanza. ¿Por qué hacer leer a la gente sobre un tema cuando puede hundir las manos en la tierra y entenderlo *per se*?

Andrea oyó el chirrido de un rodillo detrás de ella. El olor de la levadura se extendió por la cocina. Miró su teléfono. Estaba exactamente donde lo había dejado. La pantalla se había puesto en negro. El teléfono estaba programado para bloquearse pasados treinta segundos.

—Es curioso cómo lo ha expresado —comentó Bible—. «Dejarlos libres para que vuelvan al mundo». ¿Significa eso que les quitan las tobilleras antes de soltarlos?

—Le he dicho todo lo que sé —dijo Wexler—. Queso, ¿cuándo podré disponer de mi campo otra vez? Tenemos cosas que hacer.

Saltaba a la vista que a Stilton no le gustaba su apodo, y menos aún si era Wexler quien lo empleaba.

—Cuando hayamos terminado.

—¿Qué hay de los padres de Alice? —le preguntó Bible a Wexler—. Supongo que les avisará.

—No sabría cómo hacerlo.

—¿Se encargará Nardo, entonces?

—Ni idea.

Andrea dudó si volver a desbloquear su teléfono. ¿Intentaba Star decirle otra cosa? Andrea se miró las manos, los pantalones cortos. ¿Qué había intentado señalarle?

—Podríamos encargarnos nosotros de avisar a sus padres —propuso Bible—. Quizá haya alguna carta o un teléfono entre los efectos personales de la señora Poulsen. La gente guarda todo tipo de información en el móvil.

—¿Para eso no se necesita una orden judicial? —Wexler tensó las comisuras de la boca con su petulancia habitual—. Aunque probablemente no es buena idea pedirle asesoramiento legal a un policía.

—Prefiero que me llamen *marshal* o agente —contestó Bible—. Los policías suelen ser más como el jefe Stilton. Se ocupan de asuntos de ámbito local o regional, como multas de tráfico e infracciones por conducir bajo los efectos del alcohol. Yo trabajo a nivel federal, en asuntos como apropiación indebida de salarios, redes de trabajo forzado, abusos sexuales y explotación sexual.

Se hizo un silencio tan denso en la habitación que Andrea pudo oír el tictac del horno mientras se calentaba.

Procuró no sobresaltarse cuando notó que algo pequeño y sólido se apretaba contra su codo. Esperó a que el rodillo volviera a chirriar para mirar hacia abajo. Star había apartado el iPhone.

—¿La señorita Poulsen vivía allí, en el barracón? —preguntó Bible—. Podemos pasarnos un momento y…

—No sin una orden judicial. —Nardo estaba al otro lado de la puerta mosquitera. Un cigarrillo recién encendido le colgaba de los labios—. No hay peligro inminente. La chica está muerta. No pueden entrar en ninguno de estos edificios sin autorización expresa. Esperamos, como es lógico, que se respeten nuestros derechos amparados por la Cuarta Enmienda.

Bible se rio.

—Habla como si hubiera tenido tanto trato con abogados que intenta parecer uno de ellos.

—Eso es. —Nardo empujó la puerta mosquitera, pero no entró—. Dean, necesito que me eches una mano en el granero. Los polis tendrán que abandonar la finca o limitar sus movimientos a la zona inmediata al cadáver.

Wexler gruñó al levantarse de la silla.

—Desde ya —dijo.

Stilton y Bible se dispusieron a marcharse. Andrea se volvió hacia Star, pero estaba ocupada trabajando la masa. Estaba haciendo pan. Ya tenía la fuente engrasada sobre la encimera.

—Huele bien —comentó Andrea—. Mi abuela también hacía el pan así.

Star no levantó la vista. Quizá se daba cuenta de que Andrea mentía. O tal vez le daba pánico que Wexler o Nardo la castigaran por hablar con ella. No había dicho ni una palabra, aparte de «Dean», desde que había entrado en la habitación.

—Fuera, muchachos. —Nardo sostuvo la puerta mientras pasaba el contingente policial.

Andrea se alegró de salir al aire fresco. La casa le había parecido sofocante. Bible no se dirigió al campo, así que ella tampoco. Su compañero subió al coche patrulla del jefe. Andrea ocupó el asiento de atrás. Vio a través de la rejilla divisoria que Stilton rodeaba el coche para sentarse tras el volante.

—¿Qué te traías entre manos con Star? —preguntó Bible.

—No dejaba de mirar mi…

Se abrió la puerta. Stilton subió al coche patrulla.

Andrea miró su teléfono por si Star había conseguido hacer algo mientras la pantalla estaba desbloqueada. Echó un vistazo a su correo electrónico. A los mensajes de texto. A las notas. A las llamadas perdidas. A la agenda. Treinta segundos no daban para mucho. Al bajar la mirada hacia el teléfono, lo había visto exactamente en el mismo sitio donde lo había dejado. Quizá Star solo lo había apartado para decirle que se fuera a la mierda.

Stilton encendió el motor. Se volvió hacia Bible.

—Se lo dije.

—Pues sí, jefe. Ha sido una gran pérdida de tiempo. —Bible parecía muy complaciente, pero Andrea sabía que estaba fingiendo—. Ahora, cuénteme: ¿qué le pasa con esos dos? Parece que hay alguna rencilla entre ustedes.

—Fuimos juntos al instituto. —Stilton pareció dar por zanjado el asunto, pero luego cambió de opinión—. Son mala gente.

—Eso me parece a mí también.

—Mienten y engañan, pero son lo bastante listos como para que nunca les pillen. Nardo aprendió de su padre. El tipo pasó cinco años en una prisión federal.

Andrea sintió resonar una campana dentro de su cabeza. Había encontrado a un tal Reginald Fontaine de Delaware en una de sus búsquedas en internet cuando estaba ociosa. No se mencionaba a su familia, pero estaba imputado en el escándalo de las cajas de ahorro. Había pasado cinco años en una de las cárceles federales menos severas, más o menos en la misma época en que Bernard Fontaine se puso a trabajar para su exprofesor de educación física y se convirtió en virrey de la alubia.

—Jefe, voy a serle muy sincero —dijo Bible—. Creo que nos escamoteó usted algunos detalles acerca de la granja *hippie*.

Stilton rodeó con el coche el gallinero.

Bible prosiguió:

—Tenemos algunas señoritas que llevan el mismo uniforme, por llamarlo de algún modo. Todas con el mismo pelo largo. Todas... Y pido disculpas por decir esto, porque mi esposa me tiene mejor enseñado (sé que no se debe comentar la figura de una mujer...). Pero no es que se hayan saltado un par de comidas solo.

—No —convino Stilton.

—Da la impresión de que pasan hambre.

—Sí —dijo Stilton.

—¿Tiene alguna teoría al respecto?

—Mi teoría es la misma que la suya. Tienen montada una especie de secta. Pero usted sabe tan bien como yo, *marshal*, que pertenecer a una secta no va contra la ley.

Andrea sintió un escalofrío al oír la palabra «secta». Apretó los dientes para que no le castañetearan. Claro que era una secta. Todos los indicios llevaban a que lo fuera. Un grupo de jóvenes extraviadas e indefensas que buscaban darle un sentido a su vida. Un par de viejos verdes dispuestos a proporcionárselo a cambio de un precio.

—Bueno —repuso Bible—, no puedo negarlo, jefe. «Secta» parece la forma correcta de describirlo.

Andrea desbloqueó su teléfono. Abrió las fotos. Buscó los primeros planos que había hecho de Alice Poulsen. Los huesos salientes. Las escaras. Los labios resecos y agrietados. La tobillera, tan apretada que se le clavaba en la carne.

Una secta.

Alice había elegido llevar el vestido amarillo. Había elegido dejarse crecer el pelo. Había consentido, con toda probabilidad, en que le ciñeran aquella banda al tobillo. Había dejado que el hambre la consumiera casi por completo.

Y luego se había adentrado en el campo, se había tragado un puñado de pastillas y había muerto.

—Me ha parecido que conocía a la chica de la casa —dijo Bible—. Star, ¿verdad?

Andrea levantó la vista de las fotos. No se había percatado de ese detalle.

—Star Bonaire —contestó Stilton—. Su madre lleva años intentando sacarla de ahí.

—¿Y?

—¿Le parece que lo ha conseguido? —Stilton parecía por fin enfadado—. Dígame qué se puede hacer, *marshal*. Pueden parecer niñas, pero son todas adultas. No puedes entrar ahí y secuestrar a un grupo de mujeres adultas. Están ahí por propia voluntad.

—¿Dónde vive la madre de Star?

—A un par de kilómetros del centro del pueblo. Pero está loca —le advirtió Stilton—. El año pasado intentó secuestrar a su hija. Fue en su Prius hasta el barracón y se la llevó del brazo, a rastras. Tenía a un desprogramador de sectas esperando en el motel.

—¿Y? —preguntó Bible.

—Que acto seguido me llamaron de la granja para que la detuviera por allanamiento de morada e intento de secuestro. —Stilton sacudió la cabeza—. Acabó condenada a hacer trabajos comunitarios, y fue una suerte, porque podría haber terminado en la cárcel. Tienen una orden de alejamiento contra ella. No puede contactar con su hija ni acercarse a ella.

—Joder —dijo Bible—. Eso es una madre decidida.

—Ya lo creo que es decidida. Porque está como una cabra —replicó Stilton—. No hay más que conocer a la madre para saber cómo acabó la hija en ese sitio.

Andrea no estaba segura de que aquello justificara que la llamaran loca. Si ella se hubiera metido en un sitio como la granja, Laura habría hecho lo mismo. Solo que habría salido airosa del intento.

—¿Algún otro padre ha intentado sacar a su hija? —preguntó Bible.

—No, que yo sepa, y han dejado bien claro que les importa una mierda lo que yo intente. —La ira de Stilton había dado paso a la autocompasión—. Wexler tiene un montón de abogados en su lista de contactos, se lo puedo asegurar. No conviene meterse con esa gente. Yo desde luego no pienso hacerlo. Podrían llevar al municipio a la ruina.

Andrea no quería seguir escuchando sus excusas. Volvió a centrarse en las fotos de Alice Poulsen. Alice también tenía madre. ¿Qué haría cuando se enterase de que a su hija la habían empujado al suicidio? Porque cualquiera que viera su cadáver tendría claro que aquella chica no había encontrado otra vía de escape. Cada primer plano revelaba la agonía que había sufrido. ¿Qué motivación podía empujar a alguien a matarse de hambre de ese modo? Alice trabajaba en una finca agrícola. Estaba rodeada de comida. Era casi increíble que estuviese tan desnutrida.

Andrea no podía dejar de atormentarse mirando las fotografías. Pasó a la siguiente. Y a la siguiente.

Y entonces se detuvo.

Star no había necesitado desbloquear el teléfono. Había dos aplicaciones en la pantalla de bloqueo del iPhone a las que podía accederse sin contraseña. Una era la linterna. Otra, la cámara.

Andrea amplió la fotografía que había hecho Star. Había esparcido harina blanca sobre la encimera negra y escrito con el dedo una sola palabra.

«Ayuda».

20 DE OCTUBRE DE 1981

Emily había buscado «orquitis» en la *Enciclopedia Británica*, cuyos tomos ocupaban una sección entera de la biblioteca del instituto. «Inflamación de uno o ambos testículos, causada normalmente por un virus o una bacteria; a menudo provoca esterilidad».

Después, había repasado las notas que había tomado al salir del aula de Dean Wexler.

«Dice que él "no es el puto padre". Reconoce que me recogió en la fiesta. Dice que lo llamó Nardo para que me llevara a casa. Y que cuando llegó, yo me estaba peleando con Clay en la piscina. Dice que me hará daño si alguna vez lo acuso públicamente. Me ha agarrado de la muñeca. Me ha dolido un montón».

Sentada en la biblioteca, había mirado los renglones intentando descifrar su significado. Su letra, normalmente tan cuidadosa, era casi ilegible en algunas partes, porque le temblaba todo el cuerpo cuando transcribió la conversación. Una cosa le había quedado clara de inmediato. Queso tenía razón. Se le había escapado un detalle importante.

Había escrito una pregunta al final de la hoja.

«Puede que esté diciendo la verdad sobre que no es el padre, pero eso no significa que no hiciera nada, ¿no?».

Durante el resto de la jornada escolar, no había dejado de dar vueltas a su conversación con Dean y a aquella «laxitud», como la había llamado el doctor Schroeder, que según decía el médico solo esperaba encontrar en una mujer casada. La señora Brickel había dicho que él mentía, pero ella solo era enfermera. Seguro que un médico sabía más. Y seguro que había normas que a los médicos les prohibían mentir.

Emily cerró el cuaderno y volvió a meterlo en el bolso. Miró el cielo mientras caminaba por un tramo solitario de carretera. No tenía ni idea de qué hora era ni de cuánto tiempo llevaba fuera. Desde la mañana anterior, había perdido la noción del tiempo. El resto de la jornada escolar había transcurrido en medio de una especie de neblina. Plástica, ensayo con la banda, química, lengua. Había hablado con Ricky en educación física y se había enterado de que eso tan importante que tenía que decirle era que pasaba de Nardo. La resolución le había durado hasta el final de educación física, cuando vio a Nardo en el pasillo y se olvidó por completo de que Emily estaba a su lado.

¿Podría contarle a Ricky lo que pasaba?

¿Quería hacerlo?

Estaba casi segura de que el señor Wexler no abriría la boca. Él —suponía— pensaría lo mismo de ella. Se llevó la mano al cuello, donde la había agarrado. La había estrangulado, en realidad, porque en ese momento no pudo respirar. Aún se estremecía cuando tragaba saliva, a pesar de que habían pasado horas desde su enfrentamiento.

¿Enfrentamiento?

¿Tan grave había sido, de verdad?

Antes de salir del instituto, se había mirado en el espejo de la taquilla y había visto que tenía una fina marca roja a un lado del cuello, no la huella de una mano, como esperaba. Lo que más perduraba era el recuerdo de su enfado. No estaba enfadado como cuando hablaba de que Reagan se estaba aprovechando de su intento de asesinato para hacer recortes en el sistema de Seguridad Social. Estaba enfadado como si su vida estuviera en juego.

Dean Wexler se comportaba como si sus viajes por el mundo lo hubieran convertido en un iconoclasta, pero, dejando a un lado sus presuntas ideas progresistas, estaba tan lleno de odio como el padre de Emily. Catalogaba a las mujeres como atractivas o gordas; inteligentes o estúpidas; dignas de su atención o completamente inservibles. Era fácil ver el mundo en blanco y negro cuando lo controlabas todo.

Emily ya debería saber que Wexler no era lo que daba a entender.

Sacó del bolso su improvisada libreta de detective y la abrió por la página en la que había escrito «CASO COLOMBO». Repasó por enésima vez los resúmenes de sus interrogatorios.

Nardo había llamado al señor Wexler para que fuera a recogerla. En cierto modo era lógico, puesto que Nardo era el capitán del equipo de atletismo y, por lo tanto, tenía el número de teléfono del señor Wexler. En la fiesta estaban todos drogados. El señor Wexler no se lo reprocharía, y menos aún los denunciaría. Además, tenía coche, por lo que podía sacar a Emily de allí; sobre todo, si ella estaba discutiendo con Clay.

Su supuesta discusión con Clay era otra cosa que no recordaba.

Aunque en la camarilla las discusiones eran continuas, Emily casi nunca las protagonizaba. Por lo general, era la pacificadora, la que suavizaba las cosas. Especialmente, si Clay estaba de por medio. Podía contar con los dedos de una mano las veces que se había encarado con él, y siempre había sido por un motivo muy importante: su negativa a seguir cometiendo hurtos en coches de otros estados; su empeño en que trataran mejor a Queso o en que, al menos, lo dejasen en paz; aquella vez que se puso furiosa con él porque la tiró a la piscina...

Trató de obligarse a recordar la fiesta. ¿La había tirado Clay a la piscina otra vez? Ella nadaba bien, pero odiaba sentir que no tenía control sobre su propio cuerpo. La sensación de ir caminando por las baldosas del borde y de salir volando por los aires de repente fue aterradora.

Empezó a negar con la cabeza, porque el vestido verde de Ricky no estaba mojado. Pero quizá lo hubiera metido en la secadora. ¿Y si al sacarlo de la secadora, con las prisas, se lo había puesto del revés?

¿Y había olvidado ponerse la ropa interior?

Le faltaban solo las bragas, no el sujetador.

Y tenía los muslos pegajosos. Pensándolo bien, los había notado escocidos al caminar.

Se le revolvió el estómago. Volvió a mirar el cuaderno. Al principio de la página estaba la primera palabra que había escrito: «Clay».

Colombo estaría yendo a casa de los Morrow en ese preciso momento, pero ella ni siquiera había sido capaz de hablar con Clay ese día, en el instituto, y mucho menos de algo tan crucial. Si su plan consistía en engatusar a alguien para que confesara, sería mejor que hiciera lo que le había aconsejado Queso: hablar con las personas que habían estado presentes. Si sus historias no cuadraban, alguien mentía y, si alguien mentía, eso era porque ocultaba algo.

Ricky era el punto de partida más lógico. Blake siempre se burlaba de ella porque no tenía filtro. Decía lo primero que se le pasaba por la cabeza. La semana anterior, Emily habría dicho que Ricky era su mejor amiga. Ahora, sabía instintivamente que haría todo lo posible por defender a su hermano y a Nardo, aunque tal vez no en ese orden.

Un coche pitó detrás de ella. Se sorprendió al ver a Big Al sentado al volante. Miró el reloj y vio que eran casi las cinco. Al llegaba tarde a la cafetería para la hora de la cena. Y ella estaba tan absorta en sus pensamientos que había pasado por delante de la casa de los Blakely sin darse cuenta.

Dio media vuelta y desanduvo el camino. Le pesaban cada vez más los pies a medida que se acercaba a la casa de dos plantas de color marrón oscuro que había pertenecido a los padres de Ricky y Blake. Big Al se había mudado allí después del accidente de barco en el que murieron su hijo y su nuera. No estaba muy unido a ninguno de los dos, y la transición había sido difícil. A Emily siempre le había llamado la atención que se comportaran más como compañeros de piso mal avenidos que como una familia.

Aunque su propia familia tampoco era modélica, que digamos.

La casa de los Blakely estaba en lo alto de una cuesta. Nunca había tenido problemas para subir la cuesta; ahora, en cambio, le faltaba el aire cuando llegó al garaje. Luego, cuando dobló la esquina y empezó a subir las empinadas escaleras, tuvo que pararse en el segundo rellano. Se dio cuenta de que tenía la mano apoyada en los riñones, como una anciana. O como una joven embarazada. Aún no había asimilado lo que ocurría dentro de su cuerpo. Antes del diagnóstico del doctor Schroeder, creía que tenía un virus o que algo le había sentado mal. Se había inventado todo tipo de excusas.

Ahora ya no las había.

Se miró la tripa. Había un bebé creciendo dentro de ella. Un ser humano de verdad. Santo cielo, ¿qué iba a hacer?

—¿Em? —Ricky abrió la mosquitera. Tenía tan mala cara como ella. Las lágrimas le corrían por la cara. La nariz le moqueaba. Tenía las mejillas enrojecidas.

Emily se avergonzó porque su primera reacción fuera de rabia. Se le hacía insoportable la idea de tener que escuchar las quejas de Ricky por alguna tontería que hubiera hecho Nardo y que hubiera herido sus sentimientos mientras la propia vida de Emily se venía abajo.

Pero eso era también increíblemente egoísta.

—Ricky, ¿qué pasa? —dijo.

—Al… —A su amiga se le quebró la voz. Agarró a Emily de la mano y la hizo entrar en la casa—. Al acaba de decirnos… Ay, Dios mío, Em, ¿qué vamos a hacer?

Emily la condujo al sofá acolchado que había bajo el ventanal.

—Ricky, tranquila. ¿Qué ocurre? ¿Qué ha pasado?

Ricky se inclinó y apoyó la cabeza en su regazo. Estaba temblando.

—Rick. —Emily miró a las escaleras que daban a la cocina y se preguntó dónde estaba Blake—. No te preocupes. Sea lo que sea, seguro que lo…

—No tiene arreglo —murmuró Ricky, y giró la cabeza para mirarla—. El dinero ha desaparecido.

—¿Qué dinero?

—El de la indemnización. Se suponía que estaba depositado en un fideicomiso para pagarnos la universidad, pero Al se lo ha gastado.

Emily sacudió la cabeza con incredulidad. Al era brusco y a menudo grosero, pero no era capaz de robar a sus propios nietos.

—Vamos a tener que quedarnos aquí —dijo Ricky—. Para siempre.

—Yo no…

Emily trató de entender lo que había pasado. No tenía sentido. Era hija de una jueza. Sabía que los fideicomisos estaban muy controlados. No se podían saquear así como así. Y, además, aunque no quería ponerse mezquina, la casa en la que vivían los Blakely no era gran cosa. Y Al conducía una camioneta que tenía más años que sus nietos.

—¿En qué se lo ha gastado? —preguntó.

—En el restaurante.

Emily se recostó en el sofá. El restaurante había estado a punto de quemarse hasta los cimientos unos años antes. Al se las había arreglado para reconstruirlo. Ahora entendía cómo.

—Al nos ha dicho que el restaurante es nuestra… nuestra herencia —dijo Ricky—. Se piensa que vamos a querer trabajar en esa mierda de sitio, Em. Que solo valemos para servirles batidos a esos ricos gordinflones que vienen de Baltimore.

Emily se mordió el labio. Quizá la semana anterior le habría dado la razón a Ricky, pero ahora comprendía lo que suponía que otra persona dependiera de ti. Cada decisión que tomara el resto de su vida iría en beneficio o en detrimento del hijo o la hija que crecía dentro de ella. La cafetería era un negocio viable, incluso próspero. La universidad era importante, pero también lo era tener dinero para comer y un techo bajo el que cobijarse.

—Es demasiado tarde para solicitar una beca —añadió Ricky—. Y no podemos pedir un subsidio porque Al gana demasiado dinero. Por lo menos, en teoría.

—Yo… —Emily no sabía qué decir. Le horrorizaba un poco descubrir que estaba del lado de Al—. Lo siento, Ricky.

—Quiere a esa porquería de local más que a nosotros.

—A lo mejor podrías trabajar un año y ahorrar —probó a decir Emily.

Ricky puso cara de perplejidad al incorporarse.

—¿Trabajar en qué, Em? ¿Estás de coña?

—Perdona —se disculpó instintivamente. Ricky siempre había tenido un carácter voluble, pero su furia era explosiva—. Quieres ser periodista. Podrías hacer prácticas en un periódico o…

—¡Cállate! Eres peor que Al. ¿Lo sabías?

—Yo…

—¿Quieres que me dedique a llevarles café a un montón de viejos imbéciles que me mirarán como si fuera una cría? —preguntó Ricky con aspereza—. Necesito tener el título de periodismo, Emily. Nadie me respetará si solo soy la chica de los recados. Necesito tener estudios.

Emily no sabía qué se enseñaba en las facultades de Periodismo, pero no creía que fuera mala idea tener algo de experiencia práctica en un periódico.

—Pero podrías ir ascendiendo…

—¿Ir ascendiendo? —replicó Ricky con voz chillona—. ¡Mis padres murieron, Emily! Murieron porque un puto servicio de alquiler de barcos infringió la ley.

—Ya lo sé, Ricky, pero…

—¡Pero nada! —gritó—. Por Dios, Em. No murieron para que yo tuviera que elegir entre aguantar las mierdas de unos viejos pedorros o aguantar las mierdas de los turistas.

—¡Pero de todos modos vas a tener que aguantar las mierdas de alguien! —se descubrió gritando Emily—. No van a respetarte de ninguna de las maneras, Ricky. No van a respetarte: es así de sencillo.

Ricky se quedó muda de asombro.

—Nadie te respetará. —Emily oyó resonar en su cabeza la cruel advertencia de su madre—. Eres una palurda de un pueblecito costero con notas regulares y tetas enormes. Nada de eso infunde respeto.

Ricky seguía pasmada. La miraba como si Emily se hubiera convertido en una extraña.

—¿Quién coño te crees que eres?

—Soy tu amiga —contestó Emily—. Solo digo que puedes sobreponerte a esto. Te va a costar trabajo, pero…

—¿Trabajo? —Ricky se rio en su cara—. ¿Como el trabajo que te cuestan a ti las cosas, a la hijita de la jueza? ¿A ti, que naciste con una flor en el culo?

—Yo no…

—Eres una puta niña mimada, eso es lo que eres. —Ricky había cruzado los brazos—. Para ti todo es la mar de fácil. No tienes ni puta idea de lo que es vivir en el mundo real.

Emily notó un nudo en la garganta.

—Estoy embarazada.

Ricky se quedó boquiabierta, pero, por una vez, guardó silencio.

—Yo tampoco voy a ir a la universidad —prosiguió Emily—. Tendré suerte si consigo terminar este curso. —Ya lo había pensado antes, pero oírlo en voz alta, incluso dicho por ella misma, le sonó como una condena a muerte—. No me darán unas prácticas en el Congreso. Seguramente no podré buscar trabajo porque estaré en casa cambiando pañales y cuidando de un bebé. Y, cuando el bebé tenga edad para ir al colegio, ¿quién va a contratar a una madre soltera?

Ricky cerró la boca y volvió a abrirla.

—¿Te acuerdas de la fiesta del mes pasado? —preguntó Emily—. Me hicieron algo. Alguien se aprovechó de mí. Y ahora voy a pagar las consecuencias el resto de mi vida.

Ricky empezó a negar con la cabeza. Reaccionó igual que Emily al principio.

—Los chicos no harían eso. Es mentira.

—Entonces, ¿quién fue? Sinceramente, Ricky, dime quién puede ser, si no.

Ricky siguió negando con la cabeza.

—Los chicos, no.

Emily solo pudo repetir:

—Entonces, ¿quién?

—¿Quién? —Ricky dejó de mover la cabeza y la miró a los ojos—. Cualquiera, Em. Podría ser literalmente cualquiera.

Ahora fue Emily quien se quedó sin habla.

—No sabes si te quedaste embarazada en la fiesta. —Ricky puso las manos en las caderas—. Solo lo dices porque quieres cazar a alguno de ellos.

Emily estaba estupefacta por que Ricky pudiera pensar tal cosa, y más aún decirla en voz alta.

—Yo nunca…

—Estás siempre hablando con otros tíos. Tú y tus raritos… Fuiste al campamento de la banda con Melody dos veranos seguidos. Vas al club de debate. A las exposiciones de plástica. Ayer estuviste desaparecida todo el día. Podrías estar tirándote a medio pueblo, que yo sepa. Te he visto con Queso esta mañana, y se escabulló como una rata asustada.

—¿Crees que Queso y yo…?

—Te haces la estrecha, pero ¿quién sabe lo que vas haciendo por ahí cuando no te vemos?

—Nada —susurró Emily—. No hago nada.

Ricky empezó a pasearse por la habitación, cada vez más alterada.

—¿Crees que vas a conseguir que Nardo o Blake carguen con las culpas? ¿O Clay? Eso te encantaría, ¿verdad? Clay lleva diez años sin hacerte ni caso y ahora has encontrado la manera de atraparlo.

—Deja de decir que intento atrapar a alguien. —Emily también se levantó—. Sabes que eso no es verdad.

—No pienso mentir por ti. Si tu plan es arrastrar a Clay para que se hunda contigo, conmigo no cuentes. Y los chicos tampoco te van a apoyar.

—Yo no… —Emily tuvo que interrumpirse para tragar saliva—. No quiero casarme con Clay. No es por eso por…

—Puta —dijo Ricky, escupiendo la palabra. Y entonces le brillaron los ojos como si hubiera tenido una revelación. Creía haber descubierto lo que ocurría—. Vas a por Nardo, ¿verdad?

—¿Qué?

—Siempre tiras por el camino más fácil, Emily. Te importa una mierda a quién perjudiques, con tal de que sea fácil.

—¿Qué?

—¡Que lo tienes todo muy fácil, joder! —Estaba tan enfadada que escupía saliva al hablar—. Seguro que tu padre ya ha hecho un trato con ellos. Los ricos siempre se sacan de apuros unos a otros. ¿Cuánto dinero ha costado, Emily? O a lo mejor ha sido a cambio de entrar en las altas esferas de Washington. ¿Le ha dado tu madre algún soplo al padre de Nardo? ¿A qué soborno ha recurrido tu padre para hundirle la vida a Nardo?

Emily no podía creer lo que estaba oyendo.

—Eso no… No. Eso es imposible. Mis padres no harían…

—¡Qué puta ilusa eres! ¡Claro que lo harían! ¡No te enteras de nada! ¡Vas por la vida con la cabeza llena de pájaros, sin darte cuenta de toda la gente a la que tus padres le joden la vida para facilitarle las cosas a su niñita preciosa! —Ricky parecía enloquecida—. ¿Qué dijeron cuando se enteraron de que ya no eres su angelito?

Emily abrió la boca para contestar, pero Ricky se le adelantó.

—A ver si lo adivino. Tu papi frunció el ceño y refunfuñó y a tu mami se le ocurrió un plan.

Emily sintió el escozor de la traición. Si Ricky había dado en el clavo era solo porque ella le había contado muchas veces lo que ocurría en su casa.

—No puedes deshacerte de ello, ¿verdad? —añadió Ricky—. No, claro, no, estando tu madre en la lista de candidatos de Reagan. Eso os dejaría con el culo al aire, ¿verdad? —Soltó una amarga carcajada—. Seguro que te pondrán como ejemplo. Como si una pobre chica negra de suburbio tuviera que seguir el ejemplo de los Vaughn, porque la zorra de su hijita está exactamente en la misma situación.

Sus palabras le escocieron porque se aproximaban mucho a la verdad.

—Qué valiente, Emily, la provida —añadió Ricky en el tono que usaban para burlarse de los amigos del club de campo de Franklin—. Es fácil decirlo cuando vas a tener niñera y vives en una finca de un millón de dólares a tres kilómetros de la playa.

Emily recuperó la voz.

—Eso no es justo.

—¿Crees que lo que nos pasa a Blake y a mí es justo? ¿Y ahora vienes tú con estas? —replicó Ricky ásperamente—. Ya tengo la solución, Emily. ¡Todo arreglado! ¡Búscate unas prácticas y vete a la mierda!

Sus últimas palabras atronaron los oídos de Emily como una sirena. No era la primera vez que veía furiosa a Ricky. Sabía lo fría que podía llegar a ser su amiga. Ricky extirpaba a la gente de su vida como un cáncer. Y ahora iba a hacer eso mismo con ella.

—Puta imbécil —masculló—. Lo has echado todo a perder.

—Ricky… —probó a decir Emily, a pesar de que notaba su absoluta determinación.

Se había terminado. La camarilla estaba rota. Su mejor amiga la había dejado en la estacada. No tenía a nadie, ni nada.

Excepto esa cosa que iba creciendo dentro de ella.

—Fuera. —Ricky señaló la puerta—. Lárgate de mi casa, zorra de mierda.

Emily se tocó la mejilla. Esperaba sentir lágrimas, pero solo notó el calor de la vergüenza. Aquello se lo había hecho ella a sí misma. Ricky tenía razón. Había arruinado la vida de todos. La camarilla se había acabado. Ahora, lo único que podía hacer era intentar no arrastrarlos consigo.

—¡Vete! —gritó Ricky.

Emily corrió a la puerta. Bajó a trompicones las empinadas escaleras. Y entonces se detuvo.

Blake estaba sentado en el peldaño de abajo, con un cigarrillo entre los dedos. Giró la cabeza y la miró.

—Yo puedo casarme contigo.

Emily no supo qué decir.

—No sería tan terrible, ¿no? —Él se levantó y la miró de frente—. Siempre nos hemos llevado bien.

Emily no conseguía entender la expresión de su cara. ¿Estaba de broma? ¿O estaba admitiendo algo?

Blake le leyó el pensamiento.

—No fui yo, Emmie. No, si fue en la fiesta. Ni en ningún otro sitio. Creo que me acordaría de dónde he metido la polla. Estoy muy apegado a ella.

Ella observó cómo un pájaro se posaba en un árbol, al otro lado del camino de entrada. Eso también lo había perdido junto a la castidad. Antes, nadie le hablaba con esa dureza. Ahora, parecía que todos lo hacían.

—Además, me puse completamente ciego en la fiesta —añadió Blake—. Me desmayé en el baño de arriba. Nardo tuvo que romper la cerradura para poder entrar a sacarme. Me meé encima como un bebé. Pero no recuerdo cómo fue. Tenía el váter justo delante.

Emily apretó los labios. Pensó en el caso Colombo. El señor Wexler le había dicho que Blake y Nardo estaban dentro de la casa cuando él llegó. Blake acababa de corroborarlo. Si sus versiones coincidían, probablemente estaban diciendo la verdad.

Lo que significaba que Clay era el único chico que se había quedado a solas con ella.

—Ven. —Blake tiró el cigarrillo en una lata de café y señaló hacia el garaje con la cabeza.

Emily se sentía tan impotente que lo único que pudo hacer fue seguirle. En las paredes sin pintar había carteles de *rock*. Había una mesa de pimpón, un sofá viejo y un equipo de alta fidelidad enorme que había pertenecido a los padres de Blake y Ricky. La camarilla había pasado horas sin fin en aquel garaje, fumando, bebiendo, escuchando música y hablando de cómo iban a cambiar el mundo.

Ahora, ella se quedaría atrapada para siempre en Longbill Beach. Por culpa de Al, Blake y Ricky no irían a la universidad. Nardo no duraría ni un año en Pensilvania. Solo Clay conseguiría escapar de aquel pueblo claustrofóbico. Lo que parecía tan inevitable como que el sol saliera por el este y se pusiera por el oeste.

—No puedo casarme contigo —le dijo a Blake—. No estamos enamorados. Y si no eres el…

—No lo soy. —Él se sentó en el sofá—. Sabes que nunca me has interesado de esa manera.

Emily sabía que eso no era cierto. Blake la había besado dos años antes, en el callejón del centro del pueblo, y ella todavía lo pillaba a veces mirándola de un modo que la hacía sentirse incómoda.

—Siéntate, ¿vale? —Blake esperó a que se acomodara a su lado en el sofá—. Piénsalo, Em. Es la solución para los dos.

Ella negó con la cabeza. No quería pensarlo.

—A ti te respetarán y yo… —Él se encogió de hombros—. Supongo que tus padres querrán que su yerno vaya a la universidad.

Emily sintió que se le erizaba el vello de la nuca. El padre de Nardo era banquero, pero el que siempre había sido negociante era Blake. Llevaba la cuenta de todo («Yo hago esto por ti, si a cambio tú haces algo por mí»).

—¿Y yo qué? —preguntó ella—. ¿Me quedo en casa haciendo galletas?

—No es mala vida.

Emily se rio. No era la vida que tenía planeada. Ella iba a vivir en Foggy Bottom. Iba a ser becaria de un senador. Iba a ser abogada. En caso de que fuera a hacer galletas para su marido y su hijo, las haría cuando tuviera un rato libre entre una vista en el juzgado y la preparación de un recurso para el día siguiente.

—Sé razonable —dijo Blake—. Quiero decir que puedes ir a la universidad. Claro que puedes ir. Pero no podrás tener una carrera profesional, con el futuro que tus padres querrán que tenga yo.

Sus fríos cálculos dejaron helada a Emily.

—¿Qué futuro?

—Pues en política, claro. —Se encogió de hombros—. A tu madre el Gobierno le va a dar algún cargo. ¿Por qué no aprovechar para facilitarnos la vida a los dos?

Emily fijó la vista en el suelo. Estaba claro que Blake ya le había dado vueltas a todo aquello. Su embarazo era una oportunidad excelente para él.

—Olvidas que mis padres son republicanos.

—¿Y qué importa? —Volvió a encogerse de hombros cuando ella lo miró—. La ideología política no es más que un punto de apoyo para accionar las palancas del poder.

Emily tuvo que recostarse en el sofá. No conseguía asimilar lo que estaba oyendo.

—Entonces, ¿yo soy una de esas palancas que quieres manipular?

—No te pongas melodramática.

—Blake, estás hablando literalmente de casarte conmigo y de convertirte en el padre de mi hijo como forma de lanzar tu carrera política.

—No estás viendo las ventajas. Los dos estamos en mala situación. Los dos queremos una vida mejor. Y no te encuentro del todo repulsiva.

—Qué romántico.

—Vamos, Emmie. —Blake le acarició el pelo—. Podemos hacer que esto salga bien. Nadie tiene que salir perdiendo. Podemos seguir siendo todos amigos.

La palabra «amigos» hizo que se le saltaran las lágrimas. Fue como si esa palabra le diera permiso para empezar a llorar. La verdad era que lo que le estaba ofreciendo Blake era una solución. De ese modo, todo quedaría en la camarilla. La ira de Ricky se esfumaría en cuanto Blake le explicara de una manera lógica la situación. Nardo bromearía diciendo que había esquivado una bala. Clay se escabulliría para emprender su nueva y emocionante vida lejos de todos ellos. Y ella se encontraría casada con un chico al que no amaba.

Un chico para el que ella no era más que un medio para alcanzar un fin.

—Emily. —Blake se le acercó. Su aliento le rozó el oído—. Venga ya, ¿tan terrible sería?

Ella cerró los ojos. Se le escapaban las lágrimas. Vio, como si se abriesen como una flor, el año siguiente, los próximos años. Podría volver a ser la niña buena a la que todos admiraban. Blake iría a la universidad y haría carrera en política. Sería tal y como Ricky había predicho: el dinero de los Vaughn sacaría a Emily del atolladero.

Todo muy fácil.

—Emmie. —Blake le acarició la oreja con los labios. Le cogió la mano y la puso sobre su cosa.

Se quedó paralizada. Sintió la forma dura de su miembro.

—Qué bien. —Él le movió la mano. Metió la lengua en su oreja.

—¡Blake! —gritó, apartándose—. ¿Qué haces?

—Joder. —Él se recostó en el sofá. Tenía las piernas abiertas y la parte delantera de sus pantalones sobresalía como una tienda de campaña—. ¿Qué te pasa?

—¿Qué te pasa a ti? ¿Qué hacías?

—Creo que está bastante claro. —Se sacó el paquete de tabaco del bolsillo—. Venga ya, no puedes quedarte embarazada dos veces.

Emily se llevó la mano a la garganta. Sintió que el corazón le latía con violencia.

Él encendió el mechero.

—Que te quede clara una cosa, mi niña. Estoy dispuesto a comprar la vaca, pero espero ordeñarla al máximo.

Emily le miró mientras encendía el cigarrillo. Le había regalado el mechero Zippo cuando cumplió los dieciséis. Incluso había pagado un extra por que grabaran sus iniciales en el lateral. Así Ricky no se lo robaría.

—Eres un monstruo —le dijo.

—Lo que soy es tu segunda mejor opción. —Al ver su cara de perplejidad, soltó una carcajada—. No seas tonta, Emily. La mejor opción para ti es tirarlo al váter.

6

Sentada al borde de la cama de su habitación en el motel, Andrea miraba fijamente la fotografía que había hecho Star Bonaire. Había trazado con el dedo una sola palabra en la harina blanca.

«Ayuda».

Andrea había esperado a quedarse a solas con Bible para enseñarle la foto. Él se había limitado a decirle que se duchara y que estuviera lista cuando llamara. De eso hacía ya más de una hora. Andrea se había duchado. Estaba preparada. Y Bible aún no había llamado.

«Ayuda».

¿Hasta qué punto tenía que estar aterrorizada una mujer para hacer algo así?

Volvió a mirar las fotos de Alice Poulsen. Sintió una opresión en la garganta al ver los estragos de la inanición. La anorexia estaba relacionada con la necesidad de control, pero, hasta cierto punto, también lo estaba el suicidio. Uno se hacía literalmente cargo de su vida, la tomaba en sus manos. Alice Poulsen se había adentrado en aquel campo a sabiendas de que no volvería a salir de él. ¿Cuánto valor se necesita para hacer algo así? ¿Cuánta desesperación?

Probablemente, la misma que sentía Star Bonaire al fotografiar su grito de auxilio.

Andrea no pudo seguir mirando las fotografías. Tiró el teléfono a la mesa. Llena de impotencia, clavó los ojos en la pantalla negra del televisor, que estaba enfrente de la cama. Las cortinas estaban echadas. La luz, apagada. Le dolía la muñeca izquierda, del agarrón de Wexler. Se le vinieron a la cabeza imágenes sueltas: la cara de Wexler apretada contra el volante; Nardo encendiendo un cigarrillo; la presencia fantasmal de Star desplazándose por la cocina; las dos mujeres que habían salido del granero. Los vestidos amarillos. El pelo largo. Los pies descalzos. Los miembros enflaquecidos. Las tobilleras idénticas.

Victimizadas. Etiquetadas. Degradadas.

Secta. Secta. Secta.

Stilton tenía razón. No había ninguna ley federal ni estatal que prohibiera pertenecer a una secta. No se podía hacer nada para salvar a esas mujeres. La madre de Star Bonaire ya había hecho todo lo posible por intentar rescatarla y había acabado detenida y con una orden de alejamiento que le impedía ver a su propia hija.

Andrea se levantó y empezó a pasearse de un lado a otro. ¡Qué impotencia, joder! A pesar de su formación y de su entrenamiento, no podía hacer nada, absolutamente nada, para ayudar a Star Bonaire. Ni a ninguna de las demás. Miró su teléfono. Ojalá Bible la llamase de una vez. Su compañero debía de haberse topado con el mismo callejón sin salida que ella. Sus ojos se posaron en el cuaderno y el bolígrafo que había dejado encima de la mesa.

¡Qué llena de resolución se había sentido al empezar a buscar en internet los trapos sucios de Las Habichuelas Mágicas de Dean! Sin embargo, una hora más tarde, las páginas del cuaderno seguían en blanco.

Repasó mentalmente lo poco que había averiguado acerca de la empresa. Estaba registrada en Delaware desde 1983. Había encontrado los estatutos originales de su fundación. Dean Wexler figuraba como presidente. Bernard Fontaine, como vicepresidente, lo que era interesante porque Nardo solo tenía diecinueve años en 1983 —más o menos en la misma época en que detuvieron a su padre por fraude bancario—; aun así, ese hecho no justificaba una investigación policial.

También era interesante —aunque no servía de nada, en última instancia— que Bernard Fontaine figurara como secretario de BFL Trust, una organización benéfica constituida en Delaware en el otoño de 2003.

Según la Agencia Tributaria, se trataba de una organización sin ánimo de lucro exenta del impuesto federal de la renta, aunque Charity Navigator, una agencia de calificación que recopilaba información sobre el uso de donaciones, no disponía de datos sobre ella.

Al buscar en Google «Las Habichuelas Mágicas de Dean+secta», había obtenido una avalancha de páginas de fans administradas por chalados de la salud y amantes de las habas, pero en ningún lado se decía que las mujeres que manipulaban las habas se murieran literalmente de hambre. Los sitios dedicados a las prácticas en empresas, las publicaciones de las juntas de facultades universitarias y las páginas de Facebook dedicadas a encontrar un trabajo divertido para el verano hablaban de la empresa en términos elogiosos. Incluso las reseñas de Amazon que solo le concedían una estrella quedaban sepultadas bajo un sinfín de recomendaciones que la ponían por las nubes.

Ni un solo comentario en ni una sola página mencionaba el nombre de Dean Wexler.

Ni el de Nardo Fontaine.

Stilton había dicho que Wexler tenía un montón de abogados en su lista de contactos. Era de esperar que una secta proclive a que le interpusieran demandas se las ingeniara para que los comentarios negativos aparecieran muy abajo en los resultados de búsqueda. Y, además, Dean disponía de hasta veinte voluntarias que podían pasarse todo el día sentadas delante de sus respectivos portátiles expurgando internet.

A fin de cuentas, no paraban ni para comer.

Uno de los pocos sitios de los que no se podía eliminar información a base de dinero era PACER, la página de Acceso Público a los Registros Judiciales Electrónicos, que ofrecía una base de datos de búsqueda de sumarios judiciales, recursos y transcripciones. Por suerte, Andrea tenía la contraseña de acceso de Gordon. No había llegado a aquella página web por mera desesperación. Tenía una corazonada. En la granja, le había extrañado que Wexler se refiriera a las mujeres como «voluntarias» y no como «becarias». Había encontrado la explicación en un caso judicial de hacía veinte años.

En 2002, el Departamento de Justicia había denunciado a Las Habichuelas Mágicas de Dean en virtud de la Ley de Condiciones de Trabajo Justas por no superar lo que se denominaba la «prueba del beneficiario principal». Había siete criterios para establecer la legalidad de unas prácticas no remuneradas. La mayoría de ellos tenían que ver con la promoción académica, la concesión de créditos universitarios y el cumplimiento del calendario lectivo. En otras palabras, las prácticas tenían que beneficiar al becario, no solo al empresario.

Para poder explotarlas, aquellas mujeres tenían que ofrecerse como voluntarias.

Después de consultar el PACER, todo fue de mal en peor. Andrea tuvo que tomarse un descanso cuando la habitación empezó a parecerle una celda. Había acabado comprando un sándwich de ensalada de huevo en la máquina expendedora y luego había vuelto a su habitación, donde había malgastado media hora consultando el registro de matrimonios, divorcios y defunciones del condado de Sussex.

Había encontrado el certificado de matrimonio y divorcio de Ricky y Nardo, pero no el certificado de defunción de Eric Blakely. Si Bible tardaba mucho más, probablemente Andrea acabaría consultando el registro de vacunas antirrábicas de animales domésticos.

Su teléfono emitió un pitido. Lo cogió a regañadientes de la mesa. Mike le había vuelto a mandar un mensaje. Esta vez, reconoció el animal de la foto: era una gallineta o polla de agua, un ave acuática de unos treinta centímetros de altura.

Como no estaba de humor para contestar con una frase ingeniosa a la fotopolla, dejó que su pulgar se deslizara hacia el botón de llamada. Mike era un oyente maravilloso cuando se dejaba de tonterías. Y, además, se había comportado como un adulto cuando lo había dejado plantado hacía exactamente un año y ocho meses. Lo menos que podía hacer ella era comportarse con la misma madurez y atenerse a su decisión, por más que deseara oír su voz.

Estaba borrando sus datos de contacto cuando sonó su móvil.

Cerró los ojos. Lo que le faltaba...

Pulsó para contestar.

—Hola, mamá.

—Cariño —dijo Laura—, no voy a entretenerte mucho, ya sé que estás ocupada, pero estaba pensando que podía ayudarte a encontrar casa.

—¿A encontrar qué?

—Necesitarás un sitio donde vivir, mi amor. Puedo meterme en internet y concertar algunas citas para que veas pisos.

Andrea estuvo a punto de soltar un taco. Eso sería muy útil si no fuera porque necesitaba encontrar casa en Baltimore, no en Portland, Oregón.

—No conviene que te precipites, porque seguro que luego te arrepientes —añadió Laura—. Dime un barrio y yo busco en internet. Es mejor hacerlo a través de una inmobiliaria de allí; así irás más sobre seguro.

—No sé. —Andrea estaba ansiosa por colgar—. ¿Laurelhurst?

—¿Laurelhurst? ¿Quién te ha hablado de ese sitio? ¿Viven otros *marshals* por allí?

Le sonaba aquel barrio porque había leído en *Rolling Stone* que Sleater-Kinney había tocado en un bar de allí.

—Alguien lo comentó en la oficina. Dicen que es bonito.

—Dios mío, eso espero. Deberías ver qué precios. —Evidentemente, Laura estaba usando el ordenador de sobremesa de su despacho. Andrea la oyó teclear—. Uy, aquí hay uno, pero… Ah, no, dice que debes tener mascota. ¿Qué clase de casero quiere que tengas mascota? No entiendo a los de Portland. Aquí hay otro, pero…

Andrea escuchó los comentarios de Laura acerca de un piso de un dormitorio situado en un sótano que debía de ser un estudio y que quizá tuviera un altar de brujería en el baño, pero que, en cualquier caso, era carísimo.

—Vale —continuó Laura—, Laurelhurst abarca la parte nordeste y sureste de Portland. Ah, y en un parque hay una estatua de Juana de Arco. Pero estos sitios son muy caros, cariño. Y no vas a poder pasarte por mi casa en un momentito para robarme la mantequilla de cacahuete de la despensa.

Andrea se sentó en el borde de la cama mientras su madre empezaba a buscar zonas más baratas.

—¿Concordia? ¿Hosford-Abernathy? ¿Buckman?

Andrea apoyó la cabeza en la mano. El peor barrio en el que había vivido era la edad adulta.

Esto tenía que acabar.

—Oye, mamá, tengo que dejarte.

—Vale, pero…

—Te llamo luego. Te quiero.

Cortó la llamada. Se tumbó en la cama y se quedó mirando el techo de gotelé. Una gotera había dejado una mancha marrón en forma de nube. Se sentía asqueada de sí misma por mantener aquella absurda farsa de Portland y estar engañando a su madre. Durante dos años, había castigado a Laura por mentir tan bien. Y, de tal palo, tal astilla.

—¡Oliver! —Bible aporreó la puerta—. Soy yo, compañera. ¿Estás visible?

—Por fin.

Se levantó y abrió la puerta. Bible se había puesto unos vaqueros y una camiseta del USMS idéntica a la que llevaba ella. Ambos llevaban el arma en el cinturón, lo que hacía que la diminuta mujer que esperaba detrás de él con un traje azul marino y altísimos tacones pareciera aún más fuera de lugar.

—Tengo que confesarte algo —dijo Bible—. He decidido traer a la jefa. Subcomisaria Cecelia Compton, esta es la agente Andrea Oliver.

—Eh… —Andrea se remetió la camisa—. Señora, pensaba que estaba usted en Baltimore.

—Mi marido trabaja en esta zona. ¿Le importa que pase?

Compton no esperó a que la invitase. Entró en la habitación y miró a su alrededor, fijándose en todo aquello que Andrea no quería que nadie viera, y mucho menos su jefa. La bolsa de viaje abierta y toda su ropa interior desparramada por el suelo. La ropa de correr sucia amontonada junto a la mininevera. Su mochila tirada en la cama. Por suerte, había estado tan enfrascada pensando en Alice Poulsen y Star Bonaire que no había sacado el sumario de Emily Vaughn.

—Muy bien. —Compton se sentó en el filo de la mesa, donde el sándwich de ensalada de huevo a medio comer de Andrea estaba criando moho—. Bible me ha contado lo de la granja. ¿Cuáles han sido sus impresiones?

Andrea no estaba preparada para aquello, y el hecho de que Cecelia Compton fuera una de esas mujeres enérgicas y aterradoras que tenían las cosas muy claras no ayudaba en absoluto.

—Respira hondo, Oliver. —Bible se había apoyado contra la puerta cerrada—. Empieza por Star.

—Star —dijo Andrea—. Estaba extremadamente delgada, igual que las otras, pero era mayor, rondaba los treinta años. Iba descalza. Tenía el pelo largo. Y llevaba la misma túnica amarilla que las demás.

—¿Cree usted que lleva allí un tiempo?

—Según comentó el jefe Stilton, dos años como mínimo. Imagino que puede deducirse algo del hecho de que estuviera en la casa, en vez de trabajando en la granja. Wexler y ella se tuteaban. Stilton dice que la madre de Star vive en el pueblo.

—Ya me han hablado de la madre. No le reprocho lo del secuestro, aunque estuviera mal ejecutado —comentó Compton—. ¿Qué hay de Alice Poulsen? ¿Le ha parecido un suicidio?

Andrea, que no se sentía cualificada para responder a sus preguntas, optó por ser sincera.

—Solo he evaluado dos cadáveres como investigadora, señora. Ambos en el depósito de Glynco. Así que, para responder a su pregunta, sí, basándome en mi limitada experiencia, me pareció que Alice Poulsen se suicidó.

Compton no se conformó con eso.

—Continúe.

Andrea trató de ordenar sus ideas.

—Tenía en las muñecas cicatrices que parecían recientes. Al parecer ya había intentado suicidarse antes, como ha corroborado el jefe Stilton.

Había un frasco vacío de pastillas en el lugar de los hechos. Tenía espuma reseca alrededor de la boca. No había petequias en los ojos que indicaran estrangulamiento, ni heridas defensivas, ni marcas de ligaduras. Presentaba algunos hematomas, sobre todo alrededor de la muñeca, pero no había ningún indicio de agresión.

—Parece que hizo una evaluación muy completa —repuso Compton—. ¿Puedo ver las fotografías?

Andrea desbloqueó su iPhone y se lo entregó.

Compton observó las imágenes detenidamente. Las estudió una por una, ampliándolas y reduciéndolas. Las pasó una y otra vez para compararlas. Incluso se detuvo en la foto que había hecho Star Bonaire pidiendo ayuda. No volvió a hablar hasta que las hubo examinado todas.

—Alice Poulsen era ciudadana danesa. El Departamento de Estado se coordinará con su embajada. Yo estoy aquí para prestar ayuda a las autoridades locales. No queremos que los daneses piensen que no nos tomamos este asunto en serio. —Le devolvió el teléfono—. La autopsia ya está programada, pero, por lo que he visto en estas fotografías, concuerdo con su opinión.

—¿Qué hay de la última imagen? —preguntó Andrea—. Star Bonaire pidió ayuda.

—No es la primera vez que la pide. Le he hecho una visita al jefe Stilton antes de venir aquí. Ha sido muy sincero conmigo.

Andrea sintió que apretaba los dientes. Dudaba de que Stilton hubiera llamado «cariño» a Cecelia Compton.

—Hace dos años —prosiguió su jefa—, Star Bonaire le pasó una nota a escondidas a un repartidor del almacén. Escribió lo mismo que hoy: «ayuda». Stilton fue a hablar con ella. Consiguió verla a solas. Ella negó haber escrito la nota. El jefe no tuvo más remedio que marcharse.

Andrea meneó la cabeza. Siempre se podía hacer algo más.

—La segunda vez pasó lo mismo —continuó Compton—. Star telefoneó a su madre en plena noche, pidiendo ayuda. Stilton volvió a ir a la granja. Star negó haber hecho la llamada.

Andrea seguía negando con la cabeza. Sabía por experiencia cómo hablaba Jack Stilton con las mujeres. No era en absoluto el más indicado para esa tarea.

—Hey, compañera. —Bible pareció percibir su frustración—. No es ilegal pasarle una nota a alguien y luego negar que lo has hecho. Qué narices, ni siquiera es ilegal llamar a tu madre un día y al día siguiente decirle que se vaya.

—No le ha pedido ayuda a su madre —repuso Andrea—. Me la ha pedido a mí. Usó mi teléfono para hacer la foto.

—Vale, pero vamos a imaginar qué pasaría —dijo Bible—. Volvemos a la granja. Pedimos hablar con Star. ¿Y luego qué?

—Hablamos con Star.

—Vale, ¿y qué hacemos cuando niegue haber hecho la foto?

Andrea abrió la boca y volvió a cerrarla.

—¿Y si Bernard Fontaine vuelve a aparecer con su título de Derecho por Twitter y nos dice que nos larguemos? ¿O si nos echan encima a los abogados por acoso? —Bible levantó las manos—. Somos la policía, Oliver. Tenemos que seguir las normas constitucionales.

—Si pudiera quedarme a solas con Star...

—¿Cómo? —preguntó él—. No es que podamos hacernos los encontradizos con ella en el supermercado. Stilton dice que Star es la única chica que sale de la granja, pero siempre va con Nardo o Dean. Y no olvides que su madre ya intentó sacarla de allí y la cagó. No acabó en la cárcel porque tuvo suerte y tenía un buen abogado.

Andrea no podía aceptar lo que le decía. Eran *marshals* de los Estados Unidos. Tenía que haber otras opciones.

—Agente Oliver. —Compton metió la mano en el bolso y sacó su teléfono—. Dígame cómo podemos ayudar legalmente a Star Bonaire y lo haremos ahora mismo.

Andrea sentía que el cerebro le daba vueltas a toda prisa dentro de la cabeza. Ya había intentado encontrar una solución. Ellos eran los que tenían experiencia. Tendrían que estar ideando un plan.

—¿Oliver? —insistió Bible.

A Andrea solo se le ocurrió decir la verdad.

—Esto es una mierda.

—Lo es, compañera. De verdad que sí. —Bible dejó escapar un largo suspiro—. En momentos así, suelo pedir ayuda a Cussy, mi mujer. Es una señora muy inteligente. Entiende a la perfección los entresijos de este tipo de situaciones tan delicadas.

Compton resopló, exasperada.

—Vete a la mierda, Leonard.

—Venga ya, Cussy…

—Vete a la mierda. —Compton se cruzó de brazos—. No voy a tirar por el retrete todo lo que acabo de decir. Tu mujer está de acuerdo con tu jefa.

Andrea se sentó en la cama.

—¿Estáis casados? ¿El uno con el otro?

—Procuramos que ello no interfiera en nuestro trabajo —contestó Compton—. Leonard, ¿solo llevas un día trabajando con esta mujer y ya la estás animando a saltarse las normas?

—Hablas igual que mi jefa.

—Que te den. —Compton se inclinó y se quitó los tacones—. Nos estás amargando bastante la vida a las dos ahora mismo.

—Lo siento, cariño. —Bible hizo un ademán apaciguador—. Pero ahora dime una cosa: si estuvieras en mi lugar, ¿tú qué harías?

—Pues, en primer lugar, pediría el traslado para alejarme de esta chica. Está claro que tiene una carrera brillante por delante, si tú no se la jodes.

A Andrea le habría gustado desaparecer en el estampado de la colcha.

—Bien visto —dijo Bible—. Te lo agradezco. Y, después, ¿qué harías?

Compton miró su reloj.

—Dentro de dos horas y media tienes que estar en casa de los Vaughn. ¿Ha olvidado que tiene una misión, *marshal*? Esther ha recibido amenazas de muerte con visos de ser ciertas. No te he mandado aquí para que pases unas vacaciones en la playa.

—Entendido, jefa. —Él sonrió—. Pero se lo preguntaba a mi mujer.

—Joder. —Ella volvió a meterse en el papel sin ninguna dificultad—. Vale, solo para seguirte la corriente, tonto del culo, lo que necesitas es que alguien esté dispuesto a pasarte información. Alguien de dentro que los ponga lo suficientemente nerviosos como para que cometan un error.

—Entendido —dijo Bible—, pero ninguna de esas chicas ha dicho ni pío, y mi jefa acaba de dejar claro que no podemos acercarnos a Star Bonaire.

—Necesitamos a alguien que haya dejado el grupo. Alguien que esté dispuesto a hablar.

Bible sacudió la cabeza.

—No creo que tengan una lista de exvoluntarias a mano.

—Sé de alguien que quizá quiera hablar. —Andrea se sorprendió tanto como ellos de que aquellas palabras salieran de su boca. Y de que los veinte minutos que había pasado buceando en el registro civil del condado de Sussex hubieran servido de algo—. La dueña del restaurante, Ricky Fontaine, estaba casada con Bernard Fontaine. Doy por sentado que el divorcio fue conflictivo.

—¿Y? —preguntó Compton.

—Pues…

Andrea se preguntó si veían las bombillas que empezaban a encenderse encima de su cabeza. Nardo le había dicho que Ricky era su ex, pero según el registro civil su divorcio databa del 4 de agosto de 2002, una fecha muy cercana a un hito importante de la historia de la granja.

Le dijo a Compton:

—No estoy segura de que tenga algo que ver, pero en 2002, más o menos en el momento de formalizarse el divorcio de los Fontaine, el Departamento de Justicia demandó a la granja por infringir la normativa laboral. Según el escrito de la demanda, quien denunció los hechos fue una mujer que no se identificó y que llamó desde un teléfono público situado en la calle Beach de Longbill Beach, Delaware.

Bible no dijo nada, pero tensó la mandíbula.

—Vaya, vaya —dijo Compton—. Bible, deberías hablar más con tu compañera y dejar a tu mujer al margen. Una mujer despechada es la jugada más socorrida. ¿A qué se dedica ahora esa tal Ricky?

Bible miró fijamente a Andrea.

—¿Cómo es que sabes todo eso?

Ella se encogió de hombros.

—¿Cómo se saben las cosas?

—Genial, Bible, habla igual que tú. —Compton ya no estaba para bromas. Le preguntó a Andrea—: Háblame de Ricky. ¿Crees que puedes conseguir que delate a su ex?

Andrea no pudo evitar lanzarle a Bible una mirada de pánico. Aquello no era la parte honda de la piscina. Era altamar.

—No estoy segura de que fuera Ricky quien hizo la llamada. Quiero decir que, al verlo en PACER, pensé que quizá una de las chicas de la granja llamó para denunciarlo. De todos modos, tal vez Bible debería…

—Eso está hecho. —Bible miró su reloj—. La hora punta de la comida debe de haber terminado. Voy a llamar a la cafetería para asegurarme de que Ricky está allí.

Andrea no tuvo oportunidad de seguir explicándose.

Dos fuertes golpes hicieron temblar la puerta.

Bible apoyó la mano en la culata de su pistola.

—¿Esperas a alguien?

Andrea también había acercado la mano a su arma.

—No.

—Probablemente sea el servicio de limpieza. —Aun así, Compton volvió a ponerse en modo jefa, y ella y Bible se miraron. Luego, abrió la puerta de golpe.

A Andrea le dieron ganas de gritar al ver quién estaba fuera.

—¡Hola, nena! —Mike sonrió de oreja a oreja, tontamente—. ¡Sorpresa!

Andrea esperó a que Mike y ella estuvieran en la parte de atrás del motel para levantar las manos, indignada.

—¿Qué coño haces aquí?

—Tranquila —contestó él como si tratara de calmar a un caballo salvaje—. ¿Qué tal si…?

—Ni se te ocurra intentar tranquilizarme. No eres mi puto novio. Y menos aún mi prometido.

—¿Tu prometido? —Mike se rio—. ¿Quién te ha dicho eso?

—Bible, Compton, Harri, Krump… —Ella volvió a levantar las manos—. ¿Cómo se te ha ocurrido, Mike?

Él seguía riéndose.

—Ay, cariño, solo te están tomando el pelo. Yo no les he dicho que estemos prometidos. ¿No te han hablado de los rumores? Porque eso sí que es cierto.

—Deja de reírte, joder. —Andrea se dio cuenta de que acababa de dar un pisotón, igual que su madre—. Esto no tiene gracia. No estoy de broma.

—Mira…

—De «mira» nada, idiota. ¿Qué coño haces aquí? Todo este rollo de mandarme mensajitos y presentarte en mi puerta, delante de mi jefa, no mola nada. Tengo que hacer mi trabajo.

—Vale, muy bien. Entiendo que necesites desahogarte. —Había bajado la voz. Estaba usando el dichoso truco del termómetro—. ¿Recuerdas que yo también tengo que cumplir con mi trabajo? Soy inspector de Protección de Testigos, lo que significa que tengo que evaluar y prevenir amenazas contra los testigos a mi cargo.

—Sé en qué consiste tu trabajo, Mike. Acabo de pasar cuatro meses estudiándolo.

—¡Pues entonces ya sabes la puta respuesta! —Se le rompió el termómetro—. ¿Por qué te mando mensajes? Para intentar que me hagas caso, joder. ¿Por qué le he dicho a todo el mundo que estamos juntos? Para que estén pendientes de ti. ¿Por qué he acabado presentándome en tu puerta? Porque tengo una testigo con muy malas pulgas cuyo ex es un psicópata y cuya hija está en la ciudad natal del psicópata, removiendo todos los avisperos que encuentra.

Andrea apretó los labios.

—¿Qué grado de peligro cree que hay en este caso, agente? —prosiguió Mike—. Has pasado cuatro meses en la academia. Dime si está a salvo mi testigo.

—Claro que sí. —Andrea no le recordó que Laura nunca había necesitado su ayuda—. Mi madre está bien. Cree que estoy en Oregón.

—Ah, mucho mejor, entonces. Me preocupaba que algún idiota de este pueblo llamara a Clayton Morrow para avisarle de que andas por aquí haciendo preguntas, pero no pasa nada. Si Laura cree que estás en Oregón, todo arreglado.

—Está preso en una cárcel federal —le recordó Andrea—. Se supone que tenéis que vigilar sus contactos con el exterior.

—Lamento decírtelo, nena, pero es muy normal que los presos se hagan con un teléfono móvil. Falsifican el identificador de llamadas y se ponen en contacto con testigos y traficantes y, a veces, mandan matar a gente a la que quieren hacer callar. —Repitió la pregunta—. ¿Está a salvo mi testigo?

El destello de ira de Andrea se transformó en una angustia abrasadora. Su padre podía ser un hombre muy peligroso.

—¿Por qué no me dijiste todo eso hace dos días? Tú organizaste la reunión con Jasper. ¿Qué esperabas?

—Esta mierda, no —respondió Mike—. Jasper me dijo que te iba a mandar a Baltimore para que estuvieras cerca de Washington. Compton es una estrella del *rock*. Bible es una leyenda. No me enteré de que estabas en Longbill hasta que Mitt Harri me avisó por Slack esta mañana a las diez.

Andrea no le preguntó por qué le había llamado Mitt Harri para hablarle de ella. Eran como una pandilla de chicas de instituto.

—¿Creías que Jasper intentaba ayudarme?

—¿Por qué no iba a hacerlo? Es tu tío.

Su tío era un capullo y un tramposo, pero Mike tenía una extraña ceguera en todo lo relativo a la familia.

—¿Qué quieres que haga? —le preguntó—. Está claro que has venido con alguna intención.

—Quiero que pidas el traslado a otro sitio. Que te vayas al oeste, como querías. Compton no hará preguntas. Sabe que estoy en Protección de Testigos. No le costará atar cabos.

—¿Estás de coña? —preguntó ella, incrédula—. Me estás pidiendo literalmente que huya.

—Andy…

—Escúchame, ¿vale? Porque te hace mucha falta oír esto. No soy la niñita indefensa de hace dos años. Soy la puta hija de Laura Oliver. No huyo de las cosas, ni necesito que me rescates.

Mike puso cara de no saber por dónde empezar.

—¿La niñita indefensa?

—Exacto. No soy la misma. Cuanto antes lo asumas, mejor para los dos.

Él pareció confundido.

—Andy, no he venido a salvarte. Estoy aquí porque tu madre destrozará el mundo a dentelladas si Clayton Morrow se acerca a ti.

Andrea negó con la cabeza, aunque sabía que no estaba exagerando.

—A mí no me hará daño.

—Él no es Hannibal Lecter ni tú eres Clarice. No tiene un código de honor.

No supo qué responder. De repente estaba muy cansada. Parecía que cada paso adelante iba seguido de dos pasos atrás. No podía ayudar a Star. No podía encontrar al asesino de Emily Vaughn. Si Compton la enviaba a sonsacar a Ricky sobre la granja, seguramente también fracasaría en eso.

—Andy…

Sacudió la cabeza, rogándose en silencio no echarse a llorar. Las lágrimas anularían todo lo que acababa de decir. Los dos años anteriores no habrían servido de nada. Rechazar a Mike habría sido en vano.

—Cariño, háblame.

—No. —Negó con la cabeza—. No puedo hacer esto contigo. Tengo que cumplir con mi trabajo.

Mike la tomó de la mano. Ella se estremeció cuando le apretó accidentalmente la muñeca.

—¿Andy?

Se apartó de él, soltando para sus adentros una ristra de improperios. El puto trabajo. La puta granja. El puto Wexler. Debería haberle dado un puñetazo en la puta garganta. Haberle roto el puto hioides y haberlo mandado al puto hospital.

—Andrea. —Mike se había puesto enfrente de ella. Había hinchado el pecho y tenía los puños apretados—. ¿Alguien te ha agredido?

No pudo refrenarse. Apoyó la frente en su pecho. El alivio fue inmediato: una sensación casi de ingravidez al dejar que él asumiera parte de la carga. Él posó las manos suavemente sobre su nuca. Andrea sintió latir su corazón. Mike esperaba una señal de que podía abrazarla.

Pero ella no se permitió hacer esa señal.

—Estoy bien. De verdad. —Levantó la cabeza—. Ya me he encargado yo. No necesito que me salves.

Él apartó las manos.

—¿Por qué te empeñas en decir eso?

—Porque necesito que sea verdad. —Sintió que se le agolpaban las lágrimas en los ojos. Se las secó con el puño, furiosa con su cuerpo por traicionarla—. No soy como tus hermanas mayores, esas mandonas que todo el tiempo necesitan que las saques de apuros, ni soy como tu madre, que espera que la tengas en palmitas. Soy una mujer de treinta y tres años. Puedo valerme por mí misma.

—Claro. —Se apartó de ella. Sus pullas habían surtido el efecto deseado. Dio otro paso y luego otro, asintiendo con la cabeza. Tenía los brazos cruzados—. Entendido. Alto y claro.

Andrea se tragó la disculpa que se le vino a la boca. De él podía decir cualquier cosa, pero sus hermanas y su madre eran sagradas.

Ahora ya solo quedaba retorcer el cuchillo.

—Ya nos veremos por ahí.

—Puedes contar con ello.

Andrea se alejó. Sintió el calor de su mirada en la espalda hasta que dobló la esquina. No podía imaginar lo que estaría pensando Mike en ese momento, pero lo único que pensaba ella era que se estaba volviendo como su madre.

A pesar de que dijera constantemente «cariño» y «mi amor», Laura era a veces una auténtica arpía, fría como el hielo. Era lógico, teniendo en cuenta su infancia y, sobre todo, el daño que le había hecho Clayton Morrow. A lo largo de los años, Andrea había visto cómo encendía y apagaba la frialdad como un rayo de hielo: un día celebraba la Navidad con la familia y al siguiente le decía a Gordon que habían terminado. Así era como se protegía su madre. Cuando los demás se acercaban demasiado, los apartaba. Si Andrea quería seguir su ejemplo de férrea determinación, también tenía que asumir la estela de dolor que dejaba a su paso. Dos años de lucha para convertirse en una persona más fuerte no iban a cambiar lo fundamental.

«Dondequiera que vayas, ahí estás».

El coche de alquiler de Mike estaba aparcado frente a la puerta de su habitación. Sabía que era el de Mike porque conducía tantos coches de alquiler diferentes que siempre colgaba una pata de conejo del retrovisor para recordar cuál era el suyo.

—¿Todo bien? —Bible estaba apoyado en su todoterreno. Había sacado la mochila de Andrea.

—Sí, todo bien. —Cogió la mochila al subir al Explorer. Tuvo que hacer acopio de toda su fuerza de voluntad para no mirar atrás en busca de Mike.

—He llamado a la cafetería —le informó Bible en tono profesional mientras arrancaba—. Ricky está en casa. Vive a un paso de distancia. Siempre es bueno hablar con la gente en su propia casa. Estará relajada y cómoda. Yo lo enfocaría así: «Oiga, señora, estoy intentando ayudarla. Dígame lo que sabe de su ex para que podamos encerrarlo y tirar la llave».

Aunque Andrea dudaba de que fuera tan fácil, dijo:

—Es pan comido.

—Seguro que está chupado —concluyó Bible—. Estupendo, compañera. Sé que lo vas a bordar.

Andrea le agradeció sus ánimos, aunque no estaba tan segura. Su encuentro con Mike la había dejado muy tocada.

Además, Mike le había mentido.

Le había dicho que Mitt Harri le había enviado un mensaje a través de Slack a las diez de la mañana y que así era como se había enterado de que ella estaba en Longbill Beach. Sin embargo, el mensaje de los ñus se lo había mandado a las 08:32, lo que significaba que en ese momento no le había escrito por trabajo. Le había escrito porque quería saber de ella. La foto de la polla de agua se la había enviado cuando estaba a quince minutos del motel.

La sucesión de los hechos tampoco encajaba con su versión sobre los cotilleos acerca de su relación de pareja. Menos de cinco minutos después de conocer a Bible, su compañero la había felicitado por su compromiso. Mike no tenía motivos para preocuparse por Clayton Morrow el día anterior por la tarde (en ese momento, Mike creía que Andrea estaba en Baltimore). No había lanzado aquel rumor para marcarla como si fuera una boca de incendios o para fastidiarla, sino porque quería que ella pensara en él.

Y ella le había hecho daño.

¿Por qué le había hecho daño?

—¿Sabes? —dijo Bible—. Mi hijo tiene más o menos la edad de Mike.

Andrea aceptó cambiar de tema, aunque le extrañó que él eligiera ese momento para hablarle de su vida privada.

—No sabía que tenías un hijo.

—Dos. Mi hija es médica en Bethesda. Es superlista, como su madre. —La sonrisa de Bible estaba llena de orgullo—. Mi hijo… Bueno, no me malinterpretes, es un buen chico. Le dieron una beca completa para ir a West Point y acabó licenciándose en Derecho en Georgetown.

Andrea presintió que había un pero.

—Cussy y yo no solemos contarlo, pero nos dio la sorpresa cuando estaba en segundo año de carrera, en Georgetown. Nos dijo que quería ser penalista, abogado defensor.

Andrea sonrió de mala gana. Los policías despreciaban a los abogados defensores. Hasta que necesitaban uno.

—No te preocupes. Se me da bien guardar secretos.

—Ya me he dado cuenta.

Como de costumbre, las palabras de Bible tenían un doble significado. Le estaba dando la oportunidad de explicarle por qué sabía tanto sobre Dean Wexler, Nardo y Ricky Fontaine.

Ella no podía explicárselo. Tenían que centrarse en Alice Poulsen y Star Bonaire. Si se distraía con el caso de Emily Vaughn, perdería la ocasión de convencer a Ricky Fontaine de que delatara a su exmarido. Compton había dejado claro que era su única posibilidad de poner fin a los horrores que estaban teniendo lugar en la granja.

—Yo empecé en la División de Antidroga —dijo Bible—. ¿Te lo ha contado Mike?

Andrea supuso que iba a contarle otra historia para ver si ella se volvía más comunicativa. Le siguió el juego solo a medias y, mirando por la ventanilla, dijo:

—Mike no me ha contado nada.

—Bueno, es que los de Protección de Testigos son muy escurridizos. —Carraspeó antes de continuar—: Lo que pasó fue que un día estaba sentado en mi mesa y de pronto me llama el jefazo de Washington y me dice que la DEA necesita una cara nueva en El Paso para llevar un camión de un lado a otro de la frontera. Nada demasiado arriesgado: metes la heroína, sacas el dinero y ya está; nada más.

Andrea sabía que los *marshals* solían participar en diversos operativos conjuntos. Bible pasaría desapercibido fácilmente, con sus tatuajes militares y su marcado acento texano.

—Así que me presenté en El Paso y nos pusimos a intentar atrapar a unos narcos que traían cocaína de Sinaloa. ¿Has estado alguna vez allí? —Esperó a que Andrea negara con la cabeza—. Es un estado precioso, con la sierra Madre y Baja California Sur. Allí la gente es muy sencilla. Muy amable. Y la comida…

Bible se besó los dedos al tiempo que reducía la velocidad para girar. Beach Road desapareció en el espejo retrovisor. En aquel extremo del pueblo no había grandes mansiones; solo un barrio obrero con casas pequeñas y coches viejos.

—El caso es que —prosiguió Bible— me invitaron oficialmente a Culiacán, lo que era algo muy gordo. Yo me lo tomé con calma. Me bebí unas cervezas, hablé como un malote, y dejé claro que era de fiar y que todo me parecía bien.

Andrea percibió un cambio en el ambiente.

Bible no le estaba contando una anécdota. Le estaba confesando que se había infiltrado en las altas esferas de un cártel mexicano. Miró las líneas finas y largas que marcaban su rostro. No se había dado cuenta hasta ese momento, pero le bajaban por la garganta y desaparecían por debajo del cuello de la camisa.

Se volvió hacia él para hacerle saber que era consciente de que le estaba contando algo que no solía contar.

Bible asintió con la cabeza, reconociendo que así era. Luego respiró hondo y dijo:

—Pasaron un par de meses y empecé a trabajar con un informante, desde dentro. Por lo menos, eso creía yo. Digamos que resultó que el tipo no era mi compadre. Se fue todo a la mierda. Y, antes de que me diera cuenta, estaba atado a una silla mientras ellos jugaban a ponerle la cola al *marshal*.

Andrea no podía apartar los ojos de las cicatrices.

—Sí, las tengo por todas partes. —Bible se frotó la cara. Andrea nunca antes lo había visto parecer inseguro. Incluso le había cambiado el timbre de voz—. Al tipo que me interrogó lo llamaban el Cirujano*. ¿Hablas español?

Andrea negó con la cabeza. Bible tradujo el mote para ella.

---

* En español en el original. *(N. de la T.)*

—El Cirujano… —añadió—. Aunque no creo que aprendiera a rebanar así a la gente en la Facultad de Medicina.

Andrea sintió una opresión en el pecho. Conocía de forma indirecta ese miedo, pero, por suerte, se había librado de ese dolor insoportable.

—¿Te torturó?

—No, claro que no. La tortura se usa para conseguir información. Y yo les dije todo lo que querían saber desde el principio. Aquel tipo solo quería hacerme daño.

Andrea no supo qué decir.

—Esto fue hace seis años —dijo Bible—. Sé que no lo parecerá, pero entonces yo todavía era joven. Y quería seguir siendo *marshal*. Pero mi mujer, Cussy, se puso firme. Quería que me jubilara. ¿Tú me ves pescando en un muelle el resto de mi vida? ¿Haciendo macramé? ¿Aprendiendo cerámica?

Andrea, que seguía sin poder hablar, negó con la cabeza.

—Por supuesto que no —continuó él—. Pero entonces la jueza Vaughn fue a verme al hospital. ¿Te he dicho que estuve seis meses en rehabilitación?

De nuevo, Andrea negó con la cabeza. Sabía por el trabajo de Laura cómo era la rehabilitación. No te tenían allí seis meses a no ser que necesitaras mucha ayuda.

—Pues Esther Vaughn entró en mi habitación como si fuera la dueña del hospital. No me avergüenza decir que sentía mucha pena de mí mismo. Y esa señora se acerca a mi cama como si tal cosa y, sin decir «hola», «encantada de conocerlo» o «siento que tengas que cagar en una bolsa», me suelta: «No me gusta el *marshal* que han asignado a mi sala. ¿Cuándo puede incorporarse usted?».

—¿Te conocía? —preguntó Andrea.

—No había hablado con ella en mi vida. La había saludado en el pasillo una vez o dos, quizá.

Andrea sabía que los *marshals* trabajaban en los juzgados federales.

—¿Tu mujer, digo, tu jefa…?

—No. La jueza se presentó allí por su cuenta y riesgo. A Esther Vaughn nadie le dice lo que tiene que hacer, te lo aseguro. —Bible se encogió de hombros, pero estaba claro que aquel encuentro le había impresionado—. Tardé otros dos meses en recuperarme. Y me pasé los cuatro años siguientes en su sala. A algunos jueces, sobre todo, a los mayores, les gusta tener allí a un *marshal*. Su cargo es vitalicio. Suelen cabrear a la gente.

Cada vez que Andrea creía tener una idea clara de cómo era Esther Vaughn, alguien la hacía cambiar de opinión.

—Esther no está bien —continuó Bible—. El cáncer de garganta se ha reproducido. Y esta vez no va a vencerlo. La mujer está cansada de luchar.

Andrea solo pudo pensar en Judith y Guinevere. Iban a perder a otro ser querido más.

—Esther Vaughn me salvó la vida. Quiero averiguar quién mató a su hija antes de que ella muera. Por eso sé tanto del caso.

Andrea intentó salirse por la tangente.

—¿Sabe la jueza que estás investigando?

—Procuramos no mezclar las cuestiones profesionales con la vida privada. La jueza sabe el poder que tiene. Nunca lo utilizaría para pedir un favor personal. Le importan mucho las apariencias.

Andrea se preguntó si no sería más bien cuestión de orgullo.

—¿Has hablado con sospechosos o…?

—Todavía no, pero pienso ponerme con ello. No conviene empezar a derribar puertas sin saber lo que hay al otro lado. —Bible hizo una pausa—. Ahora viene la parte en la que me explicas por qué yo llevo dos días investigando y tú llegaste hace un segundo y ya sabes tanto como yo sobre el caso.

Andrea se sintió atrapada, que era justamente lo que pretendía Bible. Ansiaba decirle la verdad, pero sabía que no podía. Mike se había burlado de los cuatro meses de Andrea en Glynco, pero la primera regla del Programa de Protección de Testigos era que nunca jamás se hablaba del Programa de Protección de Testigos. Ni siquiera con otro *marshal*. Ni aunque ese *marshal* te hubiera hecho creer en un solo día que era la persona más digna de confianza que habías conocido en tu vida.

Se odió a sí misma por decir:

—¿Por qué crees que sé algo?

—Tienes que perfeccionar esa cara de póquer, compañera. Hace un rato, en la granja, casi he visto cómo se te cortaba la respiración cuando te has dado cuenta de que estabas hablando con Dean Wexler y Nardo Fontaine. —Se quedó callado un momento—. ¿Y luego, de pronto, sales con la fecha del divorcio de Ricky Fontaine y con datos de un pleito de hace veinte años del que nadie ha oído hablar?

Andrea sintió la garganta reseca. Pero, si su cara no podía mentir, su boca sí podía.

—Lo encontré en internet. Lo del asesinato de Emily. Mi vuelo se retrasó, así que tuve mucho tiempo para entretenerme.

—¿Y el que Mike haya venido no tiene nada que ver?

Aquello había dado en el blanco. Andrea retrocedió instintivamente.

—Lo mío con Mike es complicado.

—Eso dicen mis hijos cuando no quieren hablar de algo.

Andrea dio la callada por respuesta.

—Muy bien —dijo Bible por fin en aquel tono, ya familiar para ella, que dejaba claro que no le parecía bien en absoluto. Acercó el todoterreno a la acera. Puso el punto muerto—. Ya hemos llegado.

Andrea levantó la vista. La casa de dos plantas estaba en lo alto de una cuesta muy empinada. El desnivel era tan pronunciado que las escaleras del porche delantero tenían tres tramos en zigzag. La puerta del garaje estaba abierta. Las dos plazas estaban llenas de cajas de cartón y estanterías. Era evidente que Ricky lo utilizaba como trastero de la cafetería. Delantales sucios y paños de bar se apilaban en torno a una lavadora y una secadora muy antiguas.

—Voy a quedarme aquí abajo, en el coche —dijo Bible—. Antes de que te vayas, quiero decirte cuál es la regla número cinco de los *marshals*: con un solo culo, no se montan dos caballos.

Aquello parecía más bien una de sus homilías del Gallo Claudio, pero Andrea ya había llegado a esa conclusión por sí sola. Le estaba diciendo que se quitara de la cabeza a Emily Vaughn.

—Necesitamos que Ricky nos dé alguna información sobre Wexler, Nardo o la granja que nos permita intervenir. Así es como podemos ayudar a Star Bonaire.

—Exacto.

Andrea abrió la puerta del coche. Se frotó la muñeca dolorida al emprender el ascenso casi vertical hacia la casa. Estaba empezando a salirle un hematoma. Ignoraba por qué le molestaba tanto aquella lesión. En Glynco, después de que le dieran un puñetazo en los riñones, había meado sangre, literalmente. Le habían puesto un ojo morado y le habían partido el labio, y se había tomado ambas cosas como insignias de honor.

Supuso que, si el hematoma de la muñeca le parecía distinto, era porque se lo había hecho Dean Wexler. Había querido lastimarla, ponerla en su sitio, como había puesto en su sitio a Star, a Alice y a todas las mujeres de la granja.

Aunque los *marshals* no solían investigar, su formación incluía varias horas dedicadas a los interrogatorios y las entrevistas a sospechosos. Ricky Fontaine no era una sospechosa, pero sí una posible testigo de lo que ocurría en la granja. Aparte de eso, quizá conociera a alguna mujer que hubiera escapado de allí. Andrea tendría que conseguir que se sintiera cómoda y, al mismo tiempo, mostrarse competente para que Ricky sintiera que toda la información que le proporcionara sería investigada a fondo y que, si se hallaba algún indicio de delito, se actuaría en consecuencia.

Andrea se soltó la muñeca al pasar junto al Honda Civic verde que había aparcado en la entrada. Echó una ojeada al interior. El coche estaba hecho un desastre (había papeles y basura esparcidos por todas partes). Miró a la casa, que seguramente era la misma en la que se habían criado Eric y Erica Blakely, y no pudo evitar preguntarse si Clayton Morrow habría hecho alguna vez aquella ardua ascensión por los tres tramos de escaleras de cemento. Quizá estuviera a punto de pisar los mismos escalones que había pisado su padre hacía cuarenta años.

—Hola, cielo. Siento lo de las escaleras. Te hacen polvo las pantorrillas. —Ricky había abierto la puerta mosquitera. Iba en pantalones cortos y camiseta. No llevaba tobilleras, pero sí sus pulseras de Madonna negras y plateadas. Les había añadido unas cintas para darles algo de color.

Andrea torció en el segundo rellano y subió el último tramo de escaleras. Su primera impresión fue que Ricky había perdido por completo su aire eficiente y maternal. No era, en absoluto, una transformación al estilo de Esther Vaughn; era todo lo contrario. Parecía completamente agotada y desprovista de energía, lo que era lógico teniendo en cuenta que el restaurante abría todos los días de seis de la mañana a doce de la noche.

—Me han llamado de la cafetería para decirme que me buscabas. ¿Quieres un refresco?

—Sí, estupendo. —Sus instructores le habían enseñado que la forma más sencilla de tranquilizar a alguien era dejar que te sirviera—. Gracias por hablar conmigo. Intentaré no robarle mucho tiempo.

—Espero que no te importe que trabaje mientras hablamos. Tengo la secadora puesta. Si no sigo haciendo la colada, no terminaré nunca. Por aquí.

Ricky la condujo a través del salón. Había tres cestos en el suelo llenos de paños y delantales limpios. El sofá y los sillones parecían nuevos, pero la alfombra de color tostado tenía que ser la original. Los cuadros de las paredes, pintadas de color crema, seguramente se habrían anunciado como «de tamaño sofá» en los carteles de algún rastrillo. Encima de una mesita de madera con dos cajones estrechos que había junto al pasillo, Andrea vio un montón de fotografías enmarcadas. En el hueco de debajo, Ricky había amontonado libros de gran tamaño, usando como balda los travesaños que tenía la mesa entre las patas enjutas. No pudo echar un vistazo más de cerca. Ricky ya estaba subiendo un tramo de escaleras montadas al aire.

Andrea notó un tufo a moho en la cocina, probablemente debido al desorden. Sobre una mesa ovalada se amontonaban facturas amarillentas y papeles que quizá se remontaran al año en que ella nació. Quedaba libre un triste rinconcito donde Ricky debía de comer a solas. Andrea dedujo que en algún momento se había interesado por la decoración. Una lámpara de color azul claro colgaba sobre el fregadero. La encimera era de cuarzo negro. Los armarios estaban pintados de azul vivo. Todos los electrodomésticos eran blancos excepto el frigorífico, que era negro. La puerta estaba salpicada de postales, tarjetas de felicitación, fotografías y las chucherías habituales.

—No te hagas vieja, tesoro. —Ricky giraba el tapón de un bote de pastillas.

Andrea reconoció el bote rojo de ClearRx típico de las farmacias Target. Ricky se tomó dos pastillas mientras miraba. Había como mínimo una docena más de medicamentos sobre la encimera.

—Para la tensión arterial, para el colesterol, antiinflamatorios —recitó Ricky—, esta mierda es para el tiroides, esto para el reflujo, esto para el dolor de espalda y esto para los nervios. ¿Una Pepsi está bien?

Andrea tardó un segundo en darse cuenta de que se refería al refresco.

—Sí, gracias.

Ricky abrió la nevera. Andrea se fijó en una Polaroid descolorida de un adolescente en pantalones cortos. Llevaba el pelo desgreñado, al estilo de finales de los setenta. Iba sin camiseta, y su pecho flaco y sus codos angulosos lo situaban en la cúspide de la pubertad.

Eric Blakely.

Se acordó de lo que le había dicho Nardo en la granja sobre el hermano de Ricky.

«Murió, el pobrecito».

—Vale. —Ricky había llenado un vaso con hielo. Abrió una lata de Pepsi y la sirvió con un experto giro de muñeca—. Supongo que estás aquí por la jueza.

Andrea, consciente de que tenía que perfeccionar su cara de póquer, se esforzó por mantener una expresión neutra.

—¿Por qué lo dice?

Ricky se sacó el chicle de la boca y lo envolvió en una servilleta.

—Judith no ha dicho nada, pero la gente del pueblo anda diciendo que la jueza vuelve a tener cáncer, esta vez de verdad. La pobre seguramente no llegará a fin de año. Si yo estuviera en su lugar, antes de morirme, querría saber qué le pasó a Emily.

Andrea bebió un sorbo de Pepsi mientras pensaba en cómo manejar la situación. Se había dicho a sí misma de forma expresa que no hablaría de Emily, pero también era consciente de que mostrar empatía delante de un testigo era la forma más rápida de ganarse su confianza.

—Creo que saber la verdad le daría un poco de paz —dijo.

Ricky asintió, como si no necesitara confirmarlo.

—Sígueme.

Andrea dejó el vaso en la encimera y bajó las escaleras detrás de ella. Ricky se detuvo delante de la mesa que había junto al pasillo. Cogió una de las fotografías enmarcadas.

La imagen le sonaba. Había visto una copia en el *collage* de Judith, la tarde anterior, solo que la del *collage* estaba doblada en forma de acordeón para eliminar a Emily del grupo.

—Lo siento. Todavía me cuesta ver su cara. Me lo trae todo a la memoria otra vez. —Ricky dio la vuelta al marco y quitó la tapa de atrás. Desplegó la fotografía y se la enseñó—. ¿Verdad que era guapa?

Andrea asintió, intentando fingir que era la primera vez que veía aquella foto. Señaló a Nardo como al azar.

—¿Quién es este?

—El cabrón de mi ex —murmuró Ricky, aunque sin amargura evidente.

Andrea señaló a Clay.

—Ese es Clayton Morrow. Eres policía, así que seguramente sabrás de él más que yo. Esa soy yo, claro, antes de que se me cayeran las tetas y se me pusiera el pelo blanco. Y ese es mi hermano Eric. Lo llamábamos Blake.

Andrea aprovechó la oportunidad.

—¿Lo llamaban?

Ricky volvió a doblar la foto con cuidado.

—Murió dos semanas después que Emily.

Andrea observó cómo volvía a colocar el marco. Había más fotografías sobre la mesa; era una especie de altar consagrado a su juventud. Clay y Nardo fumando en el asiento delantero de un descapotable. Blake y Nardo disfrazados de mafiosos de la época de Al Capone. Blake y Ricky en esmoquin.

Alguien que no supiera que Emily Vaughn formaba parte del grupo, no notaría su falta.

—Más o menos una semana después de que agredieran a Emily —explicó Ricky—, Clay nos dijo que tenía créditos suficientes para graduarse antes de tiempo y que se marchaba a Nuevo México a trabajar una temporada, antes de empezar la universidad.

Andrea miró los libros apilados bajo los dos cajones. Eran anuarios. Colegio de Enseñanza primaria Dozier. Instituto de Secundaria Milton. Instituto de Bachillerato Longbill Beach.

—Blake se ofreció a acompañarlo, para que no tuviera que hacer el viaje solo. Recorrer tres mil kilómetros era muy distinto en aquel entonces. No había teléfonos móviles si tenías una avería. Las llamadas de larga distancia eran carísimas. Nosotros ni siquiera teníamos teléfono propio. Se lo alquilábamos a C&P, la compañía que daba servicio a esta zona.

Ricky volvió a colocar con cuidado la foto de grupo junto a las demás. Tocó con el dedo el pecho de su hermano.

—No le culpo por querer irse —dijo—. Las cosas estaban muy tensas, incluso entre Blake y yo. Éramos mellizos, ¿sabes?

Andrea negó con la cabeza, aunque lo sabía.

—¿Le dijo Emily alguna vez quién era el padre de su bebé?

—No. —La voz de Ricky se llenó de pesar—. Emily ni siquiera me hablaba al final. No tengo ni idea.

Andrea pensó en lo que le había contado Wexler en la camioneta. A Emily la habían violado en una fiesta. Supuso que Ricky también habría asistido, igual que Eric, Nardo y Clay. Y tal vez Jack Stilton y Dean Wexler. Existía un síndrome psiquiátrico denominado *folie à plusieurs*, una psicosis compartida que hacía que un grupo de personas cometieran juntas actos que no cometerían estando solas. No le costaba en absoluto imaginar que su padre hubiera cogido a aquel grupo de personas tan dispares y las hubiera instado a dejar que saliera lo peor de sí mismas. Luego se había marchado del pueblo y Dean Wexler había ocupado su lugar.

Probó a enfocar la cuestión de otro modo.

—¿Tenían alguna teoría sobre quién pudo matar a Emily?

Ricky se encogió de hombros, pero dijo:

—La policía enfiló a Clay desde el principio. Por eso tenía tantas ganas de irse del pueblo. Y Blake… Bueno, él también tenía motivos para querer marcharse. Las cosas no iban bien con mi abuelo. Nos peleamos por cuestiones de dinero. Fue una época muy mala para los dos. Ni siquiera nos hablábamos.

Andrea se aclaró la garganta. Sabía que debía proceder con cuidado. Ricky no tenía un altar dedicado a su círculo de amigos porque pensara que eran malas personas.

—¿Por qué se centró en Clay la policía?

—Stilton le despreciaba. Y su hijo también, de hecho. Clay era distinto. Era inteligentísimo, sarcástico, guapo… Esos dos cabezas huecas no lo entendían; de ahí su odio.

Andrea no le recordó que Clayton Morrow también era un psicópata y un criminal convicto.

—No debería decirlo, pero estábamos todos un poco enamorados de Clay. Emily lo adoraba. Nardo quería ser como él. Para Blake era un ídolo. Éramos un grupito muy especial. —Ricky miró la fotografía de Clay y su hermano—. Estaban de excursión en la sierra de Sandía, a las afueras de Albuquerque. Fueron a bañarse cerca de Tijeras. Blake se metió debajo de la catarata y no volvió a salir. Nunca se le dio bien nadar. Encontraron su cadáver dos días después.

Al menos eso explicaba por qué el certificado de defunción de Eric Blakely no figuraba en el registro civil del condado de Sussex. Había muerto en otro estado.

Ricky se giró para apartarse de la fotografía. Tenía los brazos cruzados.

—Debió de ser Clay quien la mató, ¿no? Quiero decir que parece lo más lógico.

Andrea pensó que a ella también le había parecido lo más lógico, hasta que había visto con sus propios ojos la crueldad de la que eran capaces Nardo Fontaine y Dean Wexler.

—Me porté fatal con Emily cuando me dijo que estaba embarazada. —Ricky miró al sofá que había bajo la ventana—. Estábamos aquí, en esta misma habitación, y le dije cosas horribles. No sé por qué me enfadé tanto. Supongo que sabía que se había acabado, ¿sabes? Nuestra camarilla. Ya nada volvería a ser igual.

Andrea había dejado que Ricky se sintiera a gusto. Ahora, intentó retomar el control con suavidad.

—Su forma de hablar de ella no se parece nada a como la pinta Dean Wexler.

—¿Dean? —Ricky pareció sorprendida—. ¿Y por qué habla él de Emily?

Andrea se encogió de hombros.

—Me dijo que ella tenía problemas con las drogas y el alcohol.

—Eso no es cierto. Emily ni siquiera fumaba. —Ricky se alteró de repente—. Si has hablado con Dean, también habrás hablado con Nardo. ¿Qué te ha dicho de Emily?

—No la mencionó —contestó Andrea—. El agente Bible y yo fuimos a la granja por lo del cadáver que ha aparecido en el campo. Pero eso ya lo sabía, ¿verdad? Fue usted quien le dijo a Bible lo de la chica.

Ricky hundió la barbilla en el pecho.

—Es lo que te decía antes: Queso es un borracho y un inútil. A veces me pregunto si Dean no le estará chantajeando. Esas locuras que llevan pasando años, décadas, en la granja… Y Queso hace como que se chupa el dedo y mira para otro lado.

—¿Qué locuras?

—Lo de las voluntarias. —Ricky parecía cada vez más alterada—. Si quieres saber de qué va ese asunto, deberías buscar el pleito que hubo hace veinte años. Están explotando a lo bestia a esas chicas.

—He leído el escrito de demanda. —Andrea procuró transmitir sosiego, ya que Ricky no estaba calmada—. La denuncia la hizo una persona anónima, una mujer. Llamó desde un teléfono público de Beach Road.

Un destello de culpa cruzó el rostro de Ricky. Se sacó el móvil del bolsillo trasero. Echó un vistazo al temporizador, que marcaba otros cuatro minutos.

—La secadora está a punto de acabar.

Andrea no pensaba dejarla marchar aún.

—La chica del campo probablemente se suicidó.

—Ya me he enterado.

—Estaba esquelética, casi muerta de hambre. —Andrea vio que volvía a mirar el temporizador—. Todas las mujeres de la granja están muertas de hambre. Es como si vivieran en un campo de concentración.

—Rezo por ellas. —Ricky limpió la pantalla del móvil con el bajo de la camiseta—. Y por sus padres. Dean tiene un batallón de abogados a su disposición. No van a conseguir sacarle nada. Él siempre gana.

Andrea se dio cuenta de que la estaba perdiendo.

—¿Conoce a alguna chica que ya no esté allí? Quizá alguna esté dispuesta a hablar.

—Casi no tengo tiempo ni de hacer la colada. ¿De verdad crees que mantengo el contacto con alguien de esa época de mi vida?

Andrea volvió a intentarlo.

—Si usted tuviera alguna información, podría denunciarlo de forma anónima o…

—Cariño, a ver si te quitas la cera de los oídos, ¿vale? No conozco a nadie. Hace veinte años que no pongo un pie en la granja. —Ricky se dio al fin por satisfecha con la limpieza del móvil—. Hay una orden de alejamiento permanente contra mí que dice que no puedo acercarme a menos de seis metros de Nardo, o me detienen. Cuando nos divorciamos, Dean fue a por mí hasta el punto de que casi pierdo la cafetería. Gracias a Dios que la casa formaba parte de un fideicomiso; si no, me habría quedado en la calle.

Andrea notó que estaba asustada.

—¿Dean ayudó a Nardo a pagar el divorcio?

—Dean ayuda a Nardo con todo. Vive en la granja sin pagar alquiler. Nardo ni siquiera cobra un sueldo, y te aseguro que eso fue una putada para mí cuando nos divorciamos. —Ricky parecía más resentida con Wexler que con su exmarido—. Esa granja es una mina de oro, y lo único para lo que Dean usa el dinero es para comprar a la gente o joderle la vida. Dirige ese sitio como un dictador. Hace lo que le da la gana.

Andrea intuyó que Ricky solo acababa de empezar.

—Lo que les está haciendo a esas chicas… Te juro por mi vida que no era así cuando yo estaba allí. Nardo es un puto enfermo, pero no tanto como él. Y yo nunca vi nada raro, aparte de lo de la explotación laboral. Supuse que eso se acabaría cuando Dean negoció un acuerdo con la Administración. —Se secó los ojos con la manga. Había empezado a llorar—. Ya sé que he dicho que soy una cobarde por cómo traté a Emily, pero, si hubiera visto algo tan… asqueroso, tan malvado o como quieras llamar a lo que hacen allí, no me habría callado de ninguna manera.

—La creo —dijo Andrea únicamente porque era lo que Ricky necesitaba oír—. Como mujer, estoy indignada, pero, como *marshal*, necesito una justificación legal para abrir una investigación.

Ricky volvió a enjugarse los ojos.

—Dios mío, ojalá pudiera ayudarte, de verdad.

Andrea notaba claramente su impotencia.

—Me han dicho que la madre de una de las chicas intentó rescatar a su hija.

—Esa chalada intentó secuestrarla. —Ricky forzó una carcajada—. Aunque no sé qué haría yo si mi hija viviera en ese sitio. Por suerte no tuvimos hijos. Solo me casé con ese imbécil porque tenía dinero. Y, un año después, su padre lo perdió todo y él se metió en la secta de Dean. Dios mío, qué mala suerte la mía.

El *Holiday* de Madonna empezó a sonar en su móvil. Ricky apagó la alarma, pero no se movió. Volvió a enjugarse los ojos. Movió la mandíbula. Estaba sopesando sus alternativas, tratando de decidir qué más podía contarle sin pasarse de la raya.

Por fin, dijo:

—Nunca lo había pensado. Puede que haya sido porque has sacado el tema de Emily y luego nos hemos puesto a hablar de Dean y…

En medio del silencio, Andrea oyó el pitido que indicaba el final del ciclo de la secadora. Ricky también debía de haberlo oído, pero era evidente que seguía sopesando los riesgos. Hacía veinte años que se había divorciado y, sin embargo, seguía temiendo en parte lo que pudiera hacerle Dean Wexler.

Se secó de nuevo los ojos. Carraspeó.

—Nunca lo había visto de este modo —añadió—, pero lo que está pasando en la granja es lo mismo que le pasó a Emily Vaughn hace cuarenta años.

21 DE OCTUBRE DE 1981

Emily estaba sentada en el suelo, al fondo de la biblioteca del instituto, con la frente apoyada en las rodillas. No paraba de llorar. Le dolía mucho la cabeza. Esa noche no había podido dormir. Tenía calambres en las piernas y el estómago revuelto. Sus pensamientos rebotaban todo el rato: por un lado, veía a Ricky diciéndole que su amistad había terminado y, por otro, a Blake llevándole la mano a su cosa.

¿Los mellizos siempre habían sido tan crueles o es que ella era idiota?

Encontró un pañuelo de papel en su mochila y se sonó la nariz. Se oían risas en la parte delantera de la biblioteca. Se acurrucó contra la pared. No quería que la vieran allí. Se había saltado la clase de química. Ella nunca hacía novillos. No los había hecho nunca hasta esa semana, hasta que su vida entera se había vuelto del revés.

No podía soportar las miradas de sus compañeros. En el pasillo. Desde el fondo del laboratorio de química. Algunos la señalaban y se reían por lo bajo. Otros la miraban como si fuera el ser más repugnante que habían visto nunca. Ricky era una bocazas, pero Emily sabía que era Blake quien había difundido el rumor de que estaba embarazada, porque eran sobre todo los chicos los que la señalaban, se reían y la miraban con evidente hostilidad. De todos modos, no podía decirse que su estado fuera un rumor, porque la palabra «rumor» implicaba incertidumbre o falta de verdad.

Al margen de cuál fuera el foco de donde procediera esa información tan escabrosa, ya fuera de Blake, de Ricky o incluso de Dean

Wexler, estaba claro que Clay sabía que estaba embarazada. Emily lo había visto esa misma mañana al pasar por delante de la hilera de tiendas de la calle principal. Iba solo, fumando un último cigarrillo antes de cruzar la calle y entrar en el instituto. Sus miradas se habían cruzado. La había visto, sin duda. Incluso desde lejos, se le notó en la cara que la reconoció, y su boca se había tensado en una sonrisa fugaz. Emily había hecho amago de saludarlo con la mano, pero a él se le había borrado la sonrisa de inmediato. Había tirado el cigarrillo a la cuneta, había girado sobre sus talones como un soldado en la plaza de armas y se había ido en dirección contraria.

Adiós a Clayton Morrow, el que se presentaba a sí mismo como un rebelde que eludía las normas de la sociedad estadounidense moderna, arruinada por la religión. Lo mismo hubiera dado que cambiara su Marlboro por una horca. O quizá solo estaba huyendo de su propio error.

«¿Clay?».

Era la primera palabra que había anotado en sus apuntes del caso Colombo. Cuanto más hablaba con la gente, más se convencía de que podía ser él.

«¿Tan terrible sería?».

Clay siempre le había gustado. Había tenido sueños vergonzosamente húmedos con él y, a veces, cuando estaba cerca o la miraba de cierta manera, sentía una oleada que solo podía ser de deseo. Clay le había dicho que no iba a pasar nada entre ellos, y ella lo había aceptado, pero quizá se le hubiera insinuado la noche de la fiesta. Y quizá Clay estuviera tan colocado que acabó cediendo, en contra de su sensatez. Su padre decía que a los chicos adolescentes les costaba controlarse. Emily había pensado desde el principio que ella fue la víctima, pero quizá fuera la agresora.

¿Sería eso posible?

Se secó las lágrimas con el brazo. Notaba la piel irritada. El moratón que le había hecho Dean Wexler al agarrarla del cuello había empezado a ponerse de un feo color azul oscuro. Respiró hondo y sacó el cuaderno del caso Colombo del fondo del bolso.

Las notas que había tomado el día anterior después de hablar con Ricky y Blake estaban emborronadas por las lágrimas. Los dos se habían mostrado igual de repulsivos, cada uno a su manera. Se estremeció al recordar cómo le había acercado la mano Blake a su braqueta y cómo le había lamido la oreja. Se estremeció otra vez, llevándose la mano a la oreja como si su odiosa lengua siguiera allí.

Cerró el cuaderno. Prácticamente había memorizado las tres transcripciones. Dean Wexler le había dicho que Nardo y Blake estaban dentro de la casa aquella noche. Blake también le había dicho que Nardo y él estaban dentro. Según la lógica de Colombo que le había explicado Queso, tenía a dos personas que contaban la misma historia, lo que con bastante probabilidad debía de significar que decían la verdad. O sea, que podía descartar a Dean y Blake.

¿Verdad?

No estaba segura. Dean y Blake podían haberse puesto de acuerdo para contar la misma historia. Buscar la confirmación de Nardo era imposible. De hecho, su reacción al enterarse de que estaba embarazada era la única que no la había sorprendido.

El día anterior, Ricky había arremetido contra Esther y Franklin Vaughn acusándolos de ser unos ricachones gilipollas que solventaban todos los problemas tirando de dinero, pero esta vez los Fontaine se les habían adelantado. Esa mañana había llegado a casa de Emily una carta entregada en mano. Gerald Fontaine avisaba a los Vaughn de que Emily no debía relacionarse con Bernard Fontaine ni, sobre todo, hablar de él difundiendo falsedades, acusaciones escandalosas o comentarios denigrantes, a menos que quisieran enfrentarse a una carísima demanda por un delito de libelo.

—Qué patán más ridículo —había dicho Esther tras leer la carta—. El delito de libelo se refiere a declaraciones escritas o impresas que se consideran falaces o difamatorias. Una difamación oral o hablada es una injuria.

Su madre parecía muy satisfecha por haberse anotado un tanto retórico, pero era Emily quien estaba sufriendo las consecuencias.

—¿Em?

Levantó la vista. Queso tenía el hombro apoyado contra una de las largas estanterías. Emily había decidido esconderse en la sección de Referencias Bíblicas porque sabía que nadie pasaba por allí.

Salvo las personas que sabían que ella siempre se escondía en Referencias Bíblicas.

—¿Estás bien? —preguntó él.

Sacudió la cabeza y se encogió de hombros al mismo tiempo, pero la respuesta que salió de su boca fue la pura verdad.

—No. La verdad es que no.

Queso miró un momento hacia atrás y luego se acercó a la pared y se sentó junto a ella. Sus rodillas casi se tocaban.

—¿Alguna novedad? —preguntó.

Emily se rio. Y luego se echó a llorar. Volvió a apoyar la cabeza en las manos.

—Ay, Em. —Queso le rodeó los hombros con el brazo—. Lo siento mucho.

Ella se apoyó contra él. Olía a Old Spice y a Camel.

—Todo se va a arreglar. —Queso le frotó el brazo, abrazándola con fuerza—. ¿Tus… tus padres van a dejarte…? Ya sabes.

Ella negó con la cabeza. Sus padres ya habían decidido que el embarazo iba a seguir adelante.

—Vale. —El pecho de Queso se ensanchó cuando respiró hondo—. Yo podría… Bueno, si tú quisieras, podría…

—Gracias, pero no. —Emily miró sus grandes ojos bovinos—. Blake ya me ha pedido que me case con él.

—Ay, Dios. —Queso se apartó de ella—. No, Emily, no iba a decirte eso. Iba a…, bueno, iba a ofrecerme a darle una paliza al que te lo haya hecho.

Emily no estaba segura de si él la creía, pero decidió seguirle la corriente.

—Lo que me faltaba, que te expulsasen.

—No te vas a casar con Blake, ¿verdad? —Parecía preocupado—. Em, es el peor de todos.

Casi se echó a reír.

—¿Por qué dices eso?

—Porque es muy retorcido, no como Nardo, que es mezquino y ya está. O como Clay, que solo se aburre. Cuando Blake la toma contigo, la toma de verdad.

Emily sintió que su preocupación empezaba a bullir.

—¿Blake te ha hecho algo?

Queso negó con la cabeza, pero no le creyó.

—¿Sabes?, podrías hacerme un favor, si quieres. Sé que no tengo derecho a pedírtelo, pero…

—¿El qué? —Emily no recordaba que él le hubiera pedido nunca nada.

—No quiero que me llames Queso. —La miró a la cara—. No me molesta cuando me lo llamas tú, pero así es como me llaman los otros y…

—Vale, Jack. —Se le hizo raro llamarlo así. Se conocían desde que él se había comido una de sus ceras en la guardería—. Encantado de conocerte, Jack.

Él no sonrió.

—No estás sola, Em. Yo estoy aquí. Seguro que tus padres están muy enfadados, pero se les pasará. Y la gente del instituto…, bueno, de todos modos, son imbéciles. ¿Qué más te da lo que digan? Además, el año que viene por estas fechas todos habremos dejado ya este manicomio, ¿no? ¿Qué importa?

Emily tuvo que tragar saliva antes de hablar.

—Dime lo que dicen de mí.

—Que eres una guarra —dijo Nardo.

Se sobresaltaron los dos al oír su voz desdeñosa.

—¿Qué hacéis aquí, en el rincón, tortolitos? —Estaba apoyado en la estantería—. ¿Aquí es donde engendrasteis a vuestro bastardo?

—Vete a la mierda. —Jack se levantó con esfuerzo. Tenía los puños apretados. Era más corpulento que Nardo, pero Nardo era mucho más cruel. Jack apenas miró a Emily antes de alejarse.

—Vaya —comentó Nardo—, qué dramático se ha puesto nuestro Quesito.

—Ahora quiere que le llamen Jack.

—Yo quiero que me llamen Sir Follador de la Polla Tiesa. —Nardo hizo una reverencia y se sentó en el suelo—. Ah, no siempre consigue uno lo que quiere.

El único consuelo en medio de aquel calvario era que Emily nunca más tendría que fingir que no oía sus pullas.

—Tus padres dejaron muy claro que no debo hablar contigo.

—¿Y eso qué tiene de divertido, Emmie-Em? —Nardo tiró algunos libros del estante de abajo—. Me han dicho que estás buscando al panadero que te puso ese bollo en el horno.

Emily se secó los ojos. Ya no le importaba el caso Colombo. Solo quería que Nardo se fuera.

—Eso no importa.

—Ah, ¿no? —preguntó él—. Blake no está mal del todo. Podría ser peor.

Emily no veía cómo.

—Siempre ha soñado con casarse con una mujer rica a la que pueda controlar. —Nardo soltó una carcajada siniestra—. Igual que tu padre con tu madre, ¿no?

Emily volvió a enjugarse los ojos. No soportaba que la viera llorar.

—Eso no tiene gracia.

—Venga, tía. Ya sabes que solo te estoy tomando el pelo. —Nardo hizo una pausa, seguramente esperando que Emily dijera que no pasaba nada.

Emily no dijo nada.

Porque sí que pasaba.

—Supongo que ahora te vas a poner gorda y asquerosa —añadió Nardo—. Dean dice que eso va a ser lo peor. Que te vas a hinchar como un globo.

Emily no se había permitido pensar en lo que iba a ocurrir en el futuro, más allá de unas horas. Se llevó la mano a la tripa. Nunca había sido muy guapa, pero siempre se la había considerado mona. ¿Qué pensarían los chicos cuando la vieran dentro de ocho meses? ¿O dentro de un año, cuando llevara en brazos a un bebé gritón?

—Más te vale matarte de hambre en cuanto paras —le aconsejó Nardo—. Tienes suerte de haber empezado con buena figura. Mira Ricky. Si alguna vez se queda embarazada, se convertirá en un dirigible y será así el resto de su vida. Es lo que le pasó a mi tía Pauline. Ahora da asco verla.

Emily no creía que Nardo fuera quién para hablar. Siempre había sido regordete, pero eso importaba menos en un chico.

—¿Qué quieres, Nardo?

—Nada, solo hablar. —Tiró otro libro al suelo—. Ricky entrará en razón, ya verás. Tiene esa rivalidad tan rara con Blake y siempre se está quejando, pero al final te echará de menos. No es como tú. No tiene otros amigos.

Emily nunca lo había oído expresado con tanta crudeza, pero, por supuesto, Nardo tenía razón. La cuestión era si ella quería que Ricky volviera a ser su amiga. ¿Cómo iba a olvidar todas las cosas horribles que le había dicho? Nunca volvería a confiar en ella.

—Desgraciadamente, mis papis han dejado muy claro que no puedo hacerme el caballero e hincarme de rodillas ante ti. —Nardo se rio por lo bajo—. ¿Te imaginas que nos casamos? Ricky nos cortaría el cuello a los dos antes de la luna de miel.

Emily estaba harta de que adolescentes inútiles le hablaran inútilmente del matrimonio.

—Aunque no puedo decir que no lo haya pensado. —Nardo tiró otro libro—. Tú y yo… Hay cosas peores. Aunque ya no puede ser, claro. Mercancía dañada y esas cosas. —Otro libro cayó al suelo. Intentaba aparentar despreocupación, pero Nardo siempre tenía alguna intención oculta—. ¿Estás segura de que fue la noche de la fiesta? —preguntó.

Emily se puso tensa.

—Sí.

—¿Y no recuerdas qué pasó? ¿Ni con quién?

Se le hizo un nudo en la garganta al intentar tragar saliva. Evidentemente, Ricky se lo había contado todo.

—No, no me acuerdo.

—Joder —dijo Nardo—. Bueno, yo tampoco recuerdo mucho de aquella noche, así que supongo que debería darte un respiro.

Emily lo miró por primera vez desde que había llegado. Ya no tenía su habitual mueca sarcástica. Pocas veces se quitaba la careta de tocapelotas que solía llevar. Aquel era el chico que veía Ricky cuando pensaba en lo mucho que lo quería. Y también el que veía la propia Emily cuando pensaba en Nardo Fontaine como en uno de sus mejores amigos.

—¿No recuerdas nada? —preguntó Emily.

—Casi nada, pero sé que Blake se puso como loco. —Cogió uno de los libros que había tirado al suelo y se puso a pellizcar el borde con la uña del pulgar—. Yo estaba tumbado bocabajo en el sofá viendo a dos bolas de pelusa bailar la primera escena de *El cascanueces* y entonces oí un balido en el piso de arriba. Como el de una oveja. Era Blake, ¿te lo puedes creer?

Emily negó con la cabeza. Ya no sabía qué creer.

—Subí y vi que se había encerrado en el baño de mis padres, nada menos. Tuve que romper la cerradura para ayudarlo. —Nardo dio la vuelta al libro y examinó el lomo—. Estaba de rodillas, con los brazos estirados como si se estuviera sujetando el pito, pero no se había bajado la cremallera. Y estaba a un metro del váter. No tengo ni idea de en qué estaba pensando, pero, madre mía, qué idiota. ¿Su primer viaje de ácido y le da por hacer pis? Tenía los vaqueros empapados por delante. Y del tema de los balidos no te quiero ni contar. Menudo tarado.

Emily vio aparecer su sonrisa dientuda.

—Yo por lo menos vi un unicornio —añadió—. ¿Y tú?

Emily intentó tragar saliva otra vez.

—La verdad es que no me acuerdo.

—¿De nada? —Nardo formuló la pregunta por segunda vez—. ¿Ni de cuando llegaste?

—Sí —reconoció Emily—. Me acuerdo de cuando llegué a tu puerta. Y de tomarme el micropunto que me dio Clay. Y lo siguiente que recuerdo es que el señor Wexler me llevó a casa en su coche.

—Sí, bueno. —Nardo puso cara de fastidio—. De esa parte yo también me acuerdo. Te pusiste histérica por algo. Yo no podía llevarte a casa porque casi no me veía ni las manos. Y Blake estaba todo meado. Tuve que sobornar a ese cabrón dándole el resto del ácido que teníamos para que viniera a buscarte.

Emily escuchó la cadencia de su voz. Sonaba a ensayada, despojada de su malevolencia habitual.

—¿Y Clay?

Nardo se encogió de hombros.

—No tengo ni puta idea. Tú te pusiste a gritarle por no sé qué movidas. Luego entraste corriendo en casa. La verdad es que estabas un poco desquiciada. Me dio miedo que rompieras la vajilla buena de mi madre. Y te estabas bebiendo el *whisky* de mi padre, además. Iban a cabrearse mucho cuando llegaran.

Emily nunca había visto a los padres de Nardo enfadarse por nada.

—Pero, bueno, seguro que Dean no fue quien te dejó preñada. Al tío se le frieron los huevos de pequeño. No podría hacer un hijo ni aunque quisiera.

Emily se miró las manos. No era el tipo de información que Dean Wexler divulgaría por las buenas. Lo que significaba que ya había hablado con Nardo.

—¿Tú...? —Nardo volvió a tirar el libro al suelo—. ¿Crees que pudo ser Clay?

—Pues... —Emily se detuvo. Repasó en silencio la lista de preguntas que le había hecho Nardo. Él le estaba haciendo la prueba de Colombo. Faltaba únicamente el «solo una cosa más».

Carraspeó, intentando que no le temblara la voz. No eran solo Dean y Nardo. Habían trazado una estrategia entre todos: Blake, Ricky, Clay, Nardo y Dean. Estaban compinchados. Y habían acordado que Nardo era su mejor baza para zanjar el asunto.

—¿Tú crees que fue Clay? —le preguntó Emily.

—Bueno… —Él se encogió de hombros—. No quiero herir tus sentimientos, tía, pero Clay ha dejado muy claro que no le interesas en ese sentido. Por tomar ácido no haces cosas que no harías normalmente. Y, la verdad, tiene mejores posibilidades, ¿no? No tiene por qué conformarse con las del montón.

Emily se miró las manos.

—Vamos, tía, no te estarás haciendo ilusiones, ¿verdad? —Nardo esperó a que levantara la vista—. Una acusación así podría hundirle la vida a Clay.

De nuevo estaban tratando de proteger a Clay. Emily se preguntó por qué nadie se preocupaba por ella, cuando su vida se había venido abajo. Incluso Ricky había pensado solo en los chicos: en cómo les afectaría el hecho de que estuviera embarazada, en que podía arruinarles la vida.

—Debes tener cuidado —le advirtió Nardo—. Tú misma has dicho que no estás segura de quién fue. Puede que incluso estés equivocada y no fuera esa noche. Porque ¿quién sabe? La verdad es que tienes muchos amigos fuera de la camarilla, con todas tus extraescolares y los debates y tal.

Emily tomó prestada una frase de Blake.

—Sé dónde ha estado mi vagina, Nardo. Estoy muy apegada a ella.

Su aspereza pareció sorprenderlo.

Ella se lo dijo claramente:

—Tú dices que estabas en el baño con Blake. El señor Wexler es estéril. Así que ¿quién más puede ser?

—¿Queso, quizá?

Ella se rio por primera vez en días.

—No lo dirás en serio.

—Claro que sí.

—Ni siquiera estaba allí.

—Estaba justo delante de ti cuando entraste en casa —replicó Nardo—. Joder, Emily. ¿Quién crees que nos vendió el ácido?

7

Andrea vio cómo se cerraba la mosquitera detrás de Ricky Fontaine. Para llegar al garaje, donde estaba la lavadora, había que bajar por la escalera exterior; era la única vía. Sus sandalias resonaron en el hormigón cuando bajó los tres tramos zigzagueantes para sacar los paños de la secadora.

Lo que está pasando en la granja es lo mismo que le pasó a Emily Vaughn hace cuarenta años.

Como broche final era contundente, pero, pensándolo bien, no se sostenía. Emily Vaughn no había dejado de comer hasta el punto de casi morir por ello. Estaba embarazada de siete meses la noche en que la agredieron. Llevaba un vestido de fiesta de color turquesa o verde azulado, según las declaraciones de los testigos, no una túnica amarilla. Tenía el pelo largo hasta los hombros y rizado, no apelmazado en mechones hasta la cintura. Era cierto que iba descalza, pero quizá a Andrea se le notaran sus raíces sureñas, porque daba por sentado que en los sitios de campo mucha gente iba por ahí descalza.

Así que ¿cuál era el parecido entre una cosa y otra?

Pensó en cómo había comenzado la conversación. Ricky era quien le había contado a Bible lo del cadáver hallado en la granja y, sin embargo, cuando una *marshal* llamó a su puerta cuatro horas después, lo único de lo que quería hablar era de Emily Vaughn. Era lo mismo que había hecho Wexler en la camioneta, solo que él era tan imbécil que Andrea había adivinado al instante sus intenciones.

286

—Joder —masculló Andrea.

Se acercó a la mosquitera. Ricky había llegado al primer rellano. Bible seguía en el todoterreno, en la calle. Andrea buscó su contacto en el móvil.

Él contestó al primer pitido.

—¿Sí?

—Avísame cuando vuelva a subir.

—Vale.

Volvió a meterse el teléfono en el bolsillo. Tenía los nervios a flor de piel. Ricky la había invitado a entrar en su casa, lo que significaba que había dado su consentimiento y renunciado, por tanto, a acogerse a la Cuarta Enmienda.

La casa no era terreno vedado.

Volvió a sacar el teléfono y se acercó a la mesa auxiliar. Fotografió las fotos enmarcadas. Luego se arrodilló y buscó el anuario de 1981-1982 del Instituto de Bachillerato Longbill Beach. La imprenta había dejado las primeras páginas en blanco para que los alumnos pudieran firmarlas. Ricky no tenía muchos amigos, pero Andrea fotografió las firmas y las dedicatorias. Había muchos «Mantente en contacto» y varios «¡Vamos, Longbill!».

Miró los cajones cerrados. El corazón le latía como un cronómetro. El alcance de su autoridad se limitaba a lo que una persona razonable pensaría que había consentido. ¿Era razonable que Ricky creyera que Andrea iba a abrir los cajones de la mesa junto a la que acababan de estar? Le había hablado libremente del grupo, de las fotos, de Emily Vaughn, de su hermano…

Era una justificación algo turbia, pero una justificación, al fin y al cabo.

Le costó abrir el cajón de la izquierda. Encontró trozos de papel, recibos viejos, una foto de Ricky y Blake soplando las velas de una tarta de cumpleaños, y otra de Nardo y Clay sentados en la barra de la cafetería. Fotografió todo lo que pudo. Iba mirando la hora en el móvil. No tenía ni idea de cuándo había bajado Ricky, pero no se tardaba mucho en vaciar una secadora, cargarla de nuevo con ropa mojada, llenar la lavadora y volver a subir las escaleras.

Le sudaban las manos cuando abrió de un tirón el cajón de la derecha.

Más recuerdos. Fotos de boda en las que aparecían Ricky y Nardo mucho más jóvenes. Un mechero Zippo plateado con las iniciales E. A. B. Un certificado de defunción de Eric Alan Blakely expedido en Nuevo México. Un seguro de decesos a nombre de Al Blakely. Un recibo de doscientos dólares de una funeraria de Longbill Beach en cuyo concepto figuraba la palabra «cenizas». Un recibo de Maggie's, una tienda de ropa de etiqueta, con la palabra «PAGADO» estampada en rojo descolorido y las iniciales del dependiente. Andrea hurgó al fondo del cajón y palpó un estuche metálico plano, un poco más grande que su mano. Lo sacó.

No tenía ni idea de qué era aquello.

El estuche medía aproximadamente diez centímetros por doce y estaba pintado de un marrón feo. Pensó que podía servir para guardar puritos, pero en la tapa había una ranura parecida a un termómetro, solo que, en lugar de números, tenía letras agrupadas de dos en dos sobre fondo blanco. Una pestaña de metal plateada se deslizaba arriba y abajo por la ranura.

Andrea seguía sin entender nada. Le dio la vuelta a la caja buscando un cierre, un botón, un logotipo o incluso un número de serie.

Sonó su teléfono.

—Subiendo las escaleras —le informó Bible.

—Joder.

Hizo rápidamente tres fotos desde distintos ángulos y volvió a dejar la caja en su sitio. Tuvo que empujar el cajón con la cadera para cerrarlo. Luego cruzó a toda prisa la habitación para salir al encuentro de Ricky.

—Deje que la ayude.

Se ofreció a coger la cesta, pero Ricky se apartó.

—Puedo sola, cielo.

Estaba otra vez mascando chicle. Su actitud había cambiado por completo. Andrea se preguntó si habría hecho una llamada cuando estaba en el garaje, o si había llegado a la conclusión de que había hablado de más.

—Lo siento, pero tengo que pedirte que te vayas. Ya llego tarde al trabajo.

Andrea no pensaba marcharse aún.

—Lo que dijo antes sobre la granja…, eso de que lo que pasa allí es lo mismo que le pasó a Emily. ¿Qué ha querido decir?

—Uf, no sé. —Ricky tiró los paños sobre el sofá y empezó a doblarlos en sincronía con el estallido de los globos que hacía con el chicle y el tintineo de sus pulseras de plata—. La verdad es que me has pillado en mal momento. Es obvio que no soporto a Dean y a Nardo. No soy lo que se dice una testigo fiable, y menos aún teniendo en cuenta la orden de alejamiento.

Andrea observó sus movimientos rápidos y rutinarios. Hablaba más deprisa que antes. Quizá no hubiera llamado a nadie. Quizá las dos pastillas que se había tragado en seco en la cocina por fin le habían hecho efecto.

—Ojalá pudiera ser de más ayuda. —Cogió un paño y le hizo tres dobleces—. Lo que has dicho de Esther… Tienes razón. Se merece un poco de paz. Solo puedo decirte lo que le dije a Bob Stilton hace cuarenta años: que vi a Clay en el gimnasio y que se pasó casi toda la noche bailando con una animadora. Ya ni siquiera me acuerdo de cómo se llamaba la chica.

Andrea fingió que no había leído exactamente lo contrario en su declaración, esto es, que la mejor amiga de Emily afirmaba que no había asistido al baile de graduación.

—¿Quién más cree que podría haber sido?

—Bueno… —Ricky cogió otro paño del montón—. La gente es capaz de hacer cualquier cosa por proteger a sus hijos, ¿no?

Andrea sintió que se encendía una señal de advertencia.

—Sí, así es.

—No lo pillas, ¿verdad? —Ricky cogió otro paño—. A Emily le costaba tratar mal a la gente, incluso cuando se lo merecían. Clay decía que eran su colección de juguetes rotos. Y Queso era el más roto de todos. Siempre estaba rondándola, como un cachorrito tristón. Y ella le trataba bien, aunque no en ese sentido.

Andrea quiso asegurarse de que entendía lo que le estaba diciendo.

—¿Me está diciendo que Jack Stilton, el actual jefe de policía, mató a Emily Vaughn?

—Solo digo que eso explicaría por qué no se acusó a nadie. El viejo estaba protegiendo a su hijo. —Ricky apartó la vista de la ropa que estaba doblando—. Pero no me hagas caso, cielo. Veo muchos programas de asesinatos en la tele.

Andrea pensó que ya había oído suficiente.

—Gracias por su tiempo. Avíseme si se le ocurre algo más.

Ricky dejó de mascar chicle un momento.

—De acuerdo.

Andrea salió. Mientras bajaba las escaleras, sintió que su lengua buscaba la prominencia que tenía en la cara interna de la mejilla. Intentaba hacerse una idea cabal de lo que acababa de ocurrir, aunque solo fuera para responder a las preguntas de Bible.

Su compañero esperó a que cerrara la puerta del coche y se pusiera el cinturón.

—¿Qué has conseguido?

—¿Has oído alguna vez la expresión «un lío de tres pares de narices»?

—Ya lo creo, compañera. —Bible arrancó—. Generalmente, cuando eso pasa, se debe a un error por parte del investigador, y me cuesta creer que tú hayas cometido algún error ahí dentro.

Si él supiera…

—Ricky cree que Stilton mató a Emily Vaughn.

Bible soltó una carcajada de sorpresa.

—¿Stilton padre o hijo?

—Hijo. El padre lo encubrió.

—Vaya, esa sí que es buena. —Bible no parecía muy impresionado—. Pero… me suena a que has intentado montar dos caballos a la vez.

Andrea encajó el reproche, pero continuó con la metáfora.

—Ricky me ha llevado de las riendas. Nada más empezar, ha sacado a relucir a Emily Vaughn. Ni siquiera he podido beberme mi Pepsi. Dean Wexler hizo lo mismo antes, en la camioneta. Es como si estuvieran leyendo el mismo guion: primero hablan de la jueza, luego de Emily y después empiezan a marear la perdiz.

Bible frunció el ceño.

—Sé más concreta.

Andrea se lo resumió lo mejor que pudo.

—Me ha contado que su hermano se ahogó en Nuevo México dos semanas después de que falleciera Emily. Que ella se portó fatal con Emily, aunque eran amigas. Y, cuando por fin he conseguido que hablara de la granja, ha arremetido contra Dean Wexler.

—¿Y qué hay de Nardo?

—Dice que no está metido en lo que se trae entre manos Dean, pero… No sé. Tiene que saber lo que está pasando. Y, además, está claro que es un sádico. ¿Puede que le guste mirar? —Sintió que tenía que anotar todo aquello en su cuaderno para no perder el hilo—. Ricky afirma que lo de la secta no ocurría cuando ella vivía en la granja.

—¿Tú la crees?

—No sé. —Debería tatuarse esas palabras en la frente—. Les tiene miedo, creo. A Wexler, más que a Nardo, desde luego.

—Es lógico. Él controla el dinero. Es quien está al mando —dijo Bible—. Continúa.

—Dean consiguió una orden de alejamiento permanente contra Ricky. ¿Podemos buscarla?

—Le diré a Leeta que se ocupe. —Bible tecleó en su teléfono mientras conducía—. ¿Lo de que sea permanente te ha extrañado?

—Sí —contestó ella—. Si se trata de una orden temporal, el juez suele rubricar una declaración jurada y la orden expira pasados unos meses o unos años. Para que sea permanente, tiene que haber una vista en la que hay que presentar una declaración de peligro inminente, mostrar pruebas de violencia o maltrato, y dar detalles gráficos que convenzan al juez de que la orden debe ser indefinida.

—Exacto. ¿Qué más?

—Creo que lo más raro es que Ricky me ha dicho que lo que está pasando en la granja es lo mismo que le pasó a Emily.

Bible se quedó pensando.

—No le veo sentido. ¿La has presionado para que te lo explicase?

—Lo he intentado, pero entonces sonó el timbre de la secadora. Cuando volvió, le quitó importancia.

—Bueno. ¿Y qué hay de tu escarceo con la Cuarta Enmienda?

Andrea sacó su iPhone. Iba a tener que ordenar las fotografías en álbumes para no enviar sin querer las fotos de sus vacaciones a la nube del USMS. Fue pasando fotos mientras hablaba.

—Había un montón de anuarios que se remontaban a la escuela de primaria. Muchas fotos de grupo, en las que habían recortado a Emily. Un Zippo. El certificado de defunción de Eric Blakely, fechado en Nuevo México el 23 de junio de 1982. Un certificado de defunción de Al Blakely de 1994. Supongo que ese debe de ser el de Big Al. También había un seguro de decesos a su nombre.

—Ah —dijo Bible.

Andrea había encontrado la foto del estuche metálico. Se la mostró a Bible.

—¿Esto es una pitillera o un tarjetero o…?

Él se rio.

—Es una agenda de bolsillo.

—No tengo ni idea de qué es.

—Es de la Edad de Piedra, de antes de que la gente llevara su vida entera en el bolsillo. —Señaló la ranura con las letras—. Esta pestañita que se desliza la alineas con la letra que buscas. Por ejemplo, para buscar «Bible», la pondrías en «A-B», o, para buscar «Oliver», en…

—«O-P» —dijo Andrea—. Es una libreta de direcciones.

—Eso es, compañera. Si quisiera buscar tu número, pondría la pestañita en «O-P», pulsaría un botón en la parte de abajo del estuche y la tapa se abriría por las páginas de la «O» y la «P».

Andrea amplió la foto en la que aparecía el borde inferior. El botón era otra pestañita incrustada en la carcasa.

—¿Cómo se pulsa?

—Con la uña. Si no tenías cuidado, acababas con un moratón debajo de la uña. Muy incómodo. Vosotros los jóvenes no sabéis lo fácil que es vuestra vida.

La vida de Andrea sería dos mil veces menos estresante si no tuviera móvil.

—La agenda debía de ser del hermano de Ricky o de su abuelo. Todo lo que había en ese cajón era de ellos.

—¿En un cajón? —preguntó Bible en un tono distinto—. ¿Tenías causa probable para mirar dentro de un cajón?

Andrea se puso roja.

—Tengo justificación.

—Compañera, para que lo tengas en cuenta para el futuro, las justificaciones no me sirven. Necesito que todo se ajuste al reglamento. No se hace lo correcto haciendo lo incorrecto. —Su tono era suave, pero la reprimenda era firme—. ¿Entendido?

Ella se obligó a mirarlo a los ojos.

—Entendido.

—Muy bien, lección aprendida. Puedes guardar eso.

Andrea bloqueó su teléfono. No se había dado cuenta de lo mucho que deseaba impresionar a Bible hasta que lo había decepcionado.

—No ha servido para nada. No he conseguido ninguna información que pueda ayudar a Star Bonaire ni a las otras chicas de la granja. Ricky solo me ha dado largas. Lo siento.

—Señora, deje usted de criticar a mi compañera. —Bible detuvo el coche junto a la acera de nuevo. Se desabrochó el cinturón de seguridad y se giró para mirarla de frente—. Voy a decirte una cosa, compañera. Vas a encontrarte con dos tipos de personas durante tu carrera en la policía, que estoy seguro de que será larga y exitosa: gente que quiere hablar contigo y gente que no.

—Vale —contestó Andrea. Estaba claro que necesitaba más lecciones.

—Con cada uno de esos dos tipos de individuos, tienes que preguntarte por qué. Que alguien se calle no siempre significa que sea un delincuente. A lo mejor ha visto vídeos de gente que se parece a ti agrediendo a gente que se parece a él. O a lo mejor solo quiere que le dejen en paz y mantener la boca cerrada. Y eso está bien, porque no hablar con la policía es un derecho inalienable de todo ciudadano estadounidense. Joder, ¿alguna vez has leído tu contrato laboral? Todos los sindicatos policiales les obligan a poner por escrito que no se puede interrogar a un agente a menos que ese agente esté acompañado de un abogado. Lo que implica que hay cierto doble rasero.

Andrea se mordisqueó el interior de la mejilla.

—Está claro que Ricky quería hablar conmigo.

—Ese es el otro tipo. A veces, al principio, quieren ser útiles. A veces no saben nada, pero quieren participar. O puede que intenten dirigirte hacia donde a ellos les conviene. O puede que sean culpables y quieran averiguar qué sabes. O puede que sean del tipo cuchara: siempre revolviendo la mierda.

—Ricky podría ser cualquiera de esas cosas —reconoció Andrea—. No sé cuáles son sus intenciones, pero, cuando hemos terminado de hablar, mi instinto me decía que ocultaba algo.

Por una vez, fue Bible quien sacó el teléfono. Entornó los ojos mientras lo tocaba, pero enseguida encontró lo que estaba buscando. Le pasó el teléfono a Andrea.

Ella no sabía qué esperaba ver, pero sin duda no era una carta escaneada. Fuente Times New Roman de doce puntos. Negro sobre blanco. Una sola frase, toda en mayúsculas.

«¿TE GUSTARÍA QUE TODO EL MUNDO SUPIERA QUE TU MARIDO OS MALTRATABA FÍSICAMENTE A TI Y A TU HIJA Y QUE NO HICISTE NADA POR PROTEGERLA?».

Andrea miró a Bible.

—Sigue —dijo él.

Andrea pasó a la siguiente página escaneada.

«¡SACRIFICASTE A TU HIJA POR TU CARRERA! ¡TE MERE-CES MORIR DE CÁNCER!».

De nuevo, Andrea lo miró.

—¿Son las amenazas que le enviaron por correo a la jueza?

—Sí.

Ella sintió que se le entornaban los ojos.

—La primera afirma que Franklin Vaughn maltrataba a su mujer y a su hija.

—Así es. Sigue adelante.

Ella pasó a otra página.

«TE ESTÁS MURIENDO DE CÁNCER Y TU MARIDO ES UN VEGETAL, ¡PERO LO ÚNICO QUE TE IMPORTA ES TU SU-PUESTO LEGADO!».

Andrea recordó que Bible le había dicho que las amenazas de muer-te contenían detalles concretos de la vida privada de la jueza que las ha-cían verosímiles.

—Ricky me ha dicho que es un secreto a voces que la jueza tiene cáncer. Todo el mundo sabe que está en fase terminal.

—Sigue leyendo.

Andrea abrió la siguiente página escaneada.

«¡VAS A MORIR, ZORRA DESPRECIABLE, ARROGANTE Y PATÉTICA! TODO EL MUNDO SABRÁ QUE ERES UNA FAR-SANTE. ¡ME ASEGURARÉ DE QUE SUFRAS!».

Y la siguiente…

«¡TE MERECES UNA MUERTE LENTA, DOLOROSA Y ATE-RRADORA POR LO QUE HICISTE! ¡NO LE IMPORTARÁS A NADIE CUANDO TE ESTÉS PUDRIENDO EN TU TUMBA! TE VOY A MATAR MUY PRONTO. ¡ÁNDATE CON OJO!».

—Seguridad Judicial revisa todo el correo que reciben los jueces en los tribunales —explicó Bible—. La primera carta no parecía preocu-pante, así que se archivó. La segunda llegó al día siguiente y, dado que hablaba del cáncer de la jueza, se lo notificaron y le ofrecieron reforzar su seguridad, pero ella dijo que no era para tanto. La tercera y la cuarta llegaron el tercer y el cuarto día, respectivamente, y la jueza también les quitó importancia. Está en su derecho. No podemos obligarla a llevar escolta. Luego, le mandaron la rata a su domicilio particular de Baltimore junto con la quinta carta, y ahí fue cuando intervine yo.

—Parece una conducta maniaca —comentó Andrea—. Enviarlas tan seguidas.

—En efecto.

—¿Esther pidió que la escoltaras tú?

—No fue necesario —contestó Bible—. La jefa me mantuvo al tanto desde el principio. Y mi mujer, Cussy, está siempre pendiente de Esther, porque le está agradecida por lo que hizo por mí hace unos años.

Andrea por fin estaba descifrando el código.

—¿Y tanto tu jefa como tu mujer estuvieron de acuerdo en que la escoltaras hasta que se investigaran las amenazas y se neutralizara el peligro?

—¿Ves?, ya decía yo que eres muy lista.

Andrea no quería un trofeo de consolación.

—¿La jueza reconoce que su marido las maltrataba a ella y a Emily?

—La jueza no contesta a preguntas que no quiere contestar.

Eso sonaba muy propio de Esther Vaughn, pero era difícil saber si su silencio equivalía a confirmar el maltrato o a negarlo.

Era lo que tenía ser tan imperiosa.

Andrea hojeó las cinco cartas; volvió a leerlas. Como amenazas de muerte eran bastante suaves. Andrea había visto más mala baba cuando había intervenido en una discusión sobre Philip Guston en la página de Facebook de la Escuela de Arte y Diseño de Savannah. No conocía a ninguna mujer que no hubiera recibido al menos una amenaza de violación por el mero hecho de expresar su opinión en internet.

El teléfono vibró. Bible había recibido un correo electrónico.

Andrea no pudo evitar leer la notificación y dijo:

—Leeta ha respondido a tu consulta sobre la orden de alejamiento de Ricky.

—Échale un vistazo.

Andrea abrió el correo electrónico y luego el archivo adjunto con la orden judicial emitida contra Ricky Jo Blakely Fontaine.

«SE NOTIFICA A LA PARTE CONTRARIA QUE CUALQUIER INFRACCIÓN INTENCIONADA DE ESTA ORDEN PERMANENTE ES CONSTITUTIVA DE DELITO Y SE TRADUCIRÁ EN SU DETENCIÓN INMEDIATA».

—Mierda —masculló Andrea.

Estaba claro como el agua. Se saltó los párrafos de jerga legal y localizó la solicitud original de la orden de alejamiento. Pasó las páginas hasta llegar al meollo de la denuncia de Bernard Fontaine y se lo leyó en voz alta a Bible:

—«En varias ocasiones a lo largo de la última década, mi exmujer, Ricky Jo Blakely (Fontaine), se ha presentado en mi domicilio y en el de mi socio, Dean Wexler, y me ha amenazado verbalmente. La última vez, estaba ebria y dejó una mancha de vómito en el umbral de mi casa (se adjunta foto). Durante los últimos seis meses, sus agresiones han ido en aumento. Me pinchó todas las ruedas del coche (se adjunta foto). Tiró una piedra a la ventana de mi habitación (se adjunta foto). Amenazó a algunos trabajadores de mi empresa (se adjuntan declaraciones juradas). Ha escrito cartas anónimas a varios organismos de la Administración en las que asegura que mi socio (Wexler) y yo actuamos al margen de la ley (se adjuntan copias). Anoche se presentó en mi lugar de trabajo blandiendo un arma (un cuchillo) y amenazó con matarme. Se avisó a la policía (se adjunta atestado). Durante el proceso de detención, amenazó verbalmente con matarnos a mí y a Dean Wexler. Actualmente está detenida, pero temo por mi vida si la ponen en libertad».

—Bueno, desde luego tenía todas las papeletas para que la orden fuera permanente —comentó Bible—. Parece que la buena de Ricky Jo tiene un lado salvaje. ¿Cuándo pasó todo eso?

—Joder, fue hace solo cuatro años. —A Andrea casi se le cae el teléfono al ver la fecha. Aquello no era un lío de tres pares de narices. Era un lío de un montón de pares de narices.

En su casa, Ricky le había hecho creer que el divorcio la había dejado hundida y que Nardo y Wexler la aterrorizaban. Pero una no le rajaba las ruedas del coche a alguien ni vomitaba en su puerta dieciséis años después si estaba aterrorizada. Lo hacía porque quería llamar la atención de esa persona.

Andrea miró a Bible. Su compañero estaba esperando a que sacara una conclusión, y no tenía nada que ver con la orden de alejamiento.

—Te estaba hablando de Ricky y me has enseñado las amenazas de muerte que recibió la jueza.

—Esa es la secuencia exacta de los hechos.

Andrea hizo una conjetura.

—Crees que Ricky escribió las amenazas.

Bible pareció muy satisfecho.

—Has dado en el clavo otra vez, compañera.

—Mierda —susurró ella, porque no estaba para nada segura.

Pensándolo bien, eso explicaría la ausencia de violencia sexual en las amenazas. Y la rata. Había trampas de ratas por todo el paseo marítimo. Ricky no habría tenido que ir muy lejos para encontrar una. Eso por no mencionar que las cartas, con su sello correspondiente, habían sido depositadas en el buzón azul de recogida de correo del final de Beach Road.

—¿Por qué? —le preguntó a Bible—. ¿Qué le ha hecho la jueza a Ricky?

—Hace unos cincuenta años, la cafetería se quemó.

Andrea recordaba haber leído acerca del devastador incendio en la página web de RJ's Eats, pero, a menos que Esther Vaughn fuera una pirómana, no veía la relación.

—¿Y?

—Big Al se hizo cargo de Ricky y Eric cuando sus padres murieron en un accidente de barco. —Bible la observaba, atento a su reacción—. Se llegó a un acuerdo legal con el operador del barco, y los doscientos mil dólares de la indemnización fueron a parar a un fideicomiso para sufragar el mantenimiento de los niños. Big Al era el albacea. Los niños sabían lo del dinero. Pensaban que con eso podrían sufragarse la universidad, quizá un coche nuevo y la entrada de una casa. Antes, con esa cantidad de dinero, incluso dividiéndola en dos, se podían hacer muchas cosas.

Dos años y medio en la Escuela de Arte y Diseño de Savannah le habían costado a Andrea casi esa suma.

—Pero entonces se quemó la cafetería.

—Exacto, y Big Al, como albacea, consideró que redundaba en beneficio de los niños utilizar el dinero para reconstruirla. El restaurante pertenecía a la familia desde hacía años. Presentó una solicitud en el juzgado. El tribunal accedió y él se gastó el dinero.

—¿Presentó una solicitud en el juzgado? —repitió Andrea.

—El Tribunal de Equidad de Delaware tiene jurisdicción sobre asuntos de derechos civiles, bienes inmuebles, tutelas, fideicomisos y esas cosas. En aquel momento, lo presidía Esther. Accedió a la petición de Big Al de utilizar el dinero para reconstruir la cafetería. Incluso comentó que la educación universitaria estaba muy bien, pero que la cafetería proporcionaría unos ingresos razonables a los dos menores durante el resto de su vida.

Andrea trató de imaginar cómo se sentiría ella si el curso de su vida adulta hubiera cambiado por obra de una persona concreta. En realidad, no hacía falta imaginar mucho.

—Supongo que no hay pruebas; de lo contrario Ricky estaría detenida —dijo—. ¿La interrogaron?

—A una serpiente de cascabel no se la agarra de frente, se la agarra por la cola.

Andrea había oído otras veces aquel dicho. La mejor manera de doblegar a un sospechoso era desconcertarlo utilizando información que el sospechoso no sabía que tenías. Ahí era, posiblemente, donde entraba el inspector de Seguridad Judicial. Bible y ella eran niñeras, no investigadores.

—¿Sabe la jueza que Ricky escribió las amenazas?

—Claro que lo sabe —contestó Bible—. Pero solo es una teoría, no un hecho demostrable. Los *marshals* estamos para proteger a los Vaughn ante la remota posibilidad de que me equivoque. Y sé que cuesta creerlo, compañera, pero no sería la primera vez que me equivocara.

—Espera un momento. —Andrea descubrió una falla en su explicación—. Ayer me dijiste que el perfil típico de una persona que amenaza a un juez es el de un hombre blanco de mediana edad con tendencias suicidas.

—Así es, por lo que Ricky sería un caso atípico. Regla número…

—Oh, venga ya.

—Vale, me has pillado. —Su sonrisa culpable le recordó a Mike—. Podría haberte dicho desde el principio que sospechaba de Ricky. No he sido legal contigo, compañera. Tú escondes cosas y yo también. Pero tenemos que confiar el uno en el otro, ¿no? Así que ¿estamos en paz?

Andrea se obligó a desencajar las muelas.

—Estamos en paz.

—Estupendo —añadió Bible—. Pues hay otra cosa que debes saber: Ricky solamente es un caso atípico porque es mujer. Que yo sepa, ha intentado suicidarse al menos tres veces a lo largo de su vida.

Andrea entreabrió los labios por la sorpresa.

—La primera vez fue en un coche cuando tenía veintitantos años. La segunda fue una sobredosis en plena calle, el día que cumplió cuarenta años. Bastante espectacular: paró el tráfico. La tercera fue cuando estaba detenida. Intentó ahorcarse en el calabozo de Stilton después de que Dean consiguiera que la arrestaran por incumplir la orden de alejamiento.

—Cuando le preguntaste a Stilton por suicidios, no mencionó a Ricky.

—Exacto, lo que significa que estaba mintiendo —afirmó Bible—. Entiendo que se olvidara de los dos primeros intentos, pero el último fue hace cuatro años y ocurrió en su comisaría.

Andrea tuvo que tomarse un momento para asimilar todo aquello. Había una razón lógica para que Stilton procurara esquivar a los dos *marshals*.

—Te has reído cuando te he dicho que según Ricky fue Jack Stilton quien mató a Emily.

—No digo que Jack no esté en mi lista, pero hay sospechosos mucho mejores.

Clayton Morrow. Jack Stilton. Bernard Fontaine. Eric Blakely. Dean Wexler.

—Puede que sea una pregunta absurda —le advirtió Andrea—, pero ¿podría ser la pérdida del dinero del fondo fiduciario lo que motivó la agresión? Está claro que Ricky sigue cabreada por eso. Deduzco que tanto ella como su hermano culpaban a la jueza de haberles arruinado la vida.

—¿Los testigos no situaban a Eric en el gimnasio en el momento de la agresión? —preguntó Bible—. A Ricky no la vio nadie por allí.

—Pero los testigos no siempre son fiables. Todos los amigos de Emily tienen coartada de algún tipo. Sin embargo, podría ser que no todos dijeran la verdad.

—Tienes razón. Y la gente, por lo general, solo dice lo que cree que quieres oír.

—Creo que yo misma he respondido a mi pregunta absurda —añadió Andrea—. El móvil no fue la jueza, ni tampoco el fondo fiduciario. Quien mató a Emily no estaba furioso con Esther, sino con Emily. Le destrozaron la cara a golpes. Le rompieron dos vértebras del cuello. La desnudaron y la tiraron a un contenedor. ¿Por qué hacer todo eso en vez de tirarla al mar, que estaba a veinte metros?

—Porque era algo personal —contestó Bible—. Y porque el asesino era un chapucero.

—Lo que nos lleva otra vez al móvil que desde el principio se consideró el más probable: que Emily iba a divulgar el nombre del padre y que el padre la hizo callar.

—Exacto. —Era evidente que Bible había llegado a la misma conclusión—. Hace cuarenta años, Wexler se eximió de responsabilidad. Alegó que era estéril.

Andrea lo sabía por sus indagaciones.

—Bob Stilton le creyó, pero no había historia médica ni declaración jurada de ningún médico en el...

—¿En el sumario?

Bible volvió a sonreír. Había conseguido que Andrea admitiera que había leído el sumario del caso de Emily Vaughn.

—¿Tienes algo más que contarme?

Había un detalle más, pero no procedía del sumario de Emily.

—Dean Wexler me dijo que Emily estaba drogada en una fiesta y que fue así como se quedó embarazada. Según me dijo, nunca descubrió quién había sido.

Bible no pareció sorprendido, pero, claro, él había hablado con más gente que Andrea, incluida la madre de Emily.

—Supongo que tendrás una teoría sobre lo que pasó aquella noche —dijo.

Andrea supuso que, en efecto, la tenía.

—La agresión contra Emily Vaughn se produjo en algún momento entre las seis y las seis y media de la tarde del 17 de abril de 1982. El sol se puso ese día a las siete y cuarenta y dos.

Bible empezó a asentir con la cabeza, como si eso fuera lo que quería oír.

—La violencia utilizada indica que el agresor era alguien que conocía a la víctima. El arma ya estaba en el callejón, así que probablemente el ataque no fuera premeditado. Se encontraron algunos hilos negros en el palé, pero todos los chicos vestían de negro aquella noche. Después del ataque, es probable que el agresor escondiera a Emily detrás de un montón de bolsas de basura y esperara a que anocheciera para trasladarla.

—¿Qué más?

—Las declaraciones de los testigos. Stilton dijo que se fue temprano del baile y que estuvo viendo la tele con su madre. A Clay lo vieron bailando con una animadora, pero en distintos momentos de la noche. Nardo, igual: la gente lo vio y luego ya no. Lo mismo ocurrió con Dean Wexler, que estaba allí en calidad de profesor. Lo vieron y luego dejaron de verlo. Eric estuvo en el baile. Los testigos lo vieron discutir con

Emily poco antes de la agresión. Luego lo vieron marcharse. En su declaración, afirmó que se fue temprano y que pasó el resto de la tarde noche viendo películas con su hermana.

Andrea tuvo que parar para tomar aire. Podía añadir, además, un nuevo dato.

—En su día, la declaración de Ricky como testigo confirmó la coartada de Eric, pero hace un momento, en su casa, Ricky me ha dicho que Clay no podía ser el asesino porque lo vio en el baile de graduación y estuvo toda la noche bailando con una animadora.

—Vamos a analizar lo que ha pasado entre el antes y el después. —La cara de póquer de Bible se había resquebrajado—. Volvamos a casa de Ricky. ¿Cómo se comportaba cuando llegaste? ¿Cómo estaba cuando te has ido? Luego, piensa en lo que ha ocurrido entre esos dos momentos. ¿Estaba nerviosa? ¿Te miraba a los ojos o...?

—Parecía agotada cuando abrió la puerta, como si no hubiera pegado ojo en toda la noche. Luego, cuando volvió del garaje, estaba muy activa y siguió así el resto del tiempo. —Andrea ya había adivinado la posible explicación—. Cuando llegué, Ricky se tomó dos pastillas que sacó de uno de sus muchos frascos de medicamentos. Creo que cuando volvió del garaje las pastillas le habían hecho efecto. Se saltó el guion. Sin querer, se situó cerca de la escena del crimen cuando claramente no estaba allí. Y, lo que es peor, exoneró a Clay Morrow.

—¿Por qué es peor?

—Bueno... —Andrea se encogió de hombros. Por una vez, su parentesco con Clay parecía irrelevante—. No es lo más inteligente. En el pueblo todo el mundo da por sentado que Clay mató a Emily. ¿Por qué proporcionarle una coartada? Si quieres endosarle a alguien un asesinato, es mejor endosárselo a alguien que ya está en la cárcel.

Bible no respondió. Miró por la ventanilla, rascándose pensativamente el mentón.

Andrea soltó un largo suspiro. La opresión que sentía en el pecho había desaparecido. Darse permiso para hablar de Emily Vaughn le había quitado un gran peso de encima. Era, no obstante, un consuelo muy pequeño, teniendo en cuenta que no estaba más cerca de averiguar si Clay Morrow ya era un asesino sádico antes de conocer a Laura, o si eso había venido después.

—Compañera, voy a decirte algo que no se oye a menudo —dijo Bible—. Estaba equivocado. En este caso, tenemos dos culos para un solo caballo.

Andrea se rio.

—Acepto ser uno de los culos si dejas la metáfora del caballo.

—Me parece justo —contestó él—. Tenemos a Stilton, Nardo, Dean y Ricky. ¿Qué tienen en común? Que todos están directa o indirectamente relacionados tanto con las actividades en la granja como con el asesinato de Emily Vaughn.

Andrea asintió, porque, en efecto, todos estaban vinculados entre sí de algún modo.

—¿Has oído hablar de la defensa FONY? —preguntó Bible.

—Fue Otro, No Yo —dijo Andrea.

La mayoría de los delincuentes están dispuestos a delatar a otros delincuentes, sobre todo si de ese modo se libran de la cárcel.

—Pero ¿en qué nos ayuda eso? No tenemos nada contra ninguno de ellos. No podemos inculpar a Ricky de las amenazas de muerte. No tenemos a nadie de la granja que delate a Nardo o a Wexler. Eric Blakely está muerto. Clay Morrow intentará complicarnos la vida, porque se aburre y es capaz de complicarle la vida a cualquiera. Stilton puede alegar que se le olvidaron los intentos de suicidio de Ricky o que le avergonzaba sacar el tema porque ella casi muere estando bajo su custodia. Y sería lo más lógico. Debería darle vergüenza.

Bible esperó para asegurarse de que había terminado.

—Ricky estaba tan nerviosa que tuvo que tomarse unas pastillas cuando llegaste a su casa. Wexler intentó asustarte agrediéndote, a pesar de que eres una *marshal*. Nardo se acogió a su derecho a guardar silencio y luego fue detrás de ti para charlar un rato. Y Stilton puede que sea el peor policía del mundo o puede que esté intentando evitar que nos acerquemos a la granja porque teme que descubramos algo.

Volvió a hacerse el silencio dentro del coche, pero esta vez fue Andrea la que se quedó pensativa.

—Están todos asustados —dijo, lo había comprendido de pronto—. Stilton no te llamó para contarte lo del suicidio de Alice Poulsen. Ricky te lo contó en la cafetería, pero solo después de que Nardo, Wexler y ella tuvieran tiempo de ponerse de acuerdo en lo que iban a contar.

—Los tenemos justo donde los queremos —comentó Bible—. Sé por experiencia que, cuando la gente está asustada, tiende a cometer muchos errores. Entonces es cuando hay que aumentar la presión.

«Presión» era una palabra que sugería que algo ocurría muy despacio.

Andrea, sin embargo, tenía la sensación de haber pasado cada segundo desde que había salido de Glynco intentando surfear una ola que no conseguía alcanzar. Aunque hubiera sido un alivio hablar del caso de Emily Vaughn con Bible, aún no habían llegado a ninguna conclusión. Y, mientras tanto, Alice Poulsen había muerto y Star Bonaire era un cadáver andante que, a todos los efectos, estaba cavando lentamente su propia tumba.

No había una respuesta clara que explicase por qué había ingresado Andrea en los *marshals*, pero no se había pasado más de cuatro meses soportando un infierno absoluto para quedarse de brazos cruzados cuando una joven desesperada le suplicaba ayuda.

—¿Qué podemos hacer? —le preguntó a Bible.

—Son las cinco y cuarto, compañera. ¿Qué crees que vamos a hacer?

Andrea refrenó su decepción. Tenían que ir a relevar a Mitt Harri y Bryan Krump. Sus compañeros llevaban patrullando la finca de los Vaughn desde las seis de la mañana. Faltaban cuarenta y cinco minutos para que Bible y ella empezaran su turno.

—Regla número tres de los *marshals* —dijo Bible—: Haz siempre tu trabajo.

Andrea se apoyó en la pared mientras esperaba a que le sirvieran su pedido en el McDonald's. Bible y ella habían coincidido en que la cafetería no era el mejor sitio para cenar esa noche, y Bible la había llevado al restaurante de comida rápida, a las afueras del pueblo. Y al entrar en el aparcamiento le había sonreído, porque el local se hallaba exactamente en la misma parcela que ocupaba el Skeeter's Grill cuarenta años atrás, cuando se encontró el cuerpo de Emily Vaughn dentro de un contenedor.

Andrea fijó la mirada en el móvil y se distrajo con Insta, porque literalmente no podía hacer nada más. Las últimas veinticuatro horas le habían caído encima de repente como doce toneladas de ladrillos. Cuatro horas de sueño no eran suficientes para una mujer adulta. Notaba todos los nervios erizados y se sentía vaciada de emociones. Si volvía a pensar en el caso de Emily Vaughn, le estallaría la cabeza. Y, si pensaba en Alice Poulsen y Star Bonaire un solo segundo más, seguramente también le estallaría el corazón.

Para mortificarse, abrió sus mensajes y repasó los intentos de Mike de llamar su atención. Los ñus, la foto de la polla de agua. Él podía creer sinceramente que había cogido el primer avión a Delaware por celo profesional, pero para eso podía haber hecho una llamada. Había querido verla en persona. Cerciorarse de que estaba a salvo. Y ella había recompensado sus esfuerzos dándole una patada en la boca.

Se quedó mirando el cursor del panel de mensajes. Seguramente Mike ya estaría en un avión, de vuelta a Atlanta. Tenía que disculparse con él. Debía pedirle perdón. Le había tratado fatal.

¿Por qué le había tratado tan mal?

Una notificación apareció en la pantalla. Laura le mandaba un enlace con las estadísticas de delincuencia del área metropolitana de Portland desglosadas por barrios. Y añadía: PUEDO INDAGAR MÁS CUANDO ME DIGAS EN QUÉ ZONAS PREFIERES VIVIR.

Andrea bloqueó el teléfono. Quería vivir en una piña bajo el mar.

—¿Treinta y seis?

Andrea saltó como si hubiera ganado al bingo. Cogió las bolsas y las bebidas del mostrador. Bible estaba hablando por teléfono cuando ella abrió la puerta del todoterreno.

—Entendido, jefa. —Le guiñó un ojo a Andrea—. Ahora vamos a casa de la jueza. Llevamos un poco de retraso. No creo que me dé tiempo de llamar a mi mujer.

—Espero que lo entienda. —Compton colgó.

Mientras salían del aparcamiento, Bible le dijo a Andrea:

—La jefa opina que a nuestra campaña de presión puede venirle bien subir un poquito la temperatura.

Andrea no tenía ánimos para más adivinanzas. Metió las Coca-Colas en los portavasos y abrió su Happy Meal.

—Ha conseguido que la oficina de prensa conceda una entrevista a un par de periodistas de uno de los diarios más importantes de Dinamarca. Lo lee más de la mitad del país. Puede que eso sean unas doscientas personas y algún que otro erizo con inquietudes, pero quizá la noticia despierte interés en otros lugares.

Andrea masticó sus patatas fritas.

—Los periodistas cogen el vuelo a primera hora. Estarán en Longbill Beach a última hora de la tarde. No sé qué opinas tú, compañera, pero yo creo que Ricky va a empezar a sudar cuando vea a dos periodistas husmeando por el pueblo. Y a Dean Wexler seguro que no le va a gustar nada que un par de daneses entrometidos se presenten en su casa preguntando por qué algo huele a podrido en Delaware.

Andrea entendió la referencia a *Hamlet*, pero no podía hacerse de nuevo ilusiones.

—Las leyes europeas sobre difamación son aún más duras que las nuestras. Se van a encontrar con el mismo problema que nosotros. Las chicas de la granja no van a querer hablar. Nadie va a querer hablar.

—Regla número dieciséis de los *marshals*: la carrera se gana con paso lento, pero constante.

Bible sonrió al desenvolver su hamburguesa con queso, pero parecía percibir su estado de ánimo. Puso la radio. Empezó a sonar rock suave. por los altavoces, débilmente. Bible conducía con una mano mientras daba mordisquitos a la hamburguesa.

Andrea se terminó las patatas. Se sentía culpable por estar tan decaída frente al optimismo infatigable de su compañero. Teniendo en cuenta que había sufrido torturas indescriptibles a manos de un cártel de narcotraficantes mexicanos, ya era impresionante que pudiera levantarse de la cama por las mañanas, y más aún que hiciera bromas de erizos. Andrea descubrió que la reconfortaba oírle masticar mientras de fondo sonaba *Rosanna* de Toto. Para Andrea, aquel había sido uno de los días más largos de su vida, y ya solo quedaban unas horas de sol. Le esperaban doce horas de patrulla por la finca de los Vaughn por culpa de una amenaza que ya no era del todo anónima.

Para evitar que el dial mágico de sus pensamientos girara pasando de Mike a Emily, a Alice, a Star, a Ricky, a Clay, a Jack, a Nardo, a Blake y a Dean, Andrea miró por la ventanilla. Estaban en otro barrio residencial, no muy lujoso, pero tampoco obrero. El municipio de Longbill Beach era, en esencia, un gran círculo con un parque estatal en el centro. La casa de Ricky, la plaza del pueblo, la finca de los Vaughn y la granja eran radios de esa rueda. Seguramente se podía ir andando de un extremo a otro en veinte minutos.

—Oye, compañera. —Bible bajó el volumen de la radio—. Tengo que hacerte una confesión.

Hasta el momento, sus confesiones habían sido más bien revelaciones impactantes.

—No creo que esa palabra signifique lo que tú crees que significa —repuso Andrea.

Él se rio de buena gana.

—No se lo digas a la jefa, pero he quedado con Harri y Krump en que vamos a llegar un poco tarde. Estamos solo a tres minutos en línea recta de la casa de la jueza y he pensado que no te importaría que hagamos otra parada.

No esperó a que le diera su opinión. El todoterreno redujo la velocidad. Bible se detuvo a un lado de la carretera.

Andrea miró la casita de campo frente a la que habían aparcado. Baldosas grises de asbesto. Molduras negras. Conchas marinas pegadas alrededor del buzón. Un desván reformado con buhardilla redondeada y tejado de teja plana. El jardín era muy frondoso, pero no porque estuviera lleno de maleza. Su paisajismo de estilo natural y bajo consumo de agua le recordó el jardín de Laura.

—Esta es la casa donde se crio Star Bonaire —explicó Bible—. Su madre vive aquí. Se me ha ocurrido que podíamos pasarnos a charlar un rato, por si Melody Brickel sabe algo de la situación de su hija en la granja.

Andrea advirtió la mirada socarrona que le lanzó Bible antes de abrir la puerta. Su compañero se había dado cuenta de que ella había reconocido aquel nombre. Esa revelación debería haberla sorprendido, pero en cierto modo tenía sentido que Melody Brickel fuera la madre de Star Bonaire.

Echó un vistazo a la calle antes de seguir a Bible por la acera. Las casas estaban más cuidadas y separadas entre sí que las del barrio de Ricky. Había un Prius amarillo en la entrada. Un cable enchufado al coche serpenteaba hasta una toma de corriente, dentro de la cochera abierta. Había un depósito para recoger el agua de los canalones y paneles solares que se alzaban orgullosos sobre el tejado a dos aguas. Andrea, que sabía cómo era la vida en los pueblos pequeños, adivinó que las cadenas de cobre para la lluvia bastarían por sí solas para persuadir a los lugareños de que Melody estaba loca.

—Imagino que la buena de Star ha heredado la afición por la jardinería de su madre —dijo Bible.

Andrea dudaba de que eso fuera motivo de alegría para Melody. Se detuvo al pie de la escalera y dejó que Bible se adelantara hasta la puerta. No creía que Melody Brickel fuera a recibirlos con un AR-15, pero convenía estar precavidos. A veces una chalada era de verdad una chalada.

Bible tocó suavemente, dos veces. La puerta se abrió casi de inmediato.

Una mujer madura, con el pelo corto, oscuro y despeinado, los miró desde el otro lado de la mosquitera. Debía de tener la edad de Ricky, pero aparentaba diez años menos. Estaba, además, increíblemente en forma. Su top negro ajustado dejaba al descubierto unos brazos y unos hombros esculpidos. Llevaba tatuada una mariposa de colores en el dorso de la mano derecha, y un arito de plata atravesaba su ceja izquierda.

—¿Melody Brickel? —preguntó Bible.

—En persona. —Melody miró su camiseta—. ¿USMS? Si la eme es de mormón, te equivocas de puerta.

—Servicio de *Marshals* de los Estados Unidos. —Bible le dedicó una de sus mejores sonrisas—. Soy el agente Bible. Esta es la agente Oliver.

—Vaya. —Cruzó los brazos y miró a Andrea—. Dejadme dar de comer a mis gatos antes de detenerme, por favor. Ya sé que he violado la orden de alejamiento. No voy a añadir a todo lo demás el mentirle a un agente de policía.

—¿Qué clase de gatos tiene? —preguntó Bible.

Melody entornó los ojos, pero dijo:

—Una calicó pequeñita, de pelo largo, y un siamés muy hablador.

—Yo tengo una siamesa que se llama Hedy —dijo Bible—. Mi mujer dice que es mi novia, porque la quiero mucho.

Melody miró a Andrea y luego lo miró a él.

—Tendrán que perdonarme. Creía que los *marshals* se dedicaban a vigilar aviones y perseguir fugitivos.

—Bueno, así es hasta cierto punto, señora. Los *marshals* del Servicio Aéreo forman parte de la Agencia de Transporte y Seguridad del Departamento de Seguridad Nacional. El USMS pertenece al Departamento de Justicia. La persecución de fugitivos es solo uno de los muchos servicios que ofrecemos. —Bible volvió a sonreír—. Ahora mismo, solo hemos venido a hablar.

Ella no sonrió.

—Según mi abogado, no debería hablar con la policía sin llamarle antes.

—Parece un buen consejo.

—Se nota que nunca ha tenido que pagar la minuta de un abogado. —Abrió la puerta—. Pasen. Cuanto antes acabemos con esto, mejor.

Como le había ocurrido en la granja de Wexler, Andrea se llevó una sorpresa al ver el interior de la casa. La frondosidad del jardín y la recogida de agua de lluvia la habían hecho creer que el estilo decorativo de Melody Brickel se inclinaría más bien hacia las colchas de retazos y los atrapasueños. Brickel, no obstante, parecía preferir los grandes estampados florales de los años setenta. Unos cuantos carteles anacrónicos de los Eurythmics y las Go-Go's hacían lo posible por compensar esa explosión de colorido.

—Es la casa de mi madre —explicó—. Me mudé aquí hace cuatro años, cuando me enteré de que Star había perdido la cabeza. Vamos a la parte de atrás. Es más cómoda.

Bible dejó pasar primero a Andrea mientras seguían a Melody por el salón. Ella miró el tobillo izquierdo de la mujer. Las perneras de sus pantalones estaban recortadas. No llevaba tobillera plateada.

—Esta es Star. Mi Star, al menos. —Melody se detuvo ante la serie de fotografías que llenaba el corto pasillo—. Sé lo que estarán pensando, pero la verdad es que le puse ese nombre por Ringo Starr. Ella prescindió de la segunda «R» en secundaria. Les juro que no la estaba preparando para que se uniese a una secta.

Andrea intentó no reaccionar al oír la palabra «secta». Se inclinó hacia las fotos. Apenas reconoció a aquella jovencita que hacía las cosas típicas de las jovencitas en las fotos. Star era ahora una sombra de sí misma, nada que ver con aquella adolescente lozana y rebosante de energía que sonreía abiertamente a la cámara.

Melody dijo lo que todos estaban pensando.

—Acabará muriendo si sigue en ese sitio.

Andrea la siguió hasta la cocina, que estaba tan desordenada como la de Ricky, pero tenía un aire cálido y acogedor. Una gran olla hervía a fuego lento en la placa. El olor a levadura impregnaba el ambiente. Había una hogaza de pan cociéndose en el horno, lo que hacía que el recuerdo de Star preparando la masa fuera aún más doloroso.

—Dígame una cosa —le dijo Bible a Melody—. No se lo pregunto como *marshal*; es simple curiosidad. ¿Por qué dice que ha infringido la orden de alejamiento?

—Me enteré de lo de la chica que encontraron muerta en el campo. Tenía que saber si era Star o no. —Melody se detuvo para remover el contenido de la olla—. Ahora dígame usted, señor Bible, no en calidad de *marshal*, sino como ser humano, si esa chica se suicidó o se murió por propia voluntad.

—¿Qué quiere decir «por propia voluntad»?

—Lo que están haciendo es suicidarse poco a poco —respondió Melody—. Que yo sepa, dos de ellas ya han muerto de hambre. Literalmente. Sus cuerpos se rindieron y murieron.

—¿Cuándo fue eso? —preguntó Bible.

Ella dejó la cuchara.

—Una, hace tres años. La otra, el pasado mayo. No voy a decirles cómo se llamaban porque no pueden hacer nada al respecto, y darles alguna esperanza a sus padres solo serviría para echar sal en la herida.

Bible asintió con un gesto, pero preguntó:

—¿Cómo sabe lo de esas dos muertes?

—Formo parte de un grupo de padres y familiares que han perdido a sus hijas a manos de Dean Wexler. Antes teníamos un sitio web, pero tuvimos que cerrarlo. Nuestra página de Facebook no paraba de recibir ataques. Incluso nos encontraron en la web oscura. Buscaban información sobre nosotros, nos enviaban amenazas de muerte. Cada centavo que se gana en ese sitio se gasta en proteger a Dean Wexler.

Su dolor era tan palpable que Andrea volvió a sentirse impotente.

—¿Qué puede decirnos de Nardo?

—Ese solo es un oportunista repugnante, nada más. Dean es el Charles Manson de ese lugar. —Melody volvió a tapar la olla—. Si hay justicia en este mundo, tendrá una muerte dolorosa y atroz.

—La vida suele hacerte pagar por cómo eres —repuso Bible—. ¿No sabrá por casualidad el nombre de alguna chica que haya escapado? Quizá estén dispuestas a…

—Imposible, ni hablar —contestó Melody—. Señor Bible, no me queda plan de pensiones. Estoy viviendo de la Seguridad Social y de enseñar a tocar la flauta a niños de preescolar, porque cada centavo que he ganado me lo he gastado en abogados que no han podido ayudarme a sacar a mi hija de ese lugar. Por lo que a mí respecta, a cualquier chica que tenga la fuerza o el coraje de apartarse de Dean Wexler habría que dejarla en paz.

—La entiendo perfectamente —dijo Bible—, pero, volviendo a lo que ha dicho sobre esas chicas que perdieron la vida, me sorprende que nadie acudiera a la prensa.

—¿Se refiere al *New York Times*? ¿Al *Washington Post*? ¿Al *Baltimore Sun*? —Soltó una carcajada amarga—. La muerte lenta por inanición voluntaria no es muy atractiva comparada con una pandemia mundial, con conspiraciones electorales absurdas, con cualquier tumulto social que esté teniendo lugar en el mundo, o con un tiroteo a la semana. Los pocos periodistas que me devolvieron las llamadas me dijeron que les diera tiempo.

—Entiendo.

—Disculpe, señor Bible, pero no creo que lo entienda. El tiempo es justamente lo que va a matar a mi hija. —Melody había puesto los brazos en jarras—. Al principio, cuando Star se vio envuelta en esta locura, hablé con un especialista en trastornos alimentarios para saber a qué atenerme. Mi madre era enfermera. Yo necesitaba entender la base científica. La anorexia nerviosa tiene la tasa de mortalidad más alta de todos los trastornos mentales. Por lo general, el corazón se rinde; es así de sencillo. No hay potasio y calcio suficientes para generar la electricidad necesaria para mantener un latido normal.

Andrea pensó en la lentitud de movimientos de Star al moverse por la cocina. En sus largas pausas. Estaba tan desnutrida que el menor gasto de energía la dejaba agotada.

—Si no se les para el corazón —prosiguió Melody—, sufren osteopenia debido a la falta de calcio. Sus huesos son más propensos a romperse, y las fracturas no se curan. Las infecciones son más mortales, porque el sistema inmunitario está debilitado. Los problemas neurológicos abarcan desde convulsiones a déficits cognitivos causados por cambios estructurales del cerebro. Y no olvidemos la anemia, los trastornos gastrointestinales, el fallo multiorgánico, las fluctuaciones hormonales, la infertilidad… Aunque supongo que esa parte les resulta muy conveniente a Dean y Nardo.

—¿Por qué? —preguntó Bible.

—Señor Bible, no soy una histérica ni una desquiciada, como me pinta Jack Stilton. ¿Por qué iban a estar matando de hambre y maltratando a mi hija si no es para follársela?

Dejó que encajaran sus palabras mientras los conducía a la terraza acristalada que había junto a la cocina.

A Andrea le sorprendió de nuevo la decoración. Una enorme colección de discos de vinilo ocupaba toda una pared. En un rincón había una batería profesional, lo que explicaba su afición por Ringo Starr. Los carteles enmarcados de las paredes debían de ser originales. Andrea reconoció los festivales. Bonnaroo. Burning Man. Coachella. Lilith Fair. Lollapalooza. Había firmas garabateadas sobre el nombre de las bandas.

—Ahora trabajo sobre todo como batería de estudio, pero mi marido y yo estuvimos treinta años de gira —explicó Melody—. Mi madre cuidaba de Star mientras estábamos fuera. Yo nunca me iba más de dos semanas seguidas, pero aun así estaban muy unidas. Luego, hace cuatro años y medio, murió mi madre. Creo que fue eso lo que hizo que Star empezara a buscar un sentido a su vida. Se sentía perdida. Yo soy su madre, así que obviamente no podía darle lo que necesitaba. Para bien o para mal, la granja le dio algo en lo que creer.

Bible se sentó en el futón, que era tan bajo que las rodillas le quedaron a la altura del pecho.

—¿Su marido sigue de gira?

—Denny falleció un año antes que mi madre. Pensándolo bien, fue entonces cuando Star empezó a caer en picado. Estaba experimentando con las drogas, lo cual estaba bien. Yo también experimenté con las drogas, eran fabulosas. Pero Star no podía parar. —Melody se sentó en el suelo con las piernas cruzadas. Un gato regordete, de tres colores, salió de la nada y se le subió al regazo—. Dejando a un lado a Dean Wexler, me alegré mucho cuando empezó a trabajar como voluntaria en la granja. Dejó las drogas. Volvió a ser mi niña. Es curioso lo fácil que es ver todos tus errores *a posteriori*.

Con destreza, Bible la alejó de las autorrecriminaciones.

—¿Cómo era eso? ¿Ir de gira y tal?

—Joder, era la bomba. —Melody soltó una carcajada que le salió del alma—. No éramos grandes músicos, pero sí lo bastante buenos como para ganarnos la vida, que es más de lo que puede decir la mayoría. Yo me hacía llamar Melody Bricks, abreviatura de Brickel. Para que no me confundieran con Edie Brickell. Esa de la esquina soy yo, por citar la canción de R.E.M.*

Andrea sintió que la había pillado en falta. Había desviado la mirada hacia la colección de vinilos colocados por orden alfabético. El disco *Melody Bricks Experience* estaba en la sección de la *B*, con la carátula a la vista. En ella aparecía Melody de joven, cantando a gritos ante un micrófono, sentada detrás de su batería. Andrea leyó algunos de los títulos de las canciones. *Everything Gone, Misery Loves Comity, Absent in Absentia*. Todo muy *new wave*.

—Ahí hay un *Missundaztood* firmado —le dijo Melody—. Toqué con Pink en su gira por el Medio Oeste, dentro del Party Tour. Eche un vistazo, si le apetece.

Andrea no estaba allí por la colección de discos, pero no quería estropear el ambiente relajado que había conseguido crear Bible.

—Esperen, antes de que lleguemos a la parte más dura. —Melody se inclinó y empezó a abrir las ventanas. Una ligera brisa recorrió la habitación—. La menopausia no es para cobardes.

Bible se rio.

—En eso tiene toda la razón. Mi mujer, Cussy, no sé cómo se las arregla.

Melody volvió a sentarse en el suelo.

—Aunque sea divertido hablar de gatos y menopausia con usted, señor Bible, vamos al grano, por favor.

---

* *That's me in the corner,* verso de la canción *Losing My Religion. (N. de la T.)*

—Mi compañera y yo hemos estado esta mañana en la granja. —Bible hizo una pausa—. Hemos visto a su hija.

Andrea apartó la mirada de los álbumes. A Melody se le habían saltado las lágrimas.

—¿Está…? —Se le quebró la voz—. ¿Está bien?

—Está viva —contestó Bible—. No hablé con ella, pero… —Su teléfono del trabajo empezó a sonar. Miró el identificador de llamadas.

—Señor Bible —dijo Melody—, por favor, no conteste.

—Solo es mi jefa. Puede esperar. —Bible silenció el teléfono—. Oliver, enséñale la fotografía que hizo Star con tu teléfono.

—¿Qué? —Melody se levantó—. ¿Cómo consiguió Star su teléfono?

—Se lo dejé en la encimera. —Andrea se metió debajo del brazo el álbum que estaba mirando para poder sacar su iPhone—. Se pueden hacer fotos sin poner la contraseña.

—Sí —dijo Melody—. El botón está en la pantalla de bloqueo. ¿Puede darse prisa, por favor?

Andrea tecleó su código y buscó la foto.

Melody le quitó suavemente el teléfono. Le temblaban las manos. Amplió la palabra que Star había dibujado en la harina.

«Ayuda».

Tragó saliva. No se secó las lágrimas que le caían de los ojos. Andrea supuso que, después de todo lo que le había ocurrido en los últimos cuatro años, estaba acostumbrada a llorar.

—¿Estaba bien? —preguntó—. ¿Habló o…?

Andrea miró a Bible.

—No, señora. No hablamos. Estaba muy delgada, pero se movía. Había harina en la encimera porque estaba haciendo pan.

Melody siguió llorando mientras contemplaba lo que con toda probabilidad era la única prueba reciente que había visto de que su hija seguía viva.

—No es la primera vez que hace algo así. Una vez le pasó una nota a un repartidor. Y hace unos meses me llamó de madrugada y me dijo que quería volver a casa.

—¿Qué hizo usted? —preguntó Andrea.

—Recurrir a Jack. Tengo que reconocer que las dos veces se presentó allí y trató de montar un escándalo. Pero Star no quiso cooperar. Nunca coopera. Creo que le gusta. Ser el centro de atención, quiero decir. Mi terapeuta dice que debe de obtener algo a cambio. La gente no hace cosas a menos que obtenga una recompensa. Incluso si las consecuencias son negativas. Lo conocido resulta reconfortante.

—¿Qué hay de…? —Andrea no sabía cómo formular la pregunta, así que optó por no andarse con rodeos—. ¿Es verdad que intentó usted secuestrarla y llevarla a un desprogramador?

—Sí. —Melody sonrió débilmente. Cogió el álbum que Andrea tenía bajo el brazo y lo utilizó como excusa para cambiar de tema—. *Jinx* en vivo en Monterrey. Stéphane Grappelli tocó *Daphne*. ¿Es aficionada al *jazz*?

Andrea negó con la cabeza.

—A mi padre le encanta.

—Lo siento, señoras. —Bible estaba mirando su teléfono personal—. Es mi mujer. Tengo que contestar. Si no le importa, me voy fuera.

—Adelante. —Melody puso el álbum encima de la estantería mientras Bible salía cruzando la cocina. Volvió a mirar la foto de la harina. Antes de que Andrea pudiera impedírselo, pasó a la foto anterior.

El rostro cóncavo de Alice Poulsen llenó la pantalla.

Los ojos vidriosos. Las mejillas hundidas. La espuma seca alrededor de los labios de color azul pálido.

No hubo exclamación de horror.

Melody deslizó el dedo por la pantalla otra vez y luego otra. Permaneció impasible mientras miraba las escaras de color rojo intenso de los omóplatos de Alice Poulsen. Sus costillas descarnadas. Sus uñas quebradizas. Los leves hematomas que tenían en las muñecas.

—¿Sabía que las magulladuras o los esguinces de muñeca son uno de los indicios más comunes de violencia de género?

Andrea sintió el impulso de volver a tocarse la muñeca.

—Me lo dijo mi terapeuta —añadió Melody—. Hay un montón de nervios, ligamentos y huesos en ese espacio tan pequeño. Te agarran por ahí y haces lo que ellos quieren.

Andrea conocía las tácticas de control mediante el dolor, pero nunca había pensado en ellas dentro del contexto de la violencia de género.

—Así empezó Star. Llegó a casa con la muñeca vendada. Estaba muy metida en las drogas y yo no quise saber cómo había ocurrido. En aquel momento yo estaba muy estresada con la herencia de mi madre y tratando de averiguar qué hacer con mi vida.

Andrea no intentó ofrecerle una excusa a la que agarrarse, porque sabía que Melody no la iba a aceptar.

—Dean es un animal. Cualquier hombre que maltrata a una mujer lo es. Tienen un instinto que les dice que empiecen despacio. Agárrale la muñeca, a ver si te sales con la tuya. Luego, el hombro o el brazo. Después, al poco tiempo, te agarran del cuello. Saben muy bien quién se callará la boca y se aguantará.

Melody volvió a mirar el teléfono. Había encontrado la primera fotografía que Andrea le había hecho a Alice Poulsen tumbada desnuda en el campo. Aunque sus lágrimas no se habían detenido del todo en ningún momento, ahora formaban un río que le corría por la cara y le llegaba hasta el cuello de la camisa.

—Algún día encontrarán a Star así, y yo no puedo hacer nada por impedirlo.

Andrea hizo ademán de quitarle suavemente el teléfono, pero Melody dejó escapar por fin un gemido, no de horror, sino de sorpresa. Había deslizado el dedo una última vez y había encontrado la fotografía que hizo Andrea de la carátula de la cinta cuando vio el *collage* de Judith.

—¡Dios mío, me había olvidado de esto! —Se secó los ojos—. ¿Dónde lo ha encontrado?

Instintivamente, Andrea optó por proteger a Judith.

—En una caja de cosas de Emily, en casa de los Vaughn.

Melody aceptó de inmediato su explicación.

—Claro. Yo tenía prohibido hablar con Emily, pero le dejaba cintas grabadas en el buzón cada dos o tres semanas. Esta es la última que le grabé antes de que la asesinaran. Fíjese, qué letra más tonta... Intentaba aparentar que no era yo, por si mi madre descubría que la estaba desobedeciendo.

Andrea fingió mirar el texto, aunque ya se lo sabía de memoria.

—¿Conocía bien a Emily?

—No tanto como yo hubiera querido. Era una chica increíble, pero tenía su grupito de amigos. A las dos nos encantaba la música. Es una tragedia que ella muriera y que Dean Wexler siga en este mundo.

—Me han dicho que Emily se drogaba mucho —dijo Andrea.

—Bah, qué tontería. —Melody le devolvió por fin el teléfono—. No me malinterprete, ninguna de las dos dijo no a las drogas, pero Emily nunca se pasó de la raya, nunca tomó drogas duras. Me fastidia parecer mi madre, pero se juntaba con malas compañías.

Andrea no podía estar más de acuerdo.

—¿Tiene alguna teoría sobre quién la mató?

—Bueno... —Melody resopló, dejando escapar lentamente el aire entre los labios—. Todo el mundo parece pensar que fue Clay. Y fíjese en lo que hizo después de irse del pueblo. Si eso no es un patrón de conducta, no sé qué es.

—Ricky Fontaine tiene una teoría. —Andrea notó que Melody enarcaba una ceja al oír el nombre de Ricky—. Cree que fue Jack Stilton.

—¡Venga ya! —Su risa estruendosa resonó en la habitación—. Ricky es una puta mentirosa. Siempre odiaron a Jack. Desde que iban a la guardería. Nardo, sobre todo, disfrutaba torturándolo. Emily no lo soportaba. Ella siempre defendió a Jack. Es imposible que él le hiciera daño.

Andrea pensó en la orden de alejamiento.

—Ricky puede ser una persona muy vengativa.

—No sabe usted hasta qué punto. A Ricky Blakely, lo único que le importa en esta vida es Nardo Fontaine. Está obsesionada con él, y

Nardo nunca pierde la ocasión de fastidiarla. —Melody volvió a apoyar las manos en las caderas—. Por lo menos una vez por semana, Nardo se presenta en esa mierda de cafetería. Y lleva a Star para que le haga de público. Es asqueroso, de verdad, pero, como le decía… Algo deben de obtener a cambio. Lo conocido es reconfortante.

Por primera vez, Andrea se cuestionó la veracidad de Melody.

—Ricky tiene una orden de alejamiento permanente. No puede acercarse a menos de seis metros de Nardo.

—Yo tengo prohibido legalmente entrar en la granja y he estado allí esta mañana —repuso Melody—. La ley no importa si no hay nadie que la haga cumplir.

Andrea no pudo llevarle la contraria.

—¿Puedo pedirle su opinión sobre otra cosa que me dijo Ricky?

—Está claro que estoy inspirada —contestó Melody—. Adelante.

—Dijo que lo que está pasando actualmente en la granja es lo mismo que le pasó a Emily hace cuarenta años.

—Ah —dijo Melody. No dijo «Imposible», ni «Ricky es gilipollas», ni otra vez «¡Venga ya!». Y luego añadió—: Bueno, quizá.

Andrea sintió que el corazón empezaba a temblarle dentro del pecho. Melody conocía a Emily. Conocía a todo el grupo. Y sabía perfectamente lo que pasaba en la granja.

—Vale… —Melody hizo una pausa para reflexionar—. Mi madre me contó algunas cosas antes de morir. Se supone que no debo saberlas, por el secreto profesional, pero seguro que ya no importa.

Andrea contuvo la respiración.

—Esto lo sé un poco por mi madre, un poco por lo que oía en el instituto y un poco por lo que me contó la propia Emily —dijo Melody a modo de introducción—. A Emily la drogaron y la violaron en una fiesta. No recordaba absolutamente nada de lo que pasó. Creo que nunca llegó a saber quién la había violado. Y no fue en una fiesta de las que estará usted pensando. Estaban solo ella y la camarilla. O sea, Nardo, Blake, Ricky y Clay.

Andrea recordó que Ricky había usado la misma expresión.

—¿La camarilla?

—Pues sí, «la camarilla». A todo el mundo le parecían muy misteriosos. —Melody puso cara de fastidio—. Lo más gracioso es que eran todos un poco patéticos, y lo digo yo, que también lo era. Emily y yo éramos unas frikis de la música, llevábamos tirantes de arcoíris a lo Mork y Mindy y un aparato en los dientes que era como un casco.

Andrea casi se echó a reír. Había supuesto exactamente lo contrario.

—Por sus fotos, Emily era muy guapa.

—Da igual lo guapa que seas si no sabes que lo eres —contestó Melody—. A Ricky nadie la tragaba. Tenía muy mal genio y era muy dramática, incluso para ser adolescente. Y Blake siempre estaba haciendo cálculos. Cada vez que hablabas con él, buscaba la manera de aprovecharse de ti. Y luego estaba Nardo. Los chicos se iban por otro camino al instituto para no encontrarse con él. Era increíblemente cruel, y sigue siéndolo.

Andrea nunca había oído a nadie describirlos con tanta claridad.

—¿Y Clay?

—Bueno, él fue quien los unió, ¿no? Hacía que se sintieran especiales: formaban parte de «la camarilla». Sin él, no eran nada. Lo único que exigía a cambio era su devoción incondicional. Y eso incluía meterse en coches a robar, consumir drogas… Lo que a Clay se le antojara. —Su forma de encogerse de hombros daba a entender que, por el contrario, el grupo había tenido que entregarle muchas cosas a cambio—. Clay era el único que de verdad era popular. Todo el mundo le quería. Tenía una extraña habilidad para dar con lo que te faltaba y llenar ese vacío. Era un camaleón, ya entonces.

Andrea sabía que seguía siéndolo.

—¿Y Dean Wexler?

—Era el profesor de gimnasia siniestro que entraba «sin querer» en el vestuario de las chicas cuando nos estábamos cambiando. Y ahora podría decirse que no es más que una copia barata de Clay Morrow. Lo lógico sería lo contrario, puesto que Dean es mayor, pero es difícil explicar lo perversa que era la influencia de Clay. Dean fue un alumno aventajado. —Su tono cambió al mencionar al torturador de su hija—. Al menos Clay tenía encanto. Dean es tan primitivo... Solo le importa el control. Es un espectro salido de lo más hondo del infierno.

Andrea trató de apartarla suavemente del tema de Wexler.

—¿Le importa que volvamos a algo que dijo antes? ¿Cómo reaccionó Emily cuando se dio cuenta de que la habían violado? Supongo que estaría destrozada.

—Así es. Mi madre estaba presente cuando se enteró de que estaba embarazada. Decía que fue uno de los momentos más dolorosos de su vida. Emily estaba conmocionada. Mi madre contaba que en ese momento fue el sentirse traicionada, más que el embarazo, lo que la hizo polvo. La camarilla era su vida. Que uno de ellos le hubiera hecho algo tan horrendo era inimaginable. Estaba obsesionada con averiguar quién había sido. Lo llamaba su caso Colombo.

—¿Por el detective de la serie de televisión?

—Peter Falk, un actor increíble —dijo Melody—. Emily se tomó la investigación muy en serio. Era una empollona, ya le digo. Interrogaba a la gente, lo anotaba todo. Yo la veía en clase o en el pasillo releyendo sus notas, intentando descubrir si se le había escapado algo. Supongo que era como un diario. Siempre lo llevaba encima. A mí me daba mucha pena. Seguramente la mataron por hacer tantas preguntas.

Andrea se preguntó si en el *collage* de Judith habría algún fragmento del diario de investigación de Emily. Las frases sueltas parecían típicas de una jovencita friki que trata de darse ánimos.

«¡Sigue esforzándote! ¡¡¡Descubrirás la verdad!!!».

—¿A quién investigó Emily?

Melody se encogió de hombros.

—Supongo que a la misma gente que el padre de Jack.

Clayton Morrow. Jack Stilton. Bernard Fontaine. Eric Blakely. Dean Wexler.

—¿En qué sentido cree que está relacionado lo que le pasó a Emily en la fiesta con lo que ocurre en la granja? ¿Dean está drogando a las chicas?

—No hace falta que las drogue. Evidentemente, las chicas hacen todo lo que quiere Dean. —Melody volvió a encogerse de hombros—. Es muy astuta, ¿no?, su forma de elegir de manera instintiva a las chicas más susceptibles de ser manipuladas por ellos. Es Nardo quien se encarga de seleccionarlas. Recuerdo que Star estaba muy ilusionada con esas entrevistas. Me culpo a mí misma por no haberme dado cuenta de que estaba perdiendo mucho peso. Quiero decir que a una mujer nunca se le dice eso, ¿verdad? («Estás demasiado delgada»).

Andrea negó con la cabeza, aunque sabía que Melody no buscaba refrendo.

—Dejé de verla cuando se mudó a la granja. Eso forma parte de su patrón de conducta. Dean las aísla de su familia. Primero, nada de visitas en persona; luego, solo llamadas telefónicas; después, algún que otro correo electrónico de vez en cuando; y, luego, nada. Todos los padres con los que he hablado cuentan exactamente la misma historia. Y, ahora que lo pienso, es lo mismo que hizo Clay con la camarilla. Estaban aislados por completo. Todos menos Emily, aunque, por otra parte, su vida también estaba limitadísima por culpa de él.

—¿Está usted enterada de lo de las tobilleras que llevan las chicas de la granja? —preguntó Andrea.

—Sí. —Melody tomó aire rápidamente. Era evidente que le costaba hablar de la tobillera—. Le vi la tobillera unos días después de que Star dejara de comunicarse conmigo. Fui hasta allí en coche, aporreé la puerta y exigí que me dejaran verla. Estaba muy orgullosa de la tobillera, como si le hubieran permitido acceder a algo muy especial. Al parecer, tienes que ganártela. Es como si Dean siguiera siendo profe y repartiendo sobresalientes entre sus alumnos favoritos. No lo entiendo.

Andrea tampoco lo entendía.

—Ha dicho que su forma de actuar en el instituto era siniestra. ¿Había algo raro relacionado con el peso?

—Le gustaba la comida sana, correr ultramaratones y todas esas cosas por las que la gente se volvía loca en los ochenta. Recuerdo que era bastante cruel con una chica de clase que tenía sobrepeso, pero, claro, todo el mundo era cruel con ella. Los grupos de chavales pueden ser muy sádicos. Pero Dean se ensañaba con ella. Le dejaba planes de dieta encima de la mesa. Hacía ruidos con la boca cuando pasaba andando por su lado. —Melody sacudió la cabeza, asqueada—. En cualquier caso, no es difícil trazar una línea recta entre el Dean de entonces y su fetichismo actual por la anorexia. Y, claro, el sexo es el sexo. Es lógico que mezclara sus dos pasiones.

—¿Y Star? —preguntó Andrea—. ¿Qué saca ella de esto?

—Se lo pregunté una vez, cuando todavía me hablaba, y me soltó no sé qué chorrada sobre el amor. Una cosa que me enseñó el especialista en trastornos alimentarios es que, en el caso de la anorexia, la inanición puede volverse adictiva y actuar como un alucinógeno en el organismo. Al principio, entras en trances oníricos durante los cuales te vuelves muy sugestionable. Luego, pasado un tiempo, tu cerebro se apaga para conservar energía y pierdes...

Melody se llevó la mano a la boca. Volvieron a saltársele las lágrimas. Evidentemente, estaba pensando en su hija.

—Tómese todo el tiempo que necesite —le dijo Andrea.

Pasaron unos segundos antes de que Melody bajara la mano despacio.

—Pierdes el conocimiento. Es lo que pasa cuando privas a tu cuerpo de la nutrición básica. Te desmayas. Pierdes el conocimiento del todo.

Andrea repitió las palabras de Ricky:

—«Lo que está pasando en la granja es lo mismo que le pasó a Emily Vaughn hace cuarenta años».

—Sí, podría decirse que Emily estaba sin sentido cuando la violaron —dijo Melody—. ¿Sabe?, cuando me di cuenta de lo que le estaba pasando a Star, no paraba de pensar: ¿qué clase de cabrón retorcido quiere follar con una mujer que está, a todos los efectos, en coma?

Clayton Morrow. Jack Stilton. Bernard Fontaine. Eric Blakely. Dean Wexler.

—Es casi una forma de necrofilia, ¿no? La mujer no se entera de lo que le está haciendo el hombre. Está completamente indefensa todo el tiempo. No puede decirle que pare, o que siga si le está gustando. Solo es un conjunto inanimado de agujeros. Lo mismo daría que fuera un maniquí. ¿Qué clase de sádico se excita con eso?

Andrea se miró la mano izquierda. El hematoma había empezado a aflorar. Los dedos de Dean Wexler le habían dejado una franja oscura alrededor de la muñeca.

—¡Oliver!

Las dos se sobresaltaron cuando Bible abrió de golpe la puerta principal.

—¡Te necesito! —gritó.

Su tono de alarma provocó una reacción en cadena en el organismo de Andrea.

En la academia, habían pasado horas hablando de la adrenalina, de que podía tanto salvarte la vida como acabar contigo. La hormona, también llamada epinefrina, inundaba el torrente sanguíneo y desencadenaba la reacción de lucha o huida. Los sentidos se afinaban. El sistema nervioso se avivaba. A nivel microscópico, los conductos respiratorios se dilataban y los vasos sanguíneos se contraían, lo que redirigía la energía hacia los pulmones y los grandes grupos musculares.

Andrea no fue consciente de nada de eso cuando corrió a la puerta. Antes de darse cuenta de que se había movido, ya había salido de la casa. Llegó a la puerta, saltó desde el escalón de arriba y aterrizó con fuerza en la acera. Bible ya estaba dentro del todoterreno. La ventanilla estaba bajada.

—¡Mira! —Señaló una columna de humo negro que se alzaba a lo lejos—. Es la casa de la jueza. ¡Da el aviso!

Bible estaba tan alarmado que ni siquiera esperó a que ella subiera al coche. Arrancó a toda velocidad mientras marcaba el número de emergencias. El crepúsculo había irisado el cielo. Andrea apenas se dio cuenta de que Bible torcía bruscamente a la izquierda al llegar al final de la calle. No le siguió. Un rato antes él le había dicho que la casa estaba a tres minutos en línea recta. El humo actuaba como una enorme flecha que le indicaba la dirección a seguir.

Llamó a emergencias mientras cruzaba el patio de la casa de enfrente. Acababa de saltar una valla de alambre cuando la operadora contestó por fin.

—Hay un incendio en…

—En el domicilio de la jueza Vaughn —dijo la mujer—. Hay varias unidades en camino.

Andrea volvió a guardarse el teléfono en el bolsillo. Trepó por encima de una valla de madera. Cayó encima de un cubo de basura y saltó al suelo. Notaba ahora el olor del humo, espeso y acre. Su color oscuro indicaba que se estaban quemando materiales artificiales. Madera tratada, paneles de yeso y muebles. Obligó a sus piernas a seguir corriendo. Sus pulmones parecían a punto de estallar. El viento cambió de dirección, lanzándole el humo a la cara. Le escocían tanto los ojos que apenas podía mantenerlos abiertos.

Atravesó una hilera de árboles y se encontró frente a la finca de la jueza, al otro lado de la calle. Las llamas salían de la parte trasera de la casa. La noche anterior, Andrea había pasado horas recorriendo la finca. Repasó mentalmente el interior de la casa. Dos alas, norte y sur. La zona principal, con la biblioteca, el despacho, el salón y el comedor. La cocina, en la parte de atrás, junto al garaje. Nunca había subido al piso de arriba, pero sabía que la jueza y su marido dormían allí, en el ala norte. Había visto la luz de su dormitorio encendida mientras hacía la ronda: el balcón daba al taller de Judith.

—¡Joder! —gimió, echando a correr otra vez.

El taller.

Trementina. Pegamento en *spray*. Pinturas. Mordiente. Ácidos. Lienzo, madera y un montón de cosas que podían incendiarse o causar una explosión capaz de arrasar el resto de la casa.

El todoterreno de Bible la alcanzó en el camino de entrada. Andrea golpeó con la mano el costado del coche mientras corría a su lado.

—¡El taller! —gritó.

—¡Vamos! —Bible aceleró para adelantarla.

Vio que el todoterreno se detenía delante del garaje. Bible saltó del coche. Una especie de silueta salió a trompicones del garaje. Harri y

Krump. Llevaban a Franklin Vaughn entre los dos. La jueza iba detrás, apretando un gran maletín contra su pecho. Pesaba tanto que la anciana tropezó y estuvo a punto de caer, pero Bible la agarró por la cintura y la alejó de las llamas.

Andrea estaba bordeando la casa cuando vio que Guinevere entraba corriendo en el garaje. Dudó un momento, pero luego Bible echó a correr detrás de la chica. Andrea apretó el paso. No habría nada que hacer si el estudio se incendiaba. La casa quedaría arrasada antes de que pudieran alejarse lo suficiente para ponerse a salvo.

Resbaló al doblar la esquina. Las llamas furiosas iluminaban la parte de atrás de la finca. El jardín inglés. La piscina. El taller. Tosió, sofocada por el humo espeso y áspero. Las llamas envolvían el dormitorio de la jueza. Salían por las ventanas, mordían las molduras de madera y se estiraban hacia el taller como manos ansiosas.

Andrea tropezó.

Cayó de bruces. Le crujió la nariz al chocar contra las baldosas de piedra. Vio estrellas. Entornó los ojos y giró la cabeza, intentando ver con qué había tropezado. Trementina. Latas de pintura. Barnices. Judith había llegado antes que ella al taller. Corría de un lado a otro, arrojando los líquidos inflamables a la piscina.

Andrea se levantó.

Entró corriendo en el taller y empezó a coger todo lo que parecía peligroso: latas de espray, botes de adhesivo líquido. Cuando iba llegando a la piscina se cruzó con Judith. Sus ojos se encontraron un segundo. Ambas sabían lo letales que podían ser aquellos productos químicos. La primera clase que se daba en la escuela de arte estaba dedicada a las múltiples formas en que podías envenenarte o abrasarte.

Andrea tiró un montón de latas a la piscina y volvió a por más. El humo se le espesaba dentro del pecho. El instinto de lucha o huida se estaba volviendo contra ella, le decía que retrocediera. Que había aire fresco a lo lejos. Que podía tumbarse. Contener la sangre que le bajaba por la garganta, cerrar los ojos y descansar.

Sacudió la cabeza con todas sus fuerzas para despejarse. Echó a correr hacia el taller. Judith estaba tirando de un barril de veinte litros. Andrea reconoció los símbolos de la etiqueta. El ácido sulfúrico no era inflamable por sí solo, pero en determinadas condiciones podía convertirse en hidrógeno, el tipo de gas que había causado el siniestro del Hindenburg.

Agarró una de las asas. El metal caliente le quemó la mano. El barril estaba casi lleno, lo que significaba que pesaba unos treinta kilos. Intentaron levantarlo entre las dos. Andrea gimió por el esfuerzo. El asa metálica era como una cuchilla que se le clavaba en la palma de las manos. Los dientes le crujían por el esfuerzo. Sus pulmones no podían expandirse más. Empezó a fallarle la vista.

—¡Levántalo! —gritó Judith.

Andrea lo levantó. Le temblaban las piernas mientras arrastraba el barril por el césped. Oyó un estampido detrás de ella. La tierra tembló bajo sus pies. Los soportes del balcón habían empezado a ceder. El piso de arriba estaba a punto de desplomarse encima del taller.

—¡Vamos! —gritó, haciendo fuerza para levantar el peso.

Y de repente dejó de notarlo.

Sintió un momento de ingravidez al salir despedida y, un instante después, el frío bofetón del agua cuando se hundió en la piscina. Cayó de lado y se golpeó el hombro contra el fondo. Le entró sangre en la boca. Se había mordido el labio. Judith flotaba a su lado, inerte, con las manos por encima de los hombros. El barril se posó suavemente en el fondo. Andrea se volvió y miró hacia la superficie. Vio llamas atravesando el agua. Luego llovieron trozos de metal retorcido y, a continuación, esquirlas de cristal centelleantes.

Después, todo se volvió negro.

21 DE OCTUBRE DE 1981

Emily caminaba hacia su casa. Tenía calor y se sentía pegajosa. La vejiga iba a estallarle. Ese día había sido el más largo de su vida. Desde el momento en que había salido de su escondite al fondo de la biblioteca, cada minuto le había parecido una hora, y cada hora, un día. En el almuerzo había intentado comer algo, pero la comida le sabía a metal. A cuarta hora estaba tan agotada que apenas podía dar un paso. Y luego, a quinta hora, se había despertado sobresaltada cuando el profesor dio una palmada para llamar su atención.

Había alegado que no se encontraba bien. El profesor no se había quejado. La había dejado marchar veinte minutos antes de que sonara el timbre. Echando la vista atrás, que saliera al pasillo vacío había sido lo mejor para todos. A medida que avanzaba el día, las risitas y las miradas se habían ido disipando y una hostilidad indisimulada se había apoderado del instituto. Incluso su profesor de matemáticas la había mirado con desprecio.

¿Por qué?

Hasta hacía unos días, a lo largo de sus casi dieciocho años de existencia, ella había sido la niña buena, la preferida de los profesores, la alumna modelo, la compañera simpática y amable que siempre te prestaba los apuntes de clase o se ofrecía encantada a sentarse contigo en el aparcamiento mientras llorabas por un chico.

Ahora era una paria.

Excepto para Melody Brickel. Pero Emily no sabía qué pensar acerca de eso.

Eran amigas circunstanciales desde hacía años. Siempre se sonreían en los pasillos, hablaban de música y se reían de tonterías en los ensayos de la banda. Incluso habían compartido litera varias veces en el campamento de la banda, aunque Emily había sentido el impulso de volver con la camarilla en cuanto el autobús las había depositado de vuelta en casa.

Y ahora Melody le había escrito una carta. Emily no necesitaba sacarla de la mochila para saber lo que decía. La había leído una y otra vez a lo largo del día, y hasta se había escondido en el baño para poder analizarla palabra por palabra.

¡Hola!

Siento mucho lo que te está pasando. Es MUY injusto. Quiero que sepas que yo SIGO SIENDO tu amiga, aunque ya no pueda hablar contigo. Por lo menos, por el momento. Es todo muy complicado. A mi madre le preocupa que esté cerca de ti. NO porque hayas hecho NADA malo. Mi madre quiere que te deje CLARO que lo que ha pasado NO ES CULPA TUYA. ¡Alguien se aprovechó de ti! Lo que le preocupa es que me hagan daño a MÍ por relacionarme contigo. Porque la gente es MUY MALA, y conmigo ya se meten mucho porque todo el mundo piensa que soy rara. Siempre he pensado que la rareza era una cosa que tú y yo teníamos en común. Pero TÚ NO eres rara porque no encajes (como, en cambio, me pasa a MÍ). Tu rareza viene de tu AMOR y tu ACEPTACIÓN de todo tipo de personas. Nadie más en el instituto es amable con todo el mundo, sin importarle quién sea o dónde viva o si es inteligente o lo que sea. Tú eres AMABLE de verdad. NO te mereces que la gente diga lo que dice de ti. Quizá cuando esto acabe podamos volver a ser amigas. Yo algún día seré una música famosa en todo el mundo y tú serás una abogada que ayudará a la gente y todo volverá a ser genial. Hasta que eso ocurra TE QUIERO y ¡¡¡LO SIENTO MUCHO!!! ¡Sigue esforzándote! ¡¡¡DESCUBRIRÁS LA VERDAD!!!

Tu amiga

P. D.: Perdona el desastre. ¡¡¡Estaba LITERALMENTE LLORANDO mientras escribía esto!!!

El papel de cuaderno estaba arrugado allí donde se habían secado las lágrimas de Melody. Las había rodeado con un círculo como si fueran pruebas de la escena del crimen, como si necesitara demostrar, más allá de toda duda razonable, que estaba muy triste.

¿Qué se suponía que debía hacer Emily con la carta? ¿Qué debía pensar? No podía acercarse a Melody y preguntárselo.

«SIGO <u>SIENDO</u> tu amiga, aunque ya no pueda hablar contigo».

La nota envolvía una cinta de casete y estaba sujeta con una goma verde. Melody le había hecho una copia del disco de las Go-Go's. Había imitado muy bien la portada usando una pluma estilográfica y rotuladores, y había cambiado su letra de imprenta normal por una letra guay, muy original.

«¡Sigue esforzándote! ¡¡¡DESCUBRIRÁS LA VERDAD!!!».

Se refería al caso Colombo. Melody la había visto repasar con ahínco las páginas de su cuaderno como si así pudiera resolver el rompecabezas. En un momento de debilidad, Emily le había confesado que intentaba averiguar quién se había aprovechado de ella en la fiesta. Incluso le había enseñado algunos pasajes de sus notas.

—«Se aprovechó de» —dijo citando la carta de Melody.

Menuda frase. Como si ella fuera un cupón de dos por uno o una oferta de entrecot a mitad de precio de la que alguien se había beneficiado.

Alguien, no.

Clay, Nardo, Blake. Quizá Dean. O Jack.

Un coche pasó lentamente a su lado.

Emily miró a otro lado porque no quería ver caras que la observaban. Le ardía la garganta cuando se tragó las lágrimas. Era de verdad una paria. Había perdido a la camarilla. Tenía una sola amiga con la que no podía hablar. El instituto en bloque se había vuelto contra ella. Y Queso…

Jack.

Las lágrimas se le escaparon por fin. Nardo le había dicho que Jack también estaba en la fiesta. Le había dicho que estaba allí, delante de ella, cuando llegó.

Cerró los ojos con fuerza, tratando de remontarse a aquel momento. Cruzaba la puerta de la casa de Nardo. Sacaba la lengua para que Clay le diera el micropunto de ácido. Veía el salón de los Fontaine, las gruesas cortinas que cubrían los ventanales, el sofá modular dispuesto alrededor de una gran pantalla de proyección.

No recordaba haber visto a Jack en casa de Nardo.

Nunca.

Abrió los ojos. Se quedó mirando el hermoso cielo azul.

Sabía que Jack vendía porros ya liados. Llevaba en el bolsillo del abrigo una bolsa de sándwich llena de porros. Todo el mundo estaba enterado de que podías pillarle maría. La gente decía que la robaba del almacén de pruebas de la comisaría, pero ella sabía que se la compraba a un primo suyo de Maryland y que él mismo liaba los porros. Lo que no sabía era si vendía drogas más duras.

Intentó retrotraerse de nuevo a aquella noche.

Cruzaba la puerta. Sacaba la lengua. Clay blandía el ácido como cuando un director llama la atención de la orquesta.

Jack no estaba allí. No era un problema de memoria ni una laguna creada por el LSD. Era de sentido común. Nardo odiaba a Jack. Todos los chicos lo odiaban; sobre todo, Clay. Ellos se ensañaban con Jack, le ponían zancadillas en el pasillo, le volcaban la bandeja del almuerzo, le robaban la ropa de la taquilla del gimnasio. Y él hacía todo lo posible por evitarlos. Emily no se creía que estuviera dispuesto a ir a casa de Nardo por más dinero que le ofreciese.

Pensó en su conversación con Jack. Una cosa que había dicho parecía tener especial relevancia ahora.

A veces se inventan mentiras para echarle la culpa a otro.

Nardo era un mentiroso, eso estaba claro. Mentía a sus padres sobre dónde iba. Mentía a Clay diciéndole que no le quedaba tabaco. A Blake le decía que no había suspendido un examen de historia y era mentira. A Ricky le mentía todo el tiempo cuando decía que ella no le gustaba y que nunca iba a haber nada entre ellos. Para Nardo era un juego soltarle a la gente lo que él quería que creyera, en vez de decir simplemente la verdad.

Así que ¿por qué iba a creer ella que era verdad que Jack había estado en la fiesta solo porque lo dijera Nardo? Y, si mentía sobre la fiesta, ¿mentía por mentir o para cubrirse las espaldas?

La persona más indicada para hablar de aquel asunto con ella era quizá la menos indicada, pero Emily ya casi había llegado a casa, y Jack debía de estar en el cobertizo del jardín. Últimamente las cosas iban muy mal en su casa. Emily intentó planear cómo interrogarlo mientras subía por el largo camino de entrada. Era Jack quien le había explicado cómo poner en práctica la estrategia Colombo, así que seguramente no funcionaría con él. No podía decirle «solo una cosa más». Tenía que ser sincera y esperar que, a cambio, él lo fuera con ella.

Ensayó en voz alta, intentando mantener un tono firme, una cadencia ligera, casi susurrando:

—¿Me has hecho esto?

Cerró los ojos y repitió la pregunta. Escuchó su propia voz con atención. No quería que pareciera que lo estaba acusando. No estaba enfadada. De hecho, seguramente sería un alivio descubrir que había sido Queso, porque en cierto modo era lógico que se aprovechara de una situación dada. Estaba tan desesperadamente solo... Tenía muy pocos amigos. Que ella supiera, nunca había salido con nadie. Debía de pasarse días enteros sin que nadie de su edad le dirigiera la palabra, como no fuera por el asunto de la maría.

Sintió que negaba con la cabeza. Aunque fuera verdad que Jack había estado en la fiesta, era imposible que los chicos o incluso Ricky hubieran dejado que se aprovechara de ella.

Pero Ricky estaba desmayada en el jardín delantero, según Dean. Y Blake y Nardo decían que estaban en el baño de arriba. Todos coincidían en que Clay y ella estaban junto a la piscina, discutiendo. ¿Habrían discutido por Jack?

Habían discutido por él muchas veces antes.

Oyó que un sonido gutural salía de su garganta. Todas esas especulaciones interminables eran agotadoras. Su cerebro estaba otra vez girando como un tiovivo. La casa se difuminó y los caballitos empezaron a subir y bajar, insertados en sus postes. La musiquilla ahogaba el fragor lejano del océano. Las lágrimas le corrían por la cara. El tiovivo giraba cada vez más deprisa. El mundo se volvió borroso. Apenas podía mantener los ojos abiertos. Finalmente, por fortuna, su cerebro se apagó.

No supo cuánto tiempo había pasado. Iba caminando por el lateral de la casa y luego, de pronto, estaba sentada en el banco de madera del jardín inglés de su madre. Cuando era la temporada, las flores y las plantas rebosaban sobre el camino de baldosas. Varas de oro, susanas de ojos negros, asclepias, lobelias azules... El estilo del jardín —una rebelión contra la simetría y la formalidad del jardín arquitectónico clásico— se remontaba al siglo XVIII.

A Emily siempre le había parecido raro que Esther permitiera —e incluso fomentara— que algo tan salvaje y desestructurado creciera en su jardín. Con lo estricta que era su madre, parecía más lógico que se sintiera atraída por los macizos de boj bien recortados y los patrones rectilíneos. A Emily, el jardín siempre la había entristecido. Le recordaba que había una faceta de su madre que jamás conocería.

—¿Emily?

Clay pareció sorprendido de verla allí, aunque fuera él quien había entrado sin permiso.

—¿Qué haces aquí? —preguntó ella.

—Pues... —Miró hacia la caseta del jardín—. Necesitaba algo para relajarme.

Emily apretó los labios. Clay había venido a pillar maría y había acabado encontrándose con la última persona del mundo a la que le apetecía ver.

Pero había cosas peores.

—Jack no está aquí —le dijo, aunque no tenía ni idea de si estaba o no en la caseta—. Puedo decirle que has venido.

—Da igual. Ya lo veré luego. —En lugar de irse, se metió las manos en los bolsillos y volvió a mirar a la caseta con anhelo—. Estos últimos dos días han sido muy duros.

Ella se rio.

—Siento que lo hayas pasado tan mal.

Clay dejó escapar un fuerte suspiro al sentarse a su lado en el banco.

—¿No vas a preguntarme?

Emily negó con la cabeza, porque acababa de darse cuenta de que era absurdo preguntar. Nadie iba a ser sincero con ella.

—No fui yo —dijo Clay en vano—. Sabes que no…

—Que no te gusto de esa forma —terminó ella—. Sí, lo sé. Ya me lo han repetido todos tus secuaces.

Clay volvió a suspirar. Removió la grava con el pie, dejando un surco en el suelo. Emily tendría que borrarlo cuando se fuera. Lo que no era nada extraño. Ella y los demás llevaban casi toda la vida borrando los errores de Clay.

—¿Qué vas a hacer? —preguntó él.

Emily se encogió de hombros. Nadie le había preguntado qué iba a hacer. Lo habían decidido sus padres y ella solo podía obedecer.

—¿Lo notas?

Emily siguió su mirada. Le estaba observando la tripa. Sin pensarlo, se llevó la mano al vientre.

—No. —Retiró la mano, un poco asqueada al pensar que algo se moviera dentro de ella.

Ni siquiera sabía qué aspecto tenía un bebé de seis semanas. ¿Todavía se lo consideraba un cigoto? Había aprendido lo suficiente sobre la gestación en clase de biología como para aprobar el examen, pero en aquel momento los detalles concretos le habían parecido casi esotéricos. Se imaginaba un grupo de células palpitando en medio de una masa de líquido, a la espera de que una inyección de hormonas les dijera si debían convertirse en un riñón o en un corazón.

—Me he enterado de que te han propuesto matrimonio.

Emily sintió que su cerebro anhelaba de nuevo la calma del carrusel. Se obligó a permanecer en el presente y le preguntó a Clay:

—¿Te mandan ellos?

—¿Quiénes?

—La camarilla. —Normalmente le gustaba que Clay fuera tan esquivo, pero ahora le resultaba molesto—. Ricky, Blake, Nardo. ¿Les preocupa que te hunda la vida?

Clay miró al suelo. Hizo un surco más profundo en la grava.

—Lo siento, Emily. Sé que esto no es lo que querías.

Ella se habría reído si hubiera tenido fuerzas.

—¿Vas a…? —Clay se interrumpió—. ¿Vas a señalar a alguien?

—¿A señalar a alguien? —preguntó ella. Sonaba a macartismo—. ¿A quién voy a señalar?

Clay se encogió de hombros, aunque tenía que conocer la lista. Nardo, Blake, Dean, Jack. Por no hablar de sí mismo, porque, aunque seguía diciendo que Emily no le interesaba, había estado en la fiesta y estaba claro que habían discutido por algo.

Emily sintió una chispa de impulso detectivesco. Quizá, después de todo, no estuviera tan resignada a su situación.

—Clay, siento que discutiéramos la noche de la fiesta. No fue…, no fue culpa tuya.

Él torció la boca.

—Creía que no te acordabas de nada.

—Recuerdo que te grité —mintió, luego trató de elaborar la mentira—. No debí decirte todas esas cosas.

—Puede ser. —Volvió a encogerse de hombros—. Sé que a veces soy egoísta, Em. A lo mejor es porque soy hijo único.

A ella siempre le había parecido despiadado que negara la existencia de sus hermanos, aunque no se hubieran criado juntos.

—Podría decir que voy a esforzarme por mejorar, pero en eso también tienes razón. Seguramente no lo haga. Quizá debería aceptar cómo soy. Tú pareces aceptarte.

Emily sintió el eco de un recuerdo. Estaban de pie junto a la piscina de Nardo. Le había gritado a Clay que siempre prometía que se portaría mejor y que al final nunca lo hacía. Cometía los mismos errores una y otra vez y esperaba que los demás cambiasen.

—Por lo menos no soy como Blake, ¿no? —añadió él.

Emily no supo qué responder. ¿Se refería a lo que había hecho Blake el día anterior o a Blake en general? Porque podía ser cualquiera de las dos cosas. El día anterior, Blake se había comportado como un cerdo. Pero, al igual que Clay, nunca iba a cambiar. Su ego nunca le permitía reconocer que se había equivocado.

—Para que lo sepas —dijo Clay—, Blake le está diciendo a la gente que te drogas y que te encanta ir de fiesta.

Emily respiró hondo y contuvo la respiración. La noticia no le sorprendió. Ninguno de ellos alcanzaba a comprender el grado de crueldad de Blake. Jack se lo había dicho esa mañana. Nardo era mezquino, sin más. Clay se aburría fácilmente. Pero cuando Blake iba a por ti, iba a por ti de verdad. Por no hablar de Ricky, que era en parte la Bruja Mala del Oeste y en parte mono volador.

—Nardo me dijo… Dice que Jack…, que Queso estuvo en la fiesta —dijo Emily.

Clay se volvió para mirarla. El sol descoloría el azul claro de sus ojos. Vio la pelusa de su barbilla. Qué guapo era. Y, sin embargo, no sintió la emoción que sentía antes.

—Estabas muy colocada esa noche —dijo él.

Emily nunca había afirmado lo contrario, y no entendía por qué de pronto parecía enfadado.

—Ibas completamente ciega —añadió—. Ni siquiera te acordabas de cómo llegaste a casa. Tuvo que decírtelo tu abuela.

—¿Y qué? —Emily se preguntó adónde quería ir a parar.

—Lo digo porque, estrictamente hablando, lo que dice Blake no es mentira. —Clay miró hacia abajo y observó cómo se clavaba la puntera de su zapatilla en la tierra—. Te drogas. Te gusta ir de fiesta. Te la has jugado y ahora tienes que aguantarte. Así que ten un poco de dignidad.

A Emily solo le sorprendió seguir asombrándose cada vez que pasaba aquello. Todos se habían vuelto en su contra de la misma manera: primero Dean, luego Ricky, después Blake y Nardo, y ahora Clay. Seguían todos el mismo patrón. Primero, amabilidad. Luego, deferencia. Después, furia. Y, por último, desprecio.

Clay se levantó. Aún tenía las manos en los bolsillos.

—No vuelvas a hablarme, Emily.

Ella también se levantó.

—¿Por qué iba a querer hablar contigo si lo único que haces es mentir?

La agarró de los brazos y tiró de ella bruscamente. Emily se preparó, esperando una amenaza o una advertencia o algo…; cualquier cosa, menos lo que hizo.

La besó.

Sabía a nicotina y a cerveza rancia. Sintió el roce áspero de su piel. Le hundió la lengua en la boca. Sus cuerpos estaban prácticamente entrelazados. Fue el primer beso auténtico de Emily. Al menos, el primero que recordaba.

Y no sintió nada.

Clay la apartó y se limpió la boca con el dorso de la mano.

—Adiós, Emily.

Ella lo vio alejarse. Tenía los hombros encorvados. Sus pies arañaban el suelo.

Se llevó los dedos a la boca y se tocó suavemente los labios. Esperaba que un beso le hiciera sentir… algo. Pero no sentía ningún hormigueo. No le latía el corazón con violencia. Había sentido el mismo desinterés, la misma pasividad, que la vez que Blake intentó besarla, borracho, en el callejón, dos años antes.

Vio a Clay doblar la esquina de la casa. Seguía teniendo los hombros encorvados. Parecía culpable de algo, aunque no había forma de saber de qué.

Sintió que una carcajada le brotaba del alma. Ojalá pudiera recuperar todo el tiempo que había perdido los últimos diez años pensando obsesivamente en Clayton Morrow.

Borró con el pie el surco que él había dejado en la grava. Levantó la vista hacia la casa. Por casualidad, vio a su padre entrando en el dormitorio. Había salido al balcón que daba a la caseta y al jardín. Emily ignoraba cuánto tiempo llevaba allí y qué había visto. A través de las ventanas se le veía avanzar por la casa. Se acercó a la mesa auxiliar y se sirvió una copa.

Emily bajó la mirada. Sin darse cuenta, había vuelto a tocarse la tripa. Hasta entonces había pensado que estaba sola en aquel apuro, pero había alguien haciendo aquel arduo viaje a su lado. O dentro de ella, mejor dicho. No sentía ningún apego por aquel cúmulo de células, pero sí una sensación de responsabilidad. Era justo lo que había escrito Melody en la carta.

«Tu rareza viene de tu <u>AMOR</u> y tu <u>ACEPTACIÓN</u> de todo tipo de personas».

No sentía amor por aquellas células, al menos, no todavía, pero se había resignado a aceptarlas. Clay no se equivocaba del todo cuando le dio a entender que el embarazo era problema suyo y que tenía que arreglárselas sola. Iba a tener que convivir con ello el resto de su vida.

Volvió a sentarse en el banco. Contempló el jardín sin flores.

Carraspeó y dijo:

—Yo…

Se le quebró la voz.

De nuevo se sintió extraña por estar sola y hablar en voz alta, pero necesitaba oír aquellas palabras tanto como decirlas. Era, en realidad, una lista de deseos en la que enumeraba todas las cosas que eran preciosas para ella y que había perdido en el plazo de unos pocos días. Y también una promesa de devolverle a su bebé todas esas cosas perdidas.

Volvió a aclararse la garganta. Esta vez, habló con firmeza y en voz alta, porque era importante:

—Yo te protegeré. Nadie te hará daño nunca. Siempre estarás a salvo.

Por primera vez desde hacía días, sintió que parte del estrés abandonaba al fin su cuerpo.

Detrás de ella, oyó cerrarse de golpe la puerta del balcón.

8

El agua salada tenía un tono sedante, azul cielo. Andrea flotaba bocabajo, libre e ingrávida. Podía quedarse allá abajo, lánguida y envuelta en
calidez, pero algo le decía que no lo hiciera. Levantó las manos. Se impulsó con los pies. Salió a la superficie. El sol le acarició los hombros. Se
quitó el agua de los ojos mientras las olas le rozaban la barbilla. Se volvió
y miró hacia la playa. Laura estaba sentada debajo de una gran sombrilla
multicolor, con la espalda erguida para poder vigilarla. Se había quitado
la camiseta y se le veían las cicatrices de la mastectomía. Un hombre con
capucha oscura se acercaba sigilosamente por detrás.

—¡Mamá!

Andrea se despertó sobresaltada.

Recorrió frenéticamente la habitación con la mirada. No estaba bañándose en el mar. Estaba en una cama de hospital. Tenía una vía en el
brazo. Una máscara de oxígeno le tapaba la boca y la nariz, y aun así
sentía que no le entraba suficiente aire en los pulmones. El pánico creció
como una ola.

—Hola. —Mike le puso la mano en el hombro. Le enderezó la máscara—. Estás bien. Respira.

Andrea sintió que el pánico se disolvía poco a poco al verlo, pero su
mirada de angustia le llegó directamente al corazón.

—¿Te has hecho algo distinto en el pelo? —preguntó él.

Ella no pudo reírse. Recordó de golpe la hora anterior: el incendio,
el trayecto en la ambulancia, las pruebas interminables, la falta total de

340

información. El médico había dicho que necesitaba fluidos, no analgésicos. Ella no estaba de acuerdo. Le dolía mucho la nariz. Notaba el pecho como atado con una cuerda. Sentía un pinchazo en la frente. Tenía el labio hinchado.

Hizo amago de tocárselo y tosió tan fuerte que le lloraron los ojos. La máscara le dio asco. Intentó apartarla y Mike se la quitó de la cabeza. Se giró hacia un lado, tosiendo como si fuera a echar los pulmones. Intentó taparse la boca, pero la vía le tiraba del brazo. Los pies se le enredaron en la sábana. El pulsioxímetro que llevaba en el dedo se soltó.

Arrodillado a su lado, Mike le frotó la espalda.

—¿Quieres agua?

Andrea asintió con un gesto. Le vio coger una jarra grande que había junto al lavabo. Aún le escocían los ojos por el humo. Sacó un pañuelo de papel de la caja. Se sonó tan fuerte que se le destaponaron los oídos. Los mocos parecían hollín de chimenea. Cogió otro pañuelo y se sonó hasta que se le volvieron a destaponar los oídos.

—¿Mi madre está bien?

—Que yo sepa, sí. —Sujetó la pajita para que pudiera sorber de la taza.

Andrea tenía las uñas ribeteadas de negro. Su piel había absorbido el humo y el hollín del incendio. La enfermera le había dado un pijama para que se cambiara, pero aún tenía las uñas sucias.

—¿Quieres que llame a Laura? —le preguntó Mike.

—No, por Dios. —Andrea renunció a beber. Le dolía demasiado tragar—. El incendio. ¿Alguien ha…?

—Consiguieron salir todos. Bible se ha quemado un poco la mano. La hija de Judith volvió a entrar corriendo para salvar al periquito y Bible acabó salvándolos a los dos. —Mike se sentó en el borde de la cama—. A ti se te dan bien los chistes de pájaros. A lo mejor más adelante puedes tomarle un poco el pelo.

Andrea sintió una oleada de vergüenza. Mike se refería a su conversación en Glynco. Mike le había preguntado por qué lo había dejado plantado, y Andrea se había escondido detrás de una ocurrencia.

—Syd —fue lo único que se le ocurrió decir ahora—. El periquito se llama Syd.

Mike dejó escapar un largo suspiro. Se levantó de la cama y se acercó al lavabo para quitarse el hollín de las manos.

—El jefe de bomberos ya ha descartado que el incendio fuera provocado. La jueza nunca se ha preocupado de modernizar la instalación eléctrica. Seguía funcionando con fusibles. Arriba había equipo médico para el marido. Y enchufaron más cables de la cuenta.

—Tacañería del norte. —Andrea se frotó los ojos y luego se lo pensó mejor—. ¿Me ayudas a sentarme?

Mike la sujetó con firmeza por los hombros, pero no pudo evitar que a Andrea la cabeza empezara a darle vueltas. Ella estuvo a punto de caerse de la cama.

—Tranquila. —Él volvió a mirarla con preocupación. Luego, sin embargo, pareció como si cayese una cortina, y levantó las manos en señal de rendición—. Perdona, ya sé que no necesitas que te cuiden.

Andrea se sintió como si una roca le oprimiera el pecho.

—Mike, yo…

—Has conseguido impresionar a la jefa. —Su tono volvió a cambiar—. Entraste corriendo en un edificio en llamas, evitaste que todo el barrio acabara arrasado… Seguro que has acabado de una vez por todas con los rumores de que eres una «niñita indefensa».

Se acordaba a la perfección de cada estupidez que había dicho ella.

Mike volvió a acercarse al lavabo. Sacó un puñado de toallas de papel del dispensador y abrió el grifo para mojarlas.

—Te han sacado un trozo de cristal de la frente. Han tenido que darte cuatro puntos.

Andrea palpó los hilos rígidos que mantenían unida su piel. Solo se acordaba vagamente del médico cosiéndole la herida.

—¿Por qué noto la nariz como si la tuviera llena de abejas?

—No la tienes rota. ¿Puede ser que te la golpearas cuando caíste a la piscina?

Recordó cómo había caído al agua y le pareció como si le hubiese ocurrido a otra persona.

—No te muevas. —Mike le limpió suavemente la cara con las toallas mojadas—. No conviene que publiques fotos tuyas en las redes sociales ahora mismo.

Andrea cerró los ojos. Notó el calor de las toallas en la piel. Él le enjugó con cuidado la frente y luego le limpió el lado izquierdo de la cara. Ella sintió que la tensión empezaba a abandonar su cuerpo. Ansiaba volver a apoyar la frente en el pecho de Mike.

—El marido de la jueza —añadió él—, no sé si saldrá de esta.

Andrea abrió los ojos.

—No estaba en muy buena forma, para empezar. —Mike le limpió con suavidad el otro lado de la cara—. ¿Está bien así?

Dolía un poco, pero ella dijo:

—Sí.

Mike le pasó las toallas con delicadeza alrededor de la boca. Como tenía el labio de abajo partido, a Andrea le dolió. Pensó que se merecía el dolor.

—No es lo mismo necesitar que te salven que pedirle ayuda a alguien que se preocupa por ti —dijo Mike.

Ella no supo qué contestar. No encontró palabras.

Mike dobló la toalla para dejar al descubierto la parte limpia.

—¿Cómo te va con Bible?

—Es… —Le picó la garganta y tuvo que toser—. Es una leyenda.

Mike le estaba limpiando el cuello, acicalándola casi como a un gato.

—¿Te ha dicho que fue mi primer compañero cuando empecé en Protección de Testigos?

No le sorprendió que Bible no se lo hubiera contado, pero sí que hubiera trabajado en Protección de Testigos.

—¿Sabe lo de…?

—Yo no le dicho nada —contestó Mike—. Pero no me extrañaría que lo hubiera adivinado. Es muy listo.

Era más que listo.

—Es un puto mago.

Mike forzó una sonrisa. No quería hablar de Catfish Bible.

—Para que conste, solo es una de mis hermanas la que siempre necesita que la saquen de apuros. Y tengo a mi madre en palmitas porque ha trabajado mucho toda la vida y se lo ha ganado.

Andrea se forzó a no desviar la mirada.

—No debería haber dicho eso. Ninguna de las cosas que dije.

—¿Crees que son verdad?

Ella sacudió la cabeza.

—No. Quiero mucho a tu madre. Y tus hermanas son estupendas.

Se miraron un segundo a los ojos. Luego, Mike volvió al lavabo y mojó otra toalla de papel.

—Nunca te he rescatado. De hecho, si piensas en lo que pasó hace dos años, la verdad es que me diste mil vueltas. Yo no sabía ni de dónde soplaba el aire.

Andrea volvió a sacudir la cabeza, porque lo que más recordaba era haberse sentido completamente perdida.

—Pasaste por una situación traumática, Andy. Cualquier otro se habría rendido. Me asombra que salieras con vida.

Andrea sintió que se le llenaban los ojos de lágrimas. Deseaba con toda su alma que eso fuera cierto.

Mike volvió a acercarse a la cama. Empezó a limpiarle las manos, aunque ella ya se las había lavado.

—Entendí por qué me dejaste. Las cosas iban mal. Necesitabas tiempo para encontrarte, para pensar qué ibas a hacer con tu vida. Yo quería darte ese tiempo. Sabía que valía la pena esperar. Pero no volviste.

Andrea sintió un sabor a sangre al morderse el labio.

—Los rumores de los que hablaba Bible… —Mike le agarró suavemente las manos. Estaba nervioso. Era la primera vez que Andrea lo veía nervioso—. Lo pasé muy mal cuando desapareciste. Todo el mundo se burlaba de mí por estar sufriendo por una chica, pero la verdad es que me rompiste el corazón.

Andrea se mordió el labio con más fuerza. Qué error tan grande y doloroso había cometido.

—Bueno, no es que suspirara por ti ni nada parecido. —Mike intentó ocultar su debilidad detrás de una sonrisa, pero le faltaba su chulería habitual—. Escribí algo de poesía, sí, pero no vagaba por ahí sin rumbo llamándote entre gemidos y lamentos.

Andrea se rio, pero solo para dar salida al pesar que inundaba su pecho.

Él se encogió de hombros.

—Lo único que podía hacer era entregarme a una bacanal de sexo sin sentido.

Esta vez, ella se rio de verdad.

—No me malinterpretes. Lo del sexo estuvo bien. Aprendí un montón. —Su tono juguetón había vuelto—. Estuvo la azafata que me hizo volver a escribir un diario. La bailarina que me ayudó a mejorar mis habilidades interpretativas. Los momentos de ternura con una mamá madurita que vivía al final de la calle de mi abuela. Y las supermodelos, tantas supermodelos…

Andrea entrelazó sus dedos con los de él. El corazón le latía tan fuerte que estaba segura de que Mike podía oírlo.

—Qué raro —dijo ella—. Así es justamente como me las arreglé sin ti.

Mike enarcó una ceja y preguntó:

—¿Con supermodelos hombres o mujeres?

Andrea se encogió de hombros.

—Cuando estás en una orgía, vas donde se te necesita.

—Claro. No hay que ser maleducado.

Andrea lo besó. Le rodeó los hombros con los brazos y la cintura con las piernas. Su cuerpo le parecía nuevo y familiar al mismo tiempo. Su barba era tan frondosa como había imaginado. Su boca era como la miel.

—Mike… —Cuando consiguió apartarse, se había quedado sin aliento—. Lo siento. Soy una idiota y lo siento mucho.

La cortina se descorrió de repente.

—Es hora de irse, amigos. Necesitamos la cama. —A la enfermera no pareció importarle arruinar su momento de ternura. Le quitó la vía del brazo a Andrea sin contemplaciones—. Si tienes ronquera, ataques de tos prolongados, confusión mental o dificultad para respirar, llama enseguida a emergencias. ¿Este es tu marido o tu pareja?

—Es complicado —contestó Mike.

—Tiene una conmoción cerebral leve. —La enfermera levantó un portafolios—. Necesito que alguien que no sea ella firme esto.

—Yo mismo —dijo Mike.

—Ejercicios de respiración. Hazlos una vez cada hora a lo largo del día. —La enfermera marcó una casilla en los papeles—. Nada de fumar ni de beber durante las próximas setenta y dos horas. Para el dolor, usa pastillas para la garganta o aerosol. Paracetamol, si es necesario. Y nada de ejercicio intenso.

—¿Puede trabajar? —La pregunta procedía de la subcomisaria Cecelia Compton. Seguía llevando su traje de chaqueta azul. Tenía los brazos cruzados—. ¿O debería tomarse unos días de descanso?

—Puede hacer trabajo administrativo, si se encuentra con fuerzas. —La enfermera se metió la mano en el bolsillo y le dio a Andrea unas pastillas para la tos—. El paracetamol te toca dentro de seis horas. No tomes más de cuatro mil miligramos en veinticuatro horas.

Andrea sería capaz de tomar heroína si así dejaba de dolerle la garganta. Desenvolvió una de las pastillas para la tos.

—Gracias.

—Oliver, ¿puedes acompañarme? —dijo Compton.

Mike la ayudó a levantarse de la cama. Ella se aferró a su mano y después se soltó de él. Luego tuvo que apretar el paso para alcanzar a Compton.

—Me alegro de que Mike estuviera por aquí. —Compton balanceaba los brazos mientras caminaba con paso enérgico—. Leonard trabajó con él hace unos años. Mike es un tipo decente. Nunca creí esos rumores. Ninguna mujer en su sano juicio le rompería el corazón.

Andrea hizo rodar la pastilla para la tos dentro de su boca.

—Vamos a hacer una cosa. —Compton volvió a ponerse en modo jefa—. Bible ha acabado en la lista de lesionados por culpa del absurdo rescate del periquito. Y me da igual lo que diga la enfermera. Estáis los dos de baja el resto de la semana. Duerme un poco. Pasea por la playa. He ordenado que otro equipo se encargue de escoltar a la jueza y su familia.

Andrea ya debería haberse acostumbrado a la decepción, pero la idea de quedarse sentada en la habitación del motel mientras Dean Wexler seguía tranquilamente a lo suyo fue como un mazazo.

Compton percibió su estado de ánimo.

—Bible me ha puesto al corriente de tus conversaciones con Ricky Fontaine y Melody Brickel. Siento que no hayan servido de mucho. Al final, saldrá algo. Siempre acaba saliendo.

No habían descubierto nada nuevo en veinte años. O, mejor dicho, en cuarenta, si se tenía en cuenta a Emily Vaughn. Andrea no estaba dispuesta a darse por vencida. No se había hecho policía para que las personas malas siguieran haciendo maldades.

—Señora, yo…

—Espera. —Compton llamó enérgicamente a la puerta del aseo de hombres. Le preguntó a Andrea—: ¿Te importa quedarte un poco más?

Antes de que pudiera responder, se abrió la puerta del baño. Leonard Bible, a diferencia de ella, no tenía mal aspecto. El único indicio de que había estado dentro de una casa en llamas era el vendaje blanco que le envolvía la mano derecha.

La levantó para enseñársela.

—Cabeza de chorlito.

—Silencio —ordenó Compton.

Bible le guiñó un ojo a Andrea.

—Ojalá estuviera aquí mi mujer para que le dijera a mi jefa que deje de tocarme las pelotas.

—Pues no esperes ni de coña que tu mujer te dé un besito y te diga «sana, sana, culito de rana». —Compton respiró hondo volviendo a adoptar su papel de jefa y le dijo a Andrea—: La jueza ha pedido hablar contigo. Creo que quiere darte las gracias, pero procura que sea breve. El doctor Vaughn se está muriendo. No pasará de esta noche.

—Sí, señora.

Compton señaló pasillo adelante, aunque era fácil deducir cuál era la habitación de Franklin Vaughn. Flanqueaban la puerta dos *marshals* con el pecho tan musculoso que parecían globos aerostáticos. De algún modo, reconocieron a Andrea. Uno de ellos la saludó con la cabeza. El otro abrió la puerta.

Andrea esperaba oír los zumbidos y pitidos de las máquinas, pero la habitación estaba en silencio. La única luz procedía del aplique del espejo del cuarto de baño. Alguien había dejado la puerta entornada para que la oscuridad no fuera completa.

La jueza Esther Vaughn estaba sentada en una silla de madera frente a la cama de su marido. Tenía a sus pies el gran maletín que había salvado del incendio y miraba fijamente a su marido. Franklin Vaughn no tenía vías ni tubos conectados al cuerpo; ni siquiera una cánula para el aporte de oxígeno. Era evidente que estaba recibiendo cuidados paliativos.

Andrea desplazó la pastilla para la tos hacia la mejilla.

—¿Señora?

La jueza dio un respingo, como si Andrea la hubiera gritado, pero no se volvió.

Dijo:

—Siéntese, *marshal*.

Andrea vaciló. Al otro lado de la cama había un sillón tapizado, de gran tamaño, como los que podían encontrarse en todas las habitaciones de hospital del país. Andrea había ocupado uno muy parecido durante horas sin fin, mientras su madre se recuperaba de múltiples operaciones de cáncer de mama.

Rodeó la cama, pero no se sentó ni miró a Franklin Vaughn.

—La jefa Compton me ha dicho que quería hablar conmigo, señora.

Esther levantó lentamente la barbilla. Observó a Andrea, fijándose en su piel manchada de hollín y su uniforme sucio.

—Gracias.

—De nada, señora. —Andrea sintió que se le cerraba la garganta por la necesidad de toser—. Siento que el doctor Vaughn no se encuentre bien. ¿Quiere que le traiga algo antes de irme?

La jueza guardó silencio. Andrea escuchó la respiración superficial de Franklin Vaughn. Sin darse cuenta, empezó a contar sus respiraciones, retrotrayéndose a la habitación de su madre en el hospital. Durante días, había vigilado cada inhalación de Laura, había anotado cada fármaco y cada prueba. Saltaba como un resorte cada vez que su madre se movía, por miedo a que se muriera si ella bajaba la guardia.

Parpadeó. No sabía si las lágrimas que tenía en los ojos eran producto del fuego o de sus recuerdos.

—Señora, si no necesita nada más, yo…

—Me estaba acordando de cuando nació Judith —dijo de pronto Esther—. El nacimiento de un bebé debería ser motivo de celebración. ¿No está de acuerdo?

Andrea apretó los labios. La jueza volvía a mirar fijamente a su marido. Alargó la mano, pero solo para agarrarse a la barandilla de la cama.

—Los médicos nos pidieron que tomáramos una decisión. Franklin y yo habíamos discutido muchas veces si dejaríamos marchar a Emily cuando el bebé estuviera a salvo —prosiguió Esther—. Yo quería desconectarla. Franklin dijo que no podíamos hacer eso. El mundo entero nos observaba. Nuestro mundo nos observaba. Pero Emily decidió por nosotros. Después de dar a luz, desarrolló una infección bacteriana en el útero. Fiebre puerperal, dijeron. Se convirtió en septicemia. Sucedió todo muy deprisa.

Andrea observó cómo se crispaban sus dedos alrededor de la barandilla de la cama.

—El año pasado, cuando Franklin sufrió el ictus, los médicos acudieron a mí para que yo tomara una decisión. —La voz de Esther se había endurecido—. Me vino a la cabeza un recuerdo muy vívido.

Estábamos en el estudio, él y yo. Él estaba furioso, insistía en que debíamos mantenerla con vida. Le pregunté qué querría para sí mismo si estuviera en el lugar de Emily. Se puso muy pálido y dijo: «Prométeme, Esther, que no dejarás que me convierta en un vegetal».

Andrea vio que bajaba la mano lentamente y que agachaba la cabeza, fijando la vista en el suelo.

—Rompí mi promesa. Les pedí a los médicos que tomaran medidas extraordinarias. Dejé que se convirtiera en un vegetal —continuó—. En aquel momento me dije a mí misma: «Franklin sigue vivo, ¿no?». Su corazón seguía latiendo. Aún respiraba. Solo Dios puede quitar una vida.

Andrea vio que juntaba las manos con fuerza sobre el regazo.

—En realidad, quería que sufriera. —Esther hizo una pausa, como si hacer aquella confesión le hubiera costado un enorme esfuerzo—. Debí defender a Emily cuando estaba viva. De la ira de su padre. De sus puños. En aquella época, me decía a mí misma que no era tan malo con ella. Si yo podía soportarlo, ella también. Solo cuando Emily murió comprendí hasta qué punto le había fallado yo a ella. Era mi hija. No hice nada por protegerla.

Andrea se acordó del primer anónimo que había recibido la jueza.

«¿TE GUSTARÍA QUE TODO EL MUNDO SUPIERA QUE TU MARIDO OS MALTRATABA FÍSICAMENTE A TI Y A TU HIJA Y QUE NO HICISTE NADA POR PROTEGERLA?».

—Me convencí a mí misma de que mi carrera hacía que se sintiera menos hombre —añadió Esther—. ¿Qué importancia tenía un moratón? ¿O una bofetada? Mi ambición era una afrenta. Franklin nunca triunfó por sí mismo. En casa necesitaba hacerse valer. Mi dolor era el pequeño precio que yo tenía que pagar. Pero yo no tenía derecho a incluir a Emily en nuestro trato con el diablo. Ni a utilizar la desgracia de lo de Emily como un mazo para atacar a mis detractores.

Andrea oyó ecos de la segunda nota.

«¡SACRIFICASTE A TU HIJA POR TU CARRERA! ¡TE MERECES MORIR DE CÁNCER!».

—Con Judith, me planté. Le dije a Franklin que, si alguna vez le hacía daño, me marcharía. Se plegó muy fácilmente. —Arrugó la frente, como si aún le costara entender la capitulación de su marido—. ¿Por qué no hice eso por Emily? ¿Por qué no lo hice por mí misma?

Andrea se mordisqueó el interior de la mejilla.

—Después de que agredieran a Emily, Reagan me sugirió que retirara mi candidatura. Yo me puse furiosa. No podía renunciar a todo aquello por lo que había trabajado. Pensé que, si me retiraba, Reagan se lo pensaría dos veces antes de nombrar a otra mujer. Cualquier presidente lo haría. Pero yo quería dejar mi legado en la judicatura. —Esther posó la mirada en su marido—. Toda esa rabia y esa ambición, todo para descubrir que no somos más que seres frágiles y mortales.

«TE ESTÁS MURIENDO DE CÁNCER Y TU MARIDO ES UN VEGETAL, ¡PERO LO ÚNICO QUE TE IMPORTA ES TU SUPUESTO LEGADO!».

—Llevo demasiado tiempo diciéndome a mí misma que los tres pilares sobre los que he construido mi vida eran la fortaleza, la honradez y la integridad, pero en realidad nunca ha sido así. —Su tono sonó aún más amargo cuando se volvió contra sí misma—. En aquellos últimos meses, antes de la agresión, Emily se despojó por completo de artificios. Entendía el mundo mejor que yo. Me veía con más claridad que cualquier otra persona en el mundo. Cuanto más me acerco a la muerte, mejor comprendo su lucidez. Estaba cegada por mi propia arrogancia. Fui una hipócrita. Una farsante.

«¡VAS A MORIR, ZORRA DESPRECIABLE, ARROGANTE Y PATÉTICA! TODO EL MUNDO SABRÁ QUE ERES UNA FARSANTE. ¡ME ASEGURARÉ DE QUE SUFRAS!».

—Es la primera vez que digo esto en voz alta. Ni siquiera se lo he dicho a Judith. No estoy segura de por qué se lo digo a usted ahora.

Andrea apenas oía su voz. La jueza se había hecho un ovillo, con las manos entrelazadas en el regazo, la espalda encorvada y la mirada fija en el suelo. Una sensación de anhelo llenaba la habitación. Su marido iba a morir en unas horas. A Esther solo le quedaban unos meses de vida. Y acababa de confesarle a una desconocida más de lo que jamás se había confesado a sí misma.

Andrea debería haber sentido lástima por la anciana, pero se encontró con que se puso a pensar en la declaración de Ricky Blakely de 1982. En la letra cursiva, como de dibujos animados. En los grandes círculos encima de las íes. Ricky era una adolescente cuando escribió aquellas frases largas y sinuosas, pero si algo había aprendido Andrea en la vida era que la gente no cambiaba mucho después de salir del instituto.

Había muchas cosas en las amenazas de muerte que le habían parecido extrañas. La ausencia de palabrotas y de amenazas sexuales. La exactitud de la puntuación. El uso perfecto de la coma del vocativo. Era lógico que alguien que escribía una amenaza de muerte intentara ocultar su identidad, pero cuando una era «imponente», «imperiosa», «inteligente» y, sobre todo, «indomable», era muy difícil ocultarlo.

—Señora —dijo Andrea—, ¿por qué se envió a sí misma esas amenazas de muerte?

Esther separó los labios, aunque no por la sorpresa. Andrea reconoció el mecanismo de supervivencia: respirar hondo, calmar el corazón agitado, concentrarse en cualquier cosa menos en el trauma inmediato.

Cuando Esther la miró por fin, no fue para responder a su pregunta, sino para formular una de su propia cosecha.

—¿Por qué no me tienes miedo?

—No lo sé —reconoció Andrea—. Cuando pienso en usted, le tengo miedo, pero luego la veo en persona y me doy cuenta de que solo es una anciana extraviada cuya hija fue asesinada y cuyo marido la maltrataba.

Esther bajó la cabeza, pero solo un poco.

—¿Lo sabe Leonard?

—Sigue creyendo que Ricky escribió las cartas.

Esther miró hacia abajo, hacia el maletín que tenía a sus pies. El fuego había devorado su casa, y lo único que ella había salvado era aquel maletín.

—No debería haber manipulado al sistema. Ahora me doy cuenta de lo egoísta que he sido. Pido disculpas.

Andrea no buscaba una disculpa. Quería una explicación. La jueza era casi tan vieja como los *marshals*. Sabía cómo funcionaba el servicio de Seguridad Judicial. La prioridad absoluta, cuando se recibía una amenaza de muerte con visos de ser cierta, era garantizar la seguridad del juez amenazado. Era evidente que Esther se había sentido en peligro y había buscado que la protegieran, pero también que tenía miedo de explicar el porqué. Andrea intuyó que una pieza del rompecabezas estaba a punto de encajar al fin.

—¿De quién quería que la protegiéramos? —le preguntó.

Esther alzó los frágiles hombros al respirar hondo. Luego exhaló, pronunciando un nombre como si fuera el de una enfermedad.

—De Dean Wexler.

Andrea tuvo que apoyarse en el respaldo del sillón. Cada cosa horrible que le sucedía a una mujer de aquel pueblo parecía conducir a Wexler.

—«Vuestro adversario, el diablo, ronda como un león rugiente buscando a quien devorar». —A Esther le tembló la voz al pronunciar las últimas palabras—. Primera Epístola de Pedro 5, 8.

Andrea seguía agarrada al sillón. Solo se le ocurría un motivo por el que Esther Vaughn tuviera miedo de Dean Wexler, pero no se atrevía a decirlo en voz alta.

Por fin dijo:

—Cuéntemelo.

Una vez más, Esther tuvo que respirar hondo para darse ánimos.

—Durante el primer año de vida de Judith, yo le ponía el parque en el jardín para que pudiéramos estar juntas. Un día estaba en la caseta de los tiestos cuando me di cuenta de que se había quedado muy callada. Salí a toda prisa y vi que Wexler la tenía en brazos.

Andrea vio que se le saltaban las lágrimas. Estaba claro que aquel recuerdo aún la atormentaba.

—Judith no sabía que estaba en brazos de un extraño. Siempre fue una niña muy confiada y feliz. Pero yo vi la mirada de Wexler. Era como si quisiera hacerle daño. La agarraba del brazo como si deseara arrancárselo. La malevolencia de sus ojos, esa pura maldad…

Esther se interrumpió cuando la emoción amenazó con apoderarse de ella.

—Yo nunca había gritado así. Ni cuando nos enteramos de que habían atacado a Emily. Ni siquiera cuando Franklin… —Dejó la frase en suspenso, pero Andrea comprendió que se refería a las palizas—. Siempre me había considerado una persona fuerte, inaccesible. Se te encallecen las roturas y sigues adelante. Pero ver a ese vil demonio con mi Judith en brazos me partió en dos. Estaba de rodillas delante de él, rogándole que me la devolviera, cuando salió Franklin.

Andrea advirtió que intentaba serenarse. Habían empezado a temblarle las manos. De sus ojos brotaban lágrimas.

—Entré corriendo en la casa con Judith. Sentía que me ardía el corazón. Cuando Franklin regresó, yo estaba escondida con Judith en el armario de arriba. —Esther hizo una pausa mientras luchaba íntimamente con aquel recuerdo—. Fue entonces cuando Franklin me dijo que Dean Wexler era el padre de Judith.

Andrea sintió que el mundo daba otro vuelco, a pesar de que había intuido aquello desde el principio. Sus pensamientos amenazaban con desbocarse. Si Dean era el padre de Judith, eso significaba que había mentido sobre su esterilidad y, si había mentido sobre eso, ¿qué más ocultaba?

—Franklin me dijo que teníamos que pagarle para que nos dejara en paz. Habían hecho un trato, y Franklin se encargaría de todo. —Esther juntó las manos para que dejaran de temblarle—. Debería haber llamado inmediatamente a la policía. Ahora lo veo tan claro… Pero en aquel momento no hice nada.

Andrea solo pudo preguntar:

—¿Por qué?

—Me daba pánico que Wexler encontrara la forma de quedarse con Judith. No te imaginas la maldad de su mirada aquel día, en el jardín.

Todavía hoy sigo creyendo que es una encarnación del mal. —Acercó los dedos a la cruz que llevaba al cuello y la manoseó como a un talismán—. Verás: Wexler podría haber pedido la patria potestad. Podría habernos quitado a Judith. O podría haber conseguido que le concedieran visitas. O intervenir de algún modo en su educación. La forma más expeditiva de librarnos de ese peligro era pagarle para que nos dejara en paz.

—Pero, si hubiera intentado reclamar la patria potestad, habría admitido tácitamente que había violado a una menor.

—Debes tener en cuenta el contexto de la época. El Tribunal Supremo no ratificó la constitucionalidad de las leyes sobre el estupro hasta marzo de 1981. La legislación del estado de Delaware mantuvo la edad de consentimiento en los siete años hasta la década de 1970. Las leyes de protección a víctimas de violación son de unos años después. Cuando yo me senté por primera vez en el estrado, una denuncia de agresión sexual por parte de una mujer tenía que ser corroborada por un testigo presencial para que se le concediera credibilidad.

Andrea se sintió obligada a decir:

—Disculpe, jueza, pero las cosas no han cambiado tanto. Una joven blanca trágicamente violada y asesinada sigue siendo una joven blanca trágicamente violada y asesinada.

—Eso puede servir para la prensa sensacionalista, pero no para los tribunales. —Esther hizo una pausa, sin soltar la cruz—. ¿Cómo se llega de A a B? Dean estaba admitiendo que había mantenido relaciones sexuales, no que hubiera cometido un asesinato, y siempre podía retractarse de su confesión. Mi cargo y los detalles escabrosos del caso bastaban por sí solos para que cualquier fiscal se lo pensara dos veces antes de llevar adelante un caso endeble, sin pruebas claras. Franklin y yo ya habíamos contratado a un detective privado que no había conseguido dar con el asesino de Emily. Nos enfrentábamos al mismo problema de siempre: la clamorosa falta de pruebas.

—La policía utiliza constantemente informantes que delatan a sospechosos —dijo Andrea con cautela.

—¿Te refieres a pagar o inducir a alguien a inculpar a Dean? —La sugerencia no pareció ofender a Esther, lo que significaba que había sopesado esa posibilidad—. ¿Y si esa persona se retractaba? ¿Y si acababa chantajeándonos? Más vale lo malo conocido, y Wexler era el diablo en persona.

Andrea sabía que, entre todas las alternativas posibles, Esther habría optado por el mal menor. También estaba al corriente de otra cosa que había sucedido más o menos por aquella época.

—Wexler nos dijo que había heredado dinero de un familiar. Que así fue como pudo comprar la granja.

Esther empezó a asentir lentamente.

—La finca era propiedad de la madre de Franklin. Al morir ella, debía pasar a Emily y luego a Judith.

Andrea vio que se sacaba un pañuelo de la manga del vestido. Se secó con cuidado las lágrimas antes de continuar.

—Franklin legó las tierras a una sociedad. La sociedad se las vendió a una empresa fantasma por un precio simbólico. Luego, la empresa fantasma realizó varias transferencias privadas a un fideicomiso controlado por Dean Wexler. —Miró a Andrea y explicó en términos sencillos—. Esto es: fraude fiscal, evasión de impuestos, malversación, falsificación y puede que también blanqueo de dinero, aunque tendría que consultar la normativa de 1983.

Andrea sabía que Wexler no se habría detenido ahí.

—¿Tuvo usted algo que ver con la denuncia contra la granja?

Esther volvió a asentir.

—Franklin me dijo que tendría que pedir algunos favores. Siempre lo expresaba así: «vas a tener que pedir un favor». Yo nunca lo cuestioné. Hacía lo que me decía porque quería proteger a Judith.

Andrea señaló un fallo en la historia de la jueza.

—Según los informes de Bob Stilton, Wexler sostenía que él no podía ser el padre. Tuvo una enfermedad de pequeño que lo dejó estéril.

—De nuevo, no había pruebas. —Evidentemente, Esther también había leído el sumario del caso—. Franklin me dijo que teníamos que creer a Wexler. El riesgo era demasiado grande. Yo estaba tan desesperada por proteger a Judith que no hice preguntas. Cuando empecé a dudar, ya era demasiado tarde.

—¿Nunca le pidió el ADN a Wexler?

—¿Con qué fin? Cuando una se somete al chantaje, ha de seguir haciéndolo ya para siempre. Tanto Franklin como yo nos habíamos incriminado al acceder a la venta de las tierras. Dean tenía pruebas de que habíamos infringido la ley. Nosotros no las teníamos de que hubiera asesinado a nuestra hija. —Su suspiro estaba cargado de cansancio. Llevaba décadas chocando contra los mismos muros con los que Andrea se topaba desde hacía solo un par de días—. Me decía a mí misma que era una amenaza demasiado personal como para arriesgarme a romper nuestro pacto. Wexler siempre encontraría la forma de llegar hasta Judith. Y luego, cuando nació Guinevere, hubo aún más cosas en juego.

Andrea se miró la muñeca hinchada.

—¿Sabe lo que hace Dean con esas mujeres en la granja?

—Durante años no quise saberlo. Emily lo llamaba mi «don de la ceguera voluntaria».

Andrea quería actuar con tacto, pero entonces se acordó de Star Bonaire y Alice Poulsen.

—Señora, parece saber usted muchas cosas para alguien que afirma haberse mantenido al margen de ciertos detalles.

La mirada de Esther se posó en su marido, cuya respiración se había vuelto ronca. El tiempo que transcurría entre una inhalación y otra era cada vez mayor.

—Cuando Franklin sufrió el ictus, dejó de haber intermediario. Wexler acudió directamente a mí. Le dije que se había acabado. Yo sabía que mi cáncer era inoperable. Quería pasar el poco tiempo que me quedara con Judith y Guinevere.

Andrea había visto cómo trataba Dean Wexler a las mujeres que le plantaban cara.

—¿Qué hizo él?

—Mandó a casa una carta dirigida a Guinevere. —Esther volvió a llevarse la mano a la garganta y agarró la cruz de oro—. Reconocí el remite. Wexler le había enviado un impreso de solicitud para trabajar como voluntaria en la granja. El nombre y la dirección de Guinevere estaban ya impresos en el formulario.

—¿Eso es todo? —preguntó Andrea. No creía que Dean Wexler fuera tan sutil.

—El sobre incluía fotografías de Guinevere. Alguien la había seguido desde el instituto hasta casa. Una de las fotografías la habían hecho a través de las cortinas de la ventana de su dormitorio, que estaban descorridas.

Andrea percibió su desesperación.

—¿Qué hizo usted?

—Volvió a dominarme el pánico. No había escarmentado después de la primera vez. En lugar de decir la verdad de una vez por todas, me aproveché del sistema manipulándolo. Hice lo que tú has dicho. Escribí las amenazas de muerte. Sabía que Seguridad Judicial intervendría.

Andrea matizó internamente su relato, sabedora de que la jueza no había aceptado las dos primeras ofertas de reforzar su seguridad.

—Quería a Bible.

—Leonard es un buen hombre. He pasado gran parte de mi vida temiendo a hombres malos. A mi marido. A Wexler. A mi propia gente. He vivido con el terror de perder, siempre de perder. Emily vio mi miedo y lo llamó cobardía. Tenía razón, por supuesto. No me hago ilusiones: sé que pagaré en la otra vida por mis pecados. Quería pasar el poco tiempo que me queda rodeada de gente que me quiere.

—¿Y cuando usted falte? —preguntó Andrea, porque estaba claro que la jueza tenía un plan.

Esther negó con la cabeza, pero dijo:

—Debería disculparme por haberte subestimado. Leonard me dijo que tenías la chispa de la brillantez.

Andrea hizo caso omiso del cumplido. Había demasiadas mujeres sufriendo a manos de Wexler.

—Jueza, ¿qué hay en el maletín?

26 DE NOVIEMBRE DE 1981

Emily estaba sentada junto a la abuela a la mesa de la cocina. Pelaban pipas de calabaza para la reunión anual de los Vaughn por Acción de Gracias, aunque ese año, en lugar de cincuenta personas tomando cócteles en el salón y otras veinte agolpadas en el cuartito de la tele para ver el fútbol, solo asistirían cuatro personas. Y una de ellas no sabía muy bien quiénes eran las demás.

—Esto me enseñó a hacerlo mi padre —comentó la abuela—. Le encantaban las pipas de calabaza.

—¿Cómo era? —preguntó Emily, aunque se sabía la respuesta de memoria.

—Bueno, no era muy alto.

La abuela empezó por describir el cabello de su padre, que era suave y fino, cosa que a él le molestaba, porque se veía a sí mismo como una especie de Clark Gable. Cuando pasó a su afición por la sastrería, Emily desconectó. Observó el movimiento de sus manos mientras pelaba las pipas, que Esther ya había tostado en el horno. La mayoría de la gente las pelaba una a una mientras se las comía, como los cacahuetes, pero la abuela insistía en que era preferible hacer ese trabajo de antemano para disfrutarlas mejor después. Ya casi habían llenado el cuenco.

—Papá decía que lo hiciéramos así. —La abuela le mostró cómo apretar la cáscara con suavidad para que se abriera. Por dentro, la semilla era verde—. Pero no puedes comértelas todavía. Hay que ponerlas todas en el cuenco.

—Es buena idea —repuso Emily.

Cuando cogió otro puñado de pipas, dejó escapar un fuerte gemido al notar un tirón en la espalda. Resistió el impulso de doblarse y se inclinó hacia atrás para estirar el músculo.

—Ay —dijo la abuela—. ¿Estás bien, tesoro?

No, no estaba bien. Dejó escapar el aire entre los dientes. No sabía si el tirón muscular se debía al embarazo, al peso de la mochila llena de libros o a que el estrés que le producía cómo estaban yendo las cosas en el instituto le impedía dormir por las noches.

—Es un poco pronto para los calambres musculares. —Esther había salido de la despensa. Puso la lata de chucrut encima de la mesa y le masajeó la espalda con el puño—. Aguanta.

Emily no quería aguantar. Quería que aquello terminara.

—¿Mejor? —preguntó Esther.

Emily asintió, porque el tirón había remitido. Se apoyó en la cadera de su madre y cerró los ojos. Esther la abrazó y le acarició el pelo. Aquello era algo nuevo para las dos. Siempre había sido la abuela quien le enjugaba las lágrimas a Emily o le besaba la rodilla cuando se hacía un raspón. Esther era quien le enseñaba vocabulario y la entrenaba para el equipo de debate. Era como si el embarazo de Emily hubiera hecho aflorar un lado maternal de Esther desconocido para ambas. O quizá la demencia de la abuela había dejado un hueco que hasta entonces Esther nunca se había sentido obligada a llenar.

—Cariño —le dijo la abuela a Emily—, eres un poco joven para estar embarazada.

Emily se rio.

—Tienes razón.

La abuela pareció desconcertada, pero también se rio.

Esther le dio un beso en la coronilla a Emily.

—Bueno. Voy a preparar la cena. Tu padre volverá pronto del club.

Emily la observó moverse por la cocina. Para ser exactos, Esther no estaba haciendo la cena. Estaba calentando lo que ya había preparado la cocinera, que era aficionada a los platos de Maryland: tortitas de cangrejo, mazorcas de maíz cocidas, caldereta de almejas y ostras, salsa de arándanos, judías verdes con tomate, jamón al horno…

El jamón era el indicio más evidente de que las circunstancias habían cambiado. Normalmente, a Emily le desagradaba ver la carne gruesa y rosada asándose a fuego lento en su propio jugo. Su forma le recordaba demasiado a un cerdo real. El jamón que Esther había sacado de la nevera era pequeño, más parecido a una hogaza de pan. Y aun así daba para alimentar a más de cuatro personas.

Aunque nadie lo dijera en voz alta, el que no hubiera fiesta era culpa de Emily.

Su pecado original tuvo repercusiones mucho más importantes que el reducido número de invitados que acudió a la fiesta. El nombramiento de Esther estaba en el aire. Su madre no paraba de hablar por teléfono, de asistir a reuniones en Washington, de esforzarse por demostrar que seguía siendo merecedora de un cargo vitalicio. La presión era inmensa, aunque Esther nunca hablara de ello abiertamente. Había acaloradas discusiones con Franklin que se interrumpían de forma abrupta cuando Emily entraba en la habitación. Por la noche, oía sus voces amortiguadas a través de la pared del dormitorio mientras Franklin se paseaba de un lado a otro haciendo crujir el suelo y Esther hacía planes sentada a su mesa.

La semana anterior había sido especialmente mala. Emily había leído un artículo de opinión en el *Wilmington News Journal* en el que se especulaba sobre la posibilidad de que Esther Vaughn hubiera descuidado sus deberes como madre en beneficio de sus ambiciones judiciales. Franklin había dejado el periódico abierto sobre la mesa del desayuno para que Emily lo viera.

Emily se levantó de la mesa. De pronto tenía ganas de llorar. Como no había pañuelos a mano, se sonó la nariz con papel de cocina. La sonrisa que le dedicó Esther parecía darle a entender que sabía que estaba llorando y que no se podía hacer nada al respecto.

—¿Puedo ayudar? —le preguntó Emily.

—El pudin de maíz está en la nevera de fuera. ¿Te importaría…?

—Bueno… —La abuela las miró a las dos—. Creo que me voy a ir a mi habitación a echarme una siesta.

Emily se dio cuenta de que su abuela no tenía ni idea de quién estaba de pie delante de ella en la cocina. Por suerte, llevaba tanto tiempo viviendo en aquella casa que el entorno le resultaba familiar. Avanzó por el pasillo de atrás tarareando distraídamente *Yankee Doodle*. Cuando llegó a las escaleras, marchaba al compás de la música.

Esther y Emily se miraron, divertidas. La jueza llevaba todo el día de muy buen humor, desde por la mañana. Emily se preguntaba si su embarazo habría conseguido unirlas al fin. Era muy difícil saberlo. A veces, su relación maternofilial parecía estar entrando en una nueva fase. Y otras, Esther le echaba la bronca por poner el termostato demasiado alto o por dejar una toalla mojada tirada en el suelo.

—¿El pudin? —preguntó Esther.

—Sí, claro. —Emily sabía que no podía achacar su mala memoria al embarazo. Se distraía con facilidad porque centrarse en el presente era, por lo general, muy deprimente.

El garaje estaba más frío que el lomo de un oso polar, como decía la abuela. Emily no se molestó en volver a entrar para ponerse el abrigo. Tenía una temperatura corporal muy alta en ese momento. Como era de esperar, eso cambió en cuanto llegó al otro extremo del garaje.

Se estremeció al abrir la nevera. Por culpa de la abuela, se puso a tararear *Yankee Doodle*, una musiquilla muy molesta para tenerla en la cabeza. Recordaba haber leído *Hombrecitos*, de Louisa May Alcott, en sexto curso para subir nota. Emil y Franz iban al molino de maíz y volvían a casa con provisiones suficientes para que la familia comiera pudin y Johnny comiera pastel durante varios meses. El profesor le había puesto un positivo por relacionar la historia de la novela con la canción.

Ahora los profesores ya no le ponían positivos.

En el instituto, la habían condenado por completo al ostracismo. Hasta los conserjes volvían la cara cuando pasaba. Era como si el embarazo creara un campo de fuerza a su alrededor. Cuanto más se extendía el rumor, más se alejaba la gente. Los profesores meneaban la cabeza, consternados. Alguien había recortado un agujero enorme en la camiseta que se ponía para educación física. En su pupitre, en el aula de su clase, habían grabado la palabra «PUTA» en mayúsculas. Antes del puente de Acción de Gracias, algún idiota le había quitado el envoltorio a una compresa y la había pegado a su taquilla, pintada con rotulador rojo como si estuviera manchada de sangre. Habían usado un rotulador negro para rodearla con un recuadro, como si fuera una postal con unas palabras garabateadas en la parte de abajo: «¿ME ECHAS DE MENOS?».

Emily sospechaba que lo de la compresa era obra de Ricky. Y quizá también el resto de las cosas. Las peores vejaciones parecían provenir de la camarilla. Los rumores que había difundido Blake sobre su afición a las drogas y el alcohol habían cobrado vida propia. Ya no solo consumía drogas, sino que también trapicheaba con ellas, se contaba. No era simplemente una porrera, sino una yonqui. Ricky había aportado mentiras de su propia cosecha, diciéndole a todo el que quisiera escucharla que la había visto hacerles una mamada a varios chicos detrás del gimnasio. Después, cómo no, algunos habían asegurado que esos chicos eran ellos. Nardo, tan cruel como de costumbre, hacía comentarios sarcásticos cada vez que Emily pasaba cerca y podía oírle.

«Gentuza», un día.

«Puta guarra», al siguiente.

Y, los días en que a Emily se la veía más deprimida que de costumbre, «gorda de mierda».

Clay la ignoraba por completo, lo que le dolía mucho más que las pullas de Nardo. Para él, Emily no era nadie. Su presencia en la cafetería o en la calle le traía tan sin cuidado como el teléfono público de la pared o el buzón de la esquina.

Y luego estaban los demás. Melody Brickel le dedicaba una sonrisa cada vez que la veía, pero aquellas sonrisas solo servían para recordarle lo que había perdido.

Dean Wexler había exigido que la sacaran de su clase. Como el curso estaba tan avanzado, ahora Emily pasaba ese rato en una sala de estudio improvisada, sola, en la biblioteca.

Luego estaba Queso, o Jack, como Emily lo llamaba ahora para sus adentros.

Jack hacía todo lo posible por evitarla en el instituto. Apenas le dirigía la palabra fuera de clase y, cuando no estaban en el instituto, siempre estaba liado. Le había dicho a Emily que era porque su padre lo obligaba a trabajar en la comisaría. La excusa le pareció muy endeble. Jack le había dicho muchas veces que no pensaba ir a la academia estatal de policía ese verano. Pensaba marcharse del pueblo en cuanto se graduase.

Emily estaba convencida de que su embarazo de padre desconocido era el motivo de la tensión palpable que había entre ellos. Nunca le había preguntado a Jack si él estuvo en la fiesta. Se decía a sí misma que era porque no quería caer en la trampa de Nardo, pero en el fondo temía cuál fuera a ser su respuesta.

¿Estuvo en casa de Nardo?

¿Le hizo algo?

Emily se sorprendió mirando fijamente la nevera sin ver lo que tenía delante. Había olvidado qué hacía allí.

Cerveza, nata montada, refrescos, leche.

Tendría que ir a hablar con Jack. Entre ellos nunca había habido secretos. Por lo menos, no acerca de las cosas importantes. Lo había visto deslizarse en la caseta del jardín la noche anterior. Ella le había dejado una almohada y una manta limpia, porque sabía que los días de fiesta siempre eran un infierno en casa de Jack. Su madre empezaba a beber poco después del desayuno. El jefe se le unía a mediodía. Para cuando llegaba la hora de la cena, o se estaban gritando, o se liaban a golpes, o estaban los dos desmayados en el suelo.

—Pudin —dijo, recordando por fin por qué se estaba quedando helada en el garaje.

Puso el recipiente de nata montada encima del molde y cerró la puerta de la nevera con la cadera. Atravesó el espacio vacío que normalmente ocupaba el coche de su padre. Se preguntó si de verdad estaría en el club. El Día de Acción de Gracias, los partidos de golf empezaban temprano para que los empleados tuvieran parte del día libre. Sabía que su padre se había apuntado a nueve hoyos, pero también que no se tardaba cuatro horas en jugarlos.

—¿Te has perdido? —Esther la esperaba en la puerta de la casa.

Ella levantó el pudin.

—No podía quitarme esa estúpida canción de la cabeza.

Esther tomó aire y cantó:

—«Papá y yo bajamos al campamento con el capitán Goodin'».

Emily se le unió:

—«Y vimos un gentío de hombres y niños espeso como pudin de maíz».

Volvieron a entrar en la casa marcando el paso y cantando a todo pulmón:

—«Allí estaba el capitán Washington con su airosa compañía. Tan orgulloso se ha vuelto que no va a ningún sitio sin ella, decían».

Emily se sintió aturdida de alegría cuando su madre la rodeó con el brazo. Esther estaba realmente de muy buen humor. Hacía siglos que no cantaban juntas.

—Ay, cariño. —Esther se secó las lágrimas de la risa—. Qué divertido, ¿no?

Emily sintió que estaba exultante

—Hoy estás muy contenta.

—¿Por qué no iba a estarlo? He podido pasar todo el día con mi familia. —Siguió agarrándole el brazo unos segundos y luego se puso otra vez a preparar la cena—. Siéntate. Creo que con lo demás puedo arreglármelas yo sola.

Emily agradeció el descanso. Apoyó los pies en la silla vacía de la abuela. Ya no notaba la espalda contracturada, pero tenía los dedos de los pies hinchados como salchichas y le dolían.

—Debería hacer los deberes de inglés —le dijo a su madre—. El trabajo es la mitad de la nota.

—Hoy no te preocupes por eso. —Esther se enderezó de repente, de espaldas a ella. Se dio la vuelta y cruzó los brazos—. De hecho, quizá no deberías preocuparte en absoluto por eso. Deberías dejar el instituto ahora, por propia voluntad, en lugar de esperar a que un día ya no puedas ir.

Emily se quedó sin respiración solo de pensarlo.

—Mamá, no puedo dejar el instituto. Si apruebo este curso, tendré suficientes créditos para graduarme.

—Cuando llegue la graduación tendrás un bebé, Emily. No esperarás subirte al escenario como el resto de la clase.

Emily sintió que el buen humor de un rato antes se apagaba de pronto. No eran compañeras de clase ni amigas. Esther era su madre, y su madre le estaba dando un ultimátum.

—Eso no es justo —dijo. Ya que Esther hablaba como una adulta, ella iba a hablar como una niña—. Lo dices como si no tuviera elección.

—Sí que tienes elección. Puedes optar por centrarte en lo que importa.

—¿Mi educación no importa?

—Claro que sí. O, mejor dicho, importará en algún momento.

—Mamá, yo… —Emily no lo había dicho nunca en voz alta, pero llevaba un mes pensándolo—. Todavía puedo ir a la universidad. Podríamos contratar a una niñera y…

—¿Con qué dinero? —Esther levantó las manos, señalando sin darse cuenta la mansión que pertenecía a la familia de Franklin desde hacía más de medio siglo—. ¿Quién va a pagar a esa niñera, Emily? ¿Piensas trabajar, además de ir a clase? ¿Estará contigo la niñera cuando tengas que preparar las asignaturas o hacer un trabajo de clase?

—Yo… —Emily se dio cuenta de que debería haber preparado con tiempo aquella conversación. Necesitaba cifras reales para mostrárselas a sus padres, para explicarles cómo una pequeña inversión podía reportar beneficios en el futuro—. Tengo que ir a la universidad.

—Y seguro que irás —respondió Esther—. Dentro de un tiempo. Cuando el bebé tenga edad para ir al colegio. Cuando lleve un par de años matriculado, podrás…

—¡Eso son ocho años! —Emily estaba atónita—. ¿Quieres que vaya a la universidad cuando tenga casi treinta años?

—No sería un caso inaudito —respondió Esther, pero no aportó ningún ejemplo—. No puedes cuidar de un bebé estando en la universidad, cariño. No es posible.

Emily no podía creer que fuera tan hipócrita.

—¡Eso es justo lo que hiciste tú!

—Baja la voz —le advirtió Esther—. Lo mío fue distinto. Tu abuela estaba en casa contigo mientras yo estudiaba en Harvard. Y yo estaba casada. Tu padre me daba legitimidad. Me permitió labrarme una carrera fuera de casa.

—¿Te lo permitió? —Emily no pudo evitar reírse—. Siempre me estás diciendo que las mujeres podemos hacer cualquier cosa.

—Y podemos. Pero dentro de un orden.

Emily levantó las manos, exasperada.

—¡Mamá!

—Emily —dijo Esther, controlando cuidadosamente su tono de voz—, ya sé que dijimos que no íbamos a hablar de las circunstancias que rodearon la génesis del estado en que te hallas…

—Dios, hablas como una abogada.

Ambas se miraron, atónitas. Emily se tapó la boca con la mano. Aunque pensaba cosas como esa todo el tiempo, nunca las decía en voz alta.

En lugar de regañarla, Esther se sentó a la mesa y se secó las manos en el delantal.

—Tienes que ganarte el derecho a volver, Emily. Has infringido una regla, una regla esencial que las mujeres no podemos infringir. Las puertas que antes tenías abiertas ahora se te han cerrado. Son las consecuencias que debes sufrir por tus actos.

—¿Qué actos? Yo no…

—No vas a volver al instituto —añadió Esther—. El director Lampert llamó a tu padre la semana pasada. La decisión está tomada. No puedes hacer nada al respecto. Te han dado de baja.

Emily sintió que se le humedecían los ojos. Toda la vida desde que nació, Esther le había inculcado el valor de la educación. Emily había dedicado horas y horas de esfuerzo a cada examen y cada trabajo de clase para que su madre estuviera orgullosa de ella.

Y, ahora, Esther le decía que todo había sido en vano.

—Emily, esto no es el fin del mundo —dijo, aunque sin duda era el fin de algo—. Tu padre y yo lo hemos hablado y estamos de acuerdo.

—Ah, si lo dice papá, vale.

Esther hizo como que no escuchaba su sarcasmo.

—Lo que vas a hacer es esperar el momento adecuado. Te quedarás en casa, donde la gente no te vea, y luego, cuando haya pasado el tiempo suficiente, pensaremos la manera de reintroducirte en el mundo.

—¿Queréis que me quede encerrada en casa ocho años?

—Déjate de dramatismos —replicó Esther—. Te quedarás encerrada en casa hasta que nazca el bebé. Podrás pasear por el jardín de atrás o, durante las horas de clase, calle arriba y calle abajo. Conviene que hagas ejercicio regularmente.

Emily advirtió el tono ensayado de su voz. Se imaginaba a sus padres discutiendo en voz baja de madrugada, Franklin paseándose por la habitación con un vaso de *whisky* en la mano, Esther haciendo una lista de lo que podía o no hacer Emily, sin que ninguno de los dos se molestara en preguntarle a su hija embarazada qué quería hacer.

Igual que habían decidido por ella que tendría el bebé y que iban a obligarla a dejar los estudios, a renunciar a graduarse, a aplazar la universidad, a posponer su vida.

—¿Y después? —preguntó, porque quería saber qué más habían decidido.

Esther pareció aliviada por la pregunta, que interpretó claramente como un consentimiento.

—Cuando llegue el momento, tu padre y yo empezaremos a llevarte a eventos sociales. Algo fácil al principio, solo con nuestra gente. Escogeremos a los que se muestren más dispuestos a volver a aceptarte.

Quizá, cuando el niño tenga edad suficiente, puedas conseguir unas prácticas. O un puesto de secretaria.

—Qué hipócrita eres.

Pareció que aquello divertía a Esther, más que ofenderla.

—¿Cómo dices?

Emily estaba cansada de callarse todo lo que tenía en la cabeza. Era agotador ser considerada, sobre todo cuando a nadie se le ocurría devolverle ese favor.

—Predicas desde tu posición elevada lo importante que es que las mujeres seamos fuertes —le dijo a su madre—. Proyectas esa imagen de invencibilidad. Haces creer a todo el mundo que no tienes miedo, pero todo lo que haces, cada decisión que tomas, se debe al miedo.

—¿Yo tengo miedo? —Esther soltó una carcajada—. Jovencita, yo no he tenido miedo de nada en toda mi vida.

—¿Cuántas veces te ha pegado papá?

Esther la miró con dureza.

—Ten cuidado.

—¿O qué? —replicó Emily—. ¿Papá me hará otro moratón? ¿Le retorcerá la muñeca a la abuela hasta que grite? ¿Te arrastrará escaleras arriba y te golpeará con el cepillo del pelo?

Esther no apartó la mirada, aunque ya no veía a Emily.

—Te aterra lo que la gente pueda pensar de ti —añadió su hija—. Por eso te quedas con papá. Por eso quieres encerrarme en casa. Has malgastado tu vida entera intentando hacer lo que ellos quieren.

—Mi vida entera —dijo Esther en tono burlón—. Y, dime, ¿quiénes son «ellos»?

—Todo el mundo —respondió Emily—. No me dejaste abortar porque podían enterarse. No me dejaste dar en adopción porque podían usarlo en tu contra. Voy a tener que dejar el instituto porque te han dicho que ha llegado la hora de dejarlo. Actúas como si tuvieras el control absoluto de tu vida y de tu legado, pero te aterra que puedan arrebatártelo todo en cualquier momento.

Esther apretó los labios.

—Sigue. Desahógate del todo.

Estaba actuando como si su hija solo necesitara un saco de boxeo, cuando en realidad hablaba completamente en serio.

—No estoy sufriendo las consecuencias de mis actos, madre. Estoy sufriendo las consecuencias de tu cobardía.

Esther enarcó una ceja como hacía cuando le seguía la corriente a alguien.

—Eres una hipócrita. —Emily se estaba repitiendo, pero de pronto aquellas palabras le parecieron una revelación. Nunca había hablado con tanta franqueza. ¿Por qué había guardado silencio durante tantos años? ¿Por qué le había preocupado tanto decir lo que no debía, hacer lo que no debía, no molestar a los demás?

¿Qué iban a hacerle?

Se levantó apoyando los puños en la mesa.

—Tienes un don asombroso para la ceguera voluntaria. Te crees tan lista, tan inteligente, pero nunca ves las cosas que no quieres ver.

—¿Y qué es lo que no quiero ver?

—Que estás aterrorizada. Que vas todo el tiempo conteniendo el miedo en la boca.

—¿De verdad?

—Sí, de verdad —contestó Emily—. Tienes arrugas alrededor de la boca de tanto retenerlo, de fruncir los labios como los estás frunciendo ahora.

Esther desfrunció los labios. Intentó soltar una carcajada, pero no había nada de lo que reírse.

—Te veo ahogarte de miedo todo el tiempo —prosiguió Emily—. Con papá. Con tus amigos. Hasta conmigo y con la abuela. Intentas con todas tus fuerzas tragártelo, pero el miedo no desaparece. Lo que haces es convertir tus palabras en un arma cada vez que hablas. Y lo que dices es mentira, madre. Es todo mentira, porque te aterra que la gente vea la verdad.

—¿Y cuál es la verdad?

—Que eres una cobarde.

Esther se recostó en la silla. Tenía las piernas cruzadas.

—¿Yo soy cobarde?

—¿Por qué está pasando esto, si no? —replicó Emily—. ¿Por qué no me defiendes? ¿Por qué no mandas a la mierda al director Lampert? ¿Por qué no estás en Georgetown exigiendo que me admitan, como habían dicho en su carta? ¿Por qué no le dices al senador que voy a hacer las prácticas? ¿Por qué no le dices a papá que tiene que…?

—No tienes ni idea de lo que he hecho por ti.

—¡Pues dímelo! —gritó Emily—. Hablas todo el tiempo de ser un ejemplo para otras mujeres. ¿Qué ejemplo me estás dando a mí, mamá?

Emily golpeó la mesa tan fuerte que las pipas de calabaza se salieron del cuenco. Vio cómo las recogía su madre, acercándolas al borde para echárselas en la mano. Esther no habló hasta que todo volvió a estar en su sitio.

—Cariño, si te digo la verdad, tú no eres el tipo de mujer al que pretendo dar ejemplo —contestó—. Da igual cómo te quedaras embarazada; el caso es que ocurrió. Tú permitiste que ocurriera poniéndote en una situación de riesgo. Si fueras una pobre chica que vive en una caravana en Alabama, las cosas serían distintas.

Las palabras de su madre se parecían tanto a lo que le había gritado Ricky unas semanas atrás que Emily sintió un peso físico sobre los hombros.

—Reconozco que los próximos años van a ser un periodo difícil de tu vida —añadió Esther—, pero algún día te darás cuenta del regalo que te estamos haciendo tu padre y yo. Si te sacrificas ahora, si empleas el tiempo con sensatez, algún día la gente volverá a aceptarte.

Emily se limpió la boca. Estaba tan enfadada que se le había salido la saliva de la boca.

—¿Y si no es así?

Esther se encogió de hombros como si fuera evidente.

—Te rechazarán.

Emily tragó saliva. No concebía que pudieran rechazarla más de lo que la habían rechazado ya.

—¿Y si…? —Se debatió, tratando de encontrar una alternativa convincente—. ¿Y si simplemente les seguimos la corriente hasta que jures el cargo? Papá siempre dice que es vitalicio. Cuando estés en el estrado, ¿qué importará?

Esther la miró como si le costase creer que Emily hubiera salido de su cuerpo.

—¿De verdad crees que mi mayor ambición es pasarme toda la vida siendo simplemente jueza federal?

Emily sabía que no era así.

—Viste la investidura de Sandy O'Connor en televisión. Jesse Helms casi la hunde por sus opiniones sobre el aborto. —Esther clavó un dedo en la mesa—. ¿Crees que tu vida es dura? Sandy no consiguió encontrar trabajo cuando se licenció en Derecho en Columbia. Para poder entrar, tuvo que renunciar a un sueldo y sentarse con las secretarias. Y ahora es jueza del Tribunal Supremo.

Emily trató de contraatacar.

—Pero tú puedes cambiar eso, madre. ¿No ves que…?

—No puedo hacer nada desde fuera.

—Pasarán años antes de que haya otra vacante y, aunque la haya, puede que pase una década o más antes de que designen a otra mujer y la confirmen en el cargo. Se trata de lo que tienes oportunidad de hacer ahora, mamá. —Emily intentó atenuar el tono suplicante de su voz—. Podríamos fingir que vamos a hacer lo que has dicho. Seguiré adelante y dejaré el instituto. Y, cuando se acaben las vistas del Senado y hayas jurado el cargo, puedo estudiar en verano y luego…

—La designación ya está acordada —dijo Esther—. Pensaba anunciarlo en un brindis antes de la cena. El propio Reagan me llamó esta mañana. Ni siquiera tu padre lo sabe.

La noticia dejó a Emily estupefacta. Eso explicaba el ánimo exultante de su madre. No se debía a que estuviera disfrutando de la compañía de su familia en las fiestas. Estaba eufórica porque había conseguido lo que quería.

Por ahora.

—Reagan dice que el procedimiento se demorará más de lo que me gustaría, pero eso es inevitable. Lo harán público en marzo, antes de las vacaciones de Semana Santa. Habrá un periodo de evaluación, tendré que asistir a diversas reuniones en el Capitolio, y la audiencia de confirmación empezará a finales de abril. —Esther parecía entusiasmada—. Ronnie quiere dar ejemplo, mostrar al país que no está promoviendo a mujeres por el mero hecho de que lo sean. Está promoviendo a las mujeres adecuadas.

—Dios —murmuró Emily. Se sentía totalmente derrotada.

—Esa boca —le advirtió Esther—. Emily, cuando me llamó esta mañana, Ronnie se refirió a la *pericope adulterae*. Juan 8, 1-20. ¿Sabes lo que significa eso?

Emily no tenía nada que decir. Su madre estaba casi fuera de sí de alegría mientras relataba la conversación. Nada de lo que su hija había dicho en los diez minutos anteriores había conseguido resquebrajar su duro caparazón. Emily la había desafiado, le había reprochado su hipocresía, y ahora Esther citaba al apóstol Juan como si nada de eso hubiera ocurrido.

—Conoces el pasaje —añadió Esther—. Los fariseos llevaron ante Jesús a una mujer adúltera. Le dijeron: «La ley de Moisés nos ordena lapidarla. ¿Qué dices tú?».

Emily repasó mentalmente la conversación tratando de encontrar el momento exacto en que Esther había vuelto a parapetarse. Estaba claro que pretendía que le siguiera el juego, que hiciera lo mismo que hacían respecto a Franklin. Hacer caso omiso de los moratones. Olvidar los gritos. Fingir que los sollozos y las súplicas que oía a través de la pared de su habitación procedían de la televisión y no de su madre.

—Los fariseos trataban de poner a prueba a Jesús para comprobar la solidez de su moralidad —decía Esther—. ¿Sabes lo que dijo Jesús? ¿Lo sabes?

Emily estaba disgustada consigo misma por saber la respuesta. Lo había aprendido en la escuela dominical, pero hasta ese momento no se había preguntado por qué los fariseos estaban dispuestos a lapidar a la mujer y, sin embargo, ni siquiera consideraban la posibilidad de castigar también al hombre con el que la habían pillado con las manos en la masa.

—¿Conoces el versículo? —preguntó Esther.

Emily recitó de memoria.

—«Se levantó y les dijo: el que esté libre de pecado, que tire la primera piedra».

—Exacto. —Esther asintió, complacida—. Reagan entiende que las buenas personas a veces pueden cometer errores. Ya sabes que se divorció antes de casarse con Nancy.

Emily asintió junto con su madre, como si no le trajera sin cuidado la vida privada de Ronald Reagan. Ella no era una adúltera. No había cometido un error conscientemente.

—Ronnie me dijo que tu padre y yo habíamos dado un ejemplo admirable al apoyarte en estos momentos difíciles. Dijo que ello demostraba gran fortaleza de carácter.

—Ah —dijo Emily, como si de pronto todo estuviera claro—. Si Reagan dice que no eres una cobarde y una hipócrita, ¿qué coño importa, entonces, lo que diga tu propia hija?

—Te he dicho que tengas cuidado con esa boca. —Esther se levantó de la mesa, zanjando de golpe la conversación—. Pon las pipas junto a la barra del salón. Tu padre tiene que estar a punto de llegar. Quiero que la cena esté en la mesa cuando salga de la ducha. Tu abuela seguramente...

Sus explicaciones dejaron de oírse cuando Emily llevó el cuenco de pipas de calabaza al salón. Debería haber sabido que era absurdo intentar razonar con una mujer que había hecho carrera imponiendo sus argumentos.

Pero no se trataba solo de eso.

Nunca conseguiría llegar de verdad hasta su madre porque la jueza siempre se interponía en su camino. Esther era el ama de casa, la jardinera, la que calentaba la comida, la madre, la nuera, la acompañante ocasional en las excursiones del colegio. El principal designio de la jueza era aparentar fortaleza. Todo el mundo la calificaba de imponente. En las fiestas, hablaba como una erudita. Sus opiniones circulaban como si fuera una deidad. Blandía su inteligencia como una espada. Presidía su tribunal como una reina.

Y luego llegaba a casa y su marido la machacaba.

Emily comió un puñado de pipas. Crujieron entre sus dientes. En lugar de entrar en el salón, empujó la puerta del patio. El aire frío le revolvió el pelo alrededor de la cara. Se acercó el cuenco de pipas al pecho.

Aunque Sísifo la arrollara una y otra vez con su roca en la cocina familiar, Emily sonrió al pensar en ver a Jack. Le llevaría un plato de comida cuando terminara la cena. Normalmente, cuando pasaba la noche en la caseta del jardín, subsistía a base de chocolatinas y cecina. O eso deducía Emily por los envoltorios que ella recogía al día siguiente. Las pipas de calabaza le servirían de consuelo durante un rato.

La puerta combada de la caseta no se cerraba del todo. Le llevaría a Jack uno de los edredones de repuesto del armario. Nunca se quejaba del frío, pero en esa época del año era especialmente brutal. La caseta no tenía aislamiento. Incluso una brisa ligera podía sacudir el cristal de la ventana como el paso de un tren por las vías.

Emily se detuvo delante de la puerta y escuchó. Sintió que se le encogía el corazón al oír un gemido. Cada vez que se decía a sí misma que estaba completamente sola en el mundo, tenía que recordarse aquello por lo que estaba pasando Jack. Esther era una hipócrita y una mojigata y Franklin un tirano, pero al menos Emily no estaba pasando Acción de Gracias en un cobertizo helado.

Se inclinó, pensando que podía dejarle en la puerta el cuenco de pipas, pero entonces volvió a oír el gemido. Se le partía el corazón al pensar en Jack. Lo había visto llorar otras veces. Unas cuantas, a decir verdad. Le dolía que la evitara en el instituto, pero aun así seguía siendo su amigo.

Empujó la puerta.

Al principio, no entendió lo que estaba viendo. Su mente no le encontraba sentido.

Clay estaba de espaldas a la puerta. Jack tenía las manos apoyadas en el banco de trabajo. Pensó que se estaban pegando. Que se peleaban o que estaban jugando. Pero entonces vio que Clay tenía los pantalones bajados. Jack volvió a gemir. El banco temblaba cada vez que Clay movía la cadera hacia delante.

Estaban fornicando.

9

Andrea repitió su pregunta.

—¿Qué hay en el maletín?

En lugar de responder, la jueza posó la mirada en Franklin Vaughn. No había emoción alguna en su rostro, ningún gesto de amor. El hombre que había sido su marido durante casi medio siglo iba a morir en cuestión de horas. La propia Esther no tardaría mucho en seguirlo.

—Cuando me dijeron lo del cáncer —le dijo a Andrea—, intenté poner en orden mis asuntos. Franklin siempre se había ocupado de ese aspecto de nuestra vida. Supuse que los testamentos estarían en la caja fuerte, junto con todos los documentos financieros. Estaba en lo cierto, pero no había previsto que también encontraría esto.

Se inclinó con dificultad para levantar el maletín del suelo. Andrea rodeó la cama para ayudarla. El maletín pesaba menos de lo que esperaba. Lo levantó con una mano y lo puso sobre el regazo de la jueza.

—Gracias.

Esther marcó la combinación. Las cerraduras se abrieron.

Andrea, que estaba de pie a su lado, vio lo que contenía. Fajos de papeles, algunos sobres de papel manila y un ordenador portátil antiguo, con el cable de alimentación aún conectado.

—Franklin siempre fue mucho más aficionado que yo a la tecnología. —Esther la miró—. Grabó todas sus conversaciones con Wexler. Fontaine también aparece varias veces. Hay grabaciones de audio de las primeras conversaciones. Por lo visto, más adelante Franklin escondió una cámara de vídeo en la estantería para grabar las negociaciones. Una en concreto es muy inculpatoria. Acordaron la cesión de tierras para la creación de una fundación de protección medioambiental fraudulenta, utilizando a Fontaine para ocultar un acuerdo de conservación que le reportó a Wexler más de tres millones de dólares. El plazo de prescripción federal para la conspiración y los delitos continuados no comienza con el acto original, sino con el abandono, la retirada o el cumplimiento de los objetivos de la conspiración. Solo el chantaje ha durado casi cuatro décadas. En el caso del fraude, el truco consiste en demostrar que había dicha intención. Las grabaciones de vídeo proporcionan pruebas más que suficientes. Con esto, los tenéis bien agarrados.

Andrea debería haberse sentido eufórica, pero solo sintió rabia. Hacía décadas que los Vaughn disponían de esa información.

—¿Por qué Franklin no…? Podría haber…

—Sí, Franklin podría haberlos denunciado hace años. Él comparte la culpa legal, pero el fracaso moral es enteramente mío. —Esther frunció los labios mientras intentaba recomponerse—. Me dije a mí misma que unos meses de diferencia no importarían. Gracias a las amenazas de muerte, Judith y Guinevere estarían escoltadas las veinticuatro horas del día. Bible iría literalmente hasta el fin del mundo para garantizar su seguridad. Yo llegaría al final de mi vida conforme a mis propias condiciones. Wexler y Fontaine serían procesados después de mi fallecimiento. Nadie más resultaría perjudicado. Al menos, eso me dije a mí misma. Pero me equivoqué, ¿verdad?

Andrea volvió a sentir un nudo en la garganta.

—Alice Poulsen.

—Sí, Alice Poulsen. —Esther metió la mano en el maletín, pero se limitó a apoyarla en un grueso sobre de color marrón. Miró a Andrea a los ojos—. Por mi cobardía otros padres perdieron a su hija. No me he ganado morir en paz. No me lo merezco.

Andrea la vio sacar el sobre del maletín. La etiqueta estaba escrita a mano.

«Para entregar a Leonard Bible cuando yo muera».

—Contiene copias de todos los documentos justificativos de la cesión de tierras, el acuerdo de conservación y la fundación de protección del medio ambiente —explicó Esther—. El portátil contiene todas las grabaciones de vídeo y audio, así como los correos electrónicos pertinentes, las transacciones bancarias, los números de ruta de las cuentas corrientes y los documentos fiscales. Encontrarás fechas, horas, lugares y los pasos que se dieron cuando me obligaron a intervenir en asuntos legales. He incluido, además, un resumen del caso. Se puede procesar a Dean Wexler y Bernard Fontaine por los delitos de evasión fiscal, fraude fiscal, fraude electrónico y muchos más. Está todo aquí.

Andrea se quedó demasiado asombrada para coger el sobre. Esther le estaba ofreciendo todo lo que necesitaban para detener a Wexler y Nardo.

—Mientras me encuentre en condiciones, el Gobierno contará con mi plena colaboración. —Ahora que se había decidido, Esther parecía ansiosa por acabar de una vez con todo aquello.

Volvió a dejar el sobre en el maletín y esperó a que Andrea lo cogiera.

No había nada más que decir.

A Andrea empezaron a temblarle las manos. Sentía frío y calor al mismo tiempo. Apretó el maletín contra su pecho. Esta vez, le pareció que pesaba más. Contenía el alma en pena de Alice Poulsen. El futuro precario de Star Bonaire. La paz inmerecida de Esther Vaughn al final de su vida.

Los *marshals* la saludaron con un gesto cuando salió de la habitación de Franklin Vaughn. Solo cuando hubo llegado al final del pasillo, asimiló del todo lo que llevaba en los brazos.

Pruebas de los delitos de Wexler y Nardo.

Indicios suficientes para encarcelarlos y cerrar la granja.

La euforia la embargó por fin, dejándola aturdida. La adrenalina todo lo agudizaba. Iba trotando cuando dobló la esquina y giró la cabeza en busca de Bible. Lo vio junto a los ascensores, hablando con Mike. Estaban apoyados en el mostrador de enfermería. Bible se sujetaba la mano vendada. Compton estaba a unos metros de distancia, escribiendo en su teléfono.

Mike la vio primero.

—¿Andy? ¿Qué pasa?

Ella apenas podía hablar. Casi se le resbaló el maletín. Recorrió a trompicones los últimos metros que los separaban.

—Andy, ¿estás bien? —Mike cogió el maletín.

—Estoy... —Tuvo que parar para tomar aliento—. La jueza se mandó a sí misma las amenazas de muerte.

Compton levantó la vista del teléfono. Bible apretó los dientes, pero no dijo nada.

—Me ha... —Andrea tuvo que interrumpirse de nuevo. Volvió a respirar hondo. Se llevó la mano al pecho, intentando que el corazón le latiera más despacio—. Wexler la estaba chantajeando. La ha chantajeado durante décadas. Desde que Judith era un bebé. Wexler le dijo a la jueza que él era el padre, pero no sé. Podría estar mintiendo. De todos modos, no importa, porque los tenemos. A los dos. Nardo también está involucrado.

—Oliver, explícamelo despacio. —Compton se había arrodillado en el suelo y estaba echando un vistazo al contenido del maletín—. ¿Qué es todo esto?

—El portátil. Franklin Vaughn lo grabó todo. Hay suficientes pruebas para mandar a Wexler y Fontaine a la cárcel por fraude, como mínimo. —Andrea también se arrodilló. Buscó el sobre destinado a Bible—. Esther ha hecho un resumen... Está todo explicado aquí. Me ha dicho que nos ha servido el caso en bandeja. Que tanto Wexler como Fontaine están implicados.

Compton guardó silencio mientras leía por encima el texto estructurado en párrafos numerados. Empezó a sacudir la cabeza cuando llegó al último punto.

—Hija de puta. Prácticamente ha redactado el escrito de acusación. Leonard...

Todos miraron a Bible, que seguía apretando los dientes.

Compton se levantó y le puso la mano en la mejilla.

—Tranquilo, cariño, olvídalo de momento. Ya te desahogarás mañana. ¿De acuerdo?

Bible asintió bruscamente, aunque su expresión ofendida no desapareció.

—¿Nos ha dado suficiente?

—Sí. —Compton buscó con la mirada a Mike, que estaba enchufando el portátil detrás del mostrador de enfermería—. Mike, mientras esto dure, te quedas conmigo. La cadena de custodia empieza aquí. Hay que hacer esto según las normas. Sube esos vídeos al registro del Departamento de Justicia. Quiero una orden judicial para registrar la granja y órdenes de detención contra Wexler y Fontaine. Hay que hacerlo esta misma noche. Tengo algunos efectivos en la zona que puedo mandar a vigilar la granja. Debemos asegurarnos de que Wexler y Fontaine no escapen antes de que podamos atraparlos. Los tipos como ellos siempre tienen un plan de fuga. ¿Stilton es de fiar?

La pregunta iba dirigida a Bible. Él negó con la cabeza, pero dijo:

—No lo sé.

—Muy bien, dejaremos a Stilton en el banquillo hasta que efectuemos las detenciones. Fontaine llevaba armas ocultas. Debemos dar por sentado que estarán armados. Voy a pedir que venga el equipo de asalto de Baltimore. No queremos que esto se convierta en un secuestro con rehenes. La prioridad es sacar a las chicas sanas y salvas, ¿no?

Compton esperó a que Bible contestara.

—Exacto —dijo él.

—Bien. Tendré listas algunas ambulancias por si acaso alguna decide irse. Las llevaremos al Johns Hopkins. Espero que encontremos la manera de librarlas del yugo de Wexler. Y de Fontaine. Si Esther tiene razón, se enfrenta a penas de prisión. Querrá hacer un trato para delatar a Wexler. Lo trasladaremos a Baltimore y le daremos tiempo para que se lo piense. Bible, necesito que te encargues del interrogatorio de Fontaine. Dale veinticuatro horas en una celda y estará dispuesto a hablar.

—No, señora —contestó Bible—. Quiero a Wexler y lo quiero esta noche.

—¿Por qué? —preguntó Compton.

—Porque nunca volverá a estar tan asustado. Lo sacamos de la cama, lo metemos en el calabozo de Stilton, le apretamos las tuercas y hacemos que confiese. Es la forma más rápida de acabar con esto de una vez por todas.

—O lo metemos en la celda, se caga encima, pide un abogado y no volvemos a verlo hasta dentro de tres años, en el juicio —repuso Compton—. Solo vamos a tener una oportunidad de actuar. Si le damos a Wexler tiempo durante el trayecto hasta Baltimore, quizá empiece a pensar que puede salir de esta si habla. Es lo que queremos, ¿no? Que hable con nosotros, que nos explique las cosas.

—Es un psicópata —afirmó Bible—. Si le das tiempo para recomponerse, se le ocurrirá algún plan.

—Entiendo. —Compton se volvió hacia Mike—. Tú estás en el equipo. ¿Qué opinas? ¿Debemos presionar a Wexler esta noche o darle algo de tiempo?

—Mi instinto me dice que es mejor esta misma noche. Y, aunque no me lo hayas preguntado, no quiero que Fontaine haga un trato. —Mike se encogió de hombros—. ¿Para qué ir a por Renfield si puedes clavarle una estaca en el corazón a Drácula?

Andrea se encontró asintiendo con la cabeza. Ella tampoco quería que Nardo saliera impune. Era Renfield, en efecto; la descripción era casi demasiado exacta. Nardo no solo era el acólito de Dean. Literalmente, le procuraba víctimas a su malévolo amo.

—Oliver, dime qué opinas. —Compton se había vuelto hacia ella.

Lo único que pudo hacer Andrea fue ser sincera.

—Nardo recurrirá a sus abogados. Es lo que hace siempre. Si el plan es conseguir que se vuelva contra Wexler, no creo que eso vaya a ocurrir hasta que se vea entre la espada y la pared. Puede que ni siquiera entonces suceda. Es un nihilista.

—Muy bien, sacamos a Fontaine del tablero de juego —dijo Compton—. ¿Cuál es la mejor manera de atacar a Wexler?

—Solo comete errores cuando está furioso. —Andrea lo había visto perder el control. Y también lo había visto menos de diez minutos después jactándose de haber iniciado él solo el movimiento de la agricultura ecológica—. Si le damos tiempo de que se calme, lo empleará para encontrar una salida.

—Muy bien, la decisión está tomada —dijo Compton—. Bible, tú y Oliver interrogaréis a Wexler esta misma noche. Lo detendremos en la granja y lo llevaremos directamente a la comisaría de Stilton. Fontaine irá a Baltimore. Oliver, vuelve al motel y date una ducha. En cuanto detengamos a Wexler, pasaremos a recogerte de camino a la comisaría. Calculo que será dentro de tres horas, pero tienes que estar lista en dos.

Andrea no iba a quedarse de brazos cruzados dos horas más.

—Señora, yo...

—Tú vas a cumplir las órdenes —la interrumpió Compton—. No necesito más músculo. Necesito tu cerebro. Ya te has enfrentado a Wexler. Sabe que no le tienes miedo. Cuando te vea, no se debe notar que acabas de salir corriendo de un incendio y de saltar a una piscina. Bible, ayúdala a resolver esto y luego ven a buscarme. Mike, vamos a algún sitio tranquilo a ver esos vídeos.

Mike cerró el portátil. Volvió a mirar a Andrea a los ojos antes de irse con Compton.

Ella sintió que todo el peso se le desplazaba a la punta de los pies. Sentía el cuerpo tenso como un resorte. Ansiaba ir tras ellos, hacer algo en lugar de aquella espera interminable.

—¿Cuál es la estrategia? —le preguntó a Bible—. ¿Cómo vamos a conseguir que Wexler confiese?

—Con un psicópata no puedes trazar estrategias. Siempre te atacan desde un ángulo distinto.

Andrea no había pensado realmente en Wexler como en un psicópata hasta ese momento, pero sin duda encajaba en los parámetros: ausencia de remordimiento o vergüenza, delirios de grandeza, carácter manipulador, escaso control de los impulsos… Se sabía la lista de memoria porque había advertido esos mismos atributos en su padre.

—De acuerdo —dijo—. Pero necesitamos algún plan o directriz o…

—No hay plan para esto, compañera. —Bible se encogió de hombros como si aquello careciese de importancia—. Se trata solo de jugar a la rayuela, ¿vale? Tiras una piedra al cuadrado y esperas a que Wexler salte a recogerla.

Andrea no quería que le soltase otra homilía. Quería datos concretos.

—Y entonces ¿qué? ¿Dejamos que nos sermonee sobre las habas y esperamos a que diga «por cierto, sí, he cometido un montón de fraudes. Dónde firmo mi confesión»?

—Eso estaría genial, pero no creo que vaya a pasar. La conversación vamos a dirigirla nosotros. Hay que ir dándole empujoncitos todo el tiempo para guiarlo hacia donde queremos. Al final, llegará al recuadro correcto.

—No estoy para metáforas ahora mismo, Bible. Esto es demasiado importante. Cada vez que me has tirado a la piscina, he encontrado la manera de salir a flote. Pero esto es distinto. Necesito nadar de verdad.

—Muy bien, entendido —dijo él—. Vamos a planearlo. Yo llevaré la voz cantante en el interrogatorio. ¿Te parece bien?

Andrea ya se lo esperaba.

—Sí.

—Entonces llega el bueno de Dean y dice: «Solo hablaré con ella». —Bible la señaló con el dedo al pecho—. Entonces, yo me levanto y os dejo solos. ¿Y luego qué?

Andrea se mordió el labio.

—O decidimos que vas a llevar tú la voz cantante, ¿vale? —Bible no esperó respuesta—. Y entonces el bueno de Dean dice: «No, no pienso hablar con esa chica. Yo solo hablo con hombres». Y tienes que levantarte e irte.

—Entonces, los dos…

—Vamos a pasar las próximas dos horas concentrándonos y poniendo en orden nuestras ideas —dijo Bible—. Así es como vamos a prepararnos. Esa es la estrategia. No podemos prever lo que va a decir. ¿Pensamos que querrá hablar de la granja? Quizá quiera hablar de Emily. ¿Creemos que quiera hablar de Emily? Puede que quiera contarnos que su mamá nunca lo quiso o que su padre le pegó un tiro a un ruiseñor.

—Así que ¿le dejamos hablar de lo que quiera?

—Exacto. Ya has oído a la jefa. Lo que queremos es que hable. Lo ponemos nervioso, le brindamos un público y seguro que cometerá algún error. Lo único que hemos de hacer es tener presente adónde queremos llegar. ¿O séase…?

—Dios. —Andrea tampoco estaba de humor para el método socrático—. El chantaje, la cesión fraudulenta de tierras, la denuncia de Trabajo, el acuerdo de conservación medioambiental, la evasión de impuestos, la falsa fundación sin ánimo de lucro, y el puto asesinato de Emily Vaughn.

—Solo necesitamos uno. —Bible levantó un dedo—. Hay que conseguir que admita un solo delito. Luego lo vamos guiando hasta el siguiente. Y hasta el otro. Nosotros tiramos la piedra y él salta al recuadro. Así es como vamos a ganar. Pero llevará tiempo.

—Estoy hasta las narices de todas estas prisas para luego tener que esperar —contestó ella.

—Es la naturaleza de la bestia.

—Es una puta mierda. —Su frustración dio paso a la ira—. Wexler violó y mató a Emily Vaughn o sabe quién lo hizo. Lleva cuarenta años atemorizando a la familia de Esther. Tiene sometida a Star Bonaire. Ha llevado a Melody Brickel al borde de la ruina. Alice Poulsen se suicidó para escapar de él. Tiene en la granja como mínimo a una docena más de chicas que son cadáveres andantes. Cada puta cosa que toca ese tipo se marchita o se muere, y siempre se las arregla para salirse con la suya.

Bible la observó detenidamente.

—Me parece que te estás tomando esto como algo muy personal.

—Ya lo creo que sí.

Andrea estaba tan impaciente que no esperó a que la llevasen al motel. Había recorrido a pie el corto trecho desde el hospital, con la bolsa en la que ponía «PERTENENCIAS DEL PACIENTE» colgada de la mano. No habría hecho falta que se molestara: su ropa no tenía salvación. Habían devuelto a Baltimore su arma reglamentaria, llena de agua, y no recibiría una de repuesto hasta la mañana siguiente. Su Android seguía en la mochila, en el todoterreno de Bible. Su iPhone estaba tan maltrecho que se le veían las tripas a través del cristal roto. Hasta sus zapatos estaban destrozados. Chorreaban agua —el agua que les había entrado cuando cayó a la piscina— cada vez que daba un paso.

La ducha más larga y caliente de la historia había servido para que se sintiera limpia por fin, pero nada podía hacer para olvidarse de Dean Wexler. Seguía repasando mentalmente lo que le había contado Esther Vaughn. No del chantaje y el fraude, sino de cómo perdió la cabeza cuando encontró a Wexler con Judith en brazos, en el jardín. A nivel molecular, Andrea entendía ese terror. También entendía lo que se sentía cuando te considerabas cierto tipo de persona y el trauma te convertía en otra.

Como Laura, y como Esther, Star y Alice, ella había llevado dos vidas distintas: la de antes de conocer a un psicópata y la de después.

Se acercó a la ventana y miró a través del visillo. La carretera estaba desierta y, más allá, el bosque estaba sumido en una completa oscuridad. Los equipos de vigilancia ya estarían preparados. Seis *marshals* vigilarían todas las vías de acceso a la granja, observarían los movimientos del interior y tratarían de localizar a Wexler y Nardo. El equipo de asalto estaría en camino desde Baltimore. Las órdenes de detención se estarían tramitando, o quizá estuvieran ya firmadas. Ella no podía hacer otra cosa que intentar no tirarse de los pelos mientras esperaba y esperaba.

Miró el reloj: eran las once y diez de la noche. Faltaba aún hora y media, como mínimo, para que volviera a encontrarse cara a cara con Dean Wexler.

Apoyó la frente en el frío cristal. Bible le había dicho que no hiciera planes, pero necesitaba hacerlos. Ella no tenía la seguridad natural en sí misma que tenía él, ni, por supuesto, sus décadas de experiencia. Se imaginó la estrecha sala de interrogatorios al fondo de la comisaría de Stilton. Intentó imaginarse sentada frente a Wexler, pero se halló de nuevo en la cocina de la granja: Star juntaba los ingredientes para hacer pan. Wexler peroraba como un televangelista. Su expresión ufana. La larga pausa que hizo antes de permitir que Star dejara el vaso de agua encima de la mesa.

Le gustaba tener el control. Y le gustaba que los demás lo vieran.

Lo que significaba que querría que Bible y ella estuvieran en la sala. Bible sería quien más hablara. ¿Qué haría ella?

Se acercó al escritorio. Su cuaderno ya no estaba en blanco. Había anotado algunas observaciones sobre el poco tiempo que había pasado a solas con Dean Wexler. Bible tenía su rayuela; ella, sus disparadores, esto es, formas de hacerlo estallar. El objetivo de esa noche era hacer que Wexler sintiera que había perdido el control. Entonces cometería su primera equivocación. Andrea lo había visto quitarse la máscara en tres ocasiones, todas ellas dentro de su vieja camioneta Ford.

La primera vez fue cuando Andrea pronunció el nombre de Emily Vaughn. Sin previo aviso, Wexler frenó en seco y ella estuvo a punto de golpearse la cabeza contra el salpicadero.

Hizo lo mismo cuando ella le señaló que, aunque hubiera dejado la enseñanza, seguía encontrando la manera de rodearse de jovencitas vulnerables.

El tercer incidente era a la vez más sencillo y más complejo. Wexler le dijo que cagaba mierdas más grandes que ella. Y ella le contestó que fuera a hacerse una colonoscopia. Fue entonces cuando Wexler estalló y la agarró de la muñeca para hacerla callar.

Andrea se puso a dar golpecitos con el bolígrafo sobre el cuaderno. Los disparadores de Wexler eran fáciles de detectar: no quería oír el nombre de Emily. No le gustaba que lo tacharan de depredador. Y tampoco, desde luego, que lo pusieran en evidencia.

Ignoraba adónde la llevaba esa información. ¿Eran los recuadros de la rayuela o eran las piedras? Dejó el bolígrafo. Volvió a la ventana y contempló de nuevo la carretera desierta. Se cruzó de brazos. Apoyó la espalda contra la ventana. Cerró los ojos.

La diferencia entre aguijonear el ego de Wexler y provocar su ira era una línea muy fina. Su violencia no le preocupaba. Podía arreglárselas sola, aunque no creía que Bible fuera a permitir que las cosas llegaran a ese extremo. El problema era que, si presionaba a Wexler en exceso o en la dirección equivocada, acabaría estropeándolo todo. Pero, por otro lado, si no le presionaba lo suficiente, Wexler podía pensar que le tenía miedo. Y, si algo había demostrado su comportamiento, era que le gustaba que las mujeres le temiesen.

Abrió los ojos. El reloj indicaba que solo habían pasado dos minutos. Pasar ochenta y ocho minutos más paseándose de un lado a otro y mirando por la ventana no le serviría para trazar una estrategia. Sabía cómo cabrear a Wexler, pero no cómo sacarle información. Melody Brickel le había dicho que Wexler era una copia barata de Clayton Morrow. Andrea solo conocía a una persona en el mundo que se hubiera enfrentado a Clayton Morrow y hubiera vivido para contarlo.

Levantó el teléfono fijo del escritorio y marcó el número antes de que pudiera arrepentirse.

Su madre contestó al cuarto pitido.

—¿Cariño? ¿Estás bien? ¿Qué hora es?

—Estoy bien, mamá. Siento haberte… —De pronto se le ocurrió lo siguiente—: ¿Cómo has sabido que era yo?

Laura se quedó callada un momento antes de contestar.

—Sé que estás en Longbill Beach.

Andrea masculló un exabrupto. Se suponía que debía engatusar a Dean Wexler para que confesara, y ni siquiera era lo bastante astuta como para desactivar el servicio de localización de su iPhone.

—Entonces, ¿has estado mintiendo todo este tiempo?

—¿Como me has mentido tú a mí, quieres decir?

Tenía razón.

—Cariño, ¿estás bien?

Andrea apoyó la cabeza en la mano. Notó los gruesos hilos que cerraban el corte que tenía en la frente. Le palpitaba la nariz. Le dolía la garganta.

—Siento haberte mentido.

—Pues yo no siento haberte mentido a ti. Era divertido oír los gallitos que te salían.

En eso también tenía razón.

—¿Por qué me llamas desde tu habitación del motel? —preguntó Laura—. ¿Qué pasa?

—Nada. —Andrea ahogó una tos—. No te preocupes; últimamente no me he tirado por ningún precipicio.

—Creo que ahí has usado mal el verbo.

Andrea abrió la boca y luego la cerró. No era la primera vez que discutían por cuestiones gramaticales. Los dos últimos años habían estado plagados de pequeñas desavenencias. Andrea decidió no sacar las uñas, finalmente.

—Mamá, necesito tu ayuda.

—Claro que sí. ¿Qué pasa? —dijo Laura.

—No pasa nada —insistió Andrea—. ¿Te importaría…? ¿Podrías contarme algunas cosas sobre él?

Laura no necesitaba preguntar a quién se refería. Clayton Morrow era el Voldemort de la vida de ambas.

—¿Qué quieres saber?

—Pues… —Andrea no sabía por dónde empezar. En el pasado, siempre se había cerrado en banda cuando Laura mencionaba a su padre. La única manera de superarlo era recordarse a sí misma que, hacía más de cuarenta años, Dean Wexler había aprendido de Clay Morrow—. ¿Qué recuerdas de él? Quiero decir, de cuando lo conociste.

—El sexo no era ninguna maravilla.

—Mamá…

—Vale —dijo Laura—. Supongo que hay una forma más precisa de expresarlo. El sexo no importaba, en realidad. Lo afrodisiaco era ser capaz de captar su atención y de mantenerla. Evidentemente, yo no era la única a la que tenía cautivada. Lo vi ejercer ese efecto sobre otros hombres y mujeres, e incluso sobre niños. Él observa a las personas, se da cuenta de lo que necesitan y encuentra la forma de convertirse en la única persona del mundo que puede proporcionárselo. Después de eso, los demás hacen todo lo que les pide.

Andrea sabía instintivamente que Wexler seguía el mismo patrón. Negaba que tuviera contacto con las voluntarias de la granja, pero era evidente que tenía sometida a Star y que ella se torturaba a sí misma, camino de una muerte prematura.

—Teniendo en cuenta tu ubicación actual —añadió Laura—, quiero que sepas que nunca creí que tu padre matara a esa pobre chica. Ni cuando me lo contaron, ni ahora.

Andrea no quería desviarse del tema, pero no pudo evitar preguntarle:

—¿Por qué?

—No me agrada la profesión que has elegido, pero sigo siendo tu madre. Leí los planes de estudio que me enviaste por correo electrónico. Seis de las asignaturas que estudiabas en Glynco trataban sobre el análisis psicológico del comportamiento criminal.

Andrea no debería haberse sorprendido.

—¿Y?

—Piensa en los cargos que se le imputaron a tu padre. Por lo menos, en los delitos de los que las autoridades tenían conocimiento. Eran todo conspiraciones para esto o aquello. Él nunca se ensuciaba las manos. No se rebajaba a cometer actos de violencia.

Andrea sabía que eso no era cierto.

—He visto una cicatriz que indica lo contrario.

—Cariño, eran los ochenta. Todos nos poníamos un poco brutos.

Andrea guardó silencio. Laura siempre le quitaba importancia a la violencia que había sufrido a manos de Clay.

—A tu padre no le excitaba cometer delitos —añadió Laura—. Lo que le excitaba era hacer que los cometieran otros por él.

Andrea se mordió el labio. Otro rasgo de personalidad que Wexler había imitado. El que evaluaba a las candidatas era Nardo Fontaine. Su nombre figuraba en la falsa fundación de conservación de la naturaleza que le había reportado a Wexler tres millones de dólares. No le costaba imaginarse a Nardo ideando el plan para chantajear a la jueza. Ni siguiendo a Guinevere por el pueblo con una cámara, regodeándose de antemano por el caos que iban a provocar las fotografías.

—¿Andy?

—Tú conseguiste engañarlo para que se incriminara. ¿Cómo lo hiciste? ¿Cómo se engaña a un psicópata para que diga la verdad?

Laura se quedó callada tanto tiempo que Andrea dudó de si seguiría aún al teléfono. Por fin, su madre dijo:

—Hay que hacer lo mismo que ellos hacen contigo: convencerlos de que los crees.

Andrea sabía que Laura había puesto mucha fe en la filosofía destructiva de Clay Morrow.

—Tu padre era… —Laura pareció buscar una palabra—. Era muy creíble. Te decía cosas que parecían ciertas, pero que no necesariamente eran exactas.

—¿Podías discrepar con él?

—Por supuesto. Le encantaba debatir. Pero no se puede tener una discusión lógica con alguien que se inventa los hechos a su antojo. Siempre había una estadística o una serie de datos que solo él conocía. Era más listo que los demás, ¿comprendes? Lo tenía todo calculado. Al final, te sentías avergonzada por no haber llegado antes a las mismas conclusiones a las que llegaba él. Hay que ser tremendamente arrogante para creer que los demás no tienen ni idea y que tú eres el único que se encuentra en posesión de la verdad.

Andrea asintió con la cabeza. Wexler también era así.

—¿Y cómo convences a una persona de ese tipo de que te crees lo que dice?

—Empieza con una actitud escéptica, pero haciéndole ver que es posible que acabe persuadiéndote. Al cabo de un rato, dale la razón en algunas cosas. Desarrolla algunos de sus razonamientos. Hazle creer que su genialidad te ha convencido. La forma más fácil de conseguir que alguien confíe en ti es repetir como un loro todo lo que dice. —Laura se detuvo, como si temiera estar revelando demasiado—. La gente cree que los psicópatas son muy listos, pero en general solo van a por los blancos más fáciles. Yo quería que me convencieran. Necesitaba algo en lo que creer.

—¿Cómo conseguiste alejarte de él?

—¿Qué quieres decir? Ya te conté cómo…

Andrea estaba pensando en Star Bonaire.

—No me refiero a cómo te alejaste de él físicamente, sino psicológicamente. ¿Cómo te desenganchaste de él?

—Gracias a ti —contestó Laura—. Yo creía que le quería, pero no supe lo que era el amor hasta la primera vez que te tuve en brazos. Después, tú eras lo único que me importaba. Y sabía que tenía que hacer todo lo que estuviera en mi mano para protegerte.

Andrea la había oído hacer afirmaciones semejantes muchas veces, pero esta vez, en lugar de poner los ojos en blanco o hacer oídos sordos, dijo:

—Sé a lo que renunciaste para protegerme.

—Cariño, no renuncié a nada y lo gané todo —contestó Laura—. ¿Estás segura de que no me necesitas?

—Necesitaba oír tu voz. —Se le llenaron los ojos de lágrimas, pero no sabría decir si era por la tensión o por el cansancio—. Ya la he oído y ahora tengo que colgar, pero te llamaré este fin de semana. Y… Te quiero de verdad, mamá. Te quiero muchísimo. ¿Vale? Muchísimo.

Laura se quedó callada un momento. Hacía mucho tiempo que Andrea no decía esas palabras de todo corazón.

—Muy bien, mi niña preciosa. Llámame este fin de semana. ¿Me lo prometes?

—Te lo prometo.

Andrea colgó y se secó los ojos con el dorso de la mano. Otro día pensaría en por qué se había echado a llorar al hablar por teléfono con su madre.

Ahora tenía que meditar sobre lo que le había dicho Laura. Quizá Wexler no fuera una copia barata de Clay Morrow, a fin de cuentas. Parecía más bien un duplicado exacto. Cogió el cuaderno y repasó los disparadores de Wexler. ¿Debía evitarlos o servirse de ellos? ¿Debía intentar cabrearlo o hacerle creer que estaba dispuesta a dejarse persuadir por su filosofía?

O tal vez debía aceptar sin más que aquello se le daba mucho mejor a Bible que a ella. Que no había forma de prever el comportamiento de un psicópata y que tenían que dejar que Wexler tomara la iniciativa. La estrategia surgiría por sí sola cuando consiguieran que hablara. Lo único que podía hacer era prepararse mentalmente para encajar lo inesperado.

Miró el reloj y soltó una maldición, llena de rabia. Ochenta minutos más. Si se quedaba en la habitación un segundo más iba a empezar a subirse por las paredes. La comisaría estaba a diez minutos a pie. Podía ir allí y esperar en las escaleras a que llegaran los *marshals* con Wexler.

Escribió a toda prisa una nota para colgarla en la puerta. Ya llevaba puesta su única ropa limpia, unos pantalones Cat & Jack para adolescentes muy dinámicos y una camiseta negra que había encontrado al fondo de su bolsa de viaje. Cuando se puso las zapatillas, todavía mojadas, se le enrollaron los calcetines. Por pura costumbre, se metió el iPhone roto en el bolsillo trasero. Cerró la puerta sujetando la nota en la juntura, con la esperanza de que fuera lo bastante clara sin revelar nada.

«YA ESTOY ALLÍ».

El letrero de bienvenida del motel se apagó cuando cruzó la carretera. Aunque no había acera, quería caminar bajo las farolas. El olor a salitre del mar se le metió en la nariz magullada. Empezaron a picarle los ojos. Giró la cabeza y aspiró una profunda bocanada de aire frío. El pelo mojado se le pegaba a la nuca. Se metió las manos en los bolsillos del pantalón y empezó a avanzar trabajosamente por la línea amarilla.

Se volvió al oír un coche y se apartó a la cuneta de grava. El bosque quedaba a su espalda. Volvió a pensar en el dispositivo de vigilancia. En el equipo de asalto de Baltimore. En las órdenes de detención y registro. En las chicas de la granja.

Siguió andando hacia la comisaría. Repasó mentalmente la conversación que había tenido con su madre. Lo más importante que había aprendido dos años antes era que los psicópatas eran como el fuego: necesitaban oxígeno para arder. Tal vez esa fuera la clave con Wexler. Ella sabía usar el silencio como arma. Si conseguía privar a Wexler de oxígeno, quizá acabara quemándose solo.

Pasó otro coche. Andrea volvió a apartarse a la cuneta. Era un BMW que se dirigía al centro del pueblo. Las luces de frenado no se encendieron. El coche llegó al final de Beach Road y luego dobló a la izquierda, alejándose del mar. Andrea hizo amago de volver a la carretera, pero un destello de movimiento la hizo detenerse.

Levantó la mano para protegerse los ojos del resplandor de las farolas y miró hacia atrás, en dirección al motel. No recordaba haber pasado por delante de ningún antiguo camino forestal. Acababa de reparar en él porque un vehículo avanzaba despacio por la estrecha pista de tierra. Oyó el ruido sordo del motor silenciado y los chasquidos y crujidos de las ruedas al pasar sobre raíces y ramas caídas.

El morro de un coche azul salió de la oscuridad.

Andrea sintió que se le helaba el corazón al ver la vieja camioneta Ford.

Las ruedas pisaron el arcén haciendo crujir la grava. Los faros estaban apagados. Instintivamente, Andrea cruzó a toda prisa la calle para ocultarse en la oscuridad.

La camioneta se puso al ralentí. Andrea no distinguía la cara del conductor, pero vio que miraba a derecha e izquierda antes de que los neumáticos comenzaran a rodar lentamente por el asfalto. Solo tuvo una fracción de segundo para echar una ojeada al interior de la camioneta antes de que torciera hacia el centro del pueblo. La luz de la calle les dio en la cara. El conductor. La pasajera.

Bernard Fontaine.

Star Bonaire.

26 DE NOVIEMBRE DE 1981

El cuenco se le resbaló de las manos. Las pipas de calabaza se esparcieron por el suelo del cobertizo.

Clay se apartó bruscamente de Jack. Su pene oscilaba arriba y abajo contra los vaqueros cuando se los subió a toda prisa. Se tambaleó hacia atrás y chocó con una de las ventanas. El cristal se rajó. Emily oyó cómo se fue transmitiendo la rotura al siguiente cristal y luego al otro.

—¡Ay, Dios! —Jack se había arrodillado en el suelo y se tapaba la cara con las manos, avergonzado, y se balanceaba de un lado a otro—. Ay, Dios, ay, Dios, ay, Dios…

Clay no dijo nada. Parecía aterrorizado y enfurecido a partes iguales.

—Yo… —Emily no sabía qué decir. Tenía la mente embotada por lo que acababa de ver. Ella no debería estar allí. Aquello era algo muy íntimo—. Lo siento.

Se dio la vuelta para marcharse, pero Clay fue tan rápido que cerró de un portazo antes de que pudiera salir.

—¡Mírame! —La agarró de los brazos y la empotró contra la puerta—. ¡Si se lo cuentas a alguien, te mato, joder!

Emily estaba tan conmocionada que no pudo responder. No había podido asimilarlo al instante, pero ahora sintió que una certeza arraigaba en su mente. Los dos chicos estaban enrollados. Clay y Jack. ¿Desde hacía cuánto tiempo? ¿Estaban enamorados? Seguramente tenías que estar enamorado para dejar que alguien te hiciera eso. Pero ¿por qué Clay trataba tan mal a Jack si se querían?

—Clay. —Jack le puso la mano en el hombro.

—¡Suéltame, joder! —Clay se apartó de un tirón—. ¡Dios! ¡No vuelvas a tocarme, puto maricón de mierda!

Jack se quedó paralizado, con la mano aún en el aire. Parecía tan herido que, si Clay le hubiera apuñalado, le habría hecho menos daño.

Emily no soportó su crueldad.

—Clay —dijo—, no puedes…

—Cierra la puta boca, Emily. —Él le acercó el dedo a la cara—. ¡Lo digo en serio! ¡No se lo digas a nadie!

—No va… —La voz de Jack sonó ronca. Había empezado a llorar—. No va a contárselo a nadie.

—¡Más le vale, joder! —Clay se apartó violentamente de ella y empezó a pasearse por la caseta, dándose golpes con el puño en la palma de la mano. Sus pisadas resonaban en el suelo de piedra—. Le diré a todo el mundo que intentó enrollarse conmigo. Que quería chantajearme para que me casara con ella. Que iba a mentirle a la gente diciendo que yo era el padre.

Ella lo miraba ir de un lado a otro, igual que hacía su padre cuando estaba decidiendo el futuro de Emily.

—Clay… —probó a decir.

—Te he dicho que cierres la puta boca. —La fulminó con la mirada y volvió a apuntarla con el dedo—. Voy a acabar contigo, Emily. No creas que no lo haré.

—Adelante. —Sus palabras eran enérgicas, pero su voz sonaba débil. No le había hecho nada a Clay, salvo cuidar de él y quererlo casi toda su vida—. Diles que intenté chantajearte. Diles que soy una puta. Diles que te hice una mamada detrás del gimnasio. ¿Qué daño vas a hacerle a mi reputación? Ya estoy acabada.

—Emily… —susurró Jack.

—¿Qué, Jack? Ya van diciendo todas esas cosas. Gracias a Blake y a Ricky. Gracias a Nardo. Gracias a ti, Clay.

Él tuvo la osadía de parecer ofendido.

—Yo nunca he repetido esos rumores.

—Pero tampoco has intentado detenerlos. —Emily estaba harta de aquellos cobardes, que se escondían detrás de su retorcido sentido moral—. Tú podrías haberlo parado todo, Clay. Podrías haber arreglado esto.

—¿Esto? —Estiró los brazos y se encogió de hombros—. ¿A qué coño te refieres?

—¡A esto! —Emily se llevó la mano a la tripa—. A este bebé. Podrías haber evitado que la camarilla me tratara así. Podrías haber dejado claro en el instituto que no debían marginarme.

—¿Marginarte? —repitió él—. Qué ridiculez.

—Ah, ¿sí? —Se odió a sí misma por emplear las palabras de su madre, pero eran las más apropiadas—: Clay, tú eres quien decide a quién se acepta y a quién no. ¡Todo el mundo te admira! Un gesto o una palabra pueden hacer que alguien esté dentro o fuera. Podrías haberme protegido.

Él desvió la mirada en lugar de intentar negarlo.

—Podrías hacerlo todavía. —Por primera vez desde hacía semanas, Emily vio una salida viable. Le había rogado a su madre que la legitimara, pero, en el pequeño mundo de Emily, Clay era mucho más poderoso que Esther—. La única razón por la que la gente del instituto piensa que está mal es porque los demás piensan que está mal. Tú podrías cambiar eso. Podrías hacer que lo aceptaran.

—¿Cómo puedes ser tan estúpida? —replicó él—. Lo único que cambiaría es que la gente pensaría que yo soy el padre. ¿Por qué iba a defenderte, si no?

La desesperación le oprimió el pecho.

—¡Porque eres mi amigo!

La palabra «amigo» quedó suspendida en el aire, como un eco lejano, en la caseta. Llevaban tanto tiempo siendo amigos que ya ni recordaban desde cuándo lo eran. En cierto sentido, cada uno de ellos había formado parte de la vida del resto de la camarilla desde siempre.

Clay sacudió la cabeza con incredulidad.

—Ya no puedo ser tu amigo, Emily. Seguro que te das cuenta. Todo ha cambiado.

A Emily le dieron ganas de gritar hasta que le sangrara la garganta. Para él nada había cambiado. Seguía siendo popular. Aún tenía a la camarilla. Iba a irse a la universidad, al oeste. Seguía teniendo futuro.

—Emily, entiéndelo —añadió—. Mis padres pensaban que fui yo. Tuve que jurárselo sobre la Biblia. Iban a obligarme a casarme contigo.

—¿Obligarte? —dijo Emily. Como si no tuviera nada que opinar al respecto—. No quiero casarme contigo. No quiero casarme con nadie.

—Mentira —replicó Clay—. Si te casas, todo esto se arreglará.

Emily apretó los labios para no reírse en su cara. Para ella nada iba a arreglarse. El bebé seguiría creciendo en su vientre. En lugar de hacer prácticas para un senador y aprender macroeconomía y estudiar la reforma de la legislación sobre responsabilidad extracontractual, estaría limpiándose vómitos del pelo y cambiando pañales.

—No puedo arriesgarme a que mis padres piensen que les he mentido —añadió Clay—. Me repudiarían. Ya sabes lo religiosos que son. Me aguantan muchas cosas, pero eso no. Me lo dejaron muy claro: me quedaré sin nada.

Ella se rio por fin.

—Dios no quiera que pierdas a tus queridos padres.

—Que te den, puta imbécil, conspiradora. —La ira de Clay chisporroteó como una bengala de advertencia—. No pienso quedarme atrapado en este pueblucho. No voy a pasarme el resto de la vida rodeado de putos burgueses chupapollas que no leen libros, ni hablan de arte, ni entienden el puto mundo en el que vivimos. Y desde luego no pienso volver a ver vuestras caras de mierda nunca más.

Emily oyó sollozar a Jack, que miraba fijamente a Clay con expresión afligida. Su angustia se extendía como una miasma que le atravesó el corazón. Cada día, una y otra vez, ambos perdían las mismas cosas.

—Clay —dijo Jack—, dijiste que podía ir contigo. Dijiste que…

Emily no habría visto la transformación de Clay si no lo hubiera estado observando tan atentamente. Sus bellas facciones se crisparon y una fealdad monstruosa y horrenda se apoderó de ellas. La rabia le oscurecía los ojos. Echó el codo hacia atrás, se lanzó hacia delante y le dio un puñetazo a Jack en plena cara.

—¡Puto rarito! —Le golpeó tan fuerte que la pared de madera se astilló cuando la cabeza de Jack chocó contra ella. Luego siguió pegándole, una y otra vez—. ¡No eres mi puta novia!

Jack levantó los brazos en vano tratando de parar los golpes. A pesar de que era mucho más grande y fuerte que Clay, no le devolvió los puñetazos. Siguió encajando los golpes sin reaccionar, incluso cuando le saltó un diente y le rompió un dedo de la mano.

—No... —Emily se llevó las manos a la boca, horrorizada por la violencia, incapaz de detenerla.

Clay siguió golpeando a Jack hasta que los dos cayeron al suelo. Su puño era como una maza. Incluso cuando se hizo evidente que Jack no iba a defenderse, siguió pegándole. Solo se detuvo a regañadientes cuando se quedó sin fuerzas.

Tenía la cara salpicada de sangre. Sudaba a mares. Se levantó con esfuerzo. Pero, en lugar de irse, echó el pie hacia atrás para darle una patada en la cabeza a Jack.

—¡No! —gritó Emily—. ¡Para!

Gritó tan fuerte que el aire pareció temblar. Clay giró la cabeza. Tenía los ojos desorbitados.

—¡Para! —dijo Emily, llena de miedo.

Clay se había quedado paralizado, pero solo porque de pronto parecía haberse percatado de dónde estaba: dentro de una caseta de jardín, en la finca de los Vaughn, con su hija embarazada mirando. Se llevó la mano a la cara. Pero, en vez de limpiarse la sangre, se la extendió como maquillaje de terror por las facciones duras e implacables. Por fin se había mostrado de manera deliberada.

Había dejado ver su verdadero yo.

El niño que Emily conoció en primaria, el chico guay que hablaba de arte, de libros y del mundo en general, era un disfraz bajo el cual se ocultaba un demonio sanguinario que casi mata a golpes a su amante.

Clay no se molestó en volver a ponerse la máscara. Emily ya lo había visto. Sabía exactamente cómo era. Él la señaló con el dedo por última vez.

—Si se lo cuentas a alguien, te haré lo mismo a ti.

La apartó de la puerta de un empujón. Emily tropezó y tuvo que apoyarse en la pared. El portazo fue tan fuerte que los cristales rotos cayeron y se dispersaron por el suelo. Clay volvería a casa de los Morrow. Se asearía antes de ver a sus padres. Se sentaría a la mesa, se comería la cena de Acción de Gracias que hubiera preparado su madre y vería el fútbol con su padre, y ninguno de los dos, ni el padre ni la madre, sabría que albergaban bajo su techo a un animal astuto y sádico.

Jack cambió de postura para tumbarse de espaldas. Dejó escapar un gemido de dolor.

Emily se acercó a toda prisa y se arrodilló a su lado. Con el dobladillo de la blusa, le quitó la sangre de los ojos.

—Ay, Jack… ¿Estás bien? Mírame.

Tenía los ojos en blanco. Respiraba agitadamente. Le manaba sangre de la nariz y la boca. Una saja le partía la ceja en dos. Tenía un diente partido y el dedo meñique de la mano izquierda doblado hacia un lado.

Emily intentó ayudarlo a incorporarse, pero pesaba demasiado. Acabó sentada en el suelo, con la cabeza de Jack apoyada en el regazo. Él sollozaba tan fuerte que ella también se echó a llorar.

—Lo siento —susurró él.

—No pasa nada. —Le acarició el pelo por detrás de la oreja, como solía hacer la abuela cuando ella se encontraba mal—. Todo se va a arreglar.

—N-no… No estábamos…

—No me importa, Jack. Lo único que siento es que te haya hecho daño.

—No es… —Gimió de nuevo al incorporarse, haciendo un esfuerzo. La sangre le corría por la cara mezclada con las lágrimas—. Lo siento mucho, Emily. No quería que supieras lo que… lo que soy.

Emily cogió con delicadeza su mano ilesa. Sabía lo solo que se sentía uno cuando nadie te tocaba con ternura.

—Eres mi amigo, Jack. Eso es lo que eres.

—No soy… —Respiró hondo, de forma entrecortada—. No soy como tú crees que soy.

—Eres mi amigo —repitió ella—. Y te quiero. No hay nada de malo en ti.

Emily sabía que tenía que ser fuerte, por él. Se secó las lágrimas. Oyó el ruido de la puerta del coche de su padre al cerrarse en el garaje. Franklin se ducharía y se tomaría un par de copas antes de que se sentaran a cenar.

—No voy a decírselo a nadie —le prometió a Jack—. No lo contaré nunca.

—Es demasiado tarde —murmuró él—. Clay me odia. Ya has oído lo que ha dicho. Pensaba que podría ir a la universidad con él y quizá encontrar trabajo, pero…

Emily sintió agolparse en su mente palabras tranquilizadoras, pero todas ellas eran mentira. Clay estaba tan harto de Jack como de ella. Debería considerarse afortunada porque, en su caso, solo le hubiera dado la espalda. Había visto a su padre perder el control muchas veces, pero nunca había visto a un ser humano convertirse en un monstruo justo delante de sus ojos.

—No voy a contarlo —insistió—. No es que crea que tengas que avergonzarte, pero si…

—Nardo lo sabe. —Jack apoyó la espalda contra la puerta. Miró al techo. Lloraba sin cesar—. Nos vio juntos, a Clay y a mí. Lo sabe.

Emily abrió la boca, aunque lo verdaderamente sorprendente era que Nardo no se lo hubiera contado a todo el instituto.

—¿Qué?

—Le… —Jack tuvo que detenerse para tragar saliva—. Le pregunté a Nardo si es el padre.

Emily apoyó la cabeza contra la pared y también miró al techo. Había pasado horas estudiando detenidamente el caso Colombo. ¿Lo había resuelto Jack? ¿Por qué no se lo había dicho?

—Lo siento —añadió él—. Nardo no… no confesó. Me mandó a la mierda y luego dijo que nos había visto juntos a Clay y a mí, y que si seguía haciendo preguntas…

A Emily el corazón empezó a latirle con violencia dentro del pecho. Sabía hasta dónde podía llegar la malicia de Nardo. No tenía sentido que se guardara para sí un secreto tan morboso.

Jack sorbió por la nariz.

—Pero yo ya le había preguntado a todo el mundo —dijo—. Incluso a Clay.

—Pero… —Emily optó por la franqueza, porque no se le ocurría otra forma de decirlo—: Está claro que a Clay no le gustan las chicas.

Jack negó con la cabeza.

—A él también le gustan las chicas. No es como yo. Él puede pasar por normal.

Ella percibió la culpa y el remordimiento en su voz.

—Todos lo negaron, por si sirve de algo —añadió Jack—. Todos se sabían su versión al dedillo.

—¿Quiénes son todos? —A Emily le costaba entender lo que había hecho Jack. Le había enseñado sus notas del caso Colombo el mes anterior y él no le había dicho nada—. ¿Con quién hablaste?

—Con Nardo, Blake, Clay, Ricky y Wexler. Con la misma gente que tú. —Respiraba con dificultad, silbando por la nariz al inhalar y exhalar—. Lo siento, Emily. Sé que tú también estabas investigando, pero estabas tan obsesionada… Con razón, claro. Pensé que a lo mejor lo resolvía, porque podía verlo con más claridad. Sin las emociones que tú tienes. Yo no le importo a nadie. Soy invisible en el instituto y a veces oigo cosas. Pensé que podría resolverlo, pero fallé. Te he fallado.

—No me has fallado, Jack. —Emily respiró hondo—. Nardo me dio a entender que fuiste tú.

Jack se rio sin ganas.

—Sí, bueno, ten en cuenta la fuente.

—Me dijo que le vendiste el ácido que tomamos en la fiesta.

—Eso es verdad. Me lo dio mi primo.

Emily volvió la cabeza para mirarlo. Jack no la había estado evitando porque las cosas estuvieran tensas. Le había estado ocultando algo.

—¿Estabas allí, Jack? ¿Viste algo?

—No, te lo prometo. Si no, te lo habría dicho. —Jack también la miró—. Nardo me dijo que me fuera antes de que llegarais los demás. Pero, después, Clay estaba muy enfadado. Me dijo que te enfadaste mucho con él en la fiesta. Te vio a través de los ventanales que dan a la piscina. Estabas fuera y te habías quitado el vestido. Te hizo ponértelo otra vez. Hacía mucho frío. Y tú empezaste a gritarle.

—¿Por qué?

—Él no sabía por qué estabas tan enfadada. Me dijo que te pusiste histérica. Que lo único que pudo hacer fue ir a buscar a Nardo.

Emily evocó la escena, no porque la recordara, sino como una suerte de proyección de lo que podía haber ocurrido en realidad. Ella, desnuda junto a la piscina, y Clay saliendo a toda prisa a vestirla. No, eso era demasiado caballeroso. Él habría querido saber qué ocurría. Habría hecho alguna broma sobre su desnudez. Y luego se habría enfadado porque estaba alterada, pero ella estaba alterada porque la habían violado.

—¿Qué te dijo Clay que pasó después? —preguntó.

—Que se pusieron todos demasiado ciegos para llevarte a casa. —Jack se limpió la sangre de la cara con el brazo—. Nardo llamó al señor Wexler porque sabía que no diría nada. Fue lo único que se les ocurrió. Estabas como loca. Blake tuvo que darte un par de benzedrinas para que te calmases. Todavía le estabas gritando a Clay cuando Wexler y Nardo te metieron a la fuerza en el coche.

Emily apartó la mirada. No solo había tomado ácido. Sus amigos le habían dado un fármaco psicoactivo que se recetaba para prevenir la ansiedad y las convulsiones. Y luego se la habían entregado al odioso Dean Wexler para que se quedara a solas con ella en el coche.

—¿Crees que Clay decía la verdad?

—No lo sé. Es un mentiroso, pero todos lo son. —Jack había empezado a llorar otra vez—. Lo siento, Emily. Debería habértelo contado

403

antes. Me daba vergüenza y no sabía cómo explicarte por qué Clay me había contado todas esas cosas sin hablarte de… de lo que soy.

—Sé lo que es que la gente te juzgue —le dijo Emily—. Yo no voy a juzgarte, Jack. No es asunto mío.

Él respiró hondo.

—Lo siento mucho.

—No tienes por qué disculparte. —Emily no podía dejar que cayera en una espiral de odio contra sí mismo. Sabía que ese abismo no tenía fondo—. ¿Cómo se enteró Nardo de lo tuyo con Clay?

Jack se encogió de hombros, pero dijo:

—Creo que fue una vez que Clay y yo estábamos en la camioneta de caza de mi padre. Fuimos al camino forestal que sale de la finca, ese que va a dar cerca del centro del pueblo.

Emily conocía aquel camino. La antigua finca agrícola era de su abuela, que había creado un fideicomiso para que algún día la heredara ella.

—¿Sabe Clay que Nardo os vio?

Jack asintió, pero preguntó:

—¿Por qué lo dices?

Emily lamentó no tener a mano sus notas del caso Colombo, pero siempre las guardaba en el bolso, porque era el único sitio donde sus padres no miraban.

—Me parece raro que Nardo haya guardado el secreto —comentó.

Jack entreabrió los labios, sorprendido.

—¿Crees que Clay sabe algo de Nardo?

—Puede ser. —Emily pensó que era lógico, pero muchas teorías le habían parecido lógicas en diversos momentos—. Nardo nunca traicionaría a Clay. Le aterra quedarse solo. Necesita a alguien en quien apoyarse, alguien que le diga lo que tiene que hacer y cómo tiene que ser. Y Clay podría poner a todo el instituto en su contra. Nadie se creería que es…

—Marica —concluyó Jack. La palabra sonó sucia dicha por él—. Tienes razón. Acabarían volviéndose contra Nardo. Y mucha gente va a ir a Penn. Esa mala fama la arrastraría consigo a la universidad. Nardo no hablaría, pasara lo que pasase.

Emily, que había llegado a la misma conclusión, suspiró.

—Siento como si tuviera una rueda dentro de la cabeza que gira y gira intentando señalar a la persona correcta. A veces es Clay, luego Nardo, luego Blake, luego…

—¿Yo?

—Eso nunca lo he creído —contestó Emily—. Menos cuando me digo a mí misma que sería lo mejor, que fueras tú.

—Te quiero de verdad, Emily. Podría casarme contigo, mientras tengas en cuenta cómo soy. No puedo cambiar. Lo he intentado con todas mis fuerzas.

—Yo también te quiero, Jack, pero te mereces a alguien que te quiera como tú quieres que te quieran. Los dos nos lo merecemos —añadió.

Él se tapó la cara con las manos. Qué vida tan difícil había tenido… Emily siempre había sabido que se sentía solo, pero hasta ese momento no se había dado cuenta de que lo estaba de verdad.

—Jack, no es culpa tuya. —Le apartó las manos suavemente y se las agarró con fuerza—. Lo único que quiero es saber quién me hizo daño. He renunciado a que castiguen a esa persona por lo que hizo. Y no quiero casarme con ninguno de ellos, ni tener nada que ver con ellos, si te soy sincera. La idea de que cualquiera de esos imbéciles forme parte de mi vida y tome decisiones por mí o por mi bebé no solo me aterra. Me repugna.

—Yo también quiero descubrirlo. —Jack volvió a limpiarse las lágrimas con el brazo—. ¿Qué hay de tu investigación? ¿Has descubierto algo nuevo?

—Durante un tiempo pensé que era Blake —admitió ella—. Es tan calculador, ¿verdad? Manipula a las personas como si fueran las piezas de un tablero. Me ofreció enseguida una solución que le permitía recibir toda la gloria sin que le culpasen de nada.

Jack asintió.

—¿Por qué descartaste que fuera él?

—Es el menos popular de los tres chicos. La verdad es que no creo que Clay y Nardo fueran a protegerlo. Como te decía antes, se apoyan el uno en el otro. Clay necesita la adulación de Nardo, y Nardo necesita la chulería de Clay, por decirlo de alguna manera. Blake sería el chivo expiatorio más evidente.

—Sería la salida más fácil —convino Jack—. Quiero decir que, si culparan a Blake, ellos se quitarían el peso de encima.

Emily se encogió de hombros, pero había llegado a la misma conclusión. Hasta que se había convencido a sí misma de lo contrario, y la rueda había empezado a girar de nuevo.

—A veces pienso que puede que fuera Nardo. Es tan despiadado y egoísta… Siempre coge lo que se le antoja. Pero pensé que, si era él, Clay lo delataría, ¿no? Clay siempre se protege a sí mismo.

—Nardo nos vio juntos a Clay y a mí —le recordó Jack—. Se están apuntando el uno al otro con una pistola cargada.

—Con Nardo no hay garantías de nada. Se le da muy mal guardar secretos. Es algo casi patológico. Si ve una oportunidad de hacerle daño a alguien, el veneno se le derrama antes de que le dé tiempo a detenerlo. Tiene roto en el cerebro lo que te advierte de las consecuencias de tus actos.

—Tienes razón —dijo Jack—. Por eso Clay va a graduarse antes de tiempo y a marcharse al oeste en cuanto pueda. Me dijo que no podía fiarse de que Nardo fuera a tener la boca cerrada.

—¿Y si fue Clay? Has dicho que también le gustan las chicas. —Emily sintió que se ponía colorada, pero ya no podía dar marcha atrás—. He pensado que quizá yo… Que quizá hice algo para provocarlo. ¿Puede que me echara encima de él? ¿Y que él cediera, pero se enfadara después?

Jack la miró.

—Emily, pesas unos cincuenta kilos, y eso que estás embarazada. Creo que Clay podría haberse defendido. Y ya había tenido muchas oportunidades antes.

Emily sintió el calor que desprendía su propia piel. Clay debía de haberse burlado delante de Jack de lo enamorada que estaba ella.

—¿Y Wexler? —preguntó él—. Es un cerdo. Da asco cómo mira a las chicas en el instituto. Y siempre busca la manera de hablar de cosas sexuales con ellas, incluso en clase.

Emily no quería pensar que había estado en el coche de Dean Wexler la noche de la fiesta. Estaba casi en coma. Él podía haberle hecho cualquier cosa. Y Nardo seguramente lo sabía cuando la hizo subir al coche.

—Acuérdate de que Dean me dijo que no puede tener hijos —le dijo a Jack.

—No te ofendas, pero eso suena a algo que dice un tío para no tener que ponerse un condón.

Emily se rio.

—Creo que sabes tanto de condones como yo.

Jack miró al suelo. La broma le había dolido.

—Ya te he dicho que soy invisible. Les oigo hablar todo el tiempo en el vestuario sobre sexo y chicas. Lo que dicen no es agradable. Sobre todo, lo que dice Nardo. Aunque Clay siempre le ríe las gracias, y Blake suele estar ahí para empeorar las cosas.

Emily lo había presenciado. Cuanto más empujaba a Nardo a cometer maldades, más feliz era Clay. Y Blake siempre estaba deseoso de participar, por un lado, espoleando a Nardo y, por otro, despreciándolo por su crueldad. Emily supuso que también había que añadir a Ricky a aquel corrillo siniestro. En muchos sentidos, ella era la más despiadada de todos.

—¿Por qué no me daba cuenta de lo despreciables que son? —le preguntó a Jack—. Los quería mucho. Eran mis mejores amigos. Confiaba en ellos por completo.

La timidez pareció apoderarse de Jack de repente.

—Dilo —le instó ella—. Entre nosotros no hay secretos, literalmente.

Él asintió, porque era cierto.

—Lo siento, Emily. Nadie ha entendido nunca por qué una chica tan maja como tú iba con ellos.

Ella tampoco lo entendía. O quizá no quería admitir el motivo. Clay les hacía sentirse tan especiales, tan guais…

—¿Por qué nunca me lo dijiste?

—Pues… —Jack se encogió de hombros—. Era muy obvio que son horribles.

Emily solo había sido capaz de verlo al echar la vista atrás, lo cual era doblemente deprimente porque, hacía solo unas semanas, Ricky la había tachado de ilusa.

Aun así, sintió la necesidad de defenderlos, al menos, en parte. No todos habían sido malos desde el principio. Solo Nardo había mostrado indicios de su brutalidad posterior, tirándole siempre del pelo a ella, o de la tira del sujetador a Ricky. Clay era bueno de pequeño, y Blake, sensible, hacía mucho tiempo. Incluso hubo una vez en que Ricky había sido un cielo: en tercero, defendió a Emily cuando alguien le estropeó su trabajo de plástica. Claro que, pensándolo bien, seguramente fue ella misma quien lo estropeó. Era una puta rencorosa.

—Emily, no vas a estar sola en esto, ¿vale? Puedes contar conmigo, si me necesitas. Cuando me necesites —le dijo Jack—. Ya me han aceptado en la academia de policía para el trimestre de verano. Solo lo pedí para que mi padre me dejase en paz, pero Clay no quiere que vaya con él, y no tengo más opciones. Voy a quedarme en Longbill y a trabajar con mi padre cuando salga de la academia.

A Emily se le encogió el corazón. Si alguien necesitaba salir de allí, era Jack Stilton. Tenía que irse a Baltimore o a otra gran ciudad donde pudiera conocer a gente como él que llevara una vida más feliz.

—No —dijo ella—. Jack, no elijas el camino fácil. Tienes que luchar por tu felicidad. Llevas queriendo salir de aquí desde que íbamos a primaria.

—¿Qué otra cosa puedo hacer? —preguntó él—. Ya has oído a Clay. No va a cambiar de idea. Y mis notas son una mierda. Voy a graduarme por los pelos en el puto instituto. No puedo alistarme en el Ejército porque te preguntan directamente cosas personales, y no puedo decírselo. Bueno, sí que podría, pero, joder, a lo mejor terminaría en la cárcel. O muerto, si se entera mi padre. Al menos aquí, en Longbill, conozco a la gente con la que trato. Y ellos creen que me conocen.

—Jack... —Emily no podía llevarle la contraria. Estaba tan atrapado como ella—. Si de verdad te haces policía, si puedes soportarlo, ¿me prometes una cosa?

—Claro. Sabes que haría cualquier cosa por ti.

—Quiero que averigües quién me hizo esto —dijo Emily—. No por mí, porque no quiero tener nada que ver con esos cabrones insensibles y odiosos. Quiero que lo cojas por el bien de las chicas que vengan después.

Jack pareció sorprendido de su observación, pero no porque estuviera en desacuerdo.

—Tienes razón. Los delincuentes tienen un *modus operandi*. Repiten los mismos patrones de conducta. Así es como se los atrapa.

—Prométemelo. —A Emily se le quebró la voz. No podía imaginarse que otra chica tuviera que pasar por lo que estaba pasando ella—. Por favor, Jack. Prométemelo.

—Emily, sabes que yo...

—No, no me lo prometas porque esté llorando. Prométemelo porque es importante. Lo que me han hecho importa. Yo importo. —Se puso de rodillas y juntó las manos. De repente se sintió abrumada por el peso de la pena, por todo lo que había perdido—. No solo me violó, Jack. Sabía que yo estaba ida, que era una especie de..., de receptáculo.

—Emily...

—No, no me digas que no fue eso lo que pasó. —Luchó por no dejarse arrastrar por aquella oleada de tristeza—. No solo me agredió esa noche. Llevo esa mancha en el alma. Me ha reducido a nada. Estoy hundida por su culpa. La vida por la que me esforzaba, todo lo que tenía planeado, ha desaparecido. Y todo porque él decidió que mis deseos, mis anhelos, no eran nada comparados con los suyos. No puedes permitir que eso le pase a otra chica. No puedes.

—No lo permitiré, Emily. Averiguaré quién lo hizo, aunque sea lo último que haga. —Jack también se puso de rodillas. Sus manos heridas y magulladas rodearon con cuidado las de Emily—. Te lo prometo.

10

Andrea se mantuvo oculta entre las sombras mientras seguía a la vieja y destartalada camioneta Ford.

Nardo iba sentado al volante. Star se había arrimado a la puerta del lado del copiloto, dejando todo el espacio que podía entre los dos. A él no parecía importarle. Conducía despacio por la carretera, fumándose un cigarrillo, con el brazo colgando perezosamente por la ventanilla abierta.

Andrea se volvió y escudriñó el tramo de carretera a oscuras, esperando ver un todoterreno negro que le indicara que uno de los seis equipos de vigilancia había seguido a la camioneta desde la granja. Pero los equipos estaban apostados en las entradas y salidas principales. No estaban vigilando un viejo camino forestal que seguramente no aparecía en los mapas desde el siglo pasado.

Se dio la vuelta. La camioneta seguía avanzando. No había teléfonos públicos en la calle. El motel estaba a diez minutos. Aquello era lo que temía Compton: que los hombres como Wexler y Nardo siempre tenían un plan de fuga. A Andrea no le sorprendió que Nardo huyera. Había dejado atrás a Clay Morrow. También podía dejar atrás a Dean Wexler.

Andrea se arriesgó a salir a descubierto y subió a toda prisa las escaleras de la comisaría. Intentó abrir la puerta de un tirón, pero estaba cerrada. Miró dentro del vestíbulo. No había ninguna luz encendida. Golpeó el cristal.

Nada.

—Mierda —masculló, y volvió a bajar las escaleras corriendo.

La orden de detención ya tenía que estar en manos del juez. En cualquier momento, Bernard Fontaine pasaría de ser una persona de interés policial a ser un fugitivo. Si lo perdía de vista, quizá no volvieran a encontrarlo. Nunca se enfrentaría a la justicia. Y Melody Brickel no volvería a ver a su hija.

Había un teléfono en la cafetería, a cien metros de allí. Mientras corría hacia el resplandor rosa de las luces de neón, Andrea calculó todas las catástrofes que podían desencadenarse.

No tenía refuerzos. Su pistola, llena de agua, estaba de camino a Baltimore. Nardo solía llevar un arma oculta. Por su forma, Andrea sabía que era una micropistola compacta, probablemente una SIG Sauer P365, la micropistola de 9 mm más corriente. O sea, diez balas en el cargador y una en la recámara. Nardo llevaba, además, a Star en el vehículo. En cuestión de segundos, ella podía pasar de pasajera a rehén.

Se metió en un portal al ver que se encendían las luces de frenado. Vio que Nardo aparcaba a unos metros de la cafetería. El ruido del motor se apagó. Se oyó el chasquido del freno de mano. Nardo tiró la colilla a la acera. Salió de la camioneta y cerró de un portazo. Estiró los brazos hacia el cielo para desperezarse y al doblar la espalda se le salió la camiseta blanca de los pantalones cargo.

Andrea contuvo la respiración y esperó.

Star se quedó dentro de la camioneta. No se movió hasta que Nardo le dio permiso con un giro de muñeca. Empujó la puerta. Giró el cuerpo. Se deslizó del asiento. Sus pies tocaron el suelo. Siguió a Nardo, varios metros por detrás, y entraron los dos en la cafetería.

Andrea hizo otra vez inventario, rápidamente, no para augurar catástrofes, sino para comprobar su estado físico. Su instinto de lucha o huida se había vuelto loco. Estaba sudando. Le latía el corazón como un címbalo. La adrenalina la aturdía. Estaba de puntillas, con los músculos tensos y los puños apretados, aguantando la respiración.

Abrió la boca. Aspiró aire.

Exhaló, luego inhaló y siguió así hasta que se le pasó el aturdimiento.

Enumeró en silencio las cosas en las que no se había fijado. La camioneta no iba muy deprisa. Nardo no se había girado constantemente para comprobar si alguien los seguía. No había continuado carretera adelante para salir del pueblo. No conducía Star mientras él se escondía en la trasera de la camioneta. No había nada en los movimientos de ambos que indicara nerviosismo.

De pronto se dio cuenta de lo que ocurría. Nardo no estaba huyendo. Había ido allí para joder a Ricky. Melody Brickel le había dicho que se pasaba por la cafetería al menos una vez por semana y que siempre llevaba consigo a Star para que le sirviera de público.

Andrea se apartó del edificio. Echó una última mirada atrás. La carretera estaba despejada. No se veía a nadie. Mantuvo los brazos relajados mientras avanzaba por la acera. Diez pasos más y estuvo delante de la cafetería. Miró más allá de los letreros de neón. Solo había tres personas. Formaban un triángulo escaleno dentro del local.

Nardo, sentado en el reservado semicircular, ocupaba el ángulo más agudo. Ricky estaba de pie detrás de la barra, cerca de la caja registradora. Star se había sentado en un taburete, en un extremo, y miraba fijamente la pared de azulejos. Tenía las manos entrelazadas delante de sí, lo que hacía que sus angulosas escápulas sobresalieran como dos aletas de tiburón.

Andrea había llegado a la entrada. Miró por la puerta de cristal. Observó la cámara de seguridad del rincón. La barra, detrás de la caja registradora. El largo pasillo que conducía al baño y la cocina y daba al paseo marítimo y al Atlántico. Agarró el pomo de la puerta. El instinto de lucha o huida intentaba dominarla. Notaba la piel húmeda. El sudor se le acumulaba en la cinturilla del pantalón. Tenía la visión tan aguzada que los ojos le dolían.

Se recordó a sí misma que ellos ignoraban todo eso. Lo único que importaba era la imagen que diera cuando entrara en la cafetería.

Abrió la puerta.

—Mierda —dijo Ricky.

Andrea tenía un aspecto horrible. Había sobrevivido a un incendio. Había estado a punto de romperse la nariz. Tenía un corte en la frente y el labio partido. Si estaba temblorosa y sudando, tenía motivos para ello.

—¡Vaya, vaya, Ricky Jo! —vociferó Nardo con voz pastosa—. Mira quién acaba de aparecer. Más te vale no incumplir tu orden de alejamiento.

Star no dijo nada. Ni siquiera se dio la vuelta.

—No le hagas caso; es gilipollas. —Con el cuchillo que tenía en la mano, Ricky señaló una línea de cinta aislante roja pegada al suelo—. Siete metros y medio.

La orden de alejamiento. Nardo seguía yendo a la cafetería porque quería que Ricky la incumpliera, y Ricky había puesto aquella raya para no hacerlo. La cámara del rincón los vigilaba a ambos. Star estaba allí porque, si no había nadie que lo viera, aquel juego carecía de sentido.

Pero todo esto no importaba, porque lo único que necesitaba Andrea era un teléfono.

Se acercó a la barra y se permitió mirar a Nardo. Tenía los brazos apoyados en el respaldo del asiento corrido. Encima de la mesa había un gran plato de espaguetis. Mientras lo miraba, él levantó la jarra de cerveza como si brindara por ella.

Ricky le tenía el plato preparado y caliente. Sabía que iba a ir.

—¿Estás bien, cielo? —Ricky mascaba chicle mientras cortaba fruta para el desayuno.

Sus pulseras repiqueteaban contra la encimera. Era como su sección de percusión propia. El cuchillo golpeaba la tabla de cortar, luego el chicle restallaba, tintineaban las pulseras y el cuchillo golpeaba de nuevo la tabla de cortar.

—Sí, estoy bien.

Andrea se situó en la barra de modo que pudiera vigilar a Nardo. El espejo de detrás de la barra le permitía ver todo el local. La caja registradora quedaba a su izquierda. Ricky estaba en diagonal, al otro lado de la barra y a la derecha de Andrea. Star estaba en la periferia. No parecía

413

haberse percatado de su llegada. Delante de ella, la barra estaba vacía. No se había movido desde que había entrado Andrea.

—Me he enterado de lo del incendio, corazón. —Ricky no le quitaba ojo mientras cortaba un melón. La conversación que habían tenido en su casa no había terminado bien. Estaba claro que seguía en guardia—. Puedo prepararte un sándwich. Se nos ha acabado la pasta.

Andrea se fijó en el cartel pegado a la caja registradora.

«EL TELÉFONO NO ES PARA USO DE LOS CLIENTES».

—¿Corazón? —preguntó Ricky.

Andrea tuvo que tragar saliva antes de hablar.

—No, gracias. ¿Puedo tomar un tequila?

—Tienes pinta de que te hace falta. —Ricky dejó caer el cuchillo sobre la tabla, haciendo ruido. Sin preguntarle qué marca prefería, cogió el Milagro Silver del estante de abajo—. Se olía el humo desde mi vivienda. Joder, esa casa era viejísima. Parece mentira que ya no esté. Están todos bien, ¿verdad?

—Sí. —Andrea vio que el sudor de sus manos había humedecido la barra. Tenía que volver a poner a Ricky de su parte—. Se supone que no debo decírselo a nadie...

Ricky se animó mientras llenaba un vasito hasta el borde.

—El marido de la jueza... —añadió Andrea.

—Franklin.

—Sí, eso. —Andrea se inclinó hacia delante y añadió en voz baja—. Estaba ya bastante mal, pero después del incendio...

Ricky asintió lentamente para hacerle ver que lo entendía.

—Es una pena la cantidad de tragedias que ha tenido que soportar esa familia. ¿Judith está bien?

—Está triste. Le vendría bien hablar con alguien.

Ricky asintió de nuevo.

—Prepararé algo de comida. Eso siempre viene bien.

—Seguro que la jueza se lo agradecerá. —Andrea se metió la mano en el bolsillo de atrás y sacó su teléfono. Fingió que acababa de acordarse de que estaba roto—. Joder.

—Pues sí, joder. —Ricky le puso el tequila delante—. ¿Qué has hecho? ¿Meterlo en el microondas?

—Se me ha estropeado en el incendio. —Andrea notó que su voz se volvía más aguda. Se aclaró la garganta—. Ya sé que tiene un cartel, pero ¿le importa que use el teléfono?

—El cartel es para los turistas. —Ricky metió la mano debajo de la caja registradora. Levantó el teléfono y lo puso sobre la barra.

Andrea se quedó mirando el aparato, que parecía muy antiguo. Un cable fino le salía por detrás. El auricular estaba conectado a la base mediante un cable elástico más grueso. Las teclas con los números estaban en la base. Andrea tenía planeado llevarse el teléfono inalámbrico al pasillo de atrás para poder hablar en privado. Aquel cacharro no se lo podía llevar a ninguna parte.

—¿Estás bien, cielo? —Ricky había vuelto a la tabla de cortar. Le lanzó a Nardo una mirada reveladora.

—Sí, es que ha sido un día duro. —Andrea echó una ojeada al espejo. Nardo la estaba mirando. Ricky la vigilaba. Solo Star parecía ajena a su presencia.

Cogió el teléfono y le dijo a Ricky:

—Olvidaba decirle que es una llamada de larga distancia, pero puedo pagársela en efectivo.

—Muy bien. —Ricky cogió un puñado de fresas—. Pero date prisa.

Andrea marcó el único número que se sabía de memoria. El teléfono sonó solo una vez antes de que contestaran.

—¿Cariño? —Laura no parecía haber vuelto a dormirse—. ¿Qué pasa?

—Hola, mamá. Perdona que no te haya llamado después de salir del hospital.

—¿Qué? —preguntó, alarmada—. ¿Cuándo has estado en el hospital?

—No, no podía dormir. —Andrea notó que Ricky estaba escuchándola—. Quería pedirte una cosa. ¿Te importa llamar a Mike de mi parte? Tengo su número grabado en el dichoso móvil.

Ricky hizo una mueca mirando el iPhone roto, como si ella también participara en la conversación.

—¿A Mike? —preguntó Laura—. ¿Mi Mike? ¿Qué tiene que ver Mike con el hospital?

—Dile que he venido a la cafetería a tomar algo. —Andrea hizo rodar el chupito entre sus dedos, con mano firme—. Nuestro vecino me llamó al trabajo. Necesita que Mike le eche una mano. Renfield se ha escapado.

—De acuerdo —contestó Laura con perfecta calma. Durante su época de delincuente, se comunicaba exclusivamente mediante códigos y claves—. Lo estoy anotando todo. Debo llamar a Mike y decirle que estás en la cafetería. ¿Correcto?

—Claro.

—Y no sé qué significa lo demás, pero le diré que tú has dicho textualmente: «Recibí una llamada de nuestro vecino. Necesita que Mike le eche una mano. Renfield se ha escapado».

—Así es —dijo Andrea—. Gracias, mamá. Te quiero.

Andrea colgó el teléfono y bebió un sorbo de tequila. Sus dedos resbalaron en el vaso.

Ricky dejó el teléfono sobre la barra. Seguía manejando el cuchillo, pero no le quitaba ojo a Andrea.

—¿Era tu madre?

Ella asintió.

—Se ha escapado mi gato. Solo vuelve cuando lo llama mi novio.

—Ojalá yo tuviera tiempo para tener una mascota. —Ricky sonrió, pero su tono sonó un poco forzado—. Es un poco tarde para llamar, ¿no?

Ricky volvió a mirar a Nardo. Ya no con curiosidad, sino con sospecha.

Andrea sabía que Ricky la había visto marcar.

—Mi madre antes vivía en Georgia, pero se mudó a Portland el año pasado.

—¿A Maine?

—A Oregón. —Andrea resistió la tentación de mirar a Nardo. Tenía la sensación de que su mirada le estaba taladrando un agujero en la espalda—. Allí son tres horas menos. Estaba viendo la tele.

—Me encanta Oregón. —Ricky no iba a dejar correr el asunto—. ¿En qué parte vive?

—En Laurelhurst, en la zona este de Portland. Vive cerca del parque de la estatua de Juana de Arco. Hay un café con muy buena música en directo.

Ricky se relajó, pero solo un poco.

—Qué buena pinta.

—Sí. —Andrea se terminó el tequila y se permitió mirar a Nardo por el espejo.

Había apartado su plato. Dejó caer la jarra de cerveza vacía sobre la mesa.

—¿Camarera?

Ricky hizo como que no le oía, pero el cuchillo comenzó a golpear con más fuerza la tabla de cortar.

—Eh, camarera —insistió Nardo—. ¿Te queda más de ese tequila?

Ricky dejó el cuchillo sobre la encimera como si hiciera un esfuerzo para no usarlo contra Nardo. Cogió la botella. Puso bruscamente un vaso de chupito sobre la barra.

Andrea miró a Nardo, que sonreía, burlón. Hizo cálculos. Laura habría llamado enseguida a Mike. Él respondería, sin duda. Los de Protección de Testigos solo llamaban en caso de vida o muerte.

«Andrea está en la cafetería. Renfield se ha escapado. Necesita tu ayuda».

En el hospital, Mike había comparado a Nardo con Renfield. Y, naturalmente, entendería que algo iba mal si Andrea pedía ayuda.

Posó la mirada en el reloj de la pared. Observó el movimiento del segundero. Dos minutos para que Laura le diera el mensaje a Mike. Dos más para que Mike se lo transmitiera a Compton. Cuatro para que Compton movilizara a sus efectivos. Los *marshals* que había más cerca de allí estaban en la granja, a un trayecto de quince minutos, pero que se reduciría a diez si encendían las luces y las sirenas.

Dieciocho minutos en total, si todo iba según sus cálculos. La llamada a Laura había terminado a las 11:59. Hasta las 12:17, como mínimo, no llegaría nadie.

—Atención. —Ricky empujó el chupito de tequila para que se deslizara por la barra.

El vasito se detuvo cerca del codo puntiagudo de Star.

Era evidente que aquello formaba parte del juego entre Ricky y Nardo. Ella no podía cruzar la línea roja. Star no estaba allí solo como público. Estaba allí para servirle.

—Vamos, chica. —Nardo tocó en la mesa con los nudillos—. A ver si levantas ese ánimo.

Extrañamente, Ricky se rio. Observaba a Star con una expresión de maliciosa satisfacción. El sonido del cuchillo golpeando la tabla se convirtió en un *staccato* mientras Star se movía despacio, mecánicamente, para llevarle la bebida a Nardo. Su vestido amarillo se balanceaba sobre su cuerpo anguloso. Sus pies descalzos sonaban como un susurro al rozar el suelo.

Andrea volvió a fijar la mirada en el espejo, pero esta vez observó la calle. La camioneta azul era el único vehículo a la vista. Miró de nuevo el reloj. Solo había pasado un minuto.

—Camarera —volvió a llamar Nardo—. ¿Dónde está mi postre, nena? A lo mejor debería hablar con el encargado. Aquí el servicio está fatal.

Ricky puso cara de fastidio mirando a Andrea, pero obedeció. Usó un cuchillo de cocinero para cortar un trozo grande de tarta de chocolate. Luego dejó el plato sobre la barra para que Star lo recogiera.

Andrea apretó los dientes mientras la joven cruzaba el local con paso vacilante. En silencio, volvió a repasar la cronología. Laura a Mike. Mike a Compton. Compton al dispositivo de vigilancia. No irrumpirían sin más en el edificio. Verían a tres posibles rehenes. Darían por sentado que Nardo iba armado. Al igual que ella, supondrían que llevaba una SIG

Sauer P365 y que, por tanto, tenía diez oportunidades de eliminar a los rehenes.

Andrea no podía hacer nada respecto a Ricky o a sí misma, pero Star estaba a escasos centímetros de distancia, estirando el brazo para alcanzar el plato con la ración de tarta. Tenía los labios agrietados y entreabiertos. Andrea notó el olor enfermizo, a medicina, de su aliento.

—He hablado con tu madre —le dijo Andrea.

Ella no dijo nada.

—Te echa de menos. Quiere verte.

—Cariño —le dijo Ricky—, sé que intentas ayudar, pero…

A Star el plato se le cayó de la mano. La porcelana era tan endeble que se partió en dos. La tarta rodó por el borde y manchó la barra.

—Joder. —Ricky cogió una bayeta para limpiarlo.

—¿Qué pasa ahí? —preguntó Nardo.

—Que tu puto Skeletor ha roto un plato, eso es lo que pasa. —Ricky se dio la vuelta para mojar la bayeta en el fregadero—. Joder, Nardo, ¿por qué no te vas de una vez?

Star había bajado la cabeza. Le brillaban los ojos, llenos de lágrimas que no caían.

—Vete por el pasillo —le dijo Andrea—. Sal por la puerta de atrás.

—¿Qué dices tú, que salga? —Nardo se levantó de la mesa—. Quieta, Star. Vuelve a tu sitio. Pórtate como una perrita buena.

Andrea no pudo evitar que Star volviera a su sitio al final de la barra. La vio girarse lentamente sobre el taburete para volver a fijar la mirada en la pared de azulejos.

—Venga ya, sureña. —Nardo cruzó el local con toda tranquilidad—. Solo me he llevado prestada a la buena de Star. Tengo que devolverla de una pieza.

Andrea se levantó. No quería estar sentada cuando Nardo llegara a su lado.

—Tranquila, RoboCop. —Nardo le enseñó las manos, pero siguió acercándose—. Star es la mejor chica de la granja. ¿No te has enterado? Ganó un trofeo.

Andrea no tuvo tiempo de responder. Ocurrieron dos cosas, una inmediatamente después de la otra.

Ricky se echó a reír.

Y Jack Stilton entró en la cafetería.

Llevaba vaqueros y una camiseta desteñida de Bon Jovi remetida en el pantalón, demasiado pequeña para el tamaño de su barriga. Llevaba la pistola a la vista, en el cinturón. No era su arma reglamentaria, sino un revólver: un Ruger Blackhawk, con cartuchos .454 Casull. Un solo disparo podía partir en dos una bola de bolos.

A Andrea le dio un vuelco el corazón al ver que Stilton miraba nervioso a su alrededor.

No había ido a ayudar. Le molestó descubrir que no era el único cliente en la cafetería. Estaba borracho, además. Andrea percibió el olor a alcohol a cuatro metros de distancia.

—Mira, el cabrón con cara de niño bueno. —Nardo recogió con la mano el trozo de tarta que había caído en la barra—. Camarera, espero que me haga un descuento.

Ricky hizo oídos sordos y le preguntó a Stilton:

—¿Qué quieres, Queso?

—Beber algo —contestó en tono vacilante, como si preguntara, arrastrando un poco las palabras.

Andrea vio su coche patrulla aparcado en la calle. No estaba de servicio y había bebido. Compton había dicho que avisaría a Stilton cuando Wexler y Nardo estuvieran detenidos. Evidentemente, el jefe de policía no tenía ni idea de lo que estaba pasando.

—Joder —dijo Ricky—. ¿Tan capullos sois que no podéis leer el cartel de neón enorme que hay en la ventana? Cerramos a medianoche. Lo siento, cielo. No iba por ti.

Andrea no pareció oír su disculpa. Vio que Nardo se acercaba a Star. La forma de la SIG Sauer se adivinaba por debajo de la parte de atrás de su camiseta. Lanzó un fuerte gruñido al sentarse junto a ella en la barra. Le dio un bocado al trozo de tarta, comiéndosela con las dos manos.

Ricky hizo un ruido que denotaba su asco antes de decirle a Stilton:

—Que sea rapidito, Queso. ¿Quieres Blue Earl o de grifo?

—Lo que te sea más fácil. —Stilton se sentó a una mesa, de espaldas a la puerta. Miró a Andrea con recelo—. ¿Qué haces tú aquí?

—El queso ha olido un ratón —dijo Nardo.

—Cállate, gilipollas. —Stilton seguía vuelto hacia Andrea—. Creía que tenías que estar vigilando a la jueza.

Ella se obligó a abrir los puños. Le latía tan fuerte el corazón que lo notaba contra la camiseta.

—Hay otro equipo vigilando a la familia en el hospital.

—Venga ya, novatita. Eso no es todo lo que hay que contar. —Nardo se había terminado la tarta. Se limpió las manos en la camiseta, dejándose rayas de chocolate en el pecho—. Queso, tu amiga la *marshal* intentaba salvar a la pobre Star. ¿Verdad que sí, Ricky? Su mami quiere que vuelva.

Ricky torció el gesto mientras ponía una lata de cerveza sobre la barra.

—¿Te importa hacer los honores, cielo? —le preguntó a Andrea.

Andrea se alegró de tener una excusa para acercarse a Stilton. Le llevó la cerveza, pero, en lugar de volver a su sitio, se sentó a su lado en la mesa.

—Fíjate, Ricky, Queso se ha echado novia —dijo Nardo—. Siento desilusionarte, novatita, pero a Queso se le hiela la sangre cuando ve un coño.

Ricky se rio mientras guardaba la fruta en recipientes.

A Andrea le traía sin cuidado el extraño sentido del humor de la mujer. Echó una mirada al enorme revólver de vaquero de Stilton. La correa de la empuñadura estaba desabrochada. Intentó llamar su atención, pero estaba distraído bebiendo la cerveza a grandes tragos.

Miró el reloj. Eran las 12:05. Ocho minutos más. Como mínimo.

¿Podría quitarle el arma a Stilton? ¿Se resistiría? ¿Podría coger el revólver, levantarse y apuntar antes de que Nardo se echara la mano a la espalda y sacara su arma?

El problema era Star. Estaba sentada justo al lado de Nardo. Andrea tenía buena puntería en la galería de tiro, pero aquello era la vida real. Le hormigueaban todos los nervios del cuerpo. Tenía la respiración agitada. El sudor le corría por la espalda. No estaba segura de poder disparar a Nardo sin ponerla en peligro a ella.

Volvió a mirar el reloj: las 12:05. El segundero apenas había avanzado.

—Joder. —Ricky también estaba mirando el reloj—. Vamos a cerrar, gente. Dentro de seis horas tengo que levantarme para empezar otra vez con esta mierda.

—No seas aguafiestas, tía. —Nardo se había girado en el taburete para mirar a Andrea y Stilton. Su instinto animal le decía que pasaba algo raro. Una persona sensata haría caso de la advertencia y se marcharía. Nardo se apoyó de espaldas contra la barra, con los codos apoyados en el borde—. Camarera, ¿qué tal si me pone una de esas cervezas?

Andrea ignoró la respuesta sarcástica de Ricky. Esperó a que Stilton la mirara. Luego volvió a mirar la pistola. Podía detener a Nardo. Podía acabar con aquello inmediatamente.

Stilton entornó los ojos. Su instinto policial estaba ahogado en alcohol, pero aun así tenía que estar percibiendo el estrés. Andrea no pudo evitar volver a mirar el reloj, ansiando que las manecillas se moviesen. Siguió mirándolo hasta que cambió el minutero.

Las 12:06.

Sonó un teléfono.

El aire estaba tan cargado de tensión que Andrea apenas podía respirar.

El teléfono volvió a sonar. Stilton se hurgó en el bolsillo. Andrea vio el identificador de llamadas.

«USMS Compton».

Stilton la miró como pidiéndole una explicación. Ella sacudió la cabeza de manera casi imperceptible, rezando por que se despejara y no cometiera un error que acabara con la vida de los dos.

Stilton carraspeó.

—¿Diga?

Sostenía el teléfono flojamente contra la oreja, con el dedo meñique torcido. Andrea oyó el murmullo de la voz de Compton, pero no consiguió distinguir lo que decía.

—Ajá —dijo Stilton.

Hubo un largo silencio mientras escuchaba a Compton. Andrea adivinó lo que debía de estar diciendo la jefa. Wexler estaba detenido. Nardo, en la cafetería. La orden de detención, firmada. Nardo podía estar armado y ser peligroso.

Stilton hizo exactamente lo que no debía. Miró a Nardo mientras respondía:

—Estoy en la cafetería ahora mismo. Claro. Entendido. No hay problema.

Andrea le vio colgar. Stilton puso el teléfono bocabajo encima de la mesa. Se movió despacio, apoyando el brazo en el respaldo de la silla. Sus dedos estaban a escasos centímetros de la empuñadura del revólver.

Pero no desenfundó el arma.

—Nardo —dijo—, ¿por qué no me hablas de Emily?

Andrea se mordió el labio con tanta fuerza que se hizo sangre.

—Hay que joderse —dijo Ricky—. Déjalo, Jack.

Nardo resopló. Seguía con los codos apoyados en la barra. Stilton o él podían sacar el arma en cualquier momento.

—Era un poco puta, ¿no?

Andrea sintió que le dolía la mandíbula de tanto apretar los dientes. ¿Por qué preguntaba Stilton por Emily? Estaba claro que Compton le había dado luz verde. ¿Por qué no detenía a Nardo?

—Sé que la violaste —añadió.

—Ah, ¿sí? —Nardo ladeó la cabeza, dejando claro que sabía que Stilton iba armado—. No estoy muy al tanto de la ley, chaval, pero creo que ese delito prescribió hace… unos treinta y cinco años.

—Pues entonces reconócelo —dijo Stilton—. Tú la violaste.

—Bueno, se acabó. —Ricky golpeó con los nudillos sobre la barra para llamar la atención de ambos—. Queso, estás borracho. Nardo, me tienes hasta las narices. Quiero a todo el mundo fuera de aquí. Tú también, guapa.

Nadie se movió. Se hizo tal silencio que Andrea oyó circular la sangre por su cuerpo.

—Pues sí, me la follé —dijo Nardo.

Ricky ahogó un gemido. A Andrea se le paró el corazón. Stilton no se movió.

—¿Qué pasa? —Nardo pareció encantado al ver su reacción—. No me digáis que no lo habíais pensado. Claro que me la follé. ¿Visteis las tetas que tenía?

Andrea trató de sofocar el pánico que se apoderó de ella de golpe. Llevaba días buscando una confesión y, ahora que al fin la tenía, solo podía pensar que ninguno de ellos iba a salir vivo de allí.

—Stilton —dijo—, Nardo está armado.

—Yo también. —Stilton agarró la empuñadura del revólver, pero inexplicablemente lo dejó enfundado y le dijo a Nardo—: No te la follaste. La violaste.

—Lo que hice fue meterle la polla a esa jovencita en todos los agujeros. —Nardo disfrutó de la mirada de horror de Stilton—. Se moría de ganas. No se cansaba.

—Nardo —le advirtió Ricky.

—Toma. —Nardo carraspeó y lanzó un escupitajo al suelo—. Compara mi ADN con el de Judith. Lo único que demostrará es que me corrí dentro de su madre. Varias veces, para que lo sepas.

El nervio de la sien de Stilton empezó a palpitar. Asía con tanta fuerza la empuñadura del revólver que le blanqueaban los nudillos. Iba a disparar. No había forma de evitarlo. Y estaba tan borracho que seguramente acabaría matando a Star.

—Jack —dijo Andrea—, tienes que…

—¿Y qué hay de Dean? —A Stilton le tembló la voz al pronunciar aquel nombre. Parecía anonadado, como si no pudiera creer lo que estaba oyendo—. Dean la llevó a casa.

La sonrisa de Nardo se convirtió en una mueca sádica.

—Bueno, ¿quién sabe lo que le hizo en el coche? Al señor Wexler le gustan las chicas que no pueden decir que no, eso está claro.

—Joder —masculló Ricky—. Nardo, cállate de una vez.

—Por si os interesa saberlo, creo que todas las señoritas de la granja son la prueba de que el tío es estéril. —Nardo no podía contenerse. Se regodeaba viendo la angustia de Stilton—. Dime una cosa, Queso. ¿Fue por Emily por lo que empezaste a empinar el codo? ¿Sigues de luto por una tía preñada que quedó clínicamente muerta?

—¡Nardo! —gritó Ricky—. Hay una *marshal* oyendo todo lo que dices.

—Estoy hasta los cojones de este puto pueblucho… Han pasado cuarenta años y la gente no para de gimotear «¿quién es el padre?, ¿quién es el padre?» —dijo Nardo fingiendo un tono quejumbroso—. ¡Pues ya está: el oscuro secreto ha salido a la luz! Vaya cosa. En el peor de los casos, tendré derecho a visitar al bombón de mi nieta.

Stilton se levantó tan bruscamente que derribó la silla. Por fin había sacado la pistola. Apuntó a Nardo al pecho y amartilló con el pulgar.

—Se acabó, chupapollas. Saben lo del chantaje.

—¡Star! —Andrea intentó en vano llamar la atención de la joven, cuya espalda quedaba en la línea de tiro—. ¡Star, apártate!

—¿El chantaje? —Nardo no pareció preocupado—. Hace veinte años que me arreglaste lo de la denuncia por conducir borracho. Serás tú el que se meta en un lío.

Stilton se rio.

—Yo no, imbécil. La jueza. Se lo ha dado todo.

Por una vez, Nardo no replicó.

Fue Ricky quien dijo:

—¿De qué estás hablando?

Tenía otra vez el cuchillo en la mano. Star seguía en la línea de fuego. Andrea sintió que el corazón le temblaba dentro del pecho. Star no se movía. Ricky era imprevisible. Stilton apenas podía sostener el revólver. Faltaban unos segundos para que Nardo tuviera en sus manos un arma con la que podía matarlos a todos.

—Queso —dijo Nardo—, piensa en lo que estás haciendo. Piensa en lo que sé.

—Díselo a los *marshals*. Ya no me importa una mierda. —A Stilton volvió a quebrársele la voz. Había empezado a llorar—. ¿La llamada que acabo de recibir? Era la subcomisaria de los *marshals*. Se han llevado esposado a Wexler. Están viniendo a por ti, desgraciado. La próxima vez que veas la luz del día, será a través de los barrotes de una prisión.

Star se movió por fin, pero solo para darse la vuelta.

—¿Dean está bien? —le preguntó a Stilton.

—Nadie está bien. —Stilton avanzó hacia Nardo. Las lágrimas le corrían por la cara. Tenía que sujetar el revólver con las dos manos—. Le prometí a Emily hace cuarenta años que encontraría al cerdo que la violó. Cuarenta años lleva atormentándome esa promesa, cabrón. Cuarenta putos años, y ahora te tengo. Por fin te tengo.

Nardo volvió a sonreír, burlón.

—Que te jodan.

De nuevo, sucedieron dos cosas muy deprisa, una justo después de la otra.

Nardo se llevó la mano a la espalda.

Y Stilton apretó el gatillo.

El disparo sonó como el de un cañón. Andrea se agachó, tapándose los oídos. Vio que el lado derecho del cuerpo de Nardo se sacudía hacia atrás. La bala le había desgarrado el cuello. La sangre salpicó la cara y el pecho de Star.

Ricky empezó a gritar.

—Joder… —Nardo se llevó la mano al cuello.

La SIG Sauer P365 cayó al suelo. Tenía los ojos desorbitados. Le temblaban los labios.

—¡No te muevas! —Stilton volvió a amartillar el revólver, preparándose para disparar de nuevo.

—¡No! —Andrea empujó el cañón de la pistola hacia abajo.

Nardo estaba desarmado. No iba a coger la SIG Sauer. Ni iba a poder hacer nada más.

Hay dos arterias carótidas comunes, una a cada lado del cuello. Su estructura varía, pero el objetivo de ambas es hacer llegar un volumen elevado de sangre oxigenada del corazón al cerebro. Un aneurisma, un coágulo o una obstrucción del flujo sanguíneo podían provocar un accidente cerebrovascular hemorrágico. Si el flujo sanguíneo se desviaba fuera del cuerpo, la muerte por desangramiento podía producirse en un lapso de entre cinco y quince segundos.

La mano de Nardo era lo único que mantenía la sangre dentro de la arteria.

—Vo-voy a llamar a una ambulancia. —Ricky se apresuró a coger el teléfono. Marcó el número.

—Tú asesinaste a Emily —le dijo Stilton a Nardo—. Dilo. Que yo te oiga decirlo.

Nardo abrió la boca. Un gorgoteo salió de su garganta. Empezaron a castañetearle los dientes. Su piel se había vuelto cerosa. La sangre le manaba entre los dedos como agua a través de una esponja.

—Por favor —suplicó Stilton—, no vas a salir de esta. Dime la verdad. Sé que la mataste tú.

—¡Socorro! —gritó Ricky al teléfono—. Mi marido... está... ¡Oh, Dios! ¡Socorro!

—Dilo —insistió Stilton—. Mírame y dilo.

Nardo enfocó la vista, pero solo un instante. Miró fijamente a Jack Stilton. La comisura de su boca se tensó en una sonrisa.

—Por favor... —dijo Stilton.

Nardo retiró la mano, como cuando un *showman* presenta el último número de la función. De la arteria seccionada brotó un chorro de sangre.

Ya estaba muerto cuando cayó al suelo.

Bible conducía el todoterreno y Andrea iba sentada detrás, con Ricky. La mujer no dejaba de sollozar. Temblaba bajo la fina manta de algodón de la ambulancia. Se había negado a ir al hospital. Se había negado a declarar. Les había dicho que solo quería irse a casa.

No había ninguna razón legal para impedírselo. Y, francamente, Andrea estaba deseando alejarse de la cafetería. Sabía que debía alegrarse de la muerte de Nardo, pero no conseguía sobreponerse al sentimiento de injusticia. Nardo ya nunca pagaría por haber violado a Emily. No sería juzgado por su asesinato. Y, aunque su muerte había sido violenta, en cierto modo se las había arreglado para irse conforme a sus propias condiciones. No se merecía un final apacible. Como diría Esther Vaughn, no se lo había ganado.

—¿Qué…? —Ricky ahogó otro sollozo—. ¿Qué van a hacer con... con el cuerpo?

Andrea cruzó una mirada con Bible. Se habían ofrecido a llevar a Ricky Fontaine a casa por un motivo concreto. Nardo había admitido la violación, pero no el asesinato. De entrada, podía parecer que no había distinción entre una cosa y la otra, pero para imputarle ese delito más allá de toda duda razonable necesitaban una verificación independiente. Eric Blakely se había ahogado hacía cuarenta años. Clay Morrow estaba en prisión. Bernard Fontaine ya no hablaría, desde luego. Jack Stilton había demostrado de manera fehaciente que él no había tenido nada que ver con el asesinato de Emily. Y Dean Wexler se había acogido a su derecho a guardar silencio mientras cuatro *marshals* lo sacaban escoltado de la granja.

Tal vez Ricky fuera la única persona que podía confirmar que Bernard Fontaine había asesinado a Emily Vaughn.

Andrea le dijo:

—El cadáver de Nardo será trasladado al depósito de cadáveres estatal. Lo examinarán de forma exhaustiva.

Ricky volvió a echarse a llorar. Los temblores empeoraron. Se ciñó la fina manta sobre los hombros. Por una vez, sus pulseras de plata callaban. Ricky había intentado en vano reanimar a Nardo. La sangre había apelmazado las pulseras como pegamento.

—Ya hemos llegado. —Bible paró el coche en el empinado camino de acceso a la casa de Ricky. Se volvió hacia el asiento de atrás y les dijo—: Lo siento, tengo que hacer una llamada. Avísenme si necesitan algo. Señora...

Ricky bajó la mirada cuando Bible le puso la mano en el brazo.

—La acompaño en el sentimiento —añadió él.

Andrea salió del todoterreno y lo rodeó para ayudar a Ricky. La luz desabrida de los focos iluminó a la mujer de manera implacable. Había envejecido en la última hora. Las arrugas de su rostro eran más profundas. Tenía intensas ojeras. Se apoyó en Andrea para subir las escaleras. La puerta no estaba cerrada con llave. Ricky la abrió de un tirón.

Andrea no esperó a que la invitara a entrar. Recorrió el salón encendiendo las lámparas. Luego subió el corto tramo de escaleras que llevaba a la cocina. La lámpara de brazos que había sobre la mesa se encendió lentamente mientras ella se acercaba a la placa. La tetera ya estaba llena. Andrea giró la llave del gas y encendió el fuego.

—El té estará listo enseguida —le gritó a Ricky.

Prestó atención, pero Ricky no respondió. Se acercó al borde de la escalera. Vio la coronilla de Ricky, en el cuarto de estar. Estaba sentada en el sofá. Se balanceaba adelante y atrás, con la manta todavía sobre los hombros. Los sanitarios habían dicho que probablemente estaba en estado de *shock*.

Andrea también lo estaba, pero no podía rendirse después de haber puesto tanto de sí misma en aquel empeño.

Encontró una taza sucia en el fregadero y un estropajo en el alféizar de la ventana. Aguzó el oído, atenta a Ricky. El sonido de sus sollozos llegaba desde el cuarto de estar. Andrea lavó y secó la taza con cuidado. Se acercó a la nevera. Miró las fotos, las postales, las notas de recordatorio y los recibos. Algunos de aquellos papeles eran tan viejos que la tinta se había borrado. Ninguno le pareció especialmente personal. La mayoría de las postales parecían de turistas que hablaban con cariño de su paso por el restaurante. A Andrea le recordaron a las anodinas dedicatorias del anuario de Ricky.

«¡Qué bien lo pasamos en el coro! ¡Acuérdate de Química II! ¡No cambies nunca!».

Cogió uno de los botes rojos de pastillas de la encimera. Instintivamente, echó mano del iPhone. Pero no tenía forma de buscar los nombres genéricos que figuraban en las etiquetas. Aun así, reconoció algunos: diazepam, o sea, Valium; paracetamol con codeína, o sea, Tylenol 3; y oxicodona, o sea, Percocet. Laura había tomado los tres en diversas fases de su tratamiento contra el cáncer, pero solo la morfina administrada por vía oral había conseguido calmarle los dolores.

La tetera empezó a silbar. Andrea cerró el gas. Estiró el brazo para buscar en el armario, pero se lo pensó mejor.

Volvió a acercarse a la escalera.

—¿Dónde guarda el té? —preguntó.

Ricky se había tapado la cabeza con la manta como si quisiera desaparecer.

—¿El té? —repitió Andrea.

—En el armario. —Su voz sonó rasposa—. Junto al fregadero.

En el armario no había más que especias y una caja grande de manzanilla. Andrea llenó la taza de agua hirviendo y puso dentro la bolsita de infusión. Encontró un posavasos en la encimera. Cuando bajó las escaleras, Ricky ya no estaba sentada en el sofá. Estaba de pie junto a la mesita auxiliar, envuelta aún en la manta. Tenía la cara hinchada de llorar. Los sanitarios habían intentado asearla, pero tenía manchas de sangre en la camiseta y en el pelo teñido.

Andrea dejó el posavasos y la taza sobre la mesita. Vio que los dos cajones estaban abiertos. Ricky había sacado algunas instantáneas: la fiesta de cumpleaños, las fotos de la boda, Nardo y Clay sentados en la barra de la cafetería donde uno de ellos acababa de morir…

Cogió la foto enmarcada del grupo.

—Ya solo quedamos dos.

Andrea advirtió en su voz su profunda aflicción. Ellos habían sido todo su mundo; sobre todo, Nardo.

—Supongo que ya está, ¿no? —añadió Ricky—. Le dirán a la jueza que fue Nardo.

Andrea asintió con un gesto, pero dijo:

—Ojalá fuera tan fácil. Pero Nardo no lo confesó todo.

Ricky respiró de manera entrecortada, sin levantar la vista.

—Nardo admitió que mantuvo relaciones sexuales con ella, y el ADN demostrará si es cierto o no, pero no dijo nada del asesinato de Emily. —Andrea esperó, pero Ricky se limitó a mirar fijamente la foto que tenía en las manos—. Ricky, ¿alguna vez te habló Nardo de ella? ¿O de lo que pasó la noche del baile? ¿Te dijo Emily algo o…?

—Fue Clay quien la metió en la camarilla. —Su voz sonaba monocorde. Sus ojos se habían vuelto vidriosos—. A Nardo nunca le cayó bien. Era muy aburrida. No encajaba en el grupo. Nunca encajó.

Andrea vio que volvía a dejar el marco sobre la mesa.

—Nardo tenía dieciocho años cuando pasó. Pero a los dieciocho años te follas a cualquiera, ¿no? Incluso a una putilla tan sosa como esa.

Andrea percibió cómo se iba insinuando la rabia en su voz. Ricky seguía sin querer creer que Nardo hubiera violado a Emily.

—Lo que ha dicho Queso… Él no sabía nada. Emily solo les dijo a sus padres que la habían violado porque se pusieron furiosos cuando se quedó embarazada. Era una mentirosa. —Ricky miró la fotografía de Nardo y Clay en la cafetería. Pasó el dedo por la cara redonda y juvenil de Nardo—. La noche de la fiesta, estuvo tonteando con todo el mundo. Empezó con Clay y luego lo intentó con mi hermano. Acabó encerrándose en el baño para huir de ella.

Andrea la vio apoyar la palma de la mano sobre la foto, tapando a Nardo, como si de ese modo pudiera protegerlo.

—Se suponía que Emily era mi mejor amiga, pero yo la odiaba por habérselo follado. Nardo era mío. Me pertenecía. Y ahora… —Se le quebró la voz—. Él ya no está. No puedo creer que ya no esté.

Andrea vio que Ricky volvía a derrumbarse. Se tapó la cara con la manta. Su llanto era casi un gemido de dolor. Se encorvó como si la carga que había llevado sobre los hombros todos esos años hubiera acabado por vencerla.

—Ricky —dijo Andrea—, ¿Nardo te habló alguna vez de ello? ¿De lo que pasó?

—Joder. —Ricky miró alrededor—. Necesito un pañuelo.

Andrea le puso suavemente la mano en el hombro.

—Si pudieras…

—Un minuto. —Se quitó la manta de los hombros y subió la escalera agarrándose a la barandilla para impulsarse.

Todavía sacudía la cabeza cuando desapareció en la cocina.

Andrea se agachó para recoger la manta y estuvo a punto de golpearse la cabeza con el pico de uno de los cajones de la mesa.

Miró dentro.

Ricky había dejado los cajones abiertos. Le había enseñado a Andrea parte de su contenido. No había razones para pensar que no quisiera que Andrea viera el resto.

Se incorporó, retrocedió unos pasos y se puso de puntillas para poder ver la cocina. Ricky estaba de espaldas a la escalera, con las manos a ambos lados del fregadero. Le temblaban los hombros por el llanto.

Andrea soltó la manta y volvió a acercarse a la mesita. Cogió el certificado de defunción de Eric Blakely expedido en Nuevo México. Aunque el documento era antiguo, aún se notaba la huella que había dejado la máquina de escribir al marcar las letras. Lo dejó a un lado y rebuscó en el cajón de la izquierda. Encontró el recibo del ataúd, el de la incineración y el del alquiler de un esmoquin negro. Se acordó del estuche metálico. Ricky lo guardaba en su santuario por algún motivo. Rebuscó al fondo del cajón.

La agenda de bolsillo estaba exactamente igual. La pestaña plateada seguía colocada en «A-B».

Con la uña del pulgar, apretó el botón de abajo. La tapa del estuche se abrió de golpe. Vio un nombre: Brickel, Melody. La dirección era la de la casa que Bible y ella habían visitado la víspera. Dedujo que el número de teléfono de siete cifras no había cambiado.

La letra era preciosa, casi como la de una maestra de escuela infantil. No la reconoció. No era la letra de ninguna de las declaraciones de los testigos: no era la cursiva casi ilegible de Jack Stilton, ni los redondeles sobre las íes de Ricky, ni las mayúsculas aleatorias de Clay, ni los apretados garabatos de Nardo, ni el trazo grueso de Eric Blakely, que casi traspasaba el papel… Tampoco le pareció la letra del casete de Melody, ni la de las frases de aliento que había dado por sentado que eran de Emily Vaughn.

Intentó averiguar cómo funcionaba el aparatito. Las hojas estaban sujetas por la parte de arriba. Las letras del alfabeto iban de arriba abajo. En cada sección había varias hojas de más. La pestaña tenía un clip que sujetaba las páginas anteriores para que no estorbaran. Cerró la tapa. Bajó la pestaña hasta las letras «C-D». El estuche se abrió de nuevo. Se fijó en dos palabras subrayadas en la parte de arriba de la hoja.

«Caso Colombo».

Le dio un vuelco el corazón. Aquella letra tan bonita era la de Emily Vaughn.

Retrocedió otra vez. Miró dónde estaba Ricky. Seguía de pie junto al fregadero, llorando.

Andrea leyó la primera palabra escrita bajo el encabezamiento.

«¿Clay?».

Tuvo que tragar saliva antes de pasar a la línea siguiente.

«Dean Wexler, 20 de octubre de 1981: Dean dice que él "no es el puto padre". Reconoce que me recogió en la fiesta. Dice que lo llamó Nardo para que me llevara a casa. Y que cuando llegó, yo me estaba peleando con Clay en la piscina. Dice que me hará daño si alguna vez lo acuso públicamente. Me ha agarrado de la muñeca. Me ha dolido un montón».

«Actualización: He buscado la enfermedad en la biblioteca y puede que esté diciendo la verdad sobre que no es el padre, pero eso no significa que no hiciera nada, ¿no?».

Andrea leyó la siguiente entrada.

«Ricky Blakely, 20 de octubre de 1981: Me dijo que soy una mentirosa y que me he acostado con un montón de gente que ellos no conocen, gente del campamento de la banda de música, del club de debate, etc., y no solo en la fiesta. Me llamó ilusa y dijo que mis padres harían algún manejo para que Nardo se casara conmigo, porque es lo que hace la gente rica. También dijo que yo había echado a perder la camarilla. Ah, y que quiero obligar a Clay a que se case conmigo, lo que no tiene sentido porque (¿¿¿al parecer???) mis padres ya han llegado a un acuerdo con los de Nardo. No quiere volver a hablar conmigo. Me llamó puta imbécil y me dijo que me fuera de su casa. Siempre he sabido que es muy rencorosa, pero me trató fatal. ¿Cómo pude pensar alguna vez que era mi amiga?».

Andrea pasó la hoja. Había algo escrito en el reverso. La letra era más pequeña y los renglones se apretujaban.

«Blake (el mismo día): Dijo que se puso "ciego" en la fiesta y que se meó encima. Estuvo encerrado en el baño todo el tiempo. Dice que no fue él. Me pidió que me casara con él, pero solo para trepar políticamente. Le dije que no y me dijo que debería "tirarlo al váter". Se me insinuó y de hecho me puso la mano en su cosa, y me dio mucho asco. Blake es igual de malo que Nardo. ¿Cómo es que hasta ahora no me había dado cuenta de lo mala persona que es?».

A Andrea le temblaban las manos al pasar la página.

«Nardo Fontaine, 21 de octubre de 1981: Lo odio tantísimo… Qué capullo. Primero sus padres mandaron una cartita diciendo que no me acercara a él, y luego, el mismo día, fue a buscarme a la biblioteca y no se callaba. Reconoció que llamó al señor Wexler la noche de la fiesta, pero dice que tuvo que sobornarlo con ácido para que le librara de mí. Según él, estuve discutiendo con Clay, pero está claro que todos se han puesto de acuerdo para decir que la mala soy yo. Nardo me contó que Jack estuvo en la fiesta y que nos vendió el ácido y dio a entender que fue él quien se aprovechó de mí. Yo no le creo. Puede que Jack venda ácido, pero a mí no me haría eso. Nardo es un embustero. A veces dice cosas crueles solo para herir a la gente. ¡Y lo consigue!».

Andrea encontró a continuación la entrada dedicada a Clay, la más corta de todas.

«Clay, 21 de octubre de 1981: Sus palabras EXACTAS: "Te la has jugado y ahora tienes que aguantarte. Así que ten un poco de dignidad"».

Después de la entrada de Clay, las notas adoptaban la forma de un diario. El color de la tinta cambiaba. Las fechas eran muy posteriores. La letra, más apretada, llenaba los márgenes laterales. Andrea ojeó rápidamente las páginas, leyendo al azar las elucubraciones de Emily Vaughn cuarenta años atrás.

«Jack no fue. Prometió que me ayudaría y sé que lo hará… El último día que fui a clase, Clay me dijo que sentía lo que está pasando, pero creo que solo estaba siendo amable para que me calle. No entiende lo que esto supone para mi futuro… Nardo me estrujó el pecho delante de todo el instituto y me hizo mucho daño, pero se rio cuando me puse a llorar… Creo que fue Ricky quien pegó una compresa en mi taquilla y la pintó de rojo… Creo que Ricky me ha rajado la camiseta… Sé que fue Ricky quien me rompió todos los apuntes de lengua… Ricky es la única que puede haberme manchado de mierda la funda de la flauta… Ricky dijo que merezco morir… Ricky estaba en el centro del pueblo cuando fui a la tienda de Maggie a recoger mis cosas para esta noche. Me persiguió por la calle. Nunca la había visto tan rabiosa. Me dijo que, si esta noche me ve cerca de Nardo, me matará a golpes con sus propias manos. A mí me da igual. Voy a ir al baile de todos modos. Ninguno de ellos va a ir. No querrán rozarse con la plebe».

Andrea pasó la página. Había llegado a la sección de la «W» y la «X». Después, solo había páginas en blanco. La última anotación estaba fechada el 17 de abril de 1982, el día del baile de graduación.

Cogió el recibo del esmoquin. Veinte dólares no daban para comprar un esmoquin, pero sí para alquilarlo. El logotipo de la parte superior era el de Maggie's, la tienda de ropa de etiqueta. La fecha era 17 de abril de 1982. En la descripción ponía «esmoq n», y ella había dado por sentado que significaba «esmoquin negro».

Pero se equivocaba.

En 1982, Eric Blakely era un hombre hecho y derecho que debía de usar un esmoquin de adulto. Seguramente era imposible alquilar un esmoquin de mujer, igual que hoy en día era casi imposible encontrar pantalones de trabajo para mujeres policías. Tenías que conformarte con lo que había en la sección de ropa infantil. Ella, mejor que nadie, debería haberse dado cuenta de que la «n» era de «niño». Según había escrito la propia Emily Vaughn, Ricky había estado aquel día en Maggie's. Había ido a buscar un esmoquin de niño para el baile con el fin de que todos fueran vestidos igual.

Andrea volvió a mirar la foto de grupo. No se había fijado hasta ese momento, pero todos iban vestidos con los mismos colores, en diversos tonos.

La camarilla.

A Emily la habían recortado de la foto. Habían pasado cuarenta años desde que Ricky mató a golpes a Emily Vaughn y seguía sin poder ver la cara de la chica.

Andrea dejó la foto. Subió las escaleras.

Ricky seguía junto al fregadero. Estaba de espaldas a Andrea, pero le preguntó:

—¿Todo bien, cielo?

—Sí. —Andrea advirtió una falsa tranquilidad en su tono de voz—. Solo estaba pensando en una cosa.

—¿En qué? —La voz de Ricky seguía sonando extraña.

—En la academia te dicen que nunca des nada por sentado. Creo que, en el caso de Emily, alguien cometió el error de dar una cosa por sentado.

Ricky siguió dándole la espalda.

—¿Sí?

—No creo que la persona que la violó en la fiesta fuera la misma que la que la mató.

Ricky fijó la mirada en la ventana de encima del fregadero. Vio el reflejo de Andrea en el cristal como en un espejo.

—Emily hizo una investigación, el caso Colombo, lo llamaba ella. Hacía anotaciones sobre todas las personas que podían saber lo que le había pasado en la fiesta. Yo daba por sentado que las anotaba en un cuaderno, pero no era así, ¿verdad? Usaba su agenda. —Andrea esperó una reacción, pero no la hubo—. La llevaba encima cuando la atacaron, pero la policía nunca la encontró. Estaba desnuda. Le faltaba el bolso. ¿Sabes qué fue de él?

Ricky no dijo nada, aunque tenía que saber lo que había en el cajón de la mesita.

—Había hilos negros en el palé del callejón. —Andrea hizo una pausa—. ¿Llevabas un esmoquin negro aquella noche, Ricky? Ya me has dicho que estuviste en el baile de graduación.

Ricky bajó la cabeza. Se quedó mirando el fregadero. Seguía agarrada a la encimera. Las pulseras de goma y de plata se le amontonaban sobre las manos. La luz destacaba las cicatrices descoloridas de sus muñecas, allí donde había intentado cortarse las venas.

Andrea recordó las palabras de Bible: «si son homicidas, son suicidas».

—Deberías… —Ricky tosió—. Deberías irte, ¿vale? Necesito descansar.

—Han pasado cuarenta años —añadió Andrea—. ¿No estás cansada de vivir con esa culpa?

—Yo…, yo no… —Volvió a toser—. Quiero que te vayas. Por favor, vete.

—No voy a irme, Ricky. Tienes que contarme lo que pasó. No es por la jueza ni por Judith. Tienes que decírmelo por tu propio bien.

—No sé lo que estás… No puedo, ¿vale? No puedo.

—Sí que puedes —insistió Andrea—. Ya has sufrido bastante. ¿Cuántas veces has intentado matarte porque no puedes soportar lo que hiciste?

Encorvada por el peso de su culpa, Ricky apoyó la frente en el borde del fregadero.

—Por favor, no me obligues.

—Te está destrozando por dentro. Dilo en voz alta, Ricky. Dilo.

La cocina quedó en silencio. En alguna parte sonaba un reloj. Por fin, Ricky respiró hondo.

—Sí. —dijo en un ronco susurro—. La maté yo, ¿vale? Yo maté a Emily.

Andrea abrió la boca, pero solo para tomar aire.

—Le dije que no se acercara a Nardo. —Ricky apoyó los codos en el fregadero y la cara en las manos—. La vi hablando con él fuera del gimnasio. Tonteando con él. Buscándole las vueltas. No podía…, no podía dejarlo en paz. ¿Por qué no lo dejó en paz?

Andrea no dijo nada.

—Yo no quería… —Ricky tosió sin apartar las manos de la cara—. Solo quería darle un aviso, pero… perdí el control. Ella no debía estar allí. Le dije que no fuera y… no pude contenerme. Pasó todo muy deprisa. Ni siquiera recuerdo entrar en el callejón, coger el madero… Estaba tan enfadada, joder, tan rabiosa…

Andrea sabía que Ricky era capaz de desplegar esa ira. Ignoraba, en cambio, qué había pasado después. Emily Vaughn pesaba sesenta y ocho kilos en el momento de la agresión. Era imposible que Ricky la hubiera movido por sí sola.

—¿Te ayudó tu hermano a sacar su cuerpo del callejón?

Ricky negó con la cabeza, pero dijo:

—Por eso se marchó. Le daba terror que alguien lo hubiera visto o… que lo detuvieran, y sabía que no podría…, que tendría que decir la verdad sobre…

Andrea oyó cómo se apagaba su voz, entrecortada por más sollozos.

—¿Por qué le quitaste el vestido?

—Blake dijo que podía haber pruebas o… no sé. Hice lo que me dijo. Lo quemamos todo detrás de casa. —Ricky sorbió por la nariz—. A él se le daban bien esas cosas, calcular las distintas posibilidades, ver detalles que los demás pasaban por alto.

Andrea no podía estar más de acuerdo. Blake se las había arreglado para borrar las huellas de Ricky durante cuarenta años.

—Lo siento —susurró Ricky—. Joder, lo siento muchísimo.

Empezaron a temblarle de nuevo los hombros mientras lloraba. Nunca había llorado tanto como ahora, que lloraba por sí misma. Por el momento se mostraba dócil, pero no había forma de saber cuánto duraría esa actitud. Andrea le puso una mano en el hombro con firmeza.

Estaba a punto de acompañarla fuera cuando vio una salpicadura de líquido oscuro en los platos sucios del fregadero.

Al principio pensó que era lavavajillas, pero luego se fijó en las pastillas parcialmente disueltas que jalonaban el fondo negro como constelaciones.

Ricky volvió a toser. La bilis le goteaba de los labios y le corría por la camisa. Sus párpados se agitaban. Se balanceaba sobre los pies.

Andrea giró la cabeza hacia los botes rojos de pastillas del mostrador. El Valium. Los analgésicos.

Los tres estaban vacíos.

El gorgoteo que salía de la garganta de Ricky se parecía extrañamente al que había hecho Nardo en la cafetería. Empezó a desplomarse. Andrea la sujetó por la cintura, pero, en vez de tumbarla en el suelo, se agarró el puño izquierdo con la mano derecha y le clavó ambos con fuerza en el abdomen.

—No… —Ricky comenzó a tener arcadas sobre el fregadero. Pastillas derretidas y trozos de comida sin digerir salpicaron los platos—. Por favor…

Andrea volvió a empujar hacia arriba bruscamente, una y otra vez, hasta que Ricky echó un chorro de vomito al suelo. Las pastillas naranjas y amarillas formaron un arcoíris nauseabundo sobre el linóleo. Andrea empujó una última vez, con todas sus fuerzas.

Ricky se convulsionó, sacudida por las arcadas. Siguió sacudiéndose y vomitando hasta que ya no salió nada más. Entonces, se echó a llorar de nuevo, aullando como una niña perdida.

—¿Por qué? —suplicaba—. ¿Por qué no me has dejado morir?

—Porque no te lo has ganado —contestó Andrea.

11
UN MES DESPUÉS

Sentada al pie de las escaleras de su edificio, en Baltimore, con el teléfono en la oreja, Andrea escuchaba a Bible describir el funeral de la jueza Esther Vaughn. El cáncer se la había llevado más deprisa de lo que cabía esperar. O quizá la jueza sabía cuándo salir de escena. Había proporcionado a la fiscalía un relato exhaustivo de los hechos. Había grabado su última declaración. Y después se había ido a su casa de Baltimore, había comido algo ligero con Judith y Guinevere, se había echado a dormir la siesta y no había vuelto a despertar.

—No fue mucha gente, como es lógico teniendo en cuenta los delitos de la jueza —comentó Bible—, pero había un montón de amigos de Judith, de la escuela de arte. Madre mía, cómo bebe esa gente.

Andrea sonrió. De hecho, la gente iba a la escuela de arte a eso: a beber.

—¿Habló de lo que pasó con Nardo y Ricky?

—Bueno, Judith es una mujer práctica —contestó Bible—. Que su padre fuera un mal tipo no ha sido ninguna sorpresa para ella. Y en cuanto a Ricky... No tengo ni idea. Judith se alegra de que se haya declarado culpable y vaya a pasar el resto de su vida en la cárcel. Creo que a Esther le dio algo de paz saberlo por fin. Y, si Esther estaba contenta, lo normal es que Judith también lo esté.

Andrea pensó que eso era muy propio de Judith. Esther Vaughn siempre había adorado a su nieta, pese a lo indomable e imponente que fuera la jueza y las ilegalidades en las que había incurrido. En el fondo, no era más que una anciana extraviada cuya hija había sido asesinada y a la que su marido maltrataba.

—Tendrías que haber visto el bufé que han preparado, compañera. ¿Alguna vez has comido pudin de maíz? Era el favorito de la jueza.

Andrea solo lo conocía por la canción más machacona de la historia.

—¿Qué tiene de especial?

—Ni idea. Seguro que fue un invento de algún granjero yanqui al que le gustaban las gachas —contestó Bible—. Si te digo la verdad, comí tanto de ese engrudo que voy a tener que dejar el pan el resto del mes. Ya sabes lo que dicen…

—Cuando un *marshal* está flacucho, es que ama a su esposa —concluyó Andrea por él—. ¿Qué narices significa eso, por cierto?

Bible se rio entre dientes.

—Ya sabes que te obligan a hacer esa prueba de aptitud física una vez al año. Antes podían despedirte si estabas un poco gordito. Como ahora ya no pueden echarte porque sería discriminatorio, si pasas la prueba, como premio, te dan dos semanas libres para estar con tu bella esposa. O con tu marido, si es el caso.

Aquel incentivo le sonaba. Gordon había hecho una presentación en PowerPoint en la que destacaba los puntos más importantes del manual del empleado del USMS. Andrea había respondido que seguramente Citibank se cobraría el último pago de su préstamo universitario del dinero de su seguro de fallecimiento.

—¿Estás bien, compañera? —preguntó Bible.

—Sí, estoy bien —contestó ella, aunque no estaría del todo bien hasta que concluyera el procesamiento de Dean Wexler y aquel psicópata estuviera en la cárcel.

No podían demostrar que le hubiera hecho algo a Emily Vaughn, pero, por suerte, la Administración estadounidense se tomaba muy en serio el fraude fiscal, la evasión de impuestos, el fraude electrónico y otros delitos relacionados con la hacienda pública. Como poco, a Wexler le caerían veinticinco años en una prisión federal. Tenía sesenta y cinco años. Incluso si le reducían la pena por buena conducta, sería un octogenario cuando saliera.

Andrea se había llevado una alegría al enterarse de que, según los términos del procesamiento, no acabaría en una cárcel cómoda, como había sucedido con Clay Morrow. Wexler cumpliría condena en la prisión federal de Berlin, en New Hampshire, un centro de seguridad media con dormitorios compartidos y una escasez de personal crónica, común a todo el país, lo que agravaba su peligrosidad. Tendría que llevar uniforme de preso, fregar el suelo y limpiar su propio váter, alimentarse a base de comida procesada, levantarse a las seis de la mañana y tener la cama hecha a las siete y media. Se revisaría todo su correo y se grabarían todas sus llamadas telefónicas. Tendría limitadas las visitas. Nada de lo que tuviera sería suyo, ni siquiera su tiempo de ocio.

Y, aun así, no era suficiente.

Andrea se consolaba recordando las bravuconadas de Wexler cuando iban en su vieja camioneta Ford, el día que encontraron el cadáver de Alice Poulsen. Wexler se había jactado de lo maravillosa que era su vida desde que había dejado la enseñanza. Si de verdad la vida te hacía pagar por tu personalidad, Dean Wexler no volvería a ver nunca más el cielo abierto.

Andrea se aclaró la garganta. Habían llegado a la parte difícil de la conversación.

—¿Cómo están las chicas?

—Las chicas —repitió Bible.

Para él también era duro. Cada dos días, hablaban de las tareas que tenían entre manos, de la previsión meteorológica, de Cussy y de la jefa, y al final siempre volvían a las chicas de la granja.

Tras la detención de Wexler, había preparadas varias ambulancias para trasladar a las chicas al Hospital Johns Hopkins de Baltimore. Solo tres de las doce habían aceptado el ofrecimiento. Una de ellas no había logrado recuperarse y había fallecido. Otra se había marchado del hospital. Y la tercera estaba tan desnutrida que habían llamado a un especialista del Departamento de Salud para que se ocupara de su cuidado.

Star Bonaire había reunido a las voluntarias restantes y se había convertido en su líder *de facto*. Se presentaban en el juzgado cada vez que comparecía Wexler. Y, cuando lo trasladaban de nuevo a la cárcel, ellas volvían a su prisión que era la granja.

—¿Sabes? —dijo Bible—, Cussy, mi mujer, estuvo allí esta mañana con Melody Brickel para hablar con Star. Quieren que las chicas sepan que van a tener opciones cuando la Administración confisque por fin la finca. Un hogar grupal, quizá. No todas tienen familia. La jefa dice que intentar convencerlas es como darse de cabezazos contra la pared, pero creo que de todos modos Melody y ella se sienten mejor intentándolo.

—Seguro que sí. —Andrea oyó pasos en la escalera. Mike levantó una botella de vino—. Perdona, Bible, tengo que colgar. Cuídate la mano, cabeza de chorlito.

—Uf, no hagas más chistes con lo del periquito, compañera. No digas ni pío.

Ella se rio mientras colgaba. Mike se sentó detrás de ella en la escalera. Andrea se apoyó contra su pierna y lo miró.

—Mi madre y Gordon están vaciando mis cajas de libros.

Mike pareció cauteloso.

—¿Y qué tal van?

—Gordon se ha ofrecido a hacer una hoja de cálculo. Ya han tenido una acalorada discusión sobre si hay que ordenarlos alfabéticamente o agruparlos por secciones.

—¿Te han pedido tu opinión?

—No.

—¿Vas a ordenarlos por colores en cuanto se vayan?

—Sí. —Lo besó en la boca. Le acarició la barba con los dedos, arañándole con suavidad. Y, por último, le pellizcó la mejilla con aire juguetón—. No te metas con mi madre.

—Cariño, ya sabes que yo nunca haría eso.

Andrea sabía perfectamente que lo haría, pero aun así no había razón para retrasar lo inevitable.

Las luces se fueron encendiendo por los sensores de movimiento conforme recorrían el largo pasillo. Su nuevo apartamento era más pequeño que el anterior, pero al menos no estaba encima del garaje de su madre. Ni encima de nada. Solo había podido permitirse un bajo en SOBO, que era como los lugareños llamaban al sur de Baltimore. El casero le había bajado el alquiler al enterarse de que era *marshal*. Pero, aun así, iba a estar comiendo ramen hasta que cobrara la pensión de jubilación. Si es que todavía había pensiones cuando por fin se jubilara.

Le lanzó a Mike una última mirada de advertencia al abrir la puerta. Él vio a los padres de Andrea y dijo:

—Vaya, pero si están aquí papá y mamá...

Laura apretó el libro que tenía en las manos. Gordon carraspeó.

Mike puso su sonrisa bobalicona mientras daba una vuelta por la habitación.

—Bonito piso, Andy. Evidentemente, esta es la primera vez que lo veo y no tengo ni idea de dónde está el dormitorio.

A Laura se le dilataron las aletas de la nariz.

Gordon volvió a carraspear.

Andrea cogió la botella de vino. Sin alcohol, no podría sobrellevar aquello.

Su diminuta cocina estaba justo al lado del cuarto de estar y del dormitorio, aún más diminuto. El cuarto de baño era tan estrecho que la puerta se rozaba con el inodoro. El piso tenía exactamente tres ventanas. La que había sobre el fregadero era larga y estrecha y ofrecía unas vistas privilegiadas del calzado de los peatones que caminaban por la acera.

Andrea se había autoconvencido de que le encantaba aquel lugar.

Buscó las copas de vino, pero desistió enseguida. No había conseguido desembalar nada antes de que sus padres fueran a ayudarla, sobre todo porque sabía que sus padres iban a ir a ayudarla. Encontró dos vasos de agua, un tarro de mermelada y una taza de café en una caja marcada como «cosas».

Abrió el grifo de la cocina, echó un chorro de lavavajillas y cogió el estropajo. Los platos de la cena de la noche anterior estaban manchados de salsa de tomate reseca. De repente, se acordó de cuando Nardo Fontaine se apartó la mano del cuello. La sangre había salpicado por completo a Star, pero ella no había gritado. Ni siquiera se había limpiado la sangre de la cara. Se había quedado sentada en el taburete, con las manos juntas sobre la barra y la vista fija en la pared de azulejos blancos, esperando que alguien le dijera lo que tenía que hacer.

Andrea cerró los ojos. Respiró hondo.

Aquello le ocurría a veces. Volvía a revivir el trauma. Fogonazos de violencia, destellos de dolor. En lugar de resistirse, de intentar cambiar su vida de arriba abajo por ese motivo, había aprendido a aceptarlo. Los recuerdos formaban parte de ella, igual que el recuerdo de la euforia que había sentido al oír la confesión completa de Ricky Fontaine.

Escuchó los ruidos de la otra habitación. Al no estar Andrea con ellos, había bajado la temperatura. Oyó a Laura sermoneando a Mike, a Gordon riéndose de ambos. Se sacó el iPhone del bolsillo trasero. Su cuenta de iCloud había hecho una copia de seguridad de las fotos que había sacado, a escondidas, del *collage* que había hecho Judith cuando era adolescente. La pieza original se perdió en el incendio. Andrea tenía la única prueba de que dicha obra había existido.

Vio la carátula de la cinta grabada de Melody Brickel. Las afirmaciones, que más tarde descubrió que estaban sacadas de una carta de Melody. Las ecografías de la pequeña Judith que se desplegaban en abanico desde el centro del cuadro. Las fotos de Emily riendo, jugando y haciendo de todo menos morirse.

Andrea había ansiado convencerse de que Judith se parecía a Clay, pero lo cierto era que se parecía mucho a su madre. El azul claro de los ojos de Emily no se parecía en nada al azul glacial de los de Clay. En cuanto a sus pómulos afilados y a la ligera hendidura de su barbilla, podían proceder de algún Vaughn o de algún Fontaine, del mismo modo que ella había sacado su nariz de Piglet del acervo genético de su familia.

Deslizó el dedo por la pantalla y se detuvo en la foto de grupo que Judith había colocado entre las demás instantáneas del *collage*. Era la misma foto que aquella a la que Ricky había concedido un lugar de honor durante cuarenta años.

La camarilla.

Emily y Ricky iban vestidas casi igual. La raya del ojo y la permanente del pelo las situaban de lleno en los años ochenta. Los chicos tenían el pelo alborotado y llevaban cazadoras de Members Only con las mangas subidas. Ricky se parecía más a Nardo que a su hermano mellizo. Blake y Clay podrían pasar por hermanos. Juntos, parecían posar para una precuela de *El club de los cinco*, aunque no hubiera entre ellos ningún deportista ni ninguna princesa. Andrea solo veía al empollón y al caso perdido. Y, por supuesto, todos menos una eran delincuentes confesos.

Una carcajada de Gordon rompió el hechizo. Andrea advirtió el tono burlón de Laura cuando respondió. Mike parecía no tener nada que decir, por una vez.

Volvió a guardarse el teléfono en el bolsillo. Metió las manos en el agua jabonosa y se puso a fregar los cacharros. Deslizó los dedos por el borde liso de un plato. De nuevo, su mente se retrotrajo a la cafetería.

La investigación efectuada por la Policía estatal de Delaware había concluido que Jack Stilton había disparado de forma justificada a Bernard Fontaine. Andrea estaba de acuerdo con el dictamen, pero se preguntaba si Stilton habría buscado la forma de matar a Nardo de todos modos. Parecía dispuesto a efectuar un segundo disparo. La intervención de Andrea fue lo único que se lo impidió. Ella comprendía su odio hacia Nardo. Aquel canalla lo había acosado durante años, incluso a finales de los años noventa, cuando, según Stilton, le había amenazado con revelar que este último era gay si no traspapelaba una denuncia contra él por conducir bajo los efectos del alcohol. Andrea no alcanzaba a imaginarse lo difícil que debía de haber sido la vida de Jack Stilton. Atormentado por el asesinato de su mejor amiga del instituto. Angustiado por su incapacidad para llevar al asesino ante la justicia. Stilton sabía que Nardo era la clave para resolver el crimen, pero le aterrorizaba enfrentarse a él. Andrea era consciente de que era un alcohólico y un misógino, pero también fue el único amigo verdadero de Emily Vaughn.

—Hey. —Mike la abrazó por la cintura y le besó la nuca—. ¿Estás bien?

—Sí. —El nudo que notaba en la garganta le recordó que no debía mentirle—. Sigo pensando en Star.

Mike volvió a besarla en el cuello. Las mandonas de sus tres hermanas le habían enseñado que no todos los problemas tenían solución, así que se limitó a decir:

—Lo siento.

Laura se aclaró la garganta. Levantó tres copas de vino.

—Estaban en la caja en la que pone «Baño».

Andrea se encogió de hombros.

—¿Para qué vas a darte un baño si no es para beber?

Laura frunció el ceño cuando Mike cogió las copas.

—Leí la necrológica de esa jueza en el *Times*. No me extraña que la nombrara Reagan. Qué hipócrita de mierda.

—Los delincuentes que tiran piedras y viven en casas de cristal… —comentó Mike.

—No se trata de eso —replicó Laura—. Pero no se trepa hasta esos niveles de poder sin que se corrompa el alma. Mira al despreciable de mi hermano.

Andrea se sintió inmensamente aliviada cuando empezó a sonar su teléfono. El identificador de llamadas decía «BIBLE, LEONARD», lo que era extraño, porque solía aparecerle como «USMS BIBLE».

Les dijo a Mike y a Laura:

—Sé que no podéis evitar pelearos, pero por lo menos que sea una pelea limpia.

Se escabulló por la puerta antes de que su madre pudiera replicar y se encaminó hacia las escaleras mientras contestaba al teléfono.

—¿Me llamas para que oiga otra vez tus gorjeos?

Se hizo un largo silencio. Oyó un tumulto de gritos y exabruptos: el ruido de fondo característico de una penitenciaría federal.

—Hola, Andrea —dijo Clayton Morrow.

Andrea se llevó la mano a la boca.

—Me han dicho que has estado en mi pueblo —añadió él.

Andrea bajó la mano. Separó los labios y respiró hondo. No gritó ni se dejó dominar por el pánico. Se relató a sí misma los hechos: su padre estaba en prisión; los móviles de contrabando eran fáciles de conseguir; Clay se había hecho pasar por Bible para que ella contestara al teléfono.

Quería algo.

—¿Andy? Me he enterado de lo de Ricky y Nardo. Qué relación tan tóxica. Siempre han sido tal para cual.

Andrea volvió a respirar hondo. Quizá Dean Wexler fuera una copia barata de Clay Morrow, pero el tono cruel de Clay le recordó a Bernard Fontaine.

—¿Has encontrado lo que buscabas?

Andrea se irguió. No podía arriesgarse a que su madre saliera al pasillo. Subió las empinadas escaleras. Abrió de un empujón la puerta del portal. El tráfico pasaba zumbando. Se oían pitidos. La acera estaba llena de peatones. Apoyó la espalda contra la fachada del edificio. Si Mike seguía junto al fregadero, le vería los pies a través de la estrecha ventana.

—¿Qué quieres? —le preguntó a Clay.

—Ah, ahí está esa voz tan bonita. Me gustaría que vinieras a visitarme, hija. Te he puesto en mi lista de aprobados.

Ella empezó a sacudir la cabeza. Jamás iría a visitarlo.

—Sé que has estado trabajando para tu tío Jasper —añadió él.

—No trabajaba para Jasper —contestó Andrea—. Intentaba asegurarme de que no salgas nunca de la cárcel.

—Ah, vaya, soy inocente… Corrígeme si me equivoco, pero tengo la impresión de que desearías que la hubiera matado yo.

Andrea sintió que sus dedos se cerraban con fuerza alrededor del teléfono. Faltaban cinco meses para que se celebrara la vista que determinaría si su padre salía o no en libertad condicional. No le cabía duda de que Jasper estaría haciendo bajo cuerda todo lo posible para procurar que se la denegasen. Ella, por su parte, se había prometido no dejar que su mundo se parara en seco por culpa del psicópata de su padre. Había fallado en su intento de conseguir pruebas para mantenerlo en prisión, pero no iba a permitir que Clayton Morrow la hiciera sentirse como una fracasada.

—Aun así —prosiguió él—, sé algunas historias muy jugosas sobre la glotonería de nuestro querido Jasper que podrían interesarte.

—¿Como cuáles? —preguntó ella—. Ha estado presente en todas las vistas de evaluación para concederte la libertad condicional que has tenido. ¿Y hasta ahora no se te había ocurrido usar esa información para hacerle callar?

—Es curioso, ¿verdad? ¿Por qué iba a guardarme algo que podría destruirle? —Clay se rio entre dientes, en medio del silencio—. Ven a verme, hija. Te prometo que no vas a llevarte una decepción.

Andrea abrió la boca para responder, pero no le salían las palabras. Sentía el aire frío dentro de la boca. Pensó en el oxígeno que fluía a su alrededor y circulaba por su torrente sanguíneo insuflando vida a su cuerpo.

Clayton Morrow no la había llamado porque quisiera echar mierda sobre Jasper. La había llamado para atraerla a su órbita. Ella no podía permitir que su vida se detuviera por él. Era un psicópata. Su oxígeno era la atención. Necesitaba a Andrea para alimentar su fuego.

—An-dree-aaa —canturreó él—. Creo que deberías…

Cortó la llamada.

Volvió a meterse el teléfono en el bolsillo. Contempló la calle. Una bicicleta pasó por su lado. La gente iba de acá para allá deprisa, a hacer sus compras. Los niños intentaban escaquearse de los deberes. Los *millennials* bebían café con leche. Un gran danés con una larga correa pasó delante de ella trotando como si fuera un poni de exhibición.

Andrea se apartó de la pared. Entró en el edificio. En las escaleras, oyó el suave retumbar de la voz de Mike, la risa cálida de Laura, el carraspeo constante de Gordon.

Hacía un mes, su madre le había reprochado a Andrea que abordaba cada reto que la vida le ponía delante como si se tratara de un precipicio al que tuviera que arrojarse. Sin ningún control. Dejándose llevar por la gravedad.

Ahora, su vida se parecía más a un trampolín de piscina.

Por fin había aprendido a saltar.

Caer ya sabía.

AGRADECIMIENTOS

En primer lugar, gracias, como siempre, a Kate Elton y Victoria Sanders por estar ahí pase lo que pase, y han pasado mogollón de cosas últimamente, así que vayan por delante mis disculpas y mi agradecimiento. Gracias también, en especial, a Diane Dickensheid por procurar que las velas estén bien dirigidas en todo momento; a Emily Krump por su asombrosa calma; y a Bernadette Baker-Baughman, mi cofrade, por mantenerme cuerda. O, al menos, puntual.

En HarperCollins, gracias a Liate Stehlik, Jen Hart, Heidi Richter-Ginger, Kaitlin Harri, Miranda Mettes, Kathryn Cheshire, Elizabeth Dawson, Sarah Shea, Izzy Coburn, Chantal Restivo-Alessi, Julianna Wojcik, y a los chicos y chicas del GPP en todo el mundo. En WME, gracias a Hilary Zaitz-Michael y Sylvie Rabineau. En Made Up Stories, a Bruna Papandrea, Steve Hutensky, Janice Williams y Casey Haver, por ser increíbles. Gracias también a Charlotte Stoudt, Lesli Linka Glatter y Minkie Spiro por ser unas profesionales excepcionales y unas bellísimas personas. Eric Rayman y Jeff Frankel han sido fundamentales, como siempre. Y, por supuesto, no puedo dejar de mencionar al maravilloso equipo de Netflix.

Mi más sincero agradecimiento a Keith Booker, Marc Cameron, Brooke Davis, Van Grady, Chaz Johnson, Kevin R. Kamrowski, David Oney y J. B. Stevens, del USMS, por responder a mis tediosas preguntas. Cualquier error es enteramente mío y no puede atribuirse a su falta de empeño.

AGRADECIMIENTOS

Alafair Burke, Patricia Friedman, Charles Hodges y Greg Guthrie me ayudaron con las cuestiones legales. Sara Blaedel me confirmó la sofisticación del erizo danés común. David Harper respondió a algunas dudillas médicas y está calentando motores para el próximo libro de Sara y Will, por si alguien se está preguntando qué viene a continuación. Kristian Bush y Melanie Hammet me explicaron los cambios de compás, entre otras sutilezas musicales, para que no hiciera el ridículo en letra impresa. (Puede que, aun así, lo haya hecho, pero ellos lo han intentado). Carly Place me proporcionó información sobre Delaware, aunque la localidad de Longbill Beach es totalmente ficticia.

Por último, como siempre, gracias a mi padre por seguir aguantando y a D. A. por no colgarme: sois mi corazón. Sois mi hogar.